Kapitel 1

»Happy new year, liebste Pen! Ich wünsche dir, dass alles in Erfüllung geht, wovon du träumst!« Meine Freundin Maisie fiel mir lachend um den Hals und drückte mir einen übermütigen Kuss auf die Wange. »Vor allem, dass dein verrückter Plan aufgeht!«

»Das wünsche ich dir auch. Und hey – der ist nicht verrückt. Der ist genial, du wirst sehen.«

»Und total sadomasochistisch!«

»Diszipliniert!«, hielt ich dagegen.

»Altjüngferlich!«

»Erwachsen!«

Wir sahen uns an und brachen einen Moment später in wildes Lachen aus.

»Vielleicht ist er all das und noch vieles mehr. Aber im Ernst, Maisie: So, wie es bisher lief, kann es nicht weitergehen. Deshalb habe ich beschlossen, dass ich aufhöre zu jammern und mein Leben selbst in die Hand nehme. Ich bin sicher, ich werde das beste Jahr ever haben. Ohne all die Flachpfeifen, auf die ich ständig hereinfalle. Ich werde ganz erwachsen daten, ich werde mir die Kerle genauer ansehen und ich werde, und das ist die Hauptsache, die Spielregeln vorgeben. Und wer weiß: Womöglich siehst du mich in einem Jahr genau so.« Ich deutete auf unsere Freundin Ruby, die ein paar Schritte entfernt immer noch dabei war, sich beseelt von ihrem Freund in das neue Jahr küssen zu lassen.

Wir legten fast synchron die Köpfe schief und betrachteten die beiden einen Moment.

»Muss Liebe schön sein«, seufzte Maisie schließlich. »Ich würde es dir gönnen, Pen. Vielleicht hast du recht. Setz deine verrückten Vorsätze um und schnapp dir deinen Mr Perfect!«

»Genau das habe ich vor«, bekannte ich zufrieden. »Ab heute läuft die Mission Zukunft, aber langsam und mit Bedacht.«

Maisie prustete. »Schon klar. Zumal du die langsamste und bedächtigste Person bist, die ich kenne.«

Ein weiteres Mal begnügte ich mich mit einem geheimnisvollen Lächeln. »Vor allem bin ich diszipliniert. Wenn es nicht gerade um Diäten geht. Oder Sport.«

»Oder Zurückhaltung den Männern gegenüber?«

»Und genau in diesem Punkt werdet ihr alle euer blaues Wunder erleben. Nach all den Pleiten der letzten Monate wird das mein Jahr, ich spüre es! Und wer weiß, vielleicht verrate ich dir danach den einen oder anderen Trick und du bist dann die Nächste.«

Maisie lachte. »Never. Im Ernst, ich fühle mich viel zu jung, um mich zu binden. Und nein, du musst mir nicht unter die Nase reiben, dass wir schon Mitte zwanzig sind.«

»Wir sind siebenundzwanzig, auch wenn ich mich nicht gerne daran erinnere.«

»Genau. Und bis einschließlich der sieben rundet man ab, also Mitte zwanzig.« Maisie strich sich mit der Hand durch ihre wilden kurzen Locken. »Und jetzt fürchte ich, dass ich dich mit unseren Turteltauben alleine lassen muss. Dieser süße Kerl schaut bereits eine Weile herüber, und wenn ich mich nicht irre, dann wird er sich gleich auf den Weg machen.« Sie lächelte an mir vorbei, und ich beobachtete, wie sich ihre Mundwinkel

Franziska Erhard

Kisses in London

Drei Dates

Roman

Montlake

Deutsche Erstveröffentlichung bei
Montlake, Amazon Media EU S.à r.l.
38, avenue John F. Kennedy, L-1855 Luxembourg
Oktober 2021

Umschlaggestaltung: bürosüd° München, www.buerosued.de
Umschlagmotiv: © pixelliebe/Shutterstock;
© Malinovskaya Yulia/Shutterstock; © KanokpolTokumhnerd/Shutterstock;
© sofirinaja/Shutterstock; © edel/Shutterstock

Lektorat: Media-Agentur Gaby Hoffmann, www.profi-lektorat.com
Gedruckt durch:
Amazon Distribution GmbH, Amazonstraße 1, 04347 Leipzig /
Canon Deutschland Business Services GmbH, Ferdinand-Jühlke-Straße 7,
99095 Erfurt /
CPI books GmbH, Birkstraße 10, 25917 Leck

ISBN: 978-2-49670-911-7

www.montlake.de

hoben und diese zauberhaften Grübchen in ihren Wangen erschienen. »Im Gegensatz zu dir werde ich mir nämlich gar nichts verbieten. Nicht, wenn die Verführung so niedlich ist.«

Beim letzten Satz senkte sie kurz den Blick, und ich wusste, dass Maisie endgültig in ihren berüchtigten Flirtmodus geschaltet hatte.

»Na, dann viel Spaß.« Amüsiert sah ich zu, wie sie dem Kerl ein paar Schritte entgegenging. Dann drehte ich mich zu Ruby und Beau um und wartete geduldig, bis ich die beiden in die Arme schließen konnte, wie sich das für diese Nacht gehörte.

Wir feierten den Jahreswechsel im House 69, einem Club, den wir liebten, weil er genau die richtige Mischung aus entspanntem Ambiente und coolen Gästen aufwies. Man musste nicht zu hip sein, um sich wohlzufühlen, und es war immer ein interessantes Publikum unterwegs. Man kam recht einfach mit den Leuten in Kontakt, konnte aber auch unter sich bleiben. Die Tanzfläche war groß, die Musik gut und laut und die Preise für London vertretbar. Wir hatten einen kleinen Tisch reserviert und uns bisher prächtig amüsiert. Nun jedoch schien Maisie genug von uns zu haben. Sie verschwand mit dem attraktiven Unbekannten auf die Tanzfläche. Kurze Zeit später durften wir dabei zusehen, wie ein weiterer Mann ihr mit Haut und Haar verfiel und sich auf ein kleines Battle mit Kandidat eins einließ. So war sie eben. Maisie hatte eine unglaublich ungezwungene Art und einen Charme, dem kaum ein Mann widerstehen konnte. Ihr schmales, hübsches Elfengesicht leuchtete, ihre kurzen, gelockten Haare waren auf eine sehr anziehende Art verwuschelt und forderten einen geradezu heraus, sie noch ein wenig mehr in Unordnung zu bringen. Und das Kleid, das sich auf eine aufreizende Art um ihren schmalen Körper schmiegte, ließ sie weniger androgyn aussehen als ihre übliche, eher lässig geschnittene Alltagsgarderobe, sondern zeigte, was diese zierliche kleine Person zu bieten hatte. Vor allem die Beine, denn ihr Dress war so kurz, dass er es sogar mit Rubys aufnehmen konnte. Und das will etwas heißen, denn Ruby galt als die Königin der Miniröcke. Sie war neben Maisie meine zweite beste Freundin und Mitstreiterin der letzten verrückten Jahre. Und nebenbei waren beide auch meine Mitbewohnerinnen in unserer fabelhaften WG. Nun ja, wobei dieser Punkt sich vielleicht bald ändern könnte. Seit Ruby und Beau ein Paar waren, verbrachte sie immer mehr Zeit bei ihm. Über kurz oder lang würde sie sicher ganz bei ihm einziehen. Nichts, worüber ich mir heute Nacht Gedanken machen wollte, beschloss ich resolut und erhob mich.

»Ich bin gleich wieder da. Ihr haltet es gewiss einen Moment ohne mich aus.« Ich zwinkerte Ruby und ihrem Freund zu und verschwand in Richtung Toiletten.

Es wäre eine gute Idee gewesen, etwas früher aufzubrechen, denn an diesem Abend ließ sich die kurze Strecke zu den Waschräumen nicht so schnell bewältigen wie sonst. Erstens war es heute sehr voll, und ich kam nicht so fix vorwärts, wie ich gehofft hatte. Die Leute hatten zudem bereits ein paar Promillchen auf dem Tacho und allesamt den Übermut im Nacken sitzen. Das führte direkt zu zweitens. Ich musste mich mindestens dreimal aus fremden Armen befreien, in die ich mit einem Lachen gezogen wurde, und mich vor allzu aufdringlichen Angeboten retten, zum neuen Jahr geküsst zu werden. Einer davon sah auf den ersten Blick vielversprechend aus, aber ich hatte keine Muße, mich darauf einzulassen. Denn dieser Punkt war drittens und im Moment gerade am überzeugendsten: Ich hatte es wirklich eilig! Echt, wenn ich Männern einen Tipp geben könnte, dann den: Baggert nie eine Frau an, wenn sie auf dem Weg zu den Toiletten ist! Es gibt kaum eine aussichtslosere Situation, denn man hat wirklich anderes im Kopf. Ich deutete aber immerhin mit einem erklärenden Lächeln zum

Eingang der Waschräume und hoffte, dass er verstand und mich erneut ansprach, wenn ich zurückkam. Schließlich wollte ich nicht ganz aufhören mit der Flirterei, nur die Spielregeln verändern, und dieser Typ könnte der Erste sein, der eine Chance bekam. Immerhin war sein Lächeln sehr nett gewesen, als er mich gestoppt hatte.

Er verstand meine Hinweise nicht oder es dauerte ihm zu lange. Und das war die nette Interpretation. Am ehrlichsten war vermutlich, dass er es nicht ernst gemeint und generell nur nach einer gesucht hatte, die er ein wenig begrapschen konnte. Als ich deutlich entspannter den Rückweg antrat, hatte er sich auf alle Fälle bereits umorientiert. Ich blieb einen Moment stehen und schaute zu, wie er einer anderen ein Glas Sekt reichte und dafür reichlich belohnt wurde. Nun, sie war vermutlich die bessere Alternative, denn meinen Hintern hätte der für ein Glas Hausmarken-Brause nicht einmal vor meinem revolutionären Vorsatz so ausgiebig befingern dürfen, das war sicher.

In diesem Moment hob er den Blick und sah mich an. Er grinste bedauernd, als wollte er sagen: *Tja, Pech gehabt. Chance vertan.*

Ich schüttelte den Kopf und setzte mich endlich in Bewegung. *Ganz sicher nicht, du Früchtchen.* Aber entgegen jeder Vernunft stieg doch für einen Moment ein bitteres Gefühl in mir auf, und ich konnte nicht anders, als noch einmal einen Seitenblick zu riskieren. Oha! Das hätte er sich bei mir auch noch nicht erlauben dürfen nach dieser kurzen Zeit.

»Hoppla.«

Erschrocken wandte ich den Blick von diesem jämmerlichen Schauspiel ab und dem Typen zu, mit dem ich gerade frontal zusammengestoßen war. Genauer gesagt mit seiner Brust, an der ich klebte und gegen die mich die ausgelassene Menge nun ein zweites Mal presste.

»Sorry. Das tut mir leid«, versicherte ich hastig.

»Mir gar nicht.« Ein Lächeln schwang in seiner Stimme mit. Elektrisiert trat ich einen winzigen Schritt zurück, um ihn besser mustern zu können. Ein ansprechendes Gesicht, wie ich als Erstes feststellte. Kein überaus schönes, aber ein attraktives, maskulines Gesicht. Und ein einnehmendes Lächeln, sehr sympathisch. Grün-braune Augen, die freundlich auf mich herabsahen und von Lachfältchen umrahmt wurden. Dichte, schön geschwungene Augenbrauen, dunkelbraun wie das übrige Haar. Nun, das meiste davon, denn an den Schläfen hatten sich vereinzelt bereits ein paar graue Strähnen eingeschlichen. Ich lächelte. Ich war durchaus offen für graue Schläfen, zumindest, wenn sie so ansehnlich waren wie in diesem Fall. Er trug sein Haar dicht und lässig aus der Stirn gekämmt. Es bauschte sich, unterstützt durch eine beneidenswerte Naturwelle, auf eine ansprechende Art auf seinem Kopf und ließ ihn noch größer erscheinen, als er war. Auch dafür war ich empfänglich. Ich stand darauf, wenn Männer groß waren, das vermittelte so ein Gefühl von Schutz. Er trug einen Fünftagebart, was nicht unbedingt zu meinen Vorlieben zählte, zu ihm jedoch passte. Sein Hemd war schmal geschnitten und hochwertig, das hatte ich auf einen Blick bemerkt. Und seine Stimme war warm und sanft, genauso wie seine Hände, die mich bis eben an den Oberarmen gehalten hatten, um einen Sturz zu verhindern, sich jetzt aber lösten. Ich wünschte mir spontan, dass sie das nicht getan hätten. Es war angenehm gewesen, seine Wärme auf meiner Haut zu spüren.

»Hi. Ich bin Alec«, stellte er sich vor.

»Pen«, antwortete ich und grinste dämlich.

»Pen?«

»Eigentlich Penelope, aber …«, hob ich an und brach ab, als ich sein leichtes Kopfnicken registrierte.

»Penelope. Das passt zu dir. Ein wunderschöner Name.«

»Danke.« Ich fand ihn eigentlich viel zu steif und altmodisch. Was vielleicht daran lag, dass ihn bisher noch niemand so weich ausgesprochen hatte wie er.

»Tja dann, Alec …« Ich straffte mich und ließ meinen Blick zu unserem Tisch gleiten. Maisie war noch nicht wieder da, und Beau und Ruby schienen sehr gut alleine zurechtzukommen. »Happy new year.«

Ich wollte mich eben in Bewegung setzen, als er mich noch einmal kurz am Oberarm berührte.

»Warte. Dir auch. Darf ich dich …«, er zögerte kurz, dann ließ er seine Hand in Richtung Bar schweifen. »Darf ich dich auf einen Drink einladen?«

Bei einem Drink blieb es nicht. »Nein, danke. Ich muss langsam zurück zu meinen Freunden«, wehrte ich ab, als Alec dem Barkeeper erneut Zeichen geben wollte. »Sie werden sich wundern, weshalb ich über eine Stunde brauche, um auf die Toilette zu gehen.« Ich lachte und wies in die Richtung unseres Tisches. »Sie werden sich fragen, wo ich abgeblieben bin.«

Alecs Blick folgte meiner Hand. »Die Blonde da hinten?«, fragte er mit unüberhörbarem Amüsement.

Ich nickte ernst.

»Nun, so wirklich vermisst wirst du wohl nicht.« Er hob sein leeres Glas und zwei Finger. Der Barkeeper machte sich daran, uns mit Nachschub zu versorgen.

Nein, wie es aussah, vermisste man mich nicht. Zwar war auch Maisie noch nicht wieder aufgetaucht, aber Ruby und Beau schienen sich bestens zu vergnügen. Ich gab auf und lächelte dankbar, als das dritte Glas Sekt vor mir abgestellt wurde.

»Sie sind noch nicht lange ein Paar«, erklärte ich entschuldigend, als wir dabei zusahen, wie die beiden unaufhörlich schnäbelten. Das stimmte zwar nicht ganz, aber Ruby und Beau hatten sich einfach zu lange verstecken müssen und konnten nun gar nicht genug davon bekommen, jedem zu zeigen, was sie füreinander empfanden. Wieder einmal fragte ich mich, wie Ruby es geschafft hatte, sich so zu verstellen. Keiner, der ihren Blick sah, hätte ihr abgenommen, dass sie diesem Mann nicht komplett verfallen war, und umgekehrt war es nicht anders.

»Ich kann sie verstehen.« Alec musterte nun mich statt meiner Freunde. »Es gibt schlimmere Arten, in das neue Jahr zu starten.«

»Durchaus«, pflichtete ich ihm bei, ehe ich nachdenken konnte.

Er neigte sich vor und brachte sein Gesicht nahe an meines. Jetzt würde sich entscheiden, was er für ein Kerl war.

»Wobei ich ganz zufrieden damit bin, wie mich dieses Jahr empfangen hat.«

»Ach ja?«

»Ja, und du weißt das.« Seine Augen wurden eine Spur dunkler. Seine Hand streifte kurz die meine. »Penelope, darf ich dich wiedersehen?«

Gut gemacht, zuckte es anerkennend durch meinen Kopf. *Und wie du das darfst!* Ich nahm einen Schluck Sekt und tat trotzdem so, als müsste ich das erst überdenken, ehe ich nonchalant antwortete. Okay, ich hatte auch deshalb gezögert, weil ich einen Moment brauchte, um meine Begeisterung hinter eben dieser vorgetäuschten Lässigkeit verbergen zu können. »Ich denke, das darfst du.«

Er reichte mir seine Karte, bestand aber darauf, sich gleichzeitig meine Nummer zu notieren.

»Ich werde mich melden«, versprach er und neigte sich vor. »Auf ein glückliches neues Jahr, Penelope.« Und dann küsste er mich auf die Wange. Er ließ sich dabei Zeit, was mir sehr gefiel und mir die Gelegenheit gab, seinen Geruch wahrzunehmen. Ein männliches, nicht zu herbes Parfüm, das perfekt zu ihm passte. »Mögen sich deine Träume erfüllen.«

Ich war gerade an unseren Tisch zurückgekehrt, als mein Handy vibrierte. Eine eingehende Textnachricht von *Unbekannt*.

Ich wollte nur sichergehen, dass die Nummer stimmt.

Ich drehte den Kopf und sah Alec an der Bar stehen, ein zauberhaftes Grinsen im Gesicht. Spontan brach ich in Lachen aus.

Sie stimmt. Aber gut mitgedacht, tippte ich zurück.

Wenn mir etwas wirklich wichtig ist, überlasse ich nichts dem Zufall, kam seine prompte Reaktion.

Ich wandte erneut den Blick in Richtung Bar. Auch er schaute zu mir. Langsam hob er seine Hand und fuhr sich durch das Haar. Die Art, wie er dabei kurz die Lider senkte, jagte mir einen freudigen kleinen Schauer über den Rücken. Dann bohrten sich seine Augen ein letztes Mal in meine, ehe er sich umdrehte und verschwand.

Kapitel 2

Er hat recht, dieser Alec Leech, dachte ich ein paar Stunden später grinsend und legte endlich seine Visitenkarte auf die kleine Kommode neben meinem Bett. Es gab deutlich schlechtere Auftakte für ein neues Jahr.

Ich neige dazu, mir zum Jahreswechsel Gedanken zu machen, was im letzten Jahr gut oder schlecht gewesen war und was ich verbessern könnte. Auf der Negativseite stand eindeutig mein Gewicht. Vor drei Jahren hatte ich das schon einmal in Angriff genommen und mit einigem Erfolg eine strenge Diät durchgezogen. Nur leider war das Ergebnis nicht dauerhaft gewesen. Ich argwöhnte langsam, dass mein Körper gar nicht dünn sein wollte. Immer, wenn ich dachte, ich wäre gut zu ihm, würde ihn hegen und umsorgen, begann er, gegen mich zu arbeiten und jede winzige Kalorie in seinen Reserven abzuspeichern. Und zwar genau so lange, bis er wieder auf dem Gewicht war, das ich nun hatte. Ruby behauptete stets, das wäre, weil dieses Gewicht so hervorragend zu mir passte. Tja, sie hatte gut reden. Ich wollte lieber, dass ihre Figur zu mir passte. Sie behauptete, mein Körper sei der Inbegriff des Weiblichen. Ich hielt dagegen, dass ich allerdings in der falschen Epoche lebte, um dafür gefeiert zu werden. Ich hätte viel lieber ihre schmale Gestalt gehabt. Schließlich hatte sie auch Brüste, aber die behinderten sie sicherlich nicht, wenn sie auf dem Laufband trainierte. Sie hatte ebenfalls Hüften, nur dass die nicht so ausladend und gerundet waren wie meine. Hätten wir in der ersten Hälfte des letzten Jahrhunderts gelebt, dann hätten mir die anderen Frauen vielleicht neiderfüllte Blicke zugeworfen ob meiner Kurven. So jedoch war ich es, die ihren schmalen Silhouetten neidisch nachschielte. Nicht, dass ich die Vorzüge meines Körpers nicht anerkannte. Mit den richtigen Klamotten sah er unbestritten gut aus. Allerdings bedeutete das, dass ich vieles nicht tragen konnte, was mir ebenfalls gefallen hätte.

Es gab natürlich genügend Männer, die diese Rundungen schätzten. Doch leider war dies nicht immer nur ein Vorteil. Ich hatte in den letzten Jahren feststellen müssen, dass nicht wenige von ihnen deutlich mehr an meinen Kurven als an mir interessiert gewesen waren. In der letzten Zeit hatte ich nicht wirklich Glück gehabt mit den Kerlen. Vielleicht lächelte ich jetzt deshalb so debil, als mein Blick wieder auf die Visitenkarte meines neuen Bekannten fiel. Weil er es nicht verbockt hatte. Weil er nicht versucht hatte, gleich zur Sache zu kommen. Denn ein weiterer Punkt auf der Negativseite meiner Liste war der, dass ich mittlerweile viel zu lange Single war. Zumindest de facto, denn die kurzen Unterbrechungen waren nichts, was ich auch nur im Entferntesten als Beziehung werten wollte. Aber genau das war es, wonach ich mich mit jedem Tag mehr sehnte. Nach einem Mann, der ehrlich und besorgt war, fürsorglich und witzig, erfolgreich und eloquent. Einem Kerl, der beides mochte, meinen Körper und den Menschen, der darin steckte. Und einem Partner, mit dem ich sogar meinen zweiten, sehr geheimen Traum realisieren konnte. Diese Idee, über die ich noch nicht einmal mit meinen besten Freundinnen geredet hatte, weil ich fürchtete, dass sie mir dann sagen mussten, dass ich mich vielleicht ein wenig selbst überschätzte. Aber um es einmal auszusprechen: Ich wollte nicht nur versuchen, für mich selbst das Bestmögliche zu erreichen. Ich wollte an einen Punkt gelangen, an dem ich der Welt etwas zurückgeben konnte, sie mit meinen Mitteln zu einem besseren Ort machen konnte. Oder einem, der fairer war, der zumindest eine Perspektive bot, ich weiß nicht, wie ich es ausdrücken soll. Was ich aber wusste, war, wie ich das angehen wollte. Je älter man wird, desto nachdrücklicher merkt man, wie wichtig manche Dinge sind. Und dass man vieles selbst erreichen kann, wenn man hart genug dafür arbeitet. Aber die bittere Wahrheit ist, dass diesem Erreichen Grenzen gesetzt werden. Es gibt Menschen, die keine Chancen bekommen, das ist einfach Fakt. Ich hatte das Glück, in einem Elternhaus aufzuwachsen, in dem das Geld zwar nicht üppig vorhanden war, aber ausreichend, um wenigstens hin und wieder einen Herzenswunsch erfüllt zu bekommen. Ich konnte meine Ausbildung absolvieren und damit einen Grundstock legen, auf dem ich seither aufbaue. Aber ich kannte auch andere Geschichten. Ich hatte miterlebt, dass manche Mitschüler immer dann krank waren, wenn ein Ausflug anstand, Eintrittsgelder und Busfahrkarten bezahlt werden mussten. Ich hatte nicht nur eine Schulfreundin gehabt, die keine Lehre machen durfte, weil es nötig war, möglichst schnell Geld zu verdienen. Und war man erst einmal in einem Hilfsjob drin, wurde es zunehmend schwieriger, noch eine fundierte Ausbildung anzufangen.

Ruby hatte mir das in aller Deutlichkeit vor Augen geführt. Was zuvor eher wie ein nicht greifbarer Gedanke in meinem Hinterkopf herumgespukt war, bekam durch ihr Auftauchen eine feste Substanz. Ich bewunderte sie maßlos, weil sie es gepackt hatte, weil sie mit eisernem Willen ihr Glück selbst in die Hand genommen hatte. Aber Ruby war ein Sonderfall, auch das war mir klar. Nur wie ich an diesen Umständen etwas ändern könnte, wusste ich lange Zeit nicht.

Und dann war ich über einen Artikel gestolpert, der mich nie mehr ganz losgelassen hatte. Es ging darin um Lady Marissa

Moore. Sie war ein Mitglied der Upperclass und eine dieser oft belächelten Charity-Ladys. Ich las den Bericht mit wachsendem Interesse. Lady Marissa, selbst aus den besten Verhältnissen, widmete ihre Zeit und Kraft einer Hilfsorganisation, die sie eigenständig aufgebaut hatte. Sie war erfrischend aufrichtig und direkt.

»Vielen ist es gar nicht bewusst, wie gut sie es haben. Natürlich würde jeder ab und an etwas Gutes tun, aber man verschiebt es ständig, weil andere Dinge dazwischenkommen, oder denkt schlicht nicht daran, weil es nicht präsent genug ist. Ich habe mir zum Ziel gesetzt, dass dieser Wesenszug der Hilfsbereitschaft nicht vergessen wird. Ich organisiere Veranstaltungen und Dinnerpartys, um Geld für die Ziele meiner Stiftung zu sammeln. Oft bekomme ich zu hören, dass diese Veranstaltungen zu aufwendig seien und ich das Geld lieber komplett in die Projekte stecken solle, aber ich bin der Meinung, dass mein Weg richtig ist. Die Spendenbereitschaft ist deutlich höher, wenn man sich nicht entziehen kann, weil man dem gegenübersteht, der um eine milde Gabe bittet. Und in einem angenehmen Ambiente entspannen sich die Menschen, das hilft ungemein. Auch das schlechte Gewissen ist dann größer, und folgerichtig fallen die Schecks üppiger aus. Ich habe den Vorteil, dass ich mich in einer Welt bewege, die sich das leisten kann. Ich werde auch in Zukunft mein Bestes tun, um diese Welt nicht vergessen zu lassen, wie privilegiert sie ist. Und dass Privilegien Pflichten nach sich ziehen.«

Ich muss gestehen, dass mich das, was diese Frau sagte, total flashte. Auch ich hatte bisher immer ein wenig über Charity-Ladys gelächelt. Elegante Damen in teuren Klamotten, die sich die Zeit damit vertrieben, ein bisschen Geld aufzutreiben. Aber dieser Artikel sprach eine andere Sprache. Das hier war kein Zeitvertreib, es war eine Herzensangelegenheit.

Und Lady Marissas Stiftung verschaffte Jugendlichen eine echte Chance, vergab Ausbildungsstipendien, organisierte Workshops, in denen man lernen konnte, auf was es bei einem Bewerbungsgespräch ankam. Sie hatten einen Kleiderverleih, um für ein Treffen mit einem potenziellen Arbeitgeber passend gekleidet zu sein. Sie vermittelten Berufspraktika und halfen bei der Suche nach einer Ausbildungsstelle. Das rührte etwas in mir an, was seither nie mehr aufgehört hatte zu schwingen.

Ich las noch viele andere Artikel über Frauen, die sich karitativ engagierten, und sah mir unzählige Reportagen an. Mit jedem neuen Einblick wurde meine Faszination größer. Diese Ladys machten so viel mehr, als nur Partys zu schmeißen und Sekt zu trinken. Sie nutzten ihre Position und ja, auch ihr Aussehen, um Gutes zu bewirken. Sie waren so etwas wie das Gewissen der Reichen und Mächtigen, Sozialarbeiterinnen, die wie die Instagram-Version des Streetworkers daherkamen. Und plötzlich begann in meinem Kopf dieser Gedanke zu spuken, dass ich auch gerne eine Lady Marissa wäre, weil ich helfen wollte. Ich war realistisch genug, um zu wissen, dass Streetworkerin nichts für mich war. Ich würde mich in einer praktischen Jeans und einem wettertauglichen Parka falsch fühlen. Und Menschen, die sich in ihrer Haut unwohl fühlen, können nicht überzeugend und charismatisch auftreten. Ich war auch nicht wie Maisie dazu geboren, eine Krankenschwester zu sein. Meine Talente lagen auf einem anderen Gebiet. Doch genau das könnte sich als Vorteil erweisen. Was war diese Charity-Arbeit denn? Im Endeffekt auch nur ein Verkaufsjob. Es drehte sich nicht um Kleidung oder andere Luxusgüter, sondern um Hilfsbereitschaft, was es eventuell etwas schwieriger machte. Aber im Ernst, wenn ich etwas beherrschte, dann das. Ich wusste, wie man ein Geschäft zum Abschluss brachte. Ich konnte begeistern und überzeugen. Es mag arrogant klingen, aber ich war mir sicher, dass ich wirklich gut darin sein könnte.

Natürlich war mir klar, dass es nicht so einfach werden würde, etwas Derartiges aufzuziehen. Aber ich hatte von jeher in größeren Dimensionen geträumt, und verdammt, es war nicht mein Stil, schon vorher zu resignieren. Auch ich hatte gekämpft, anders als Ruby, aber trotzdem! Und ja, es war ein netter kleiner Nebeneffekt, dass ich auf die Kerle stand, die sich in besagtem Umfeld bewegten. Zwei Fliegen, eine Klappe und so. Doch wurde mein Wunsch deshalb verwerflich, weil ich das eine mit dem anderen verbinden konnte? »Privilegien bedeuten auch Pflichten«, hatte der Artikel über Lady Marissa getitelt. Ich wollte beides, Privilegien haben und Pflichten übernehmen. Und am allerliebsten wollte ich das mit dem richtigen Mann an meiner Seite. Mit einem, der über ausreichend Ehrgeiz und Elan verfügte und dazu die gewünschten Kontakte besaß, konnte ich es schaffen, das wusste ich plötzlich ganz sicher.

Ich hatte also drei gute Gründe, mögliche Kandidaten für eine Beziehung erst etwas genauer abzuchecken: Ich wollte endlich als Person geliebt werden, als Gesamtpaket, welches nicht nur auf seine Kurven reduziert wurde. Ich wollte zudem einen Kerl, mit dem ich meine Zukunftsvisionen teilen und umsetzen konnte. Und ich wollte vor allem einen Mann, der es ernst genug meinte, um mich erst einmal ein wenig kennenzulernen, ehe es zur Sache ging. Ich spürte, dass es der richtige Zeitpunkt war, um meinem Leben eine neue Richtung zu geben, einen weiteren Schritt in Richtung Erwachsenenleben zu tun. Aus diesem Grund würde ich etwas ändern müssen, denn auch ich hatte in der Vergangenheit Fehler gemacht. Ich musste mir in Zukunft die Kerle ein wenig genauer ansehen, bevor ich zuließ, dass mein Herz in Aufruhr geriet. Mich irgendwie bremsen, mich nicht mehr zu schnell auf sie einlassen. Und weil ich mich selbst am besten kannte, hatte ich eben diese Regel entwickelt, meine persönliche Drei-Dates-Regel, die ab sofort dafür sorgen würde, dass ich nicht auf jeden Frosch hereinfiel, der mir schöne Augen machte. Mein Plan war simpel: Beim ersten Date wurde nur geredet. Kam es zu einem zweiten, dann könnte ein harmloser Abschiedskuss erlaubt sein. Und wenn der Kerl es tatsächlich schaffte, ein drittes zu bekommen … Nun, dann hatte er Chancen, endlich meine Rundungen in ihrer ganzen Pracht kennenlernen zu dürfen.

Maisie hatte mich ausgelacht, als ich ihr diese Regel gestand, ehe sie mir prophezeit hatte, dass ich das sowieso nicht durchziehen würde.

»Und im Ernst, was soll das bringen? Er könnte dennoch ein Reinfall sein.«

»Nein«, hatte ich meinen Plan verteidigt. »Wenn dich einer von Anfang an nur als Zweitbesetzung will, dann möglichst schnell und unkompliziert. So einer will nicht lange warten und dich hofieren müssen. Und zwischendurch telefonieren und Zeit investieren.« Da war ich mir ziemlich sicher, denn leider war ich nicht nur einmal für die Zweitbesetzung gecastet worden. Als nette kleine Abwechslung zur offiziellen Freundin oder Ehefrau, was natürlich nie erwähnt wurde. »Die wollen es einfach und ohne Aufwand. Und bitte sofort.«

»Nun ja, drei Dates sind nicht gerade ein Jahr. Das kann man mitunter in einer Woche abhaken.«

»Nein! Und gib es zu: Wie oft haben wir wirklich so lange gewartet? Wir wollten auch unser Vergnügen, und wir wollten es ebenfalls sofort. Das war okay, solange es Spaß gemacht hat. Aber jetzt … Jetzt reicht mir das nicht mehr. Ich will mehr, Maisie! Und deshalb will ich das in Zukunft eben anders angehen. Kontrolliert, erwachsen und mit einem guten Plan.«

Ich war sehr hoffnungsvoll in dieses Experiment gestartet, aber auch mit einer gewissen Vorsicht. Es war leicht, an Silvester irgendeinen Typen kennenzulernen. Aber es war schwierig, und zwar an jedem verdammten Tag des Jahres, einen zu treffen, der mehr werden könnte. Dass ich direkt am ersten Tag auf einen so hoffnungsvollen Kandidaten gestoßen war, erschien mir wie ein Sechser im Lotto. Und es hatte mir gezeigt, dass es nicht so einfach war wie geplant, mein bisheriges Verhalten zu ändern und derart zurückhaltend zu sein. Aber ich hatte es geschafft, und das, obwohl mir die Unterhaltung mit Alec ausnehmend gut gefallen hatte und ich kurzzeitig doch gerne ein wenig herumgeknutscht hätte. Er war aufmerksam, nett, großzügig und witzig gewesen. Er hatte auf Machosprüche verzichtet und darauf, ständig zu beweisen, wie toll er war. Und Alec hatte nicht versucht, mich zu begrapschen. Er hatte es so konsequent nicht versucht, dass ich beinahe in Gefahr geraten war, es bei ihm zu machen. Was nun natürlich ein Punkt für Maisie war. Aber dafür würde ich ihn wiedersehen und dann wäre es ja bereits das zweite Treffen. Zufrieden drehte ich mich auf die Seite und schloss die Augen.

O ja, das neue Jahr begann verheißungsvoll, und ganz ehrlich, es musste doch so etwas wie Schicksal sein, dass ich diesen Mann ausgerechnet heute getroffen hatte.

Als ich am nächsten Tag erwachte, war die Wohnung still und leer. Schade, ich hätte zu gerne mit jemandem geredet. Aber Maisie war nicht nach Hause gekommen, und Ruby, tja, die war sowieso die meiste Zeit nicht mehr hier.

Ich nahm meinen Kaffee mit ins Wohnzimmer und machte es mir auf dem Sofa bequem. Früher, in unseren ersten Tagen hier in London, war ein solch ruhiger Moment in dieser WG eine echte Seltenheit gewesen, überlegte ich leicht wehmütig. Maisie und ich waren damals gemeinsam hierhergezogen, direkt nach der Schule. Wir kamen aus einem kleinen Ort in der Nähe der Isle of Wight und wollten unbedingt in der Hauptstadt leben, Abenteuer erleben. Wir hatten hier unsere Ausbildungen absolviert, sie als Krankenschwester, ich als Verkäuferin im Einzelhandel. Allerdings nannte ich mich lieber Modeberaterin. Ich hatte das Glück gehabt, in einem sehr exklusiven und renommierten Geschäft eine Ausbildungsstelle zu bekommen. Wir führten Mode für jeden Anlass, und auch wenn unsere Auswahl vielleicht nicht ganz so groß war wie in einer der billigen Modeketten, so war dafür jedes einzelne Stück begehrenswert. Es war ein Laden, der hochwertige Ware für gut betuchte Kunden anbot und in dem ich wirklich auch beratend arbeiten konnte. Und das allergrößte Glück war, dass diese Sachen trotz allem auch junge Menschen kleideten. Wohlhabende junge Leute, die sich uns leisten konnten und die nicht auf die schnelllebigen Trends aus waren. Ich liebte meinen Job und erfüllte ihn mit Leidenschaft. Seit ich denken konnte, war ich verrückt gewesen nach schönen Kleidern und dem Gefühl edler Stoffe zwischen meinen Fingern. Ich fand es faszinierend, wie man mit den richtigen Schnitten aus Menschen ganz andere machen konnte, ihre Vorzüge hervorheben, ihre Schwachstellen kaschieren. Hierfür diente ich ja selbst als das beste Beispiel. In diesem Augenblick, in meinem alten Schlafanzug, sah ich nämlich weit weniger weiblich aus als üblich, unter uns gesagt.

Als wir nach London gezogen waren, jung und dumm und voller Hoffnungen, waren wir zu dritt gewesen. Aber Stella hatte sich hier nie so wohlgefühlt wie wir. Sie war von Heimweh geplagt worden. Nach wenigen Monaten hatte sie aufgegeben und war zurückgekehrt. Das Glück war auf ihrer Seite gewesen: Die Bank hatte ihr angeboten, ihre Ausbildung in einer Filiale in der alten Heimat weiterzuführen. Dankbar hatte sie angenommen. Ich wusste, dass es die richtige Entscheidung für sie gewesen war, auch wenn mir persönlich der Gedanke, wieder zurück in die Enge eines Dorfes gehen zu müssen, Angst eingeflößt hätte. Kaum heimgekehrt hatte Stella dann auch noch ihre Jugendliebe zu Bruno neu aufflammen lassen. Heute war sie bereits verheiratet, Mutter und sehr glücklich.

Für uns hatte sich dadurch das Problem ergeben, dass wir über ein freies Zimmer verfügten und die Miete statt durch drei durch zwei teilen mussten. Weder Maisie noch ich hatten die WG auflösen oder uns eine kleinere Bleibe suchen wollen. Erstens lebten wir gerne beieinander, zweitens wussten wir, welches Glück wir gehabt hatten, diese Wohnung zu finden. London ist nicht billig, und wir beide verdienten uns nicht gerade eine goldene Nase. Deshalb hatten wir Stellas Zimmer inseriert, und nach einigen eher ungeeigneten Bewerberinnen war Ruby in unsere Küche geschneit. Es war so etwas wie Liebe auf den ersten Blick gewesen. Seitdem waren wir beste Freundinnen und eine eingeschworene Truppe.

Das Telefon riss mich aus meinen Gedanken. Mein Herz machte einen kurzen Satz, als ich merkte, dass es Alec war.

»Hi.«

»Hi«, gab ich geistreich zurück.

»Habe ich dich geweckt?«, erkundigte er sich besorgt.

»Nein. Ich bin schon eine Weile auf.«

»Wie geht es dir? Du hast hoffentlich keinen schweren Kopf?«

»Überhaupt nicht.«

»Gut zu wissen.« Seine Stimme klang erfreut. »Ich habe mich gefragt, ob du mit mir zu Abend essen willst.«

»Heute?«, rutschte es mir heraus.

»Wenn dir das zu rasch geht oder du etwas anderes vorhast …« Er redete viel zu schnell, seine offenkundige Verlegenheit gefiel mir sehr.

»Eigentlich …«, gestand ich deshalb, »eigentlich habe ich Zeit und Lust, mit dir zu essen.«

»Gut. Das ist gut.« Ich hörte ihn lachen, und auch seine Erleichterung fand ich ungemein anziehend. »Was ist dir lieber? Soll ich dich abholen oder wollen wir uns dort treffen?«

»Und wo wäre *dort*?«

»Wie wäre es mit Waringham House?«

Ich schnappte kurz nach Luft. »Du bekommst bis heute Abend einen Tisch im Waringham House? Das ist gerade eines der angesagtesten Restaurants der Stadt. Die Leute reservieren Monate im Voraus.«

»Ich weiß.« Jetzt klang seine Stimme zufrieden. »Aber ich kenne den Manager, und er schuldet mir noch einen Gefallen. Also, wie sieht es aus? Darf ich dich abholen oder …«

»Wir treffen uns dort.« Auch so eine Regel. Nicht gleich deine Adresse verraten. Nicht, solange du nicht weißt, ob der Kerl nicht doch eine Macke hat. Außerdem wirkte es tough und unabhängig, fand ich zumindest.

»Okay. Um acht? Ich freu mich.«

»Ich mich auch.«

Kurz bevor ich das Haus verließ, tauchte Maisie auf. Sie sah fabelhaft aus in ihrem derangierten kurzen Glitzerkleidchen und mit den verstrubbelten Haaren. Das Make-up hatte ebenfalls reichlich gelitten, was ihrem Look keinen Abbruch tat. Keine andere Frau würde vermutlich unter diesen Umständen so entzückend aussehen wie sie. Maisie hatte etwas von einer Elfe, einer frechen kleinen Fee, die auf eine ganz andere Art bezauberte als jede normale Frau. Es waren ihre Lebensfreude, ihre Gelassenheit, ihre Natürlichkeit, mit denen sie die Menschen verhexte. Sie scherte sich die meiste Zeit nicht groß um ihr Aussehen, was nicht hieß, dass sie es vernachlässigte. Maisie trug, was ihr gefiel, und kümmerte sich nicht um das, was andere davon hielten.

»Was hast du vor?« Sie pfiff unelfenhaft durch die Zähne. »Du siehst großartig aus, Pen.«

»Danke. Ich gehe essen.«

»Und mit wem?« Sie kniff ein Auge zu. »Lass mich raten. Der Typ von gestern Abend?«

Ich nickte grinsend.

»Und?«

»Nichts und. Im Gegensatz zu dir habe ich die Nacht alleine verbracht.«

»Ich habe die Nacht zwar nicht alleine verbracht, aber auch nicht so, wie du denkst. Wir sind nach der Party in die Blue Lounge gegangen und von dort in Andys Coffee Bar zum Frühstücken. Dann waren wir in der Tate Gallery of Modern Art.«

»Du bist direkt nach der Party ins Museum gegangen?«

»Ja. Kenneth ist selbst Künstler. Übrigens sogar recht erfolgreich. Und er wollte mir unbedingt ein paar Exponate zeigen, die seiner Meinung nach jeder Mensch gesehen haben muss.«

»Das heißt«, ich betrachtete sie genauer, »dass du nicht geschlafen hast?«

»Nein«, bekannte Maisie und zwinkerte. »Weder alleine noch mit ihm.«

»Okay.« Ich konnte meine Verwunderung nicht völlig verbergen. So würde ich nur einmal im Leben aussehen wollen, nachdem ich vierundzwanzig Stunden auf den Beinen gewesen war.

»Irgendwie hat es nicht gefunkt. Aber er ist nett, und ich werde ihn bestimmt mal wieder treffen. Als Freund.«

»Das sah aber gestern ganz anders aus.«

»Ich dachte, ein Versuch kann nicht schaden.« Maisie ließ sich auf einen Stuhl fallen. »Aber letztendlich hat es nicht gereicht. Kennst du das, wenn du einen Typen küsst und direkt merkst, dass da nichts überspringt? Also keine Lust, dass es mehr wird? So war es mit ihm irgendwie. Aber als wir uns dann auf das Reden verlegt haben, war es plötzlich wieder interessant.« Sie seufzte. »Obwohl er mir gut gefallen hätte. Und einen Künstler hatte ich noch nie. Aber was soll's! Anscheinend hat dein neuer Bekannter mehr Potenzial.«

Ich nahm meinen Mantel und drückte Maisie einen Kuss auf die Wange. »Das werde ich jetzt herausfinden. Für den Anfang hat er zumindest alles richtig gemacht.«

Kapitel 3

Waringham House war zwar im Moment einer der angesagtesten Läden, hob sich allerdings optisch deutlich von den eher kühlen, betondominierten Locations ab, die ansonsten gerade hip waren. Dieses Restaurant sah aus, als hätte man eine Zeitreise in das viktorianische England unternommen. Es hätte mich nicht gewundert, wenn Jane Austen, Mr Darcy oder der komplette Cast von Bridgerton ums Eck gekommen wären. Inklusive Kameras, um hier eine Szene zu drehen. Ich war überwältigt von der Opulenz, den schweren Samtvorhängen, den gepolsterten Stühlen, dem unverblümt zur Schau gestellten Luxus. An den Wänden prangten pompöse Mustertapeten, prächtige Kronleuchter hingen über den Tischen. Und die Mienen der Kellner waren so ernst und dienstbeflissen, dermaßen zurückhaltend und aufmerksam, dass jedem sofort klar wurde, dass sie nicht wie eine Vielzahl ihrer Kollegen den Job machten, um sich bis zu ihrem Durchbruch als Schauspieler über Wasser zu halten. Sie sahen es als echte Arbeit an, uns zu bedienen und alles zu tun, um uns zufriedenzustellen.

Alec hatte draußen gewartet und mich zur Begrüßung auf die Wange geküsst. Dann hatte er meinen Arm genommen und war mit mir in die heiligen Hallen getreten.

Der distinguierte Empfangsmitarbeiter, der hinter einem Stehpult stand und uns entgegensah, ließ ein Lächeln über sein Gesicht gleiten, als er meinen Begleiter erkannte.

»Ah, Mr Leech! Ihr Tisch ist bereit.« Er winkte, eine knappe Geste, die er ausführte, ohne den Blick von uns zu nehmen, und wie aus dem Nichts tauchte ein Kollege auf, der uns mit einem formvollendeten Diener begrüßte und uns versicherte, heute Abend zu unseren Diensten sein zu wollen. Wir wurden unserer Mäntel entledigt, an unseren Platz geführt. Alec bedeutete unserem dienstbaren Geist, dass er sich selbst darum kümmere, dass mein Stuhl unter meinen Hintern geschoben wurde. Spätestens da war mir klar, dass dies ein ganz besonderer Abend werden würde. Ich meine, im Ernst, wer machte so was in der Neuzeit noch? Aber hier, in diesem Ambiente, passte es, und ich fand es cool, dass er das tat. Seine Hand streifte meinen Nacken, als er seine Finger von der hohen Lehne löste, und ein zufriedenes Prickeln begann sich von dort auszubreiten, wo er mich eben flüchtig berührt hatte.

»Ich hoffe, es gefällt dir«, sagte er, als er sich mir gegenüber niederließ.

Ich nickte und gab mich einen Moment seinen Augen hin. Oder genauer gesagt dem Ausdruck, der in ihnen lag. Ich konnte sehen, dass es ihm wirklich wichtig war, ob es mir gefiel, und das Prickeln verstärkte sich.

»Es ist beeindruckend. Wunderschön«, schwärmte ich.

Sein zustimmendes Kopfnicken bestätigte meine Lobeshymne. Aber anders als ich ließ er seine Augen dabei nicht durch den Raum wandern, sondern fest auf mir ruhen.

»Ja, das ist es«, erwiderte er endlich, und das Prickeln begann, mich unruhig werden zu lassen. *Wenn man es so sehen möchte, dann ist dies bereits unser zweites Date*, dachte ich spontan. Sofern man es nicht so ganz genau nahm. Und überhaupt hatten wir uns gestern auf der Party lange genug unterhalten, um das als erstes durchgehen zu lassen. Und da er mir dort schon ausnehmend sympathisch gewesen war und an Silvester eigentlich andere Regeln galten, was das Küssen fremder Menschen betraf, hatte ich meiner Meinung nach bereits ausreichend gezeigt, dass ich diese ganze Männersache etwas langsamer angehen lassen wollte.

Auch das Essen war außergewöhnlich angerichtet. Es kam auf Tellern mit prächtiger Goldverzierung, wurde auf noch größeren, noch aufwendiger bemalten Platztellern abgestellt, und das Messer wog mehr als unser ganzes Besteck zusammengenommen.

Alec hatte mit dem extra herbeigeeilten Weinkellner einen passenden Rotwein herausgesucht, der uns nun feierlich kredenzt wurde. Er probierte, ohne mit der Wimper zu zucken, das Schlückchen, das ihm eingeschenkt wurde, nahm sich einen Moment Zeit, um das Bouquet zu beurteilen, lächelte dann und brachte damit den Weinkellner dazu, sich zu entspannen. Soweit das hier möglich war. Schließlich nickte er, dass auch mir eingeschenkt werden dürfe. Ich beobachtete, wie sich die dunkelrote, samtige Flüssigkeit in mein Glas ergoss. Das Gefühl, in einer anderen Epoche zu sein, verstärkte sich. Oder in einer anderen Welt, in der man ein altes Landhaus sein Eigen nannte und irgendein Vorfahr vom Königshaus in den Adelsstand erhoben worden war.

Daten ist eine hochkomplexe und kniffelige Angelegenheit, wenn man es richtig machen will. Eine wichtige Dating-Regel heißt: *Zeig nicht zu viel Interesse. Warte erst einmal ab, wie sich der andere gibt. Investiere nicht schon zu Beginn zu viele Gefühle.* Das hatte ich in den letzten Jahren leider viel zu oft ignoriert, zumindest den Teil mit den Gefühlen. Aus diesem Grund war oben erwähnte Regel auch eindeutig auf Rang eins gerückt. Und gleich dahinter kam meine neue Drei-Dates-Regel, die ich mir selbst immer wieder vorbeten musste: Keine Intimitäten vor dem erfolgreichen dritten Date. Oder zumindest keinen Sex. Küssen schon, ich wollte ja nicht gleich Nonne werden, und außerdem traute ich mir selbst nicht ganz. Aber wenn Küsse, dann keine von der Art, die unweigerlich zum nächsten Schritt führten. Ja, ich hatte mir wirklich einen Kopf gemacht und diese Sache gut durchdacht. Und ich war mir sicher, dass ich damit endlich den Weg zu einer normalen, erfüllenden Beziehung gefunden hatte.

Im Ernst: Im Verwaltungsbezirk von London leben mehr als neun Millionen Menschen. Statistisch gesehen ist gut die Hälfte davon männlich. Und davon ist wiederum knapp die Hälfte im relevanten Alter von zwanzig bis fünfzig Jahren. Nicht, dass ich die ganze Bandbreite wirklich ausschöpfen wollte, aber theoretisch war das die Altersklasse, die infrage kam. Wobei ich, entgegen dem momentanen Trend, eher zu einem Mann tendierte, der älter war als ich, als zu einem jüngeren. Das war schon immer so gewesen. Ich fand es ansprechend, wenn ein Mann nicht nur graue Schläfen hatte, sondern auch Lebenserfahrung. Wenn er bereits seine Position im Leben gefunden und seine wilden Jahre hinter sich hatte. Und ausreichend Zeit, seinen Charme auszubauen und zu lernen, wie man eine Frau zufriedenstellte. Es sollte also durchaus möglich sein, einen Mann aufzutreiben, der für mehr als ein Date in Betracht gezogen werden und meine doch sicherlich nicht überzogenen Ansprüche erfüllen konnte. Nur leider war es auch so, dass keine Tabelle aufzeigte, wie viele dieser potenziellen Kandidaten einen Knall hatten. Oder ein gestörtes Verhältnis zu Frauen, was sich beispielsweise in einem krankhaften Mutterkomplex ausdrückte, bei dem man plötzlich Sachen machen musste, die man vielleicht für ein Kleinkind getan hätte, aber doch nicht für einen erwachsenen Kerl. Die sich nicht binden wollten, sondern etwas suchten, um sich selbst zu verwirklichen – gerne mit reichlich Farbe, die sie dir über deinen Körper gießen mochten. Oder – der Klassiker – die nebenbei auch noch andere Frauen dateten, obwohl sie bereits eine feste Partnerin hatten, die sie fröhlich mit dir betrogen.

Ich hatte so ziemlich alles erlebt, was man erleben konnte, und es als Erfahrungen verbucht. Und ich hatte vor, endlich daraus zu lernen und mich nicht mehr vorschnell auf etwas einzulassen. Denn am Ende war es immer mein Herz, das dabei zu Schaden kam.

Alec schien sich der Zeig-nicht-zu-viel-Interesse-Regel nicht bewusst zu sein. Das ganze Essen über ließ er mich spüren, dass er welches hatte. Er war in jeder Sekunde aufmerksam, stellte Fragen, hörte zu, hielt sich selbst zurück. Ich berichtete von meinem Job, ein Thema, das nicht jeden Mann begeisterte. Er jedoch ließ mich zu keinem Moment spüren, dass es jetzt genug wäre und Kleidung nur dazu da, um den Körper warmzuhalten und hinreichend attraktiv zu wirken, um eine Frau abschleppen zu können. Schließlich hob ich lachend die Hände.

»Genug von mir.«

»Ich fürchte, dass ich das nie bekommen werde. Es fasziniert mich, mit welcher Leidenschaft du erzählst.«

»Du interessierst dich also für Mode?«

»Am Rande. Hauptsächlich interessiere ich mich für dich.«

Ich sah ihn an. »Dir ist bewusst, dass du gerade alles über den Haufen wirfst, woran ich glaube«, sagte ich, um der Verlegenheit keine Chance zu geben, nach mir zu greifen.

»Inwiefern?«

»Man tut das nicht. Man zeigt nicht so deutlich, dass man interessiert ist. Man wartet erst mal ab und sondiert die Lage …«

»Und weshalb sollte ich das tun? Du hast mich vom ersten Moment an fasziniert. Und mit jedem Augenblick, den ich mit dir verbringe, wird das stärker. Du bist eine wunderschöne

Frau, Penelope, intelligent, witzig, selbstbewusst. Und wenn ich das richtig einschätze, bist du im Moment ungebunden.«

Ich nickte knapp.

»Wieso sollte ich mir also die Chance nehmen lassen, dich für mich zu gewinnen?«

»Keine Ahnung«, gab ich zu.

»Das ist nicht mein Stil. Ich weiß, was ich will. Und ich kämpfe dafür.«

O ja, das tat er, und zwar erfolgreich. Er war heute Abend auf der Liste potenzieller Kandidaten ganz nach oben gerückt. Ich sah ihm fest in die Augen.

»Das gefällt mir.«

Sein Lächeln wurde breiter. »Gut.«

»Erzähl mir etwas von dir«, forderte ich ihn auf. Ich mochte es, welche Stimmung gerade herrschte. Mir gefiel das Gefühl, dass er alles tun würde, was ich verlangte. Und ich wollte ihn besser kennenlernen.

»Ich arbeite als selbstständiger Coach. Wirtschaftspsychologie.« Er nahm einen Schluck Wein.

»Wirtschaftspsychologie?«

»Ja. Ein sehr spannendes Gebiet und äußerst vielseitig.«

»Also bist du ein Psychologe?« Ich betrachtete ihn interessiert.

»Ich bin eine Mischung aus einem Betriebswirtschaftler und einem Psychologen. Man hat in den letzten Jahren zum Glück erkannt, dass ein gutes Arbeitsklima entscheidend zum Erfolg eines Unternehmens beiträgt. Es gibt viele Bereiche, in denen man ansetzen kann, und ich berate Firmen in dieser Hinsicht, gebe Coachings, beleuchte Marketingpläne.«

»Das ist total interessant.« Ich stützte mein Kinn ab. »Aber auch ein wenig angsteinflößend.«

»Und weshalb?«

»Nun, weil du dann vermutlich ein paar Tricks kennst, die wir anderen nicht kennen. Weil du eventuell ein paar kleinere Manipulationen vornehmen könntest, die mir entgehen?«

Er lachte. »Das könnte ich vielleicht, aber ich würde es nicht tun. Ich achte nur mitunter etwas besser auf die Signale, die ich gesendet bekomme.«

»Zum Beispiel?«

Er beugte sich vor. Das Lachen verschwand, die Stimmung änderte sich schlagartig. Mit einem Mal war sein Blick nicht mehr freundlich und harmlos. Ich spürte förmlich, wie es plötzlich knisterte, wie die Temperatur im Raum schlagartig nach oben ging.

»Zum Beispiel, dass du eine Frau bist, die erobert werden will. Und dass du nicht bereit bist, einem Mann deine Gunst bereits nach zehn Minuten Bekanntschaft zu gewähren.«

Ich schluckte. *Nun, seit Neuestem nicht mehr.*

»Was mir durchaus gefällt. Denn gleichzeitig würde ich behaupten, wenn du es tust, dann mit sehr viel Leidenschaft.«

Das Atmen wurde etwas schwerer. »Das sende ich aus?«

»Unter anderem.«

»Und was noch?« Dieses Gespräch war eine ganz neue Art des Flirtens, zumindest für mich. Keine Ahnung, vielleicht war es seine Masche, schon tausendmal durchgezogen, aber ich fand sie aufregend und faszinierend.

»Du bist eine Frau, die sich nicht scheut, ihre Meinung zu sagen. Du weißt um deinen Wert und willst dich nicht darunter verkaufen. Du bist misstrauisch und gehst im Zweifelsfall eher von der schlechtesten Option aus, die zur Verfügung steht.« Wieder nahm er einen Schluck Wein und betrachtete mich nachdenklich. Er strich sich mit dem Daumen über den Mund, ehe er weitersprach.

»Und du liebst dieses Spiel. Du genießt es, wenn ein Mann dich umwirbt. Es erregt dich, wenn er dir sagt, dass du das gut machst.« Seine Augen bohrten sich in meine, als wolle er testen, ob ich dem standhalten konnte.

»Sonst wäre es ja überflüssig, es zu spielen.«

Er lachte leise. »Allerdings. Und ich versichere dir, dass du eine Meisterin bist. Während ich hier sitze und den Gentleman gebe, stelle ich mir vor, was ich gerne tun würde, wenn du es mir erlauben würdest. Ich frage mich, wie du auf dieses oder jenes reagieren würdest.«

Seine Hand war während dieser Worte immer näher an meine gerutscht, und nun spürte ich, wie sein Daumen sich an meinem rieb. Ich ließ die Hand liegen. Selten hatte ich eine so harmlose Berührung als so erregend empfunden.

»Die Reaktion auf das«, sein Daumen verstärkte den Druck, »ist auf alle Fälle schon einmal vielversprechend.« Er hob kurz die Augenbrauen. »Also besteht Hoffnung, dass ich dich nach diesem Abend wiedersehen werde? Dass ich es sozusagen in die nächste Spielrunde geschafft habe?«

»Auf alle Fälle.« Ich bemühte mich sowieso umsonst, vor ihm zu verbergen, wie sehr er mich beeindruckte, also konnte ich auch die Toughe geben. »Ich muss doch herausfinden, ob du die nächsten Level ebenso gekonnt meisterst wie bisher.«

Kapitel 4

Es war mir klar, dass ich nicht die Einzige war, die ein Spiel spielte, und es war vermutlich eine Schmeichelei gewesen, dass ich die Meisterin an diesem Tisch wäre. Alec beherrschte es mindestens ebenso gut wie ich. Ich hatte in den letzten Jahren viel zu viel Zeit mit Männern verbracht, die den geraden Weg gingen und alles dransetzten, um schnellstmöglich über die Ziellinie zu gelangen. Ich fand es überaus ansprechend, wie er das handhabte. Seine Aufmerksamkeit, das sanfte Umwerben, dann wieder diese Phasen, in denen es so knisterte, dass ich mich am liebsten sofort auf ihn gestürzt hätte. Ich geriet mächtig in Versuchung, das konnte ich nicht leugnen. Doch immer genau dann, wenn ich fast bereit war, meinen dämlichen Vorsatz mit der noblen Zurückhaltung über Bord zu werfen, schwenkte er um und brachte das Thema wieder auf ein sichereres Terrain. Aber so gekonnt, dass es sich nicht nach einer Zurückweisung anfühlte, sondern nach einem Versprechen. Ich wusste, dass ich ihn nicht verlor, wenn ich mich nicht augenblicklich willig zeigte, und dass er es ebenfalls genoss. Wie ein Tanzpaar, das einen dieser alten Tänze aufführte, bei denen man sich ständig umkreiste, nahe kam, dann zu einem anderen Partner wechselte, nur um wieder zum eigenen zurückzukehren – um dieses

Mal noch ein weniger enger zu tanzen. So fühlten sich unsere Gespräche an.

Der Abend war ein voller Erfolg. Vermutlich säßen wir immer noch dort, wenn man uns nicht irgendwann dezent darauf hingewiesen hätte, dass man zu schließen gedachte, davor aber gerne unsere letzten Wünsche erfüllen würde. Das war nicht möglich, denn meiner wäre gewesen, dass die Zeit stehen bliebe und wir für immer und ewig in diesem verbalen Tanz verharrten. Ich fühlte mich wie eine jener hochwohlgeborenen Heldinnen, die umschwärmt wurden, in einer Zeit, als man das noch tun musste, und es bereits den Gipfel der Erregung darstellte, seiner Angebeteten irgendwann eine Locke abschneiden zu dürfen. Um dabei dann verstohlen ihren Nacken zu streicheln oder so. Ich hatte das nebenbei gestanden von jeher ein wenig übertrieben gefunden und insgeheim geargwöhnt, dass man nach dem Abschneiden der Locke auch noch ganz andere Dinge getan hatte. Nun jedoch entdeckte ich, wie aufregend es war, wenn man Berührungen lediglich sporadisch einsetzte, wenn ein sanftes Streicheln plötzlich alle Nerven zum Durchdrehen brachte. Wie viel mehr Aufmerksamkeit man dem anderen schenkte, wenn Berührungen nicht selbstverständlich waren, und was ein einziger Blick mit dem Herz-Kreislauf-System anstellen konnte.

»Danke für diesen wunderschönen Abend.«

»Ich danke dir.« Er lächelte warm. »Wir werden das doch wiederholen?«

»Jederzeit.«

»Ich rufe dich an. Ich muss morgen für ein paar Tage verreisen. Geschäftlich.«

Ich nickte und spürte, wie sich Enttäuschung in mir breitmachte.

»Wir agieren auf der ganzen Insel. Es tut mir leid. Gerade jetzt wäre mir ein Auftrag hier ebenfalls lieber.«

»So ist das eben, kein Grund, sich zu entschuldigen. Gute Nacht, Alec. Und noch einmal danke für das ausgezeichnete Essen.«

Ich hatte mich bereits gedanklich damit abgefunden, dass ich jetzt unverrichteter Dinge in das Taxi steigen würde, das uns vor dem Restaurant erwartete. So war das mit diesen Luxusschuppen. Um seine Gäste davor zu bewahren, auf der Straße zu stehen und zu frieren, während sie auf ihren Wagen warteten, sorgte man dafür, dass sie direkt in einen steigen konnten. Was auch durchaus fein gewesen wäre, wenn man zu zweit einsteigen wollte. Alec jedoch verzichtete darauf, mich nach Hause zu bringen, wie er mir schon drinnen gestanden hatte.

»Ich würde nichts lieber tun, aber ich kann für nichts garantieren, wenn ich jetzt mit dir auf der Rückbank eines Taxis lande«, hatte er erklärt und mich wieder einmal in eine blöde Lage gebracht. Weil ich in dem Moment nicht sagen konnte, dass es durchaus okay wäre, wenn er dort seinen Kampf um die Zurückhaltung verlöre und ich dann zumindest eine kleine Knutscherei hätte durchgehen lassen können. Auf der anderen Seite fand ich gerade wirklich Gefallen an diesem Reigen, und die Vorstellung, noch eine Weile auf ihn warten zu müssen, jagte beinahe ebensolche Wonneschauder über meinen Körper wie das Wissen, dass er dir gleich deinen Rock hochstreifen wird. Ich war also durchaus unschlüssig, und Waringham House nahm uns die Chance, noch ein wenig darüber nachzudenken, ob wir nicht doch in eine Verlängerung gehen wollten.

»Penelope!« Alec hatte mir eben galant die Wagentür geöffnet, drückte sie nun aber wieder zu und sorgte so dafür, dass ich mich zu ihm umwandte.

»Ja?«

»Wie viele Level hat das Spiel?«

»Bitte?«

»Wie viele Runden muss ich bestehen, um an das Ziel zu kommen?«

Ich war drauf und dran, es zu gestehen. Und ihm gleich auch noch die Regeln mitzuliefern: Erstes Date ganz zivilisiert, beim zweiten ein wenig herumknutschen und beim dritten … Ich seufzte innerlich. Was tat ich mir da nur an? Dennoch mimte ich weiter die Coole.

»Geht es dir nur um den Sieg? Ist es nicht das Spiel an sich, das wir genießen sollten?«, fragte ich und versuchte, kokett und nicht lüstern zu klingen.

»Sag du es mir.« Er trat einen Schritt näher, verzichtete aber darauf, mich zu berühren.

Ich dachte einen Augenblick nach. »Es ist beides, oder? Man genießt das Spiel. Aber man spielt, weil man das Ziel erreichen will. Weil man gewinnen will.«

»Ich wollte schon immer gewinnen.«

»Dann«, versicherte ich und strich ihm über seinen Mantelärmel, »wirst du das auch tun. Wenn es so weit ist.«

»Es macht dir Spaß, mit mir zu spielen.«

»O ja, das tut es.« Ich trat noch ein wenig näher an ihn heran. »Keine Angst. Du wirst es merken, wenn du die nächste Runde erreichst«, flüsterte ich ihm ins Ohr.

»Und woran? Bekomme ich eine Medaille oder so?« Seine Stimme klang verführerisch.

»Nein. Aber zum Beispiel das hier.« Ich sah ihm in die Augen, ehe ich meine schloss und ihn küsste. Es war ein guter Kuss, das spürte ich sofort. Einer, der genau richtig war für diesen Moment. Nicht zu intensiv, nicht zu freundschaftlich. Ein Kuss, der versprach, dass mehr folgen würde. Irgendwann. Rasch löste ich mich von ihm, ehe ich mir selbst ein Bein stellte und feststellen musste, dass ich bereits am ersten Tag an meinen großartigen neuen Vorsätzen scheiterte, denn mein Körper schien *irgendwann* mit *jetzt sofort* zu verwechseln. Nein, ich würde das durchziehen, egal, was bestimmte Körperregionen an Beschwerden vorzubringen hatten.

»Dich hat es ja ganz schön erwischt.«

Ich zuckte grinsend die Achseln. »Maisie, ich glaube, dieses Mal habe ich echt Glück gehabt. Alec ist ganz anders als alle Männer, die ich bisher hatte. Klar, ich kenne ihn kaum, aber das, was ich kenne …« Ich grinste noch breiter. »Das gefällt mir richtig gut. Endlich mal einer, der nicht nur in die Kiste will.«

»Will er nicht?«, fragte sie ebenso grinsend zurück.

»Doch, ich denke, dass er das will. Aber eben nicht sofort und ehe er meinen Nachnamen kennt. Es war …« Ich beugte mich über den Küchentisch, wo wir gerade unser Frühstück einnahmen. »Es war unglaublich aufregend. Er hat mich total wuschig gemacht. Er gibt mir eine Macht, die ich sehr ansprechend finde. Diese Macht zu entscheiden, wie weit er gehen darf.«

»Hat man die nicht immer? Es wäre schlimm, wenn du die sonst nicht hättest.«

»So meine ich das nicht. Er lässt mich das Tempo vorgeben, und das ist durchaus nicht üblich. Komm schon, du weißt, was ich meine. Man muss ihm nicht ständig auf die Finger klopfen oder wird überrumpelt. Ich weiß selbst nicht, wie ich das beschreiben soll. Es ist einfach«, ich dachte nach, »es ist toll mit ihm. Ich mag ihn, und es fühlt sich besonders an.«

Maisie starrte mich einen Moment an. »Weißt du noch, was ich vorletzte Nacht zu dir gesagt habe? Dass jetzt du dran bist? Und nun ist das neue Jahr gerade mal zwei Tage alt und …«

Ich hob die Hände. »… und so weit sind wir noch lange nicht. Aber nach all den Reinfällen in den letzten Monaten habe ich einfach das Gefühl, dass Alec ein besonderer Mensch ist. Alles andere wird sich zeigen.«

Auch auf dem Weg zur Arbeit bekam ich das Grinsen nicht aus dem Gesicht. Ich nutzte die Zeit, die ich in der U-Bahn verbrachte, dafür, den gestrigen Abend noch einmal Revue passieren zu lassen. Als ich am Ende ankam, schloss ich einen Moment zufrieden die Lider. Er war unglaublich schön gewesen, dieser Kuss, und dann dieser Moment, als ich ihm danach in die Augen geblickt hatte. Ihn beobachtet hatte, wie er schluckte, und dieses Lächeln auf seinem Gesicht, das mir signalisiert hatte, dass es ihm ebenso gut gefallen hatte wie mir. Der winzige Augenblick, als seine Finger mir eine Haarsträhne von der Wange geschoben hatten. Und sein Räuspern, ehe er mir ein letztes Mal eine gute Nacht gewünscht hatte. Und dann dieses Glühen in meiner Brust, als ich endlich im Taxi gesessen hatte.

Alleine der Gedanke daran ließ es wieder aufflammen. Ich seufzte leise und zufrieden, ehe ich meine Augen öffnete. Glückselige Erinnerungen hin oder her, es wäre ungünstig, meine Haltestelle zu verpassen.

Der Mann mir gegenüber schien sich die Zeit meines Gedankenausflugs damit vertrieben zu haben, mich anzustarren, denn er schaffte es nicht, jetzt schnell genug wegzusehen, obwohl er sich bemühte und rasch den Blick aus dem Fenster richtete. Doch zu meiner Überraschung glitt er ebenso schnell wieder zurück und er sah mir tapfer in die Augen. Ein entwaffnendes Lächeln breitete sich auf seinem Gesicht aus. Entschuldigend hob er die Hände.

»Es tut mir leid, aber du hast gerade so glücklich ausgeschaut … Es war schön, das zu sehen.«

Ich musterte ihn doch etwas misstrauischer als er mich. Er wirkte nett, nicht wie ein Durchgeknallter, der fremde

Menschen in der Tube vollquatschte, aber man konnte ja nie wissen. Er hatte ein freundliches Gesicht mit einem dieser nachlässigen Bärte, die aus mir unerfindlichen Gründen gerade alle so toll fanden, die sich nur einmal die Woche rasieren wollten. Aber seine offen dreinblickenden blauen Augen sorgten dafür, dass man nicht zu lange auf der unteren Gesichtshälfte verweilte, die waren nämlich durchaus beeindruckend. Sein Haar hatte allerdings definitiv zu lange keinen Kontakt mit einem Friseur gehabt, die hellbraunen Locken reichten ihm bis zur Schulter. Die Kleidung war sauber, aber langweilig und bereits ein wenig abgetragen. Dennoch musste sie einmal sehr viel Geld gekostet haben, denn die Schuhe waren teure Markenprodukte und auf dem Pulli prangte das dezente Logo eines nicht ganz billigen Labels. *Vielleicht secondhand*, dachte ich, *ist ja durchaus keine Schande.* Um sein rechtes Handgelenk schlangen sich drei schmale, offensichtlich lange getragene Lederarmbänder, der einzige Schmuck, der er sich zu gönnen schien. Eine Armbanduhr entdeckte ich nicht, ebenso wenig einen Ring oder ähnlichen Tand. Ich schätzte ihn auf Mitte dreißig, auch wenn er eines dieser ewig jungenhaften Gesichter hatte. So eines, bei dem selbst im Alter immer noch irgendwo der freche kleine Bub von früher durchblitzte. Er war nicht hässlich, aber auch nicht ausnehmend schön. Durchschnitt auf der ganzen Linie, einer von Tausenden, die jeden Tag an dir vorbeigehen, ohne dass du es registrierst. Nicht unbedingt erfolgreich, auch nicht sonderlich bemüht, einen unvergesslichen ersten Eindruck zu hinterlassen. Aber er wirkte gelassen und in sich ruhend. Und sympathisch, beschloss ich spontan und schenkte ihm nun doch ein vorsichtiges Lächeln.

»Das liegt vielleicht daran, dass ich glücklich bin«, verriet ich. Nach diesem Geständnis erhob ich mich, weil ich an der nächsten Haltestelle aussteigen musste.

»Das freut mich. Ich wünsche dir, dass du es bleibst. Es steht dir außerordentlich gut.«

Ich nickte knapp und schob mich an ihm vorbei Richtung Tür.

»Weiterhin einen schönen Tag«, rief er mir nach und kümmerte sich nicht darum, dass einige Umstehende ihn anstierten.

»Danke. Das wünsche ich dir auch.« Ich warf einen letzten Blick zurück und musste grinsen. Was für verrückte Leute man in den öffentlichen Verkehrsmitteln doch traf! Entschlossen machte ich mich auf in Richtung Rolltreppen. Heute würde die Welt sich anstrengen müssen, wenn sie mir den Tag vermasseln wollte.

Kapitel 5

Es ist seltsam: Wenn du eine schlechte Phase hast, dann scheint alles zusammenzukommen. Wo du auch hinlangst, es misslingt, oder Schwierigkeiten tauchen auf, an die man sonst gar nicht denkt. Nun war es genau umgekehrt. Es war, als hätte sich das Universum geschworen, die Sonne nur über mir scheinen zu lassen. Ich fühlte mich beschwingt und voller Elan.

Kein Kunde konnte mich aus der Ruhe bringen. Nicht einmal der, der unbedingt drauf bestand, eine Konfektionsgröße 52 zu sein – und der sich nur mit Mühe und Not in eine 56 zwängen konnte. Ich reichte sie ihm in die Kabine und versicherte tapfer, dass es seine Größe wäre. Dabei hoffte ich, dass er keine Lesebrille in der Tasche hatte und es nachkontrollierte. Hatte er nicht, und ich lächelte einfach nickend, als er mit der Hose aus der Kabine trat, mich streng ansah und mir dann erklärte, dass er es doch gewusst hätte. Das gleiche Elend spielte sich mit einem passenden Hemd ab, dennoch blieb ich völlig entspannt. Wenn er es doch herausbekommen würde, gab es ja immer noch die Standardausflucht: »Bei diesem Hersteller fallen die Modelle leider ein wenig klein aus.« Ich meine, wer war ich, dass ich ihn darauf hinweisen musste, dass er wohl ziemlich zugelegt hatte? Wenn er das beim Blick in den Spiegel nicht selbst erkannte, dann war er gesegnet und sollte es auch bleiben.

Am Abend hatte ich es mir mit Maisie bequem machen wollen, doch sie war nicht zu Hause. Dafür tauchte überraschenderweise Ruby auf.

»Hey«, rief ich und sprang vom Sofa auf. »Was machst du denn hier?«

»Ich wohne hier, schon vergessen?«

»Hm. Lass mich nachdenken. Ja, stimmt, da war etwas. Dieses verwaiste Zimmer voller rosafarbener Kissen und Decken …«

»Haha«, sagte sie und nahm mich in die Arme.

»Also, im Ernst. Weshalb bist du hier?« Ich besah sie mir genauer. Es gab keine Anzeichen für einen gewichtigen Grund, was schon mal gut war. Rubys Augen strahlten wie gewohnt, und ihr blonder Half Ponytail wippte fröhlich.

»Beau hängt in einer Konferenz fest und ich hatte keine Lust, alleine herumzusitzen. Ich dachte, wir könnten uns mal wieder wie früher einen Mädelsabend gönnen.«

»Nur schade, dass Maisie nicht hier ist. Was allerdings kein Grund ist, es nicht dennoch zu tun. Und überhaupt müsste sie bald eintrudeln.«

Kaum hatte ich zu Ende gesprochen, ging die Tür auf und unsere Mitbewohnerin stürmte herein. Ich sag es ja, wenn es einmal läuft, dann läuft es.

»Also, erzählt, ihr zwei. Was war da los auf dieser Party?« Ruby hatte sich ihr Weinglas geschnappt, sich auf dem Stuhl zurückgelehnt und erst mich und anschließend Maisie gemustert.

»Was meinst du?«, tat ich unschuldig und zwinkerte Maisie zu.

»Kommt schon, ich will alles wissen.« Rubys Augen funkelten.

»Es gibt nur leider nichts zu erzählen«, winkte Maisie entspannt ab. »Zumindest nicht bei mir. Ich hatte einen schönen Abend mit Kenneth und einen schönen Tag ebenfalls, allerdings alles ganz harmlos. Aber dafür hat es unsere Pen hier mächtig erwischt.« Sie schnipste in meine Richtung. »Sie hat sich Mr Perfect geschnappt und grinst seither wie eine Bekloppte.«

»Details!«, verlangte Ruby mit sensationslüsterner Stimme, und ich grinste schon wieder.

»Er heißt Alec Leech und hat ein eigenes Unternehmen.«

»Und das ist das Wichtigste? Das, was dir zuerst einfällt?« Empört blickte Ruby von mir zu Maisie. »Nicht, dass er wie ein Gott aussieht oder fabelhaft küsst? Nicht, dass er die schönsten Augen hat, die du je gesehen hast, oder alleine der Gedanke an ihn dich vor Glück platzen lässt?«

Ich dachte kurz nach. »Nun, er sieht in der Tat gut aus. Und ja, ich bin glücklich, wenn ich an ihn denke.«

»Und?«, beharrte Ruby und verdrehte die Augen. »Weiter?«

»Und er küsst gut«, antwortete ich und zog meine Unterlippe zwischen die Zähne.

»Das ist alles?«

»Alles, was ich bisher herausgefunden habe«, gab ich zu. »Aber ich will dich daran erinnern, dass ich ihn erst vor ein paar Tagen kennengelernt habe.«

»Sie hatte noch keine Zeit für ihre drei Dates«, verkündete Maisie theatralisch.

»Du ziehst es also wirklich durch?«

»Natürlich. Und so, wie es aussieht, habe ich genau den richtigen Kerl zur richtigen Zeit aufgegabelt«, bekannte ich nicht ganz ohne Stolz.

»Das finde ich toll! Und was du erzählst, klingt doch, als wäre er perfekt.«

»Zumindest scheint er zur Abwechslung mal keine Macke zu haben. Aber ich bin mir wirklich sicher: Ich will das langsam angehen und jeden neuen Schritt genießen. Ich habe zu oft alles überstürzt und dann festgestellt, dass es nicht das ist, was ich wollte. Dieses Mal werde ich mir Zeit nehmen.«

»Nur dass es überflüssig ist, wie es scheint. Wenn du mich fragst«, Maisie schüttelte den Kopf, als sie mich ansah, »ist das alles schon entschieden. Du bist total verrückt nach diesem Kerl, oder?«

Wir hatten mächtig Spaß an diesem Abend. Ich hätte nie gedacht, dass ich es einmal genießen würde, im Mittelpunkt von Rubys seelenvollen Fantasien zu stehen. Ruby ist definitiv diejenige unter uns, die dafür am empfänglichsten ist. Wenn ich uns drei charakterisieren müsste, würde ich sagen, sie ist die Romantikerin. Sie glaubt fest an die große Liebe, und sie kann das auch tun, denn sie hat sie bereits gefunden. Auf den ersten Blick wirkt sie auf manche vielleicht ein wenig naiv, was definitiv an ihrem Look liegt. Auch heute trug sie einen rosafarbenen Faltenrock, der bis eben ans Knie reichte und damit für ihre Verhältnisse schon ein Maxirock war. Dazu eine weiße Bluse mit Puffärmeln und darüber einen schmal geschnittenen, ebenfalls rosaroten Pullunder mit Argyle-Rauten in Weiß und Pink. Seit wir uns kannten, versuchte ich, sie optisch ein wenig umzukrempeln, sie von den zu kurzen Röcken und zu engen Tops und vor allem dem girliehaften Rosa zu entwöhnen und ihr stattdessen eine Garderobe zu verpassen, die ein wenig erwachsener daherkam. Aber bis heute hatte sie sich erfolgreich dagegen gesträubt. Mittlerweile war sie auf dem besten Weg, sich und der Welt zu beweisen, dass man auch in Rosarot Karriere machen konnte und ernst genommen wurde – man musste nur einen langen Atem haben und die Sachen vor allem mit der gebotenen Contenance tragen. Aber abgesehen von ihrem eigenwilligen Look kam man nicht umhin zuzugeben, dass in Ruby viel mehr steckte, als man dachte. Sie hatte mich mächtig beeindruckt in den letzten Jahren. Nicht nur, wie sie die Ärmel hochgekrempelt und die Zähne zusammengebissen hatte, um ihren Schulabschluss plus Studium nachzuholen – was sie gebraucht hatte, um sich endlich auf den Job bewerben zu können, den sie haben wollte. Noch mehr hatte mir nämlich imponiert, wie sie damit umging, was danach passierte. Wie stark sie war und welche Opfer sie für die Liebe zu bringen bereit war.

Maisie dagegen war wie ein Schmetterling, flatterte von Kerl zu Kerl, schien nichts ernst zu nehmen und noch weniger nach etwas Ernstem zu suchen. Sie genoss einfach das Leben. Sie hatte stets mindestens zwei Verehrer an der Hand, die ihr versicherten, dass sie alles für sie tun würden. Irgendwie schaffte sie es, dass ihr nie einer böse war, wenn sie dieses Angebot ablehnte. Aber Maisie war keineswegs oberflächlich oder gefühlskalt. Ganz im Gegenteil. Maisie war ein wunderbarer Mensch, voller Hilfsbereitschaft und Nächstenliebe. Das machte sie auch zu einer großartigen Krankenschwester. Sie erledigte nicht nur einen Job, sondern lebte ihre Berufung, und die Patienten vergötterten sie ebenso wie ihre Kollegen. Und dabei war sie nie überheblich oder nahm das alles als selbstverständlich hin. Sie schien es im Gegenteil gar nicht zu bemerken, was sie mit den Menschen anstellte. Wenn es einem einmal richtig schlecht ging, dann fand sie immer die passenden Worte. Und wenn Worte nicht mehr ausreichten, schenkte sie einem eine ihrer Umarmungen, die auf wundersame Weise halfen, weil man spürte, wie sehr sie mitlitt, wie sehr sie einem wünschte, dass es besser werden würde.

Ja, ich hatte in der Tat großes Glück, diese beiden Frauen in meinem Leben zu haben. Und manchmal fragte ich mich, wie ich da hineinpasste. Wenn Ruby die Romantikerin und

Maisie die Entspannte war, wer war dann ich? Am ehesten die Toughe, vermutete ich. Die, die immer einen coolen Spruch auf den Lippen hatte und stets vorgab, dass sie nichts aus der Ruhe bringen konnte und schon gar nicht in Verlegenheit. Die gerne mal so tat, als ob. Denn wäre ich eben ehrlich gewesen, dann hätte ich zugeben müssen, dass ich tatsächlich vollkommen verrückt war nach Alec. Dass mich alles an ihm ansprach: sein Aussehen, seine Art und sein Lebensstil. Ruby konnte mich leicht tadeln, dass eines der ersten Dinge, die mir zu Alec einfielen, die Tatsache war, dass er beruflichen Erfolg hatte. Ihr Freund besaß nicht nur eine kleine Beraterfirma, sondern würde in absehbarer Zeit Chef der familieneigenen Parfümeriekette *Jola* sein. Sie würde nie mehr finanzielle Sorgen haben und ein gutes Leben führen, und das auch noch mit einem Mann, der sie anbetete. Bei ihr hatte es sich gelohnt, dass sie kämpfte, um sich aus den einfachen Verhältnissen hochzuarbeiten, aus denen sie kam. Und sie hatte es selbst in die Hand genommen, nicht darauf gewartet, dass ein Kerl auftauchte und sie von dort entführte.

Nun, ich hatte ebenfalls einen Traum. Auch ich wollte in London ein neues Leben beginnen. Nicht wegen der ewigen Geldsorgen, denn die gab es bei uns nicht – zumindest nicht in dem Ausmaß wie bei Ruby. Meine Eltern waren nicht reich, aber wir hatten immer genug zum Leben gehabt. Nein, ich wollte der Unsicherheit entfliehen, die mich meine ganze Jugend über begleitet hatte. Ich wollte den spöttischen Sprüchen entkommen, die mich mehr verunsicherten, als ich zugab. Ich wollte mich den blöden Kommentaren und den sabbernden Blicken entziehen, die mein Körper in meinen pubertierenden, hormongefluteten Klassenkameraden auslöste, weil er viel zu früh damit begonnen hatte, Brüste zu entwickeln. Ich wollte frei sein, die neugierigen Augen abschütteln, die mich zu Hause verfolgten, und die Mäuler nicht mehr hören, die hinter meinem Rücken darüber tuschelten, ob mein Shirt zu eng für eine Frau mit meiner Oberweite sei. Ich wollte dem Gefühl entrinnen, dass es etwas Anstößiges wäre, solch einen Körper zu haben, und herausfinden, was ich mit ihm alles anstellen konnte.

Also lernte ich, wie ich mich anziehen musste, um nicht wie eine billige Hostess zu wirken, sondern wie eine Frau, die ihre Kurven schätzte. Ich entdeckte, dass wadenlange Bleistiftröcke, kombiniert mit schlichten dunklen Rollkragenpullovern oder klassischen Twinsets, an mir nicht nach alter Tante, sondern sexy und verlockend aussahen. Ich suchte so lange nach einem guten Friseur, bis ich einen fand, der meine sanft gewellten Haare bändigen konnte und mir einen schulterlangen Stufenschnitt samt Pony verpasste, der so raffiniert geschnitten war, dass mein Haar sich endlich fügte und mit elegantem Schwung mein Gesicht umspielte. Ich fand genau die richtige Highlight-Nuance, um das Straßenköterbraun in einen warmen, leuchtenden Farbton zu verwandeln, der meinem Teint schmeichelte. Kurzum: Ich lernte, meine Unsicherheit bezüglich meines Körpers nicht mehr zu zeigen, sondern mir und der Welt vorzugaukeln, ich wäre selbstsicher und gefestigt. In meinem Job erwies sich das als echter Vorteil. Die Menschen sind nun mal so gestrickt. Sie lassen sich nur zu gerne von Schönheit einwickeln. Es gibt ausreichend Studien, dass bei Verkäufern, die als attraktiv bewertet werden, schneller ein Geschäftsabschluss zustande kommt.

Je besser ich mich präsentierte, desto größer war mein Verkaufserfolg, umso höher stieg mein Ansehen in unserem Laden. Was wiederum dazu führte, dass ich tatsächlich selbstsicherer wurde und erfreut entdeckte, dass mein neues Ich ganz andere Männer anzog. Männer, die früher eine Nummer zu groß für mich gewesen waren. Die Sorte, auf die ich schon immer abgefahren war. Die Jungs zu Hause hatten mich nie gereizt. Ich stand auf die smarten, die weltgewandten, die erfolgreichen. Eigentlich war auch das ein Teil des Planes gewesen, als ich mit achtzehn meine Koffer gepackt hatte, um London zu erobern: Irgendwann einen Mann zu finden, der genau so war, wie ich mir das erträumt hatte. Und mit dem ich dann einen Teil meines Glückes wieder an andere zurückgeben konnte.

Kapitel 6

Bereits die komplette Woche hindurch hatten mich völlig unangemessene Glücksgefühle zu einer dauergrinsenden Version meiner selbst gemacht. Und heute, am Samstag, erreichten diese Gefühle noch einmal neue Höhen, denn ich hatte wieder ein Date mit Alec.

Während ich meinem Make-up den letzten Schliff verpasste, rang ich immer noch mit mir, was die Zählung unserer Dates anging. Wenn man es genau nahm, war unser Kennenlernen am Silvesterabend nämlich keines gewesen, dann wären wir heute erst in Runde zwei. Würde ich es aber als solches einstufen, dann könnte es sich durchaus lohnen, dass ich mich heute Abend für das rote Dessous-Set entschieden hatte. Das, bei dem meine Brüste so aufreizend nach oben gepresst wurden und das mir dafür ein wenig den Atem nahm. Was es durchaus wert war, denn das Dekolleté, das ich im Spiegel betrachtete, war auf alle Fälle ansehnlich. Ich hatte ein schwarzes Etuikleid gewählt. Es war wadenlang, was unter Umständen schwierig gewesen wäre, weil das gerne altbacken daherkommt. Allerdings trumpfte es mit einem raffinierten seitlichen Schlitz auf, der so unterlegt war, dass er zwar Beinfreiheit gab und ab und an Haut durchblitzen ließ, ohne jedoch bei jeder Bewegung direkt einen Blick in das Allerheiligste zu gewähren. Noch besser war allerdings der raffinierte Ausschnitt. Herzförmig folgte er der Rundung meines Busens und war lediglich einen winzigen Tick zu tief. Normalerweise zeigte ich nicht zu viel Brustansatz, schon gar nicht im Alltag. Seit ich sowohl in der Damen- als auch der Herrenabteilung eingesetzt wurde, sowieso nicht mehr.

Als Verkäuferin bist du in einer heiklen Situation. Du musst gut aussehen und vermitteln, dass Mode dein Ding ist und du jeden Trick beherrschst. Andererseits solltest du zurückhaltend genug sein, um niemanden zu verschrecken oder direkt Neid oder Begierden zu erzeugen, je nach Abteilung. Ich wusste, dass ich mit meinem Stil gut ankam und als Beraterin gefragt war, was sich wiederum vorteilhaft auf meine Personalakte auswirkte und mir eine nette Gehaltserhöhung eingebracht hatte – von den Bonuszahlungen ganz zu schweigen. Aber erstens schienen viel zu viele Männer zu glauben, wenn man nicht jeden Quadratzentimeter Haut bedeckte, bedeutete das gleichzeitig, dass es eine Einladung für blöde Sprüche oder billige Anmachen war. Und außerdem kamen diese Kunden gerne mal in weiblicher Begleitung, und die fand es überhaupt nicht toll, wenn die Beratungskraft durch zu viel Haut die Aufmerksamkeit fesselte.

Auf alle Fälle hatte ich gelernt, beruflich genau die richtige Mischung zu finden. Attraktiv genug, um zu vermitteln, dass ich meinen Job beherrschte, aber gleichzeitig zurückhaltend genug, um keine fremden Egos zu zerstören.

Heute allerdings war ich nicht auf dem Weg zur Arbeit und wollte mein eigenes Ego etwas aufpolieren. Ich wollte testen, wie Alec damit umging, wenn er mit offensichtlichen Reizen überflutet wurde. Wir würden in einem Landhaus außerhalb Londons speisen. Redrose Lodge war anscheinend so etwas wie ein Geheimtipp, weshalb ich es unbedingt sehen sollte, wie er mir anvertraut hatte. Der Nachteil war, dass es rund dreißig Kilometer von der City entfernt lag, was uns eine gut einstündige Fahrt bescheren würde. Ich versicherte ihm, dass mir das nichts ausmachte, und verbot es mir, darüber nachzudenken, dass man dort auch Gästezimmer hatte. Wie sagte Maisie immer? *Pläne macht man nur, um sie über den Haufen zu werfen, also spar dir die Energie.*

Stattdessen legte ich vorsichtig noch eine Schicht Lippenstift auf und betrachtete danach das Ergebnis im Spiegel. Elegant und doch unterschwellig sexy. Wenn ich Alec richtig einschätzte, sollte das ein Outfit sein, welches seine Freude an unserem Spiel deutlich erhöhte.

Alec hatte mich in einem sportlichen kleinen Zweisitzer abgeholt, der mich zugegebenermaßen schwer beeindruckte. Das traditionelle Moosgrün der Karosserie und die toffeefarbene Lederausstattung zeugten von englischem Zeitgeist und strahlten einen unbestreitbaren unterschwelligen Luxus aus, der gut zu ihm passte.

Die Fahrt verkürzten wir uns mit den klassischen Wie-war-deine-Woche-Fragen. Er berichtete nur wenig aus seinem Job, ließ mich dafür ausführlich erzählen. Er lachte über meine Schilderungen, und ich gestehe, dass ich es genoss. Ich skizzierte dabei ein Bild von mir, dem ich gerne entsprach, ließ mich eventuell ein wenig aufregender erscheinen, als ich war, und meinen Job auch. Aber das meiste hatte sich wirklich so zugetragen. Überhaupt war ich der Meinung, dass man das Leben immer mit Humor und einer ausreichenden Portion Sarkasmus angehen sollte. Gepaart mit einem Augenzwinkern und dem Willen, selbst in verrückten Situationen das Lachen nicht zu verlieren, kam man einfach besser durch. Und wenn man die Gabe hatte, die Menschen zu überraschen und herauszufordern, konnte man durchaus ein paar Situationen erleben, die es später wert waren, erzählt zu werden. Man sollte dabei nur nicht vergessen, dass man gelegentlich auch über sich selbst lachen musste.

»Ich frage also, ob ich ihm das Teil holen darf. ›Sir, kann ich die Tür öffnen? Wenn Sie angezogen sind, dann reiche ich Ihnen gerne das türkisfarbene Hemd herein, von dem wir eben sprachen. Ich kann es Ihnen aber auch hierhin hängen, wenn Sie sich nicht wieder angezogen haben‹, sage ich zu ihm. Ich bin zu lange in diesem Job und habe schon zu viele ältere Herren in weißem Feinripp gesehen, das ist nichts, was ich mir täglich antun muss. Und den meisten ist es auch einfach peinlich, was ich verstehe. Ich mache also klar, um was es geht, und er ruft munter, dass ich ruhig hereinkommen soll. Wir haben mächtig große Kabinen, musst du wissen, mit Türen anstelle der Vorhänge, in denen man sich nicht an jeder Seite den Ellenbogen anstößt. Im Zweifelsfall muss ja unser Hausschneider um die Kunden herumturnen können. Ich öffne also die Tür und da steht er und strahlt mich an. In einem Superman-Body! So ein Ding, wie man sie Babys anzieht! Nur dass die keinen solchen Bauch haben und sich bei denen ganz sicher auch untenrum nicht alles abzeichnet, weil das Teil zu kurz ist und mächtig Zug im Schritt hat.«

Er lachte.

»Und dann fragt er mich, wie ich sein Outfit finde. Steht da mit seinem strahlenden runden geröteten Gesicht und hebt auch noch beide Arme, um das Elend besser zu präsentieren. Fragt mich freudig, ob ich nicht herausfinden wolle, welche Superkräfte er genau habe. Und was mache ich? Anstatt einfach wieder die Tür zu schließen und den Zwischenfall zu ignorieren, wie sich das gehört, sage ich: ›Das würde ich nur zu gerne, Sir. Aber leider sind Sie ein wenig zu jung für mich. Ich will ja keinen Ärger mit dem Jugendamt bekommen.‹«

Alec grinste. »Das denkst du dir aus.«

»Leider nein. Manchmal glaube ich, je betuchter die sind, desto verrückter sind sie auch. Weil sie sich alles leisten können, sogar richtige Schrullen.«

»Eine Schrulle, die ziemlich persönlich ist. Ich meine, du hast nicht darum gebeten, einen so privaten Einblick zu erhalten.«

»Oh.« Ich warf ihm einen Seitenblick zu. »Das passiert öfter. In der Regel macht mir das auch nichts aus. Wenn ich einem Kerl helfe, die passende Hose zu finden, dann geschieht das schon mal, dass ich ihn zwischendurch in seiner Unterwäsche zu Gesicht bekomme. Sofern er dann daraus keine Show macht oder versucht, anzüglich zu werden, ist das in Ordnung. Es gab auch schon ein paar durchaus ansprechende Oberkörper, während wir nach dem richtigen Hemdenmodell suchten. Und ein paar, die nicht so wohlgeformt waren.« Ich lächelte bedeutungsvoll. »Das gehört dazu, und man sieht gar nicht mehr so genau hin. Ich habe in diesem Moment ja auch anderes im Kopf. Nur wenn da einer in solch einer Unterwäsche steht, da fällt es schwer, es nicht zu bemerken.«

Oder wenn da einer stand, der gar keine Unterwäsche anhatte, was leider auch gelegentlich der Fall war. In diesen Situationen übergab ich den Kunden an einen männlichen Kollegen und hatte auch kein Problem damit, das so laut und deutlich zu tun, dass der Kerl das mitbekam. Es gab Grenzen, und ich hatte gelernt, dass die unbedingt eingehalten werden mussten. Beim ersten Mal hatte mich eine vergleichbare Situation so verstört, dass ich nicht wusste, wie ich reagieren sollte. Ich war frisch in der Ausbildung gewesen, gerade mal achtzehn, bemüht, alles richtig zu machen, und noch nicht wirklich gut darin, meine Unsicherheit zu verbergen. Und der Kerl hatte das geschnallt und sich derart an dieser Situation aufgegeilt, dass er hart wurde. Ich floh aus der Kabine, reichte ihm aber dennoch eine

Hose nach der anderen und fühlte mich so schmutzig wie nie zuvor in meinem Leben. Ich kann mir nur vorstellen, was er in der Kabine tat, und am Ende kaufte er nichts. Er hatte noch nicht einmal etwas probiert, denn jedes Kleidungsstück hatte noch die akkuraten Falten und war nur achtlos auf dem Hocker abgelegt worden.

Erst drei Tage später wagte ich es, mit meinem Chef darüber zu reden. Ich sah ihn nicht an und versuchte mühsam, die Umstände zu umschreiben, weil es mir peinlich war zu erklären, dass ich einen Exhibitionisten in der Kabine gehabt hatte, der sich an meiner Verlegenheit erregt hatte. Mein Chef hatte großartig reagiert. Er hatte mir versichert, dass er nicht das gemeint hätte, als er mir sagte, wir würden hier alles tun, um unsere Kunden zufriedenzustellen und mit dem besten Einkaufserlebnis ihres Lebens zu beglücken. In einem solchen Fall solle ich umgehend einen Kollegen hinzuziehen. In Ausnahmefällen wie diesem, teilte er mir außerdem mit, würde bei uns ein Hausverbot ausgesprochen. Generell aber müsste ich mir solche Übergriffe nicht gefallen lassen, führte er weiter aus. Anscheinend wusste er, dass es durchaus öfter vorkam, dass selbstverliebte Kerle einen Einkaufstrip gleichzeitig dazu nutzen wollten, um eine kleine Nummer klarzumachen.

Mittlerweile war ich ganz gut darin, diese Herren dann mit hochgezogenen Augenbrauen von oben bis unten zu mustern, ehe ich mitleidig meinen Kopf schüttelte und bekannte, dass hier leider gar nichts mein Interesse weckte. Und am allerbesten war ich inzwischen darin, sie nicht mehr merken zu lassen, dass sie mich mit solchen Aktionen durchaus erwischen konnten.

Doch davon wollte ich jetzt nichts erzählen, überhaupt waren solche Vorfälle zum Glück auch nicht Standard. Und ich hatte zudem das Gefühl, dass es nicht passend wäre, auf dem Weg zu einem verheißungsvollen Date davon zu reden, wie mir fremde

Männer ihre besten Stücke präsentierten. Das zog die Stimmung doch ein wenig nach unten. Und vielleicht hätte Alec gedacht, dass er sich danach vornehm zurückhalten müsste. Heutzutage war ja alles eine Gratwanderung, er hätte glauben können, ich hätte generell kein Interesse daran, ab und zu einen nackten Männerkörper zu sehen.

Deshalb schüttelte ich diese Gedanken ab und sagte stattdessen heiter: »Er hat es mit Humor genommen und am Ende richtig Umsatz gebracht. Aber was ich bis heute nicht herausgefunden habe, ist, wo um alles in der Welt man solche Teile herbekommt.«

Kapitel 7

»Ich dachte, es passt zu dir«, gestand Alec, als wir den Speisesaal betraten. »Als ich dich zum ersten Mal gesehen habe, wusste ich bereits, dass ich dich einmal hierher einladen sollte.«

»Tatsächlich?«

Redrose Lodge wies gewisse Ähnlichkeiten mit Waringham House auf. Es war ebenfalls eines dieser üppig ausstaffierten und auf englischen Adel getrimmten Restaurants, die auf eine vornehme Art plüschig sind. Allerdings gab es durchaus kleine Unterschiede im Detail. Wenn Waringham House dem protzigen Ballsaal einer Königin glich, war das hier der geheime sündige Traum des Königs. Auf eine unterschwellige Art wirkte es intimer, verruchter, ohne billig zu sein. Die schweren roten Samtvorhänge, die farblich passende Tapete mit einem blutroten Schwertlilienmuster auf hellrotem Hintergrund, die gedämpfte Beleuchtung, alles schien direkt auf die Libido zu zielen. Man konnte nicht anders, als augenblicklich daran zu denken, wie der Abend enden würde. Ich zumindest nicht. Aber es war weder aufdringlich noch irgendwie unangenehm, weil alles so dezent umgesetzt war, dass es eben nur Möglichkeiten aufzeigte.

»Tatsächlich«, bestätigte er, und der Klang, den seine Stimme nun hatte, harmonierte vollendet mit diesem Raum. Verheißungsvoll wie die Atmosphäre, mit einem deutlich wahrnehmbaren Unterton, der zugab, dass man ziemlich scharf auf den anderen war. »Es ist der perfekte Rahmen für dich. Mein Gott, Penelope, du siehst heute Abend wunderschön aus.«

Ich lächelte zufrieden. Seit wir unsere Mäntel abgegeben hatten, beobachtete ich das in seinen Augen. Sie hatten sich exakt in der Weise verdunkelt, die ich mir erhofft hatte, und sein Blick hatte einen Moment zu lange auf meinem Dekolleté verharrt.

»Schönes Kleid«, war sein Kommentar gewesen, als er dem stumm wartenden Bediensteten schließlich meinen Mantel in die Hand gedrückt hatte.

Ich hatte mir überlegt, ob ich mit diesem nüchternen Kommentar zufrieden sein sollte, bis ich bemerkte, was er nicht aussprach, sondern was nur von seiner Mimik ausgedrückt wurde. Jetzt allerdings schien er endlich die richtigen Worte gefunden zu haben.

»Danke.« Ich schlug einen Moment die Augen nieder, weil ich wusste, welchen Eindruck diese Geste auf ihn machen würde. Und tatsächlich funkelten die seinen, als ich den Blick wieder hob. Leise räusperte er sich und konzentrierte sich auf seine Umgebung.

»Du solltest unbedingt das Wild probieren. Es ist von einer Qualität, die ihresgleichen sucht.«

»Dann werde ich das tun.«

Der Kellner eilte herbei und wir gaben unsere Bestellung auf. Dazu gehörte auch Wein, was ich kommentarlos hinnahm. Ob Alec plante, hier zu übernachten? Nun, ich hätte nichts dagegen. Und weiterhin die Möglichkeit, mich dafür zu entscheiden, dies als drittes Date zu werten.

»Erzähl mir etwas von dir«, bat ich ihn, als der Kellner uns allein gelassen hatte.

»Was willst du wissen?«

»Alles.« Ich lachte. »Ich weiß nichts, außer dass du eine Firma hast und beinahe ein Psychologe bist.«

»Die Firma gehört nicht mir alleine. Ich habe sie gemeinsam mit meinem Bruder gegründet.«

»Du hast einen Bruder?«

»Sogar einen Zwillingsbruder.«

»Wirklich? Wie ist er? Sieht er dir ähnlich?«

»Allerdings. Unsere Lehrer hatten ständig Schwierigkeiten damit, uns auseinanderzuhalten. Das war manchmal recht hilfreich, zumal wir uns schon da bestens ergänzten. Wir hatten verschiedene Fächer, die uns lagen, und als Team waren wir unschlagbar. Wir sind es bis heute.«

»Du magst ihn sehr, oder?«

»Ja.« Alecs Blick wurde anders. Milde und ein wenig abgelenkt. »Er steht mir sehr nahe. So ist das mit Zwillingen. Was uns verbindet, kann sich wohl niemand vorstellen, der dieses Band nicht kennt. Er weiß alles von mir und ich alles von ihm. Es existiert nichts, was man dem anderen nicht anvertrauen könnte. Wir haben seit unseren Kindertagen alles geteilt. Wirklich alles. Gedanken, Geheimnisse, Spielzeug. Es gab nie etwas, was der andere nicht auch haben konnte. Und das ist bis heute so.«

»Das muss toll sein. Ich habe leider keine Geschwister, was ich stets bedauert habe.«

»Es ist nicht immer leicht«, räumte Alec ein und musterte mich intensiv. »Aber ich würde es nicht anders haben wollen. Und ich würde Emmett nie etwas abschlagen. Er ist der wichtigste Mensch in meinem Leben.«

Ich nickte nachdenklich.

»Das klingt vermutlich nicht besonders ansprechend. Keine Frau möchte hören, dass ein Bruder der wichtigste Mensch ist. Und schon gar nicht eine Frau, die weit mehr sein könnte als eine Bekannte.« Er strich sich mit dem Daumen über den

Mund, und ich schluckte. »Aber das sind zwei völlig verschiedene Dinge. Was mich mit Emmett verbindet, sind andere Gefühle. Nur habe ich mittlerweile gelernt, dass es für viele nicht so einfach zu verstehen ist. Für manche wurde es zum Problem, dass es da eben einen anderen Menschen gibt, der für mich sehr wichtig ist. Ich muss vermutlich sogar so weit gehen und sagen, dass wir beide nur im Doppelpack zu haben sind.« Seine Augen bohrten sich in meine. »Und ich hoffe sehr, dass das für dich kein Problem ist. Dass du verstehen wirst, dass Emmett dazugehört. Denn auch, wenn ich mir geschworen habe, dass ich dich nicht bedränge und dir Zeit lasse, ist es für mich längst klar: Ich will dich, Penelope. Ich bin absolut verrückt nach dir.«

Ernsthaft, solche Geständnisse gehören definitiv nicht an einem öffentlichen Ort gemacht. Nicht, wenn man sich keine Beschwerden wegen unsittlichen Verhaltens einhandeln will. Andererseits genoss ich es, was sich gerade in meinem Körper abspielte, diese Gefühle, die mich überschwemmten und die unbedingt im Zaum gehalten werden wollten. Und ein Blick in seine Augen ließ mich plötzlich erkennen, dass es ihm genauso erging. Dass er das bewusst gemacht hatte, weil es ihm ebenso zusagte. Weil er es heiß fand und weil er mich herausfordern wollte. Ich entschied mich deshalb, sein Geständnis zu ignorieren. Ich beugte mich vor, schlug langsam ein Bein über das andere und nahm zufrieden wahr, wie sich sein Mund etwas öffnete.

»Erzähl mir mehr von Emmett«, bat ich und hörte erfreut, dass meine Stimme genau das richtige Timbre hatte. Leicht und dennoch hoffnungsvoll.

»Er ist der Ältere«, begann er nach einer kurzen Pause. »Elf Minuten, aber die sind entscheidend. Er war von jeher ein wenig wilder als ich, draufgängerischer und mutiger.«

»Ist er dir ähnlich? Im Wesen, meine ich? Mögt ihr dieselben Dinge?«

»Allerdings«, versicherte Alec. »Das reicht so weit, dass wir sogar dieselben Lieblingsspeisen haben und den gleichen Duft benutzen.«

»Würde ich dich mit ihm verwechseln, wenn ich ihm auf der Straße begegne?«

»Das wäre möglich.« Er zwinkerte mir zu. »Zumindest, solange du uns nicht etwas genauer kennst. Emmett hat einen Leberfleck auf der Brust, der aussieht wie eine dritte Brustwarze, genau mittig platziert.«

»Das würde mir auf der Straße nicht unbedingt weiterhelfen. Falls er nicht die Angewohnheit hat, halb nackt herumzulaufen.«

»Er trägt sein Haar ein bisschen länger als ich, und das Grün seiner Augen ist etwas dunkler. Sein Gesicht ist auch ein wenig breiter als meines, dafür ist meine Nase eine Spur länger. Und er hat eine kleine Narbe an der linken Augenbraue, die er sich zugezogen hat, nachdem er verbotenerweise auf den Apfelbaum geklettert war und wie vorausgesagt herunterfiel. Es gibt einige kleine Unterschiede, aber ich muss zugeben, dass man erst lernen muss, die zu erkennen. Wenn wir nebeneinanderstehen, ist das einfacher.«

»Ich sollte also aufpassen, wen ich küsse, wenn du mir auf der Straße begegnest.«

Er schüttelte den Kopf. »Nein. In diesem Fall solltest du nichts anderes tun, als mich zu küssen.«

Kapitel 8

»Wie kommt es, dass ein Mann wie du noch zu haben ist?«, fragte ich eine Stunde später.

Im Ernst, ich suchte so langsam wirklich nach dem Fehler, aber so sehr ich mich anstrengte, ich fand nichts. Alec war nett, charmant, genau im richtigen Maß forsch, höflich, gut aussehend, erfolgreich. Er wusste, was Frauen hören wollten, und sagte es auch. Und zwar so, dass es absolut überzeugend klang. Er wirkte vertrauenswürdig und ehrlich, und er hatte den ganzen Abend über lediglich ein Glas Wein getrunken. Ich hatte fast damit gerechnet, dass er sich mehr gönnen würde, nur um später festzustellen, dass er nicht mehr fahren konnte und wir – Überraschung – im einzig verfügbaren Doppelzimmer nächtigen würden. Hatte ich alles längst erlebt. Aber er hatte das nicht im Sinn. Er verfügte offensichtlich über ausreichend Mittel, um sich ein gutes Leben leisten zu können, und war bestens vernetzt. Auch hier kannte man ihn, und aus seinen Erzählungen schloss ich, dass er sich nicht nur in der Geschäftswelt bewegte, sondern auch im guten, alten England. Er hatte Kunden, die nicht bloß Geschäftsleute waren, sondern zudem dem Adel angehörten, und schien sich in diesen Kreisen öfters aufzuhalten und dort Ansehen zu genießen. Dieser Mann war ein Jackpot, ich konnte es nicht fassen, dass ihn sich bis jetzt noch keine geschnappt hatte. Oder hatte ihn sich eine geangelt und saß nun irgendwo in einem Haus weitab der City und dachte, dass er geschäftlichen Terminen nachging?

»Keine Ahnung«, gab Alec zurück und wirkte zwar überrascht, aber nicht wachsam. »Es hat irgendwie nie gepasst. Ich muss auch sagen, dass ich lange nicht ernsthaft gesucht habe. In der Phase, als wir die Firma aufbauten, war ich nicht an einer festen Beziehung interessiert. Doch in letzter Zeit«, er neigte sich wieder über den Tisch und schaute mich an, »haben sich meine Wünsche geändert. Ich möchte sesshaft werden und gegebenenfalls sogar eine Familie gründen. Ich habe viele der Ziele erreicht, die ich mir gesteckt habe, und nun hätte ich gerne jemanden, mit dem ich die Früchte dieser Arbeit genießen kann.«

Ich erwiderte sein Lächeln. Er klang absolut aufrichtig, und ich beschloss, ihm zu vertrauen.

»Wenn das hier also ein Bewerbungsgespräch sein soll«, er zwinkerte wieder, »dann würde ich sagen, dass du einen sehr guten Eindruck gemacht hast und die Stelle noch frei ist.«

»Ich denke darüber nach. Aber ich weiß nicht, ob ich genügend Informationen habe, um mich zu entscheiden.«

»Du würdest eine Probezeit bekommen.«

»Das überzeugt mich nicht.«

»Und wie wäre es mit einem Probearbeiten?«, schlug er mit kehliger Stimme vor und klang dabei so heiß, dass ich schlucken musste.

»Das könnte ich mir vorstellen.«

Die Stimmung am Tisch war mittlerweile derart aufgeheizt, dass ich befürchtete, dass uns jeder ansehen würde, was wir hier taten. Dass wir uns unaufhörlich hochschaukelten, bis wir uns nicht mehr bremsen konnten. Ich zumindest wurde immer zappeliger. Dieser Kerl wusste leider zu genau, wie man mich herumbekam, und spielte seine Karten äußerst geschickt aus. Ich war gerade so weit, dass ich dachte: *Was soll's. Klar zählt die Silvesterparty als Date*, als er seufzte.

»Ich fürchte, wir sollten uns langsam auf den Rückweg machen.«

Bang! Ernüchtert bemühte ich mich um ein hoheitsvolles Nicken.

»Wir sind wieder mal unter den Letzten. In deiner Gesellschaft scheint die Zeit doppelt so schnell zu verfliegen.«

Erneut nickte ich.

»Aber ehe wir gehen ...« Er schwieg kurz. »Hast du morgen schon etwas vor?«

»Nein«, erwiderte ich und versuchte, gelassen zu klingen.

»Würdest du dann mit mir ausgehen? Ich habe Karten für das Bridge Theatre. Sie spielen ›Viel Lärm um nichts‹.«

»Shakespeare? Nicht unbedingt meine bevorzugte Lektüre.«

»Ich denke, dass es dir gefallen wird. Soweit ich weiß, haben sie sogar ein paar echte Stars verpflichtet. Letztes Jahr habe ich dort Dame Judy Dench und Ralph Fiennes auf der Bühne erlebt.«

»In dem Fall muss ich wohl mit.«

»Das musst du. Du wirst es nicht bereuen.«

Aber morgen ist es ganz sicher das dritte Date, dachte ich ein paar Stunden später. Wir waren brav nach Hause gefahren und hatten uns erneut die Autofahrt damit verkürzt, uns mit allgemeinen Themen abzulenken. Einmal hatte seine Hand beim Schalten meinen Schenkel gestreift, und er hatte sich prompt entschuldigt. Nun gut, so lange er am Steuer saß, war es besser, auf die Straße zu achten, zumal ein feiner Nieselregen eingesetzt hatte und die Wege glatt werden konnten.

Als er mich an der Wohnung absetzte, hatte ich bereits beschlossen, ihn nicht mehr auf einen Kaffee hereinzubitten. Irgendwie war die Chance für heute vertan, und vielleicht hatte er sogar recht: Es war wahnsinnig aufregend, sich derart langsam aneinander heranzutasten, und das Wissen, dass wir uns morgen wiedersehen würden, erleichterte mir das Warten. Zumal ich gerade mit herrlich weichgeküssten Lippen in meinem Bett lag. Als wüsste er genau, welchen Plan ich geschmiedet hatte, war er nämlich ausgestiegen, um mir die Tür zu öffnen, und hatte mir beim Verlassen des Wagens seine Hand gereicht. Und er hatte sie nicht losgelassen, während er mir eine gute Nacht wünschte. Wir standen auf der Straße, der Nieselregen hatte nach wie vor nicht aufgehört und kroch uns kalt in den Mantelaufschlag, aber wir bemerkten es nicht. Bis er plötzlich meine Hand freigab und meinen Mantelkragen hochschlug.

»Du solltest nicht hier in der Kälte stehen«, murmelte er. »Ich sollte dich endlich loslassen. Wir sehen uns morgen.« Entgegen seinen Worten hielt er nach wie vor meinen Kragen fest, was mir Hoffnung machte.

»Ich freue mich darauf«, entgegnete ich lächelnd. Sanft küsste ich ihn auf die Wange und spürte bereits da, wie sich seine Hände langsam nach unten bewegten und sich um mich schlossen. Und wie sein Kopf sich drehte und sein Mund nahe an meinen kam.

»Ich ebenfalls.« Und endlich küsste er mich. Und Himmel, was war das für ein Kuss! Einer, der dich komplett vergessen lässt, dass du im Regen stehst, und der zwar langsam beginnt, im nächsten Moment aber richtig Fahrt aufnimmt. Ein Kuss, wie man ihn viel zu selten bekommt, weil die meisten ihn nur als Auftakt zu mehr betrachten. Aber wir beide, wir würden heute nicht mehr bekommen, und wahrscheinlich genossen wir es deshalb so sehr. Und aus diesem Grund wollten wir auch nicht aufhören. Erst als aus dem Nieseln ein nicht mehr ignorierbarer, richtig fieser kalter Regen geworden war, trennten wir uns.

»Bis morgen«, sagte er noch einmal und küsste meine Hand. »Und vergiss nicht, über mein Angebot nachzudenken.«

»Das werde ich. Auch wenn ich immer noch das Gefühl habe, nicht wirklich zu wissen, auf was ich mich einlasse. Irgendeinen Fehler musst du doch haben.«

»Bestimmt. Aber ich wäre ein Narr, dir das jetzt bereits zu verraten.«

Um mir den Sonntag zu vertreiben, tat ich das, was man in dieser Situation nie tun sollte: Ich recherchierte Alec Leech im Netz. Eigentlich fand ich es gut, dass es diese Option gab. Ich meine, Menschen können dir alles Mögliche erzählen. Ich nahm mir vor, nur zu checken, ob sein Unternehmen wirklich existierte. Das war schnell erledigt, und ich klickte mich neugierig durch die Bewertungen. Sie waren allesamt positiv, was mich sehr freute. Anschließend kochte ich mir einen Tee und schlich ein paar Minuten um mein Smartphone herum, ehe ich nachgab und weitermachte. Es schwirrten erstaunlich viele Bilder im Netz herum, auf denen er markiert war. Fotos von Firmenveranstaltungen, von Vorträgen, die er hielt, und Handshake-Bilder mit irgendwelchen wichtigen Leuten. Einige waren verlinkt und führten mich auf die Homepages von Unternehmen. Private Aufnahmen fand ich nicht. In den sozialen Netzwerken war er nur mit seinem Business präsent, und nicht auf einem einzigen Bild hielt er grölend eine Bierflasche hoch oder so. Ich gelangte immer mehr zur Überzeugung, dass er keine Fehler haben konnte. Beeindruckt betrachtete ich die Bilder, auf denen er mit Mitgliedern unseres Adels abgebildet war. Tatsächlich schienen viele seiner Kunden aus dieser Welt zu stammen, und sie alle sprachen sich lobend über die Agentur aus. Auf manchen Bildern war er auf Partys bei einem dieser Leute zu Gast. Und auf sehr vielen war er doppelt zu sehen, was mich doch verwirrte. Alec hatte mir ja verraten, welche Merkmale ihn und Emmett unterschieden. Nun, auf den Fotos konnte ich diese Details nicht ausmachen. Fasziniert starrte ich die Brüder an und überlegte, wie lange ich brauchen würde, um Alec auf Aufnahmen eindeutig zu erkennen. Wann ich die beiden lachend beäugen und den Kopf darüber schütteln würde, dass ich jemals Probleme gehabt hatte, sie auseinanderzuhalten.

Toll! Nun hatte ich es geschafft, meine Aufregung in wenigen Minuten nicht nur zu steigern, sondern auf ein ganz neues Niveau anzuheben. Wer hätte das gedacht, als ich vor wenigen Tagen seine Einladung zu einem Drink angenommen hatte? Ich hatte immer das Vorurteil gehabt, dass Menschen, die es geschafft hatten, in jene Kreise einzudringen und dort geschätzt zu werden, mit diesem Erfolg auch ein bisschen protzen würden. Dass die angeborene Arroganz, welche das Umfeld prägte, abfärben würde und man zumindest ein wenig Eigenwerbung betrieb, ob nun sympathisch oder nicht. Aber Alec hatte das unterlassen. Er hatte weder damit geprahlt, dass er so erfolgreich war, noch kleine Andeutungen auf seine adligen Geschäftspartner eingestreut. Er hatte sich wie ein ganz normaler Mensch präsentiert, bodenständig und nett. Shit, er tat sogar so, als wäre es der höchste seiner Wünsche, eine gewöhnliche Frau wie mich zu bekommen. Dabei hatte ich auf mindestens drei Upperclass-Partybildern Frauen aus eben diesen Kreisen erkannt, die ihm eindeutig schmachtende Blicke zuwarfen. Er verfügte durchaus über Chancen, und dass er bisher keine ergriffen hatte, zeigte, dass er Prinzipien besaß.

Ich legte das Handy beiseite und gab mich meinen Tagträumen hin. Ich startete ganz gediegen, indem ich noch einmal unsere letzten Treffen durchlebte, mir seine Sätze anhörte, die mich so in Aufruhr versetzt hatten. Ich sah seine Augen und spürte jede winzige Berührung. Damit war ich recht schnell am Ende, denn so wirklich viele hatte es ja nicht gegeben. Nach einer Weile gestattete ich mir, zum gestrigen Abend zurückzukehren und diesen Kuss, der eine Million Küsse gewesen war, noch einmal zu genießen. Das machte mich so verrückt, dass ich ihm in meinen Gedanken erlaubte, daraus mehr zu machen. Und er war gut! Alec war auf jedem Gebiet gut, weshalb ich keine Zweifel hegte, dass er auch im Bett jede Anforderung, die man haben konnte, mühelos würde toppen können. Das war natürlich die allerschlechteste Idee, die ich haben konnte, denn nun war ich nicht bloß aufgeregt, sondern auch ziemlich wuschig. Ich beendete also diese Episode und wanderte mental ein Stückchen weiter, hinein in eine wundervoll glitzernde Zukunft.

Ich betrachtete mich, wie ich, als wäre es das Normalste der Welt, neben ihm in den verschiedensten Restaurants saß und mir in immer neuen Worten anhörte, wie toll ich sei. Ich sah mich an seiner Seite auf den Partys der Reichen und Mächtigen. Auf den Partys der zwar nicht immer reichen, aber herrlich versnobten und eisern zusammenhaltenden Upperclass. Und dann auf einer Veranstaltung, die ich selbst organisiert hatte, natürlich mit seiner Unterstützung, und die meinen Start in die Welt der Charity-Arbeit markierte. Er legte einen Arm um meine Mitte und stellte mich mit strahlenden Augen vor. *Das ist Pen, die Frau meines Lebens*, verkündete er mit warmer Stimme. Hm. Ich stockte. Alec nannte mich nie Pen. Er fand, dass mein wirklicher Name viel besser zu mir passte, und bestand darauf, ihn zu verwenden. Und obwohl ich so darum gekämpft hatte, Pen zu werden, ließ ich es zu. Mit unserem Umzug nach London hatte ich sozusagen auch meinen Namen abgelegt und mich Pen genannt, weil es tougher und cooler klang als Penelope oder Penny, wie meine Schulfreundinnen mich gerufen hatten. Es war mein geheimes Zeichen gewesen, dass ich ab sofort eine andere sein würde. Nun, das hatte ich durchgezogen, aber womöglich war es nun an der Zeit, die wilde Pen abzulegen und erneut zu einer anderen zu werden. Zu der Version, die von jeher das Ziel meiner persönlichen Entwicklung gewesen war. *Das ist Penelope, meine Frau*, sagte Alec also, und ich erschauderte. Nicht allein, weil er mir dabei tief in die Augen blickte. Sondern auch, weil ich mir eben eingestanden hatte, dass ich in Alec deutlich mehr sah als einen reichen Kerl, auf den ich scharf war. Wenn ich heute Morgen in ihn verliebt gewesen war, dann hatte ich es geschafft, mich mit einer simplen Internetrecherche so richtig zu verknallen. Ich war auf den ältesten Verkäufertrick, den ich doch so gut kannte, hereingefallen: die Ware im besten Licht zu präsentieren. Sie so zu zeigen, dass man sie unbedingt haben wollte. Jede einzelne positive Seite daran zu erwähnen. Eventuelle Schwachstellen lässig unter den Tisch fallen zu lassen, dafür aber deutlich zu machen, dass es sich hierbei um ein rares Stück handelte. Womöglich sogar das letzte, und wenn man nicht sofort zugriff, könnte einem durchaus ein anderer Interessent zuvorkommen. Und ob man irgendwann in seinem Leben noch einmal etwas Vergleichbares finden würde, erschien mehr als fraglich.

All dies kannte ich aus meinem Job. Und ich war recht ausgefuchst darin, die Begierden meiner Kunden zu wecken. Ich war sogar so gewieft darin, dass ich es bei mir selbst hinbekommen hatte. Am späten Nachmittag, als ich das Handy endgültig auf das Sofa warf, war es mir gelungen, mich so gründlich in Alec Leech zu verlieben, dass ich wusste, heute Abend musste es passieren.

Kapitel 9

Ich freue mich auf Shakespeare! Das versicherte ich mir gerade selbst, um einmal mehr die Kraft der Suggestion zu bemühen. Unter uns, bisher waren meine Begegnungen mit der Hochkultur eher sporadisch gewesen. Theater, Ausstellungen und so waren nicht wirklich meine Welt, auch wenn ich mich bemühte. Um bei der Wahrheit zu bleiben, besuchte ich lieber zum Tanzen einen Club, als mir eine Theateraufführung anzusehen. Und ich ging eher zum Karaoke, als mir eine Oper anzutun, und das will etwas heißen, denn Singen gehört definitiv nicht zu meinen Stärken. Ich wäre gerne eine dieser Personen gewesen, die sich mit echter Wonne solche Aufführungen ansahen, aber ich war und blieb wohl kulturtechnisch eher ein schlichtes Gemüt. Das würde ich an Alecs Seite vermutlich in den Griff bekommen müssen. Ernsthaft, das Aufregendste, was ich in dieser Richtung bei Dates bisher erlebt hatte, waren Kinobesuche gewesen. Und da durfte ich schon froh sein, wenn es sich um eine Komödie handelte. Einer hatte mich sogar in diesen »Joker«-Film mitgeschleift. Ich hatte dagesessen und schreckerfüllt auf die Leinwand gestarrt. Ich war wirklich nicht dazu geschaffen, mir so etwas anzutun. Und er? Hatte sich bestens amüsiert. Ich meine, hätte er mich dorthin geschleppt, um die Gunst der Stunde zu nutzen, versucht, mich abzulenken und festzuhalten, dann hätte ich ja noch einen Sinn darin erkennen können. Aber mich dann hinterher auch noch alleine nach Hause gehen zu lassen, nur weil ich mich geweigert hatte, mit zu ihm zu kommen, das war eine Erfahrung, die ich nicht gebraucht hätte.

Ich machte mich für den Abend zurecht und war mir dabei einigermaßen sicher, dass diese Theateraufführung zumindest deutlich weniger Gemetzelszenen enthalten würde als der Film damals. Und ich hatte Alec im House 69 kennengelernt, also hing er nicht bloß in Kulturstätten und edlen Restaurants herum. Wir würden das passende Gleichgewicht finden. Wobei ich gegen die Gourmettempel ja auch gar nichts einzuwenden hatte. Und überhaupt, ich war mittlerweile in einem Alter, in dem man anfangen sollte, seinen Geist zu füttern und sich eine gewisse Kultiviertheit zuzulegen. Außerdem war ich gerade so verrückt nach Alec, dass ich vermutlich alles toll finden würde, was ich in seiner Gesellschaft erlebte.

Das Bridge Theatre machte es mir leicht, mich weiterhin auf den Abend zu freuen. Vielleicht hatte sich Alec doch etwas mehr dabei gedacht, mich hierher einzuladen, denn als romantische Location machte es sich wirklich gut. Zum einem war da natürlich seine Lage direkt an der berühmten London Bridge. Die bot gleich bei unserer Ankunft ein wunderbares Bild, wie sie sich beleuchtet in der Dunkelheit erhob. Selbst für einen Londoner ist das immer wieder beeindruckend. Im Theater erwarteten uns Hunderte Lampen, die dicht an dicht von der Decke hingen. Jede einzelne sah aus, als wäre sie mit einem Pergamentpapier umwickelt worden. Das war nicht nur ein großartiger Anblick, sondern verbreitete auch ein wundervoll warmes Licht. Alec in seinem Anzug passte hervorragend in dieses Ambiente, und auch ich hatte mir reichlich Mühe gegeben und fand, dass ich mich trefflich von den teilweise sehr leger gekleideten Touristen abhob. Alec teilte meine Meinung, was mich natürlich freute. Und nein, ich fand es nicht schlimm, mich für einen Mann schön zu machen, zumal ich ja selbst davon profitierte. Es verlieh mir Selbstvertrauen und Sicherheit, und beides konnte nie schaden.

Zu meiner Überraschung führte Alec mich nicht in den Saal, sondern die Treppen hinauf. Er zeigte unsere Karten vor und wir wurden von einem beflissenen Angestellten zu einer Tür geleitet. Alec dankte ihm lässig und ließ mir den Vortritt. Unsere Plätze, erkannte ich, waren nicht in der Menge, sondern auf dem Rang in einer Loge, die neun Personen Platz bot. Ich sah ihn fragend an.

»Du hast die freie Wahl. Ich schlage vor, wir setzen uns nach vorne.« Er legte mir eine Hand in den Rücken und schob mich sanft zur Brüstung. »Wie wäre es hier?«

Stumm ließ ich mich auf einem der mittleren Sessel nieder und spähte hinab. Der Saal war bereits voll. Neugierig ließ ich meinen Blick ringsum schweifen. Es gab hier mehrere Logen. Nur zwei waren wie unsere recht klein, die anderen boten Platz für deutlich mehr Menschen. Auch sie waren bereits gut gefüllt. Ein Blick auf die Uhr verriet mir, dass es nicht mehr lange hin sein konnte, bis die Vorstellung anfing.

»Sind die Plätze in den Logen nicht nummeriert?«, erkundigte ich mich.

»Doch.«

»Und warum können wir uns dann den Platz aussuchen?«

Ein Gong ertönte und machte uns darauf aufmerksam, dass die Aufführung in fünf Minuten beginnen sollte.

»Ist das nicht seltsam?« Ich wandte meinen Blick von den vollen Rängen zu Alec. »Es scheint ziemlich ausverkauft zu sein. Nur hier ist niemand aufgetaucht.«

»Es ist ausverkauft«, gab er zurück und grinste zufrieden. »Das Stück kommt gut an, und der Winter ist die klassische Theaterzeit.«

»Und weshalb sind dann hier noch freie Plätze? Was hast du gedreht, Alec Leech?«, wollte ich wissen und spürte, wie mein Herz vor Aufregung zu klopfen begann. »Wenn diese Karten so begehrt sind, wie kommt es dann, dass wir nach wie vor alleine sind?«

»Das liegt daran, dass ich mit dir alleine sein möchte«, bekannte er leise an meinem Ohr, gerade als das Licht gedämmt wurde und in die Notbeleuchtung wechselte.

Ich spürte, wie sich die beste Gänsehaut meines Lebens über meine nackten Arme ausbreitete. Dachte ich zumindest, weil ich nicht wusste, was mir noch bevorstand.

Ich hatte den Moment verpasst, um weiterzufragen, aber welche Frau hätte einen so magischen Augenblick einfach zur Seite gewischt und darauf beharrt, eine Antwort zu erhalten? Ich war viel zu sehr damit beschäftigt zu atmen und ihn anzusehen und zu spüren, wie seine Finger nach meiner Hand suchten und ihren Tanz begannen. Er setzte wieder seinen verheerenden Daumen ein, der einfach ein wenig um meinen kreiste. Ich schwöre, ich bekam richtig Angst, denn wenn schon diese Berührung reichte, um mich komplett willenlos zu machen, was stand mir dann bevor, wenn er größere Hautareale berührte, sobald er ganz anders verkabelte Stellen in Angriff nahm? Stellen, die direkt mit wieder anderen Stellen vernetzt waren und dafür sorgten, dass man nicht mehr ruhig sitzen konnte und nur noch eines im Sinn hatte? Und dann hob sich der Vorhang und ich traute mich nicht mehr, genauer nachzufragen, was er mit unseren Plätzen gedreht hatte, denn Alec schien völlig gefangen von der Handlung. Nur sein Daumen nicht, der schuld daran war, dass ich von der ersten Hälfte nicht wirklich viel mitbekam.

In der Pause bemühte ich mich um Schadensbegrenzung. Verdammt, ich war siebenundzwanzig Jahre alt und ganz sicher keine unerfahrene Jungfrau. Wie konnte es sein, dass ich so komplett von der Rolle war, bloß weil ein Mann an meiner Hand herumspielte? Nach einer Weile hatte er meinen Daumen erlöst und seine Hand auf meine geschoben, die alles andere als lässig auf der schmalen Abtrennung unserer Sitze lag. Er hatte sie nicht einfach gehalten, sondern weiterhin mit meinen Fingern gespielt, sie umschlossen, gestreichelt, wieder losgelassen. Manchmal streiften seine Fingerkuppen dabei wie zufällig meinen Schenkel, ganz flüchtig, und dann durchzuckte mich ein Blitz und ich dachte: *Jetzt aber!* Doch im nächsten Moment waren sie schon wieder weg und ich warf ihm einen verstohlenen Seitenblick zu. Seine Augen waren auf die Bühne gerichtet, als wäre dort alles, was ihn gerade interessierte. Ich hätte mich darüber aufregen sollen, aber ich fand es herrlich, um ehrlich zu sein. Das war eine völlig neue Erfahrung für mich. Ich genoss die Gefühle durchaus, die sich unaufhaltsam in mir aufbauten. Jetzt allerdings, im beleuchteten Foyer, mit laut schnatternden Menschen um uns herum und einem Glas leichten Weißwein vor mir, versuchte ich, mich unter Kontrolle zu bringen und wieder ein wenig mehr zu der Pen zu werden, die mit jeder Situation cool umging.

»Also, du schuldest mir noch eine Antwort. Wie kommt es, dass wir alleine in dieser Loge sind?«

»Das liegt daran, dass es eine Privatloge ist.«

Oha. »Du hast eine Privatloge?« In dem Fall würde ich mich vermutlich sehr schnell mit der Kultur anfreunden müssen.

»Nein«, er lachte leise. »Das würde sich nicht lohnen. Ich gehe eigentlich viel zu selten ins Theater.«

Gut. Ich wischte mir in Gedanken den Schweiß von der Stirn. »Und wem gehört sie dann? Wie kommt man an so etwas?«

»Sie gehört einem Geschäftspartner. Er leistet sich diesen Luxus bereits eine Weile.«

»Oh. Dann muss er das Theater lieben.«

»Nun.« Er beugte sich vertraulich vor. »Er liebt vor allem seine Tochter.«

»Bitte?«

»Seine Tochter, die einzige, die er hat, verfolgt den ambitionierten Plan, Schauspielerin zu werden. Sie hat die Schauspielschule abgeschlossen, allerdings keine Engagements bekommen. Und da hat Daddy eben«, seine Stimme wurde noch etwas leiser, »beschlossen, das Bridge Theatre zu unterstützen. Großzügig zu unterstützen. Dazu gehört, dass er dauerhaft eine Loge gemietet hat.«

»Oh«, sagte ich erneut. »Und mit Erfolg, nehme ich an?«

»Natürlich. Du hast besagte Dame heute Abend auf der Bühne bewundert. Sie mimt die Hofdame Margarethe.«

Ich dachte nach. So wirklich nachhaltigen Eindruck hatte sie nicht gemacht. Es gab zwei Hofdamen, das immerhin hatte ich mitbekommen, aber exaktere Details waren mir zugegebenermaßen entgangen. Deshalb nickte ich nur schweigend, was Alec mit einem leisen Lachen quittierte.

»Ganz genau«, bestätigte er, als hätte ich etwas Geistreiches von mir gegeben. »Sie hat noch einiges vor sich und muss noch vieles lernen. Was ich ihrem Vater natürlich nicht erzählen werde.«

Okay, inzwischen hatte ich eine Ahnung, welche der beiden Damen Margarethe und wer, nun ja, *die andere* war. Und wenn selbst mir aufgefallen war, dass ihr Spiel von dem der übrigen Besetzung abwich, und zwar nicht gerade positiv, dann mussten ihre Leistungen außerordentlich bescheiden sein, sofern man es gänzlich ohne Ablenkung betrachtete.

»Ich gestehe, ich leide bei jedem ihrer Auftritte mit. Was sehr schade ist, denn die übrige Truppe überzeugt durchaus mit Talent.« Er machte eine kleine Pause. »Was denkst du? Wie gefällt dir die Inszenierung?« Alec hatte sich beim letzten Satz ein wenig näher an mich herangeschoben. Sein Mund befand sich jetzt dicht an meinem Ohr.

»Gut«, antwortete ich ausweichend.

»Das freut mich. Ich habe gehört, im zweiten Teil soll es recht aufregend werden.«

»Aufregend gefällt mir«, gestand ich ein wenig kurzatmig.

»Mir auch. Wenn da nur nicht diese Fremdschämmomente wären, in denen Margarethe über die Bühne stampft. Wir werden uns eine Ablenkungsstrategie zurechtlegen müssen.«

Wie machte er das nur? Punktgenau in diesem Moment ertönte wieder einmal der Pausengong, und ich wurde im plötzlich noch lauter hochkochenden Lärmpegel, den ganzen erwartungsfrohen Ausrufen und dem eiligen Aufbruch einer Antwort erhoben. Zum Glück, denn sein Blick war so heiß, dass ich lediglich schlucken und nicken und hoffen konnte.

Kapitel 10

Ich bekam auch im zweiten Teil der Aufführung nichts mit von Margarethes miserablen Auftritten, und schuld daran war dieser Mistkerl neben mir. Wenn das Alecs Vorstellung von einem Theaterbesuch war, dann sollte ich ihn wohl dringend dahingehend beeinflussen, sich ebenfalls eine eigene Loge zu sichern oder sich zumindest mit diesem Vater sehr gut zu stellen. Ich war nämlich gerade äußerst ausgesöhnt mit der Kultur und durchaus begeistert von diesem Date.

Alec tat, was ich erwartete, und dennoch tat er es nicht, was mich überraschte und ziemlich anmachte. Ich meine, wir waren hier alleine, es war schummrig und intim und wir beide fanden uns überaus anziehend, da war ich mir sicher. Himmel, ich hatte in der Vergangenheit Dates im Kino erlebt, mit Typen, die gedacht hatten, es würde ausreichen, wenn das Licht aus war. Und dort hatten wir keine lauschige kleine Privatloge gehabt, sondern Plätze mitten in der Menge! Das war allerdings nicht mein Ding, und über ein wenig Herumknutschen hinauszugehen war ich auch nicht bereit. Ich war eher eine von denen, die in derartigen Situationen laut »Habt ihr kein Zuhause?« rief, als mich selbst in solche Aktionen zu stürzen. Hier jedoch sah die Ausgangslage anders aus, und ich war mir unschlüssig, wie ich reagieren würde. Alec schien es allerdings gar nicht darauf angelegt zu haben, mich zu küssen oder seine Hände in unziemliche Regionen wandern zu lassen. Was er tat, war sehr viel weniger und um einiges mehr.

Ich positionierte meine Hand wieder auf der Armlehne, und wie erwartet fand seine sie recht schnell. Doch dieses Mal ließ er sie meinen Arm hochwandern und in den Nacken huschen. Langsam glitt sie über die Schulter bis hin zum Schlüsselbein, wo sie kleine, wie beiläufige Kreise zog. Als sie genug davon hatte, tänzelte sie erneut zu meinem Hals, meinem Kinn, meinen Wangen. Ich spürte sein Bein an meinem und verstärkte ein wenig den Druck, um ihn zu ermutigen. Sein Zeigefinger beschrieb einen Kreis um meinen Mund, was mich spontan keuchen ließ und ihn dazu brachte, kurz auf der Unterlippe zu verharren, ehe er sich wieder in Richtung Schlüsselbein aufmachte. Ich rutschte ein wenig auf dem Sitz hin und her. Alec musste es registrieren, verhielt sich aber so, als merke er es nicht. Seine Hand glitt weiter, stoppte, drehte um, suchte sich eine neue Stelle, an der sie meine Haut zum Brennen bringen konnte. Nicht einmal berührte er ein Areal, das verboten gewesen wäre. Als er sich auf meinen Oberschenkel vorgearbeitet hatte, hielt sie sich eisern auf dem Stoff meines Kleides und ebenso eisern auf der Außenseite meines Beines. Jedes Mal, wenn ich dachte, dass er jetzt gleich den Rocksaum erreichte oder sich in Richtung der Schenkelinnenseite bewegte, verweilte er einen Augenblick und änderte die Route. Und ich war kurz vor dem Durchdrehen. Das war das harmloseste Gefummel, das ich seit Jahren erlebt hatte, und gleichzeitig das intensivste, heißeste, das ich jemals gehabt hatte. Nie hätte ich mir vorstellen können, wie sinnlich es war, solche Berührungen zu erleben. Zu keiner Zeit hatte sich meine Lust so langsam und stetig aufgebaut. Ich kämpfte tapfer, heroisch bemüht, meine eigenen Regeln einzuhalten und nicht einfach über ihn herzufallen. Als endlich wieder die Lichter angingen, wusste ich, dass ich heute Abend nicht alleine nach Hause gehen würde. Und dass dieser Mann sehr viel mehr zu bieten hatte, als ich bisher gedacht hatte.

Vielleicht sollte er das in sein Coaching-Angebot aufnehmen? Einen Kurs, der Männern verklickerte, wie man Frauen wirklich umgarnte und sie dahin brachte, dass sie sich einem zu Füßen warfen. Ich jedenfalls hatte mittlerweile jegliche Hemmungen verloren. Anstatt wie so oft als Bremse auftreten zu müssen und zu verhindern, dass sich Männer zu schnell zu viel herausnahmen, hatte ich den sehnsüchtigen Wunsch, das Gaspedal zu sein.

Ich wusste nicht, wie wir es auf die Straße schafften. Ein Blick in seine Augen hatte genügt, um zu sehen, dass auch er die letzte Stunde genossen hatte. Ihn hatte das Spiel ebenfalls angemacht, und doch trat er mit mir hinaus in die lärmende Menge und plauderte sofort wieder über diese unselige Margarethe. Wir standen ohne Körperkontakt da, als wir unsere Mäntel aus der Garderobe auslösten. Während wir die Treppen nach unten schritten, legte er wie beiläufig eine Hand auf meinen Rücken, leicht wie ein Schmetterling und absolut tadellos. Wir wandten uns nach rechts und gingen ein paar Schritte Richtung London Bridge, weg von den Menschen, die lärmend aus dem Theater strömten. Wir erreichten die Brücke aber nicht, weil ich stehen blieb, sobald der ärgste Trubel hinter uns lag, und Alec am Ärmel packte. Er stoppte, drehte sich zu mir um, und einen Moment sahen wir uns an. Im nächsten Augenblick schlang ich meine Arme um seinen Hals und küsste ihn endlich. Und zwar mit all der Begierde, die sich heute Abend aufgestaut hatte.

Ich bin mir relativ sicher, dass nicht nur einer der Passanten »Habt ihr kein Zuhause?« rief. Aber es interessierte mich nicht.

In dem Moment, in dem ich seine Lippen schmeckte, kümmerte mich gar nichts mehr außer dem verzweifelten Wunsch, diesen Mann zu haben, und zwar alles von ihm. Es war mir egal, ob man das tat oder nicht, ob ich meine eigenen Vorsätze missachtete und sogar, was Alec von mir denken könnte, wenn ich so über ihn herfiel.

»So eine bist du also?«, presste er auch prompt heraus und entzog sich mir für eine schmerzvolle kleine Ewigkeit, um mein Gesicht mit einem eindeutig angetörnten Gesichtsausdruck zu studieren.

»Ja«, keuchte ich atemlos. »Was erwartest du von mir? Nur ein braves Mädchen könnte nach all dem«, ich wedelte ein wenig mit der Hand, »nicht so reagieren.«

»Und das bist du nicht? Ich muss gestehen, ich hatte exakt darauf gehofft.« Und dann endlich antwortete er mit einer Heftigkeit, die der meinen in nichts nachstand. Er drückte mich gegen die Hauswand und küsste mich ebenso leidenschaftlich wie ich ihn. Im Gegensatz zu eben vernachlässigte er nun allerdings seine Handarbeit komplett, beschränkte sich lediglich auf seine Lippen, die sich auf meinen festsaugten. Vermutlich war das eine kluge Entscheidung, denn hätte er auch noch damit begonnen, mich überall anzufassen, dann hätte ich endgültig jegliche Moral und Anstand verloren. Ich war so schon kurz davor, mich ihm hier und jetzt an dieser Hauswand hinzugeben. Ich presste mich enger an ihn, und schließlich löste er sich und schaute schwer atmend auf mich herab.

»Nächstes Level?«, fragte er atemlos.

»Ziel erreicht«, verkündete ich ebenso kurzatmig. »Wir sollten schleunigst zusehen, dass wir ein Taxi finden.«

Auch wenn der Taxifahrer ein paar Mal hüstelte und uns Blicke zuwarf, was ich zumindest vermutete, fand ich, dass wir uns vorbildlich verhalten hatten. Wir hatten geknutscht, ja, und das auch etwas wild, aber ansonsten waren wir anständig geblieben. Aber es war, als hätte uns ein plötzlich aufflammendes Fieber gepackt, und nun konnten wir nichts anderes tun, als uns zu küssen. Vermutlich langte der Taxifahrer tief in seine Trickkiste und fuhr einige geheime Wege und Abkürzungen, denn wir erreichten unser Ziel viel schneller als erwartet. Alec belohnte ihn mit einem großzügigen Trinkgeld, und kurz darauf waren wir bereits an der Haustür, noch ehe das Taxischild wieder aufleuchtete und signalisierte, dass der Wagen frei war. Noch nie war ich dermaßen schnell die Treppen nach oben geeilt wie heute, Hand in Hand mit Alec. Endlich erreichten wir unsere Wohnungstür, und ich hatte Mühe, den Schlüssel ins Schloss zu stecken. Ich tastete nach dem Flurlicht und Alec stolperte herein. Dann standen wir da und sahen uns einen Moment atemlos an, ehe wir erneut übereinander herfielen.

Der erste Sex mit einem neuen Partner steht ja mächtig unter Druck. Er muss alles toppen, was man je erlebt hat. Er darf nicht weniger als eine kosmische Erfahrung sein. Man muss dabei die Seele des anderen streifen, seine Aura in leuchtenden Farben sehen, und natürlich weiß der Typ instinktiv, wohin genau er für wie lange fassen muss.

Ich verrate euch jetzt etwas: Mir war es so egal, welche Farben Alecs Aura haben könnte. Ich war viel zu ausgehungert, viel zu scharf auf ihn, um daran zu denken. Er brauchte nirgendwo hinzugreifen, weil ich bereits in Flammen stand. Ich fürchte, ich ließ keinen Zweifel daran, wie sehr ich ihn wollte, und war einfach nur zufrieden, das jetzt endlich zu bekommen.

»Ich weiß nicht, wie ich dich verdient habe, Alec. Shit, du *bist* perfekt«, flüsterte ich deshalb später an diesem Abend.

»Das bin ich nicht, im Gegensatz zu dir. Du bist so wunderschön.« Er ließ seinen Blick über mich gleiten. »Und selbstbewusst. Aufregend. Du bist es, die perfekt ist.«

Sollte ich widersprechen? Nein, er würde es selbst herausbekommen, dass ich all das nicht war. Und überhaupt, es war gleichgültig, denn mit ihm zusammen war ich es vielleicht. In seinen Augen war ich wunderschön und aufregend. Ich genoss seine Blicke ebenso, wie ich vorher seine Berührungen genossen hatte. Ich kann mich nur wiederholen, ich war im Himmel und mir ziemlich sicher, dass ich dort seit Neuestem eine Dauerkarte hatte.

»Er ist einfach unglaublich.« Ich wusste, dass sich ein debiles Grinsen in meinem Gesicht festgesetzt hatte, konnte aber leider absolut nichts dagegen tun.

Maisie zeigte wie so oft Verständnis. »Das freut mich so für dich.«

»Endlich mal ein Kerl, der mehr in mir sieht als nur diese Dinger.« Ich griff mir zur Erklärung selbst an meine Brüste.

»Sag jetzt nicht, dass er kein Interesse an ihnen hat!«, rief Maisie gespielt schockiert.

»Oh, das hat er. Aber nicht nur. Also, nicht sofort. Ach, Shit«, ich brach ab, weil meine Freundin laut losprustete. »Weißt du, was er mir gestanden hat? Dass er mich vom ersten Moment an wollte. Und trotzdem hat er sich die ganze Zeit wie ein Gentleman verhalten, obwohl er fast durchgedreht ist. Aber er wollte, dass ich den Zeitpunkt bestimme. Also, dieser Kerl«, ich musste einfach eine bedeutsame Pause einlegen, »hat direkt am Silvesterabend seinen Terminkalender befragt und unser Kennenlernen geplant. Er hat für jeden verfügbaren Abend eine Option gebucht.«

»Was?«, staunte Maisie und richtete sich auf. »Was hat er gemacht?«

»Nun, er hat für jeden seiner freien Abende irgendwas arrangiert. Nur, um etwas parat zu haben, falls ich Zeit habe.« Ich hörte den Stolz in meiner Stimme, konnte ihn aber nicht unterdrücken. Das war das verdammt Schönste, Romantischste und Coolste, was je einer für mich getan hatte. »Er hat nicht einfach Restaurants gebucht, sondern sogar Plätze für den berühmten Brunch im Tearose Room. Für den Fall, dass ich sonntagabends bereits etwas vorhabe und wir uns nur vormittags sehen könnten. Er hat auch Karten für die Eislaufbahn am National History Museum vorbestellt, falls ich mich sportlich betätigen will.« Ich kicherte, als Maisie bedeutsam grinste. »Und er hat Tickets für das Westend besorgt.« Ich machte eine kleine Pause, damit meine nächsten Worte ausreichend Beachtung fänden. »Für ›The Book of Mormon‹.«

»Das Musical? Nein!«, ereiferte sich Maisie auch erwartungsgemäß. »Das ist ausverkauft. Immer. Da kommst du nicht mal eben an Karten.«

»Es sei denn«, sagte ich genüsslich und lehnte mich zufrieden zurück, »es sei denn, du bist Alec Leech.«

»Wer ist er? Der Pate von London?«

»Nein. Einfach nur gut vernetzt. Er kennt alle, die Einfluss haben. Und er hat all das gemacht, um mich zu überzeugen. Für mich, Maisie, kannst du das glauben? Noch nie hat sich ein Mann so für mich ins Zeug gelegt. Ich habe es gesehen, die Reservierungen und die Online-Tickets, weil ich es ihm nicht glaubte. Jeder freie Tag im Kalender, bis Ende Januar. Und für Februar hatte er schon neue Pläne. Nur für den Fall, dass ich mit ihm ausgehen werde.« Ich ließ mich zurücksinken und schloss die Augen. Als ich sie wieder öffnete, klang meine Stimme nicht mehr so überdreht und laut.

»Allein das wäre bereits ein Grund, ihn sich zu schnappen. Aber dazu kommt, dass er mich total verrückt macht. Was er mit seinen Händen anstellt und überhaupt … Er ist perfekt, Maisie. Ich kann es nicht fassen. Er ist einfach perfekt«, wiederholte ich zufrieden.

»Zu perfekt, wenn du mich fragst. Das klingt, als ob sogar Ruby neidisch werden müsste.«

»Quatsch. Zu perfekt gibt es nicht. Und ich bin realistisch genug, um zu wissen, dass auch er den einen oder anderen Fehler hat. Aber ganz im Ernst: Keiner davon könnte so gewaltig sein, dass seine Vorzüge es nicht aufwögen.«

Kapitel 11

Auch wenn wir die Ziellinie mittlerweile überschritten hatten, wäre es eine Schande, all die Reservierungen verfallen zu lassen, befand Alec. Schließlich hatte er sie gegen bereits geleistete Gefälligkeiten eingetauscht, und vor allem liebte er es, mich auszuführen. Und auch wenn wir hinterher nicht mehr in getrennte Taxen stiegen, behielten wir das Spiel bei, uns dabei mit sparsam eingesetzten Berührungen und zweideutigen Bemerkungen anzuheizen. Alec behandelte mich auch weiterhin so, als müsste er noch um meine Gunst kämpfen, und ich verfiel ihm mit jedem Tag mehr. Seine Zurückhaltung machte mich verrückt. Manchmal musste ich ihn regelrecht anbetteln, sie endlich fallen zu lassen. Beinahe hätte mir der Verdacht kommen können, dass ihm der Weg mehr Genuss bereitete als das Ziel. Unter uns, nachdem wir damit angefangen hatten und meine, nun ja, angestaute Energie etwas abgebaut war, konnte ich ab und an doch nicht umhin, mir ein wenig mehr Leidenschaft zu erhoffen. Ich war vermutlich dabei, seinem Fehler auf die Spur zu kommen: Alec war doch eher konservativ und ein ganz klein wenig langweilig im Bett. Aber er war auch bemüht, mir entgegenzukommen, und so dachte ich, dass wir das schon hinkriegen würden.

Zwischen diesen Treffen gab es immer Durststrecken, in denen wir uns nicht sehen konnten. Ich hatte gewusst, dass er viel herumreisen musste, aber nicht, wie sehr ich ihn in dieser Zeit vermissen würde. Dabei war er deutlich öfter in der Stadt als sein Bruder, wie ich mittlerweile herausbekommen hatte.

»Ich kann es nach wie vor nicht fassen, dass es dich sogar zweimal gibt«, sagte ich eines Abends lachend. Ich fühlte mich recht zufrieden, weil eben erwähnte Durststrecken durchaus libidosteigernd sein konnten – bei ihm zumindest. An meiner gab es nämlich nach wie vor nichts zu steigern. »Du sprichst so oft von deinem Bruder und es klingt jedes Mal, als wärt ihr euch wirklich verbunden. Ich kann es kaum erwarten, ihn kennenzulernen.«

»Du wirst ihn kennenlernen. Er wohnt bei mir, wenn er in der Stadt ist. Und umgekehrt wohne ich bei ihm, wann immer ich Gelegenheit habe, an die Westküste zu fahren. Emmett liebt das Meer, weshalb er letztes Jahr beschlossen hat, dass er für eine Weile in Wales leben will. Wir agieren landesweit, von daher ist das kein Problem. Trotzdem hoffe ich, dass er London bald vermisst und zurückkehrt.«

Alec klang aufrichtig traurig. Ich überlegte kurz, dann ließ ich meine Hand seine Brust ein paar Zentimeter hinabgleiten und setzte ein kleines freches Lächeln auf. »Gleicht er dir wirklich in allem? Habt ihr, was Frauen angeht, auch dieselben Vorlieben?«

»Durchaus.« Die kurzzeitig schwermütige Stimmung verflog, wie ich das erhofft hatte. »Das hier würde er zum Beispiel sehr zu schätzen wissen.«

»Und nicht einmal das bringt Probleme?« Ich ließ meine Finger einmal um seinen Bauchnabel wandern.

»Nein. Wir sind nicht so. Wir neiden uns nichts, das habe ich dir ja bereits gesagt.«

»Das klingt ziemlich cool.«

»Ja?« Sein Blick wurde plötzlich dermaßen intensiv, dass ich schauderte. »Es gab da manchmal, nun, Probleme. Mit früheren Freundinnen. Weil Emmett und ich uns in dieser Hinsicht so nahestehen. Weil wir zusammengehören und es den einen ohne den anderen nicht gibt. Weil ich alles mit ihm teile. Besitz, Erfahrungen, meine Ansichten.«

»Nun, mich erschreckt das nicht. Bei uns ist es ähnlich«, bekannte ich leichthin. Meine Hand verharrte auf seinem Bauch, und ich überlegte, ob ich sie nicht weiterschicken sollte. »Maisie hat einen fatalen Hang dazu, sich an meinem teuren Shampoo zu vergreifen, wenn ihres ganz zufällig leer ist.« Ich verzog vielsagend den Mund. »Was leider ständig passiert. Aber dafür hat sie auch kein Problem damit, wenn ich ihre geliebte Mandelmilch leer trinke, wenn keine andere im Haus ist.«

Alecs Augen begannen zu blitzen. »Ich wusste, dass du das verstehst. Wir beide passen perfekt zueinander. Früher hatten wir übrigens auch eine WG, genau wie ihr.« Sein Finger tippte sachte auf meine Brust. »Und ich habe mich schwergetan, das zu beenden. Ich mag es, wenn jemand um mich herum ist.«

»Dann werde ich das in Zukunft wohl sein müssen«, säuselte ich und fühlte mich sehr zufrieden.

»Das wirst du«, bestätigte er und küsste mich.

»Und ich sollte wohl endlich deinen Bruder kennenlernen.« *Aber nicht jetzt, denn augenblicklich bist du alles, was ich haben möchte*, fügte ich in Gedanken hinzu.

»Das wirst du hoffentlich bald. Ich vermisse ihn. Und ich weiß, dass er sich freuen wird, dich kennenzulernen. Er war noch nie so lange weg, und ich habe ihm schon viel von dir erzählt. Wenn er zurückkommt, hoffe ich, dass er wieder bei mir wohnt. Dann wirst du es mit uns beiden aufnehmen müssen.« Sein Blick wurde prüfend. »Das macht dir doch nichts aus?«

»Dich dann doppelt um mich zu haben? Ganz sicher nicht«, versicherte ich übermütig. »Du weißt, dass ich nicht genug von dir bekommen kann.« Was ich verdeutlichte, indem ich meine Hand endlich beherzt weiterwandern ließ.

»Und ich nicht von dir. Mein Gott, wie sehr ich dich liebe!«

»Wenn Emmett auch nur ein halb so netter Mensch ist wie du …«, ich biss mir kokett auf die Unterlippe und entschied mich, nun auch die letzten Zentimeter anzugehen. Ich fand diese Verbundenheit zu seinem Bruder ja toll, aber es gab Situationen, in denen dieser Emmett doch einer zu viel war. »Dann sollte ich schleunigst die Liste meiner Singlefreundinnen durchgehen. Ich könnte ihn meistbietend versteigern. Es wäre die Versteigerung des Jahres. Ach was, des Jahrhunderts.«

»Ist das so?« Endlich schienen meine Bemühungen zu fruchten. Alec stöhnte leise auf. »Soll das heißen, dass ich so etwas wie der Hauptpreis bin?«

»Der verdammt beste Hauptpreis aller Zeiten, fürchte ich.«

»Hoppla.« Eine Hand griff fest nach meinem Oberarm und verhinderte, dass ich umfiel und dann vermutlich wie der erste Stein in einer Domino-Day-Kette die Hälfte der ebenfalls in der U-Bahn stehenden Passagiere mitgerissen hätte. Der Zug bremste und stoppte.

»Sorry. Ich habe mich nicht richtig festgehalten. Langsam sollte ich es besser wissen. Was ist denn da los?« Ich spähte durch die Scheibe in den dunklen Tunnel.

»Keine Ahnung. Vermutlich nichts, sonst würde es nicht schon wieder losgehen.«

»Hauptsache, einmal die ganzen Passagiere durchgerüttelt.« Ich wurde nochmals kurz gegen den Typen geschleudert, ehe ich endlich sicheren Stand gefunden hatte. Er war im Übrigen derselbe, der mich vor einiger Zeit hier in der Tube angequatscht hatte. Seither hatten wir keine Unterhaltung mehr geführt, aber er hatte immer nett gelächelt, und nach ein paar Tagen hatte ich, anstatt knapp zu nicken, nett zurückgelächelt. Ich muss zugeben, dass ich ihn mit Bedacht ein wenig auf Abstand gehalten hatte, weil ich nach der ersten kurzen Unterhaltung fürchtete, dass er zu aufdringlich werden könnte. Aber er war brav bei einem Lächeln geblieben, und so langsam schwand mein Misstrauen. Manchmal hatte ich ihn sogar heimlich beobachtet und mir überlegt, was er wohl machte. Beruflich, meine ich. Das ist etwas, was ich sehr gerne tue, mir die Mitfahrenden anzusehen und zu rätseln, womit sie sich ihre Brötchen verdienen. Wenn man jeden Tag eine Menge Zeit in den öffentlichen Verkehrsmitteln zubringt und nicht ständig debil grinsend an seinen Freund denken will, beginnt man automatisch, sich mit etwas anderem die Zeit zu vertreiben. Auch wenn London eine Metropole ist, würde man sich wundern, wie zuverlässig man dauernd wieder denselben Personen begegnen kann. Gerade hier. Viele von uns fuhren zu festgelegten Zeiten an die stets gleichen Orte. Und irgendwann registrierte man ein Gesicht, das ständig auftauchte. Bei den unauffälligen dauerte es länger, bei den schönen Menschen ging es fixer. Und bei den Verrückten hatte man es besonders schnell heraus, genauso bei den etwas Unheimlichen. Dieser hier gehörte in keine der erwähnten Gruppen. Hätte er mich damals nicht angesprochen, würde ich vermutlich nach wie vor nicht bemerkt haben, dass er einer der Stammgäste war. Doch weil er sich nun mal in meinen Fokus gebracht hatte und dabei wirklich angenehm und normal rübergekommen war, hatte ich am nächsten Tag nach seinem freundlichen Lächeln lediglich ein kurzes Stirnrunzeln gebraucht, ehe ich ihn wiedererkannte.

Ich hatte mit ihm in Gedanken nicht nur das Beruferaten-Spiel gespielt, sondern sogar auch mein Lieblingsspiel: das große Umstyling. Es gab Menschen, bei denen ich sofort überlegte, was ich ihnen empfehlen würde, wenn sie bei mir im Laden auftauchen würden. Und das meinte ich nicht böse. Ich machte das meistens mit denjenigen, bei denen mich irgendetwas fesselte. Leute, die mit den richtigen Klamotten gleich ganz anders aussehen würden. Es war eher Mitgefühl als Spott. Mir war klar, dass nicht jeder ein Händchen für Mode besaß, was gut war, denn sonst wären meine Dienste überflüssig. Ich wusste, dass sich nicht jeder etwas daraus machte. Aber ich wusste auch, wie man sich bestmöglich in Szene setzte, und bei denjenigen, bei denen ich im Geiste eine Beratung durchführte, wünschte ich mir, dass sie mich im echten Leben dasselbe machen ließen. Weil ich spürte, dass es ihnen helfen würde. Zum Beispiel einer Frau, deren ganze Körperhaltung von Unsicherheit spricht – wie sie sehnsüchtige Blicke auf andere wirft, Blicke, in denen Verehrung liegt, Bewunderung und ein ganz klein wenig Neid. Alles an ihr zeugt davon, wie hässlich sie sich selbst findet. Diese Frau könnte ganz anders aussehen und wäre damit vor allem sehr viel glücklicher. Deshalb stylte ich solche Leute in meinen Gedanken um. Ich verwendete dazu Kleidung, die wir im Laden hatten. Ich hielt es für eine ganz gute Übung, die zudem niemandem wehtat.

Keine Ahnung, weshalb ich das mit ihm gemacht hatte, denn er schien sich in seiner Unauffälligkeit durchaus wohlzufühlen. Aber irgendetwas an seiner Erscheinung hatte mich gereizt. Er bot auf alle Fälle genug Potenzial und ausreichend gut versteckte Vorzüge, die man herausarbeiten konnte.

»Dieses Durchrütteln ist ein kostenloser Service der Londoner Verkehrsgesellschaft«, behauptete mein Gegenüber. »Eine Bekannte beteuert stets, wenn man auf den richtigen Linien unterwegs ist, erspart man sich glatt das Fitnessstudio. Weil man durch das ständige Festhalten und Anspannen und Gegensteuern bei diesen unerwarteten Bremsmanövern den ganzen Körper in Form bringt.«

Er grinste, und da war es wieder. Plötzlich strahlte er etwas aus, das diesem unscheinbaren Kerl sonst völlig abging. Keine Schönheit im klassischen Sinne, aber eine gewisse Attraktivität, die einen unweigerlich ein zweites Mal hinsehen ließ. Eine Präsenz, die völlig unaufdringlich war, und dazu eine Art Lausbuben-Charme, was überraschend ansprechend wirkte.

»Ich glaube ihr und nehme es als gute Ausrede, mich ansonsten nicht sportlich zu betätigen.« Jetzt sah er definitiv wie ein freches Kind aus.

Ich lachte auf. Ich konnte und ich wollte mich seinem Flair nicht entziehen. »Ich denke, ich werde das auch tun. Danke, dass du mir einen Grund geliefert hast, mein schlechtes Gewissen zu beruhigen. Ich zahle nämlich jeden Monat eine Menge Geld an mein Studio, und alles, was ich schaffe, ist der Kurs am Montagabend. Obwohl ich mir fest vorgenommen hatte, mindestens dreimal die Woche hinzugehen.«

»Dann solltest du mir unbedingt glauben. Das Leben ist zu kurz für ein schlechtes Gewissen.« Er stockte, weil die Bahn wieder abbremste und uns erneut durchschüttelte. Einmal mehr wurde ich gegen ihn gedrückt, und wie eben griff er zu und hielt mich fest. »Und diesem Training entkommst du sowieso nicht.«

»Aber dieses Mal hatte er einen Grund zu bremsen. Das ist meine Station. Einen schönen Tag noch und danke für den Tipp.« Ich schenkte ihm ein letztes Lächeln, ehe ich mich auf den Weg zur Tür machte.

»Dir auch«, rief er mir über die Köpfe der anderen nach. Als die Bahn wieder anfuhr und sofort abbremste, ehe sie sich endgültig in Bewegung setzte, erhaschte ich einen letzten Blick auf sein Gesicht. Er hatte es zu einer Grimasse verzogen und ließ seine Armmuskeln spielen, ehe er schwankend an sein Gegenüber stieß.

Kapitel 12

Auch als der Januar zu Ende gegangen und das vorgeplante Dating-Programm abgearbeitet war, ließ Alec nicht nach. Er überraschte mich mit Dinnern in den besten, schönsten und angesagtesten Restaurants, zauberte Karten für Filmpremieren aus der Tasche und entführte mich über Nacht in ein zauberhaftes kleines Hotel außerhalb der Stadt, von dem ich sicher war, dass es bald in aller Munde sein würde. Ich fühlte mich wie eine Prinzessin, glücklich wie nie und war in einem beständigen Rausch gefangen. Denn nicht nur seine Anstrengungen, was die Abendgestaltung betraf, waren beeindruckend. Im Gegensatz zu nahezu jedem anderen Kerl scheute sich Alec nicht, über seine Gefühle zu sprechen. Eines Abends betrachtete er mich mit einem so offensichtlich nachdenklichen Gesicht, dass ich kurzzeitig unruhig wurde.

»Ist etwas? Habe ich Spinat zwischen den Zähnen?«

»Nein. Ich habe nur an etwas gedacht.«

»Und zwar?«

»Ich weiß nicht, ob ich dir das wirklich schon verraten sollte.«

»Oh. Das klingt nicht unbedingt beruhigend. Muss ich mir Sorgen machen?«

»Nein. Wenn dazu jemand Grund hat, dann ich.«

»Meinetwegen?« Ich lächelte kokett. »Das ist nicht nötig. Ich bin dir verfallen, und das weißt du.«

»So wie ich dir.« Für einen kurzen Moment schien er sich zu entspannen, dann holte er tief Luft. »Ich weiß, wir kennen uns noch nicht lange, und dennoch … Nun, dennoch denke ich über eine Zukunft nach. Unsere Zukunft. Du bist noch jung, aber ich bin bereits vierzig. Ich habe vieles erlebt, was du noch vor dir hast. Vielleicht habe ich andere Ziele als du?«

»Welche denn?«

»Heiraten. Kinder«, bekannte er und musterte mich aufmerksam. »Nicht heute. Aber auch nicht erst in zwei Jahren.«

Mein Herz begann zu holpern. Heiraten und Kinder, das klang ernst. Das klang nach echter Liebe und flutete meine Venen mit allen möglichen Glücksgefühlen.

»Das könnte ich mir gut vorstellen«, gab ich zu und konnte nicht verhindern, dass mein Gehirn direkt einen kleinen Film startete. In dem Alec jetzt gleich auf seine Knie sinken würde und eine Samtschachtel aus seiner Hosentasche zauberte und …

»Es ist nur so«, hörte ich ihn weitersprechen, und der Film endete abrupt. »Pen, es ist so, dass ich keine Kinder zeugen kann. Ich denke, dass du das wissen solltest. Es würde uns zwingen, einen alternativen Weg zu gehen.«

Ich brauchte einen Moment, um diese unerwartete Wendung zu verarbeiten. Sein Gesicht bekam einen angespannten Ausdruck, und ich beeilte mich, zu lächeln und ihn zu küssen.

»Auch das könnte ich mir vorstellen«, beruhigte ich ihn.

»Du wärst bereit, auf einem anderen Weg unser Kind zu empfangen?« Seine Augen hielten mich mit einem seltsamen Nachdruck fest. »Das ist für mich wichtig, Penelope. Dass du das zu tun bereit bist.«

Ich nickte ein wenig konfus. Für einen so weltmännischen Kerl kam er mir gerade ein bisschen merkwürdig vor. Wie er das ausdrückte! Als wäre es eine Schande, wenn man auf medizinische Hilfe zurückgreifen musste. Nun, vermutlich empfand er es als solche.

»Natürlich bin ich das«, versicherte ich ihm, ohne nachzudenken.

»Ist es nicht eine Ironie? Ich wollte immer Kinder, aber ich kann keine bekommen. Emmett dagegen … Nun, in dieser Hinsicht unterscheiden wir uns. Er möchte keine eigene Familie, obwohl er sie haben könnte.«

»Manchmal ist das Leben nicht fair. Aber wie du sagst, es gibt Mittel und Wege, um das auszugleichen.«

»Die du für mich gehen würdest.« Seine Augen, eben noch wachsam, begannen zu glühen. »Himmel, Penelope, wie ich dich liebe! Ich wusste, dass du die Richtige für mich bist.« Sein Kuss bestätigte seine Worte, und meine Gefühle für ihn überwältigten mich einmal mehr. Es musste schwer gewesen sein, das anzusprechen. Dass er es aber getan hatte, bewies mir, wie ernst es ihm war. Dafür verdiente er eine Belohnung.

»Und du bist der Richtige für mich. Auch wenn wir irgendwann andere Wege gehen werden … Denkst du, es spräche etwas dagegen, wenn wir jetzt den herkömmlichen einschlagen? Ich zumindest wäre ziemlich dafür, das zu tun.«

Wie also sollte ich nicht vor Glück beinahe schweben? Wenn ich jetzt noch Zweifel hatte, dass Alec es ernst meinte, dann musste ich mich wirklich als paranoid bezeichnen lassen. Er hatte mir anvertraut, was ihn belastete, sah mit mir eine Zukunft, die voller Liebe war. Er holte mich in eine Welt, in der ich, wie ich zugeben muss, immer schon leben wollte. Ich investierte nahezu meinen ganzen Lohn in neue Klamotten, um dieser Welt gerecht zu werden, und war sehr dankbar, dass ich Mitarbeiterrabatt erhielt. Ganz nebenbei fühlte ich mich einmal mehr in meinem Entschluss bestätigt, in einem vornehmen Bekleidungsgeschäft arbeiten zu wollen. Meine Mitbewohnerinnen hatten nämlich lange versucht, mich zu überreden, mir eine Anstellung in einem anderen Laden zu suchen.

»Wenn es bei euch nur ein paar hippere Klamotten gäbe«, seufzte Ruby in regelmäßigen Abständen. »Nicht nur diesen gediegenen Lady-Sowieso-Style. Dir steht das, aber für uns ist das nichts. Stell dir nur vor, du wärst bei Zara oder so. Ich würde durchdrehen.«

»Du könntest es einmal probieren. Unsere Mode würde an dir grandios aussehen.«

Ruby lachte. »Ich würde mich darin fühlen, als spielte ich eine Rolle. Nein, ich werde wohl auch weiterhin den vollen Preis bezahlen.«

»Wobei unsere Sachen selbst mit dem Rabatt mehr kosten als das, was du bevorzugst.«

»Stimmt. Also habe ich sogar Glück, dass das Zeug nichts für mich ist.« Sie hatte gelacht und Maisie zugezwinkert, die diese Unterhaltungen stets kommentarlos verfolgte. Im Gegensatz zu Ruby hatte sie sich schon das eine oder andere Stück bei mir gekauft, aber nur, weil sie um so vieles zierlicher war als ich und sich deshalb nicht so selbstverständlich aus meinem Kleiderschrank bedienen konnte wie von meinem Shampoo. Wenn ich also etwas Neues hatte, das ihr gefiel, blieb ihr gar keine andere Wahl, als es sich selbst in der passenden Größe anzuschaffen. Mein Glück, denn sonst hätte Maisie, ohne mit der Wimper zu zucken, meinen kompletten Kleiderschrank übernommen.

»Ich weiß nicht. Ich suche etwas Aufregendes. Etwas richtig Aufregendes.« Meine aktuelle Kundin hatte mich spontan an Ruby erinnert. Sie war eine schöne junge Frau und ich hatte sie noch nie bei uns gesehen. Sie trug eine Jeans, die so eng war, dass sie vermutlich mit einem großzügigen zeitlichen Vorsprung zur Toilette gehen musste, und dazu einen engen gerippten Pulli, der knapp unter ihrer Brust endete. Es stand ihr, wie ich neidlos anerkannte, aber es war nun mal ein ganz anderer Stil als alles, was wir hatten.

»Für welche Gelegenheit denn?«, erkundigte ich mich.

»Eine Dinnerparty. Ganz zwanglos, nur die Familie.« Sie errötete, und ich wusste, wie es weitergehen würde. »Ich werde zum ersten Mal die Eltern meines Freundes treffen.«

»Oh, das ist immer eine aufregende Sache.«

»Wissen Sie«, sie drehte sich um und schaute mich mit großen Augen an, in denen ich durchaus so etwas wie Angst vor diesem Termin lesen konnte. »Er kommt aus einer alten Familie und ich will es nicht versauen.« Sie stockte, schluckte und setzte wieder an. »Vermasseln, meine ich.«

»Wann findet das Dinner denn statt?«

»Am Freitag.«

Ich lächelte. »Ich meinte die Uhrzeit.«

»Oh.« Sie schlug sich mit der Hand auf den Mund. »Wir werden um siebzehn Uhr zu einem Cocktail erwartet.«

»Das ist gut zu wissen. Werden Sie sich zum Abendessen umziehen?«

Sie erbleichte. »Davon weiß ich nichts.«

»Dann wird es nicht erwartet«, beruhigte ich sie und legte kurz meine Hand auf ihren Unterarm. »Ich denke, dass ich genau das Richtige für Sie habe. Kommen Sie. Die Abteilung, die wir beide brauchen, ist eine Etage höher.«

»Sind die nicht alle ein wenig …«, meine Kundin sah zur Seite und bemühte sich um die richtigen Worte, »ein wenig langweilig?«

»Nein. Keine Angst, die werden an Ihnen großartig aussehen.«

Sie nickte, war aber nicht überzeugt. »Ich kann es ja mal versuchen.«

Während sie sich in der Kabine austobte, ging ich in Gedanken unser Sortiment durch. Das würde nicht einfach werden, so viel war klar. Diese Frau hatte noch nie ein Cocktailkleid getragen und sich auch noch nie in einer Gesellschaft bewegt, die solche Sachen wie Dresscodes als selbstverständlich voraussetzte.

Sie trat nacheinander mit drei verschiedenen Modellen nach draußen, und jedes brachte sie nur dazu, die Stirn zu runzeln. Auch ich war nicht ganz zufrieden, aber es half mir zu entscheiden, was wirklich zu ihr passte. Ich fand sie auf Anhieb sympathisch und ich wollte ihr helfen, etwas auszusuchen, mit dem sie sich wohlfühlte und gleichzeitig adäquat gekleidet war.

»Man hat es Ihnen nicht leicht gemacht mit dieser Einladung«, sagte ich nachdenklich. »Eigentlich sind Cocktailpartys am Nachmittag und Dinnerpartys am Abend zwei völlig verschiedene Anlässe. Wir müssen etwas finden, das Sie zu beidem tragen können. Das ist nicht einfach, aber gleichzeitig haben wir auch viel mehr Möglichkeiten.«

Ihr Blick erinnerte mich ein wenig an den eines Kaninchens vor der Schlange.

»Ich würde vorschlagen, dass wir etwas wählen, das nicht zu formell ist und das Sie gut auf einer Cocktailparty tragen können. Etwas Modernes und Jugendliches.«

Entspannung zeigte sich in ihrem Gesicht.

»Aber wir werden auf zu gewagte Schnitte und zu kräftige Farben verzichten. Damit sind Sie auch für ein formelles Dinner gewappnet.«

Ihre Gesichtsmuskeln erschlafften.

»Keine Angst«, ermutigte ich sie mit einem Lächeln. »Sie werden umwerfend aussehen.«

Ich hatte zwei Kleider im Sinn, die perfekt passen würden, und beschloss, erst mit dem anzufangen, welches meine zweite Wahl wäre. Sie brauchte Zeit, und die würde ich ihr geben, um sich langsam an ihr neues Erscheinungsbild heranzutasten.

»Ich weiß nicht«, murmelte sie wieder und betrachtete ihr Spiegelbild. »Troy hat sich in mich verliebt, weil ich anders bin. Zumindest hoffe ich, dass er sich in mich verliebt hat.« Sie errötete. »So wirklich gesagt hat er das noch nicht.«

»Wenn es nicht so wäre, hätte er Sie nicht eingeladen«, beruhigte ich sie. »Und wie könnte er sich nicht in Sie verliebt haben?«

Sie lächelte. »Aber das hier? Ich meine, ich sehe so *bieder* aus.«

»Sie sehen klassisch aus.«

»Gibt es nichts, was etwas kürzer ist? Er sagt, er mag meine Beine.« Wieder errötete sie. »Und mein Dekolleté.«

»Wir müssen uns entscheiden. Sie dürfen durchaus eines zeigen, aber nicht beides. Und Sie wollen doch einen guten Eindruck machen, nein?«

»Schon«, antwortete sie gedehnt und sah wieder in den Spiegel. »Aber wenn ich es mir aussuchen kann, dann ist es mir lieber, wenn er meinen Look mag als seine Mutter. Ich habe schließlich vor, mit ihm im Bett zu landen, nicht mit ihr.« Sie schlug sich erneut die Hand vor den Mund. »Das hätte ich nicht sagen sollen.«

»Doch. Ich kann Sie verstehen. Und wissen Sie was? Wir werden seine Mutter zufriedenstellen und gleichzeitig dafür sorgen, dass er Sie nicht schnell genug in seinen Flügel des bestimmt großartigen Familiensitzes zerren kann.« Ich dachte an Alec und die Zeit, als wir unsere ersten Dates hatten. »Wissen Sie«, ich senkte vertraulich meine Stimme, »Männer sind durchaus offen für subtile Reize. Und sie mögen es, wenn sie sich anstrengen müssen. Wenn sie nicht alles auf dem Silbertablett präsentiert bekommen. Wie ein schönes Geschenk, verstehen Sie? Man sieht die Verpackung, und man will es unbedingt haben, weil man ahnt, dass sein Inhalt wunderbar sein wird. Und am aufregendsten sind die Geschenke, die das zwar erahnen lassen, aber nicht zu viel von dem zeigen, was in ihnen steckt.«

Sie nickte interessiert.

»Er wird Sie mit ganz anderen Augen betrachten und erkennen, dass Sie die Frau sind, die er will. Wenn er zu einer alten Familie gehört, sind ihm die Regeln des gesellschaftlichen Lebens von Kindesbeinen an vertraut, und er stellt sie nicht infrage. Gleichzeitig wird er erwarten, dass andere sie ebenfalls befolgen. Und das werden wir tun. Allerdings auf unsere Art.«

Ich hatte dabei wieder an Alec gedacht, an seine Art zu flirten. An diese Andeutungen, das Zurückhalten, die kleinen, sparsam eingesetzten Gesten, die mich so um den Verstand gebracht hatten. Viel mehr als jedes Date, bei dem sofort klar wurde, wo es enden sollte. Und ihn hatte es ebenso berauscht wie mich, das wusste ich. Es mussten nicht immer Ausschnitte bis zum Bauchnabel sein, um einen Mann verrückt zu machen.

»Ich habe genau das Richtige für Sie«, erklärte ich bestimmt. »Einen Moment, ich bin gleich wieder bei Ihnen.«

»Das sieht toll aus.« Meine Kundin hatte endlich den Ausdruck im Gesicht, den ich hatte sehen wollen.

»Allerdings. Wir können nur hoffen, dass das Dinner nicht allzu viele Gänge hat. Sonst wird der Abend für jemanden sehr lang.« Ich zwinkerte ihr zu.

»Ich hätte nie gedacht«, sie drehte sich und betrachtete sich von der Seite, »dass ich in einem grünen Kleid so aussehen könnte.«

»Es bringt Ihre Augen zum Strahlen. Und der Schnitt ist perfekt.« Zufrieden sah ich auf das raffinierte Spitzenkleid. Ich hatte mit dem Gedanken gespielt, ihr ein romantisches

Prinzessinnen-Modell zu empfehlen, weil das vermutlich ihre Vorstellung von dieser Welt war, mich aber letztendlich für ein anderes Kleid entschieden. Es war hochgeschlossen, hatte aber einen breiten U-Boot-Ausschnitt, der ihre Schultern betonte und ihr zartes Schlüsselbein perfekt in Szene setzte. Gleichzeitig überraschte es mit einem tiefen Ausschnitt am Rücken. Es war körpernah geschnitten und betonte jede ihrer Rundungen perfekt. Und es endete formgerecht knapp unter ihrem Knie, was für einen letzten sanften Schwung ihrer Kurven sorgte, wie sie selbst gerade bemerkt hatte.

»Troy wird von Ihnen begeistert sein. Sie werden Ihre neue Familie im Sturm erobern.«

Sie nickte freudig und stemmte entschlossen die Hände in die Taille. »Das habe ich vor. Vielen Dank. Ich nehme es. Und jetzt brauche ich noch etwas für den nächsten Tag. Sie kennen sich aus, was trägt man in diesen Kreisen zum Frühstück?« Ein keckes Grinsen machte sich auf ihrem Gesicht breit.

»Oh, da habe ich eine Idee.« Zufrieden sah ich zu, wie sie in der Kabine verschwand. Wie es schien, hatte ich eine neue Kundin gewonnen und heute mein Umsatzziel bereits vor dem Mittagessen erreicht.

Kapitel 13

In den nächsten Tagen konnte mich nichts wirklich runterziehen, nicht einmal das nasskalte Winterwetter, das die Stadt so beharrlich im Griff hatte. Das Einzige, was mir etwas Sorgen bereitete, war, dass die ganzen Dinner-Dates nicht wirklich gut für meine Figur waren. Und irgendwie schien Alec vergessen zu haben, dass es auch noch andere Orte gab, an denen man sich vergnügen konnte.

»Lass uns am Wochenende doch mal wieder in einen Club gehen. Wir könnten uns mit Maisie und Ruby verabreden. Sie sind meine besten Freundinnen und ich fände es schön, wenn du sie kennenlernst«, schlug ich deshalb an einem Abend Anfang März vor, als wir den abschließenden Espresso vor uns stehen hatten – samt hausgemachten Petits Fours, von denen ich mir geschworen hatte, sie nicht mehr zu bestellen.

»In einen Club?«, wiederholte er erstaunt.

»Na, du weißt schon. So eine Zappelbude, in der man tanzt, Drinks nimmt, sich mit Freunden trifft und Spaß hat.«

»Hast du mit mir keinen Spaß?«, fragte er augenzwinkernd.

»Doch. Aber es wäre eine Abwechslung. Ich mag Clubs.« Ich zog einen Schmollmund, etwas, das ich sehr selten tat. »Und man kann miteinander tanzen.«

»Ich tanze eher nicht«, gab Alec zu.

»Nein! Habe ich etwas gefunden, was du nicht kannst?« Ich lachte. »Ich wusste, wenn ich nur lange genug danach suche, dann entdecke ich einen Fehler an diesem perfekten Mann.«

»Schuldig. Beim Tanzen komme ich mir blöd vor.«

»Ach was. Wir könnten doch wieder einmal ins House 69 gehen. Bitte.« Ich klimperte ein wenig mit den Augendeckeln. »Dort haben wir uns schließlich kennengelernt.«

»Hm.« Alec schien zumindest darüber nachzudenken. »Weißt du, dass mich damals ein Geschäftspartner dorthin geschleppt hat? Nach einer exklusiven Silvestergala, auf der wir beide waren, und die seiner Meinung nach zu langweilig war? Nur, um mich nach wenigen Minuten schnöde im Stich zu lassen?«

»Dafür habe ich auf dich gewartet.«

»Tausendmal besser als alles andere, da hast du recht.«

»Und nun würde ich gerne wieder einmal dorthin gehen. Weißt du, Tanzen bringt mich immer in Stimmung. Manchmal sogar in richtig frivole Stimmung«, behauptete ich mit verheißungsvoller Stimme und hob kurz die Augenbrauen.

»Na dann«, zuckte er die Achseln, und ich wusste, dass das Ja hieß.

Erfreut griff ich über den Tisch nach seiner Hand. »Super. Also werde ich für nächstes Wochenende etwas mit Ruby und Maisie ausmachen, falls die beiden Zeit haben. Du wirst sie lieben.«

Als ich mich für das House 69 aufbrezelte, merkte ich erst, wie sehr mir das gefehlt hatte. Es war doch ein wenig anders, als in ein schickes Restaurant ausgeführt zu werden. Ich würde heute ein wenig beim Make-up eskalieren, beschloss ich, und dazu einen für mich sehr gewagten Look tragen. Schließlich sollte Alec es nicht bereuen, dass er mir diesen Wunsch erfüllte. Und so zwängte ich mich in einen Rock, der normalerweise ein bisschen zu kurz und zu eng für meinen Geschmack war. Nun ja, als ich ihn gekauft hatte, saß er nicht so stramm, aber dem Lycra-Anteil sei Dank umschloss er nun recht heiß meine Kurven.

»Shit, Pen«, rief Maisie anerkennend und pfiff kurz durch die Zähne. »Was gäbe ich dafür, solch einen Hintern zu haben.«

»Er ist riesig.« Ich versuchte vergeblich, in unserem Badezimmerspiegel meine Rückenansicht zu erkennen.

»Er ist gigantisch«, verbesserte Maisie und klatschte frech darauf. »Es ist ein Hintern, mit dem du alle Macht über die Männer haben könntest. Vermutlich könntest du mit diesem Hintern die Welt regieren, wenn du das wolltest. Vor allem in Kombination mit denen.« Sie deutete auf meine Brüste, die ich heute in ein Oberteil gezwängt hatte, das ebenfalls recht stramm saß. Normalerweise lautete meine eiserne Regel: Bein oder Dekolleté. Das war es auch, was ich meinen Kundinnen beständig mit auf den Weg gab. Niemals beides, das tut eine Dame nicht. Aber heute war mir das egal. Ich hatte gar nicht gewusst, wie sehr mir diese Abende gefehlt hatten, wie ich mich freute, endlich mal wieder mit meinen Freundinnen auszugehen, und ich wollte das so richtig genießen.

»Also nicht zu viel?«, versicherte ich mich, weil ich wusste, dass sie es abnicken würde. »Nicht zu sehr Ruby?«

Sie lachte. »Nein, du siehst einfach nur heiß aus. Und ganz nebenbei, das tut Ruby auch immer. Ich denke, ich werde mal nach meinem Push-up suchen, damit ich mir neben euch nicht wie ein Brett vorkomme.« Mit einem Zwinkern verschwand sie.

Natürlich sah Maisie nicht wie ein Brett aus. Was daran lag, dass sie wirklich ein wenig nachgeholfen hatte. Ihr Kleid war tatsächlich noch kürzer als meines und ihre Füße steckten in noch höheren Heels. Lachend eilten wir die Treppen hinab, als das Taxi mit Alec an Bord unten hupte.

Im Club erwarteten uns bereits Ruby und Beau. Ich stellte Alec allen vor und registrierte überrascht, wie stolz ich dabei war und auch ein wenig verlegen. Verlegen, weil ich meinen Freundinnen vielleicht ein paar Mal zu oft von Alec vorgeschwärmt hatte, und stolz, weil sie nun endlich selbst erleben würden, wie großartig er war. Und auch stolz, weil er meine Freunde kennenlernen würde, die besten der Welt. Ich meine, Freunde sagen ziemlich viel aus über einen Menschen, und deshalb fand ich es immer spannend, wenn ich zum ersten Mal auf sie traf.

Wie nicht anders zu erwarten gewesen war, verstanden sie sich blendend. In dieser Hinsicht hatte ich keine Sorgen gehabt, wie könnten sich so wunderbare Menschen auch nicht verstehen? Und spätestens seit Ruby mir nach dem ersten Trubel und den ganzen »Schön, dich endlich kennenzulernen«-Versicherungen ins Ohr geraunt hatte, dass sie meinen Freund sehr sympathisch fände, entspannte ich mich und begann, in den gewohnten Club-Modus zu schalten.

Ich hielt es für ratsam, ihm ein wenig Zeit zu geben, um sich auf die Umgebung einzulassen, und tanzte erst einmal ein paar Songs mit meinen Mädels. Ich wusste, dass er mir dabei zusah, was seltsam erregend war. Ich spürte, wie mein ganzer Körper kribbelte. Deshalb ließ ich mich auch dazu hinreißen, mich ein wenig enger als schicklich an ihn zu pressen, als ich ihn endlich auf die Tanzfläche bekommen hatte. Ich sah an seinen sich weitenden Pupillen, dass ihm diese Überraschung gefiel. Allerdings merkte ich auch, dass ich mich vielleicht doch ein wenig zurücknehmen sollte, wenn ich nicht riskieren wollte, dass es ihm zu gut gefiel und er den Abend vorschnell abbrechen würde. Und so sehr mir sein Interesse zusagte, das wollte ich nicht. Wie hatte ich nur so lange darauf verzichten können, mit meinen Freunden zu feiern? Ich schien auf dem besten Weg zu sein, alt zu werden, gesetzt und gediegen, und wenn ich nicht aufpasste, dann wurde ich dabei auch noch wirklich dick. Ich nahm mir vor, dass wir in Zukunft sehr viel öfters die Restaurants gegen die Tanzfläche eintauschen würden – und ich gab alles, damit Alec die Vorteile dieses Arrangements sah. Schließlich war er noch keine siebzig, sondern gerade mal Anfang vierzig. Ich würde dafür sorgen, dass wir eine gute Mischung zwischen gediegenen Abendveranstaltungen und ein wenig jugendlichem Amüsement finden würden. Und nebenbei könnte er dabei lernen, etwas relaxter zu sein, denn seine Behauptung, sich auf der Tanzfläche unwohl zu fühlen, war keine Ausrede gewesen. Tanzen war nicht unbedingt eine seiner Stärken, aber ich war sehr gewillt, jegliche Anstrengung seinerseits großzügig zu belohnen.

Als wir schließlich gingen, verabschiedete er sich mit einem festen Händedruck von Beau, mit dem er eine Weile über den Job geredet hatte. Jungs eben. Das war ein Thema, bei dem sie sich sicher fühlten, und beide hatten es genossen, also war es wohl okay. Er umarmte Maisie und Ruby, die ihn schwören ließen, dass wir das bald wiederholten, und bot Maisie höflich an, dass wir sie gerne im Taxi mitnehmen würden und uns der kleine Umweg nichts ausmachte, damit sie nicht alleine nach Hause musste. Sie lehnte dankend ab, und wir überließen ihr den ersten Wagen. Ich winkte ihr mit einem schlechten Gewissen nach, weil ich schon begann, wie Ruby zu werden, und meine Nächte ständig bei Alec verbrachte. Nun ja, wenn er Zeit hatte und in der Stadt war. Aber ich verstand Ruby mittlerweile sehr gut. Es war durchaus angenehm, alleine zu sein und nicht auf anwesende Mitbewohner Rücksicht nehmen zu müssen.

Ich stand zudem auf seine schicke Wohnung, ich gebe es zu. Und außerdem hatte er die Angewohnheit entwickelt, den Kühlschrank mit allen Leckereien zu füllen, die ich irgendwann erwähnt hatte. Was vermutlich ein Argument sein sollte, doch zu uns zu gehen. Aber ich nickte nur, als er fragte, ob ich mit zu ihm kommen würde, und ließ Maisie alleine ziehen. Ein Fehler, der mein ganzes Weltbild ins Wanken bringen sollte.

Erst einmal brachte Alec mich aber dazu, heute noch ein paar Kalorien mehr zu verbrennen, und zwar auf eine äußerst angenehme Weise. Wenn ich ehrlich bin, hatte ich diese Art der Leibesertüchtigung schon von jeher der vorgezogen, die man in einem Fitnessstudio von mir erwartete. Ich registrierte zufrieden, dass meine Anstrengungen heute Abend erfolgreich gewesen waren, denn er ging mit einer ungewohnten Entschlossenheit ans Werk. Kaum hatte er die Wohnungstür aufgeschlossen, fiel er über meinen Mund her und nutzte die Gelegenheit, dabei unsere Mäntel in resoluter Manier auf den Boden zu werfen. Denen folgte dann recht schnell mein Rock, was ihm unter anderen Umständen meine Bewunderung eingebracht hätte, denn wie schon erwähnt saß der recht stramm, aber er meisterte diese Herausforderung bravourös. Ich gab mein Bestes und entledigte ihn seines Hemdes, und er zog nach und streifte mir mein Oberteil über den Kopf. Er schaffte es, dabei kaum den Kusskontakt zu unterbrechen, und sein harter Atem zeigte mir, dass er es ebenso eilig hatte wie ich. Wir hinterließen eine Kleiderspur durch die Wohnung wie in einer abgedrehten Version von Hänsel und Gretel oder wie das verliebteste Filmpaar, das man sich vorstellen konnte. Wir hatten noch nicht das Schlafzimmer erreicht, als auch mein BH fiel, dann waren wir endlich an seinem Bett. Das Letzte, was ich noch bewusst tat, war, meine Schuhe von den Füßen zu kicken.

Als ich am nächsten Morgen aufwachte, schlief Alec noch. Zufrieden sah ich mich um, betrachtete die Kleider, die im Zimmer verstreut lagen. Viele waren es nicht, das meiste lag draußen herum. Ich küsste Alec sanft, der nur grummelte, und schloss noch einmal die Augen. Dann öffnete ich sie wieder. Ich war noch nie gut darin gewesen, ein zweites Mal einzuschlafen, und außerdem hatte ich gerade an Kaffee gedacht und bekam das jetzt nicht mehr aus dem Kopf. Nein, ich würde mir schon einmal eine Tasse zubereiten und nachsehen, was heute im Kühlschrank auf mich wartete. Ich kannte Alec mittlerweile gut genug, um zu wissen, dass auch er kein Langschläfer war und meistens wenige Minuten nach mir aufstand. Um sich dann zu beschweren, dass das Bett ohne mich zu einsam und kalt wäre, was mir natürlich ziemlich gut gefiel. Ich stand auf und sah mich nach etwas zum Anziehen um. Egal, was nachts passiert, ich finde es stets ein bisschen unangenehm, wenn ich tagsüber nackt herumlaufe. Ich entdeckte meine Unterhose, ein schwacher Anfang. Im Flur leuchtete mir Alecs hellblaues Hemd entgegen. Perfekt. Männerhemden haben den Vorteil, dass man darin immer ein wenig schmäler aussieht, und sie verbreiten so einen Pariser Chic, den ich lässig finde. Ich schlüpfte hinein, registrierte dankbar, dass es keinen Super-slim-fit-Schnitt hatte, sondern meinen Körper umspielte und mir bis zur Hälfte der Oberschenkel reichte, schloss achtlos einen einzigen Knopf in Brusthöhe und spazierte in die Küche.

Und dort stand ich schließlich und wartete, bis die Kaffeemaschine endlich bereit war. Ich stellte eine Tasse unter, drückte die entsprechende Taste und schaute verträumt aus dem Fenster, während die Maschine zischend und dampfend meinen aufgeschäumten Milchkaffee zubereitete. Meine Gedanken wanderten zurück zur letzten Nacht und zu Alecs überraschend leidenschaftlichem Vorgehen. Wir waren auf dem richtigen Weg, dachte ich zufrieden. Ich sollte ihm zu verstehen geben, dass mir das wirklich gefallen hatte und ich einer Wiederholung keinesfalls abgeneigt gegenüberstand.

»Wen haben wir denn da? Guten Morgen, schöne Frau«, raunte es an meinem Ohr. Wegen des Lärms, den diese

Hochleistungsmaschine veranstaltete, waren die Worte schwer zu verstehen, aber die Botschaft kam an. Sie klang verheißungsvoll und sorgte dafür, dass ich meine Augen schloss, weil man so viel besser träumen konnte.

»Selber guten Morgen, du ungezogener Kerl«, antwortete ich schnurrend und mit der Absicht, gleich eine Wiederholung einzuläuten.

Starke Arme umfingen mich, während er so dicht hinter mich trat, dass mein Rücken seine Brust berührte. Ich legte den Kopf schief, sodass er an Alecs Hals ruhte. Zur Sicherheit stöhnte ich zufrieden, und Alec begriff. Seine Hände begannen, von meinen Hüften nach oben zu wandern. *Geht doch*, dachte ich erfreut und presste mich ein wenig enger an ihn.

»Denkst du, dass ich erst meinen Kaffee trinken kann, ehe du gleich Körperstellen erreichst, die dafür sorgen werden, dass ich über dich herfallen muss, du unersättlicher Mann?«, fragte ich mit einem Unterton, der ihm bedeutete, dass der Kaffee durchaus warten konnte und ich von seiner Aktion überaus angetan war.

»Wenn du so fragst, dann lautet die Antwort Nein. Wer könnte solch einem Angebot widerstehen?« Nun waren seine Lippen auf meinem Hals und seine Hände auf meinen Brüsten. Der Kaffee war fertig, und in der plötzlichen Stille hörte ich etwas anderes. Leise, völlig unpassende Alarmglocken. Ich öffnete die Augen. Ich war in Alecs Küche. Ich war in Alecs Armen. Alles war gut. Und doch hatte ich ein Gefühl, welches ich dort noch nie gehabt hatte. Ich wusste nicht, was mich gerade so aufhorchen ließ, aber die Stimmung war definitiv zunichte.

»Zuerst Kaffee«, stammelte ich verwirrt und schob seine Hände beiseite.

Er lachte, und ich erstarrte. Wie der Blitz drehte ich mich um und sah Alec an. Alec, wie ich ihn kannte und liebte. Aber sein Lachen klang falsch, so wie sich seine Hände falsch angefühlt hatten, und auf meinem Körper richteten sich alle Härchen auf. Etwas, was sie sonst nie taten. Oder zumindest nicht mit diesem schrecklichen Gefühl. Ich spürte, wie Panik in mir hochkroch. Was passierte mit mir? Das war Alec, der auf mich herabschaute und seine Arme nach mir ausstreckte. Er ließ seine Hände fast nachlässig an meiner Seite heruntergleiten, ehe sie wieder meine Hüften erreichten und mich mit einem kleinen Ruck an ihn zogen. Sein Mund senkte sich langsam auf meinen herab. Ich starrte ihn an, diesen Mund, und drehte unwillkürlich den Kopf zur Seite, sodass seine Lippen nur meine Wange trafen. Wieder lachte er leise. Ich versuchte, einen Schritt nach hinten zu machen, spürte die Arbeitsplatte in meinem Rücken und verfiel endgültig in Panik. *Das ist der schlimmste Kater meines Lebens*, dachte ich, weil mir keine andere Erklärung einfiel. Diese blöden Designer-Drinks, auf die wir uns eingeschossen hatten, schienen eine zweite Ebene zu haben. Eine, die nach der üblichen kam und einen bitter dafür bezahlen ließ, einen schönen Abend gehabt zu haben. Ich versuchte, tief durchzuatmen und mich zu beruhigen.

Da ertönte eine Stimme von der Tür. Sie klang heiter und erfreut und der Situation so angemessen wie Striptänzer auf einer Beerdigung.

»Emmett! Das ist ja eine Überraschung! Wie ich sehe, hast du Penelope schon kennengelernt?«

Kapitel 14

Okay, das war der Beweis. Es mussten diese beschissenen It-Drinks gewesen sein, die sich jetzt rächten. Denn sonst hätte ich Alec nicht doppelt gesehen. Und nicht seine Stimme gehört, die derart unpassend fröhlich und glücklich wirkte, während er beobachtete, wie ein Mann, der offenbar nicht er war, sich an mir zu schaffen machte. Und er hätte nicht die Arme ausgebreitet, was immerhin dazu führte, dass ich endlich freikam, weil der Kerl, der nicht Alec war, jetzt denselben umarmte und laut lachte.

Dann drehten sie sich um und sahen mich an.

Ich starrte zurück und versuchte zu denken.

»Penelope, das ist Emmett, mein schrecklicher großer Bruder, der sich wie stets nicht angemeldet hat.«

Okay. Zweiter Versuch zu denken. Ich konnte nicht einmal den Kopf schütteln oder sonst etwas tun, so sehr war ich damit beschäftigt, sie anzustarren und zu hoffen, dass ich gleich wieder klar wurde und dies hier nicht wirklich passierte.

»Sie ist zauberhaft. Du hast nicht übertrieben«, sagte Emmett und blinzelte mir zu.

Ich gab es auf, meine Hoffnung auf etwas zu richten, was nicht eintreten würde. Meine Hände griffen nach der Kante der Arbeitsfläche, die sich nach wie vor in meinen Rücken drückte.

Ich brauchte dringend etwas Reales, auch wenn es mir nur zeigte, dass ich nicht träumte.

»Das ist sie«, bestätigte Alec und kam auf mich zu. Ich ließ die Arbeitsfläche los und streckte ihm abwehrend meine Hände entgegen. »Aber wie es scheint, hast du sie erschreckt. Sie ist sonst nicht so schüchtern.«

Erschreckt? Schüchtern? Nein, sie war gerade komplett neben sich! Und das, wie ich fand, mit gutem Grund. Ich versuchte, mein Gehirn endlich in Betrieb zu bringen, und rekapitulierte mal eben die Lage. Wenn, was ich immer mehr ausschließen musste, ich nicht dankenswerterweise unter irgendwelchen obskuren Drogen stand, dann hatte ich eben Alecs Bruder kennengelernt. Und der hatte eben meine Brüste kennengelernt. Und Alec hatte das mitbekommen und freute sich darüber. Die Schlussfolgerung kam schnell und war keine Überraschung: Ich hatte endlich den Fehler gefunden.

Alec stand mittlerweile bei mir und versuchte nun seinerseits, mich in die Arme zu schließen.

Ich tauchte seitlich ab, was ihm ein leichtes Stirnrunzeln entlockte. »Penelope? Alles in Ordnung?«, fragte er, und endlich nahm mein Gehirn wieder seine Arbeit auf.

»Ob alles in Ordnung ist?« Ich musste tatsächlich lachen, obwohl mich der Zorn gerade mit aller Macht packte. »Das fragst du allen Ernstes? Nur mal für die Dummen hier im Raum: Du hast das eben mitbekommen?«

Verwirrt hob er die Augenbrauen.

»Du hast mitbekommen, dass dein Bruder mich begrapscht hat?«

Alec lachte unsicher. »Das ist vielleicht ein wenig zu dramatisch ausgedrückt …«, begann er, und ich explodierte.

»Das ist nicht dein Ernst!«

»Nun, du hast nicht ausgesehen, als ob es dir unangenehm wäre«, behauptete Alec und ritt sich immer weiter hinein.

»Weil ich dachte«, ich hörte, dass meine Stimme langsam, aber sicher ein bisschen schrill wurde, »dass das du bist.«

»Oh«, erwiderte Alec.

»Oh?«, wiederholte ich und holte tief Luft. »Was geht hier ab? Weshalb ist ›Oh‹ das Einzige, was dir einfällt, wenn dein Bruder sich an mich heranmacht? Weshalb hast du ihn nicht von mir weggezerrt und ihm einen Kinnhaken verpasst oder besser noch die Nase gebrochen?« Ich atmete schwer.

»Weil ... es ist Emmett. Ich habe dir von ihm erzählt.«

»Nur leider hast du dabei vergessen zu erwähnen, dass er gerne mal deine Freundinnen angräbt.«

Ich erkannte die Wahrheit in Alecs Gesicht. Er war aufrichtig überrascht, und er verstand es wirklich nicht.

»Ich habe es dir erzählt, Penelope. Wir beide, wir teilen alles.«

Ich stierte ihn an.

»Und du hast gemeint, dass du das verstehst und kennst. Aus der WG«, schloss er hoffnungsvoll.

»Da drehte es sich um Shampoo«, rief ich, und meine Stimme kippte endgültig. »Was seid ihr zwei? Perverse Freaks? Ist das eine Masche von euch?«

»Penelope«, versuchte Alec, mich zu beruhigen, was ihm nicht gelang.

»Und dann? Wie geht es dann weiter? Ich verziehe mich mit deinem Bruder, während du Kaffee trinkst? Oder uns dabei zusiehst? Oder«, ich schluckte, »mitmachst?«

»Nein.« Wenigstens klang seine Stimme in dem Moment ehrlich abwehrend.

Ich holte tief Luft. Wirklich, ich war keine viktorianische Jungfrau, und ich hatte durchaus das eine oder andere Experiment hinter mir. Aber aus freien Stücken – und vor allen Dingen bewusst. Ich hatte es mir überlegt und dann Ja oder Nein gesagt. Ich hatte manches gemocht, anderes nicht. Aber was ich nie gemocht und niemals zugelassen hatte, war, dass jemand für mich diese Entscheidung traf und mich nicht einmal informierte. Was war ich denn? Sein neues Parfüm? *Oh, hey, Bruderherz, das riecht gut! Darf ich mal?* Und er sofort: *Klar, mach nur, probier es aus!* So in der Art.

»Das hättest du nicht zulassen dürfen, Alec.« Ich hätte noch so vieles mehr sagen müssen, aber es ging nicht. Ich blickte Alec an, diesen Mann, dem ich vertraute. Mit dem ich begonnen hatte, eine Zukunft zu planen. Den ich zu kennen glaubte. Und den ich so gründlich missverstanden hatte. Shit, gestern noch hatte ich gedacht, dass ich unserem Leben den einen oder anderen Kick verpassen müsste, dass er vielleicht ein klitzekleines bisschen verrückter und leidenschaftlicher sein dürfte, aber im Ernst! Das hier war definitiv zu verrückt. Nein, es war abstoßend, erniedrigend und unverzeihlich. *Ich sollte seinen Job übernehmen und Emmett eine scheuern und ihm direkt auch*, dachte ich, aber ich konnte mich nicht rühren. Ich spürte, dass mein Zorn langsam von anderen Gefühlen überlagert wurde. Scham, Fassungslosigkeit und, ja, auch Angst. Noch schwamm der Zorn oben, was mir Kraft verlieh, aber wenn die anderen Emotionen überhandnahmen, musste ich hier weg sein.

Ich stürzte los. *Schuhe*, dachte ich panisch. Die hatte ich im Schlafzimmer neben meinem Schlüpfer gesehen, vorhin, als die Welt noch nicht so eine bizarre Posse gewesen war. Der Mantel, erinnerte ich mich mechanisch, musste neben der Tür liegen, wo ich auch meine Handtasche hatte fallen lassen. Mehr Zeit blieb nicht, und mehr brauchte ich nicht. Ich spürte die Kälte an meinen nackten Beinen kaum, als ich mit strammem Schritt die Straße entlangstürmte und bei jedem Taxi, das vorbeifuhr, die Hand hob, bis sich eines erbarmte und hielt. Eisern konzentrierte ich mich darauf, nicht zu heulen und genauso wenig dem hysterischen Lachen nachzugeben, das sich in meiner Brust aufbaute. Zumindest so lange nicht, bis ich in der Sicherheit meiner Wohnung war.

»Das ist nicht wahr!« Rubys Stimme klang entsetzt.

»Doch. Ganz genau so ist es passiert.« Ich starrte dumpf auf die Tischplatte.

Maisie war zu Hause gewesen, als ich hereingetaumelt war – der fleischgewordene Männertraum in High Heels und Mantel, darunter nur eine schwarze Spitzenunterhose und Alecs Hemd. Sie hatte erst zu ein paar zweideutigen Kommentaren angesetzt, dann aber mein Gesicht gesehen und Ruby angerufen, ohne weiter nachzufragen. Und die war wiederum eine knappe halbe Stunde später hier aufgetaucht, weshalb mir jetzt beide gegenübersaßen.

»Der fand das gar nicht schlimm«, erklärte ich und hörte selbst meine Überraschung. »Echt jetzt, welcher Kerl schaut denn dabei zu, wie ein anderer seine Freundin begrapscht?« Das konnte ich einfach nicht verstehen.

»Shit! Und er hat wirklich gedacht, dass du darauf stehst?«, wollte Maisie wissen.

»Ja!« Ich griff nach dem Tee, den sie vor mir abgestellt hatte. Nicht, um davon zu trinken, sondern um die Kälte zu vertreiben, die mich im Griff hatte. »Er hat ständig von ihm erzählt, dass sie *so* miteinander sind«, ich überkreuzte meine Finger, »und sich nichts neiden und alles teilen. Dass es sie nur im Doppelpack gibt. Solche Sachen eben. Und ja, ich habe gesagt, dass ich das cool finde, aber echt jetzt! Mit dieser Entwicklung würde man doch nicht rechnen, oder? ›Wir teilen unser Spielzeug‹, hat er gemeint.« Ich stützte mein Kinn in die Hände. »Spielzeug«, wiederholte ich dumpf.

»Shit«, stieß Maisie erneut hervor und klang angemessen angewidert. »Und dabei kam er mir gestern richtig nett und verliebt vor.«

Wir starrten einen Moment vor uns hin.

»Und du hast nicht bemerkt, dass er nicht Alec ist?«

»Nein! Zumindest nicht gleich. Ich meine, er sieht aus wie Alec und wir waren in seiner Wohnung, wie hätte ich draufkommen sollen, dass er es nicht ist? Ich hatte doch keine Ahnung, dass Emmett da ist. Verdammt, der ist bestimmt am Abend schon angekommen, und wir«, ich sah die beiden an, »haben die Schlafzimmertür offen gelassen.«

Maisie verzog den Mund. »Und du denkst, dass ihn in Aufruhr versetzt hat, was er da zu hören bekam?«

»Und wenn!« Ich hob energisch das Kinn. »Das gibt ihm noch lange nicht das Recht, sich so an mich heranzumachen.«

»Richtig«, bekräftigte Maisie.

»Wisst ihr …« Meine Stimme hatte nun einen anderen Klang und die beiden warfen sich einen schnellen Seitenblick zu. »Ich habe immer befürchtet, dass er einen Fehler hat. Es war zu schön, zu perfekt. Es wäre ja auch zu viel verlangt, dass ich einmal einen normalen Kerl finde.«

»Ach, Pen!« Maisie sprang auf und kam zu mir herüber. Sie schloss mich in ihre Arme, und endlich, endlich konnte ich nachgeben. Ich heule nicht oft, aber heute war definitiv mal wieder Zeit dafür.

Als Alec an diesem Abend auftauchte, hatte ich ausgeheult. Dafür war meine Wut zurück, und ich stand ihm mit verschränkten Armen gegenüber.

»Penelope, es tut mir leid«, begann er.

»Das sollte es auch. Hast du ihn rausgeschmissen?«

»Er ist mein Bruder.«

Und damit war alles gesagt. Ich schüttelte ungläubig den Kopf.

»Er hat es verstanden. Es wird nicht wieder vorkommen.«

»Da hast du allerdings recht. Es wird nicht mehr vorkommen.«

»Gut.« Dafür, dass er sonst so clever war, stellte er sich in diesem Augenblick reichlich dumm. »Also ist diese missliche Geschichte vom Tisch?«

»Diese missliche Geschichte? Und das war es dann?«

»Es ist einfach dumm gelaufen, das sehe ich ein«, räumte er ein. »Ein Kommunikationsproblem. Aber das darf doch nicht zerstören, was wir hatten. Penelope, bitte. Wir sind erwachsen, wir können das klären. Und Emmett«, er traute sich, an dieser Stelle ein kleines Lachen einzubauen, »nun, er ist eben so. Und es ist doch letztendlich nichts passiert.«

»Findest du? Tja, das sehe ich anders, wenn ein wildfremder Kerl meine Titten begrapscht. Und ganz besonders, wenn mein Freund dabei zusieht und absolut nichts unternimmt. Das ist kein Kavaliersdelikt, Alec. Das ist ein Übergriff.«

»Du hast ihn nicht gestoppt. Wie hätte er wissen sollen …«

»Bitte? Er hat ganz genau gewusst, dass ich dachte, er wäre du.«

»Ach ja? Hast du das wirklich gedacht?«

Ich spürte, wie mir das Blut aus dem Gesicht wich. »Wie kannst du es wagen …«

»Penelope, ich wollte doch bloß klarmachen, dass es eben in mancherlei Hinsicht zu Fehlern gekommen ist.«

»In mancherlei Hinsicht? Bin jetzt ich am Ende schuld an allem?«

»Nein. Es lief einfach nicht optimal, das wollte ich sagen.«

»Nicht optimal?« Ich schnaufte. »Weißt du was? Ich finde deine Einstellung zum Kotzen. Das ist …« Ich überlegte. »Einfach zum Kotzen«, schloss ich etwas lahm.

»Es tut mir leid«, schaufelte er sich sein endgültiges Grab, »ich dachte, du bist etwas lockerer.«

»Etwas lockerer? Und dann? Hättest du es gerne gehabt, wenn ich mit ihm ins Bett gestiegen wäre? Oder wärst du am Ende sogar mitgekommen?«

»So ist das nicht. Wir stehen nicht auf Dreier, falls du das andeuten willst.«

»Sollte mich das irgendwie umstimmen?«

»Penelope, ich habe es dir immer wieder gesagt. Emmett und ich, das ist eine besondere Beziehung. Uns gibt es ausschließlich im Doppelpack. Und ich habe dir gesagt«, er schluckte, »dass ich keine eigenen Kinder haben kann. Dass wir einen anderen Weg gehen müssen. Und du hast zugestimmt.«

»Ich dachte an künstliche Befruchtung«, stieß ich fassungslos hervor. »Echt, das kann doch alles nicht dein Ernst sein! Diese ganzen lapidaren Anspielungen … Inzwischen wundert es mich nicht mehr, dass es mit deinen früheren Freundinnen *ein paar Schwierigkeiten* gab.« Ich versuchte sarkastisch, seinen beiläufigen Ton zu treffen, den er damals angeschlagen hatte, als er dies gestand. »Oder weshalb ein Kerl wie du noch zu haben ist.«

»Du warst sehr gewillt, meine Fehler zu verzeihen. Ich hätte es vielleicht ein wenig präziser ausdrücken sollen …«

»Das wäre vermutlich eine super Idee gewesen. In dem Fall hätte ich dir nämlich klipp und klar mitteilen können, dass ich nicht so *locker* bin, wie du dachtest. Verrat mir eines: Hast du das ebenfalls gemacht? Hattest du eine seiner Freundinnen? Oder vielleicht auch mehrere?«

Er musste nicht antworten, ich sah es in seinem Gesicht.

»Das ist zum Kotzen«, fauchte ich ein drittes Mal, weil nichts es besser traf und ich heute schließlich keinen Rhetorikpreis gewinnen wollte. »Ich will dich nicht mehr sehen, Alec Leech.«

Kapitel 15

»Was ist mit deinem Lächeln passiert?«

Es war Tag vier, nachdem ich Alec in den Wind geschossen hatte. Tag vier, an dem ich mit düsterem Blick in der U-Bahn saß, als mich meine namenlose Tube-Bekanntschaft ansprach. Abweisend sah ich ihn an.

»Es wurde mir gestohlen«, erklärte ich dumpf.

Er nickte bedächtig. »So viel habe ich mitbekommen.«

»Gut. Denn mehr braucht dich nicht zu interessieren.« Ich drehte den Kopf wieder zum Fenster. Eigentlich wollte ich nicht so unhöflich sein, aber er gehörte zur Gattung Kerle, Unterkategorie Londoner, und hatte sich somit gerade disqualifiziert.

»Es tut mir leid«, bedauerte er leise genug, damit es nicht der halbe Wagen hörte. »Ich dachte nur, wenn du darüber reden willst, aber keinen hast, der dir zuhört, dann könnte ich das tun. Ich bin sehr gut darin zuzuhören. Ich bin übrigens auch sehr gut darin, Rachepläne zu schmieden.« Seine Stimme änderte sich, wurde leicht und beschwingt. »Ich habe zwei ältere Schwestern und einige Erfahrung darin. Hey, wenn du mir sagst, wo sein Auto steht, kann ich ein wenig an den Reifenventilen herumspielen.« Er klang hoffnungsfroh. »Oder ihm einen Stinking Bishop im Motorraum verstecken, und zwar ganz nahe an der

Lüftung.« Er redete sich langsam in Stimmung. »Das ist der Hammer. Du bekommst diesen Käsegestank wochenlang nicht mehr aus dem Wagen. Habe ich gehört«, setzte er hinzu und grinste verschämt.

Ich schüttelte den Kopf, konnte mir aber zum ersten Mal seit Tagen ein spontanes Lächeln nicht völlig verkneifen. »Das Ding steht leider in einer gut bewachten, abgeschlossenen Tiefgarage.«

»Schade. Im Briefkasten kommt der nicht annähernd so fies. Wir könnten uns aber im Park auf die Lauer legen. Es gibt immer ein paar Hundebesitzer, die nicht hinter ihren Tieren aufräumen. Es wäre eine nette kleine Überraschung zwischen der ganzen Werbung.«

»Er ist es nicht wert«, entschied ich und bedauerte es fast.

»Dann muss er es wirklich verkackt haben«, resümierte mein Bekannter.

Ich nickte grimmig.

»Ich bin Phil«, platzte er nach einer kurzen Schweigeminute, in der er mich nachdenklich betrachtet hatte, heraus und streckte mir tapfer eine Hand entgegen. »Ich glaube, dass es an der Zeit ist, mich endlich vorzustellen. Damit du weißt, wer dein Leid teilen will.«

Einen Moment ließ ich sie in der Luft hängen, aber er zog sie nicht zurück. Schließlich gab ich meinem Bauchgefühl nach und ergriff sie.

»Pe…«, ich räusperte mich. »Peppy«, sagte ich hastig und griff auf den alten Spitznamen zurück, den mir mein Opa gegeben hatte und den niemand außer ihm sonst verwendete.

»Es freut mich, dich kennenzulernen, Peppy«, verkündete er höflich und zog den Namen leicht in die Länge. Offenkundig hatte er mein Hüsteln richtig interpretiert und vermutete, dass ich ihm den dämlichsten Namen genannt hatte, der mir in den Sinn gekommen war.

»Und du bist also professioneller Rächer?«, fragte ich, um nicht darauf eingehen zu müssen. Ich hätte natürlich auch wieder aus dem Fenster starren und die aufkeimende Unterhaltung ersticken können. Aber ich hatte bereits in dem Moment, als ich seine ausgestreckte Hand ergriff, meine Entscheidung getroffen, das nicht zu tun.

»Ich war immer nur Mitwisser. Allerdings habe ich eine blühende Fantasie und ein paar wirklich gute Ideen. Meine Schwestern sind an einige echte Vollpfosten geraten.«

Ich seufzte. »Erzähl mir was Neues.«

»Ehe sie die Richtigen fanden und glücklich lachend in den Sonnenuntergang ritten.«

»Keine Lügen!«, mahnte ich.

»Das sind keine Lügen. Es ist die Wahrheit.«

Ich seufzte wieder. »Ich glaube bald nicht mehr daran. Vielleicht gebe ich diese ganze Sache einfach auf. Nonnen schaffen das ja auch.«

»Das wäre viel zu schade.« Es gelang ihm, dabei ein freundliches Gesicht zu machen und nicht so auszusehen, als würde er die Gelegenheit nutzen wollen, um mich anzumachen, was sein Glück war. Ich schnaubte trotzdem.

»Eine Schande ist das, was man uns Frauen andauernd zumutet.«

»Willst du es mir erzählen? Damit ich diesen Fehler nicht mache? Bei anderen Frauen«, schob er rasch hinterher und hob die Hände.

»Nein. Wenn ich dir das sagen müsste, dann würde ich keiner Frau wünschen, dass sie dich bekommt.«

»Er hat also nicht nur deinen Geburtstag vergessen?«

»Nein.« Mein Mund kräuselte sich zu einem abschätzigen Lächeln. »Ich würde mich glücklich schätzen und in den Sonnenuntergang reiten, wenn ich mal an einen geriete, der einfach nur meinen Geburtstag vergisst.«

Während ich die letzten paar Meter zu meiner Arbeitsstelle ging, dachte ich über das Gespräch eben nach. Ich wusste nicht, was über mich gekommen war, es zu führen, aber es hatte mir gutgetan und meine Laune gehoben. *Phil*, dachte ich. *Wie passend.* Ein langweiliger Name für einen durchschnittlichen Kerl. Wobei der vermutlich seine Freundin nicht mit seinem Bruder teilte. Falls er einen hatte.

Nun, letztendlich konnte es mir egal sein, was er trieb. Und außerdem hatte ich weder Zeit noch Lust, um weiter darüber nachzudenken. Der Laden brummte, und ich war einmal mehr dankbar, dass ich hier ausreichend Ablenkung fand. *Kein Kerl*, ermunterte ich mich selbst, *ist es wert, dass du seinetwegen deinen Job schlecht machst.*

Gegen Abend erschien die Kundin wieder, die neulich das Kleid für die Dinnerparty gekauft hatte. Strahlend eilte sie mir entgegen.

»Ich musste noch einmal herkommen und mich bedanken.«

»Dann lief es also gut?«

»Ja.« Ihre blitzenden Augen hätten als Antwort genügt. »Es war toll. Seine Familie ist wirklich nett, und sie haben mich total herzlich empfangen. Und sie haben mich gefragt, wo ich das Kleid gekauft habe. Also, falls Sie demnächst neue Kunden haben …« Sie wedelte mit der Hand.

»Das ist sehr nett«, versicherte ich brav. »Es freut uns immer, wenn wir helfen konnten.«

»Und Sie hatten recht.« Sie grinste frech. »Troy war sehr angetan von diesem Kleid. Er hat den ganzen Abend so getan, als läge sein Arm um meine Stuhllehne, und dabei konnte er seine Finger nicht von meinem nackten Rücken lassen.«

»Oha«, kommentierte ich und versuchte, begeistert zu klingen, und nicht frustriert oder zynisch, weil ich daran dachte, wie Alec dasselbe bei mir getan hatte. »Wirklich?«

»Ich denke, wir sind jetzt ein Paar. Zumindest waren wir beide in seinem Teil des Hauses. Er hat da tatsächlich eine ganze Wohnung allein für sich, was wir weidlich ausgenutzt haben.« Sie kicherte.

»Wie nett«, behauptete ich und hoffte, dass sie mir Details ersparen würde. *Normalerweise gerne, Lady, aber im Moment bin ich nicht in der Stimmung.* »Herzlichen Glückwunsch.«

»Danke«, flötete sie und machte einen kleinen Knicks. Plötzlich sah sie so bezaubernd und unschuldig aus, dass ich ihr von Herzen wünschte, dass es gut gehen würde. »Das wollte ich bloß erzählt haben. Ich finde ja, dass man viel zu selten dankbar ist. Und wenn ich wieder etwas brauche, dann komme ich nur zu Ihnen.«

An diesem Abend kauerte ich mit hochgezogenen Beinen auf dem Sofa und dachte über Dankbarkeit nach. Ich fand es gerade einigermaßen schwierig, dankbar zu sein. Ich meine, für was? Dass ich mit traumwandlerischer Sicherheit an die größten Spinner Londons geriet? Dass Alec kein komplett Perverser war? Dass Emmett aufgeflogen war, bevor … Erschaudernd brach ich den Gedanken ab.

Maisie hatte mir geraten, es als Investition in die Zukunft zu betrachten.

»Und was für eine Investition soll das sein?«

»Na, du hast später mal lehrreiche Geschichten, die du deinen Töchtern erzählen kannst, wenn sie selbst mit dem Daten beginnen.«

»Das Problem ist allerdings …«, ich blickte traurig zu meiner Freundin, »dass ich nie Töchter haben werde, wenn ich so weitermache.«

»Willst du das denn überhaupt?«, fragte sie zurück.

»Ich glaube, ja«, gestand ich leise. Ich dachte flüchtig an das Gespräch mit Alec, an meine Gefühle, als er mir gebeichtet hatte, dass er sich Kinder mit mir wünschte. Oder Kinder von mir und seinem Bruder. Uah! »Echt, ich hab es so satt. Ich hätte gerne einen netten, normalen Mann. Am besten ein Einzelkind«, fügte ich hinzu, und Maisie lachte erwartungsgemäß.

»Das wird schon. Wer wird denn gleich aufgeben? Da draußen laufen jede Menge toller Kerle rum, die sich die Finger nach einer Frau wie dir lecken. Kopf hoch, am Wochenende gehen wir aus.«

»Ich habe gerade mit meinem Freund Schluss gemacht«, wandte ich ein. »Sollte ich nicht erst eine angemessene Zeit trauern?«

»Um den? Nein«, widersprach Maisie fröhlich. »Gib dir einen Ruck. Wir schauen uns einfach ein wenig um.«

»Ich weiß nicht. Mir steht der Sinn nicht wirklich nach dem nächsten Spinner.«

»Pen«, Maisie blickte mich streng an. »Du weißt doch, was man sagt: Wenn man vom Pferd fällt, muss man sofort wieder aufsteigen.«

»Charmanter Vergleich«, bemerkte ich trocken.

»Aber passend.« Maisie rieb sich die Hände. »Und deshalb werden wir zwei auf die Piste gehen und mal schauen, was der Markt hergibt.«

Ich nickte zögernd. »Nur schauen«, wiederholte ich. »Das könnte ich vielleicht tun. Aber aufsteigen werde ich definitiv auf keinen. Nicht im Moment.«

»Lass dich von dem Typen bloß nicht unterkriegen, das hat er nicht verdient. Sieh es mal so: Je schneller du ihn ersetzt, desto schneller kannst du ihn vergessen.«

Auch wenn ich mit Maisie loszog, vergaß ich Alec dennoch nicht so schnell, wie ich das gewollt hätte. Ganz so easy steckte ich sein kleines Geheimnis nämlich doch nicht weg. Aber ich spürte nach und nach, dass ich tatsächlich ein paar Fehler gemacht hatte. Nicht, was Emmett betraf, in dieser Hinsicht existierte nichts, was ich mir ankreiden lassen würde. Doch selbst ohne jenen Vorfall hatte es ein paar Dinge gegeben, die mir nicht gefallen hatten, die ich aber nicht hatte wahrhaben wollen. Weil ich dachte, dass ich die ändern könnte. Oder lernen, damit zu leben. Damit, dass wir ständig nur in Restaurants herumsaßen, anstatt auch mal auf die Piste zu gehen. Dass er immer wieder auf kulturellen Veranstaltungen beharrte, wenn ich einen Kinobesuch vorgeschlagen hatte. Dass er ewig keine Zeit und womöglich auch keine Lust gehabt hatte, meine Freunde kennenzulernen. Überhaupt waren wir die ganze Zeit nur zu zweit gewesen, was meinem geselligen Wesen nicht unbedingt entsprach. Er hatte zwar jede Menge Bekannte und verfügte über die richtigen Kontakte, doch er schien kein Interesse zu haben, sich stärker dort einzubringen. Und schließlich die Tatsache, dass Alec nicht gerade der leidenschaftlichste Mann war und ich immer alles geben musste, um ihn so richtig in Fahrt zu bringen. All das hatte ich gemerkt, und doch hatte mich zu schnell, zu emotional und zu blauäugig in diese Beziehung gestürzt, weil ich unbedingt wollte, dass Alec perfekt war. Ich hatte seine ewigen Anspielungen zu naiv hingenommen und mein gesundes Misstrauen zu rigoros unter den Tisch gekehrt. Dies würde also meine Lehre sein. *Egal, wie heiß der Kerl ist, wie normal er rüberkommt, vertraue ihm nie ganz. Und vertrau dir nie ganz.*

Auf der anderen Seite war da aber auch die Sache mit dem Hinfallen und der Krone. Alec hatte mich verletzt, und ich wollte ihm nicht auch noch die Genugtuung verschaffen, dass ich jetzt ewig nichts Neues anfing oder gar – der Himmel bewahre – diesem Mistkerl hinterhertrauerte. Ja, man hielt nach einer Beziehung so etwas wie eine Trauerzeit ein. Zumindest, wenn die Beziehung dies verdient hatte. In unserem speziellen Fall jedoch hatte ich gar keine Lust, länger als nötig daran zu denken oder die Erinnerung hochzuhalten. Nein, ich wollte Alec schnellstmöglich vergessen – und seinen Blick, als er meinte, er hielte mich für eine Frau, die ein wenig *lockerer* wäre. Nun, ich würde locker sein und mich wieder auf den Markt werfen. Ich würde einen anderen kennenlernen, einen, der mich verdiente und zur Abwechslung einmal keinen Schuss hatte.

Kapitel 16

Wenn man mit Maisie unterwegs war, fiel es schwer, etwas zurückhaltender zu agieren. Nicht weil sie laut wäre oder peinlich, aber Maisie ging nun mal auf die Menschen zu, wurde wahrgenommen, kommunizierte gerne. Sie besaß diesen Maisie-Zauber, der sie umhüllte und alle Menschen blendete und verhexte, und der ein wenig auch auf uns arme Normalsterbliche abfärbte, die sich in ihrem Dunstkreis befanden. Vielleicht merkten die Kerle es, dass sie nicht darauf aus war, etwas Festes zu bekommen, und dass sie einfach unkompliziert und entspannt ein wenig flirten wollte. Auf alle Fälle war es verboten leicht, in ihrer Gesellschaft neue Bekanntschaften zu machen.

Ich hielt mich in der ersten Zeit dennoch an meinen Vorsatz, nur zu schauen. Es tat gut, ein bisschen umworben zu werden, und es polierte mein Ego auf. Es war, dachte ich trotzig, wie Maisie prophezeit hatte: Man musste im Sattel bleiben. Und das tat ich, auch wenn ich zur Abwechslung einmal nicht gleich im Galopp davonpreschte.

Oft waren auch Ruby und Beau dabei, wenn wir am Wochenende unterwegs waren. Dann hatte ich wieder Gelegenheit, ganz aus der Nähe die Vorzüge zu erleben, die es mit sich brachte, wenn man das passende Pferd gefunden hatte. Die beiden gaben mir die Hoffnung zurück, dass da draußen auch normale Männer herumliefen. Man musste sie in diesem großen Heuhaufen lediglich finden.

»Mein Kollege Dan ist toll«, versicherte Ruby eben.

»Ach ja?«, bemerkte Beau und hob eine Augenbraue.

»Ja. Und er sieht gut aus mit seinen dunkelbraunen Haaren und den wahnsinnig grünen Augen.«

»Sprich nur weiter«, ermunterte Beau sie trocken. »Wir sind ganz Ohr, was du als attraktiv bezeichnest.«

Ruby stutzte. »Doch nicht für mich. Für Pen«, erklärte sie und strich über Beaus dunkelblonden Schopf. »Du weißt, dass es für mich keinen schöneren Mann als dich gibt.«

»Hey«, warf ich ein. »Ich muss nicht verkuppelt werden. So verzweifelt bin ich noch nicht.«

»Darum geht es doch gar nicht. Aber ich weiß, dass Dan kein Spinner ist.«

»Aha. Du hast ihn also gefragt, ob er einen Bruder hat, mit dem er alles teilt?«

»Nein. Und echt jetzt, das ist so schräg, das kannst du doch nicht zum Standard erheben. So was erlebst du nur einmal.«

»Was auch völlig ausreicht«, grummelte ich missmutig. »Und ansonsten werde ich vermutlich einfach wieder das Durchschnittsdesaster erleben: Hat schon eine Freundin, wahlweise auch eine Ehefrau, oder kann die Finger nicht von anderen lassen.«

»Quatsch«, Ruby bemühte sich um einen kämpferischen Ton. »Es gibt auch Anständige. Zum Beispiel den da hinten«, sie nickte unauffällig in Richtung des Tresens. »Dreh dich nicht um. Er sitzt ganz rechts und sieht ständig zu uns. Schwarze Haare, weißes Hemd. Oh, und unglaubliche Zähne, wie er gerade beweist.«

»Kein Interesse.«

»Schau ihn dir doch wenigstens an. Der ist genau dein Typ«, bat sie, und ihre Augen sorgten dafür, dass ich seufzend nachgab. Ich wusste, dass sie aus den edelsten Motiven handelte. Ruby wollte nur helfen, und ein Blick konnte ja nicht schaden.

»Und?«, hakte sie auch sofort nach, als ich unauffällig den Tresen sondiert hatte.

»Sieht ganz nett aus«, gab ich zu.

»Meine Worte. Na los, lächle ihn an.«

Ich seufzte wieder, und Beau zog einmal mehr amüsiert seine Augenbrauen hoch. »Ich muss sagen, ich bin froh, dass ich das hinter mir habe.«

»Schön für dich«, knurrte ich und überlegte bereits, wie ich Kontakt zu dem Kerl aufnehmen konnte.

Beau beugte sich vor und knuffte mich lachend in den Oberarm. »Komm schon. Lächle ihn an und lade ihn zu uns ein. Wir sind bei dir, und wenn er nicht dein Fall ist, retten wir dich.«

Ich spähte noch einmal zur Bar hinüber. Der Typ schien uns wirklich zu beobachten, und unsere Blicke trafen sich. Er lächelte, und zögernd lächelte ich zurück, sah dann weg und direkt wieder hin. Seine Augen waren nicht abgewandert, und jetzt hob er sein Glas und prostete mir zu. Ich nahm mein Pint, das fast leer war, und erwiderte die Geste. Sein Lächeln verstärkte sich, und er winkte dem Barkeeper. Kurze Zeit später hatte er ein neues Pint vor sich stehen, erhob sich und marschierte direkt auf uns zu.

»Shit«, entfuhr es mir. »Der kommt.«

Nein, der war bereits da. Er blieb mit einem netten Lächeln vor uns stehen und hielt mir das Glas entgegen.

»Darf ich dir einen ausgeben? Ich hoffe, du bleibst beim Bier?«

Ich nickte. »Danke.«

»Ich bin Gerry«, stellte er sich vor.

»Pen«, sagte ich steif.

»Setz dich doch, Gerry«, lud Ruby ihn ein und klang weit begeisterter als ich. Sie rutschte etwas zur Seite und machte ihm auf der Bank Platz. »Ich bin Ruby. Das hier ist Beau.«

Dankbar nickend nahm Gerry das Angebot an. »Seid ihr öfters hier?«, eröffnete er das Gespräch und schaute interessiert in die Runde.

»Ab und an«, gab ich zurück, weil die beiden anderen offensichtlich nichts sagen wollten. »Wenn uns der Sinn nach dem guten alten England steht.« Ich sah mich in dem traditionellen Pub um. »Und du?«

»Ich habe diese Kneipe gerade erst entdeckt. Ich bin noch nicht lange in der Stadt. Vielleicht habt ihr ja ein paar Tipps für mich, wo man sonst noch hingehen kann?«

»Klar.« Ich atmete auf. Der schien ganz nett zu sein. »Bist du beruflich nach London übergesiedelt?«

»Ja. Ich habe hier eine Stelle am London College of Fashion angeboten bekommen.«

Damit hatte er mich. »Ernsthaft? Und als was?«

»Eine Professur. Vorerst zeitlich begrenzt«, verriet er und klang bescheiden.

»Du bist Professor für Mode?« Ich setzte mich aufrecht hin. »Das ist ja superspannend.«

»Mein Gebiet ist das Luxussegment-Management. Ich designe also nicht, falls du das erwartest.«

Ich warf einen unauffälligen Blick auf seine schicke Armbanduhr. Das Hemd musste ich nicht mehr begutachten, es war schon aus der Ferne zu sehen gewesen, dass es eine hochwertige Ausführung war.

»Das klingt toll«, meinte ich und stützte das Kinn auf. »Ich wusste nicht, dass das ein Studienfach ist.«

»Es ist ein Teil des Studiums. Eine Spezifikationsmöglichkeit.«

»Und du erklärst den Studenten dann, was es damit auf sich hat.«

»Exakt. Es ist eine ganz andere Sache, Luxus zu verkaufen. Man muss es anders angehen als normale Konsumgüter, andere Gesetze beachten.« Er brach ab und lachte wieder. »Aber wir sind hier nicht im Hörsaal. Ich will niemanden langweilen.«

»Mich langweilst du nicht«, ermutigte ich ihn. »Außerdem arbeite ich im weitesten Sinne auch mit Luxusgütern. Mode«, schob ich auf seinen fragenden Blick hinterher. »Ich verkaufe exklusive und hochwertige Luxusmode.« Ich schämte mich nicht, ein wenig zu übertreiben. Aber dann kam mir doch der Gedanke, dass er dabei vermutlich an etwas anderes dachte als ich und mich bereits in einem der exklusiven Flagstores sah, die es auf der Bond Street reihenweise gab und doch noch etwas luxuriöser waren als unser Geschäft. Deshalb fügte ich schnell hinzu: »Und unser Beau hier ist auch im Luxusbereich tätig.«

»Ja?«, wandte er sich interessiert Beau zu. »Was machst du, wenn ich das fragen darf?«

»Ich arbeite bei *Jola*«, erteilte Beau knapp Auskunft, was die Untertreibung des Jahres war. Beau *war* sozusagen *Jola*, oder er würde es bald sein.

»Nicht am Tresen, vermute ich«, bemerkte Gerry und neigte sich etwas zu Beau hinüber. »Hast du mit dem Marketing zu tun?«

»Gelegentlich.«

»Parfüm ist ein tolles Beispiel für Luxusgüter«, behauptete Gerry, und seine Stimme wurde weich und einlullend. »Man braucht es nicht. Man kann problemlos ohne leben. Und doch benutzen es sieben von zehn Menschen regelmäßig.«

»Und sie benutzen im Schnitt fünf Jahre lang denselben Duft, ehe sie wechseln«, ergänzte Beau, und sein Lachen klang nun deutlich zugänglicher. »Ich habe die neue Studie gelesen.«

»Ja?« Gerry klang erfreut. »Die haben wir durchgeführt.«

»Wirklich? Die war ziemlich interessant. Wobei ich stets ein paar Hintergrundinfos vermisse. Weshalb ist das so? Liegt es daran, dass man den Duft wirklich mag, oder ist es bequemer, weil man dann einfach und schnell nachkaufen kann? Ich weiß, dass bei Vor-Ort-Käufen die Bereitschaft, einen neuen Duft auszuprobieren und mitzunehmen, deutlich höher ist, weil wir da die Chance haben, beratend einzuwirken. Spontankäufe zu generieren. Parfüm ist wie Kleidung, man trägt nicht immer dasselbe. Aber wie mache ich das bei Onlinekäufen? Haben wir es hier mit zwei komplett unterschiedlichen Käufertypen zu tun?«

Gerrys Augen blitzten. »Das ist eine interessante Frage. Früher gab es immer Proben, die Begehrlichkeiten wecken sollten.«

»Die gibt es auch heute noch. Im Laden kann ich versuchen, aufgrund des Gespräches eine mitzugeben, die zu dem Kunden passt und die dennoch zu seinem aktuellen Duft variiert. Online kann ich das nicht.«

»Aber man könnte eine ähnliche dazugeben.«

»Würde das einen Kaufreiz auslösen? Wenn es zu ähnlich ist, investiere ich dann noch einmal Geld? Und wieder wie bei der Kleidung: Wünscht sich der Kunde auch beim Duft eine neue Richtung, weiß aber nicht genau, welche? Vor Ort können wir das recht einfach austesten, weil unsere Mitarbeiter darin geschult sind, mit wenigen Proben ganz verschiedene Basisnoten zu prüfen und dann zu eruieren, in welche Richtung die Beratung gehen muss.«

»Du hast recht.« Gerry beugte sich noch ein wenig weiter zu Beau hinüber. In seinem Eifer legte er kurz die Hand auf dessen Arm.

»Habt ihr schon einmal überlegt, die Kunden selbst entscheiden zu lassen, was sie haben wollen?«

Kapitel 17

Ich warf Ruby einen Blick zu. Mittlerweile diskutierten die beiden Kerle über die Wirtschaftlichkeit, die es mit sich brachte, bei Onlinekäufen eine Wahloption für Parfümproben zur Verfügung zu stellen. Wie viel Zeit brauchte es, so etwas in einer Art anzubieten, die für den Kunden eine hilfreiche Entscheidungsfindung möglich machte? Wie lange suchte der Mitarbeiter, der die Bestellung zusammenpackte, in den verfügbaren Proben, und wie konnte man das Interesse auf den richtigen Duft lenken? Würden dann nicht einfach die ohnehin bekannten, teuren Marken verlangt werden, und stand der operative Aufwand in einer Relation zum Nutzen? Es war ohne Frage eine interessante Diskussion, aber wir Mädels waren leider zu einer Art schmückendem Beiwerk mutiert. Meine Kenntnisse in diesen Dingen waren bedauerlicherweise mehr als mangelhaft, und meine Freundin war so nett, leichthin mit mir zu plaudern und mir nicht völlig das Gefühl zu geben, uninteressant zu sein. Als Beau leicht zusammenzuckte, wusste ich, dass Ruby das ihrem Freund mit einem gezielten Tritt ans Schienbein klargemacht haben musste, denn er räusperte sich und lachte verlegen.

»Das ist in der Tat ein spannendes Thema«, resümierte er. »Über das es sich bei Gelegenheit nachzudenken lohnt.«

»Wir vom London College of Fashion arbeiten eng mit Unternehmen zusammen – in verschiedenen Projekten. Vielleicht wäre das etwas, was wir einmal im Rahmen einer Projektarbeit angehen könnten? Wir bieten unseren Studenten immer wieder die Möglichkeit, Einblicke in Unternehmen zu gewinnen. Und wir sind stets interessiert an neuen Kontakten. Vielleicht könnte sich daraus etwas ergeben?« Gerry sah Beau an. »Was denkst du?«

»Das klingt interessant. Ich denke darüber nach.«

»Ich gebe dir meine Karte.« Gerry griff in die Innentasche seines Jacketts. »Melde dich, wenn du Interesse hast.«

Beau nickte und steckte die Karte in seine Hemdtasche. »Auf alle Fälle.«

»Gut.« Gerry strich sich die Haare aus der Stirn und lehnte sich entspannt zurück.

Eine kurze Pause trat ein, ehe sich Ruby räusperte. »Sag mal, Gerry, hast du eigentlich Geschwister?«

Ich musste mich beherrschen, um nicht den Schluck Bier hinauszuprusten, den ich gerade im Mund hatte. Gerry sah erwartungsgemäß überrascht aus.

»Nein. Weshalb?«

»Nur so«, antwortete Ruby fröhlich, und ich spürte förmlich, wie sie mir in Gedanken zublinzelte. »Ich habe vier, und weil mein jüngster Bruder heute Geburtstag hat und ich nicht bei ihm sein kann, dachte ich eben an ihn«, log sie dreist. »Auf Abe!« Sie hob das Glas, und zögernd taten wir es ihr nach.

»Wie alt wird er denn?«, erkundigte sich Gerry höflich.

»Volljährig. Was für ein tolles Alter, nicht? Er hat gerade seine erste Freundin. Also die erste richtige, wenn du verstehst«, sie zwinkerte jetzt ihm zu. »Hast du eine Freundin?«

Gerry zuckte zusammen. Ich nutzte die Gelegenheit, dass er ein wenig verwirrt war, und trat nun gegen ihr Schienbein.

»Nein, ich habe keine Freundin«, erteilte unser neuer Bekannter brav Auskunft. Er betonte das letzte Wort ein bisschen, und ehe ich erneut nachtreten konnte, hatte Ruby bereits wieder den Mund aufgemacht.

»Eine Ehefrau?«

»Nein. Es gibt keine Frau in meinem Leben.«

»Gut«, zwitscherte Ruby und lehnte sich ebenfalls zurück. »Ich meine: schade. Aber was nicht ist, kann ja noch werden.«

Ich machte mir in Gedanken eine Notiz, dass ich mit ihr einmal darüber reden musste, wie man unverfänglich flirtete und was man seiner besten Freundin niemals antun sollte. Im Ernst, Gerrys Blick flog nun doch ein wenig irritiert zwischen ihr und Beau hin und her und streifte mich dabei nur am Rande. Was mir missfiel, wie ich gerade bemerkte. Aber wie sollte ich nun einen einigermaßen eleganten Gesprächswechsel hinlegen? Vorher, als wir noch bei Luxus und Mode gewesen waren, hätte ich einiges zu sagen gehabt. Jetzt saß ich da und grübelte vergeblich, und die Stimmung begann, leicht ins Peinliche abzurutschen.

»Du schuldest mir noch eine Runde Darts«, rief Beau plötzlich und sprang auf. Er griff nach Rubys Arm und zog sie mit sich hoch. »Ihr entschuldigt uns doch eine Weile?« Beherzt schob er sie in Richtung Hinterzimmer, wo die Scheiben hingen.

Wir blickten ihnen nach.

»Sie sind nett.« Gerry schaute noch immer hinter den beiden her.

»Total«, gab ich ihm recht. »Wenn auch vielleicht ein wenig verrückt. Ruby zumindest«, sagte ich ohne schlechtes Gewissen. »Beau weniger.«

Gerry nickte nachdenklich.

»Ruby und ich wohnen in einer WG«, plapperte ich drauflos, weil mein Begleiter nach wie vor vor sich hin sinnierte. »Mit einer dritten Freundin, die sich zehn Minuten nach unserer Ankunft in diesem Lokal abgesetzt hat. Sie ist die kleine Brünette dort hinten am Billardtisch.«

Gerry neigte sich ein wenig zu mir. Von meinem Platz aus konnte ich sowohl die Spieltische als auch die Dartscheiben erkennen. Er hatte nur die Scheiben im Blick, wenn ich das richtig einschätzte.

Maisie bemerkte, dass ich zu ihr sah, und winkte fröhlich. In dem Moment tauchte Gerrys Kopf neben mir auf, und ihr Strahlen wurde noch intensiver. Sie reckte den Daumen in die Luft und nickte begeistert.

»Sie scheint zu gewinnen«, behauptete ich lässig und verdrehte dabei nur für meine Freundin warnend die Augen.

»Ihr seid eine tolle Truppe, wie mir scheint.«

»Die beste, die man sich wünschen kann.«

»Und ich beneide dich darum«, erklärte er und sah endlich wieder mich an.

Ich ließ meine Vorsicht fahren. Er schien wirklich nett zu sein und er hatte Charme. Und einen Lehrstuhl am London College of Fashion.

»Mich um sie oder sie um mich?«, fragte ich und zwinkerte ihm zu.

»Beides, denke ich«, gab er langsam zurück und nahm einen Schluck Bier. »Also, Penny …«, begann er.

»Pen«, unterbrach ich ihn.

»Pen. Sorry.« Er lachte und hob entschuldigend die Hände. »Erzähl mir mehr von deinem täglichen Umgang mit dem Luxus.«

Ich redete mich ein wenig in Wallung, wie ich das immer tat, wenn ich über Mode sprechen konnte. Das war mein Ding, und ich liebte es. Und er verstand das auf einer ganz anderen Ebene. Mit ihm konnte ich darüber reden, wie ich meinen Kunden die höheren Preise erklärte, und mit welchen Argumenten man sie am besten überzeugte. Wir fachsimpelten ein wenig über die Psychologie des Verkaufens. Das Wecken von Begierden war dabei das zentrale Thema. Ich spürte, wie auch bei mir langsam welche entstanden. Ich versuchte, das zu verdrängen, und berichtete von einem Seminar, an dem ich vor ein paar Monaten hatte teilnehmen dürfen. Es war genau um diese Themen gegangen und sehr interessant und lehrreich gewesen, wie ich ihm darlegte.

»Vieles hat man vermutlich instinktiv gemacht. Aber jetzt achte ich viel mehr darauf.«

»Und ich glaube, dass du darin sehr gut bist.« Gerry tippte sein Glas an. »Nehmen wir die einfache Tatsache, dass Menschen, ob sie es zugeben oder nicht, bei attraktiven Zeitgenossen schneller bereit sind, ein Geschäft abzuschließen.«

Ich wich verlegen seinem Blick aus. »Danke.«

»Nicht dafür«, sagte er und ließ sich leider einen Moment von Ruby und Beau ablenken, die einen Treffer meiner Freundin mit lautem Jubel feierten.

»Ja«, sagte er ein wenig verwirrt und schien sich wieder sammeln zu müssen. »Oder das Prinzip der Autorität. Dass du Sachverstand hast, bezweifle ich nicht. Aber den kann sich jeder aneignen. Wichtiger ist das Auftreten, meiner Meinung nach. Du wirkst selbstsicher und ruhig. Deine Körpersprache ist klar und raumeinnehmend.«

»Danke«, sagte ich ein zweites Mal und bedauerte, dass er mein attraktives Äußeres so schnell abgehandelt hatte.

»Sieh dir Beau an.« Er ließ seinen Blick einmal mehr ins Nebenzimmer gleiten. »Er ist ein perfektes Beispiel dafür. Seine Art zu gehen. Der Klang seiner Stimme. Er besitzt eine starke Präsenz, und ich wette, er kann alles verkaufen, was er will.«

Ruby warf ihren letzten Pfeil und riss danach die Arme in die Höhe. Beau tat es ihr nach und stieß ein lautes »Wohoo« aus.

»Ich sehe, was du meinst«, kicherte ich. »Sehr souverän.«

Beau ließ jetzt seine Hüften seitlich kreisen und hoppelte dabei auf Ruby zu, die einen kleinen Tanz aufführte. Seine Arme hatte er nach wie vor in die Höhe gereckt und sah dabei, das musste ich zugeben, weit weniger bescheuert aus als vermutlich der Großteil der männlichen Bevölkerung. Eigentlich wirkte es sogar ziemlich ansprechend, fand ich. Auch Gerry schien in den Anblick versunken. Beau setzte zu einem besonders beherzten Hüftschwung an, und ich beobachtete, wie sich Gerrys Lippen leicht öffneten, seine Augen sich weiteten.

Oha.

Dann war Beau bei Ruby, seine Hüften berührten einmal die ihren. Ruby ließ ihre Arme sinken und legte sie stattdessen um seinen Hals. Beaus Antlitz leuchtete auf, ehe er sich über sie beugte und sie küsste.

Gerrys Augen wurden schmaler, seine Gesichtszüge wirkten wie festgefroren. Oha, dachte ich noch einmal. Ich hätte in diesem Moment vermutlich nackt auf dem Tisch tanzen können, er hätte es nicht bemerkt. Dann holte er tief Luft und blinzelte kurz. Als er sich zu mir umdrehte, hatte er wieder ein Lächeln im Gesicht.

»Wo waren wir stehen geblieben?«

Kapitel 18

»Na, der war doch nett«, behauptete Ruby zufrieden und sah Gerry nach, der eben den Pub verließ.

»Stimmt«, gab ich ihr recht und musste grinsen.

Gerry war in der Tat nett, und wir hatten es sogar geschafft, ein interessantes Gespräch zu führen. Wenn es auch immer wieder von schmachtenden Blicken ins Nebenzimmer unterbrochen worden war. Nachdem ich es erkannt hatte, war es nicht zu übersehen, wie seine Augen ständig an Beau hingen.

»Und er hat dir seine Karte gegeben. Wirst du ihn wiedersehen?«, wollte Ruby wissen.

Ich zuckte die Schulter. »Möglich. Er ist gut in seinem Fach, und ich könnte mir ein paar Tipps holen.«

Ruby zwinkerte. »Klar.«

»Ich denke auch, dass er interessiert ist«, mischte sich Beau ein, und mein Grinsen wuchs noch ein wenig in die Breite. »Und er ist doch wirklich ein netter Kerl.«

»Findest du?«

»Ja«, gab er im Brustton der Überzeugung zurück. Auch er blickte Gerry nach, der eben die Tür erreicht hatte und sich noch einmal zu uns umdrehte. Beau hob grüßend die Hand und Gerry starrte einen Moment reglos zurück, ehe auch er den Arm zu einem Gruß erhob.

»Das wird ihn freuen zu hören«, konnte ich mir nicht verkneifen.

»Du solltest ihm auf alle Fälle eine Chance geben. Im Ernst, Pen, ihr würdet doch perfekt zueinanderpassen.« Rubys Augen leuchteten aufgeregt.

»Nun, ich fürchte«, tat ich nachdenklich, »dass es da nur ein kleines Problem gibt.«

»Quatsch. Probleme sind dazu da, dass man sie löst. Und überhaupt, was für ein Problem sollte das sein?«

»Dass er nicht an mir interessiert war, als er zu uns herüberkam.«

Ruby lachte. »An wem denn sonst?«

»Offensichtlich war während eures Spiels das Hinterzimmer weit interessanter als ich.«

Sofort zog sich eine Röte über Rubys Wangen.

»Nein. Er hat kaum drei Worte mit mir geredet.«

»Mit dir vielleicht nicht«, sagte ich gedehnt und schaute bedeutungsvoll zu Beau hinüber. Ich bemerkte dennoch, wie sich nach ein paar Sekunden die Röte in Rubys Gesicht intensivierte. Beau dagegen wurde ein wenig fahl um die Nase.

»Er konnte seinen Blick gar nicht von deinem Hintern nehmen«, berichtete ich genüsslich und stupste Beau an. »Und erst deine kleine Tanzeinlage … ich dachte, der springt auf und dich an.«

Beau starrte mich wortlos an. Ich grinste, weil er mühsam schluckte.

»Der hat dich angemacht, und du hast es nicht kapiert.« Ich konnte es mir nicht verkneifen, Beaus Qualen waren zu süß. »Oh, ja, melde dich. Das wäre toll«, wiederholte ich seine Abschiedsworte, und Beau schien auch noch seine letzte gesunde Hautfarbe zu verlieren.

Ruby kicherte plötzlich los. »Das glaub ich nicht!«

»Glaub es.« Ich seufzte übertrieben. »Du hast mir den Kerl ausgespannt, Beau Rutherford! Der träumt heute Nacht von diesem Treffen, aber leider werde dabei nicht ich die Hauptrolle spielen.«

»Ich habe etwas für dich.« Mein U-Bahn-Kumpel, seit Neuestem als Phil bekannt, begrüßte mich mit einem Lächeln und klopfte einladend auf den freien Sitz neben sich.

»Einen Sitzplatz!«, freute ich mich und ließ mich nieder. »Du weißt, wie man Frauenherzen erobert.«

Er lachte. »Ja, ich bin der Beste. Ich verteidige ihn seit zwei Stationen mit meinem Leben.«

»Gut gemacht!« In dem Augenblick stieg mir ein seltsamer Geruch in die Nase und ich schnüffelte vorsichtig. Oh. Die Quelle schien rechts neben mir zu sein. Dort, wo Phil saß. Ich rückte etwas ab.

»Du verteidigst ihn nicht zufällig damit, dass du das Duschen eingestellt hast? Was ist das für ein Gestank, um Himmels willen?«

Phil lachte zufrieden. »Mein Geschenk.« Er kramte eine Plastiktüte hervor. »Bitte schön«, sagte er strahlend.

Mit spitzen Fingern öffnete ich die Tüte ein wenig, um hineinzuspähen. »Käse?«

»Stinking Bishop. Und zwar einer, der bereits ein paar zusätzliche Tage auf dem Buckel hat.«

Ich musste grinsen. »Ehrlich, du hast es wirklich drauf.«

»Sag nur, dir hat noch nie jemand Käse geschenkt?«, tat er überrascht.

»Nein, und ich habe es bisher auch noch nie vermisst. Hölle, stinkt der!«

»Ich dachte, wenn du dich umentscheidest, solltest du gerüstet sein.«

»Das ist sehr nett.« Ich musterte noch einmal den Käse und spürte plötzlich einen Kloß im Hals. Ich hätte Phil am liebsten spontan an mich gedrückt. Er war eigentlich ein Fremder, und dennoch hatte er sich meine Klagen über Männer nicht nur angehört, sondern es sich gemerkt. Und es war ihm wichtig genug gewesen, loszuziehen und mir diese stinkende Bombe zu besorgen.

»Was machst du?«, erkundigte ich mich spontan. »Ich meine, was ist dein Job?« Diese Frage war meiner Meinung recht gut, um mich zu revanchieren und meinerseits etwas Interesse zu zeigen. Nicht umsonst war sie eine der klassischen Gesprächsstarter, wenn man jemanden kennenlernte und nicht so wirklich wusste, was man sagen sollte.

»Im Moment arbeite ich für das British Museum.«

»Im Moment?«

»Ja. Nur für vier Monate.«

Ich betrachtete ihn genauer. Hm. Normalerweise konnte man anhand der Garderobe recht gute Rückschlüsse auf den Job ziehen. Seine Klamotten waren aber definitiv zu lässig für einen Posten irgendwo in der Verwaltung. Hätte ich ohne Vorkenntnisse tippen müssen, ich hätte gesagt, er arbeitete in einem Oxfam-Laden, einem alternativen Schallplattenshop in Notting Hill – oder in irgendwelchen Lagerhallen. In einem Museum sah ich ihn überhaupt nicht. Es sei denn …

»Du bist dort zeitlich begrenzt eingestellt? Bist du vielleicht ein Kunstexperte?« So ein richtiger Crack, dem man jede Exzentrizität durchgehen ließ und der sich im Outfit-Understatement übte?

»Nein.« Er lachte entspannt. »Ich liebe Kunst, aber ich kenne mich viel zu wenig aus. Was ich gerade ändere.«

»Und wie?«

»Indem ich dort arbeite. Als Aufpasser. Dabei schlendere ich durch die Räume, gebe acht, dass sich alle benehmen, und versuche, nebenbei etwas aufzuschnappen.«

»Im British Museum? Ist es da nicht immer total voll?«

»Meistens.« Wieder lachte er. »Aber ich bin bei den Sonderausstellungen eingeteilt, da ist es nicht ganz so überlaufen, weil die Eintritt kosten.«

»Warte. Du bist Museumswärter?«

»So was in der Art, ja. Es macht mir Spaß«, fügte er hinzu. »Und außerdem ist es eine sinnvolle Art, seine Zeit zu verbringen.«

»Hm«, machte ich gedankenverloren. »Aber wieso hast du zu viel Zeit, die du irgendwie rumbringen musst?«

»Ist eben so«, gab er knapp zurück. Ich horchte auf. Bisher hatte er ziemlich entspannt und frohgemut gewirkt. Dieser Tonfall war neu und überraschend.

»Du bist arbeitslos, was? Also gewesen, vor dem Museum?«, fragte ich leise.

Jetzt war er es, der sich in ein »Hm« flüchtete. Dabei fummelte er an seinen Lederarmbändern herum, schob sie ein Stück nach oben und dann wieder zurück.

»Das ist doch keine Schande. Was hast du gemacht? Was war dein Job?«

»Ich war selbstständig«, bekannte er und klang wieder recht distanziert.

Ich nickte verständnisvoll. Ich musste nicht weiter nachfragen, es war ein Klassiker. Ich erlebte es immer mal wieder mit, dass Kunden mit großen Plänen in der Geschäftswelt Fuß fassen wollten, und erst lief es auch. Sie kauften sich tolle Anzüge, und sie fühlten sich großartig mit der Welt zu ihren Füßen. Dann wurden die Besuche weniger, und irgendwann bekam man mit, dass sie in die Insolvenz hatten gehen müssen oder das Unternehmen zu einem Spottpreis an die Konkurrenz verkaufen oder was auch immer. Und nicht alle waren sich selbst überschätzende Glücksritter gewesen. Es gab genug, die es wirklich ernsthaft versuchten und hart arbeiteten, es aber dennoch nicht schafften. Seine teuren, abgetragenen Sneakers fielen mir wieder ins Auge. Ja, es passte. Dieser Mann hatte einmal deutlich mehr Geld für seine Klamotten ausgegeben und war definitiv nicht immer im Extrem-Lässig-Look unterwegs gewesen. Um es mal so auszudrücken.

Er starrte aus dem Fenster, und ich bereute meine Frage. Offensichtlich hatte ich einen wunden Punkt erwischt, über den er nicht reden wollte.

»Das passiert den Besten.« Ich legte kurz meine Hand auf seine. »Du kannst es noch einmal versuchen.«

Er schüttelte langsam den Kopf. »Einmal reicht mir. Es gibt Erfahrungen, die muss man nicht wiederholen.«

Ich sah ihn einen Moment an. »Allerdings. Irgendwann sollten wir eine Liste machen, du und ich. Und ich behaupte, es ist noch nicht raus, wer von uns den goldenen Pokal gewinnen wird.«

Ich hatte keine Ahnung, weshalb es mir so wichtig war, dass wir uns mit einem Lächeln und einem leichteren Gefühl im Herzen verabschiedeten, aber ich atmete erleichtert auf, als sich seine Miene entspannte und er mir schief zulächelte.

»Ich werde kein leichter Gegner sein.«

»Ich auch nicht. Oh, ich muss raus. Danke für den Käse!« Ich schwang die Tüte, was mir böse Blicke der Umsitzenden einbrachte. Es stank grauenhaft, und die Bewegung verteilte den Mief unbarmherzig. Ich zwinkerte Phil noch einmal zu und ging zur Tür, sein Geschenk wie ein bestialisches Weihrauchgefäß schwenkend. Noch nie hatten mir die Fahrgäste so großzügig Platz gemacht, und noch nie war ich so unbehelligt von Remplern aus der Tube gelangt.

Selbst an der frischen Luft erntete ich schiefe Blicke ob meiner sachte pendelnden Tasche. Kurz vor unserem Laden blieb ich deshalb stehen. Es wäre keine gute Idee, dieses Teil mit hineinzunehmen. Selbst wenn ich es in den Kühlschrank packte, würde es dort einen Gestank verbreiten, der sich tagelang festsetzte. Meine Kollegen würden spontan die Wahl zum schrecklichsten Mitarbeiter des Monats ins Leben rufen und mich küren. Und wenn sich etwas von diesem Odeur in den Ladenflächen verbreitete … Ich seufzte. Kurz entschlossen trat ich an einen Mülleimer und holte tief Luft.

Glück gehabt, Alec, dachte ich und ließ die Tüte hineinfallen. *Aber nimm dich in Acht. Ich habe jetzt einen Käse-Dealer, und wer weiß, vielleicht bekomme ich doch noch Lust, dir einen letzten Gruß zu schicken.*

Kapitel 19

Natürlich hatte ich nicht vor, Alec etwas unter die Motorhaube zu stopfen. Nicht, weil es kindisch oder gar kriminell war. Nein, ich musste schlicht gestehen, dass ich keine Ahnung hatte, wie man eine Motorhaube öffnete, wenn man nicht im Besitz eines Autoschlüssels war.

Ein paar Tage später überreichte mir Phil eine Tube Zahnpasta.

»Was soll ich damit?«

»Sie ihm auf den Türgriff schmieren. Du weißt, was ein Türgriff ist?«, hakte er scheinbar besorgt nach.

Ich lachte. Gestern hatte ich ihm auf seine Nachfrage hin gebeichtet, dass der Käse im Müll gelandet war, und auch zugegeben, dass ich technisch zu wenig versiert wäre, um seine Rachepläne umzusetzen.

»Er wohnt in einem Mehrfamilienhaus. Und er ist oft tagelang unterwegs. Wenn ich es an die Eingangstür schmiere, würde es vermutlich den Falschen treffen. Würde ich es irgendwie ins Haus schaffen und an seine Wohnungstür, dann ist die Gefahr groß, dass es schon völlig eingetrocknet ist, ehe er wieder auftaucht.«

»Gut zu wissen«, meinte Phil und kniff nachdenklich die Augen zu. »Dann werde ich mir etwas anderes überlegen.«

»Du weißt aber, dass ich nichts davon jemals wirklich tun würde?«

»Klar. Allerdings tut es dir gut, es dir vorzustellen, richtig?«

»Stimmt«, gestand ich grinsend.

»Na also!«, entgegnete er aufgeräumt.

»Woher hast du gewusst, dass es ein Kerl ist, der mir das Lachen gestohlen hat? Damals, du weißt schon ... Du hast sofort auf einen Typen geschlossen.«

»Und du hast es nicht dementiert.« Er seufzte. »Es sind immer die Kerle, oder?«

»Hm«, kommentierte ich nachdenklich. Abschätzend warf ich ihm einen prüfenden Blick von der Seite zu. Nach meinem jüngsten Erlebnis mit Gerry sollte ich vermutlich ein wenig offener für unerwartete Wendungen sein. »Du hast damit also Erfahrung?«

Er nickte. »Wie gesagt, ich habe zwei Schwestern. Und ganz nebenbei: Auch Frauen betrügen oder lügen. Ihr Mädels habt also nicht das alleinige Monopol darauf, so etwas zu erleben.«

»Oh. Klar.« Ich musterte ihn kurz. War er ein Leidensgenosse? Ebenfalls aktiv betroffen und deshalb so verständnisvoll? »Hat es gewirkt? Die Streiche, meine ich?«

»Ich werde dir jetzt etwas beichten: Ich habe noch nie einen ausprobiert. Ich bin Meister darin, sie mir auszudenken, aber ich weiß ebenso wenig wie du, wie man den blöden Käse in den Motorraum bekommt.«

Zwei weitere Tage später überreichte er mir eine Speisekarte. Sie war von einem indischen Imbiss und recht ramponiert.

»Wie wäre es, wenn du ihm ab und zu ein paar Leckereien bestellst? Fünf Kilo Chicken Masala und dazu eine Familienladung Samosas?«

»Er ist oft nicht zu Hause, das habe ich doch erwähnt. Und er liebt indisches Essen. Vermutlich würde er sich freuen. Nein, ganz lahme Idee.«

Dieses Mal brauchte er länger, um sich etwas Neues auszudenken. Vorsichtig hielt er mir eine Tüte hin, zog sie dann aber zurück, als ich danach greifen wollte. »Achtung. Ich will nicht, dass du dich erschreckst.«

»Das tue ich nicht. Ich weiß ja, dass es etwas ist, was darauf abzielt.« Ich langte nach der Tüte, öffnete sie und ließ sie prompt mit einem spitzen Schrei fallen.

»Ich hab dich gewarnt!« Phil lachte und bückte sich hastig. »Ups, nun ist sie herausgefallen! Ich packe sie lieber schnell zurück, ehe wir hier eine Massenpanik auslösen.«

Ich sah angeekelt zu, wie er den Kopf der absolut lebensecht wirkenden Plastikschlange packte und sie wieder in die Tasche zurückstopfte.

»Die ist widerlich. Himmel, was könnte die in einem Briefkasten anrichten?«

»Ja«, bestätigte er genüsslich.

»Die nehme ich nicht mit«, entschied ich resolut. »Ich würde mich selbst zu Tode erschrecken.«

»Obwohl du weißt, was dich erwartet?«

»Ja. Es ist wie mit der Liebe. Wir wissen genau, was auf uns zukommt, und trotzdem …«

»Trotzdem was?«, fragte er leise nach.

»Trotzdem erwischt es uns jedes Mal eiskalt, wenn wir merken, dass es wieder ein Reinfall war.«

»Und deshalb lässt du es bleiben?«

Ich zuckte die Achseln.

»Nein«, sagte er und schwenkte ein wenig seine Tüte mit der Ekel-Schlange. »Bleiben lassen ist keine Option. Vielleicht musst du einfach ein bisschen genauer hinsehen? Lass dir Zeit. Wenn du dir die hier«, wieder schwenkte er das Ding herum, »ein paar Sekunden länger angesehen hättest, wäre dir nicht nur aufgefallen, dass sie sich nicht bewegt, sondern auch das da.« Er öffnete die Tüte und griff hinein. Dann zog er den aufgerollten

Schwanz der Schlange heraus, auf dem ein dicker, neongelber Aufkleber prangte. In fetten schwarzen Blockbuchstaben stand »Greetings from the British Museum« darauf. »Du bist nicht die Einzige, die diese Dinger nicht mag. Deshalb hat man sich im Souvenirshop entschieden, diese Aufkleber zu verwenden. Sie schmälern die Wirkung ganz schön, oder?«

Ich nickte. »Nur dass man den Kerlen nicht so einfach einen Aufkleber verpassen kann. Stell dir das vor!« Ich griff nach seinem Arm und atmete tief und zufrieden ein. »Wenn man das tun könnte. Und zwar solche, die nicht mehr abgehen. Du kannst ihm ›Untreu‹ oder ›Lügner‹ oder«, wieder einmal zuckte Alec durch meine Gedanken, »›Steht auf abgedrehte Dreier‹ auf den Hintern kleben. Du könntest andere Frauen warnen und dich wappnen.«

»Abgedrehte Dreier?«

»Frag nicht.« Ich seufzte. »Aber glaub mir, ich hätte in letzter Zeit viel zu viel Bedarf für solche Aufkleber gehabt.«

Leider ließ mein Bedarf an solchen Aufklebern auch in der kommenden Zeit nicht nach. Die nächste Gelegenheit, einen zu verteilen, wartete bereits an diesem Tag auf mich. Ich hatte einen Kunden, den ich bisher noch nie beraten hatte und der eigentlich einen ganz guten ersten Eindruck machte. Er war keiner dieser offensichtlich schönen Männer, die nur die Bond Street entlangspazieren mussten, um mindestens drei Modeljobs angeboten zu bekommen – und vermutlich auch drei lebensechte Models obendrein, die sich ihm sabbernd zu Füßen warfen. Aber er hatte definitiv etwas, eine Ausstrahlung, die nach Erfolg und Macht roch, dazu ein gesundes Selbstbewusstsein, was mich fesselte. Ein Alphamann, ohne Frage. Er war auf der Suche nach einem Anzug und nicht leicht zufriedenzustellen. Aber er blieb höflich, hatte Witz und bald darauf sogar drei Modelle, die ihm außerordentlich standen und seinen nicht wegzudiskutierenden

Bauchansatz kaschierten. Wir hatten uns gut verstanden und ich fand ihn sympathisch. Er mich wohl auch, denn als ich ihm seine goldene Kreditkarte zurück über den Tresen reichte, steckte er sie nicht gleich ein, sondern behielt sie in der Hand und klopfte damit beiläufig gegen sein Portemonnaie, das er in der anderen schwenkte.

»Ich frage mich, Penelope«, sagte er mit einem Blick auf das Mitarbeiterschildchen an meiner Brust, »ob es wohl erlaubt ist, Sie zum Essen einzuladen?«

»Wer sollte das erlauben müssen?«, fragte ich zurück, anstatt einfach Nein zu sagen und mir den Ärger zu ersparen, wie ich das normalerweise in solchen Situationen tat. Aber er sah nett aus, und man sollte ja offen bleiben. Überhaupt konnten ein paar Komplimente sowie etwas Aufmerksamkeit in meiner momentanen Lage nicht schaden.

»Was weiß ich? Ein eifersüchtiger Ehemann? Ein heißsporniger Geliebter? Ein strenger Chef?«

»Mein Chef ist sehr nett«, erteilte ich lächelnd Auskunft.

»Na dann?« Er lächelte ebenfalls. »Wie wäre es heute Abend? Wie lange müssen Sie arbeiten?«

»Ich werde nicht mit Ihnen essen gehen. Ich kenne Sie nicht«, beschied ich ihn kokett und überflog dennoch in Gedanken meine Termine. Nichts, wie immer.

»Sie kennen meine Hosengröße und meinen Halsumfang. Ist das nicht ein Anfang?«

»Namen sind mir lieber«, gab ich zurück. »Die Maße könnte ich bei Bedarf vermutlich ziemlich gut schätzen.«

»Namen nicht?«

Wir schlenderten langsam in Richtung Tür, und ich sah ihn nachdenklich an. »Ich denke, Brian würde ganz gut passen.«

»Und wie kommen Sie auf Brian?«

»Ich weiß nicht. Ich hatte einen Klassenkameraden, der so hieß, und Sie erinnern mich ein wenig an ihn. Er konnte ebenso hartnäckig sein, wenn er etwas wollte. Irgendwie hat er es immer geschafft, von jemandem die Hausaufgaben abschreiben zu dürfen.«

»Auch von Ihnen?«

Ich lachte. »Ja. Obwohl ich mir oft genug geschworen habe, sie ihm nicht mehr zu überlassen.«

»Nun, ich versichere Ihnen, dass ich keinerlei Interesse an Ihren Hausaufgaben habe.« Wir waren an der Tür angekommen und er blieb stehen, etwas zu dicht, wie mir auffiel, als er unvermittelt seine Hand ausstreckte und lässig seine Finger an meinem Arm auf- und abtanzen ließ. Er starrte dabei wieder auf meinen Oberkörper und ich war mir sicher, dass er in diesem Augenblick nicht mein Namensschild begutachtete. »Aber ich finde es ermutigend, dass Sie einem Mann keinen Wunsch abschlagen können. Sie dürfen mich daher gerne Brian nennen und diese schöne Tradition bei mir fortsetzen. Ich hätte da einige Wünsche, die ich zu gerne erfüllt bekommen würde.« Er lachte, aber ich fand ihn inzwischen überhaupt nicht mehr charmant und trat eilig einen Schritt nach hinten. *Grapscher*, pappte ich ihm in Gedanken auf den Hintern und fühlte mich direkt ein ganz klein wenig besser.

»Nun, ich habe es mittlerweile gelernt, wie das mit dem Neinsagen geht«, verriet ich ihm kühl. »Vielen Dank für Ihren Einkauf. Mein Bonuskonto dankt es Ihnen.«

»Mein Bonuskonto dankt es Ihnen«, wieherte Maisie an diesem Abend. »Das Gesicht hätte ich gerne gesehen.«

»Es war ein schwacher Sieg«, winkte ich ab und griff nach der Weinflasche. »Echt, manchmal habe ich es so satt. Sobald ich denke, dass einer zur Abwechslung kein Arsch ist, tut er alles, um das Gegenteil zu beweisen. Was mache ich falsch?«

»Du machst gar nichts falsch. Sie sind es, die Fehler machen.«

»Wenn ich nett zu meinen Kunden bin, dann denken sie, dass sie mich dafür anmachen dürfen. Wenn ich nicht nett zu Ihnen bin, dann darf mein Chef mich anmachen und mir erklären, dass es mein Job ist, nett zu sein. Und immer landen die bei mir. Meine Kollegin Hazel hat diese Probleme nie.«

Maisie hüstelte. »Das liegt vermutlich daran, dass Hazel nicht in der vordersten Reihe stand, als man die weiblichen Attribute verteilt hat.«

»Und das ist ein Grund? Aber vermutlich hast du recht. Das ist mein Problem. Die Typen sehen nur die hier.« Ich deutete auf meine Brüste. »Vielleicht sollte ich mir einen Mann mit Sehbehinderung suchen?«

»Einen, der mit den Händen sieht?«

»Auch wieder wahr.«

»Du solltest dich einfach ein wenig entspannen, Pen. Vielleicht suchst du in der falschen Richtung?«

»Und welche wäre die richtige?«

»Keine Ahnung.« Sie zuckte die Achseln. »Aber wir werden es schon noch herausfinden.«

Bis sie wusste, wo ich suchen sollte, schleppte sie mich in unseren Lieblingspub, in dem wir neulich Gerry kennengelernt hatten. Pubs waren eigentlich gute Locations, um Bekanntschaften zu machen, denn hier galt die Regel, dass alle willkommen waren und man mit jedem ins Gespräch kommen konnte. Da sah man dynamische Anzugträger mit alten Herren in abgewetzten Cordjacketts interessiert plaudernd an einem Tisch sitzen, oder gut situierte Damen mit jungen Frauen, die stolz ihre neuen blauen Haare präsentierten. Wir lernten an diesem Tag niemanden kennen, was mir recht war, denn selbst ich brauchte nicht mehr als eine deprimierende Begegnung pro Tag. Aber es half, den Ärger abzuschütteln und mich davon zu überzeugen, dass ich mir tatsächlich nicht solchen Druck machen sollte. Als wir später Arm in Arm nach Hause schlenderten, war ich wieder gut gelaunt und zuversichtlich. Der Sommer stand ins Haus, und ich dachte kaum noch an Alec. Außer wenn ich mit Phil kindische Pläne schmiedete, wie ich es schaffen könnte, seinen Wagen einmal komplett mit Klopapier einzuwickeln, ohne geschnappt zu werden.

Kapitel 20

Tatsächlich stand der Sommer zwar noch nicht direkt vor der Tür, aber der April verwöhnte uns mit ungewöhnlich schönem Wetter. Die Sonne strahlte von einem herrlich blauen Himmel. Besonders nach den ersten drei nasskalten Monaten des Jahres genoss ich diesen Umstand sehr. Und nicht nur ich. Die Menschen schienen allesamt heiterer, gelöster und glücklicher zu sein. London erstrahlte, und mit den Bäumen im Park, die stolz ihre bunte Blütenpracht präsentierten, breitete sich eine Flirtlaune aus, die auch mich erfasste. Das Leben war schön und bunt, schien die Natur zu schreien, und meine Natur antwortete und wollte ebenso erblühen und bewundert werden.

Die Tische in den Straßencafés waren überfüllt mit Menschen in zu leichter Kleidung, die nach jedem Sonnenstrahl lechzten. Ich tat es ihnen gleich und setzte mich in meiner Mittagspause ebenfalls an einen der kleinen runden Tische. Ich bestellte mir frische, knackige Salate und hinterher einen Espresso, blätterte in den neusten Modezeitschriften und beobachtete die Menschen um mich herum. Ab und an kam ich dabei mit dem einen oder anderen ins Gespräch, und manchmal entwickelte sich beinahe ein Flirt daraus.

Auch an diesem Tag hatte ich Blickkontakt zu einem Herrn am Nebentisch gehabt. Er war nicht wirklich interessant, aber in diesen Tagen war mir das egal. Es musste nicht jedes Mal zielführend sein. Es war, wie Maisie empfahl: In Übung bleiben und vor allem gut gelaunt in die Welt schauen. Es versetzte mich in Hochstimmung, seine Blicke auf mir zu spüren. Es kribbelte herrlich unaufgeregt, ihm ein Lächeln zu schenken und zu beobachten, wie er sich darüber freute. Als er bezahlt hatte, stand er auf und kam an meinen Tisch.

»Vielen Dank«, sagte er mit einer tiefen, angenehmen Stimme.

»Wofür?«, fragte ich.

»Sie haben meinen Tag besser gemacht. Eine schöne Frau, die einem Mann wie mir ihr bezauberndes Lächeln schenkt.«

Ich zuckte die Achseln. »An einem Tag wie heute? Wie könnte man da nicht lächeln?«

Jetzt, da er direkten Kontakt aufgenommen hatte, dachte ich, dass es vielleicht doch nicht schaden könnte, deutlich zu machen, dass ich keinerlei Hintergedanken gehabt hatte. Nicht weil er unsympathisch war, aber aus der Nähe erkannte ich, dass er älter sein musste als gedacht. Und auch wenn ich manchmal auf reifere Kerle stand, hatte ich kein Interesse an einem Mann, der mein Vater sein könnte.

»Ich konnte es nicht.« Er strich sich über die Haare und ich sah einen Ring an seiner Hand aufblitzen. Golden, schmal und ziemlich sicher ein Ehering.

»Dann freut es mich, dass Sie es nun können.« Meine Stimme klang jetzt deutlich reservierter.

»Sie denken, ich habe unehrenhafte Absichten«, erkannte er zu meiner Überraschung und wirkte bestürzt.

»Tja …«, begann ich zögernd, doch er nahm es mir ab, den Satz vollenden zu müssen.

»Das war nicht meine Absicht. Als ich hier Platz nahm, hatte ich nichts im Sinn, als einen Kaffee zu trinken. Eine kleine, gnädige Pause zu machen. Für kurze Zeit abzuschalten und zu entkommen. Aber das ist schwierig.« Er seufzte leise.

»Probleme im Job?«, erkundigte ich mich, obwohl ich nicht wusste, ob es nicht doch ein Trick war und ich nicht besser einfach höflich nickend das Gespräch beenden sollte.

»Nein. Aber es ist auch egal. Ich gehe dank Ihnen wieder mit Kraft zurück.«

»Wohin zurück?«, hakte ich alarmiert nach. Etwas in seiner Stimme traf genau in mein Herz.

»Ins Krankenhaus. Zu meiner Frau. Wie ich das seit drei Jahren mache.«

Der Mann hieß Bernhard. Seine Frau Elsie lag seit drei Jahren im Koma, nachdem sie bei einem Verkehrsunfall schwer verletzt worden war. Bernhard besuchte sie täglich. Er saß an ihrem Bett und las ihr aus ihren Lieblingsbüchern vor, berichtete ihr, was es in ihrem Freundeskreis Neues gab, von seinem Job und den Blumen im Vorgarten, die bunt blühten.

»Normalerweise besuche ich sie abends, nach der Arbeit. Aber heute«, er holte tief Luft, »heute ist ihr Geburtstag. Sie wird fünfundfünfzig Jahre alt. Sie hätte diesen Tag geliebt. ›Eine Schnapszahl, Bernie! Du weißt, was das heißt?‹, hätte sie gesagt und eine große Party organisiert.«

Eine kleine Pause trat ein, von der ich nicht wusste, wie ich sie füllen sollte. Bernhard rührte in seinem Kaffee, den er auf mein Drängen bestellt hatte, und nahm einen Schluck, ehe er weitererzählte.

»Und das ist nicht der einzige Grund. Es geht ihr schlecht. Die Ärzte gaben ihr von Anfang an kaum eine Chance, aber nun … Sie sagen, ich soll mich bereit machen, sie gehen zu lassen.«

»Das tut mir leid.« Ich legte meine Hand auf seine.

»Mir auch«, erwiderte er unaufgeregt. »Aber als ich Sie vorhin sah, da wusste ich plötzlich, dass es gut ist. Elsie war wie Sie. Lebensfroh, immer ein Lachen im Gesicht. Frech und wild.«

»Woher wissen Sie, dass ich das bin?«

Er lächelte. »Ich kann es erkennen. Es war, als hätte ich meine Elsie noch einmal getroffen. So, wie ich sie kennengelernt habe, vor dreißig Jahren, genau hier in diesem Café. Sie sehen ihr sehr ähnlich, wissen Sie? Genauso wunderschön, genauso fesselnd. Elsie hatte auch diese Kurven, die jeden Mann um den Verstand bringen konnten. Dieses Blitzen in den Augen und diesen ganz besonderen Zug um den Mund, wenn sie an etwas dachte, das sie einem niemals verraten würde.« Er wirkte einen Moment lang fast glücklich. »Und all das hat mich daran erinnert, dass sie es nicht verdient hat, jahrelang in diesem Bett zu liegen. Sie hätte den Gedanken gehasst, nichts anderes als ein Körper voller Schläuche und Maschinen zu sein. Ich sollte mich für sie freuen, wenn sie gehen darf. Aber das darf ich nicht sagen, weil es sich so anhört, als wäre ich froh darüber. Als wäre es eine Erleichterung.«

»So klingt es absolut nicht.«

»Ich habe Angst davor.« Jetzt war seine Stimme ernst. »Ich habe Angst davor, sie gehen zu lassen. Ich habe Angst, dass es für sie schwer wird. Ich habe Angst davor, alleine zu bleiben, nicht mehr zu ihr gehen zu können, ihre Hand zu halten. Und ich habe Angst davor, dass ich es dann doch spüre, dieses Gefühl, es hinter mir zu haben. Erleichtert zu sein.«

»Wissen Sie«, ich überlegte. »Wenn mir das passieren würde … Wenn ich Elsie wäre, ich würde nicht wollen, dass mein Mann sich mit solchen Gedanken herumschlägt. Ich würde bestimmt nicht sterben wollen, nicht, wenn ich meine große Liebe gefunden habe. Aber Sie haben recht, ich würde so auch nicht bleiben wollen. Ich würde ihm die Chance auf ein neues Leben geben wollen. Ich würde mir wünschen, dass er nach vorne sieht, glücklich wird. Und verdammt, es war eine harte Zeit, und Sie haben das gut gemeistert.« Ich brach hilflos ab. Die Alarmfunktion meines Handys erinnerte mich daran, dass meine Pause gleich enden würde, aber das war mir egal. »War sie Ihre große Liebe?«

»Ja.«

Das war es. Ich sah Bernhard an und musste lächeln, obwohl es unendlich traurig war.

»Sagen Sie ihr das. Ich meine, wenn ein einziges Wort so viel aussagt, so viel bedeutet, solch eine Kraft hat … Dann hat man das größte Geschenk bekommen, das man sich wünschen kann. Wenn ich einmal diese Vehemenz spüren darf, wenn ein Mann das im Zusammenhang mit mir ausspricht …«

Jetzt war es Bernhard, der seine Hand auf meine legte. »Das werden Sie erleben. Ich weiß es.«

Ich nickte, während er sich langsam erhob.

»Machen Sie weiter. Zeigen Sie der Welt Ihr Lächeln und Ihre Herzlichkeit. Bleiben Sie offen für alles. Und haben Sie noch einmal meinen Dank.« Er deutete eine Verbeugung an. »Ich werde Elsie von Ihnen erzählen. Von der jungen Frau, die ihr Ebenbild ist und mir ein Lächeln schenkte. Wie sie vor vielen Jahren.«

»Ich hoffe, sie wird nicht eifersüchtig reagieren und Ihnen etwas an den Kopf werfen«, erwiderte ich mit einem kecken Zwinkern.

Bernhard lachte. Puh, ich hatte ihn also richtig eingeschätzt. »Ich wusste es. Genau so etwas hätte Elsie gesagt, nur, damit ich aufhöre zu grübeln.«

Ich stand auf und nahm ihn spontan in die Arme. »Grüßen Sie sie von mir. Und sagen Sie ihr, dass sie ein Glückspilz ist, einen Mann wie Sie gefunden zu haben.«

Bernhard antwortete nicht, klopfte lediglich sacht auf meinen Rücken und löste sich dann.

»Alles Gute. Ich wünsche Ihnen viel Glück«, verabschiedete er sich.

»Alles Gute«, wiederholte ich und hob hilflos die Hand zu einem letzten Gruß, als er an der Ecke kurz stehen blieb und sich noch einmal umdrehte. Dann verschwand er, und ich brach ebenfalls auf.

Man sollte meinen, dass solch eine Begegnung einen zutiefst deprimiert und vielleicht auch zornig auf das Leben zurückließ. Aber seltsamerweise war es nicht so. Ja, das Leben war grausam und ein mieser Verräter und alles, aber das war nicht die Kernaussage von Bernhards Erzählungen. Viel mächtiger war die Liebe, die aus jedem Wort zu hören gewesen war. Ich wollte, dass irgendwann ein Mann mit solchen Gefühlen an meinem Krankenbett saß. Also nicht, dass das jetzt falsch rüberkommt, ich wollte natürlich nicht in einem Bett liegen und sterben müssen, aber ich wollte diese Liebe erleben. Ich wollte nicht daran glauben müssen, dass alle Kerle untreu oder hinterhältig oder abgedreht waren. Ich wollte meinen Bernhard finden und glücklich sein, und dieses Projekt würde ich ab sofort mit ganz neuer Kraft verfolgen.

Kapitel 21

Ende April wurden wir von einem kurzen, kalten und sehr nassen Wettereinbruch überrascht, welcher vorübergehend beinahe meine guten Vorsätze zerstört hätte. Es war so ungemütlich, dass ich mich weigerte, abends mit Maisie loszuziehen.

»Im Ernst, bei diesem Wetter jagt man keinen Hund vor die Tür.«

»Aber wenn du hier rumsitzt, lernst du auch niemanden kennen.«

»Du auch nicht«, bemerkte ich listig. »Das ist es doch, oder?«

»Nein.« Maisie strubbelte sich ihre kurzen Locken zurecht und grinste zufrieden. »Ich brauche das nicht, weil ich heute schon meine Dosis Glückseligkeit erhalten habe.«

»Glückseligkeit? Erzähl! Und lass kein Detail aus.«

»Ich habe einen reizenden alten Herrn versorgt. Platzwunde an der Stirn.«

Ich verzog den Mund. »Echt jetzt? Das ist für dich Glückseligkeit?«

»Nein.« Sie lachte. »Und ehe du fragst, dem alten Knaben geht es gut. Keine weiteren Schäden, er hat das Krankenhaus bereits wieder verlassen.«

»Und?«, hakte ich nach.

»Auf seinen eigenen Beinen. Allerdings gestützt auf seinen Sohn.«

»Ah, wir kommen langsam zum Thema. Lass mich raten: Ein besonders attraktiver Kerl, der sich sehr dankbar zeigte, weil sein Vater so hervorragend versorgt wurde.«

»Exakt. Nun ja, er sah nicht unbedingt großartig aus, aber immerhin nicht schlecht. Doch vor allem hatte er Charme. Und Manieren. Er hat eine großzügige Spende für unsere Kaffeekasse dagelassen – und seine Telefonnummer, damit ich ihn jederzeit anrufen kann.« Sie wedelte mit einem Zettel.

»Und? Wirst du?«

»Möglich.« Sie betrachtete die Zahlen zufrieden. »Wenn ich nicht den hier anrufe.« Mit einem breiten Grinsen fischte sie einen zweiten Zettel hervor. Nein, eine Umverpackung für sterile Kompressen, wie romantisch.

»Der hier war selbst Patient. Ein unschöner Unfall mit einem Küchenmesser und seinem Daumen.«

»Danke. Erspar mir die Details.«

»Auch in diesem Fall hat Schwester Maisie alles wieder hinbekommen. Er wurde genäht, ich habe ihn verbunden und ein wenig bedauert, und er hat mir gesagt, dass ich die schönsten braunen Augen habe, in die er jemals blicken durfte.«

»Wie machst du das nur?«

Sie zuckte die Achseln. »Keine Ahnung. Es passiert einfach. Ich glaube, es liegt daran, dass ich diejenige bin, die ihnen hilft. Das verwechseln manche mit etwas anderem.«

»Oder es liegt daran, dass du diejenige mit der Spritze bist. Reiner Überlebenstrieb.«

Nach fünf Tagen erlebten wir einen weiteren Wetterumschwung und der Frühling kehrte zurück. Erneut füllten sich die Straßencafés mit Menschen, die Angst hatten, eine Sonnenstunde zu verpassen. Auch ich setzte mich wieder dorthin und spürte die Leichtigkeit ein weiteres Mal in mir aufsteigen.

Heute war es besonders voll, und ich saß mit einer jungen Frau an einem kleinen Tisch. Es standen drei Stühle daran, was relativ optimistisch war, denn schon mit unseren Tassen und Tellern war der Platz ausreichend ausgefüllt. Ich hatte einmal mehr meine Zeitschrift in der Hand, meine Tischnachbarin jedoch saß entspannt da und ließ ihren Blick müßig über die anderen Gäste schweifen.

Plötzlich jedoch registrierte ich aus den Augenwinkeln, wie sie sich aufrecht hinsetzte und das lange blonde Haar aus dem Gesicht strich. Ich folgte unwillkürlich ihrem Blick. Der hing, wie ich gut verstehen konnte, an einem Mann, der unschlüssig auf dem Gehweg stand und mit seinen Augen die Tische abscannte, offensichtlich auf der Suche nach einem Platz. Sie schnappte sich ihre Handtasche, die auf dem freien Stuhl lag, und rückte ihn einladend ein wenig zurecht.

Der Mann hatte ihre Bewegungen verfolgt und ein zufriedenes Lächeln schlich sich auf sein Gesicht. Er setzte sich zügig in Gang und schob sich elegant durch die enge Bestuhlung, bis er bei uns angekommen war.

»Ist hier noch frei?«, erkundigte er sich höflich, obwohl sie bereits einladend lächelte.

»Natürlich«, antwortete sie und lachte ein wenig überdreht.

Ich bemerkte, dass sein Blick zu mir glitt, nickte knapp und beobachtete, wie er sich setzte.

Ich konnte verstehen, dass meine Tischnachbarin sich freute, dass er bei uns saß. Dieser Kerl war ein ausnehmend gut aussehendes Exemplar und sein Lächeln ließ durchaus gewisse Körperbereiche in Habachtstellung gehen. Dunkelblondes, dichtes Haar, lässig aus dem Gesicht frisiert. Die Ponypartie war länger als der Rest und nach oben gestylt. Es sah etwas verwuschelt aus, als wäre er gerade aus dem Bett aufgestanden. Wo er nicht geschlafen hatte … Auch seine Augen unterstrichen diesen Eindruck. Wenn es einen heißen, männlichen Schlafzimmerblick gab, dann hatte dieser Kerl ihn erfunden, überlegte ich spontan. Auf seinen Wangen zeigte sich ein Bart, kurz genug gehalten, um dennoch nicht den Blick auf seine überaus attraktiven Wangenknochen zu verbergen. Seine Augenbrauen waren dicht und voll, und unter seinem schmal geschnittenen Pullover – Kaschmir, wie ich anerkennend vermutete – steckte ohne Frage ein sehr wohlproportionierter Körper. Um es kurz zu machen: ein Sahneschnittchen.

Nur leider hatte ich mich zu lange damit aufgehalten, ihn verstohlen zu betrachten, und meine Tischnachbarin war bereits zum Angriff übergegangen. Sie hatte unauffällig ihren Stuhl ein wenig näher an seinen platziert und saß jetzt mit leicht vorgebeugtem, ihm zugewandten Oberkörper da. Ich überlegte kurz, ob ich ihn ihr so einfach überlassen sollte oder ob es sich lohnen würde, ein wenig um seine Aufmerksamkeit zu buhlen. Eigentlich war er nicht einmal wirklich mein Typ. Ich fuhr eher auf die Dunkelhaarigen ab und ging bei zu schönen Männern gewöhnlich auf Distanz, weil ich dieser Spezies unterstellte, dass sie diesen Vorteil zu sehr ausnutzten. Angebot und Nachfrage, falls es jemand genau wissen will, und vor allem die Anstrengungen, den ewigen Nebenbuhlerinnen standhalten zu müssen. Trotzdem musste ich dieses Exemplar immer wieder verstohlen mustern. Er war definitiv einer, der neben seinen optischen Vorzügen eine wahnsinnige Aura besaß. Ich konnte es förmlich spüren, diese Stärke und die Selbstsicherheit, die von ihm ausgingen. Manche Frauen fahren auf Stimmen ab, andere auf Augen. Ich jedoch hatte eine Schwäche für diese subtilen Signale. Man konnte sie nicht sehen und oft genug nicht einmal benennen, aber ich schien in dieser Hinsicht mit einer

Sonderausstattung zur Welt gekommen zu sein. Und jedes Mal sprangen meine Sensoren darauf an, ob ich wollte oder nicht. Und die Signale, die von diesem Kerl kamen, waren so intensiv, dass ich dachte, er könnte mein System überhitzen. Von daher wäre es auf alle Fälle eine dumme Idee gewesen, ihn völlig kampflos aufzugeben. Andererseits sträubte ich mich dagegen, hier einen Zickenkrieg ausbrechen zu lassen und mich mit ihr in immer dämlicheren oder eindeutigeren Kommentaren zu übertreffen.

»Das sieht interessant aus, was deine schweigsame Freundin da isst«, behauptete er gerade und deutete auf meinen Teller, auf dem sich ein völlig uninteressanter gemischter Salat befand. Oder zumindest der Rest davon.

»Oh, wir kennen uns nicht. Leider«, bekannte sie und lachte wieder. Der Blick, den sie mir dabei zuwarf, war zweifellos eine Kampfansage.

Ich erwiderte ihn kurz und beschloss, dass dieser Tag viel zu schön war, um ihn wegen eines Mannes zu gefährden. Ein Mann, der am Ende vermutlich an keiner von uns Interesse hatte. Solche Typen waren bereits bestens versorgt und suchten, wenn überhaupt, nur eine kleine Ablenkung. Einen Snack für zwischendurch, und daran hatte ich kein Interesse. Ich konnte ihn ihr also ganz großzügig überlassen und mich dabei toll und edelmütig fühlen.

»Das war der große Salatteller mit dem Hausdressing«, bemühte ich mich deshalb, ein wenig gelangweilt zu klingen.

»Und? Ist er so gut, wie er aussieht?«

»Der beste im Umkreis von fünf Meilen. Mindestens.« So ganz schaffte ich es nicht, uninteressiert zu klingen, und griff deshalb wieder zu meinem Magazin. Verdammt, ein Blick aus diesen Augen hatte gereicht, um meine ganzen Gutmensch-Vorsätze zum Schwanken zu bringen. Zum Glück meldeten meine bestens ausgeprägten, schmerzhaft geschulten Instinkte leise, aber eindringlich gerade etwas anderes. *Der genießt das*, signalisierten sie. *Der will einen Zickenkampf sehen*. Entschlossen blätterte ich um und vertiefte mich in einen Artikel über die neue Trendfarbe des Sommers.

»Dieses Spargel-Risotto mit gehobelten Trüffeln ist auf jeden Fall zu empfehlen«, behauptete Blondie neben mir entschlossen. »Obwohl ich einen Laden kenne, wo es noch besser ist. Ich kann ihn dir gerne einmal zeigen, wenn du magst.«

»Trüffel sind nicht so mein Ding«, lehnte er ab und brachte damit das Gespräch kurzzeitig ins Stocken.

Ich grinste und las angestrengt weiter. Gleich zwei Trendfarben sollten uns dieses Jahr also die Laune heben: *Ultimative grey* und *Illuminating yellow*. Nun, Grau ging noch in Ordnung, dem Gelb stand ich jedoch ein wenig skeptisch gegenüber. Wobei es in Kombination durchaus interessant war, und die Models in ihren schwingenden leuchtenden Röcken sahen unleugbar sehr nach Sommer und guter Laune aus. Ich legte den Kopf schief und betrachtete einen weiten plissierten Maxirock, der themengerecht mit einem schmal geschnittenen grauen Shirt kombiniert war.

»Das würde Ihnen nicht stehen«, sagte der Kerl und wartete, bis ich überrascht den Kopf hob und ihn ansah. Er verzog keine Miene, schaute mir nur in die Augen, und ich hob meine Brauen.

»Denken Sie?«

»Ich weiß es«, behauptete er. »Sie sind eher eine Frau für ein feuriges Rot.«

»Gelb steht doch kaum jemandem, wenn man ehrlich ist«, warf Blondie ein und mir einen weiteren bösen Blick zu. »Außerdem: Wer Stil hat, muss keinen schnelllebigen Trends hinterherrennen.«

Ihre Hand fuhr sich an den Kragen der weißen, klassischen Hemdbluse und richtete ihn nachlässig. Ich beschloss, dass ich sie erlösen würde, und schlug die Zeitschrift zu.

»Da haben Sie recht. Nichts kleidet einen Menschen besser als sein persönlicher Stil. Aber leider hat nicht jeder so ein gutes Händchen dafür wie Sie. Viel Spaß noch.« Ich nickte den beiden zu und verschwand.

Kapitel 22

Eine Stunde später spazierte Mister Obercool lässig in unser Geschäft. Er hatte dabei definitiv das Überraschungsmoment auf seiner Seite, was mich in die unglückliche Lage brachte, ihn einen Moment anzustarren und ihm zu zeigen, dass ich nicht so relaxt war, wie ich gerne tat.

»Ich habe gehört, dass ich diesen Sommer unbedingt Grau und Gelb tragen muss, und dachte, vielleicht finde ich hier etwas, das mir zusagt.« Sein Blick und die Betonung des letzten Teils signalisierten deutlich, dass er dabei nicht unbedingt Krawatten im Sinn hatte.

»Ich bin mir nicht sicher, ob wir in diesem Fall das Richtige für Sie haben«, erwiderte ich und ignorierte den überraschten Blick meines Kollegen, der am Regal nebenan Hemden neu sortierte.

»Ich denke durchaus, dass ich hier fündig werde«, parierte er und marschierte zu den leichten Sommerstrick-Pullis, die in allen Farben des Regenbogens leuchteten.

»Wie haben Sie mich gefunden?« Ich hatte mich entschieden, nicht lange herumzueiern oder so zu tun, als wäre es ein Zufall, dass er ausgerechnet heute hier einen neuen Pulli kaufen wollte.

»Ihr Ausweis. An der Tasche«, erklärte er.

Hm. Ja, stimmt. Ich hatte vergessen, mein Namensschild abzulegen, und es im Café kurzerhand an meine Handtasche geklipst. Neben meinem Namen prangte darauf gut sichtbar das Logo unseres Hauses.

»Grau ist zu konservativ, und Gelb würde Ihnen nicht stehen. Diese Farbe könnte ich mir jedoch vorstellen«, schaltete ich in den Profimodus zurück und reichte ihm einen pinken Pulli mit V-Ausschnitt.

Er hob amüsiert seine Augenbrauen. »Interessante Farbwahl. Denken Sie, dass sie mir steht?«

»Ich denke, dass Sie das wissen.« Ich entschied mich spontan, auf sein Spiel einzugehen. Das konnte ich auch, hier mit mächtig Selbstbewusstsein aufwarten. Selbst wenn es nur vorgetäuscht war. Aber es war spannend und es reizte mich.

Er akzeptierte die Herausforderung. Ohne den Blick von mir zu nehmen, streifte er seinen Pullover über den Kopf. Er wusste, dass sich dabei sein weißes Shirt, welches er darunter trug, anhob und einen sehr animierenden Blick auf den Bund seiner Hose, ein paar ziemlich nette Muskeln und eine dünne Spur Haare freigab. Dann streckte er die Hand aus, und ich reichte ihm den pinken Pullover. *Himbeersorbet* nannte sich diese Farbe eigentlich, aber uneigentlich war es einfach Pink, was für die meisten Kerle sofort ein Ausschlusskriterium war. Leider, denn es sah an einigen wirklich heiß aus. An ihm zum Beispiel, wie ich vermutet hatte.

»Passt perfekt. Sie haben ein gutes Auge.«

»Das ist mein Job«, entgegnete ich und betrachtete ihn mit professionellem Blick. Nichts auszusetzen, er sah einfach umwerfend aus.

»Das fühlt sich angenehm an. Kaschmir?«

»Seide. Ideal für die wärmeren Monate. Kühl und elegant.«

»Wie Sie.«

»Nur dass ich kein Interesse habe, einzig für die wärmeren Monate infrage zu kommen.«

Er nickte anerkennend, und wieder spielte ein zufriedenes Lächeln um seinen Mund.

»Ich nehme ihn«, entschied er und gewährte noch einmal eine Aussicht auf seinen Bauch, als er ihn wieder auszog. Er reichte ihn mir, und wie er da so stand, das Haar noch ein wenig verwuschelter, der Blick noch eine Spur intensiver und dieses Lächeln, das nicht verbarg, dass er eigentlich nicht vom Pulli sprach, hätten beinahe dafür gesorgt, dass ich »Für die wärmeren Jahreszeiten ist erst mal doch okay« geschrien hätte. »Und ich würde Sie gerne zum Essen einladen. Als Dank für die ausgezeichnete Beratung.«

Ich versteckte meine Überraschung hinter einer gespielt fragenden Miene. Okay, meine Freude und das Herzklopfen und das Kribbeln ebenfalls, denn dieses Spiel gefiel mir mit jeder Sekunde besser.

»Oh. Ich dachte, Sie hätten heute bereits etwas vor? Ein Trüffel-Risotto zum Beispiel?«

Er lachte leise. »Ich wusste, dass Sie nur so tun, als würde es Sie nicht interessieren.«

Mist. »Es war nicht zu überhören. Sie fand Sie anziehend.«

»Und ich«, sagte er leise und fast gefährlich, »fand Sie anziehend.«

»Was ich durchaus bin.« Ich schwenkte den Pullover. »Auf meine Weise.«

»Auf viele Weisen. Also, Abendessen?«

Ich überlegte kurz. »Hm. Nein«, wies ich ihn in seine Schranken.

»Und weshalb nicht?«

Ich lachte auf. »Weil es so ist. Weil ich es«, ich überlegte kurz, »für keine gute Idee halte.«

Er grinste erneut auf diese Art, die mir zeigte, dass er wusste, wie gut ich die Idee insgeheim fand. Puh, was für ein komplizierter Satz, passend zu meinen komplizierten Gedanken. Ich sollte es einfach tun und dann abwarten, was passierte. Aber ich spürte, dass er es genoss, wie ich hier die Spröde gab. *Mal sehen, wie lange*, dachte ich und schritt mit wiegenden Hüften vor ihm her zur Kasse. Mal sehen, ob er genug Biss hatte, dieses Spiel noch ein wenig weiterzutreiben. Ich lächelte ihm auf alle Fälle zu, mit einem, wie ich hoffte, kühlen und dennoch verheißungsvollen Blick, als ich seine Kreditkarte entgegennahm und den nicht gerade günstigen Preis abbuchte. Seine schwarze Kreditkarte, die selbst bei uns nicht täglich zu sehen war. Er hatte nicht auf das Preisschild geachtet, nahm auch jetzt die Quittung uninteressiert entgegen und steckte sie unbesehen in die Hosentasche. Mein Kribbeln wuchs. Noch ein Sternchen auf seinem ohnehin bereits beeindruckenden Bewerbungsbogen.

»Hast du dir schon einmal darüber Gedanken gemacht, weshalb du dir immer wieder die Finger verbrennst?«, fragte mich Maisie an diesem Abend. »Ob du nicht eventuell eine fatale Vorliebe dafür hast, ständig auf die Blender hereinzufallen?«

»Wieso? Und überhaupt: Erstens falle ich nicht auf ihn herein. Ich habe seine Einladung abgelehnt.« Ich zog das Wort in die Länge, es klang wie *ab-geee-leeehnt*. »Und zweitens ist er kein Blender. Der hat einen Pulli für einhundertfünfzig Pfund gekauft, ohne mit der Wimper zu zucken.«

Maisie seufzte. »Was dich beeindruckt.«

»Klar«, gab ich zu. »Ich kann mir das nicht leisten.«

»Er vielleicht auch nicht.«

»Wenn das so wäre, dann sollte ich es doch als Kompliment ansehen, dass er es dennoch tut und nun meinetwegen den restlichen Monat von Brot und Wasser lebt«, schlussfolgerte ich zufrieden. »Und überhaupt: Was ist so schlimm daran, wenn ich ein paar Ansprüche an die Männer stelle?«, fragte ich herausfordernd.

»Gar nichts«, meinte Maisie gelassen.

»Aber?«, hakte ich nach, weil es nach einem Aber klang.

Ich hatte eben von meinem Tag berichtet und eigentlich gedacht, Maisie ein wenig mehr damit beeindrucken zu können. Ich meine, es *war* beeindruckend, dass er extra bei uns vorbeigekommen war und diesen Pulli in einer Farbe, die ganz sicher gewagt war, gekauft und sich überhaupt so bemüht hatte. Er hatte ein sehr eindeutiges Angebot erhalten, und wenn es ihm nur um ein schnelles Vergnügen gegangen wäre, dann hätte er das bei Blondie ganz ohne Anstrengung bekommen. Aber er hatte abgelehnt und er hatte mir geschmeichelt, jawohl. Welcher Frau würde es nicht gefallen, wenn ein Kerl das tat? Und ebenso wenig würde eine sagen: *Sorry, du bist schon echt nett und alles, aber du hast leider zu viel Kohle für mich.*

»Sie meint doch nur, dass du nicht zu viel Wert auf solche Begleitumstände legen solltest. Geld und Erfolg und eine Premiumkreditkarte sind nicht das Wichtigste in einer Beziehung«, schaltete sich endlich Ruby ein.

Zu meiner großen Freude hatte sie heute Abend mit Maisie in der Küche gesessen, als ich heimgekommen war, und auf dem Tisch hatte ihre großartige Lasagne auf mich gewartet. Ihre Stimme klang sanft und versöhnlich.

»Sagt die Richtige.« Ich zwinkerte ihr zu. »Die, die sich den Kerl geschnappt hat, der einen ganzen Konzern mitbringt.«

»Ich hätte gerne darauf verzichtet.« Ruby zupfte sich an der Unterlippe. »Es wäre vieles einfacher gewesen. Das wäre es heute noch.«

Ich warf Maisie einen Blick zu. »Die Spinne?«, bemerkte ich, obwohl ich die Antwort kannte.

»Seine Mutter, ja«, bestätigte Ruby wie erwartet und seufzte.

»Ich dachte, es wird langsam?« Ich legte meine Hand auf ihre. »Dass sie endlich erkennt, welches Glück Beau mit dir hat.«

»*Langsam* ist das richtige Wort. Weißt du, was ich letzten Sonntag von ihr bekommen habe? Ein Buch über Coco Chanel mit dem Titel ›Die Kunst, jederzeit das Passende zu tragen‹.« Sie verdrehte die Augen.

Ich wusste, dass die beiden keinen guten Start gehabt hatten und es auch reichlich holprig weitergegangen war. Besonders Rubys Vorliebe für Pastellfarben und ihr Kleiderstil waren immer wieder ein Grund für bissige Kommentare. Meine Freundin kämpfte wirklich hart um jedes bisschen Wohlwollen.

»Weißt du, Coco war damals ebenfalls nicht angepasst. Sie hat legere Schnitte in die Damenmode gebracht, die man nicht kannte und die für mächtig Wirbel sorgten. Plötzlich wollten junge Frauen Klamotten tragen, die funktional und bequem waren. Der Aufschrei war groß. Und das berühmte kleine Schwarze«, ich zuckte die Achseln, »war anfangs ebenso revolutionär.« Ich lächelte ihr aufmunternd zu. »Und du musst sie ja nur jeden ersten Sonntag im Monat ertragen. Beau hast du dafür immer, und das ist es doch, was zählt.«

Sie nickte, und ich wandte mich Maisie zu. »Und darum geht es, oder nicht? Beau hat um sie gekämpft. Er tut es noch heute. Er hat sich für Ruby ins Zeug gelegt, und wir beide fanden das toll. Was ist also falsch daran, wenn dieser Kerl das ebenfalls macht?«

Maisie wollte etwas sagen, schüttelte dann aber unmerklich den Kopf. »Du hast recht. Es ist gar nichts falsch daran. Also«, sie griff nach dem Weißwein und schenkte uns nach. »Was hast du vor? Wenn er wieder auftaucht, wirst du ihn dann erhören?«

Kapitel 23

Ich hatte Maisies Frage mit einem nonchalanten Achselzucken kommentiert und mir verboten, zu viel über diese Möglichkeit nachzudenken. Jetzt wusste ich, was ich tun würde: Mich erst einmal darauf konzentrieren, nicht den Kleiderbügel fallen zu lassen, den ich gerade in den Händen hielt, weiteratmen und meinem Gesicht einen gelassenen Ausdruck aufzwingen.

»Ich habe mich verliebt«, verkündete er ohne einen Gruß, und der Kleiderbügel schepperte beinahe doch zu Boden. Mein Gesicht, fürchtete ich, entglitt hingegen meiner Kontrolle, und ich fühlte eine verräterische Hitze in mir aufsteigen. »In dieses Gefühl reiner Seide auf meiner Haut.«

Ich lächelte unverbindlich. Nun gut, ich wollte unverbindlich lächeln, vermutlich sah es eher bescheuert aus und alles andere als professionell.

»Diese Gefahr birgt Seide von jeher«, antwortete ich wenig originell. »Ich hätte Sie warnen sollen.«

»Ich werde nie wieder etwas anderes haben wollen«, bekannte er und schaffte es im Gegensatz zu mir, lässig zu klingen und dennoch einmal mehr mit seinen Augen etwas ganz anderes zu sagen. »Ich brauche mehr.«

Ich ließ meine Augenbrauen nach oben wandern. »Gerne. Wir haben reichlich Auswahl.«

»Welche Farbe sollte ich wählen?«

Ich musterte ihn, danach griff ich in das Regal. Ich zog einen Pulli heraus, dessen Farbe vom Hersteller poetisch als *Gletscherwasserblau* bezeichnet wurde. Es war eine klare, kühle Farbe mit einer großen Leuchtkraft. Sie passte perfekt zu seinen Augen. Ich hatte noch nie so hellblaue und strahlende Augen gesehen wie seine. Sie waren faszinierend, außergewöhnlich und ein ganz klein wenig bedrohlich.

»Unsere Kabinen befinden sich gleich hier«, erklärte ich, um nicht wieder in die Verlegenheit kommen zu müssen, seinen Bauch zu begaffen. Man musste ja nicht sehenden Auges in die Gefahr rennen.

Er lachte leise und ich wusste, dass er kapiert hatte, was ich wirklich sagen wollte.

»Aber natürlich.« Mit einem Zwinkern nahm er mir den Pulli ab.

Seine Finger streiften meine Hand, und ich zog sie rasch zurück und eilte voraus, um ihm, wie man das hier machte, die Kabinentür aufzuhalten. Und sie entschlossen hinter ihm zu schließen, gerade als er mit überkreuzten Händen den Bund seines derzeitigen Pullovers packte und ansetzte, ihn auszuziehen. Schwer atmend lehnte ich mich einen Moment an die Wand und redete mir gut zu, mich wieder in den Griff zu bekommen. Leider schwang die Tür auf, ehe ich das geschafft hatte, und mir blieb gerade noch genug Zeit, um mich von der Wand abzustoßen, meine Hände in die Seiten zu stützen und einen auf Profi zu machen. Was geklappt hätte, wenn ich mir nicht selbst ein Bein gestellt hätte.

Wie zu erwarten passte der Farbton perfekt zu ihm. Aber nicht einmal ich hatte damit gerechnet, was er mit seinen Augen anstellen würde. Als wären kleine Spots darauf gerichtet, strahlten sie noch mehr als sonst, leuchteten in einem so klaren, kühlen Blau, dass man nichts anderes wollte, als darin zu versinken. Als wäre man am Strand, und das Meer lockte mit seinem Glitzern. Und man wusste, scheißegal, wie kalt es war, man würde hineingehen müssen. Selbst wenn man dabei erfror.

»Gut«, meinte er und tat gar nicht erst so, als würde ihm entgehen, was gerade mit mir passierte. »Ich denke, ich sollte ihn auf alle Fälle kaufen, oder?«

»Natürlich.« *Verdammt*, dachte ich, *was ist hier nur los?* Ich war doch sonst nicht auf den Mund gefallen und hatte stets einen passenden Spruch parat.

»Er betont meine Augen«, stellte er das Offensichtliche fest.

»Wie gesagt, Sie sollten ihn nehmen.« Und verschwinden. Und vermutlich nie wiederkommen, weil ich zu langweilig war. Was ich plötzlich gar nicht mehr sein wollte. »Ich könnte mir vorstellen, dass Sie mit diesem Kleidungsstück jede Menge Damen erfreuen werden.«

»Auch Sie?«

»Vor allem mich. Wenn Sie ihn kaufen.« Ich lächelte und strich mir die Haare aus dem Gesicht, wobei ich ihm ein verschwörerisches Lächeln schenkte.

»Und wie oft werde ich noch einkaufen müssen, ehe Sie mit mir essen gehen?«

Jetzt war mein Lächeln zufrieden. Wir waren wieder im Spiel. »Wissen Sie, ich habe da so eine Regel, und die besagt, dass drei die entscheidende Zahl ist.«

»Das klingt fair«, urteilte er und wedelte lässig mit seiner Kreditkarte.

»Was ist passiert? Ich mache mir immer noch Gedanken um deine Rachepläne, aber wie es scheint, ist das überflüssig.« Phil, mein U-Bahn-Buddy, musterte mich aufmerksam.

»Der Frühling«, bemerkte ich leichthin und grinste zufrieden.

»Von wegen Frühling. Du hast einen neuen Kerl kennengelernt«, erriet er treffend.

Ich zuckte die Achseln und grinste noch dämlicher. »Vielleicht.«

»Und? Der, mit dem man in den Sonnenuntergang reitet?«

»Gott!« Ich lachte etwas zu laut. »So weit sind wir noch lange nicht. Aber zumindest habe ich mit seiner Hilfe endlich erkannt, dass der andere das auch nie gewesen ist.«

»Na immerhin«, stieß Phil lakonisch hervor. »Aber vielleicht sollte ich dennoch weiter nachdenken und vorbereitet sein.«

»Hey«, ich knuffte ihn in die Seite. »Sollte man nicht jedem eine Chance geben? Warte doch zumindest ab, ob er es vermasselt.«

»Das müsste er schnell tun. Am Freitag habe ich meinen letzten Arbeitstag, und dann werde ich nicht mehr mit dieser Linie fahren.«

»Oh.« Mir blieben die restlichen Wörter im Hals stecken. In den letzten Wochen war Phil so selbstverständlich jeden Morgen hier gewesen, dass ich mir gar nicht mehr vorstellen konnte, ohne ihn diese Route zu fahren. Wir hatten manchmal geplaudert, erzählt, was wir am Wochenende getrieben hatten, manchmal schweigend nebeneinandergesessen und müde aus dem Fenster gesehen, über die Nachrichten diskutiert oder einfach nur herumgealbert. Manchmal hatten wir an verschiedenen Enden des Waggons gestanden und es nicht geschafft, uns zum anderen durchzuarbeiten. Dann hatten wir uns zumindest zugewinkt und an meiner Haltestelle laut über die Köpfe der Passagiere hinweg einen guten Tag gewünscht. Oder wir hatten natürlich unsere kleinen Rachefantasien ausgebaut, die mit jedem Tag alberner und weniger durchführbar wurden, uns aber oft genug zum Lachen brachten. »Das ist schade.«

Er nickte zustimmend.

»Und was treibst du dann?«

»Keine Ahnung.« Ein leiser Seufzer entfuhr ihm.

»Du findest sicher was, keine Angst.« Ich stieß ihn leicht in die Seite. »Etwas Besseres. Etwas Dauerhaftes. Ich glaube ganz fest an dich.«

Erfreut blickte er mich an. »Danke.«

»Was hast du denn gelernt?«, erkundigte ich mich neugierig.

»Um ehrlich zu sein«, er holte tief Luft, »gar nichts. Ich habe nach der Schule angefangen zu studieren, dann aber abgebrochen.«

»Oh«, sagte ich wieder. »Und was hast du studiert?«

»Informatik.«

»Das hätte ich auch abgebrochen«, versuchte ich einen Witz.

»Ich fand es eigentlich gut. Nun ja.« Er wollte nicht weiter darüber reden, so viel war klar. »Ich bin ein glücklicher Mensch. Mir stehen alle Wege offen.«

»Genau. Das ist die richtige Einstellung. Welchen würdest du denn gehen, wenn du die Wahl hättest?«

»Hm.« Er legte seine Fingerspitzen aneinander und klopfte sacht mit den Zeigefingern. »Ich würde gerne etwas Soziales machen. Den Menschen helfen. Am liebsten Kindern und Jugendlichen.« Er starrte auf seine Fingerspitzen hinab. »Es gibt so viele, die unter den schwierigsten Umständen aufwachsen. Sie brauchen jemanden, der sie dabei unterstützt.«

Interessiert horchte ich auf. Wie vertraut mir dieser Wunsch vorkam. Ich war gespannt, ob er schon eine Idee hatte, wie er das umsetzen wollte. Und vor allem sollte ich ihn wissen lassen, dass ich diesen Weg großartig fand. »Das klingt edel und toll.«

»Findest du? Das sollte es nicht. Es sollte nicht edel sein, wenn wir helfen, sondern normal. Es sollte doch unsere Pflicht sein, gerade denen beizustehen, die sich alleine nicht helfen können.«

Ich nickte zustimmend und versuchte, in seinem Gesicht zu lesen. Er nestelte erneut an seinen Armbändern herum, und ich fragte mich, ob er deswegen helfen wollte, weil er die Situation dieser Jugendlichen aus eigener Erfahrung kannte.

»Du willst also was? Wo könntest du das tun?«

»Es gibt einige Organisationen. Ich werde mich einfach mal umschauen. Die brauchen immer Helfer.«

»Aber brauchen die nicht Ehrenamtliche? Ich meine, du suchst doch einen Job, oder? Von irgendetwas musst du schließlich deine Miete bezahlen, deine Monatskarte für die Tube und«, ich grinste, »den Stinkkäse und all die Sachen.«

Er zuckte mit seinen Schultern, ehe er den Blick hob und mich anschaute. »Ich brauche nicht viel. Und sind es nicht andere Dinge als Geld, die uns glücklich machen?«

Ich hatte nur unverbindlich genickt und mich bei Phils letzten Worten ziemlich oberflächlich gefühlt. Vermutlich hatte er recht, es sollte so ein. Aber ich war mir nicht sicher, ob ich es wirklich unterschrieben hätte. Ich fand Geld durchaus wichtig. Es war einfach beruhigend, genug zu haben, und es war schön, es ausgeben zu können, ohne sich viele Gedanken machen zu müssen. Ganz im Ernst, waren das nicht die klassischen Sprüche, die eigentlich immer nur von denen kamen, die genug hatten? Hatte jemals ein wenig begüterter Mensch behauptet, dass Geld nicht alles wäre? Weil die es nämlich wussten, dass Geld in unserer Welt einfach notwendig war. Daraufhin dachte ich an den Kerl mit den Seidenpullis. Viggo Jonasson, wie ich mittlerweile herausgefunden hatte. Beim letzten Einkauf hatte ich die Chance genutzt, mir seine Kreditkarte etwas genauer anzusehen. Und ich war oberflächlich genug, ihn anziehend zu finden, weil er eben das tun konnte. Geld ausgeben, ohne sich darüber Gedanken zu machen. Ganz im Ernst, Phil war ein netter Kerl, und ich mochte ihn mittlerweile wirklich. Er hatte einen großartigen Humor und ein ebenso großes Herz. Und ich konnte seinen Wunsch zu helfen nicht nur verstehen, ich teilte ihn ja sogar – auch wenn mich der Gedanke an eine ehrenamtliche Tätigkeit schreckte, das musste ich zugeben. Zumindest, wenn ich nicht einen anderen Job oder ausreichend Geld in der Rückhand hatte. Aber für meinen Geschmack zeigte er etwas zu wenig Ehrgeiz. Zum Glück konnte mir das egal sein, denn er war auch so nicht unbedingt ein Mann, der mich reizte – beziehungstechnisch gesehen. Allerdings spürte ich, dass mich seine heute so lakonisch hingeworfene Bemerkung, dass er nur noch diese Woche mit mir U-Bahn fahren würde, doch einigermaßen beschäftigte. Im Gegensatz zu anderen Frauen hatte ich nie einen männlichen Freund gehabt. Irgendwie waren mir dauernd die Gefühle dazwischengekommen. Anscheinend konnte ich nicht einfach nur befreundet sein, weil ich mich irgendwann in den Kerl verliebte. Oder er von Anfang an bloß mit mir ins Bett gewollt hatte. Doch Phil war anders. Phil konnte ich mir als Kumpel vorstellen. Ich hatte mich jedes Mal gefreut, ihn zu sehen, aber nie mit diesem Kribbeln, das auf mehr hindeutete. Mit ihm hätte es vielleicht geklappt. Nur schade, dass die Zeit zu kurz gewesen war, um es auszuprobieren.

Kapitel 24

Als Viggo Jonasson am übernächsten Tag zum dritten Mal in den Laden spazierte, dachte ich für einen winzigen Moment an Phil. Wir hatten uns auch an diesem Morgen getroffen und eine recht witzige Fahrt gehabt, während der er mir eine Geschichte aus dem Museum erzählt hatte, in der es um ein offensichtlich schieflaufendes Date ging und um zwei Menschen, die sich vormachten, zueinanderzupassen.

»Vielleicht hat sie wirklich Interesse an Kunst, aber bisher keine Gelegenheit gehabt, sich zu bilden?«, gab ich zu bedenken.

»Oder aber sie tut nur so. Er war ohne Frage ein Kenner, sie wirkte allerdings sehr gelangweilt. Der einzige Moment, in dem sie wirklich auflebte, war, als er sie vor einem Bild fotografierte und sie sich laut fragte, welche Hashtags sie nutzen sollte, um die bestmögliche Reichweite zu erlangen. Im Ernst, Peppy.« Er hob seine Augenbrauen.

»So ist das nun mal heutzutage«, kommentierte ich grinsend. »Die moderne Währung: Likes und Herzchen.«

»In dem Fall bin ich gerne altmodisch. Nein, mir macht das eher Angst. Es geht alles nur noch um den Schein und darum, was andere von dir denken.«

»Außer bei dir«, hatte ich spontan erwidert.

»Wie kommst du darauf?«

Ich überlegte kurz. Das war Phil, da musste ich mir keine Sorgen machen. »Nun ja, du bist erfrischend authentisch, ich sag's mal so.« Ich zupfte an seinem Jackenärmel.

Er sah auf das Kleidungsstück und dann zu mir. »Was stimmt nicht mit dieser Jacke?«

»Alles stimmt mit ihr. Sie passt zu dir.«

»Kann es sein, dass du eine oberflächliche Person bist, Peppy?«, hatte er zu meiner Überraschung grinsend geantwortet. Seine Augen hatten geblitzt, und er wirkte so amüsiert, dass ich mich zu ihm hinübergebeugt hatte.

»Ich fürchte, ja, aber verrate es niemandem. Ich stehe total auf gut angezogene Männer im Anzug. Und ich stehe darauf, wenn jemand kultiviert und weltgewandt ist.«

»Nein!« Er riss die Augen auf und ein breites Lächeln zog sich um seinen Mund. »Ein kultiviertes Anzugflittchen. Ich hätte mehr erwartet.«

»Ach ja?« Ich lehnte mich zurück und blickte ihn herausfordernd an. »Was denn?«

»Nun, zumindest, dass du den Nachweis einforderst, dass blaues Blut durch die Adern fließt. Oder reicht es dir, wenn man die Einkommensteuererklärung des letzten Jahres vorlegt?«

»Das wäre durchaus mal ein Anfang. Aber nur …«, ich stupste ihn an, »weil es keine Nachweise gibt, dass man kein Spinner ist.«

»Ich komme immer mehr zum Schluss, dass du eindeutig die falschen Kerle datest. Vielleicht solltest du dein Beuteschema überdenken.«

»Sag das mal meinem Herzen.« Ich seufzte. »Ich kann nichts dafür, dass es ewig auf die falschen Typen anspringt. Ich verrate dir noch ein Geheimnis.« Ich rückte wieder etwas näher an ihn heran. »Ich verliebe mich wahrhaftig immer in diese Kerle. Ich wünsche mir manchmal, dass es nicht so wäre, dass ich tatsächlich so ein Anzugflittchen wäre und es mir nur darum gehen würde, irgendeinen tollen Hecht abzubekommen. Aber irgendetwas scheint da bei mir falsch zu laufen. Die zünden etwas in mir, was ich nicht kontrollieren kann. Ich war noch nie mit einem Mann zusammen, in den ich nicht aufrichtig verliebt war.« Ich seufzte. »Nur dass ich schon in viel zu viele verliebt war. Es ist, als ob …« Ich dachte nach und verstummte. »Das klingt in der Tat sehr oberflächlich«, resümierte ich schließlich leise.

»Du bist nicht oberflächlich, glaube ich. Nicht wirklich.« Er sah mich an, dann schlich sich wieder sein Lausbubengrinsen auf seine Züge. »Aber wenn du willst, stehe ich für einen Test bereit. Ich muss noch irgendwo den alten Anzug im Schrank haben, den ich zu meinem Schulabschluss getragen habe. Was denkst du? Sollte ich den mal rauskramen und schauen, was er mit dir anstellt?«

Ich musste lachen. »Lieber nicht. Wie lange hängt er denn schon im Schrank? Nein, Phil, wir oberflächlichen Frauen würden sofort merken, dass er seit Jahren aus der Mode ist.« Sanft legte ich ihm eine Hand auf den Arm. »Und außerdem wärst du zu schade für so etwas. Ich glaube, du könntest die große Ausnahme sein. Der eine Kerl, der einfach nur nett ist und nicht bloß mit mir ins Bett will. Nimm mir diese Illusionen nicht.«

Ich bin also auch ein Seidenpulloverflittchen, dachte ich, als ich meinem neuen Kunden entgegensah. Eines, das den kleinen Schrecken sehr genoss, den es beim Erscheinen dieses Kerls verspürt hatte, und dessen Haut jetzt schon wieder aufgeregt zu kribbeln begann, nur weil eisblaue Augen auf ihm ruhten, viel zu lange, um schicklich zu sein, und viel zu offen, um das verbergen zu wollen. Die stattdessen interessiert aufblitzten und deutlich signalisierten, dass ihnen gefiel, worauf sie trafen, was mich noch aufgeregter werden ließ.

»Penelope«, grüßte er und kam im Schlendergang auf mich zu. »Ich brauche Ihre Hilfe.«

»Deshalb bin ich da«, erwiderte ich mit einem Seitenblick zu meiner Kollegin Hazel, die sich eben auf den Weg zu ihm hatte machen wollen und sich nun recht abrupt den Auslagen mit den Shirts zuwandte. »Wie kann ich Ihnen helfen?«

Er schritt zu den Anzügen, die sich ganz hinten und ausreichend weit weg von Hazel befanden. Ich sah ihren Blick, zuckte mit den Achseln und folgte ihm.

»Ich brauche drei Dinge«, sagte er endlich, als wir bei den neusten Kreationen standen und Hazel wieder abgedreht war.

»Und zwar?«

Nachlässig taxierte er kurz ein Modell nach dem anderen und schob es dann zur Seite. »Ich brauche einen Anzug, mit dem ich am Wochenende auf einer Geburtstagsparty glänzen kann. Eine Freundin der Familie wird siebzig, und man erwartet meine Anwesenheit.«

»Das«, ich musste mir ein Lächeln verkneifen, »sollte eine lösbare Aufgabe sein.«

Seine Augen funkelten zufrieden. »Und natürlich benötige ich die passende Ausstattung. Hemd, Krawatte, Socken.«

Ich nickte. »Kein Problem. Und das dritte?«

Seine Augen wurden, wenn das möglich war, noch ein wenig herausfordernder. »Und ich brauche eine charmante Begleitung.«

»Das allerdings wird schwieriger werden. So etwas gehört nicht zu unserem Repertoire. Ich denke, dass es dafür spezielle …«, ich ließ eine kleine Pause entstehen, »Dienstleister gibt, die das arrangieren können.«

»Mir steht nicht der Sinn nach dieser Art Dienstleistung, und Sie wissen das, Penelope.«

»Nun, ich dachte, wenn es so schwierig ist, eine passende Begleitung zu finden, dass Sie sie mitkaufen müssen …«

»Die Herausforderung ist nicht, irgendeine Begleitung zu finden, sondern die eine zu bekommen, die ich wirklich mitnehmen will.«

Ich spürte, wie ich unter seinem Blick unruhig wurde.

»Denken Sie zumindest darüber nach, ja?«, bat er, und plötzlich klang seine Stimme sanft und leiser als gewöhnlich. »Sie wissen, dass ich nur deshalb hier einkaufe, weil ich Sie sehen will. Und Sie wissen auch, dass ich Sie besser kennenlernen will. Sehr viel besser.«

Ich sah ihn an und nickte knapp. Dann lenkte ich meinen Blick auf die Anzüge und holte verstohlen Luft. Als ich wieder sprach, klang meine Stimme zum Glück gefasst und professionell.

»Also, ein Abendessen unter Freunden, richtig? Ich denke, dass wir das Passende finden werden.«

»Perfekt.« Viggo Jonasson musterte sich erfreut im Spiegel. Er drehte sich, um sich von allen Seiten zu begutachten, und richtete die Krawatte gerade.

Auch ich war sehr zufrieden mit seiner Wahl. Mal abgesehen davon, dass er in jedem Teil einfach umwerfend wirkte, hatte er sich für ein ziemlich modernes Modell entschieden, in einem Königsblau, das zu tragen sich nicht jeder Mann getraut hätte. Mit dem weißen Hemd und der schmalen, farblich passenden Krawatte sah er wieder einmal perfekt aus.

»Was für Schuhe würden Sie dazu empfehlen?«

»Braune. Ein eher hellerer Ton«, sagte ich sofort.

Wieder nickte er. »Ich denke, wir sind fertig. Jetzt fehlt mir nur noch eines.«

»Nun, ich könnte meine Kollegin fragen«, begann ich, doch er schaffte es, mich mit einem einzigen Blick zu stoppen.

»Geben Sie sich einen Ruck, Penelope. Bitte, begleiten Sie mich auf diese Party. Sie würden meine Tante Hatty sehr glücklich machen.«

»Ihre Tante Hatty?«

»Ich nenne sie so, auch wenn sie eine Freundin meiner Mutter ist. Ich kenne sie, seit ich denken kann, und sie wird nicht müde zu fragen, wann ich endlich die richtige Frau kennenlerne. Sie wird Sie lieben, Penelope, und es wäre das schönste Geschenk, das ich ihr machen kann.«

»Ich soll also mitkommen, damit Sie ein Geschenk haben?«

»Nein. Und das wissen Sie genau.«

Ich musste schlucken. »Warum ich? Warum sollte ich diese Frau sein?«

Er zuckte mit der Achsel. »Keine Ahnung. Ich habe einfach das starke Gefühl, dass du die Richtige für diesen Job sein könntest.«

Kapitel 25

»Du gehst mit ihm auf eine Familienfeier? Cleveres Mädchen.« Maisie lächelte verschmitzt. »Auf diese Weise kannst du gleich herausfinden, ob er einen Bruder hat.«

»Haha«, machte ich und grinste ebenfalls. »Aber ganz im Ernst: Das ist für mich doch eine gute Ausgangslage, oder nicht? Erstens mal hat er offensichtlich keine Frau oder Freundin, die er irgendwo versteckt. Zudem gibt es dort ausreichend Menschen, die ihn kennen. Man kann sich nicht gut verstellen oder vorspielen, ein anderer zu sein, wenn so viele Bekannte um einen herum sind.«

»Und man weiß, auf was man sich einlässt und wen man sich da als Familie einfängt«, bemerkte Ruby. »Klare Verhältnisse, vom ersten Date an.« Sie zuckte kurz mit den Schultern. »Und ich gebe Pen recht: Wenn dich ein Mann zu seiner Familie mitnimmt, dann meint er es ernst.«

»Aber du weißt dennoch nichts von ihm. Außer, dass er eine schwarze Kreditkarte hat und exzessiv shoppen kann«, warf Maisie ein.

»Ich könnte mir Schlimmeres vorstellen«, bekannte ich und zwinkerte Ruby zu. »Und ja, ich werde mitgehen und einfach mal abwarten, was daraus wird.«

»Wisst ihr was? In Geschichten und bei anderen finde ich es immer toll, wenn einer nach dem ersten Blick behauptet, dass diese spezielle Frau die Richtige ist.« Maisie zog die Stirn kraus. »Aber ich gestehe euch jetzt etwas: Manchmal habe ich in diesem Punkt so meine Zweifel. Ist das nicht ein bisschen heftig? Eigentlich kennt man sich doch noch gar nicht, und deshalb kann sich das nur auf die Erscheinung beziehen, oder? Obwohl stattdessen das Wesen, unser Innerstes, der eigentliche Grund sein müsste, sich zu verlieben.«

»Vielleicht hat es was mit der Aura des Menschen zu tun«, überlegte Ruby. »Dass man etwas spürt, was man nicht greifen oder benennen kann. Weshalb sollte es nicht möglich sein? Dass man jemanden sieht und weiß: Das ist der Mensch, mit dem ich alt werden will?«

»Weil die Realität so aussieht, dass man jemanden sieht und weiß, dass man mit dem ins Bett will«, entgegnete Maisie trocken. »Liebe auf den ersten Blick? Das gibt es nur in Filmen. Und vielleicht in deinem Leben. Weißt du noch«, wandte sie sich an mich, »wie Ruby damals bei diesem Vorstellungsding war und sich nicht mehr einkriegte, weil Beau die Gespräche führte?«

Ruby errötete. »Ich habe mich wieder eingekriegt. Und am Ende hat sich herausgestellt, dass ich recht hatte. Dass dieser Mann mein Seelenpartner ist.«

»Dann hoffen wir mal, dass es Pen ebenso ergeht. Wo findet diese Party denn statt?«

»In einem Landhaus in der Nähe von Windsor«, erteilte ich Auskunft und biss mir auf die Unterlippe, um ein triumphierendes Lächeln zu unterdrücken.

»Windsor? Wie edel! Er hat aber kein blaues Blut in der Familie, dein Viggo?«

»Nicht, dass ich wüsste. Und es ist ja nicht seine Familie, die dort wohnt, sondern die von Tante Hatty. Eine Freundin seiner Mutter.«

»Und ihr seid dort zu Gast. Wie clever. Vermutlich wird er dich als seine Freundin vorstellen, woraufhin ihr in einem Zimmer landet – und leider sind keine weiteren mehr verfügbar.«

»Nein.« Ich hob die Brauen und konnte mir ein triumphierendes Lächeln nicht verkneifen. »Das zumindest habe ich bereits geklärt. Wenn wir nur ein Zimmer haben, dann wird Viggo auf dem Flur schlafen. Schließlich habe ich neuerdings Prinzipien.«

Ehe ich am Wochenende mit Viggo gen Windsor reisen würde, stand aber noch etwas anderes an. Am Freitagmorgen war Phil überraschend ernst, und auch ich musste schlucken, als er mich begrüßte.

»Zum letzten Mal guten Morgen, Peppy.«

»Guten Morgen, Phil«, antwortete ich und lächelte zaghaft. »Mensch, ich werde dich wirklich vermissen.«

Phil grinste schief. »Na, das ist doch etwas. Gib es zu, das hättest du anfangs nie gedacht, dass du mich vermissen würdest.«

Ich grinste ebenfalls. »Nein, vermutlich nicht. Aber tatsächlich ist es so. Was wirst du tun, wenn dein Job nun endgültig vorbei ist, weißt du das inzwischen?«

Er zuckte die Achseln. »Nein. Aber ich werde etwas finden. Ich kann ja nicht wirklich für den Rest meiner Tage Bilder bewachen.«

»Haben die dir keine Verlängerung angeboten?«

»Es war von Anfang an klar, dass ich nur für die Dauer dieser Wanderausstellung dort sein werde.«

»Es kommt doch bestimmt bald die nächste, und die muss dann auch bewacht werden.«

»Nicht von mir.« Er klang gleichgültig, und ich fragte mich, ob er das wirklich war oder es nur herunterspielte, dass er ab Montag keinen Job mehr hatte.

»Aber ich habe noch etwas für dich.« Seine Stimme klang mit einem Mal wieder anders, frecher und heiterer. »Warte, hier.« Er kramte einen Zettel aus seiner Jackentasche und hielt ihn mir triumphierend hin.

Ich warf einen Blick darauf. »Eine Telefonnummer?«

»Eine ganz besondere. Ein Weckdienst.«

»Ein Weckdienst?«

»Nun«, er wies auf den Zettel. »Ich dachte, wenn du mal wieder an einen gerätst, der dich nicht verdient und du ein paar kleinere Rachegelüste entwickelst. Das ist eine richtig gute Nummer. Sie arbeitet ohne Rufnummernkennung und sie weckt zuverlässig zu jeder Tages- und Nachtzeit.« Er hob vielsagend die Augenbrauen. »Ganz schön fies.«

»Aber«, ich sah auf den Zettel und dann zu ihm. »Aber man kann keinen Weckdienst für eine beliebige Nummer bestellen. Man muss sich verifizieren, oder nicht?«

»Normalerweise ja.« Sein Grinsen wurde breiter.

»Phil«, sagte ich und drohte ihm mit dem Finger. »Ist das eine ganz besonders schlaue Methode, mir deine Nummer unterzujubeln?«

»Gib zu, dass es raffiniert von mir ist. Und das Angebot steht: Ich wecke zuverlässig zu jeder Uhrzeit. Und diese Nummer bietet noch so vieles mehr. Es ist immer jemand zu erreichen, falls du einfach mal ein wenig quatschen willst oder vielleicht auch jemanden suchst, der mit dir ein Bier trinken geht.«

»Ist das eine noch raffiniertere Methode, um an ein Date zu kommen?«, fragte ich und betrachtete ihn aus leicht zusammengekniffenen Augen.

Er schüttelte lächelnd den Kopf. »Nein, Peps. Es ist einfach ein Angebot, mal ein Bier zu trinken.«

»Peps?« Ich musste grinsen. »Du traust dich was.«

Er zuckte die Achseln und wirkte recht zufrieden. »Allerdings. Als ich dich zum ersten Mal sah, hätte ich selbst nicht geglaubt, dass ich dir jemals auch nur meine Nummer geben dürfte. Aber ganz im Ernst, Peppy, oder wie immer du auch heißt: Ich fände es einfach schön, wenn wir uns nicht völlig aus den Augen verlieren. Und schau mich jetzt nicht so an, ich bin nicht dämlich. Du bist weder eine Peppy noch eine Frau, die mit einem Kerl wie mir ein Date haben würde. Aber vielleicht bist du eine Frau, die einen guten Freund gebrauchen kann.«

Ich sah ihn einen Moment an, dann nickte ich. »Das könnte durchaus sein.«

Die restliche Fahrtzeit hatten wir in zufriedenem Schweigen hinter uns gebracht. Es hatte mich selbst überrascht, wie beruhigend der Gedanke war, dass diese Bekanntschaft mit dem heutigen Tag nicht ganz endete – zumindest nicht, wenn ich das nicht wollte. Als sich die Bahn unaufhaltsam meiner Haltestelle näherte, tastete ich noch einmal nach dem Zettel in meiner Jackentasche. Langsam wandte ich mich Phil zu und räusperte mich.

»Tja dann …«, sagte ich und lächelte.

»Tja dann«, wiederholte er und grinste schon wieder so lausbübisch.

»Alles Gute. Und danke. Für die Gespräche und die Nummer und alles.«

»Kein Problem.« Phil schien weniger emotional zu sein als ich. »War nett, dich kennenzulernen. Und mein Angebot steht: Melde dich, wenn du magst.«

Ich nickte. »Das werde ich mir tatsächlich überlegen.«

Die Bahn wurde langsamer und ich griff nach meiner Tasche. Als ich aufstand, erhob auch Phil sich von seinem Platz, als säßen wir in einem Lokal und nicht in der Tube. Ich sah ein letztes Mal in seine Augen, die wie stets heiter und ungefährlich waren, ehrlich und freundlich und von einem dunkleren Blau als Viggos.

Da machte die Bahn einmal mehr eines ihrer berüchtigten Bremsmanöver, und ich wurde gegen ihn geschleudert. Wie bei unserem Kennenlernen war er clever genug, sich festzuhalten und mich so abstoppen zu können. Eine seiner Hände fuhr an meinen Oberarm, um mich zusätzlich zu seinem Brustkorb zu stabilisieren, und ich lachte auf.

»Ich lerne es wohl nie.«

Auch er grinste. »Zu meinem Glück. Das scheint meine Möglichkeit zu sein, dich zu beeindrucken.«

»Danke.« Und weil ich ihm nun schon so nahe war, drückte ich ihm spontan einen flüchtigen Kuss auf die Wange. »Es war eine tolle Zeit mit dir. Und du hast mich nicht nur mit deinen Reflexen beeindruckt, falls dich das interessiert.«

Ich nahm mir die Zeit zu warten, bis die Bahn weitergefahren war. Ein letztes Mal hob ich den Arm und winkte Phil zu. Dann erst drehte ich mich um und machte mich entschlossen auf den Weg. Meine Finger spielten mit dem Zettel, den er mir zugeschoben hatte. Ich würde ihn gleich heute Abend an meine Pinnwand hängen, nahm ich mir vor. Ob ich ihn tatsächlich anrufen würde, wusste ich allerdings nicht. Es war eines, sich morgens in der Bahn auszutauschen, aber ob daraus eine echte Freundschaft entstehen könnte? Und ob ich das wollte?

Manche Menschen wurden einfach für eine kurze Zeit Teil deines Lebens, für einen bestimmten Abschnitt, eine Episode oder eben eine Fahrt. Und das war gut und etwas Besonderes. Doch wenn man dann versuchte, diese Zeit auszudehnen oder auf andere Lebensbereiche auszuweiten, stellte man plötzlich fest, dass das Besondere, die Magie dieser Begegnung verblasste und zu etwas anderem wurde.

Dann dachte ich daran, dass ich morgen mit Viggo verabredet war. Ich hatte Phil noch erzählen wollen, dass ich vorhatte, ihn etwas genauer unter die Lupe zu nehmen. Schade, dass ich das verpasst hatte, denn es wäre ein netter Abschluss gewesen.

Ich bog um die Ecke und bemerkte, dass vor dem Laden ein Lieferfahrzeug stand und der Kurier eifrig Kisten auf eine Sackkarre stapelte. Oha, dachte ich. Das musste die neue Kollektion sein, auf die wir die ganze Woche gewartet hatten. Gerade noch rechtzeitig, um vielleicht das eine oder andere Teil für das Wochenende zu kaufen. Ich hatte eigentlich vorgehabt, das Kleid noch einmal zu tragen, das ich für mein Date mit Alec erstanden hatte, das Etuikleid mit dem großartigen Wasserfall-Rücken. Es war viel zu schade, um im Schrank zu versauern, nur weil es mit dem Kerl, für den ich es angeschafft hatte, nicht geklappt hatte. Ja, Alec hatte es verdient, dass die Erinnerungen an ihn im Zusammenhang mit diesem Kleid durch neue, bessere übermalt wurden. Und ich hatte so das Gefühl, dass Viggo durchaus einige Anstrengungen unternehmen würde, um das zu tun. Nein, vielleicht doch kein neues Kleid. Ein neuer Mann war eher das, was ich jetzt brauchte.

Kapitel 26

Ich hatte erwartet, dass Viggo einen schnittigen kleinen Sportwagen fuhr, doch zu meiner Überraschung war es ein weißes Coupé. Ebenfalls sportlich und ganz sicher nicht günstig, aber dafür mit etwas mehr Platzangebot. Leider war die Fahrt nach Windsor nicht lang genug, um richtig auszutesten, was unter der Haube steckte, wie er bemerkte. Nur, um gleich hinzuzufügen, dass wir das unbedingt einmal machen sollten. Ich lächelte unverbindlich und spürte das bekannte Kribbeln, das mich in seiner Nähe stets erwischte. Ich hatte durchaus nichts dagegen herauszufinden, was unter der Haube steckte – bei seinem Wagen und auch bei ihm. Denn nach wie vor hatte ich das Gefühl, so gut wie nichts von ihm zu wissen, und den starken Verdacht, dass er mehr zu bieten hatte, als man dachte. Und dass es mehr als aufregend sein würde, ihn näher kennenzulernen. Und vielleicht auch ein wenig gefährlich.

»Erzähl mir mehr von den Menschen, die ich gleich treffen werde«, bat ich ihn.

Er lachte. »Da gibt es nicht viel zu erzählen. Meine Schwester wird dort sein, meine Eltern, Freunde der Familie.«

»Interessant. Ich hatte noch nie ein erstes Date, bei dem ich direkt die Familie kennenlerne.«

»Seltsam, dass daraus immer so eine große Sache gemacht wird.«

»Nun, eigentlich nicht. Es sagt doch schon einiges über einen Menschen aus, wie seine Familie ist. Wie sie ihn sehen, über ihn reden.«

»Würde nicht jede Familie nur das Beste sagen? Hoffst du ernsthaft, dass man dir kleine schmutzige Geheimnisse ins Ohr flüstert? In meinem Fall werden sie sich überschlagen, nur Positives zu berichten.«

»Und weshalb? Hast du das nötig?«

»Wer weiß.« Er lachte leise. »Und du? Lässt du dich von solchen Dingen beeinflussen oder bildest du dir selbst deine Meinung?«

»Eigentlich schon«, versicherte ich. »Also, ich meine, ich bilde mir meine eigene Meinung.«

»Du bist aufgeregt«, stellte er fest. »Dazu hast du keinen Grund. Sie werden begeistert von dir sein. So wie ich es bin.«

Ich blickte einen Moment aus dem Fenster. »Obwohl auch du kaum etwas von mir weißt.«

»Das, was ich bisher kenne, gefällt mir auf alle Fälle sehr gut«, bekannte er, und seine Stimme klang dabei ziemlich heiß.

»Kann es sein, dass du in manchen Bereichen recht oberflächlich bist?« Ich versuchte, kokett zu klingen und nicht an Phil zu denken, der mich das vor ein paar Tagen gefragt hatte. Ich hatte gelacht, aber einen Moment lang hatte die Frage wie ein spitzer Stachel in meiner Haut gesteckt. Und ich hatte kurz darüber nachdenken müssen, ob an diesem Vorwurf etwas dran war. Ob es überhaupt ein Vorwurf sein sollte.

Viggo hingegen schien sich mit solchen Fragen nicht zu quälen. Er lachte erheitert.

»Weil mir schöne Sachen gefallen? Weil ich gerne attraktive Frauen sehe und in meiner Gesellschaft habe? Es wäre doch naiv zu denken, dass das nicht jeder tut. Zeig mir einen Mann, der zwischen einer schönen Frau und einer unattraktiven wählen kann und sich für die zweite entscheidet.«

Mein Kopf fuhr herum. »Jetzt bist du ganz sicher oberflächlich. Würdest du lieber die gut aussehende Frau wählen, auch wenn die andere viel netter ist?«

»Und zack bemühst du das nächste Klischee! So ist es nicht. Nicht jede hübsche Frau ist dumm oder eine blöde Ziege und nicht jede hässliche hat eine wunderbare Seele.«

»Nun, das mag stimmen. Aber dennoch ...«

»Aber dennoch verfüge ich über genug Menschenkenntnis, um das zu begreifen. Und das zu finden, was ich suche: Schönheit und ein interessantes Wesen. Ich will beides, so einfach ist das. Ich liebe schöne Dinge, und dazu stehe ich. Und du, Penelope«, seine Hand streifte kurz mein Bein, als er einen Gang herunterschaltete, »du erfüllst jeden Anspruch.«

Es war vermutlich als Kompliment gemeint, aber ich spürte, wie ich mich ein wenig versteifte. Würde er mich auch dann noch als schön empfinden, wenn ich mich nicht stundenlang zurechtgemacht hatte? Wenn meine Haare vom Schlafen zerzaust waren oder er einen ersten Blick auf meine Oberschenkel werfen konnte? Die seit meinen Teenagerjahren von Orangenhaut bedroht wurden, egal, wie sehr ich dagegen anturnte. Okay, ich turnte leider nicht konsequent dagegen an, aber ich hatte den starken Verdacht, dass sie sich ebenso wie meine überzähligen Kilos auch gar nicht davon würden beeindrucken lassen. Bisher hatte ich damit recht gut leben können, aber eben gerade kamen mir die ganzen kleinen Dellen in den Sinn. *Bloß keinen Erwartungsdruck aufbauen*, dachte ich und warf einen schnellen Seitenblick zu Viggo hinüber. Schon gar nicht als Kerl, der sich nicht mit solchen Gemeinheiten wie Bindegewebsschwäche herumzuplagen hatte.

»Ich weiß noch gar nicht, womit du das hier bezahlst.« Ich ließ meine Hand über das Armaturenbrett schweifen. »Was machst du den ganzen Tag?«, beschloss ich, elegant das Thema zu wechseln.

»Ich bin Arzt«, bekam ich recht gleichmütig Auskunft.

»Interessant. Und welches Fachgebiet?«

»Chirurgie.«

Bildete ich es mir nur ein oder klang er wirklich amüsiert? Irgendetwas an diesem Mann forderte mich ständig heraus, ihm Kontra zu geben.

»Au weh. Ein Metzger!« Ich verzog das Gesicht und dachte an Maisies Erzählungen. Sie hatte weit weniger romantische Ansichten zu diesem Berufsstand als wir übrigen.

»Nun, meine Patienten sehen mich eher als eine Art Gott denn als Metzger.«

»Was dir zweifelsohne gefällt. In welcher Klinik arbeitest du?«

»Ich habe eine eigene Praxis.«

»Okay«, sagte ich. »Als Chirurg, ja?«

»Ja.« Er setzte den Blinker und bog in eine kleinere Seitenstraße ab. »Plastischer Chirurg, um es ganz genau zu sagen.«

»Oh.« So viel also dazu, meinen Dellen zu entkommen.

»Es ist ein Job. Und zwar einer, mit dem ich viele Menschen glücklich mache. Ich gebe ihnen ihr Selbstvertrauen zurück und damit ein besseres Leben.« Er klang sehr zufrieden mit sich.

»Und einer, der dich gut leben lässt. Davon, den Frauen zu suggerieren, dass sie nicht perfekt genug sind, und die sich deshalb von dir ein wenig optimieren lassen müssen.«

»Meine Patienten kommen aus freien Stücken. Sie haben die Entscheidung bereits gefällt, wenn sie in meiner Praxis sitzen. Ich berate sie nur.«

»Und zu wie vielen sagst du, dass sie gut sind, so wie sie sind, und wieder gehen sollen?«, wollte ich ihn herausfordern.

»Pen, was ist daran verwerflich, sich selbst zu verbessern? Sich einen Körper zu wünschen, in dem man sich wohlfühlt? Ich helfe diesen Menschen. Du ahnst gar nicht, wie dankbar sie sind.«

»Mit aufgeblasenen Hupen und aufgespritzten Lippen«, erwiderte ich spitz. »Na, besten Dank. Das ist also deine Interpretation von Schönheit?«

»Nein«, entgegnete er ruhig und warf mir einen Seitenblick zu, der, wie ich fand, ein wenig zu lang andauerte für einen so schmalen Seitenweg. »Ist es nicht. Ich beherrsche meinen Job. Ich blase keine Brüste auf oder schicke die Frauen mit Schlauchbootlippen in die Welt. Ich unterstütze die Natur. Wenn sie es nötig hat. Was nicht immer der Fall ist.« Wieder sah er herüber und ein feines Lächeln zog sich um seinen Mund.

»Wenn du den ganzen Tag nur auf Brüste starrst«, begann ich, wurde aber von seinem Auflachen unterbrochen.

»Ist es das, was dir nicht gefällt? Dass ich den ganzen Tag auf Brüste starre?« Er betonte die letzten Worte und schien sich prächtig zu amüsieren.

»Es ist mir egal, auf was du starrst«, gab ich etwas steif zurück.

»Das ist es nicht. Du hast Angst, dass ich deine nicht ausreichend würdige, sondern sie anstarre«, wieder diese Betonung, die mich ein wenig erröten ließ, »und überlege, wie ich sie optimieren könnte.«

Ich schnaubte.

»Das mache ich nicht. Das eine ist mein Job. Deine Brüste wären«, jetzt klang er eindeutig nicht mehr amüsiert, sondern sehr interessiert, »ein Vergnügen, das ich nur zu gerne einmal erleben würde.«

»Was noch in weiter Ferne liegt«, konnte ich mir nicht verkneifen.

Er lachte leise. »Genau das gefällt mir so an dir, Pen. Du bist selbstbewusst. Du brauchst meine Hilfe nicht.«

»Ganz genau«, behauptete ich, obwohl ich mich nicht wirklich so fühlte. In Wahrheit hatte mich dieses Gespräch nämlich erst richtig verunsichert. Wie sollte ich, wie sollte mein Körper vor seinen Augen bestehen? Vor Augen, die den ganzen Tag nur perfekte Körper sahen, oder zumindest Körper, die er perfekt zurechtschnitzen würde? »Was ist mit dir? Hast du auch etwas … optimieren lassen?« Ich wartete auf sein Kopfschütteln.

Doch zu meiner Überraschung antwortete er ganz entspannt.

»Die Nase.«

»Im Ernst?«

»Ja. Eine Verschmälerung des Knochengerüsts und gleichzeitig eine dezente Verkürzung und Verfeinerung des Nasenflügels.«

»Hattest du das nötig?«, entfuhr es mir.

»Ich hatte eine recht prägnante Ausführung. Wenn du meinen Vater kennenlernst, wirst du verstehen, was ich meine. Seit ich das habe machen lassen, fühle ich mich wohler. Und ganz nebenbei schadet es nicht, das zu kennen, was man verkauft. Du kleidest dich auch stets nach der neusten Mode.«

»Das ist doch etwas anderes.« Ich war immer noch ein wenig schnippisch.

»Möglich. Du bist nach wie vor verärgert wegen der Brüste. Ich verrate dir jetzt etwas: Die Anzahl männlicher Hintern, auf die ich starre und denen ich mehr Volumen verleihen soll, nimmt signifikant zu.«

»Und kannst du da auch auf eigene Erfahrungen zurückgreifen?«

»Nein, weil ich das nicht nötig habe. Wovon du dich sehr gerne selbst überzeugen kannst.« Seine Stimme signalisierte mir, dass ich mich langsam auf dünnes Eis wagte. Viggo war kein Mann, den ich mit ein paar vorlauten Sprüchen verunsichern konnte, sondern einer, der sich der Herausforderung stellte. Und meine Arme, auf denen sich alle Härchen aufgerichtet hatten, zeigten mir, dass ich es trotz allem genoss.

»Wir sind da.« Viggo bremste vor einem großen, sanft erleuchteten Backsteinbau ab. »Was denkst du? Sollen wir uns zuerst unser Zimmer zeigen lassen, damit du dich selbst überzeugen kannst?«

Kapitel 27

Herausforderung angenommen! Ich setzte mir in diesem Moment eines in den Kopf, nämlich, dass mich dieser Mann nicht so einfach bekommen würde. Weder klein noch in sein Bett, um es ganz klar zu sagen.

Das Haus, in das ich jetzt geführt wurde, hatte Ähnlichkeit mit einem alten Landsitz einer noch älteren, vornehmen Familie, wenn auch in einer etwas kleineren Ausführung, als man sich das gemeinhin vorstellte. Wobei *kleinere Ausführung* immer noch hieß, dass es in etwa dreimal so groß war wie das Reihenendhaus, in dem ich meine Kindheit verbracht hatte. Es verfügte über einen unübersehbar heruntergekommenen Charme. Die alten Tapeten waren verblichen, die Gardinen brüchig und nicht mehr ganz so strahlend, wie sie das sicher einmal gewesen waren. Aber es herrschte eine zwanglose und heimelige Atmosphäre, die mich sofort einhüllte und dafür sorgte, dass ich mich ein wenig entspannte.

Viggo lotste mich durch eine holzgetäfelte Halle, einen Arm nachlässig um meine Mitte gelegt, auf eine Tür zu, die offen stand und durch die lautes Gelächter drang. Er bewegte sich hier ganz selbstverständlich, hatte ohne Umschweife die schwere Eingangstür aufgedrückt und war hineinspaziert, und nun ging er, ohne zu zögern, auf den Raum zu und schob mich neben sich hinein.

»Viggo!« Ein entzückter Aufschrei sorgte dafür, dass alle unsere Ankunft mitbekamen und sogleich noch mehr begeisterte Rufe ertönten.

Er hob zwanglos eine Hand und grüßte in die Runde, ehe er uns wieder in Bewegung setzte und auf eine alte Dame zusteuerte, die uns eifrig zuwinkte. Ich hatte mir eine etwas distinguierte Person in leicht verblichenem Tweed und mit einer dreireihigen Perlenkette um den Hals vorgestellt, aber diese Frau war erfrischend anders. Sie trug ein enges, recht gewagtes Taftkleid in einem leuchtenden Lila. Es schmiegte sich um ihren durchaus fülligen Körper und offenbarte, da es ärmellos war, auch ungeniert die leichten Ansätze von Wackeloberarmen. Neben den Dellen in den Oberschenkeln waren sie meine zweite große Furcht, diese Stellen unterhalb der Oberarme, die immer noch ein wenig weiterwinken, wenn man selbst schon damit aufgehört hatte. Auch wenn meine Oberarme eigentlich ganz in Ordnung waren, hatte ich diese fixe Angst im Kopf, morgens aufzuwachen und auf diese Schwachstellen blicken zu müssen. Ich sollte dringend an meinem Selbstbewusstsein arbeiten, wenn ich meine Bekanntschaft mit Viggo wirklich vertiefen wollte, beschloss ich. So wie unsere Gastgeberin. Diese Lady hier schien sich nicht um Makel zu kümmern. Sie strahlte vor Selbstsicherheit und Freude, uns zu sehen. Auch ihr übriges Erscheinungsbild entsprach nicht dem, was ich erwartet hatte. Ihr Haar war nicht ergraut und sauber in kleine Löckchen frisiert, sondern viel zu rot, um echt zu sein, und in einer Art Vogelnest lässig hoch auf dem Kopf zusammengezwirbelt. Es sah aus, als hätte sie es vor der Dusche schnell hochgesteckt und dann vergessen, sich zu frisieren, was im Kontrast zu dem überaus vornehmen Kleid ein echter Hingucker war. Ihre Haut war faltig, aber sie hatte ihre Augen mit einem gewagten

Lidschatten passend zum Kleid betont, der sich ein wenig in den Falten absetzte und herrlich mit dem feuerroten Lippenstift biss. Welcher wiederum den Haaren Konkurrenz machte und der es endgültig schaffte, dass ich diese Erscheinung sprachlos anstarrte.

»Tante Hatty!« Viggos Stimme klang warm und erfreut. »Wie schön, dich zu sehen. Alles Gute zum Geburtstag.« Er ließ mich los und nahm die Lady fest in die Arme. »Und das hier«, er löste sich und zeigte auf mich, »ist Penelope.«

»Herzlichen Glückwunsch«, sagte ich etwas steif, weil ich just registrierte, dass ich nicht wusste, wie ich sie ansprechen sollte, und streckte eine Hand aus, die einfach ignoriert wurde.

»Willkommen, meine Liebe.« Sie zog mich in eine erstaunlich feste Umarmung, und ein Hauch von Veilchen umwehte mich. »Wie schön, dass du hier bist.«

»Danke.« Ich musste mich zusammennehmen, nicht zu knicksen, weil mir das gerade irgendwie angebracht erschien.

Sie lachte. »Kindchen, wir sind hier ganz zwanglos. Ich bin Hatty.«

»Danke.« Ich lächelte etwas befreiter. »Schön haben Sie … hast du es hier.«

»Schön, ja. Auch wenn der Putz von der Decke zu bröckeln beginnt. Wäre ich nur ein paar Jährchen jünger, ich wüsste, was ich zu tun hätte.« Sie neigte sich vor und zwinkerte. »Mir einen Mann schnappen mit ausreichend Geld. Aber ich hab es vermasselt, als ich noch Gelegenheit dazu hatte. Ich habe mich für einen entschieden, der arm war wie eine Kirchenmaus, aber schön wie ein junger Gott.« Sie kicherte. »Und dafür nehme ich gerne den rieselnden Putz in Kauf und lasse das undichte Dach zu einem Problem werden, welches die nachfolgende Generation lösen muss.«

Sie wedelte kurz mit der Hand. »Das ist sie im Übrigen, meine nachfolgende Generation.«

Eine junge Frau trat lachend zu uns. Sie hatte Hattys Gesichtszüge und strahlte dieselbe vorwitzige Art aus. Ansonsten schien es nicht allzu viele Parallelen zu geben. Das von Natur aus rotblonde Haar war schulterlang, glatt und glänzte gesund. Das Make-up war zurückhaltend und bestach dennoch dank eines perfekt ausgeführten, dünnen Lidstriches. Sie war sehr zierlich, fast zu dünn, und trug ein tolles schwarzes Kleid. Sie bewegte sich trotz der hohen Absätze beinahe tänzelnd und schenkte mir ein strahlendes Lächeln.

»Hey, ich bin Olli«, stellte sie sich vor und grinste zufrieden, als ich sie überrascht ansah. »Eigentlich Olivia, aber das hat mir noch nie gefallen.«

»Pen«, entgegnete ich, und sie nickte wissend.

»Lass mich raten. Penelope, oder?«

»Exakt.«

»Eine Schwester im Geiste«, philosophierte sie lachend. »Willkommen. Und du natürlich auch, du alter Schuft und Herzensbrecher.« Damit schlang sie ihre Arme um Viggo und küsste ihn auf beide Wangen.

Die zwei schienen sich gut zu verstehen, und Viggo war kein bisschen beleidigt ob der Begrüßung. Im Gegenteil, er lachte erheitert auf. Ich betrachtete die beiden interessiert.

»Keine Angst, er hat nicht genug Geld, um das undichte Dach reparieren zu lassen. Er kommt für mich also nicht infrage«, erklärte Olli mit einem noch breiteren Grinsen in meine Richtung. »Zumindest«, sie neigte sich näher an mein Ohr, »lassen wir Mum das glauben, damit wir unsere Ruhe haben.«

»Oh, sie hofft also …?«, begann ich, wurde aber wieder von Ollis glockenhellem Lachen unterbrochen.

»Ich glaube nicht. Dafür kennt sie uns zu gut. Und dafür hat sie mich zu gerne«, setzte sie mit einem weiteren Zwinkern in Viggos Richtung hinzu. »Um mich in deine Arme zu treiben, bloß wegen eines Daches. Oh, entschuldige, Pen.«

Als sie sich nun wieder mir zuwandte, wirkte sie ehrlich beschämt.

»Das ist nicht nett von uns. Viggo ist ein großartiger Kerl, nicht, dass du Angst bekommst. Es liegt nicht an ihm. Es ist nur so«, jetzt grinste sie wieder, »dass er eben nichts für mich ist.«

»Okay«, erwiderte ich gedehnt. »Sollte mir das zu denken geben?«

»Ich hab es nicht so mit der Monogamie«, erklärte sie heiter und ohne Scheu. »Und das ist kein Geheimnis. Ich probiere mich gerne aus, und ich lege mich auch nicht auf das Geschlecht fest. Und unser guter Viggo hier, nun, der ist nicht gerne die Nummer zwei oder einer von vielen, das hast du sicherlich längst bemerkt. Viggo braucht eine Frau, die ihn unterstützt und seine Visionen teilt, und ich bin viel zu unkonventionell für den Job. Außerdem ist er zu schön für einen Kerl. Ich tue mir den Stress nicht an, mich ständig aufbrezeln zu müssen, nur damit ich einigermaßen mithalten kann.« Sie knuffte Viggo lachend in die Seite. »Nein, wir haben nach einem kurzen Versuch festgestellt, dass es mit uns beiden niemals klappen würde – auch wenn ich den Sex durchaus genossen habe. Und was das Dach angeht … falls *du* nicht Interesse hast und zufällig ein paar überflüssige Millionen auf der hohen Kante, dann werde ich weiterhin an Plan A festhalten und meine Karriere vorantreiben, um das Problem selbst zu lösen.«

»Ich?«

»Nun, wie gesagt, ich bin offen für vieles, und wie er hier finde ich dich ziemlich ansprechend. Ich könnte in Versuchung kommen, dich ihm auszuspannen.«

Ich entschied spontan, dass mir Olli gefiel. Sie wirkte frisch und ungekünstelt, provokant und unabhängig. »Es tut mir leid. Ich fürchte, ich muss bei beidem passen.«

Natürlich war ich am meisten auf Viggos Eltern gespannt gewesen und wurde sehr positiv überrascht. Sie übergingen charmant, dass ich ein wenig zu lange auf Mr Jonassons Nase starrte, um es verbergen zu können. Sie war natürlich weit davon entfernt, ein Monstrum zu sein. Aber ich musste dennoch zustimmen, dass die Veränderung durchaus eine Verbesserung darstellte. Sein Vater war ebenfalls ein ansehnlicher Mann, ganz ohne Frage. Aber Viggo war das perfektionierte Abbild von ihm, das erst die kleinen Makel sichtbar machte, die sein Vater vielleicht haben mochte. Als wäre der Ältere die Vorlage zum Üben und sein Sohn dann die meisterhaft ausgeführte Version davon. Auch seine Mutter war eine schöne Frau, von der er seine unglaublichen Augen geerbt hatte. Natürlich musste bei solch einem Genpool ein Mann wie er herauskommen. Aber die beiden waren nicht bloß attraktiv, sondern auch sehr nett. Sein Vater hatte noch einen schwachen Akzent, der verriet, dass er als junger Mann aus Schweden eingewandert war. Es klang unglaublich sympathisch, weil er diesen fast unmerklichen Singsang hatte und seine »S« ein wenig zu lang waren und manche »R« zu gerollt. Schade, dass Viggo ein so perfektes Englisch sprach, dachte ich spontan. Obwohl, dieser Kerl und dann noch solch ein Akzent … Er wäre der Untergang der gesamten weiblichen Welt gewesen.

Als Nächstes lernte ich seine Schwester Smilla kennen. Eine gute Gelegenheit, um ganz nebenbei nach weiteren Geschwistern zu fragen und zu erfahren, dass er leider keinen Bruder hatte. Kleinlich, ich weiß, aber ich finde, man kann bekannte Schwachstellen durchaus vorneweg kurz abchecken, zumal wenn es so einfach und schnell ging. Auf alle Fälle war auch Smilla ein perfektes Mitglied dieser ständig perfekter werdenden Familie, wie alle anderen wunderschön und so nett, dass es fast schon unheimlich war. Sie nahmen mich unaufgeregt in ihrer Mitte auf, verzichteten auf zweideutige Kommentare oder eindeutige Anzüglichkeiten und gaben mir das Gefühl, dass es ein echter Gewinn sein könnte, ein Teil dieser Familie zu werden.

Viggo hatte im Übrigen Wort gehalten und mich als »eine Freundin« vorgestellt. Allerdings hatte er kein Problem damit, seine Eltern entwaffnend anzulächeln und dann hinzuzufügen: »Was nur an ihr liegt. Wenn sie mich nehmen würde, wäre das sofort anders.«

Ich errötete und hatte ein wenig Schwierigkeiten damit, so lässig und locker rüberzukommen, wie ich das gerne getan hätte.

»Nun, ich bin mir noch nicht ganz sicher. Aber es besteht Hoffnung, das muss vorerst reichen«, sagte ich und kam mir gleich drauf arrogant und hochnäsig vor. Deshalb beeilte ich mich, das wieder hinzubiegen. »Ich meine, er ist nett und alles, aber wir kennen uns kaum und …« Dann brach ich ab und hob verlegen die Schultern.

»Absolut richtig!«, beruhigte Smilla mich und legte mir kurz eine zierliche Hand auf den Arm. »Meinem Bruder wird sowieso immer alles zu leicht gemacht. Es schadet ihm nicht, wenn er sich zur Abwechslung einmal anstrengen muss.«

Genau das war auch mein Eindruck, dass Viggo alles zu leicht gemacht wurde. Auch hier schien er einfach nur gemocht zu werden, egal, wen wir trafen. Ich wurde noch einer ganzen Menge Freunden und Nachbarn von Hatty vorgestellt, aber da die allesamt in ihrem Alter waren, machte ich mir nicht die Mühe, mir jeden Namen zu merken. Ich hatte ihn in der Obhut zweier älterer Damen zurückgelassen, die mit ihm Erinnerungen austauschen wollten, wie er als kleiner Junge über ihren Rasen getollt war, und mich mit Olli zurückgezogen, um ihn unauffällig zu beobachten.

»Erzähl mir mehr von ihm«, bat ich sie. »Du scheinst ihn sehr gut zu kennen.«

»Ich kenne ihn praktisch mein Leben lang«, bestätigte sie. »Aber ich weiß nicht, ob ich die Richtige bin für diese Frage. Ich mag ihn nämlich.«

»Ich auch«, gab ich etwas überrascht zurück. »Sonst wäre ich nicht hier.«

»Stimmt. Aber es klingt so, als wärst du auf der Suche nach einem Grund, das nicht zu tun. Ihn zu mögen, meine ich.«

Ich seufzte. »Nein. Aber ich weiß nicht.« Ich biss mir auf die Lippen.

»Er wirkt zu perfekt, was?«

»Exakt. Ganz im Ernst, wenn er so fehlerfrei ist und so nett, wieso ist er dann nicht längst vergeben?«

»Weshalb bist du es nicht?«, stellte sie die überraschende Gegenfrage.

»Ich? Weil ich noch nicht den Richtigen gefunden habe«, sagte ich und merkte selbst, dass es wie eine Frage klang.

»Und da hast du deine Antwort. Es ist nicht so, dass Viggo noch keine gefunden hätte. Das hat er, eine lange Liste.« Sie blinzelte hinüber zu ihm. »Er war bestimmt kein Heiliger, aber das hast du dir vermutlich bereits gedacht.«

Ich seufzte ein weiteres Mal. Ja, hatte ich. Und ich fürchtete, dass er das auch in Zukunft nicht sein würde.

»Allerdings war er meines Wissens immer anständig. Hat zuerst eine Sache beendet, ehe er zur nächsten wechselte. Viggo mag seine Fehler haben, aber in dieser Hinsicht ist er ein Gentleman.« Sie betrachtete ihn einen Moment lang nachdenklich, dann verpasste sie mir einen leichten Stoß mit der Schulter und ließ einmal mehr ihr unbekümmertes Lachen ertönen. »Und was hast du zu verlieren? Gib ihm eine Chance und warte ab, was passiert. Ich würde mich freuen, wenn es mit euch klappt.«

Kapitel 28

»Jetzt weiß ich, weshalb du mich heute mitgenommen hast«, erklärte ich Viggo später, nachdem er sich von den beiden Damen hatte loseisen können und sich zu uns gesellt hatte.

»Ach ja?« Er hob amüsiert die Augenbrauen.

»Weil es hier niemanden gibt, der auch nur ein schlechtes Haar an dir lässt. Bezahlst du diese Leute?«

Er lachte. »Nein. Ich bin nett, Pen.«

Ich betrachtete ihn nachdenklich.

»Wenn auch nicht so nett, wie alle denken.« Er senkte die Stimme und neigte seinen Mund an mein Ohr. »Denn während ich mit den beiden Maguire-Schwestern Konversation machte, habe ich die ganze Zeit darüber nachgedacht, was ich stattdessen lieber tun würde.« Sein Zeigefinger fuhr über meinen Unterarm und ich spürte sofort, wie sich Erregung in mir aufbaute.

»Mit den Schwestern?«, frotzelte ich, obwohl ich wusste, dass es gefährlich war, dieses Spiel weiterzuführen.

»Ganz sicher nicht.« Er hob den Kopf, als ein altmodischer Gong ertönte. »Oh, das Dinner. Noch haben wir Zeit, uns zu verdrücken.«

»Auf gar keinen Fall.« Ich stand auf und strich mir meinen Rock glatt. Ich wusste, dass seine Augen jeder Bewegung folgten, und verwendete mehr Mühe darauf als üblich. »Ich bin am Verhungern.«

Auch das Essen war nicht so, wie ich das erwartet hatte. Es gab kein gesittetes Speisen, wie es älteren Herrschaften zugestanden hätte, sondern eine laute, gesellige Runde voller Späße, ungezwungener Kommentare und mit einigen zotigen Zwischenrufen. Eine Weile fanden wir uns in der allgemeinen Aufmerksamkeit wieder, und ich war erstaunt, wie gut Viggo damit umging. Er kam deutlich schlechter weg als ich, vielleicht, weil ich als Neuling in dieser Runde einen gewissen Welpenschutz genoss. Aber der allgemeine Grundtenor war dahingehend, dass er sich nach mir verzehrte und ich ihm doch bitte mein gnädiges Wohlwollen schenken sollte, was mir zugegebenermaßen durchaus zusagte. Genauso wie es mir gefiel, seinen Schenkel an meinem zu spüren, den Druck, den er aufbaute, die ständige Präsenz, die er hatte. Er war schlau genug, die Hände oberhalb der Tischplatte zu lassen und nichts zu riskieren. Schade nur, dass ich ausgerechnet auf diese Art der Anmache besonders stand und durchaus merkte, wie ich im Laufe des Abends zunehmend geneigter wurde, tatsächlich mein Wohlwollen über ihn zu ergießen. Sonst hätte ich ihm vermutlich nicht erlaubt, mich auf dem Rückweg vom Speisesaal in das Wohnzimmer an der Hand zu packen und unter die große Freitreppe zu ziehen. Wie ein chaotischer Raumteiler stand dort ein ausladender langer Garderobenständer, der weit mehr Mäntel beherbergte, als heute Gäste im Haus waren. Hinter diesem Mantelsammelsurium war es unter den alten Holzstufen schummrig, ruhig und blickgeschützt.

»Das wollte ich schon die ganze Zeit tun«, raunte er und klang dabei wie eine Mischung aus Stubentiger und Raubkatze.

»Mir die Garderobe zeigen?«, entgegnete ich unschuldig und visierte ihn leicht spöttisch an.

Sein Lachen klang verheißungsvoll. »Ganz genau. Sieh sie dir gut an, Pen. Dieses Holz der Wandvertäfelung ist mit echten Intarsien eingelegt.«

Zu meiner Verwunderung packte er mich an der Schulter und drehte mich um, anstatt sich mir sonst wie zu nähern. Aber er blieb dicht hinter mir stehen und ich spürte die Wärme seines Körpers. Sein rechter Arm langte an mir vorbei und zeigte auf die entsprechenden Stellen im dunklen Holz. Ich nickte.

»Und dieser Spiegel«, bei diesen Worten griff er nach meinen Hüften und drehte mich sacht ein wenig nach links, »hat einen Rahmen aus Blattgold.«

Unsere Blicke trafen sich in dem leicht fleckigen Glas. Nach wie vor stand er so dicht hinter mir, dass ich dachte, seinen Herzschlag spüren zu müssen. Er ließ seine Hände noch einen Moment auf meinen Hüften liegen und sagte nichts, schaute mir nur über dem Spiegel in die Augen.

»Es ist ein wunderschönes Stück, nicht wahr? Und es ist ein wunderschönes Bild, das er zeigt.« Sein Blick glitt genüsslich an meiner Figur auf und ab. Langsam löste er eine Hand und begann, mit seinen Fingern die Konturen meiner Wange nachzuziehen.

Ich spürte, wie schwer mir das Atmen plötzlich fiel. Sein Blick war so intensiv, dass ich meinen nicht abwenden konnte. Er starrte mit seinen verheerend blauen Augen in diesen Spiegel und tat nichts weiter, als mein Gesicht zu streicheln, und ich war völlig gefangen.

»So wunderschön«, flüsterte er wieder, und ich schloss die Augen, weil ich nicht länger seinem Blick standhalten konnte, ohne mich einfach umzudrehen und ihn zu küssen. Was, wie ich irgendwo in den Tiefen meines ehemaligen Gehirns wusste, genau das Falsche gewesen wäre.

Ich weiß nicht, wie lange wir vor diesem Spiegel standen. Ich weiß auch nicht, ob wir nicht immer noch dort stehen würden, wenn uns Olli nicht aufgeschreckt hätte, die man offensichtlich abgestellt hatte, um herauszufinden, ob noch einmal mit unserer Anwesenheit zu rechnen sei. Sie war nett genug, nichts zu sagen, als wir – in meinem Fall zumindest – mit hochroten Wangen aus unserem Versteck auftauchten und etwas von den erlesenen Intarsien murmelten.

»Ich kann euch entschuldigen«, bot sie fröhlich an. »Jeder hätte Verständnis dafür.«

Ich schüttelte energisch den Kopf. »Das ist nicht nötig. Schließlich bin ich wegen einer Party hier und nicht wegen irgendwelcher alten Einlegearbeiten.«

Ich sprach nach diesem Zwischenfall den Cocktails mehr zu, als ich das sonst getan hätte, aber mein Mund war staubtrocken und mein Gehirn schien völlig dehydriert zu sein. Himmel, was für ein Mann! Und was für ein Abend! Und was für eine bescheuerte Idee, mich so auszuliefern! Ich brauchte Ablenkung, und die fand ich in zwei, drei Drinks und Ollis heiterem Geplänkel. Auch Smilla gesellte sich später dazu, und nach einer Weile hatte ich wieder das Gefühl, die Lage im Griff zu haben. Oder besser gesagt, mich im Griff zu haben. In der Gesellschaft der beiden Frauen fühlte ich mich sicherer und es fiel mir leichter, cool zu tun und mich auf die kleinen Scharmützel mit Viggo einzulassen, die er so sehr genoss. Und zudem hielt er sich vornehm mit seinen Berührungen zurück, sobald wir nicht mehr alleine waren, was durchaus eine Hilfe war.

Erst als die Party sich langsam auflöste, wurde es noch einmal knackig für mich. Als Erstes verabschiedete sich Tante Hatty von ihren Gästen.

»Schlaft gut. Frühstück gibt es ab acht Uhr, aber wir haben Wärmeplatten und das Essen wird einfach stehen bleiben, bis alle auf sind.«

Ich lächelte ihr mit echter Zuneigung zu. »Vielen Dank. Auch noch einmal für die Einladung. Es war ein superschöner Abend.«

Sie kicherte. »Und er wird hoffentlich noch besser weitergehen. Ihr habt Zimmer nebeneinander«, sie zwinkerte mir vertraulich zu, »auch wenn ihr meinetwegen keine derartigen Umstände machen müsst.«

»Danke.« Ich spürte, dass mein Lächeln ein wenig steifer wurde.

»Gottchen, zu unserer Zeit hat man uns bei solchen Gelegenheiten auf unterschiedlichen Stockwerken untergebracht, und es war eine echte Herausforderung, das zu umgehen. Die kluge junge Dame«, an dieser Stelle pochte sie sich leicht an ihre Brust, »hat den jeweiligen Kavalier deshalb am Abend losgeschickt, um die Treppen auszukundschaften. Es gibt bei jeder dieser alten Holztreppen immer eine knarrende Stufe, das ist ein Gesetz. Und wenn man die nicht kannte, wurde man regelmäßig erwischt. Also habe ich meine Galane losgeschickt, eben jene aufzuspüren. Es war ganz nebenbei auch ein schöner Test. Wenn einer zu dumm dazu war oder es ein paar Stunden später bereits wieder vergessen hatte, dann hatte er sich selbst aussortiert.« Sie kicherte.

»Danke, Tante Hatty«, sagte Viggo und neigte sich vor, um die alte Dame auf die Wange zu küssen. »Aber Pen ist eine Frau mit Prinzipien. Ich fürchte also, du wirst morgen dennoch zwei Gästezimmer putzen lassen müssen.«

»Ich hatte meine Prinzipien nur, um sie über Bord zu schmeißen«, gab sie zurück und lachte rau. »Aber du wirst schon wissen, was du tust.« Sie tätschelte meinen Arm. »Wie und wo auch immer, schlaft gut.«

»Na dann«, sagte ich eine Stunde später. Meine Hand lag auf dem Türgriff und ich war bereit, schnell in die Sicherheit meines Gästezimmers zu entschwinden.

»Na dann«, wiederholte Viggo und setzte sein verheerendes Lächeln auf, gefährlich und viel zu anziehend.

»Gute Nacht«, wünschte ich und fragte mich insgeheim, ob ich nun auf Dauer in seiner Nähe so langweilig und steif sein würde. Das passte irgendwie nicht zu mir und war auch nichts, was ich sein wollte. Er schaffte es, dass ich mich wieder wie ein kleines dummes Schulmädchen fühlte. Und dabei hatte ich seit diesen Tagen weiß Gott genug Erfahrungen mit Männern gesammelt, um eigentlich so ziemlich jede Situation meistern zu können.

Viggo ließ ein bezauberndes Lächeln aufblitzen und trat einen Schritt näher. »Gute Nacht, wunderschöne Pen.«

»Äh, ja. Schlaf gut«, gab ich zurück und schluckte. Das wurde ja immer schlimmer mit mir. Wo waren die coolen Sprüche, wenn man sie wirklich brauchte?

»Ich fürchte, das ist ein frommer Wunsch. Wie soll ich schlafen, wenn ich weiß, dass mich nur eine einzige Wand von dir trennt?«

»Hast du nicht irgendwelche Pillen? So als Arzt?« Ich begann langsam, mich vor mir selbst zu schämen.

»Ich fürchte, leider nicht.« Seine Hand strich ein weiteres Mal sacht über meinen nackten Unterarm und in meinem Gehirn brach ein gewaltiger Tumult los.

Vergiss deine blöden Vorsätze, schrien die ganzen Cocktails und bekamen sofort von einer schlagartig einsetzenden Gänsehaut Unterstützung. *Was hat es dir bei Alec gebracht? Gar nichts. Also los, dieser Kerl ist so was von heiß und du bist es doch auch.*

Ich schloss die Augen und gab ihm damit das Einverständnis, seine Hand erneut mein Gesicht erobern zu lassen. Ich registrierte, dass er ein wenig näher kam, und mein Herz verfiel in einen ungesunden Galopp.

Aber das ist noch lange kein Grund, es jetzt gleich ganz abzubrechen. Vorsätze sind dazu da, durchgezogen zu werden. Das ist der Grund, weshalb du nie dünn sein wirst, weil du immer eine Ausrede suchst, sie zu vergessen. Und dieser Kerl braucht Schranken, wenn du ihm irgendwann gewachsen sein willst, schaltete sich jetzt der kleine Rest meines Gehirns ein, der nicht vom Alkohol und seiner Nähe vernebelt war. *Also mach, dass du verschwindest, ehe es zu spät ist.*

Ich fühlte heißen Atem auf meinem Gesicht und wünschte mir dringend einen Zeitstopp. Wie konnte das Leben von mir verlangen, diese Entscheidung so schnell zu fällen? Dann waren da Lippen auf meinen. Einen Moment lang dachte ich, dass ich das mit dem Zeitstopp hinbekommen hatte, denn alles um mich, um uns, schien stehen zu bleiben. Bis ich merkte, wie Viggos Hände meinen Hintern packten und seine Lippen sich gleichzeitig fordernd öffneten, seine Zunge versuchte, ins Geschehen einzugreifen. Mit einem triumphierenden Aufheulen übernahm der nüchterne Teil meines Gehirns die Vorherrschaft, und ich drehte meinen Kopf weg.

»Ich habe meine Prinzipien nicht nur, um sie über Bord zu werfen, und du wirst dich damit abfinden müssen.« Ich schaffte es, ihm in seine Augen zu blicken und überzeugend zu klingen. Na bitte! Hastig wandte ich mich um und verschwand in meinem Zimmer, wo ich mich erst einmal gegen die geschlossene Tür lehnen musste und geschlagene fünf Minuten brauchte, um wieder richtig atmen zu können.

Kapitel 29

Vermutlich hatte Viggo – allen scheinheiligen Sprüchen zum Trotz – in dieser Nacht weniger Schwierigkeiten einzuschlafen als ich. In meinem Kopf herrschte nach wie vor reges Treiben, und ich war selbst davon überrascht, was alles über mich hereinbrach.

Normalerweise war diese Phase des Kennenlernens in der kompletten Balzzeit eine meiner liebsten. Man fand einander reizvoll, war verliebt und hatte bereits die zermürbenden Tage hinter sich, in denen man sich Nägel kauend fragte, ob es dem anderen auch so ging, ob er ebenfalls Interesse hatte. Man ahnte, dass demnächst die Zielgerade winkte, und genoss jede Sekunde, jedes Wort und jede Berührung. Und eigentlich war ich dankbar, dass ich mir selbst den Zwang auferlegt hatte, diese Phase etwas auszudehnen, denn nie wieder prickelte es so aufregend wie in dieser. Nie war das Verlangen größer, die Freude schöner, der Genuss tiefer als gerade zu diesem Zeitpunkt. Wie ein Kind, welches das heiß ersehnte Geschenk in der Hand hält und nun den Moment hinauszögert, es endlich auszupacken. Das war leicht, weil man es ja bereits hatte und es nicht mehr verloren gehen könnte.

Obwohl, überlegte ich und zupfte nachdenklich an meiner Unterlippe, so ganz sicher durfte man natürlich auch nicht sein.

Es war durchaus möglich, dass man es zu weit trieb, zu lange hinauszögerte, und der andere plötzlich aufgab. Wollte ich das? Ganz sicher nicht.

Doch wenn Viggo es nicht einmal schaffte, drei Dates abzuwarten, dann war vermutlich auch nicht viel los mit seinen großartigen Beteuerungen. Sofern ihm nur daran lag, mich schnellstmöglich in sein Bett zu bekommen, dann würde der Verlust nicht allzu groß sein. Obwohl selbst eine Nacht mit ihm vermutlich ein Erlebnis wäre, welches man so schnell nicht wieder vergaß. Er wirkte dermaßen selbstsicher, absolut überzeugend, dass ich mir nicht vorstellen konnte, dass es irgendeinen Bereich gab, in dem er nicht alle Erwartungen erfüllte.

Unruhig drehte ich mich von einer Seite zur anderen und versuchte, endlich einzuschlafen. Nur um mich in einem wirren Traum wiederzufinden, in dem ich nicht so prinzipientreu war, und der dafür sorgte, dass ich am nächsten Morgen weit weniger relaxt als erhofft zum Frühstück gehen musste.

Zum Glück waren auch Viggos Eltern, seine Schwester sowie Olli samt Tante Hatty versammelt, um bei einem gemütlichen Plausch in den Tag zu starten. Wir verbrachten ein paar beruhigende Minuten damit, unserer Gastgeberin zu lauschen, die zufrieden den vergangenen Abend Revue passieren ließ. Ich musste nichts weiter tun, als freundlich zu nicken, mich mit dem vorzüglichen Kaffee zu stärken und mir das meiste des reichhaltigen Frühstückbüfetts zu verwehren.

Nach einer Weile erhob sich die ältere Generation, um zu einem Verdauungsspaziergang aufzubrechen, und wir nutzten die Gelegenheit, um uns zu verabschieden und ein letztes Mal für die Einladung zu bedanken.

»Ihr seid hier jederzeit willkommen«, versicherte Tante Hatty strahlend und küsste mich ungeniert auf die Wange.

»Auch wenn ich weiß, dass ihr Besseres zu tun habt, als eine alte Tante zu besuchen.«

»Vielen Dank«, sagte ich artig, und sie lachte.

»Bring sie wieder mit«, befahl sie Viggo. »Spätestens zu Weihnachten. Ich gebe jedes Jahr eine Party, immer am Wochenende vor dem Fest. Halte dir also den Termin frei.« Die letzten Worte hatte sie an meine Adresse gerichtet.

»Oh. Danke, ich werde es im Hinterkopf bewahren.« Ich sah ihr Lächeln und senkte kurz die Augen. Das war mir dann doch etwas zu schnell mit dem Familienanschluss. Aber mir entging Viggos Blick nicht, der mein Unbehagen offensichtlich bemerkt hatte, im Gegensatz zu unserer Gastgeberin. Er zwinkerte mir kurz zu, als wolle er versichern, dass es schon alles so kommen würde und dass er sich gar nichts anderes vorstellen könnte. Als er sich von ihr verabschiedete, beugte er sich wie ein Kavalier der alten Schule über Tante Hattys Hand und küsste sie galant. Sein Blick ruhte dabei fest auf meinem Gesicht, und meine unzuverlässigen Knie wurden wieder einmal für einen Moment schwach.

»Und, was habt ihr noch vor?« Olli hatte bereits Smilla nachgewinkt und drehte sich zu uns um, als wir mit unseren Taschen die Stufen des Hauses hinabgingen.

Ich zuckte die Achseln. Um ehrlich zu sein, wusste ich das selbst nicht, was mich nicht gerade beruhigte.

»Wir fahren zurück nach London«, gab ich mich bemüht gelassen und wartete, bis Viggo die Klappe des Kofferraums geöffnet hatte und ich meine Tasche hineinstellen konnte.

»Klar.« Sie grinste. Dann schlossen sich ihre Arme um mich. »Es war toll, dich kennenzulernen. Macht es gut, ihr beiden.«

Sie ließ mich los und widmete sich Viggo. »Und vor allem: Macht es.« Sie kicherte zufrieden und trat einen Schritt zurück. »Echt, vor ein paar Jahren hätte hier keine deiner Freundinnen ein eigenes Zimmer gehabt und es auch benutzt. Du musst aufpassen, dein Charme scheint langsam zu verblassen.«

»Sie sind nett«, bemerkte ich, als wir endlich unterwegs waren. »Nett und ziemlich direkt.«

»Was dir doch eigentlich liegen sollte.«

»Ich habe ja auch gar nichts Gegenteiliges gesagt.«

»Nein.« Seine Stimme bekam einen sanften Klang. »Es freut mich, dass du meine Familie magst. Und sie mögen dich.« Er warf mir einen schnellen Blick zu. »Wie nicht anders zu erwarten gewesen war.«

Ich verkniff mir eine Antwort.

»Was meinst du? Wenn wir schon mal außerhalb Londons sind, wollen wir noch irgendwo anhalten?«

»Und dann?«, fragte ich vorsichtig.

»Keine Ahnung. Wir könnten einen Spaziergang machen. Etwas essen. Uns ein Zimmer nehmen.« Er grinste verwegen.

»Hm«, machte ich und tat so, als müsste ich einen Moment darüber grübeln. »Nein.«

»Nein zu allen drei Vorschlägen?«

Dieses Mal musste ich wirklich nachdenken. War gegen einen Spaziergang etwas einzuwenden? Wollte ich nach Hause? Oder nicht noch ein wenig Zeit mit ihm verbringen, ihn besser kennenlernen?

»Na los, Pen. Sag Ja. Wir nutzen die Zeit und hängen direkt das zweite Date dran. Und hätten damit eine gute Chance, spätestens bis zum Wochenende das dritte hinter uns zu haben.«

»Hinter uns zu haben?« Empört schnellte mein Kopf herum. *Wie gut, dass du nicht weißt, wie nahe ich gerade dran war, deinem Vorschlag zuzustimmen.* »Erstens wäre es immer noch unser erstes Date und somit vermutlich nutzlos. Und zweitens steht nirgendwo geschrieben, dass man einfach nur eine bestimmte

Anzahl *hinter sich bringen* muss«, ich konnte nicht anders, als das zu betonen, »ehe man endlich zum Zug kommt.«

»Hey, das hast du total in den falschen Hals gekriegt. So war das nicht gemeint.« Wieder wurde seine Stimme sanft und seine Hand legte sich auf mein Knie. »Aber kannst du das nicht verstehen? Dass ich ganz mit dir zusammen sein will? Dass ich völlig verrückt nach dir bin?«

»Du kennst mich doch kaum.«

»Das, was ich kenne, gefällt mir sehr. Und alles andere kommt mit der Zeit. Tu nicht so, als würdest du es nicht auch spüren. Zwischen uns herrscht eine Anziehungskraft, der man sich nicht entziehen kann. Und der man sich auch gar nicht entziehen sollte. Wir sind beide frei und ungebunden, und wir können tun und lassen, was wir wollen.«

»Das stimmt. Und ich glaube«, ich stoppte seine Hand und schob sie zurück auf ihren Platz am Schaltknüppel, »dass ich jetzt gerne zurückfahren und mir einfach die Zeit nehmen würde, die ich brauche.«

Kapitel 30

»Er ist Arzt?« Maisie nickte zufrieden. »Welches Fachgebiet?«

Ich hatte gewusst, dass das ihre erste Frage sein würde. Als ich hier ankam, saß sie in ihrem kurzen Bademantel und mit einem Handtuch um den Kopf auf dem Sofa, eine Schale Müsli im Schoß. Und natürlich äußerst begierig, jedes noch so kleine Detail meines Dates zu hören.

»Schönheitschirurgie«, antwortete ich und verzog den Mund.

»Ernsthaft?« Einen Moment schien sie es mir nachmachen zu wollen, dann hellte sich ihr Gesicht auf. »Cool. Schnapp ihn dir. Und dann lässt du alles machen, was gemacht werden muss. Du sparst ein Vermögen.«

»Hey. Bei mir muss nichts gemacht werden.«

Sie lachte. »Natürlich nicht. Schnapp ihn dir trotzdem und betrachte es als Investition in die Zukunft. Was wirst du alles sparen!« Sie duckte sich weg, ehe ich meinen Ellenbogen ausfahren konnte.

»Das ist nicht witzig.«

»Komm, du bist doch sonst nicht so!« Sie blickte mich aufmerksam an. »Was ist das Problem? Das ist ein guter Job, ganz ohne Frage. Auf alle Fälle einer, bei dem man sich eine goldene Nase verdienen kann.«

»Das stimmt. Aber ich weiß auch nicht. Schönheitschirurgie!«

»Und? Es ist ein Job«, beharrte sie.

»Was, wenn er mich ansieht und erst einmal in Gedanken lauter Kreise und Pfeile und was auch immer sonst noch auf meinen Körper kritzelt?«, platzte es aus mir heraus.

»Quatsch. Er steht auf dich und will nicht an dir herumschnippeln. Bestimmt hat er genug zu tun. Oder denkst du, dass er es nötig hat, Frauen anzumachen, um sie operieren zu dürfen?«

»Nein.«

»Na also. Er findet dich gut. Echt jetzt, wenn er Friseur wäre, würdest du ihm dann auch unterstellen, dass er dich datet, um dir einen neuen Haarschnitt zu verpassen?«

Ich verzichtete auf eine Antwort. Ganz unter uns, ich hatte tatsächlich einmal einen Friseur gedatet, der es fertiggebracht hatte, an einem romantischen Abend, den wir mit einem Film auf dem Sofa verbracht hatten, ich in seinem Arm und tausend Kerzen um uns herum, an meinem Haar herumzuspielen, eine Strähne zu betrachten und mir dann zu verkünden, dass ich Spliss hätte. Also ja, theoretisch hielt ich fast alles für möglich. Aber sie hatte recht, dass Viggo mich auf seinen OP-Tisch verfrachten wollte, war vermutlich wirklich nur seine zweite Wahl.

»Er ist den ganzen Tag von Perfektion umgeben. Er erschafft Körper, wie sie die Natur nicht hinbekommt. Findest du das nicht oberflächlich?«

Maisie stellte die Müslischale weg und legte ihre Arme um die angezogenen Beine. »Ich weiß nicht. Es laufen eine Menge Leute da draußen herum, die richtig Pech hatten. Oder einen schlimmen Unfall. Oder auch eine Krankheit. Und wenn es Menschen gibt, die ihnen helfen, sich wieder besser zu fühlen, ist das doch gut.«

»Klar. Nur dass er sich auf die anderen spezialisiert hat. Nicht auf die rekonstruktive Chirurgie.«

»Und selbst wenn!« Maisies Stimme wurde energisch. »Es existieren genügend Quacksalber. Glaub mir, wir hatten schon einige verpfuschte Opfer auf Station. Ich für meinen Teil begrüße jeden, der es draufhat. Wir beide werden es nicht ändern, dass diese OPs stattfinden. Aber es ist auf gar keinen Fall ein Grund, nichts mit ihm anzufangen. Stimmt doch, oder?«

Ich griff mir eine Strähne meines Haares und zwirbelte diese um meine Finger. *Kein Wunder, dass du Spliss hast*, hatte der Friseur damals diese leidige Angewohnheit entsetzt kommentiert, aber das war mir gerade egal.

»Was war sonst?« Maisie klang nun mehr fürsorglich als neugierig.

Ich schüttelte den Kopf. »Nichts. Also nicht nichts, aber nichts, was gegen ihn spricht. Seine Familie ist nett und offensichtlich normal.«

»Und?«

»Und Viggo selbst …« Ich pustete die Luft aus. »Viggo selbst war auch nett.«

»Nett!« Jetzt klang Maisie entsetzt. »Du datest einen Typen und bezeichnest ihn als nett?«

Ich musste über ihre Empörung grinsen. »Ziemlich nett.«

»Stehst du auf ihn?«, wollte sie wissen.

Ich nickte langsam. »Ich fürchte, ja. Im Ernst, wenn er vor mir steht und mich anschaut … Du solltest ihn kennenlernen, Maisie. Dieser Kerl sieht aus wie ein Gott und hat Augen wie der Teufel.«

»Mach weiter«, bat sie und tat so, als müsse sie sich Luft zufächeln.

»Seine Stimme ist unglaublich. Er kann mich damit komplett außer Gefecht setzen. Und er sagt, was er denkt. Er scheut sich nicht, mir in die Augen zu blicken und auszusprechen, was er will. Das«, ich holte tief Luft, »das macht mich echt an.«

»Dann weiß ich nicht, wo dein Problem liegt. Schnapp ihn dir, ehe es eine andere tut.«

Maisie hatte recht, dachte ich entschlossen. Ich sollte zugreifen, ehe es eine andere tat. Ich ließ mich also auf eine kleine, frivole Nachrichten-Flirterei ein, die uns die Tage bis zum Wochenende verkürzte, wo wir uns wiedersehen wollten. Ich ließ dabei auch zu, dass Viggos Nachrichten stets ein wenig anzüglicher wurden, und genoss es, sie zu lesen. Ich stellte mir vor, wie seine Augen blitzten, wenn er sie tippte, und fühlte mich begehrt und schön.

Am Samstag war es endlich so weit, dass wir ein weiteres Date hatten. Unser zweites, wie ich mir selbst unentwegt vorbetete. Viggo hatte einen Tisch in einem Lokal reserviert, das ich nicht kannte. Es war ein recht kleiner Laden, und das Essen war ausgezeichnet. Und äußerst sparsam bemessen.

»Aber das, was auf den Teller kommt, ist von höchster Qualität, schonend zubereitet und gesund.«

Ich betrachtete das bissfeste Gemüse. »Hm«, stimmte ich ihm zu. »Du achtest sehr auf deine Ernährung, was?« Es war mir letztes Wochenende schon aufgefallen, dass Viggo wenig aß.

»Natürlich. Ich achte generell auf meinen Körper.«

Ich lachte. »Toll!«, rief ich und verabschiedete mich in Gedanken von einem Schokoladendessert.

»Sport ist zum Beispiel etwas, was jeder in seinen Tag integrieren sollte. Man muss es nur einbauen. Feste Zeiten, feste Routinen, dann wird es so selbstverständlich wie das Atmen.«

»Ganz genau«, stimmte ich zu und dachte an mein viel zu selten benutztes Abo im Fitnessstudio. Und dann an Phil. »Ich habe es ebenfalls fest in meinen Tagesablauf eingebaut.«

»Ach ja? Und was?«

»Ganzkörpertraining«, behauptete ich lässig und musste ein Grinsen unterdrücken. »Ganz unterschiedlich. Mal mit Stangen, mal mit Bändern.« Je nachdem, wo ich in der Tube stand und ob ich mich mit einer Halteschlaufe herumschlagen musste oder eine der wenigen Haltestangen erwischt hatte. »Aber immer so, dass alle Muskeln gefordert werden.«

Nach dem Essen schlug Viggo vor, in einen Club zu gehen, womit er mich sofort hatte. Praktischerweise war sein favorisiertes Ziel direkt ein paar Straßen weiter, und wir konnten entspannt durch die milde Mainacht schlendern. Er legte seine Hand auf meinen Rücken und zog mich etwas enger an sich. Beim Essen war er für seine Verhältnisse sehr zurückhaltend gewesen, was mich für einen kurzen Moment aufgeschreckt hatte. Er hatte sich darauf konzentriert, mir das Prinzip der sirtuinhaltigen Ernährung nahezubringen, für das er sich außerordentlich erwärmte. Ich wusste theoretisch Bescheid über das alles, denn schließlich hatte Adele diese Ernährungsform bekannt gemacht und ich hatte, nachdem ich die neuesten Bilder von ihr gesehen hatte, schwer beeindruckt einen Moment überlegt, es ihr nachzutun. Zumal der dazugehörige Artikel eine so reißerische Überschrift gehabt hatte. »Abnehmen mit Schokolade und Wein« stand da, und ich war sofort begeistert gewesen. Aber ich hatte schon vor Viggos Ausführungen herausgefunden, dass es Zartbitterschokolade sein musste und man, um Adeles Erfolg kopieren zu können, auch bei diesen Lebensmitteln die Kalorien zählen musste und sich schleunigst einen Personal Trainer suchen sollte, der einen jeden Tag durch ein strammes Sportprogramm peitschte. Dennoch war ich froh gewesen, dass ich mich damals eingelesen hatte und nun nicht ganz unbedarft dasaß, sondern ein paar kluge Kommentare abliefern konnte.

»Wieso erzählst du mir das alles? Denkst du, ich sollte es einmal ausprobieren?«, hatte ich dennoch irgendwann fragen müssen.

»Das solltest du.«

»Herzlichen Dank.« An diesem Punkt sollte man als Frau einfach aufstehen und gehen.

»Nicht wegen deines Gewichts. Ich mag es, wenn eine Frau Kurven hat.« Er hatte mich wieder mit diesen blitzenden Augen gebannt. »Es ist sogar gut, wenn man gewisse Reserven hat. Allerdings sollte niemand eine ganze Lagerhalle anlegen.« Er hatte kurz gelacht. »Nein, was ich meine, ist, um wie viel besser du dich fühlst, wenn du deinen Körper richtig ernährst. Die Haut wird strahlender, du wirst fitter, beweglicher. Und auch sonst kann ich nur von überaus anregenden und positiven Begleiterscheinungen berichten, seit ich das mache. Sogar der Sex ist besser.«

»Okay …« Ich hatte schlucken müssen. »Wenn nur du das Zeug isst oder beide?«

Er hatte mir zugezwinkert. »Nun, das lässt sich herausfinden. Falls du eine persönliche Studie durchführen willst, stehe ich jederzeit zur Verfügung.«

So wie es aussah, machte Viggo in keinem Lebensbereich halbe Sachen. Nach seinen Ausführungen bezüglich eines gesunden Lebensstils hatte ich kurzzeitig Angst gehabt, dass ein Ausflug in einen Club mit ihm eine recht langweilige Angelegenheit werden könnte, aber natürlich war es das nicht. So langsam keimte in mir der Verdacht auf, dass dieser Mann wirklich alles im Griff hatte und solche profanen Dinge wie Selbstzweifel oder die Grenzen des Machbaren und vor allem die Grenzen dessen, was man selbst beherrschte, schlicht nicht kannte. Natürlich gelang es ihm mühelos, ein kleines Zweiertischchen auf der Galerie zu ergattern, von wo aus man einen großartigen Ausblick auf die Tanzfläche hatte. Er organisierte in Rekordzeit zwei Gläser Rotwein – ich sagte nicht, dass mir ein Cocktail lieber gewesen wäre, denn der war ja nicht sirtuin. Dann saßen wir hinter unserem Tisch auf der winzigen roten Samtbank und er legte ungezwungen einen Arm auf die Lehne. Seine Finger streiften immer wieder wie zufällig meinen Nacken.

Ich war mir ziemlich sicher, dass er nur zu genau wusste, wie verrückt mich das machte. Ich musste gegensteuern, um nicht innerhalb kürzester Zeit dämlich sabbernd hier zu sitzen oder mich einfach auf ihn zu stürzen. Viggo schien meine Regeln zu akzeptieren, sie aber mit seinen Mitteln unterwandern zu wollen. Es fühlte sich ein wenig an wie ein Spiel, ein Kampf um den Sieg. Und wenn er mir schon in Sachen Sport und gesunder Ernährung willenstechnisch überlegen war, dann würde ich zumindest diesen Part gewinnen.

Kapitel 31

»Was treibst du sonst noch, außer Menschen zu operieren, dich gesund zu ernähren und zu sporteln?« Ich hatte mich aufrechter hingesetzt, ihm zugewandt und die Chance genutzt, dabei gleichzeitig ein wenig von ihm abzurücken. Nun konnte ich ihn besser ansehen und nebenbei vielleicht auch einen Rest Würde bewahren.

»Reicht das nicht?«

Ich zuckte die Achseln. »Das klingt alles so erwachsen und seriös.«

»Tust du denn Dinge, die nicht seriös und erwachsen sind?«, fragte er, was mich wieder die Schultern zucken ließ.

»Manchmal.«

»Erzähl«, forderte er mich auf und beugte sich näher zu mir. Seine Augen blitzten herausfordernd.

»Nein. Ich habe dich gefragt. Also, hast du irgendwelche Hobbys? Was machst du in deiner Freizeit?«

»Wenn ich mich nicht im Fitnessstudio quäle oder gesund esse?«

»Genau dann.«

»Dann entspanne ich mich.«

Ich schnaubte. »Sag jetzt nicht, mit Yoga.«

»Nein.« Er heftete seine blauen Augen direkt auf meine und verzog das Gesicht zu einem gefährlichen Lächeln. »Am liebsten beim Sex. Wenn es sein muss, alleine, aber am allerliebsten mit einer wunderschönen, heißen Frau.«

Ich hatte auch gelegentlich Sex. Und ich empfand es ebenfalls als eine einigermaßen nette Freizeitbeschäftigung und ja, es war entspannend. Und ich hatte mich selbst immer als recht offen eingeschätzt und nicht gerade prüde, aber herrje! Es war definitiv etwas anderes, mit meinen Freundinnen darüber zu reden, als mit einem Kerl, der genau das im Schilde führte, und den ich selbst, nun ja, recht ansprechend fand für diese Art des Zeitvertreibs. Einmal mehr fühlte ich mich wie ein Schulmädchen. Wie machte der das? Er war nicht der erste Mann, der mir solch ein Angebot unterbreitete, und einige waren durchaus noch etwas direkter gewesen. Ich hielt tapfer seinem Blick stand.

»Du bist doch nicht etwa schockiert?«, erkundigte er sich und war offensichtlich amüsiert.

»Weshalb sollte ich?«

»Wenn du die Menschen fragst, was sie entspannt, dann kommen immer dieselben Antworten: ein gutes Buch, ein heißes Bad, ein langer Spaziergang.«

»All diese Dinge sind entspannend. Ich würde jedes einzelne davon ebenfalls unterschreiben.«

»Nur diese drei?« Wie zufällig verstärkte sich der Druck seines Oberschenkels an meinem.

»Manchmal auch das vierte«, gab ich zu.

Er grinste und sah einmal mehr einfach nur gefährlich aus. »Wieso glaube ich dir ›manchmal‹ nicht? Wieso darf man das nicht sagen? Dass man es liebt, mit jemandem zu schlafen? Oder es sich selbst zu machen, während man daran denkt, mit jemandem zu schlafen?«

Weil der andere das nicht hören will? Dass es sich ein Kerl selbst besorgt und dabei an einen denkt? Und weil es, um ehrlich zu sein, total heiß ist, wenn besagter Kerl dir in die Augen schaut, während er das gesteht?

»Gib zu, dass du es ebenfalls machst.« Viggos Stimme klang gefährlich und sexy. »An wen denkst du dabei?«

»Da würde mir der eine oder andere Name einfallen«, erwiderte ich hoheitsvoll und reckte mein Kinn herausfordernd in die Luft. »Und kein einziger geht dich etwas an, Viggo Jonasson.«

Ich sollte dringend die Kalorienbilanz auf Viggos Positiv-Seite verzeichnen. Die ganze Energie, die es mich kostete, ihm standzuhalten, seinen Blicken, seinen Sprüchen, seinen Herausforderungen. Allein das musste mich, wenn das Leben auch nur ansatzweise fair war, Unmengen an Kalorien kosten. Und wenn ich diesen Umstand noch eine Weile aufrechterhielt und mich noch eine Zeit lang auf diese Scharmützel einließ, dann könnte ich nebenbei auch endlich mein Traumgewicht erreichen. Ernsthaft, ich fühlte mich manchmal wie nach einem Marathon, wenn ich ein Zusammentreffen mit ihm gehabt hatte. Völlig ausgepowert und gleichzeitig so euphorisch, so voller Glücksgefühle und großartig, wie man das nach einer kräftezehrenden Sporteinheit war. Habe ich mir zumindest sagen lassen.

Sogar mit ihm zu tanzen war anstrengender als mit anderen, weil ich auch da all meine Kraft aufbringen musste und das Gefühl hatte, dass mein ganzer Körper ständig unter Strom stand. Und ja, natürlich dachte ich an Sex. Er weckte nicht gerade kleine Hoffnungen, dass das mit ihm etwas richtig Tolles sein könnte, und leider befeuerte er damit meine Aufmerksamkeit und Begehrlichkeiten.

Anfangs fühlte ich mich auf der Tanzfläche sicher, weil das mein Revier war. Tanzen gehörte definitiv auf meine Liste der entspannenden Dinge, und es war etwas, wobei ich mir nie Gedanken machte, ob ich es draufhatte oder nicht. Wenn ich anfing, dann gab ich mich der Musik hin und scherte mich nicht darum, ob meine Performance perfekt war oder nicht. Ich tat es oft genug, um zu wissen, dass ich nicht ganz so schlecht abschnitt. Und mit ihm zu tanzen, machte mir noch mehr Spaß, weil er jeder meiner Bewegungen mit seinen Augen folgte und ich endlich wieder einmal das Gefühl hatte, ihn zu beherrschen und zumindest gleichziehen zu können.

Leider endete dieses Gefühl genau in dem Moment, als er mich in seine Arme nahm und begann, sich mit mir im Takt zu wiegen. Natürlich konnte er sich gut bewegen, und selbstverständlich gefiel es mir, in seinen Armen zu sein. Ich weiß nicht, ob ich zuvor jemals einen Mann gekannt hatte, bei dem ich solch eine unglaubliche körperliche Anziehung verspürt hatte. Alles schien sich ständig einzig darauf zu konzentrieren, dass wir uns berühren wollten, den anderen fühlen. Ich war nahe genug dran, einfach nachzugeben und das zu tun, was ich verdammt noch mal machen wollte. Besonders, nachdem ich mich für eine Weile auf die Toilette geflüchtet hatte, um dem zu widerstehen, und dann bei meiner Rückkehr bemerkte, wie sich in der kurzen Zeit eine andere an ihn herangemacht hatte.

Sie stand neben ihm und ich erkannte bereits aus der Ferne, wie sie ihn anhimmelte. Viggo lachte über etwas und mein Herz durchzuckte ein eifersüchtiger Stich. Da hob er den Blick und sah mich am Durchgang zu den Toiletten stehen. Einen Moment schauten wir uns an, gleich darauf wandte er sich wieder der blonden jungen Frau zu. Er sagte etwas, lächelte und ließ sie stehen, um mir entgegenzugehen. Mein Herz hüpfte und zog sich zusammen, was eine seltsame Mischung ergab, wenn es zeitgleich passierte.

»Ich brauche etwas zu trinken«, sagte ich, weil ich ganz sicher nicht noch mehr Zeit auf der Tanzfläche und in seinen Armen haben musste. Zumindest nicht heute. Wäre er ein anderer gewesen, ich fürchte, ich hätte meine Vorsätze längst über den Haufen geworfen und einfach kapituliert. Aber nicht bei ihm. Seine ständigen Herausforderungen würden dazu führen, dass es sich nach Verlieren anfühlte, und ich war mir absolut sicher, dass ich das nicht wollte. Als ich in diesem Durchgang stand und mein Herz plötzlich dieses seltsame Zucken bekam, da wusste ich nämlich schlagartig zwei Dinge: Ich wollte ihn, und zwar so sehr, wie ich noch nie einen Mann gewollt hatte. Aber gleichzeitig wollte ich ihn nicht, also nicht sofort. Ich wollte ihn zu meinen Bedingungen, und das würde ich bekommen.

Als wir den Club verließen und uns ein Taxi nahmen, waren wir für einen Samstagabend recht nüchtern, zumindest, was unseren Alkoholpegel betraf. Dennoch fühlte ich mich berauscht und angeheitert, auf eine großartige Weise. Mit diesem Mann schien alles intensiver zu sein, selbst ein relativ harmloses Geplänkel.

Als das Taxi vor unserer Haustür anhielt, stieg Viggo mit aus und bezahlte den Fahrer.

»Willst du den Rest des Weges zu Fuß gehen?«, spielte ich die Verwunderte und wusste, dass meine Stimme viel zu verlockend klang.

Prompt kam er näher, und ich spürte seinen Atem auf meinem Gesicht. »Muss ich das denn?«

Ich schüttelte langsam den Kopf. Viggos Lächeln wurde noch eine Spur selbstsicherer, und seine Arme umschlossen mich wieder einmal.

»Nein«, flüsterte ich und drehte leicht meinen Kopf. Seine Lippen streiften dadurch nur meine Wange, und er stöhnte leise auf. »Zwei Ecken weiter ist ein Taxistand.«

»Was habe ich getan, dass du mich so leiden lässt? Was bist du? Eine Heimsuchung? Eine Strafe Gottes?«, keuchte er und klang dabei zu meiner Freude tatsächlich recht atemlos.

»Ich bin die größte Herausforderung, die jemals auf dich gewartet hat«, behauptete ich großspurig.

Da küsste er mich wieder, und dieses Mal wich ich seinen Lippen nicht aus. Ich war berauscht genug, um darauf zu hoffen, dass mich mein Verstand nicht im Stich lassen würde. Aber dennoch wollte ich endlich ein ganz klein wenig belohnt werden für meine Standhaftigkeit. Und das wurde ich. Dieser Kuss wuchs sich zu einer kleinen Orgie aus und war einfach sensationell. Er schien kein Ende nehmen zu wollen, was uns beiden ziemlich recht war, auch wenn wir unterschiedlich damit umgingen. Während ich es genießen wollte, weil es alles war, was ich heute von ihm bekommen würde, versuchte er, es als Mittel einzusetzen, einen Schritt weiterzugehen. Als die Gefahr zu groß wurde, dass er das schaffen würde, blieb mir also nichts anderes übrig, als mich ihm zu entziehen.

»Schick mich nicht weg«, bat er rau.

»Danke für den Abend«, flüsterte ich und brauchte dafür all meine Willenskraft.

»Das würde ich nicht für jede tun. Mich so lange hinhalten zu lassen«, bekannte Viggo und dachte wohl, dass er mir damit ein Kompliment gemacht hatte. Doch ich empfand es, als hätte mir jemand eine Ladung Wasser ins Gesicht gekippt. Nicht für jede? Hallo? *Für keine, nur für dich*, musste das doch wohl heißen. Und *hinhalten*? Ließ sich das mit dieser Sehnsucht, diesem Brennen gleichsetzen, das ich verspürte? Nun, auf alle Fälle verlieh es mir im genau richtigen Moment die Kraft, endlich zu verschwinden.

»Wann sehe ich dich wieder?«, rief er, als ich bereits die Haustür von innen zudrücken wollte.

Vor seiner großartigen Verkündung hätte ich vielleicht »morgen« gesagt. Ja, morgen wäre der richtige Tag für Date drei, hätte ich vermutlich gedacht. Nun jedoch überlegte ich nur kurz.

»Ich denke, ich kann mir nächsten Samstag Zeit nehmen. Du darfst mich anrufen.«

Kapitel 32

Es war noch verhältnismäßig leicht, vor Viggo cool zu tun, aber ich merkte mit jedem Tag mehr, dass ich es leider absolut nicht war. Ich bekam diesen Kerl einfach nicht aus dem Kopf und verfluchte mich selbst, dass ich so verdammt blöd gewesen war. Ich hätte ihn abwehren sollen oder aber endlich Nägel mit Köpfen machen, dachte ich frustriert. Kein Mensch konnte das auf Dauer aushalten, ständig dieses Sehnen und Verlangen zu spüren, es immer weiter anzuheizen und dann nicht nachzugeben. Das war, als würde man eine strenge Diät halten und sich jeden Tag in ein bezauberndes kleines Café setzen und von morgens bis abends die ganzen Törtchen anstarren. Toll, und schon hatte ich nicht nur Viggos Hände und Lippen im Kopf, sondern gierte auch noch nach Sahnetörtchen! Ich brauchte Ablenkung – und zwar dringend.

Leider war ausgerechnet zu diesem Zeitpunkt keine in Sicht. Meine beiden Freundinnen hatten sich just diese Woche ausgesucht, um mich alleine zu lassen. Normalerweise genoss ich es, wenn ich die Wohnung einmal für mich hatte, aber nun war es eine zusätzliche Herausforderung.

Ruby hatte sich mit Beau auf einen Kurzurlaub begeben. Sie wollten die verkürzte Woche nutzen, die der Spring Bank Day, der letzte Montag im Mai und offizieller Feiertag, uns bescherte, um sich ein wenig in der Welt herumzutreiben. Maisie hingegen war zu einer Fortbildung aufgebrochen, die zwar erst am Dienstag begann, aber sie hatte gesagt: »Wann habe ich schon Zeit, um nach Schottland zu fahren?«, und mit einer befreundeten Arbeitskollegin beschlossen, das vorangehende Wochenende einfach mit dranzuhängen. Nun vergnügten sich die beiden zweifelsohne dort oben, und ich saß an einem arbeitsfreien Tag unruhig alleine herum, anstatt eine gute Zeit mit Viggo zu verbringen. Ich war schwer in Versuchung, ihm nachzugeben, und seine Frage, ob ich denn heute frei wäre, positiv zu beantworten. Aber dann klang mir wieder sein »nicht für jede« in den Ohren und ich spürte, dass mein Stolz mir das nicht verzeihen würde. Also tigerte ich weiterhin ruhelos durch die Räume und überlegte, ob ich das schöne Wetter nicht nutzen sollte, um einfach alleine durch einen Park zu schlendern, oder was auch immer glückliche, zufriedene Singles eben so machten. Plötzlich blieb mein Blick auf dem Zettel hängen, den ich vor einiger Zeit an meine zum Memoboard umfunktionierte Zimmertür gepinnt hatte. Vierzehn Ziffern, ohne ein weiteres Wort. Die Nummer von Phil. Ich starrte sie an und ging weiter. Und wieder zurück. Ich biss mir auf die Lippe und beschloss, dass ich endlich einmal die Küchenschränke auswischen könnte. Ich öffnete den ersten, starrte unsere wilde Sammlung Kaffeebecher an, schloss die Tür wieder und griff entschlossen nach meinem Handy. Selbst meine Leidensfähigkeit und Entschlusskraft hatten ihre Grenzen, und dies hier war schließlich kein echtes Nachgeben.

»Hey, Phil. Ich bin's.« Rechtzeitig fiel mir ein, dass ich mich ihm mit einem beinahe falschen Namen vorgestellt hatte. Ich lachte verlegen. »Peppy. Die aus der Bahn.«

»Peppy!«

Erleichtert registrierte ich, dass er zwar überrascht, aber dennoch erfreut klang. »Klar erinnere ich mich.«

»Schön«, sagte ich und überlegte, wie ich weitermachen sollte. Es war ein wenig peinlich, jemand anzurufen, weil mir langweilig war.

»Brauchst du einen Weckdienst?« Er klang zwar latent vorsichtig, aber nach wie vor nicht angespannt, und ich lachte auf.

»Nein.«

»Gut. Und wie es klingt auch keinen Rat, was Männer angeht, oder? Du hörst dich gut an.«

»Mir geht es auch gut. Nun ja, eigentlich. Nein, wirklich.« Ich verstummte wieder.

»Nur vielleicht ein wenig konfus? Was kann ich denn für dich tun?«, fragte er nach einer kleinen Pause und klang so sanft und nett, dass ich regelrecht spürte, wie sich meine angespannten Schultern absenkten.

»Keine Ahnung. Ich wollte einfach mal fragen, wie es bei dir läuft.«

»Gut«, antwortete er und klang nun doch ein wenig vorsichtig.

»Das freut mich.« Ich zögerte; endlich gab ich mir einen Ruck. »Hast du zufällig Zeit? Es ist so schönes Wetter und ich dachte, ein Spaziergang und eine kleine Plauderei mit einem Freund …« Wieder verstummte ich. Wir waren keine Freunde, nicht wirklich.

»Eine tolle Idee. Ich bin zufällig gerade im Hyde Park, wie du vielleicht hören kannst. Hier war eben ein ziemlich gutes Konzert, welches du leider verpasst hast. Aber es gibt sicher noch ein paar Darbietungen.«

Ich dachte kurz nach. »Ich brauche etwas Zeit, bis ich dort bin.«

»Kein Problem. Zeit habe ich wirklich im Überfluss.«

»Super.« Ich fühlte mich plötzlich leicht und frei und sehr viel ruhiger. »Dann mache ich mich auf den Weg. Wo sollen wir uns treffen?«

»Wie wäre es am Marble Arch?«

»Perfekt.« Der große Marmorbogen lag am nordöstlichen Ende und war gut zu erreichen. »Also bis gleich.«

Als ich Phil lässig an einen der Fahnenmasten lehnend erspähte, war ich einen Moment überrascht, wie sehr ich mich freute. Da erkannte er mich, hob grüßend einen Arm und steuerte auf mich zu.

Ich hatte in der U-Bahn wieder angefangen zu grübeln, ob es eine gute Idee gewesen war, ihn anzurufen und diese Bekanntschaft aufleben zu lassen, doch nun wusste ich, dass es das auf alle Fälle war. Spontan begrüßte ich ihn mit einem kleinen Küsschen auf die nachlässig rasierte Wange.

»Und ich dachte, dass du mich angerufen hast, war mein Highlight des Tages«, kommentierte er das und strich sich über seine Wange. Er steckte die Hände in die Taschen seiner ramponierten Jeans und strahlte mich an. »Echt, ich habe mich über deinen Anruf gefreut.«

»Übertreib mal nicht. Du erlebst bestimmt jeden Tag weitaus spannendere Dinge als einen Anruf von mir«, wehrte ich mit einem Grinsen ab.

Wir schlenderten in die Parkanlage hinein, vorbei am Speakers Corner, wo heute noch mehr Trubel herrschte als sonst.

»Was willst du machen? Es finden einige Konzerte statt.«

»Wenn es dir nicht zu langweilig ist, dann lass uns doch einfach ein wenig herumspazieren. Irgendwie ist mir nicht nach einer großen Menschenansammlung.«

»In dem Fall sind wir an diesem Ort ja genau richtig«, feixte Phil und ließ seinen Blick über all die Londoner schweifen, die wie wir den Feiertag und das herrliche Wetter nutzten, um sich im Grünen aufzuhalten.

»Ach, die stören uns nicht. Lass uns hier ein wenig entlanggehen und erzähl mir dabei, was du mittlerweile treibst. Natürlich nur, wenn du magst.« Ich warf ihm einen Seitenblick zu.

Er sah eigentlich genauso aus wie zu den Zeiten, als wir gemeinsam Bahn gefahren waren. Sein Haar war immer noch zu lang, seine Jeans sauber, aber abgenutzt, und er trug ein einfaches weißes Shirt mit langen Ärmeln, die er sich bis zum Ellenbogen hochgeschoben hatte. Er wirkte, wie ich das früher bereits empfunden hatte, locker und in sich ruhend, und wie ich gehofft hatte, übertrug sich diese Ruhe auf mich. Eine Weile schlenderten wir schweigend nebeneinanderher, ohne dass es peinlich oder unangenehm gewesen wäre, ehe er endlich zu sprechen begann.

»Willst du das wirklich wissen?«

Ich stutzte. »Klar. Wenn du mit mir darüber reden möchtest.«

»Ich glaube, dass ich das seltsamerweise will. Ich habe noch mit niemandem darüber gesprochen.«

»Weshalb nicht?«

»Ich weiß auch nicht.« Er fuhr sich mit der Hand durch sein Haar. »Vielleicht weil ich Angst habe, dass man mir sagt, es wäre eine dumme und reichlich verrückte Idee.«

»Erzähl sie mir«, bat ich. »Ich verspreche, dass ich sie nicht vorschnell verurteile. Oh, ich weiß es! Du spielst mit dem Gedanken, eine professionelle Rächeragentur zu eröffnen.«

Wie erhofft lachte er laut auf. »Nein, aber jetzt, wo du es sagst, landet es direkt auf Platz zwei meiner geheimen Wunschliste.«

»Und damit genau hinter was?«

Wieder entstand eine Pause.

»Ich habe viel nachgedacht in letzter Zeit«, begann er endlich. »Und ich habe ein wenig herumprobiert.«

»Ja?«, sagte ich und hoffte, dass es aufmunternd genug klang.

»Du hast recht, ich kann nicht für den Rest meines Lebens im Museum Bilder bewachen. Das will ich auch nicht. Ich hab's gewollt, allerdings eben bloß für diese bestimmte Zeit. Aber auf Dauer …«, er hob kurz die Schulter, »möchte ich etwas tun, was mir wirklich Spaß macht. Und womit ich helfen kann.«

Er ließ eine kleine Pause entstehen, und ich gab ihm die Zeit.

»Ich hatte echt Glück in meinem Leben. Und ich war lange genug nicht dankbar dafür. Ich habe es als mein Recht angesehen, hart erarbeitet und mit meinem Verstand erreicht, und vielleicht war es das ja auch. Aber weißt du was?« Er blieb stehen und sah mich an. »So wirklich glücklich war ich oft gar nicht. Man gewöhnt sich verdammt schnell daran und nimmt es als Grundvoraussetzung hin.«

Wieder dachte ich an meinen ersten Eindruck von ihm. Ein gescheiterter Geschäftsmann, einer, der einmal sehr viel mehr gehabt hatte als jetzt gerade. Ich schien nicht ganz falschgelegen zu haben. Noch dazu einer, der mit dieser Situation außergewöhnlich gut zurechtkam. Ein wenig zu gut, fuhr es mir kurz durch den Kopf. Phil schien mir fast den Eindruck zu vermitteln, dass es ihm heute besser ging als damals, was doch nicht so ganz stimmen konnte, oder? Wollte er mir ernsthaft versichern, dass man mit einem Aushilfsjob glücklicher war denn als erfolgreicher Geschäftsmann? Oder ganz ohne Job, so wie es aktuell wohl der Fall war?

»Geld macht dich zu einem anderen Menschen«, sinnierte Phil neben mir, als hätte ich meine Gedanken laut ausgesprochen.

»Und das ist schlecht?«, musste ich einwerfen.

»Das kommt darauf an«, erwiderte er entspannt. »Mich hat es zu einem gemacht, der ich nicht mehr sein wollte.«

»Also, ich hätte keine Probleme damit«, gab ich spontan zu und stupste ihn leicht in die Seite. »Also damit, Geld zu haben. Ich denke nicht, dass ich das irgendwann satthaben würde.«

»Du bist ja auch ein Anzugflittchen«, konterte er grinsend, und seine Nachdenklichkeit war schlagartig Geschichte. »Wenn ich mir vorstelle, dass ich dich vor einem Jahr kennengelernt hätte …«

»Was dann?«, fuhr ich ihm lachend ins Wort. »Keine Angst, wir springen nicht jeden Kerl an, der einen teuren Anzug trägt. Auch wir haben Prinzipien.«

»Das ist ja immerhin ein Anfang.« Einen Moment streifte sein Arm meinen, als er leicht in meine Richtung schwankte, als würde die Tube wieder eines ihrer berüchtigten Manöver hinlegen. »Aber hättest du dann mich gesehen, Peppy? Oder nur meinen Anzug?«

Kapitel 33

»Also, erzählst du mir jetzt endlich, was du vorhast?«

Wir hatten uns noch ein paar Minuten mit albernem Gelächter sowie gegenseitigem Anstoßen und einigen dummen Sprüchen vergnügt, waren danach in einem friedvollen Schweigen weitergegangen, das sich seltsam wohltuend anfühlte. Ich mochte Phils Art, sein Lachen, dass er sich nicht zu ernst nahm und dass er mich nicht zu ernst nahm. Ich mochte seinen Humor und seine blitzenden Augen, wenn er mich foppte, und dass er dabei nie auch nur ansatzweise gemein oder kritisierend klang. Ich spürte, dass er mich nicht wirklich für ein Anzugflittchen hielt – oder wenn, dann nur für ein sehr nettes, womit ich leben konnte. Als der Übermut verflogen war und wir uns wieder etwas beruhigt hatten, schlug Phil vor, dass wir uns auf dem Rasen niederlassen und ein wenig das schöne Wetter genießen könnten. Wir suchten uns ein sonniges Plätzchen etwas abseits der Spazierwege, und wie ein Kavalier der alten Schule breitete er seinen Pulli aus, den er um die Hüften geknotet hatte, und bot ihn mir mit großer Geste als Sitzgelegenheit an.

»Wäre ja schade um deine Hose«, meinte er augenzwinkernd.

Ich nickte huldvoll, was ihn amüsierte, und nahm das Angebot an. Weil es mir für einen Ausflug in die grüne Lunge der Stadt passend vorgekommen war, hatte ich mich heute zur Feier des Tages ausnahmsweise nicht für einen Rock entschieden. Stattdessen trug ich eine cremefarbene Hose mit weiten, nach unten ausgestellten Beinen und einem hohen Bund, der meine Taille schmaler wirken ließ und meine Hüften kaschierte. Dazu, entgegen meiner sonstigen Angewohnheit, meine alten Chucks. Perfektioniert wurde das Outfit von einer umwerfenden Bluse, ebenfalls cremefarben mit einem grünen Streublümchenmuster, wahnsinnig tollen Puffärmeln und einem neckischen kleinen Stehkragen mit Rüschen. Es war ein sommerlich-leichter und dennoch moderner Look – und anfällig für Grasflecken, wie Phil richtig erkannt hatte. Er selbst ließ sich umstandslos neben mir nieder. Nun ja, ein paar Flecken würden seine Jeans weit weniger ruinieren, eher das Gesamtkonzept vervollständigen. Während ich mich mit um die Knie geschlungenen Armen auf dem Pulli arrangierte, lehnte er sich auf seine angewinkelten Ellenbogen zurück, die Beine aufgestellt und offensichtlich sehr zufrieden. Auch um sein Shirt schien er sich nicht zu sorgen, das sicherlich ebenfalls ein paar Spuren davontragen würde. Nun jedoch richtete er sich auf und zog die Beine zum Schneidersitz unter sich. Er rupfte einen Grashalm aus und zerfledderte ihn langsam.

»Willst du wirklich wissen, was ich vorhabe?«

»Würde ich sonst fragen?« Ich lächelte ihm aufmunternd zu. »Jetzt mach's nicht so spannend. Raus damit! Was ist noch großartiger als eine professionelle Agentur, die Ex-Partnern das Leben schwer macht? Wobei ich mich immer mehr für diesen Gedanken erwärme. Da steckt bestimmt ein Vermögen drin, wenn man die richtigen Ideen hat – und keine Skrupel, sie auch umzusetzen.«

»Und wenn man weiß, wie man Motorhauben knackt«, warf Phil ein.

»Und das«, musste ich lachend zugeben. »Also nichts für uns. Gut, dass du einen Plan B hast.«

»Eigentlich ist das kein Plan B, sondern ein absoluter Wunschtraum. Ich weiß nicht, weshalb ich da nicht längst darauf gekommen bin«, begann Phil endlich mit deutlich veränderter Stimme. Er klang ernst, und unwillkürlich wurde aus meinem breiten Grinsen ein kleines ermutigendes Lächeln. Ich wartete geduldig auf die große Verkündung, während ich fasziniert sein Gesicht studierte. Himmel, dieser Mann hatte eine unglaubliche Mimik. Ich sah zu, wie sich der Ernst nicht ganz wegschlich, aber dazu ein faszinierendes Leuchten in seine Augen trat. Seine Mundpartie wurde weich, seine Lippen verzogen sich zu einem feinen Lächeln. *Es ist*, dachte ich spontan, *als würde er an seine große Liebe denken*. An die eine Frau, die ihm alles bedeutet. Es war ein Ausdruck, den sich jede Frau im Gesicht ihres Liebhabers wünscht. Ein Ausdruck, den ich viel zu selten auf dem Antlitz eines Mannes wahrgenommen hatte. Phil glühte richtig und ich stellte überrascht fest, wie mitreißend, wie anziehend er mir plötzlich erschien.

»Ich möchte«, er machte eine effekthascherische kleine Pause und schien es zu genießen, dass ich langsam zappelig wurde, »ein Klinikclown werden.«

Ich starrte ihn wortlos an. Selbst aus seinem Mund klang das verrückt.

»Okay«, sagte ich endlich, weil er auf eine Reaktion zu warten schien. »Das ist doch mal ein außergewöhnlicher Berufswunsch.«

Er grinste zufrieden und schien keinerlei weiteren Erklärungsbedarf zu verspüren. Ich jedoch hatte die erste Überraschung heruntergeschluckt und dachte etwas genauer nach. Ich meine, das war Phil. Der Mann, der mir einen verrotteten Käse geschenkt hatte und der überhaupt ein wenig anders war als alle, die ich kannte. Ich legte den Kopf schief und konnte mir ein Grinsen nicht verkneifen.

»Mit roter Nase und Perücke?«

»So in etwa«, bestätigte er lässig. »Aber das ist etwas, was man erst im Laufe der Ausbildung festlegt. Wenn man weiß, was für einen Clown man darstellt. Bei der Nase bin ich mir relativ sicher. Aber die Perücke … Vielleicht verzichte ich auf die und arbeite mit dem, was ich habe.« Er fuhr sich mit beiden Händen an den Kopf und durch sein Haar, das so dringend einen Schnitt gebraucht hätte. Es war zu lang, um abzustehen, und so erweckte er lediglich den Anschein, als hätte er seit Tagen keinen Kamm mehr gesehen.

»Ich rate dringend zu einer Perücke«, prustete ich und schüttelte den Kopf. »Oder zumindest zu einem professionellen Verwuschel-Haarschnitt.«

»Ein professioneller Verwuschel-Haarschnitt?« Auch Phil lachte. »Echt jetzt, Peppy. Du machst aus allem ein Modethema, oder?«

»Es gibt mehrere Wege, um ein Klinikclown zu werden. Aber jeder verlangt, dass man erst einmal eine Ausbildung zum Clown absolviert, falls man nicht bereits ein ausgebildeter Künstler ist. Es ist eine ernste Angelegenheit, lustig zu sein.«

Ich hörte mittlerweile gebannt zu. Phils Tonfall ließ keinen Zweifel aufkommen, dass ihm das Thema nicht nur wichtig, sondern fast heilig war, und dass er sich vor allem ernsthaft damit beschäftigt hatte.

»Ich dachte«, gab ich zu, »dass das einfach Menschen sind, die über Humor und ein gewisses Talent verfügen und sich dann, nun ja, eben eine rote Nase ins Gesicht drücken und loslegen.«

»Keineswegs. Ein Zertifikat als Clown ist Pflicht. Das kann man sich mitunter in einem Achtwochenkurs aneignen, wenn man das möchte. Danach gibt es verschiedene Wege, um ein echter Rote-Nase-Doktor zu werden. Man kann den Abschluss an diversen Schulen erwerben, was nur ein paar Wochenenden dauert, wenn man es berufsbegleitend macht. Oder man belegt einen mehrtägigen Intensivkurs, dann geht es noch schneller. Oder drittens, und das ist mein Ziel, man macht es richtig.«

»Und das heißt?«

»Es gibt ein Programm«, erklärte er, »bei dem du nicht nur lernst, lustig zu sein, sondern auch umfassend theoretisch ausgebildet wirst. Krankenhaushygiene, medizinisches und psychologisches Grundwissen. Was ist der Unterschied zwischen kranken Kindern, die aufgeheitert werden sollen, und Senioren? Wie handelt man, wenn es schwierig wird, und was lässt man von Anfang an am besten bleiben? Solche Dinge eben.«

Ich grübelte über seine Worte nach. »Das hört sich, wenn man genauer nachdenkt, nicht nach einem witzigen Job an«, musste ich erkennen. »Du wirst dafür ganz schön an deine Grenzen kommen, oder? Ich meine, du gehst dorthin, wo Einsamkeit, Krankheit und Angst herrschen, und du versuchst, ihnen einen Teil dieser Bürde abzunehmen und zu tragen.«

»Das stimmt ziemlich genau.« Phils Blick wurde warm. »Das ist es, was ein guter Therapieclown tut. Wobei ich mich auf die Arbeit mit kranken Kindern konzentrieren will.«

»Ganz hartes Brot«, entfuhr es mir.

»Ja«, stimmte er mir unaufgeregt zu. »Aber sie brauchen etwas, was sie gelegentlich aus den trüben Gedanken reißt. Und ihre Eltern brauchen das auch.«

»Dafür wirst du jeden Tag damit konfrontiert sein.«

»Das ist das Ziel. Das wäre etwas, was mich glücklich machen würde, da bin ich mir sehr sicher.«

»Eine goldene Nase verdienst du dir allerdings nicht damit.«

»Nein.« Phil kratzte sich an seinem Riechorgan. »Aber eine rote.«

Ich musste lachen.

»Du hältst es also für einen verrückten Plan?«, wollte er wissen.

»Hm.« Wie so oft, wenn ich nachdachte, griffen meine Finger nach einer Strähne meines Haares und wickelten sie langsam auf. »Du scheinst dich damit sehr gründlich auseinandergesetzt zu haben, und ich glaube, dass es zu dir passen würde. Wie lange dauert es, so ein echter Proficlown zu werden?«

»Die Ausbildung, die mir vorschwebt, dauert anderthalb Jahre.«

»So lange? Danach bist du …?«

»Anderthalb Jahre älter und noch lange genug im Dienst.«

»Und wie finanzierst du das? Die Ausbildung? Das ist doch sicher privat, oder gibt es da Ausbildungsstellen?«

»Nein, die gibt es nicht. Aber wenn man fertig ist, gibt es reguläre Anstellungen.« Er betrachtete mein Gesicht und legte spontan seine Hand auf meine. »Peppy, du machst dir wirklich Sorgen, oder? Das ist unglaublich nett von dir, aber ich bekomme das hin.«

»Pen«, korrigierte ich spontan. »Eigentlich heiße ich Pen. Oder, um ganz korrekt zu sein: Penelope.«

»Ich dachte mir schon so was. Wer heißt denn auch Peppy?«

»Mein Großvater nannte mich so. Er war der Einzige, der das tat, und ich habe ihn sehr geliebt. Und ehrlich gesagt auch diesen Spitznamen. Es klang immer leichter als Penelope und nach einem ganz anderen Mädchen, als ich es war. Außergewöhnlich, frech und …« Ich brach verlegen ab.

»Dann werde ich bei Peppy bleiben«, verkündete Phil und sah mir in die Augen. »Wenn du nichts dagegen hast. Ich finde nämlich auch, dass es zu dir passt.«

Wir hatten uns erhoben und schlenderten weiter, runter in Richtung See. Ich dachte noch immer darüber nach, weshalb ich Phil meinen Namen verraten hatte. Dieser Moment eben, das war etwas ganz Besonderes gewesen. Seine Stimme, als er mir versichert hatte, dass er das schaffen würde, und seine nicht zu übersehende Freude, weil ich mir Gedanken machte, wie er das finanziell stemmen würde. Aber auch mich hatte es seltsam am Herzen gepackt. Dass er mir seine geheimsten Träume verriet, dass er mir vertraute und sich meiner spitzen Zunge aussetzte, war nicht selbstverständlich. Es könnte mir egal sein, aber das war es nicht. Ich sah diesen Mann und wünschte ihm aus ganzem Herzen, dass er glücklich wurde, so wie ich es Maisie oder Ruby in der entsprechenden Situation gewünscht hätte. Was verrückt war, denn die beiden waren meine allerbesten Freundinnen, Vertraute seit Langem – und er nur der Kerl aus der Tube.

Der Kerl aus der Tube hatte wohl gespürt, dass ich aus einigen Gründen gerade ein wenig nachdenklich war. Er war aufgesprungen, hatte mir seine Rechte entgegengestreckt und mir geholfen aufzustehen. Und dann vorgeschlagen, dass wir zum Serpentine Lake, dem großen, bogenförmigen See mitten im Park, hinuntergehen könnten. Vielleicht, hatte er hoffnungsvoll dazugesetzt, würden wir dort im Café einen Sitzplatz ergattern und eine Kleinigkeit essen können. Ich hatte genickt, auch wenn ich hoffte, dass alles voll sein würde. Das Café war nicht gerade günstig und er würde vermutlich denken, dass er mich einladen müsste. Und so, wie es aussah, benötigte er in nächster Zeit jeden Penny für sich.

Wie nicht anders zu erwarten, war das Café überfüllt, und vor der Terrasse standen sich bereits die Kaffeesüchtigen die Beine in den Bauch, um einen möglicherweise frei werdenden Sitzplatz zu ergattern. Wir beschlossen, uns das nicht anzutun und stattdessen auf der Rückseite des Sees langsam wieder hinauf und in Richtung einer U-Bahn-Station zu spazieren.

Als wir an einem Pantomimen vorbeikamen, blieben wir stehen und sahen seiner Darbietung eine Weile zu. Phil legte einen Schein in den alten Hut zu Füßen des Künstlers, und ich tat es ihm gleich, weil ich mich sonst schäbig gefühlt hätte.

Als wir das Ende des Parks erreichten, war es bereits recht spät, das Licht begann zu verblassen. Ich wandte mich zu meinem Begleiter um und verschränkte die Arme vor der Brust. Eine recht verlegene Geste, wie ich sofort bemerkte, weshalb ich meine Hände wieder sinken ließ und stattdessen in meine Hosentaschen steckte.

»Tja, dann«, stammelte ich und zog beide Achseln hoch. »Das war ein schöner Tag. Danke, dass es geklappt hat.«

»Ich habe zu danken. Und wenn du wieder mal Langeweile hast und keinen anderen in greifbarer Nähe …«

»So war das nicht! Okay, vielleicht war es doch so«, gestand ich und blickte kurz zu Boden. »Aber es hat sich keinesfalls nach einem Lückenbüßer-Date angefühlt.«

»Danke.« Phil war sichtlich erheitert. »Und vor allem danke, dass du es ein Date genannt hast. Ich werde die ganze Nacht kein Auge zutun, weil ich nun auf deiner Dating-Liste stehe.«

Kapitel 34

Natürlich stand Phil nicht auf meiner Dating-Liste, und ich möchte an dieser Stelle betonen, dass ich so etwas auch gar nicht führe. Selbst ich hatte meine Prinzipien, und dazu gehörte, nicht zwei Kerle gleichzeitig zu daten. Auch wenn Maisie behauptete, dass das durchaus legitim wäre, wenn man sich noch im Stadium des Kennenlernens befände. Ich fand den Gedanken erschreckend, dass ein Mann mich und eine andere gleichzeitig kennenlernte, um im Zweifelsfall keine Zeit zu verlieren und direkt eine Alternative zur Hand zu haben. Und sowieso hatte Phil keine Chance im direkten Vergleich mit Viggo, was ich ihm natürlich nie gesagt hätte. Zumindest nicht hinsichtlich echter Dates, die in mehr mündeten als in eine freundschaftliche Umarmung.

Dass Viggo endlich auf eines hoffte, das in mehr als einer Umarmung endete, machte er die ganze restliche Woche über recht deutlich. Er legte sich mächtig ins Zeug, das musste ich zugeben, schickte täglich Nachrichten und spontane Anfragen, ob ich nicht abends für ein Treffen zur Verfügung stände. Ich vertröstete ihn weiterhin auf das Wochenende, konnte mich aber nicht ganz davon abhalten, seine mehr als zweideutigen Kommentare immer genau in dem Maße zur Kenntnis zu nehmen, das ihm zeigte, dass er mir weiterhin auf diese Art den

Hof machen durfte. Ich hütete mich, von mir aus etwas zu schreiben, was verfänglich gewesen wäre, aber wenn er es tat, dann ließ ich es zu, dass sich die Grenzen langsam verschoben. Und ja, ich ergötzte mich daran, aus jedem Wort zu lesen, dass er sich nach mir verzehrte.

Wenn ich mich damit selbst zu sehr hochgeputscht hatte, dann lenkte ich mich ab, indem ich Phil ein paar Nachrichten schickte. Mit ihm zu schreiben, das erkannte ich schnell, war mehr als eine Ablenkung. Phil fragte nach meinem Tag, nicht danach, was ich gerade trug. Oder nicht trug. Er erzählte von seinem, und irgendwie schien es dabei unentwegt etwas zu geben, was mich zum Lachen brachte. Es war herrlich unkompliziert mit ihm und wohltuend, weil er sich aufrichtig und ohne Hintergedanken freute, dass ich ihm schrieb.

Und dann war endlich Wochenende. Wie vereinbart würde ich an diesem Samstag mein drittes Date mit Viggo haben. Er hatte mich eingeladen, ihn zu einer Veranstaltung zu begleiten, und ich hatte zugesagt. Eine Charity-Gala zugunsten des Medicals, einer Klinik, in der er während seiner Ausbildung gearbeitet hatte. Mein Herz hatte einen aufgeregten Hüpfer gemacht, als er davon erzählte. Er war öfters auf solchen Veranstaltungen, gab er zu, und ich machte ein weiteres Sternchen auf seiner Positiv-Liste. Viggo würde mich in diese Welt bringen, die mich seit einiger Zeit nicht mehr losließ. Ich würde sie mit eigenen Augen sehen und Kontakte knüpfen können, und wer weiß, vielleicht tatsächlich eines Tages dort wirken.

Es verhieß ein recht exklusives Event zu werden, mit lauter gut situierten Gästen, denn schließlich wollte man an diesem Abend ausreichend Spenden zusammenbekommen, um die Kinderstation um zwei neue Familienzimmer zu bereichern. Die

Einladungskarte war sehr edel und verkündete als Dresscode »Gala«. Das, so wusste ich natürlich, bedeutete für den Herrn »Black Tie«, also Smoking, gab der Dame aber die Wahl, ob sie ein langes Abendkleid tragen würde oder ein schickes, kniebedeckendes Cocktailkleid. In meinem Fall würde es in Ermangelung des ersten ein Cocktailkleid werden. Dachte ich zumindest. Bis Viggo anrief und mir mitteilte, dass er vorhatte, mich mit einem neuen Kleid auszustatten.

»Was?«, stieß ich nicht gerade ladylike aus.

»Nun, ich habe dich eingeladen, und du brauchst ein Kleid.«

»Ich bin versorgt«, erwiderte ich etwas patzig und hätte mich am liebsten selbst geohrfeigt.

»Pen«, sagte er und ließ seine Stimme bittend klingen. »Mach mir die Freude. Ihr habt bestimmt etwas Passendes im Laden, oder?«

»Natürlich.«

»Dann werden wir etwas kaufen.«

»Wir?«

»Nun, ich werde doch zumindest ein Mitspracherecht bekommen?« Ich hörte, wie er grinste.

»Ich dachte eigentlich, du gibst mir einfach deine Kreditkartennummer durch«, gab ich zurück und kam mir sehr kosmopolitisch vor. Und divenhaft.

»Wann hast du Zeit?« Viggo hatte mit einem leisen Lachen auf meinen Vorschlag reagiert, ging aber nicht weiter darauf ein.

»Nun, ich arbeite. Ich fürchte also …«

»Dann werden wir deine Mittagspause nutzen. Ich werde am Samstag gegen ein Uhr da sein. Das passt doch?«

Ich überlegte nur kurz. »Das passt«, beschied ich ihn. Und ja, als ich auflegte, schwappten jede Menge Glücksgefühle über mir zusammen.

Er war pünktlich und ich hatte meine Kollegin bereits darüber informiert, dass in der Mittagspause ein Freund vorbeikommen und mit mir ein Kleid aussuchen würde, weil wir eine Gala besuchen wollten. Ich ignorierte ihre hochgezogenen Augenbrauen und versuchte, darin nicht die Überraschung zu bemerken, die ich in ihrem Fall wohl auch verspürt hätte. Ich war mir immer noch nicht sicher, ob ich sein Angebot annehmen sollte.

Maisie hatte gemeint, dass es vollkommen legitim wäre.

»Ich meine, wenn er sich schon so einen exklusiven Rahmen aussucht, dann ist es nur recht und billig, dass er das tut. Er kann schließlich nicht erwarten, dass unsereins die passende Garderobe im Schrank hat.«

Unsereins, dachte ich ein wenig verlegen. Das klang stark nach Aschenputtel. Aber auf der anderen Seite hatte sie natürlich recht. Welche Durchschnittsfrau hätte solch ein Kleid im Schrank?

»Kino wäre deutlich einfacher, von mir aus auch ein Abendessen. Aber so?« Sie zuckte abschließend die Achseln. »Wenn er dich dahin mitnehmen will, finde ich es völlig in Ordnung, wenn er dich dafür auch ausstattet. Die Dinger sind doch bestimmt nicht billig, oder?«

»Nein«, musste ich ihr recht geben. »Das sind sie ganz sicher nicht. Nicht einmal mit meinem Mitarbeiterrabatt.«

»Und er kann es sich leisten. Also mach ihm die Freude. Aber lass dich davon bloß nicht moralisch unter Druck setzen oder so. Du schuldest ihm gar nichts, nur weil er dir ein Kleid kaufen darf.«

Damit hatte meine Freundin exakt das angesprochen, was mich insgeheim quälte. War es unmoralisch, auf sein Angebot einzugehen?

»Wir sind moderne Frauen.« Maisie klang unerwartet kämpferisch. »Und als solche können wir tun und lassen, was wir wollen. Wir können es den Kerlen gestatten, uns einzukleiden, wenn wir das wollen. Und wir können sie hinterher abblitzen lassen, wenn wir das auch wollen. Wobei ich denke, dass dies eher nicht in deinen Plänen vorkommt.«

Ich konnte nicht anders, ich musste grinsen. »Nun, es ist immerhin das dritte Date«, rechtfertigte ich mich und strich mir mit dem Daumen über die Unterlippe. »Es ist also alles möglich.«

Ich hatte bereits drei Kleider herausgesucht, die meines Erachtens in die engere Wahl kamen, als Viggo in die Damenabteilung spazierte. Ich war froh, dass ich diese Kleider in den Händen hielt, denn so waren sie beschäftigt und konnten keinen Blödsinn machen. Und ich konnte nach einem schnellen Blick meine Aufmerksamkeit wieder auf sie lenken und so tun, als würden sie meine Zuwendung brauchen. Und damit seinem Blick entgehen, der signalisierte, dass er das durchschaute. Aber ganz im Ernst, wie konnte man auch so unverschämt gut aussehen wie dieser Mann? Und vor allem so lässig sein? So gar nicht aufgeregt, weil er mich traf, wo ich doch so nervös war, ihn zu treffen? Dieser Gedanke half mir, wieder etwas gelassener zu werden.

»Ich habe bereits eine Vorauswahl getroffen. Ich hoffe, das ist in Ordnung«, begrüßte ich ihn recht geschäftlich.

»Natürlich«, antwortete er und klang dabei, als würde er »Ich lass dich in dem Glauben« sagen. »Du bist schließlich die Fachfrau.«

»Ganz genau.« Und nebenbei war ich die, die auf die Preisschilder achtete. Egal, was Maisie sagte, es gab doch Grenzen. Und so hatte ich mich nicht nur darauf konzentriert, was mir gefiel und was meiner Figur entgegenkommen würde, sondern auch darauf, was der Spaß kosten sollte. Und um es an dieser Stelle zu gestehen, ich hatte jedes dieser Kleider bereits gestern anprobiert. Ich meine, hallo? Ich würde die jetzt anziehen und er würde mich ansehen, wenn ich aus der Kabine trat. Ich würde den Teufel tun und zugeben, dass mir eines an der Brust zu eng war oder ich bei einem anderen den Reißverschluss nicht schließen konnte. Ich hatte mir auch längst überlegt, in welcher Reihenfolge ich sie vorführen würde. Das war nämlich wichtig und einer der ersten Tricks, die man in diesem Job lernte. Das erste musste gut sein, sodass die Kundin Vertrauen fasste und erkannte, dass man wusste, was man tat. Oder der Kunde, denn eigentlich galt es auch bei denen. Das zweite musste toll sein, und das dritte dann der Hammer. Wenn man gleich zu Beginn das Traumkleid in die Kabine reichte, dann war es zwar auch der Hammer, aber die allermeisten blieben danach mit einem schalen Gefühl zurück, weil sie dachten, dass es immer noch etwas Besseres geben müsste. Komisch, oder? Aber genau so erlebte ich es dauernd wieder. Dass man das Perfekte, das man in seinen Händen hielt, nicht schätzte, weil man Angst hatte, etwas noch Besseres zu verpassen.

Ich zog also das erste Kleid an – dunkelgrüne Seide, bodenlang, ohne allzu viele Kinkerlitzchen und dafür mit einem gerade noch vertretbaren Ausschnitt – und holte tief Luft.

Viggo nickte anerkennend. »Nicht schlecht.«

»Es ist weit mehr als *nicht schlecht*«, korrigierte ich und betrachtete mich im Spiegel.

»Aber vielleicht ein wenig zu schlicht.«

Ich nickte innerlich anerkennend. Der Kerl war nicht nur attraktiv, er hatte auch Geschmack.

Dann zog ich das zweite an. Schwarz, ebenfalls bodenlang, mit einem herzförmigen Ausschnitt und langen, schmalen Spitzenärmeln. Es schmiegte sich sehr dekorativ um meine

Hüften, was nicht zuletzt den Raffungen geschuldet war, die perfekt zu meinem Körper passten.

Viggo nickte zufrieden. »Wir kommen der Sache näher.«

Ich wusste, was er meinte, und ging ein letztes Mal in die Kabine, um meine Trumpfkarte auszuspielen.

Das dritte Kleid war in einem warmen Goldbraun, das meinem Teint schmeichelte und ihn strahlen ließ. Es war aus Viskose-Seide gefertigt, zum Glück, denn nur deshalb hatte es dieses Kleid in den finanziellen Rahmen geschafft, den ich mir gesteckt hatte. Man sah es dem Kunstwerk nicht an, dass es nicht aus hochwertiger Seide war. Selbst ich hätte das nicht bemerkt, und mein Job war es, so etwas zu erkennen. Es hatte eine Korsage, die ziemlich eng saß, aber mit ein wenig beherztem Arrangieren passte alles hinein. Die Korsage war mit einer schmalen Rüschenborte eingefasst und der sanfte Schwung wiederholte die Kurven meiner Brüste. Es hatte einen recht gewagten seitlichen Schlitz und war definitiv ein absoluter Traum. Ja, ich weiß, Brust oder Beine, aber dieses Kleid hatte mich schwach werden lassen. Es war wie für mich gemacht und ich wusste, dass ich darin fabelhaft aussah. Und neben Viggo, so befürchtete ich insgeheim, musste ich vielleicht ein paar härtere Geschütze auffahren, um nicht unterzugehen.

Als ich aus der Kabine schritt, leuchteten Viggos Augen auf. Ich trat vor den großen Spiegel und betrachtete mich zufrieden. Zumindest tat ich so. Insgeheim schielte ich auf ihn, wollte Anerkennung und Bewunderung und auch Verlangen in seinem Gesicht lesen. Das war auch definitiv alles da, und doch … Langsam drehte ich mich zu ihm um, die Hände elegant auf den Hüftknochen, den Rücken aufrecht, und achtete darauf, dass der Schlitz gerade genug Bein zeigte.

»Gefällt dir nicht, was du hier siehst?«, fragte ich kokett und ein wenig herausfordernd.

»Es gefällt mir überaus gut.« Viggo strich sich mit dem Zeigefinger über die Mundpartie. »Allerdings …«

»Allerdings?« Ich musste einmal tief Luft holen. »Es gibt kein ›Allerdings‹. Nicht bei dieser Robe, und du weißt das.«

»Sie ist fantastisch. Aber ich hätte gedacht, dass du eine Frau bist, die sich nicht mit dem Zweitbesten zufriedengibt.«

Ich hob verwundert die Augenbrauen. »Womit du recht hast.«

»Deshalb frage ich mich …« Er musterte mich einen Moment, dann schlenderte er mit einer nervtötenden Gelassenheit davon und ließ mich stehen. Ich wäre zu gerne hinterhergeeilt, was mein Stolz mir aber verbot, und überlegte, was ich stattdessen tun sollte. Viggo verschwand kurz aus meinem Blickfeld und ich erlaubte mir, einen sorgenvollen Blick in den Spiegel zu werfen. Nein, an diesem Kleid war absolut nichts auszusetzen. In dem Moment sah ich, dass er wieder zurückkam, und schnappte schon nach Luft, ehe er sprach.

»Ich frage mich allerdings, weshalb du dieses Kleid nicht ausgewählt hast.«

Ich hob das Kinn und schwieg mich erst einmal aus. Dieses Kleid hätte ich als allererstes ausgewählt, und ich hatte es in den letzten Tagen so oft angesehen, dass ich jede Naht kannte. Es war das mit Abstand schönste Kleid, welches wir dahatten. Und das wir in den letzten Jahren dagehabt hatten. Und ganz sicher auch in den nächsten Monaten dahaben würden. Ich hatte es sogar anprobiert und mich damit stumm minutenlang im Spiegel bewundert. Das Kleid, das ich gerade trug, war toll, aber jenes … Das machte mich zu einer Göttin. Allerdings kostete es auch ein Vermögen, was mich dazu bewogen hatte, es wieder zurückzuhängen und zu vergessen. Nun ja, zumindest nicht mehr allzu sehnsuchtsvoll daran zu denken.

Und nun hielt er es lässig in der Hand und schaute mich immer noch fragend an.

»Ist das nicht ein wenig zu auffällig für eine Krankenhaus-Gala?«, versuchte ich schließlich, eine Ausrede zu erfinden.

»Würde uns das stören?« Viggo zuckte flüchtig mit einer Achsel. »Ich denke, dass dies dein Kleid ist, und ich will, dass du alle blendest mit deiner Schönheit.« Er hielt mir den schweren samtbezogenen Kleiderbügel hin. »Probier es an.«

Als ich in der schimmernden nudefarbenen Robe aus der Kabine trat, leuchteten Viggos Augen so auf, wie ich es mir nicht besser hätte ausmalen können. Natürlich taten sie das, das Kleid war perfekt. Es war dazu gemacht, Männeraugen aufleuchten zu lassen und Frauen das Gefühl zu geben, wunderschön zu sein.

Der fließende Stoff war mit unzähligen glänzenden Stickereien übersät, die sich in schmalen Längsstreifen über das gesamte Kunstwerk zogen. Es war körpernah geschnitten, hatte einen tiefen, v-förmigen Ausschnitt, der zusätzlich zu den Streifen streckend wirkte. Auch diese Kreation hatte einen seitlichen Beinschlitz, nicht ganz so hoch wie bei dem goldbraunen. Aber was ihm den ganz besonderen Kick verlieh, war das Cape. Das Cape, das eigentlich zwei Capes war und ganz eigentlich nur Arm-Capes. Das war gerade der allerneueste Trend. Es sah einfach umwerfend aus, mondän und elegant und absolut selbstbewusst. Beinahe wie ein Jackett, das man sich locker über die Schultern geworfen hatte, bedeckte es nachlässig die Oberarme. Durch die Schulterpolster zauberte es eine starke Silhouette und verjüngte optisch nebenbei die Taille. Dann flossen links und rechts wie lange, offene Ärmel die Stoffbahnen an meinen Seiten hinab und endeten genau auf der Höhe des Rocksaums. Ein Holderneck-Band schmiegte sich an meinen Nacken und ließ meine Haltung aufrechter wirken, meinen Hals länger. Von vorne hätte man glauben können, dass dieses Cape durchgehend war, aber natürlich war es das nicht. Es bedeckte eben beide Schulterblätter und ließ den Rücken frei, um ausreichend Ansicht auf die aufregende Ausführung dieser Partie zu gewähren. Der Ausschnitt war tief und endete an der Stelle, wo der Rücken in einem sanften Schwung in den Hüftbereich überging. Und dank seines erstklassigen Schnittes – und der hochwertigen Shapewear, die ich vorsorglich trug – formte es einen perfekten, runden Po. Es war ein Kleid, mit dem man auf jeder Celebrity-Party für Furore gesorgt hätte, und ein Kleid, das man nie anprobieren sollte, weil man ihm dann ewig hinterhertrauerte.

»Das ist es. Wir nehmen es.« Viggos Stimme klang zufrieden.

Ich sah noch einmal in den Spiegel, ließ den Blick über meine Erscheinung streifen, genoss ein letztes Mal seine anerkennende Miene.

»Ich fürchte, das kann ich nicht. Du hast den Preis vermutlich nicht gesehen?«

Viggo reagierte mit einem dieser kleinen Schulterzucken, die so typisch für ihn waren. »Nein.«

»Ich schon.« Ein letztes Mal gönnte ich mir einen Blick in den Spiegel. Hätte ich es nur nie angezogen! Nun war das Braune verdorben. Er würde es betrachten und dauernd das Bild dieser Robe vor Augen haben. Ich wusste das, und doch hatte ich nicht widerstehen können.

»Der Preis ist mir egal. Dieses Kleid will von dir getragen werden. Es ist wie für dich gemacht. Du wirst die schönste Frau auf dieser Veranstaltung sein.«

Ich holte tief Luft. »Ich kann mir das nicht leisten.«

»Ich sagte doch, dass ich es bezahle.«

Ich schaute ihm in die Augen. »Ich lasse mich nicht kaufen. Nicht einmal für diesen Traum.«

»Denkst du wirklich, dass ich es nötig habe, mir Frauen zu kaufen?« Viggo trat näher an mich heran. Er war größer als ich und sah mit seinen eisblauen Augen auf mich herab. Seine Finger hatten sich unter mein Kinn gelegt, und in seiner Stimme schwangen Amüsement und Bewunderung mit. »Ich kaufe dieses Kleid, weil ich will, dass du es trägst, wenn du mich begleitest. Das ist der Deal. Ob ich es dir dann auch ausziehen darf, entscheidest du. Obwohl ich dich warnen sollte: Ich werde alles tun, damit ich deine Erlaubnis bekomme.«

Kapitel 35

»Das hat er dir gekauft?« Rubys Augen wurden groß, als ich das Hammerkleid sorgsam aus seiner Schutzhülle nahm.

Ich nickte nur.

»Das ist wunderschön«, flüsterte sie und ließ ihre Finger sanft über die silberfarbenen Stickereien gleiten. »Das schönste Kleid der Welt.«

Ich hängte es vorsichtig an die Schranktür und tat es ihr einen Moment gleich, ließ meine Finger über den Stoff gleiten und staunte ob seiner Pracht.

»Aber«, begann Ruby sanft, und ich erkannte an ihrem Blick, dass nun etwas kam, das sie nicht gerne aussprach. »Wieso macht er das? Ihr seid doch nicht zusammen, hast du gesagt.«

»Noch nicht«, präzisierte ich.

»Fühlt sich das nicht seltsam an?«, wollte Ruby wissen und runzelte die Stirn. »Als ob …«

»Als ob sie ihm einen Gutschein ausgestellt hätte?«, fiel ihr Maisie munter ins Wort. »Eine Verheißung? Ein Versprechen?«

»Ihr denkt, ich habe mich kaufen lassen?«

»Nun, zumindest hat er sich dein Wohlwollen erkauft, oder nicht?«

»Das«, gestand ich seufzend, »hatte er vorher bereits.«

»Weil er mit der Kohle nur so um sich wirft«, bemerkte Maisie und klang dabei ein bisschen spöttisch.

»Nein! Nun ja, vielleicht ein ganz klein wenig. Aber du müsstest ihn mal sehen. Dieser Mann hat etwas, dem ich mich nicht entziehen kann. Eine Präsenz, die mich komplett bannt. Er ist alles …« Ich brach ab. Viggo war alles, was ich mir in meinen wildesten Fantasien erhofft hatte. Attraktiv, erfolgreich, selbstbewusst, direkt. Sicher in dem, was er wollte. Und er wollte mich, daran ließ er keinen Zweifel.

»Alles, was du dir je erträumt hast«, beendete Maisie meinen Satz, und der Spott war verschwunden. »Und deshalb darfst du dir diese Chance nicht entgehen lassen. Zieh diesen Fummel an und genieße es, dass er ihn dir den ganzen Abend über mit den Augen vom Leib reißen wird. Und wenn du Lust hast, dann lass zu, dass er es am Ende des Abends wirklich tut. Du hast nichts zu verlieren und du wirst nichts tun, was du nicht schon oft getan hast.«

»Vielleicht hast du recht.« Ich schürzte die Lippen und grinste meine Freundinnen an. »Ich habe ja schließlich nicht verlangt, dass er mir das kauft. Und ich könnte mir durchaus vorstellen, dass ich es mir vom Körper reißen lasse. Wobei mich das zu meinem nächsten Problem bringt: Ich kann dieses Ding unmöglich ohne eine meiner furchteinflößenden Shape-Unterhosen tragen.«

»Und?«, wollte Maisie wissen.

»Und? Wie unerotisch ist das denn, wenn ein Kerl dich aus so einem Traumkleid schält und dich dann erst mal aus dieser ganzen Shapewear herausquetschen muss? Du kennst dieses Problem natürlich nicht.« Ich ließ einen neidischen Blick über ihren schmalen Körper gleiten. »Aber die Dinger sitzen bombenfest. Da muss man richtig Kraft aufwenden, und ein elegantes Abstreifen oder lustvolles Entblättern ist das definitiv nicht.«

»Dann verschwindest du vorher kurz auf die Toilette und entsorgst es. Und bis er dich anschließend entblättert«, sie grinste breit, »ziehst du eben den Bauch ein. Das wirst du doch schaffen.«

»Und dann? Zieht er mir das aus und ich steh unten ohne da?«

»Ja.« Maisies Augen leuchteten auf. »Was denkst du, wie ihn das anmacht. Er wird sich vorstellen, dass du so auf dieser Gala warst und dich für die Königin der heiligen Huren halten. Das wird ihn völlig in Brand setzen. O Gott, Pen, dir steht heute definitiv der beste Sex ever ins Haus.«

»Ihr seid so ein schönes Paar«, hatte mir Ruby ins Ohr geflüstert, als sie mich zum Abschied umarmte, und ich musste ihr zustimmen. Sie hatte es sich nicht nehmen lassen, Viggo kennenzulernen, als er mich abholte, und war offensichtlich beeindruckt. Ebenso wie Maisie, die mich damit in Verlegenheit gebracht hatte, dass sie ihn in ihrer charmanten, süßen Art begrüßte und dann hinter seinem Rücken die Augen verdrehte und so tat, als hechle sie wie ein Hund in der Wüstensonne.

»Wehe, du lässt dich nicht von ihm überreden«, waren Maisies Abschiedsworte gewesen. »Der Kerl ist heißer als ein Starbucks-Kaffee.«

Auch dieser Aussage musste ich zustimmen. Viggo trug, entsprechend der Einladung, einen klassischen Smoking. Wenn man im Zusammenhang mit ihm irgendetwas als klassisch bezeichnen konnte. Ich meine, der Mann sah in allem umwerfend aus, und in diesem edlen Teil war er eine Gefahr für jeden guten Vorsatz. Zumal er statt des klassischen Kummerbundes eine Smokingweste gewählt hatte, die mit ihrem tiefen, runden Ausschnitt perfekt seine schmale Taille und die breiten Schultern betonte. Und wie es nicht anders zu erwarten gewesen war, stellte ich kurz darauf fest, dass er mit diesem Kleidungsstück zwar nicht alleine dastand, da nahezu alle männlichen Besucher des Events eine trugen, aber an keinem sah es so gut aus wie an ihm.

Die Damen, die diese anderen Herren begleiteten, waren wie ich in elegante Abendroben gehüllt und hatten allesamt mächtig aufgefahren. Und doch entdeckte ich kein Kleid, das es mit meinem aufnehmen konnte. Ich spürte, wie mich die Erregung übermannte, als ich die bewundernden und neidvollen Blicke wahrnahm. Ich stellte mir vor, dass dies in Zukunft meine Welt sein könnte. Dass ich, Penelope Edgecomb, eine Frau sein könnte, der man mit Bewunderung und Neid nachsah. Allerdings wusste ich auch, dass sich ein Großteil dieser Emotionen an den Mann knüpfen würde, an dessen Arm ich in diesen Raum geschritten war. Der Mann, der mich mit einem zufriedenen Lächeln seinen Bekannten vorstellte und in dessen Augen ich Stolz las.

Die Gala fand in einem Hotel in der City statt, in einem großen Saal, in dem sich bereits jede Menge Menschen tummelten. Es sollte erst ein Essen geben, danach spielte eine Band auf. Sie spielte bereits jetzt, allerdings sehr zurückhaltende, leise Dinnermusik. Nachher, so hatte Viggo mir verraten, würde man zu Tanzmusik umschwenken. Zuvor sollte natürlich noch die jährliche Verlosung stattfinden, um Geld in die Kasse zu spülen. Nicht, dass die Eintrittskarten günstig gewesen wären. Alleine damit finanzierte man sicherlich schon eines der Zimmer, dachte ich und blickte mich unauffällig um. Einige Gesichter kannte ich aus der Presse. Die Mischung war äußerst breit gefächert, neben Politikern erkannte ich Mitglieder des Adels und sogar einige Schauspieler. Andere Gäste, die ich heute Abend bereits persönlich kennengelernt hatte, waren wie mein Begleiter aus der Medizinbranche.

Das Essen war ebenso exquisit wie die Preise. Wir saßen an einem Sechsertisch mit einem Arzt samt Gattin und einem

Werbemenschen, der ebenfalls seine Frau dabeihatte. Es waren angenehme, unterhaltsame und witzige Menschen, die ich spontan mochte.

»Ihr Kleid ist toll«, meinte die Arztgattin, eine bildhübsche Frau Mitte dreißig. Sie war recht kräftig gebaut, doch das tat ihrer Erscheinung keinen Abbruch. Sie hatte zwar deutlich zu viele Kilos auf den Rippen, aber auch eine faszinierende Ausstrahlung, die mich auf Anhieb fesselte. Ich hätte es ihr gerne gesagt, aber wie sollte man das formulieren? *Sie sehen toll aus, trotz Ihrer Kilos?* Oder: *Ihre Ausstrahlung ist der Hammer und macht alles andere wett?*

»Das kann ich nur zurückgeben.« Ich lächelte ihr zu und ließ mein geschultes Auge über ihre Robe gleiten. Sie war unfassbar schön, und vor allem saß sie so perfekt, dass sie ihr auf den Leib geschneidert sein musste. »Was Sie da tragen, ist ein Traum. Und ganz sicher nicht von der Stange«, konnte ich mir nicht verkneifen.

Sie lachte. »Richtig erkannt. Die von der Stange passen mir nämlich nicht.«

Ich erlebte eine kleine Schrecksekunde, in der ich versuchte, die passenden Worte zu finden. *So war das nicht gemeint*, zuckte es durch meinen Kopf.

»Es tut mir leid.« Offensichtlich hatte sie meine Not erkannt und entschuldigte sich hastig dafür. Sie. Bei mir. Was für eine Frau!

»Nicht Ihnen sollte es leidtun, sondern der Modebranche, die sich so standhaft weigert zu sehen, dass Menschen nicht einer Norm entsprechen. Und die für uns entscheidet, was schön ist und was nicht. Anstatt jeden Körper zu feiern und Kleider zu entwerfen, die jeder Figur schmeicheln. Himmel, was tun sie uns teilweise an mit ihrem Snobismus, und dennoch sind wir ihr verfallen. Ich zumindest.«

»Wissen Sie, wenn ich eines gelernt habe in den letzten Jahren, dann, dass es nicht unsere Konfektionsgröße ist, die uns am Ende glücklich macht«, erwiderte sie überraschend ehrlich. »Und ich sage nicht, dass es mir immer leichtfällt, das zu behaupten. Aber irgendwann trifft man den einen Menschen, der einem den Glauben daran schenkt, dass es wichtigere Dinge an dir sind, die dich liebenswert machen.«

Ihr Blick glitt zu dem gut aussehenden Mann an ihrer Seite, und ihr Gesicht, ich kann es nicht anders beschreiben, glühte in echter, tiefer Liebe und absolutem Vertrauen auf.

»Und natürlich habe ich das Glück, dass eine meiner besten Freundinnen Modedesignerin ist und mich mit den wunderbarsten Kreationen ausstattet«, fügte sie mit einem schelmischen Unterton an.

Und damit hatten wir dann endgültig Freundschaft geschlossen. Es stellte sich heraus, dass diese Freundin nicht nur Modedesignerin war, sondern eine, die einen echten Namen in der Branche hatte und deren Kreationen ich bewunderte. Und natürlich hätte ich erkennen können, dass dies ein Kleid von Jess Miller war.

»Wenn ich mir das vorstelle!« Ich konnte ein Seufzen nicht unterdrücken. »Dass Jess Miller meine Freundin ist und eigens für mich Kleider entwirft. Sie macht unglaublich tolle Sachen.«

»Das macht sie.« Die Frau, Anni, nickte zustimmend. »Das ist übrigens ihr Bruder, Ben Miller.« Sie zeigte auf den Werbemann. Der hatte sich zwar vorher höflich vorgestellt, aber da hatte ich natürlich keine Ahnung gehabt, dass er etwas mit der Modedesignerin zu tun haben könnte. »Seine Agentur hat dieses Fest organisiert.«

»Sie hat es organisiert«, widersprach Ben lachend. »Anni arbeitet bei mir und hat sich um das meiste gekümmert.«

»Vor allem um die Spenden.« Ihr Gesicht bekam einen zufriedenen Ausdruck, dann neigte sie sich zu mir und blinzelte mir verschwörerisch zu. »Ein Kleid von Jess ist ebenfalls dabei. Leider eines, in das ich nicht hineinpasse. Aber Ihnen«, sie visierte mich ohne eine Spur von Abschätzung oder Neid an, »Ihnen würde es hervorragend stehen. Sie sollten also nett zu Ihrem Begleiter sein, damit er seine Börse öffnet.«

»Oder ich kaufe es mir selbst.«

»Oder das. Ich für meinen Teil hoffe auf eines der Schmuckstücke, die ich eventuell einmal erwähnt habe.«

Ihr Mann lachte, und für einen Moment registrierte ich, wie sein Blick sie streichelte. Anders als bei Viggos Blicken ging es dabei nicht nur um pure Lust, sondern um sehr viel mehr, wie selbst ich als Außenstehende sehen konnte. Da waren ebenfalls Zuneigung und Begehren zu finden, aber unter diesen Gefühlen lag als Basis oder Grundfarbe eine Liebe in seinem Blick, die mich einen Moment alles andere vergessen ließ. Anni lachte und strich kurz über seine Hand. Ich fragte mich unwillkürlich, wie es sich anfühlen musste, wenn man so angesehen wurde. Ich hätte Anni gerne gefragt, ob das von jeher so gewesen war oder sich im Laufe der Beziehung einfach entwickelt hatte. Um ehrlich zu sein, war nämlich noch keine meiner eigenen Beziehungen in einem Stadium angekommen, in dem ich solch einen Blick geschenkt bekommen hatte. Plötzlich überfiel mich eine unglaubliche Sehnsucht nach genau so einem Ausdruck. Ich wandte den Kopf Viggo zu und bemerkte, dass er mich beobachtete und in seinen Augen etwas lag, was mir Hoffnung machte. Eine Nachdenklichkeit, als ob er zumindest die Möglichkeit prüfte, dass ich eine Frau sein könnte, die man auf diese Art ansah.

Die angenehme Tischgesellschaft versüßte mir die Tatsache, dass ich das ausgezeichnete Essen nicht so würdigen konnte, wie man das hätte tun sollen. Es war zu wenig sirtuin, hätte mein Begleiter gesagt, und ja, ich war zu feige, um mich völlig darüber hinwegzusetzen. Und außerdem sind Essen und Pölsterchen zurückdrängende Hosenpanzer auch nicht gerade kompatibel, weshalb es sogar vernünftig war, nur ein wenig darin herumzustochern. Nach dem Essen wurde flugs die Verlosung angekündigt. Auch dieser Part war unterhaltsam und beeindruckend. Die Scheine saßen den Anwesenden locker in den Taschen, und der Auktionator strahlte begeistert.

Irgendwann kam das Kleid an die Reihe, von dem Anni erzählt hatte. Es war aus der günstigeren Everyday-Kollektion, ein Kleid, das man durchaus im täglichen Leben tragen konnte. Und es war wirklich grandios. Mit einem schlichten Schnitt, und doch so kunstfertig mit kleinen Details aufgewertet, für die sich Jess Miller einen Namen gemacht hatte. Die aufgesetzten Taschen zum Beispiel, die ein wenig wie ein Origami-Kunstwerk anmuteten. Und ich war mir sicher, dass sie so perfekt platziert waren, dass sie nicht auftrugen.

Das Anfangsgebot lag bei 500 Pfund. Natürlich, so hatte man uns den Mund wässrig gemacht, war das hier nur ein Muster, und man durfte sich dann im Laden seine Größe abholen. Der Auktionator nannte die verfügbaren Konfektionsgrößen und bat um die ersten Gebote.

Ich fand es nach wie vor aufregend, was hier passierte. Wir hatten kleine Nummerntafeln erhalten, mit denen wir unsere Kaufbereitschaft signalisieren konnten. Anni hatte mir erklärt, dass für jeden Gast, der eine Eintrittskarte erworben hatte, eine solche Tafel bereitlag und mit seinem Namen verknüpft worden war. Ich hätte meine nur zu gerne einmal ebenso lässig in die Luft gehoben, wie das die anderen taten, aber ich hatte längst bemerkt, dass das über mein Budget hinausging. Nun jedoch drückte Viggo mir seine in die Hand.

»Nur zu«, forderte er mich auf.

Ich schüttelte den Kopf. »Ich muss passen, so schön das Kleid auch ist.«

»Es ist meine Nummer«, rief er mir in Erinnerung. »Du kannst damit tun und lassen, was du willst.«

Ich lachte überrascht und vielleicht ein ganz klein wenig hysterisch unterlegt auf. »Das ist nicht dein Ernst?«

»Natürlich ist es das.«

»Du bist verrückt.«

»Du doch auch. Nach diesem Kleid, oder nicht?«

Ich nickte zustimmend.

»Und du kannst es haben. Du könntest so vieles haben, du musst bloß die Hand danach ausstrecken.«

»Du solltest vorsichtig sein. Ich könnte dein Angebot annehmen und damit Amok laufen.« Ich wedelte ein wenig mit der Tafel, aber so, dass es nicht als Gebot gelten konnte. Hoffte ich zumindest. »Und du solltest langsam wissen, dass ich mich nicht kaufen lasse.«

»Dein Körper im Austausch für ein Kleid? Meine liebste Pen, du schätzt dich weit unter Wert ein.« Seine Finger streiften über meinen Arm, und einen Moment vergaßen wir die Auktion und die Menschen um uns herum.

»Eintausendfünfhundert Pfund sind geboten. Höre ich weitere Angebote?«, drang die Stimme des Auktionators wie durch Watte an meine Ohren. »Ja, dort hinten, eintausendsechshundert. Gibt es weitere Gebote?«

Ich beobachtete aus den Augenwinkeln, wie Viggo nach dem Schild griff und es anhob. Ohne mich aus den Augen zu lassen, streckte er die Tafel in die Luft und rief: »Zweitausend.«

Kapitel 36

»Du bist verrückt«, wiederholte ich fassungslos, ehe Viggo meinen Arm ergriff und mich unter dem Applaus der Menge auf die Bühne mitzog, wo eben mit einem Hammerschlag das Kleid in seinen Besitz übergegangen war.

Ich bekam einen Gutschein ausgehändigt, mit dem ich mir nächste Woche mein persönliches Exemplar abholen durfte, und stand ein wenig überflüssig herum, während mein Begleiter in den Fokus gerückt wurde. Viggo erhielt einen festen Händedruck und wurde sehr für seine Großzügigkeit gelobt. Er tat dies mit einer unbekümmerten Geste ab und sprach ein paar Worte, wie wichtig die Arbeit der entsprechenden Station wäre und wie dankbar er sich fühlte, seinen Beitrag zu leisten und damit diejenigen zu unterstützen, die durch schwere Schicksalsschläge genug zu verkraften hatten.

In diesem Moment streifte mein Blick ein Gesicht an einem der vorderen Tische. Ich fürchte, vor Überraschung blieb mein Mund kurzzeitig offen stehen, denn da saß Phil. Er trug einen Smoking und sah völlig anders aus als der Mann, den ich kannte, aber ich war mir sicher, ihn zu erkennen. Sein Haar war ordentlich gescheitelt und wirkte trotz der Länge überraschend frisiert. Sein Gesicht war glatt rasiert, was den ungezähmten Haarwuchs sicherlich entschärfte. Vielleicht waren es bei den

Männern nicht Brust oder Beine, sondern Bart oder Haare, überlegte ich kurz. Er trug wie Viggo eine Smokingweste, die mich zweimal auf seine plötzlich viel breiter wirkende Brust schauen ließ.

Phil hob den Kopf und musterte mich einen Moment, dann wandte er sich uninteressiert wieder seiner Begleitung zu. Ich stutzte und sah genauer hin. Berechtigte Zweifel überkamen mich. Nein, das war natürlich nicht Phil, das war ein Mann, der ihm einfach sehr ähnelte. Was sollte er auch auf einer Veranstaltung wie dieser treiben, wo alleine die Eintrittskarten schon solch einen horrenden Preis hatten? Vermutlich war das meinem schlechten Gewissen geschuldet, dass ich gedacht hatte, ihn hier zu sehen. Eben noch hatte mich nämlich die Erkenntnis verunsichert, dass in dieser Welt Frauen immer noch ein schmückendes Beiwerk waren, die *Dame meines Herzens*, der man mal eben ein Designerkleid kaufte. Ich registrierte, dass Viggo seinen Arm um meine Mitte gelegt hatte und wir nun Platz für die nächsten machen sollten. Ich warf einen letzten Blick auf das Kleid und gestattete mir endlich, mich darauf zu freuen. Ich hatte ihn nicht darum gebeten, es zu kaufen, und ich sollte aufhören, mir alberne Gedanken zu machen.

»Das hättest du nicht tun müssen«, sagte ich dennoch, als wir wieder an unserem Tisch saßen und Anni mir ausreichend versichert hatte, dass ich in diesem Modell umwerfend aussehen würde.

»Wir sind hier, um Geld auszugeben.« Viggo hob wieder einmal nachlässig seine Schultern. »Das ist der Zweck. In den letzten Jahren habe ich Manschettenknöpfe ersteigert. Aber ganz unter uns, die Gelegenheiten, diese zu tragen, sind ziemlich selten, und ich habe mittlerweile mehr als genug. Weshalb sollte ich nicht etwas anderes erstehen?«

»Erzähl mir nicht, dass es hier nur Manschettenknöpfe gibt.«

»Nein, es gibt auch Krawattennadeln. Weiß der Himmel, wer so etwas heute noch trägt.«

»Oder einen Porsche für ein Wochenende«, wiederholte ich die Ansage der kommenden Versteigerung.

»Ich bin sehr zufrieden mit meinem Wagen. Und ganz unter uns, ich brauche keinen Porsche. Aber wenn dir nach einem ist …« Seine Hand griff nach der Tafel.

»Nein«, wehrte ich schnell ab und legte meine eigene auf seine, um ihn daran zu hindern, sie zu heben. »Nein«, wiederholte ich mit einem nervösen Lachen.

»Sieh mal, Pen. Es stimmt, diese Veranstaltung dient dazu, den Gästen Geld aus den Taschen zu ziehen. Und ich bin in der glücklichen Lage, dass ich es mir herausziehen lassen kann. Ich habe dieses Jahr mein Spendensoll noch nicht erfüllt, wie dir mein Steuerberater bestätigen würde, und ich kann es nebenbei absetzen. Zudem wird darüber berichtet werden, und aus Erfahrung weiß ich, dass das eine bessere Werbung ist, als man denkt. So läuft das eben. Ich bin weder ein Gutmensch noch will ich dich plump kaufen. Aber ich mag dich, Pen, und ich mache dir gerne eine Freude. Es wäre allerdings netter, wenn du dich nicht darüber echauffieren würdest, sondern dich einfach freuen.«

»Okay. Danke«, sagte ich nach einer kurzen Pause leise. Er zwinkerte mir zu.

»Na also. War doch gar nicht so schwierig.« Seine Hand, die nach wie vor unter meiner lag, drehte sich um und einen Moment verflochten sich seine Finger mit meinen. Als er unsere Hände anhob und einen Kuss auf meinen Handrücken drückte, verschwand mein Grinsen, und ich musterte ihn aufmerksam.

»Was führst du im Schilde, Viggo Jonasson?«

Jetzt wurde sein Grinsen breiter. »Ich denke, dass du das genau weißt. Ich tue alles, um dich zu beeindrucken – und um dich in mein Bett zu bekommen.«

Ich ließ es zu, dass er über die restliche Auktion hinweg immer wieder Körperkontakt herstellte. Dass er sich so nah zu mir beugte, dass seine Lippen meine Wangen berührten, nachdem er mir etwas in das Ohr geflüstert hatte. Dass er sein Bein an meinem rieb und, was bei mir kurzzeitig für aufgerissene Augen sorgte, ehe ich meine Mimik wieder im Griff hatte, sogar aus seinem Schuh geschlüpft war und mit seinem bestrumpften Fuß an meinen Waden auf- und abglitt. Es war aufregend und es war ein schönes Gefühl, seine Haut zu fühlen, seine Wärme zu spüren und seinen Blick auf mir ruhen zu wissen. Ich tat so, als hätte ich reges Interesse am weiteren Verlauf der Versteigerung und zeigte überschwängliche Begeisterung für die Ohrringe, die ihr Mann Marc für Anni ersteigerte. Es waren ausnehmend hübsche Stücke, und es fiel mir nicht schwer, sie zu bewundern. Aber die ganze Zeit war mir bewusst, dass Viggos Interesse ausschließlich mir galt. Als dann endlich das letzte Stück einen neuen Besitzer gefunden hatte und die Band wieder zu spielen begann, stand er auf und zog mich hoch. Wir gingen Hand in Hand nach vorne, wo nun die Tanzfläche war. Als wir an den vordersten Tischen vorbeikamen, warf ich einen Blick zu dem, an dem ich vorher Phil entdeckt zu haben glaubte. Auf dem Platz saß eine Frau, und von dem Kerl war nichts zu sehen. Vermutlich hatte ich mir das wirklich lediglich eingebildet. Energisch entschied ich, dass damit jetzt Schluss war. Viggos Arme, die mich festhielten, taten ihr Übriges dazu. Wenn dieser Mann mich verwöhnen wollte, dann würde ich ihn nicht daran hindern. Maisie hatte recht: Ich hatte nichts zu verlieren. Aber jede Menge zu gewinnen, wie mir am laufenden Band klargemacht wurde.

Auf dem Weg zur Tanzfläche, der ja eigentlich nicht lang war, waren wir gefühlt zwanzig Mal aufgehalten worden. Dauernd trat uns ein Mensch in den Weg, der offensichtlich sehr verzückt war, meinen Begleiter zu treffen.

»Jonasson!«, riefen sie zum Beispiel. Das waren im Großen und Ganzen männliche Gäste, und sie schlugen ihm dann begeistert auf die Schulter und schienen sich wirklich zu freuen. »Schön, Sie mal wieder zu sehen. Läuft bei Ihnen, was? Wie immer ein großer Unterstützer der guten Sache.« Solche Dinge sagten sie in leicht abgewandelter Form, ehe sie ihm noch einmal ihre Hand auf die Schulter legten. Gerade die älteren Männer taten das, und es erinnerte mich ein wenig an stolze Väter mit ihren Söhnen. Und die waren es auch, die dann augenzwinkernd hinzufügten: »Sie sehen keinen Tag älter aus als bei unserem Treffen letztes Jahr. Vielleicht sollten wir uns mal unterhalten, was Ihre Branche so zu bieten hat.«

Aber nicht nur seine Geschlechtsgenossen nutzten die Gelegenheit, ihn anzusprechen. Auch Frauen traten uns ungeniert in den Weg. Manche davon waren offensichtlich Kolleginnen und hielten sich ein wenig mit ihrer Begeisterung zurück.

»Doktor Jonasson! Wir sehen Sie in letzter Zeit viel zu selten. Sie werden doch hoffentlich in vier Wochen auf dem jährlichen Kongress für plastische Chirurgie sein?«

»Natürlich«, erteilte er in diesen Fällen charmant Auskunft. »Ich freue mich bereits darauf.«

Und dann waren da noch die Frauen, die ganz offensichtlich keine Kolleginnen waren.

»Viggo!«, juchzten sie und taten überrascht, ihn zu sehen. *Als hätten sie ihn nicht ganz genau abgepasst*, dachte ich ein wenig spöttisch. »Du alter Schwerenöter, wo treibst du dich in letzter Zeit herum? Ich habe dich vermisst bei …« Und dann kam irgendeine Party, ein gesellschaftliches Event oder einfach nur ein vertrauliches *Eve*, *Danny* oder *den Hardings*. Diese Sorte warf mir danach einen abschätzenden und leicht hochnäsigen

Blick zu, während sie in meinem Gesicht forschten, ob mir zuvor erwähnte *Eve*, *Danny* oder *die Hardings* etwas sagten. Sie traten nahe an ihn heran und berührten beim Reden vertraulich seinen Arm. Den, dessen Hand nicht meine hielt. Sie warfen das Haar zurück und sich selbst in Pose, lachten so glockenhell, wie ich das nie gekonnt hätte, und ignorierten mich eisern.

»Du hast versprochen, du meldest dich«, schmollte eine und klimperte mit den Augen. »Ich warte bis heute darauf und habe mir ernsthafte Sorgen gemacht, dass dir etwas zugestoßen ist.«

»Ich sagte, ich melde mich immer, wenn mir etwas wichtig ist«, gab er zurück und schaffte es, dabei nicht übermäßig verletzend zu klingen. »Und ich sagte«, nun schenkte er ihr einen Blick, der beinahe sanft war, »dass mir der Abend gut gefallen hat und es eine interessante Unterhaltung war.«

»Den wir gerne wiederholen können. Das hast du gesagt.« Sie klimperte weiterhin und ich musste sie direkt ein wenig bewundern. Sie war eine hübsche Frau, mit glänzendem braunem Haar und einem fein geschnittenen Gesicht. Und einer Figur, an der sich nichts aussetzen ließ. Ich vermutete, dass diese Lady Dellen an den Oberschenkeln nur aus Frauenzeitschriften kannte.

»Bei Gelegenheit, Shona.« Er bemerkte, wie ihr Gesicht ein wenig angespannter wurde, und neigte sich leicht zu ihr. Allerdings, ohne meine Hand loszulassen.

»Es tut mir leid. Es wäre nicht fair gewesen, mich zu melden. Es hätte einen falschen Eindruck erweckt.«

Sie starrte ihn einen Moment an, dann sank sie regelrecht in sich zusammen. »Du hast natürlich recht. Aber falls du es dir überlegst: Du hast meine Nummer. Ich für meinen Teil habe keinen falschen Eindruck erweckt, als ich dir gezeigt habe, dass ich dich wirklich mag, Viggo. Und daran hat sich nichts geändert.«

»Was ist das hier?«, konnte ich mich nicht zurückhalten, als Shona mit einem letzten, plötzlich schüchternen und eigentümlich einnehmenden Lächeln enteilt war. »Du hast doch nicht eine ganze Theatergruppe engagiert, um hier eine perfekte Inszenierung des guten Onkel Doktor zum Besten zu geben?«

»Pen!« Sein Blick drückte echte Überraschung aus. »Was habe ich getan, um solche Vorwürfe zu rechtfertigen? Ich bin nicht so schlecht, wie du denkst. Ich bin einer der Guten. Meistens zumindest.«

Ich musterte ihn, als gäbe es äußerliche Anzeichen, die das bestätigten. Einen Stempel oder so. *Geprüft und für keinen schlechten Kerl befunden.* Einen Stempel, den ich in meiner bisherigen Dating-Laufbahn leider viel zu selten hätte brauchen können.

»Du suchst ständig nach dem Haken, oder?«

Meine kurzzeitig betretene Miene sagte alles. *Ja*, dachte ich. *Was mir wohl keiner übel nehmen kann. Du bist zu perfekt, zu freigiebig, zu direkt, zu alles. Du bist ein Kerl, den man nicht einordnen kann. Jede Frau mit einigermaßen Verstand wäre vorsichtig.*

»Du wirst keinen finden.« Er hatte sich herabgebeugt, sein Mund dicht an meinem Ohr, seine Stimme warm und einlullend und so nuanciert, dass ich erneut spürte, wie es in gewissen Körperregionen zu Aufregungen kam. Er strich mir eine Strähne hinter das Ohr und ließ seinen Finger sanft an meinem Hals hinabgleiten. »Zumindest keinen in der Art, nach dem du suchst.«

Kapitel 37

Als wir endlich die Tanzfläche erreicht hatten und er mich in seine Arme zog, begann mein natürliches Misstrauen endgültig zu versagen. Anfangs tanzten wir schweigend, und mein Kopf nutzte die Gelegenheit, mich noch ein wenig mehr zu sabotieren. Er spielte einen munteren Film ab: Sein Gesichtsausdruck, als er mich abgeholt hatte und ich in diesem unglaublichen Kleid vor ihn trat, mit großem Make-up und sorgsam frisiertem Haar. Selbst in der Rückblende brachte sein Blick meinen Atem aus dem Takt. Ich ließ die Bewunderung seiner Kollegen und Bekannten, die Hochachtung, mit der sie ihm begegneten, als eindrucksvolle Szenen vor meinem inneren Auge ablaufen. Und ganz besonders durchlebte ich noch einmal die Anbaggerversuche der Damen, die er so nonchalant ins Leere hatte laufen lassen. Ich bekam recht gründlich dargelegt, wie dämlich es war, hier auf stocksteife Jungfer zu machen. Und vor allem mutierte ich zusehends zu einer Frau, die zur Sklavin ihres Unterleibs wurde. Ich empfing recht deutliche Signale, dass der sich jetzt lange genug hatte zurückhalten müssen und nun ziemlich bestimmt die Kontrolle über mein Gehirn übernehmen wollte. Wie jedes Mal, wenn er mich auf diese Art anschaute, mir zuraunte, wie begehrenswert ich war, und ungehemmt zugab, was er sich für den weiteren Ablauf des Abends erhoffte, fühlte ich mich großartig, einzigartig und wunderschön. Heute jedoch kribbelte es noch intensiver, weil ich wusste, dass ich mich überzeugen lassen würde. Ich ließ es also zu, dass er mich ein wenig enger an sich zog und seine Hand sich nicht so exakt an die Etikette hielt, wo sie sich bei einem klassischen Paartanz befinden sollte. Ich missachtete diese völlig überbewertete Sache mit *dein Tanzbereich* und *mein Tanzbereich* und es war mir egal, ob wir deshalb schiefe Blicke kassierten. Im Ernst, hätten diese Herrschaften gewusst, wie es in meinem Inneren tobte, hätten sie applaudiert, dass ich mich so gut im Griff hatte. Seit dem Moment, in dem ich mir selbst gegenüber zugegeben hatte, dass ich nicht länger warten wollte, musste ich mich beherrschen, um nicht über ihn herzufallen. Und als ein langsames Stück gespielt wurde und er mich noch enger an sich zog, seine Wange an meiner, seine Finger in meinem Nacken, gab ich nach und seufzte zufrieden.

»Alles in Ordnung?«, fragte er leise und ein wenig so, als wüsste er genau Bescheid, wo es gerade nicht in Ordnung bei mir war. Er hatte den Kontakt in dem Maße gelöst, dass er mir in die Augen blicken konnte. Und so musste ich gar nichts antworten, ihn nur anschauen, damit er es endgültig erkannte. Und mich küsste.

Als ich ihm beim ersten Mal erlaubt hatte, dies zu tun, war er direkt in die Vollen gegangen. Heute hielt er sich zurück und begnügte sich mit einer gesellschaftsfähigeren Version. Die allerdings nicht minder aufregend war. Als wäre ich ein Hund, mit dem man spielt, schenkte er mir immer nur kurze Momente des Glücks, zog sich zurück, strich wie ein Windhauch mit seinen Lippen über meine.

Jeder, der behauptet, ein richtiger Kuss sei eine wilde Knutscherei, dem empfehle ich einmal diese Qual. Wenn er sich jedes Mal, wenn du loszulegen gedenkst, zurückzieht. Wenn du stets in dem Moment, in dem du mehr willst, weniger bekommst. Wenn sich alles danach sehnt, dass es nie endet, und die Musik aufhört und du dich blinzelnd umsiehst und nicht weißt, wo du bist.

»Lass uns verschwinden«, schlug er endlich vor, und ich nickte einfach.

Bereits im Taxi fiel mein letzter Rest Würde. Ich ließ mich, kaum, dass wir angefahren waren, wieder in seine Arme reißen, und dann küsste er mich wirklich. Okay, wenn ich vorher gemeint hatte, eine wilde Knutscherei könnte es nicht mit diesen gemeinen kleinen Küssen aufnehmen, dann hatte ich das nicht endgültig durchdacht. Ich lernte gerade ganz neue Foltermethoden kennen. Es war, als würde ein Damm, den du seit Wochen stützt und immer wieder verstärkst, plötzlich nachgeben. Diese Naturgewalt, die dann entfesselt wird, der du aber gar nichts mehr entgegensetzen kannst. Wenn aus Beton eine durchlässige Membran wird.

Viggo tat sein Bestes, um den Einsturz nicht nur heraufzubeschwören, sondern um jegliche Gegenmaßnahme zu unterminieren. Er ließ keine Zweifel aufkommen, dass er heute Abend ans Ziel gelangen wollte, und er nutzte jeden Trick. Den tiefen Rückenausschnitt meines Kleides, der es ihm erlaubte, die Haut dort zu berühren und brennende Spuren zu ziehen. Den nicht minder großzügigen Ausschnitt auf der Vorderseite, der in derselben Weise dafür sorgte, dass ich mich immer mehr wand. Den Beinschlitz, den er nicht vergessen hatte und der mich kurzzeitig überlegen ließ, ob dieser Mann mehr als nur zwei Hände hatte. Und immer wieder seine Lippen auf meinem Mund, meiner Haut. Ich vergaß alles, was ich mir je geschworen hatte, und packte seinen Kopf, um ihn wieder in Kussnähe zu haben, weil ich dachte, ohne seinen Mund auf meinem ertrinken zu müssen. Wir liefen eindeutig Gefahr, die Nacht völlig wuschig auf einer Polizeiwache verbringen zu müssen, weil wir es selbst für einen leidgeprüften Londoner Black-Cab-Fahrer zu weit getrieben hatten und uns wegen Erregung öffentlichen Ärgernisses verantworten mussten.

Als der Wagen endlich hielt, lösten wir uns gerade lange genug voneinander, damit Viggo ihm einen Schein zustecken konnte, der nicht nur den Fahrpreis deckte, sondern auch eine großzügige Entschädigung dafür beinhaltete, was der arme Kerl eben auf seiner Rückbank so tapfer hatte ignorieren müssen. Als wir die Eingangstür des großen Appartementhauses passierten, waren wir bereits wieder damit beschäftigt, uns zu küssen. Im Aufzug sowieso. Unter anderen Umständen wäre ich vermutlich mächtig beeindruckt gewesen, wo wir gelandet waren. So aber bekam ich weder mit, dass uns die Tür unten von einem diskret zum Himmel blickenden Portier geöffnet worden war, noch, dass uns ein weiterer hinter der dunklen Holztheke ebenso taktvoll einen schönen Abend wünschte. Ich merkte nicht, dass Viggo einen langen Zahlencode eintippte, ehe er den Fahrstuhlknopf drückte, und ich war einfach nur dankbar, dass uns der Aufzug direkt in einer schicken Wohnung ausspuckte und uns die weitere Verzögerung eines Flurs und das Suchen nach einem Schlüssel erspart blieben. Ich hatte keine Zeit, um von den Umständen beeindruckt zu sein. Ich wollte keine Energie darauf verschwenden, meine Umgebung wahrzunehmen. Alles, wovon ich Notiz nehmen wollte, war dieser Mann, der sich in genau dem Moment, als sich die Fahrstuhltüren kaum hörbar hinter uns geschlossen hatten und wir endlich alleine waren, von mir löste.

»Langsam«, sagte er mit gepresster Stimme, und ich hätte beinahe gelacht, weil das bisher mein Text gewesen war. Und ich Luft gehabt hätte. Und nicht einen Moment lang Angst, dass er mich jetzt in diesem Zustand verhungern ließ. »Langsam. Ich habe zu lange davon geträumt«, wiederholte er ein wenig gefasster, zumindest, so weit *gefasst* in unserer Situation irgendwie möglich war.

Was dann folgte, war so heiß, dass selbst ich beim Gedanken daran rote Ohren bekomme. Nichts mit raus aus den Klamotten und rein ins Vergnügen. Viggo, bisher nicht zu bremsen, zelebrierte das Entkleiden mit einer beinahe schmerzhaften Ernsthaftigkeit. Ich war mir sicher, dass er wusste, wie sehr ich mich nach ihm verzehrte, und dass er es genoss, mich endlich dort zu haben, wo ich war. Er raunte mir ins Ohr, wie bezaubernd ich heute Abend ausgesehen hätte, und dass er, seit wir das Kleid gekauft hatten, nichts anderes im Sinn gehabt habe, als es mir abzustreifen. Mit einer tödlichen Langsamkeit wurde der Reißverschluss geöffnet. Er schien jeden Zahn einzeln trennen zu wollen, was mich erneut vor Ungeduld aufstöhnen ließ. Dabei bewegten wir uns, küssend und nicht-küssend und wieder die Lippen des anderen suchend, genauso langsam in Richtung Schlafzimmer. Erst dort schob er mir die Robe von den Schultern, und ich erkannte, dass dies auch etwas Gutes hatte. Ich war mittlerweile so auf das fixiert, was ich auf der Stelle haben wollte, dass ich keine freien Kapazitäten hatte, um an meine Shapewear zu denken. Maisies Vorschlag, sie vorher auf der Toilette zu entsorgen, war absolut unmöglich umzusetzen gewesen, und nun stand ich da und er stutzte einen Moment, als er anstatt eines neckischen kleinen Spitzendings dieses Monstrum sah. Er ging gut damit um, so viel dazu. Und er war nicht ganz unerfahren damit, es mit der nötigen Entschlossenheit anzugehen. Vermutlich war ich nicht die Erste, die er in so einem Ding in die Finger bekam, aber auch das war gerade nicht wichtig. Wichtig war nur, dass Viggo erkannte, dass es nun genug war mit Langsamkeit und er wieder zu dem Tempo zurückkehrte, welches er sonst an den Tag gelegt hatte.

War es nun endlich passiert? Hatte ich in dieser Millionenmetropole den einen Mann gefunden? Nein, nicht den einen, den einen, der noch dazu perfekt war? Das Rundum-sorglos-Paket. Den, um den sich ganze Filmplots drehten und von dem man zwar träumte, aber stets im Wissen, dass solche Kerle nur in den Fantasien sehr begabter Autoren existierten. Und nein, ich werde nicht erzählen, was dieser Kerl alles anstellte oder was ich im Gegenzug tat. Nur so viel: Oh. Mein. Gott. Jeder einzelne Reinfall in meiner Biografie hatte sich gelohnt, weil ich in dieser Nacht entschädigt wurde und gar nicht wusste, wie ich dieses Glück verdient hatte.

Erst am nächsten Morgen war ich wieder imstande, etwas klarer zu denken und vor allem zu registrieren, wo ich war.

Als ich erwachte, war das Erste, was ich sah, Viggo. Er war bereits wach und lag neben mir auf die Seite gedreht, den Kopf aufgestützt und betrachtete mich mit seinen blauen Augen.

»Guten Morgen, wunderschöne Penelope«, sagte er mit einem verdächtigen Grinsen und beugte sich über mich, um mich zu küssen.

»Hey.« Ich streckte mich genüsslich.

»Hey?« Er kniff die Augen ein wenig zusammen. »Ist das alles?«

»Was willst du hören?«

»Alles, nur keine Klagen.«

»Wie wäre es dann damit?« Ich streckte eine Hand aus und fuhr sachte an seiner Brust entlang. Ich musste das einfach tun, denn sie war beeindruckend und schrie geradezu danach. »Hey, gibt es hier zufällig einen Kaffee?«

Viggo lachte leise. »Den muss man sich verdienen.«

»Habe ich das nicht bereits getan?«

»O doch«, bestätigte er. Dann war er ganz über mir und vertrieb fürs Erste jeden anderen Gedanken.

»Beeindruckend. So groß und vor allem perfekt proportioniert«, gestand ich einige Zeit später und bezog mich auf die Wohnung, die ich allmählich bewusst wahrnehmen konnte.

Viggo lachte. »Diese Wohnung? Nun ja, die auch.«

Ich überging diese Bemerkung und schlenderte zu den großen Fenstertüren. Ich hatte einen Kaffee in den Händen, nasse Haare und trug nichts außer einem flauschigen weißen Handtuch – und einem dezenten Make-up, das en nature gehalten war. Ich hatte für genau solche Gelegenheiten immer ein kleines Set bei mir: Mini-Mascara, eine BB Cream, ein großartiges Produkt in Stiftform, das sowohl als Rouge sowie als Lippenbalm funktionierte, und ein Briefchen mit Puderblättern. Das passte, da es alles Miniaturausgaben waren, in jede noch so kleine Handtasche – und sorgte dafür, dass ich wie das blühende Leben aussah und mein Augenaufschlag die gewünschte Intensität bekam. Damit trug ich deutlich mehr als er, denn Viggo spazierte ungeniert nackt herum, was seine zweideutigen Bemerkungen noch ein wenig anzüglicher machte.

»Dieser Blick über die Stadt ist einzigartig und wunderschön.«

»So wie du«, raunte er an meinem Ohr.

»Ach ja?« Ich konnte es mir nicht verkneifen.

»Natürlich. Und du weißt es.«

Darauf entgegnete ich nichts. Sollte er denken, dass ich das wusste. Denn leider war ich meiner selbst nicht so sicher wie er. Wobei ich, hätte ich seinen Körper gehabt, auch keine Bestätigung gebraucht hätte. Also seinen Körper in der weiblichen Ausführung. Viggo war leider jemand, der fast zu schön war. Er brauchte den Schutz eines Handtuchs nicht, und selbst wenn sein Körper einen Makel hatte, dann wurde dieser bestens versteckt unter seinem Selbstbewusstsein.

»Dann würdest du mich also wegschicken, wenn ich zu dir käme?« *Wie dumm von mir*, dachte ich im selben Moment. Viel zu hohes Risiko, aber die Frage war gestellt.

»Ich würde dich nie wegschicken. Nicht, nachdem ich weiß, dass sich jede Sekunde des Wartens gelohnt hat.«

»Du solltest aufpassen, dass du es nicht übertreibst«, neckte ich ihn zurück und lehnte mich an seine Brust.

»Ich sage nur die Wahrheit. Ich wusste es sofort, dass unter deiner kühlen Fassade eine heißblütige Frau steckt.« Seine Hände umschlossen mich und versuchten, das Handtuch zu lösen.

»Und eine Frau, die in Ruhe ihren Kaffee trinken muss.«

»Sonst was?«, wollte er wissen.

»Sonst muss ich mir einen Ort suchen, wo das möglich ist.« Ich nahm zur Bekräftigung einen winzigen Schluck.

»Dann muss ich das wohl akzeptieren.« Noch einmal streiften seine Hände über meine Haut, ehe sie sich um meine Taille schlangen und dort zur Ruhe kamen. Ich schloss die Augen und atmete tief durch. Und gestattete mir endlich zuzugeben, dass ich sehr erleichtert war, wie dieser Morgen ablief. Und dass es mir überraschend gut gefiel, einfach nur hier zu stehen und festgehalten zu werden.

Kapitel 38

Während wir dort standen und den Blick über die City genossen, gab es einiges, was ich mir eingestehen musste. Zum Beispiel, dass Viggo die Erwartungen, die er geweckt hatte, durchaus erfüllte. Nicht nur seine Wohnung war beeindruckend und wohlproportioniert. Ich war ein wenig in Sorge gewesen, wie er sich verhalten würde, wenn ich endlich nachgegeben hatte. Unbegründet, wie ich nun feststellte. Offensichtlich schien er es nicht eilig zu haben, mich aus der Bude zu komplimentieren, was dann doch beruhigend war. Er war nach wie vor nett und fast zu bemüht. Ich meine, es war jetzt ja nicht mehr nötig, mich mit übertriebenen Komplimenten zu überhäufen, aber dennoch tat er es weiterhin.

Um mich abzulenken, machte ich mich daran, seine Wohnung zu erforschen. Nun ja, zumindest so weit, wie dies nach den gängigen Anstandsregeln schicklich war. Ich öffnete keine Schränke und lugte nicht unter den Teppich, aber ich sah mich um und registrierte, wo ich hier war.

Dominierend war der Raum, in dem wir uns gerade befanden. Er war groß, seine Grundfläche übertraf sicherlich die unserer gesamten Wohnung. Er war als großes L angelegt, mit zwei gleich langen Schenkeln. Es war ein Raum, der mehrere Funktionen erfüllte. Gestern waren wir direkt aus dem Fahrstuhl in den vorderen Bereich gepurzelt, der als Wohnzimmer fungierte. Anders als erwartet, beherrschten ihn nicht schwere Ledermöbel. Stattdessen gab es eine großzügige Sofalandschaft in einem hellen Sandton, wo mehrere Kissen in den unterschiedlichsten Blauschattierungen arrangiert lagen. Manche waren gestreift, die helleren Töne unifarben, was augenblicklich Assoziationen mit Strand und Meer weckte. Dort, wo sich die Schenkel des L trafen, an der breiten Fensterfront mit Zugang zum umlaufenden Balkon, stand ein gewaltiger heller Holztisch mit tiefen Kerben. Umrahmt wurde er von modernen Stühlen, die einladend in demselben Stoff bezogen waren wie das Sofa. Vor den Fensterfronten standen lange Pflanzgefäße, ebenfalls aus einem hellen, recht groben Holz gefertigt, das mich unwillkürlich an Treibholz denken ließ. Vielleicht lag es auch an der Bepflanzung mit dem hohen Gras, das dieser Umgebung endgültig ein maritimes Flair verlieh. Alles daran wirkte leicht und vermittelte mir ein Gefühl von Urlaub und Erholung. Auf der anderen Seite schloss sich eine Küche an, die nichts vermissen ließ, was man brauchte. Cremeweiße, hochglänzende Fronten, eine schwarze Spüle samt Marmorarbeitsplatte. Ich fragte mich unwillkürlich, ob Viggo am Ende auch noch kochen konnte. Ich entdeckte einen Backofen, einen eingebauten Dampfgarer und einen Luxus-Kühlschrank, in dem eine ganze Familie ihre Vorräte hätte unterbringen können. Die Küchenwand beeindruckte mit einer Betonoptik, die mir überraschend gut gefiel. Eine Kochinsel, an der man zu viert bequem arbeiten konnte und die über eine zweite Spüle verfügte, hätte die Ansprüche jedes Profikochs erfüllt. Es war nicht einmal übertrieben oder allzu protzig, aber ganz klar eine völlig andere Welt als die, aus der ich kam. Noch deutlicher war mir das im Bad geworden. Ich hatte mir eine Dusche gegönnt und dabei Zeit genug gehabt, diesen Raum auf mich wirken zu lassen. Und ich muss gestehen, dass ich noch nie etwas Vergleichbares gesehen hatte. Ich kannte kein Bad, welches eine Wand komplett bis zum Boden verglast hatte. Ich war noch nie in einem gewesen, das so großzügige Abmessungen besaß. Ich hatte noch nie in einem Badezimmer einen Beton-Blumenkasten gesehen, der sich vor der gesamten Glasfassade erstreckte und üppig mit Grünpflanzen, mit Farnen und Bambus und anderen Gewächsen bepflanzt war. Genauso staunte ich über die Badewanne. Dass sie frei stehend vor den bodenhohen Fenstern thronte, war das eine. Aber ihre Form, wie ein schlankes Schiff, schlicht und dennoch absolut außergewöhnlich, ließ mich einen Moment stumm verharren. Zusammen wirkte es, als befände man sich auf einer tropischen Insel. Dagegen mutete die große frei begehbare Dusche schon fast langweilig an, auch wenn die neben der Duschwand stehende kleinere Version des Betonpflanzgefäßes durchaus erwähnenswert war. Die Waschbecken, zwei an der Zahl, waren auf eine lange, naturbelassene Holzplatte aufgesetzt, die eine gesamte Wand einnahm. Die Wände waren in einem maskulinen Graubraun gehalten, der Holzboden wies dieselbe Farbe wie die Waschtischplatte auf. Der Spiegel über den Waschtischen reichte ebenfalls von der einen Seite des Raumes bis zur anderen und gleichzeitig bis hinauf zur Decke. Er war leicht schräg angebracht und bot damit einen nahezu uneingeschränkten Blick auf den ganzen Körper – und ließ nebenbei diesen Raum noch größer wirken.

Auf der Ablage versammelten sich erstaunlich viele Töpfchen und Tiegel, was mich zu einem schnellen Kontrollblick animierte. Anscheinend gehörte das alles ihm, und ich nahm mir vor, die einzelnen Produkte bei Gelegenheit genauer in Augenschein zu nehmen. Wie es aussah, konnte ich hier noch einiges lernen, was die Verwendung der verschiedensten Seren und Ampullen betraf.

Besonders überrascht hatte mich allerdings das Schlafzimmer. Ich kannte einige dieser Räume, und es ist keine üble Nachrede, wenn ich behaupte, dass die meisten Männer diesen Raum doch eher praktisch einrichten. Ein großes Bett mochte noch einleuchtend erscheinen und ein Schrank als sinnvoll eingestuft werden, aber damit hatte es sich in der Regel. Bettwäsche wurde verwendet, nicht ausgewählt und schon gar nicht auf irgendwelche Farbkonzepte abgestimmt. Viggos Schlafzimmer allerdings war eine sinnliche Oase. Das Bett, gewaltig und natürlich ein Boxspringmodell, hatte ein beeindruckendes Kopfteil und war mit dunkelgrünem Samt überzogen. Die große Decke umhüllte eine wirklich schöne Bettwäsche. Moosgrüne Palmblätter prangten auf einem grauen Hintergrund, das passende Laken war im gleichen Farbton wie die Blätter. Der Schrank zog sich über eine komplette Wand und hatte durchgehend Spiegeltüren. Auch in diesem Raum war die komplette Fensterfront bodentief und es gab erneut eine Schiebetür, die auf den Balkon führte. An der Wand stand ein Lounge-Sessel, ein überraschend anmutig wirkendes Teil mit einem zum Bett passenden dunkelgrünen Samtbezug. Daneben fand sich ein Tischchen aus Messing, auf dem eine weitere Topfpflanze, irgendetwas aus der Sukkulentenfamilie, arrangiert war. Neben dem messingfarbenen Übertopf lag ein dicker Fotobildband. Schwarz-Weiß-Fotografien von schönen, unbekleideten Menschen, wie es schien. Bei einem anderen Mann hätte dieser Raum affig oder plüschig oder übertrieben wirken können, aber zu Viggo passte er total. Er wurde in diesem Zimmer etwas nahbarer, fand ich, weil das Grün beruhigend war. Den letzten Raum hatte ich noch nicht betreten. Ich vermutete ein Büro hinter der geschlossenen Tür, doch ich fand keinen Grund, das zu überprüfen.

»Beeindruckend«, wiederholte ich. »Du hättest Innenarchitekt werden sollen.«

»Nein.« Er lachte. »Ich war nur schlau genug, einen zu engagieren.«

»Den besten, wie es scheint. Diese Wohnung«, ich drehte mich um meine Achse, »sie passt perfekt zu dir.«

»Das liegt daran, dass sie mich gut kennt.«

»Sie?«

»Die Innenarchitektin. Wir waren eine Weile ein Paar. Ehe sie die Wohnung gestaltete.«

»Dann muss es eine Trennung im Guten gewesen sein. Sie hat sich ins Zeug gelegt.«

»Weshalb auch nicht? Nur weil man merkt, dass man sich nicht mehr liebt, hasst man sich doch nicht gleich.«

Ich nickte unverbindlich. Nicht, wenn man Glück hatte.

Den restlichen Sonntag verbrachten wir überwiegend in Viggos grünem Schlafzimmer. Ich fand es etwas irritierend, dass die breiten Fensterfronten weder Vorhänge noch Jalousien hatten, aber er meinte lachend, dass in dieser Höhe wenige Menschen Gelegenheit hätten, ungebetene Blicke auf uns zu werfen.

»Und wenn, was würden sie sehen? Nichts, was sie nicht im eigenen Spiegel oder im Fernseher jederzeit auch betrachten könnten.«

»Nun, ich finde, dass es da durchaus Unterschiede gibt, ob sie sich das im Fernseher oder live bei uns ansehen«, wandte ich ein.

»Und ich finde, dass du dir viel zu viele Gedanken machst«, beendete Viggo die Diskussion, ehe sie richtig beginnen konnte. »Ich sollte dich vermutlich beschäftigen und ausreichend ablenken.«

»Das wäre eine Möglichkeit«, schnurrte ich zufrieden.

»Und ich fordere umgehend mein Handtuch zurück.«

Dieses Mal hinderte ich ihn nicht daran, sich daran zu schaffen zu machen. *Wie habe ich diesem Mann nur so lange widerstehen können*, dachte ich, als er es endlich langsam auseinanderschob und dabei zufriedene Laute ausstieß.

»Hör auf«, stöhnte Maisie ein paar Stunden später übermütig und erinnerte mich daran, dass ich genau das kurz zuvor auch gesagt hatte. Unter anderen Umständen, wie ich hinzufügen möchte, denn mein Stöhnen war durchaus qualvoller gewesen, wie ich ihr gerade anvertraut hatte. Nun ja, nicht so explizit, aber hinreichend genug, um ihr einen Überblick zu verschaffen. Und dann hatte ich seine Wohnung in allen Einzelheiten beschrieben, was er gesagt hatte und wie deutlich er es gemacht hatte, dass er an mir nichts auszusetzen hatte. »Ich habe es kapiert. Du hattest den Sex deines Lebens.«

»Ich glaube, das mit Viggo, das könnte es sein«, musste ich noch einmal betonen und wehrte mich energisch gegen den kurzen Déjà-vu-Moment, der mich daran erinnerte, wie ich dasselbe vor nicht allzu langer Zeit über Alec gesagt hatte. »Warte ab, bis ich dir von dieser Gala erzähle«, lenkte ich mich selbst ab und stopfte Alec zurück in die dunkle Ecke, die er verdient hatte.

»Ich weiß nicht, ob ich das heute noch verkraften kann.« Maisie verdrehte ihre Augen. »Ich fühle mich gerade wie Aschenputtel.«

»*Ich* fühle mich so«, korrigierte ich. »*Nachdem* sich die bösen Stiefschwestern die Zehen abgehackt haben und aufgeflogen sind.«

»Und nun lebt ihr glücklich bis an euer Lebensende?«

Ich seufzte. »Möglich. Ich weiß es nicht. Aber der Anfang stimmt zumindest. Ich werde es langsam angehen lassen«, versicherte ich und spürte doch, dass ich schon wieder dabei war, Vollgas zu geben.

Als mich Viggo endlich hatte gehen lassen oder genauer gesagt heimgefahren hatte, war es bereits spät gewesen. Ich hatte mit dem Gedanken gespielt, eine weitere Nacht bei ihm zu bleiben, aber das war natürlich unmöglich. Ich musste morgen zur Arbeit, und ich hatte nur die glitzernde Robe. Seine

Wohnung lag am anderen Ende der Stadt, was uns gezwungen hätte, irrsinnig früh aufzustehen. Und ihn, seine morgendlichen Sporteinheiten auszusetzen. Das wollte ich nicht riskieren, denn tief in mir hatte ich den Verdacht, dass Viggo in dieser Hinsicht nicht kompromissbereit war.

Er hatte mir ohne großes Theater erzählt, dass er, während ich wie erschlagen von unserer ersten gemeinsamen Nacht schlief, seine Sit-ups und Planks und Squats durchgezogen hätte. Das war erschreckend genug. Welcher vernünftige Mensch tat das? Ich für meinen Teil fand, dass wir uns ausreichend verausgabt hatten an diesem Wochenende, aber ich wollte auf alle Fälle nichts riskieren und hatte darum gebeten, nach Hause gebracht zu werden. Zudem, so dachte ich naiv, konnte es nicht schaden, wenn ich ein wenig Abstand herstellte, wenn ich Zeit hatte, um gefühlstechnisch durchzuatmen, und die ganzen Erlebnisse sich ein wenig setzen konnten.

Und dann war ich auf Maisie gestoßen, die sich danach verzehrt hatte, alles zu hören, und hatte mich selbst wieder in eine Stimmung versetzt, in der ich am liebsten direkt zu ihm zurückgerannt wäre. Ich konnte es nicht abstreiten, ich hatte mich viel zu sehr auf ihn eingelassen. Und auch wenn ich das nicht wollte, hatte mich seine Wohnung zusätzlich mächtig beeindruckt. Es war nicht übertrieben zu sagen, dass ich mich wie eine Märchenprinzessin fühlte. Es war mir klar, dass ich das auch früher getan hatte, aber nie in diesem Ausmaß. Dieses Mal fühlte es sich anders an. Auch wenn ich nach wie vor stets mit einem Ohr darauf lauschte, endlich das zu hören, was ich erwartete. Die faule Stelle zu finden. Den Grund, weshalb ein Mann wie Viggo ausgerechnet auf mich gewartet hatte.

Entschlossen schüttelte ich den Kopf und verbot es mir, weiter über dieses Thema nachzudenken. Er war nett und er war erfolgreich. Und er war reich und hatte einen seltsamen Hang dazu, mich ständig mit Komplimenten zu überhäufen.

Alles keine Gründe, um dieses blöde Misstrauen weiterhin zu füttern. Ich sollte mir endlich ein Beispiel an Maisie nehmen und in jedem Menschen erst einmal das Gute sehen. Dann wäre ich eine Weile beschäftigt, und zwar alleine damit, mir Viggos positive Seiten ins Gedächtnis zu rufen.

Kapitel 39

In der kommenden Woche überfluteten mich die Glücksgefühle. Ich bekam jeden Morgen, der auf eine getrennt verbrachte Nacht folgte, eine Nachricht. Ich telefonierte abends, wenn wir uns nicht sehen konnten. Oder aber ich traf mich mit meinem Freund. *Mein Freund*, dachte ich und grinste wie verrückt. Der Mann, der sich nach diesem Wochenende nicht zurückgezogen hatte und seine freie Zeit mit mir teilte. Es war nicht allzu viel freie Zeit, zumal ich ablehnte, mit ihm gemeinsam Sport zu treiben. Ich versicherte ihm, dass ich es gut fand, wenn wir uns nicht ständig sahen, und dass ich sowieso nicht der Typ war, der darauf stand, dass man alles gemeinsam machte. Schließlich hatte ich ein eigenes Leben und meine eigenen Tagesrituale, erklärte ich fest. Auch wenn die sich weniger um Sport denn um ausführliche Gespräche mit Maisie und Ruby drehten. Letztere war zu meiner Freude im Moment wieder täglich hier, weil Beau auf einer längeren Geschäftsreise weilte.

»Wie schön, dich wieder einmal bei uns zu haben. Diese Wohnung ist definitiv zu leise in der letzten Zeit. Ich bin das nicht gewohnt, dass ich heimkomme und niemand da ist«, hatte sich Maisie beschwert. »Und seit Pen mit ihrem Viggo glücklich ist, kommt das viel zu oft vor.«

»Als ob du jeden Abend hier wärst«, konterte ich.

»Weil ich mich hier so alleine fühle. Ich muss mir ja jemanden suchen.«

»Ich war diese Woche genau zweimal bei Viggo«, stellte ich klar.

Ruby seufzte. »Es liegt an mir. Ich hätte längst mein Zimmer räumen müssen, damit ihr eine neue Mitbewohnerin suchen könnt. Aber ich sperre mich einfach dagegen, ich weiß auch nicht.«

Besorgt sah ich sie an. »Weshalb das denn? Bei dir und Beau ist doch alles in Ordnung?«

»Natürlich. Mehr als das. Ihr könnt euch gar nicht vorstellen, wie sehr ich ihn vermisse, wenn er unterwegs ist.«

Maisie stupste mich vielsagend an. »Kaum zwei Tage alleine, und schon hat sie Notstand.«

»Nein!« Rubys Wangen glühten. »Das meine ich nicht.« Sie schlug kurz die Augen nieder. Ruby war ein wenig unentspannter als wir, was Gespräche über dieses Thema anging. Besonders, wenn eine von uns die Tatsache ansprach, dass sie jahrelang ganz ohne Kerl gewesen war und nun mit Beau alles nachholen musste. Und wenn man die beiden miteinander erlebte, war klar, dass sie alles aufholten – und sich sogar einen Vorrat anlegten.

»Nun ja, also das fehlt natürlich auch. Aber noch mehr fehlt mir das andere, wenn er nicht da ist. Seine Nähe. Seine Blicke. Mir fehlt es sogar, ihn nur anzusehen, wenn er wieder einmal am Wochenende an seinem Computer sitzt und Sachen bearbeitet, die nicht aufzuschieben sind. Oder dass er mir von seiner Mutter erzählt. Mir fehlt so vieles, aber am meisten, dass er einfach da ist. Dass er mich fragt, wie es mir geht. Dass er mich in den Arm nimmt, zwischen all den anderen Dingen, die zu tun sind. Ihr wisst, was ich meine.«

Ich nickte, obwohl mich ihre Worte ein wenig nachdenklich machten. War das wieder so ein Ruby-Ding? Konnte sie ernsthaft eine Umarmung mehr vermissen als Sex? Gab es etwas Intensiveres, als miteinander zu schlafen? Bei nichts war man sich doch näher, ließ man sich mehr auf den anderen ein als dabei, oder nicht? Oder – was für ein erschreckender Gedanke – geriet man so schnell in einen Zustand, dass man gar nicht mehr so verrückt nach dem anderen war? Dass man insgeheim dankbar war, wenn der nur ein wenig kuscheln wollte? Hm. *Kuscheln*, das war für mich irgendwie negativ besetzt, das war nichts Halbes und nichts Ganzes, das war etwas für Menschen, denen die Leidenschaft für mehr fehlte. Und meine persönliche Erfahrung war, wenn einer lieber kuscheln wollte, als richtig zur Sache zu gehen, dann war das der Anfang vom Ende.

»Und wenn ich dann alleine in unserer Wohnung bin«, fuhr Ruby leise fort. Mir entging nicht, dass sie »unsere Wohnung« sagte. Bisher war es immer »Beaus Wohnung« gewesen. Ich warf einen Seitenblick zu Maisie, die ebenfalls nachdenklich wirkte. »Wenn ich ganz alleine bin, dann fühle ich mich immer so verlassen. Hier fehlt er mir auch«, sie lachte leise, »aber hier fühlt es sich anders an.«

»Weil wir die Pausenclowns spielen«, versuchte ich einen Witz.

»Nein.« Ruby legte eine Hand auf meine. »Weil ich mit diesem Ort anderes verbinde. Hier gehört Beau nicht her. Also, hier war er kein …« Sie suchte nach einem passenden Wort. »Kein Fixpunkt. Ach, ihr wisst doch, was ich meine? Und außerdem«, sie biss sich auf die Lippen. »Wenn ich tagelang alleine herumsitze, dann vermisse ich nicht nur ihn. Sondern auch euch.«

»Charmant«, zog ich sie auf. »Dann vermisst sie uns.«

»Echt jetzt, Pen! Du willst mich nicht verstehen.«

Ich schüttelte sacht den Kopf. »Ich zieh dich bloß auf. Ich verstehe dich. Weil ich dich ebenfalls vermisse.«

»Gruppenkuscheln«, forderte Maisie und sprang auf. »Und danach machen wir eine Flasche Wein auf und drehen unsere alte Küchenparty-Playlist auf volle Lautstärke. Erstens hat sich schon viel zu lange niemand mehr beschwert, dass wir zu laut Musik hören. Zweitens hilft laute Musik immer. Und drittens, Mädels: Ihr solltet glücklich sein, weil ihr die richtigen Kerle gefunden habt, und nicht mit diesen Trauermienen hier sitzen. Da läuft was falsch, wenn es so ist, und das werden wir konsequent angehen.«

Ruby hatte recht, dachte ich. Zusammen war man weniger alleine, und man fühlte sich nicht zurückgelassen, sondern einfach wie jemand, der gerade eben nicht Zeit mit dem anderen verbringen konnte. Das blieb schwer zu erklären, aber so empfand ich das. Ich konnte sie verstehen, dass ihr Beau fehlte – auch wenn ich zugeben musste, dass ich noch in einem Stadium war, in dem mir der echte Körperkontakt am meisten abging.

Allerdings hatte auch Maisie recht. Der gestrige Abend war wie Balsam gewesen. Wie früher hatten wir Spaß gehabt, waren durch unsere kleine WG-Küche getanzt, hatten uns jung und wild und glücklich gefühlt. Und so, als ob wir alles erreichen konnten, jeden haben, den wir wollten. In der Gesellschaft dieser beiden wunderbaren Frauen fühlte ich mich wie ein Hauptgewinn. Und deshalb hatten wir auch vermieden, weiter darüber zu sprechen, ob Ruby ihr Zimmer kündigen sollte. Ich wusste, was ihr Problem war. Es würde einen Zeitabschnitt beenden. Es würde uns ein Stückchen erwachsener machen, uns verdeutlichen, dass die wilden Jahre dem Ende zugingen. Und es wäre nie mehr dasselbe, egal, wie nett sich die neue Mitbewohnerin anließ. Wir drei, wir hatten so vieles gemeinsam durchlebt. Rubys Kummer und meinen. Und heute? Heute hatte sie ihren Platz im Leben gefunden, und ich wohl auch. Die Tage waren vorbei, in denen man abends heulend im Zimmer saß und dringend eine Freundin brauchte. Vielleicht mussten wir es endlich akzeptieren. Nein, nicht akzeptieren, das klang erneut so negativ. Wir mussten daran glauben! Wir mussten daran glauben, dass diese Zeiten vorbei waren, und dass wir nun wirklich ernsthaft eine andere Zukunft planen durften. Einzig Maisie mussten wir vorher noch an den Mann bringen. Wobei ich mir nicht sicher war, ob die das ebenso sah.

Aus meinen Erfahrungen mit vorangegangenen Beziehungen und weil ich mich selbst kannte und nur zu gut wusste, dass ich mich gerne ein bisschen zu sehr hineinsteigerte – und da die Umstände gerade gut waren –, hatte ich beschlossen, es mit Viggo ein wenig anders zu handhaben. Ich wollte nicht immerzu darauf warten, ob er Zeit hatte, und mein gesamtes Leben strikt auf ihn fokussieren. In der Vergangenheit hatte ich oft genug den Fehler gemacht, mich zu sehr nach einem Kerl zu richten. Mein Glück davon abhängig zu machen, ob er Zeit für mich hatte. Viggo hatte selten Zeit, aber das war verständlich und nichts, was mich runterziehen würde. Ich genoss es von Herzen, wenn ich abends heimkam und die Bude wieder voll war. Wir gingen gemeinsam in den Pub oder saßen einfach in der Küche. Und dann genoss ich es ebenso, dass sich Viggo im Laufe des Abends meldete – und zwar sehr zuverlässig. Meist waren es pikante kleine Nachrichten, die dafür sorgten, dass ich grinste, woraufhin Maisie Ruby anstupste und verkündete: »Jede Wette, das war wieder eine unanständige Message von ihrem Kerl.«

»Neidisch?«, konnte ich es mir nicht verkneifen zu fragen.

»Ich?« Maisie wedelte mit der Hand durch die Luft. »Nein. Aber ich denke, dass es an der Zeit ist, sich den Typen mal genauer anzuschauen. Lasst uns am Wochenende gemeinsam ausgehen.«

»Ich weiß nicht …«, begann ich, doch Maisies Miene wurde streng.

»Wenn er so toll ist, wie du sagst, dann hat er nichts zu befürchten. Beau hat das auch hinter sich.«

»Nur du hast uns noch nie einen Mann vorgestellt«, lenkte ich ab und deutete auf Maisie.

»Weil ich anders bin als ihr. Mir geht es nicht um die ewige Liebe und eine supertolle gemeinsame Wohnung voller Pflanzenkübel.« Das hatte sie ein wenig aus dem Konzept gebracht. »Hat sie dir von seiner Bude erzählt?«, wandte sie sich auch prompt an Ruby. »Ich denke manchmal, sie ist mehr in die Behausung verknallt als in ihn.«

»Ich liebe das Gesamtpaket«, stellte ich klar. »Was kann ich dafür, dass er solch ein Zuhause besitzt und eine Innenarchitektin, die es wirklich draufhat?«

»Die Frage ist nur, ob du ihn auch mit einem anderen Gesamtpaket lieben würdest. Ohne Designer-Betonkübel, dafür mit einer kleinen Zweizimmerwohnung ohne Balkon und mit einem ständig defekten Fahrstuhl.«

»Keine Angst«, verkündete ich aus vollem Herzen. »Das, was wir beide am liebsten treiben, würde selbst in einer Einzimmerwohnung funktionieren. Aber was das andere angeht: Lass uns ein wenig Zeit. Wie sind gerade erst frisch zusammen, und ich will ihn nicht unter Druck setzen.«

Kapitel 40

»Ich soll also geprüft werden?«, hatte Viggo messerscharf erkannt, als ich ihn schließlich gefragt hatte, ob wir nicht einmal mit meinen Freundinnen auf die Piste gehen wollten.

»Klar«, gab ich zu und legte den Kopf schief. »So läuft das bei uns. Irgendwie gibt es uns nur im Dreierpack. Hast du etwa Angst davor?«

»Angst? Nein. Aber Dreierpack klingt gut.« Seine blauen Augen funkelten. »Obwohl du mir im Moment völlig ausreichst.«

»Nicht in diesem Sinne im Dreierpack, bloß keine falschen Hoffnungen!«, stellte ich klar und überlegte kurz, ob ich bei solchen Sätzen jemals wieder unbefangen sein oder auf ewig Alec vor meinem inneren Auge aufblitzen sehen würde.

»Gut. Denn in diesem Sinne bist du alles, was ich will.«

»Das bist du auch«, rutschte es mir heraus, ehe ich für eine Weile gar nicht mehr sprechen musste. Nur glücklich sein, weil er tat, was er tat.

Seit drei Wochen machte er bereits die richtigen Dinge mit mir, und ich war immer noch unersättlich, wie ich beinahe beschämt zugeben musste. Wir bekamen einfach nicht genug vom anderen. Ich hatte mir nach dem peinlichen Auftakt mit der Shapewear ein paar wunderschöne, sündhaft teure Dessous zugelegt, die Viggo sehr zu schätzen gewusst hatte. Leider hatte ich noch nicht herausbekommen, wie das Beleuchtungskonzept in dieser Bude funktionierte. Irgendwie wurde es per App gesteuert, so viel hatte ich erkannt. Wenn der Fahrstuhl ihn oben ausspuckte, dann erwartete ihn bereits eine freundlich beleuchtete Wohnung. Anscheinend funktionierte das über die Standorterkennung, was durchaus ein nettes Feature war. Aber auch im Schlafzimmer brannte immer dieses Licht, welches ich nicht gerade als schmeichelhaft einschätzte. Ich hätte es lieber gehabt, wenn lediglich die schummrige Stehlampe an gewesen wäre.

»Weshalb? Ich will dich sehen«, hatte Viggo gesagt.

»Nicht spüren?«

»Beides.«

Und deshalb blieb das Licht an und ich versuchte, mich daran zu gewöhnen. Genauso wie an diese Spiegelfront. Leider stand der Schrank nämlich genau gegenüber vom Bett, und über dem hing ebenfalls einer, allerdings ein mächtig beeindruckendes Teil mit einem kunstvollen, goldfarbenen Rahmen, der ganz sicher als Kunstwerk eingestuft werden durfte. Das Ding war nur, dass man auf diese Art sich selbst nie wirklich entkam. Ständig hatte man sein Bild vor Augen, und es existierten durchaus Situationen, in denen ich das nicht so mochte.

Überhaupt waren Spiegel in dieser Wohnung inflationär verteilt. In jedem Raum gab es mindestens einen, meist mehrere. Sie waren allesamt an das Gesamtkonzept angepasst und fügten sich perfekt ein, keine Frage. Aber sie waren auch alle so aufgehängt, dass man sich an nahezu jedem Platz in einem sah, und oft genug sogar mehrfach, weil dann noch die Reflexion eines anderen dazukam. Selbst beim Essen konnte man sich beobachten, was mich nicht nur ablenkte, sondern auch ein wenig hemmte. Obwohl, das war eigentlich gut. Man aß sehr viel langsamer und bewusster, wenn man sich selbst dabei beobachtete.

Und nun ja, das ganze sirtuine Grünzeug tat vielleicht sein Übriges. Aber das Gute war: Durch all die Spiegel und die durchaus anstrengenden Turnereien im Bett hatte ich bereits ein paar Pfund verloren. Also würde ich mich nicht beklagen.

Wir hatten vereinbart, dass wir am übernächsten Wochenende etwas mit meinen Freundinnen unternehmen würden. Am kommenden war Viggo bereits verplant mit dieser Fortbildung, über die auf der Gala gesprochen worden war. Überhaupt waren Viggos Wochenenden sehr durchgetaktet, wie ich bereits erkannt hatte. Normalerweise mit Terminen, zu denen er mich mitnahm, aber zu diesem würde ich ihn natürlich nicht begleiten.

Leider waren auch Ruby und Maisie nicht verfügbar. Erstere fuhr zu ihrer Familie, um einen runden Geburtstag zu feiern, und die andere hatte einmal mehr die Nachtschicht übernommen.

Ich beschloss, dass ich mir ein ruhiges Wochenende gönnen würde, und war damit auch zufrieden. Bis das Wochenende da war und *ruhig* ein wenig zu ruhig wurde. Gleich am Freitagabend spürte ich, wie es mich in den Füßen juckte und in den Fingerspitzen kribbelte. Und am Samstag, nach einem nicht unbedingt tollen Arbeitstag, an dem ich einer schlecht gelaunten Kundin wirklich nahezu jede Hose, die wir hatten, gebracht hatte, danach jeden Rock, weil das vielleicht doch eher etwas wäre, und anschließend Unmengen Kleider, weil Röcke ihr eventuell zu spießig waren, nur um dann zu hören, dass sie eigentlich genug Klamotten habe und nichts hiervon ihr Sortiment bereichern würde … Nun, nach diesem Tag wollte ich nicht alleine daheim rumsitzen. Und außerdem hatte ich in letzter Zeit häufig mit Phil geschrieben. Seit wir diesen Tag im Park erlebt hatten, waren wir in losem Kontakt geblieben, und ich hatte oft genug gesagt, dass wir uns wieder treffen sollten.

Allerdings hatte ich kaum Zeit für ihn gehabt. Vielleicht würde es heute spontan klappen.

Als ich seine Nummer wählte, hoffte ich sehr, dass er frei war. Nicht nur, weil er gerade meine einzige Option war, sondern auch, weil ich ihn wirklich gerne wieder einmal getroffen hätte.

Ich hatte Glück, Phil war verfügbar, wie er mit einem süffisanten Unterton erklärte, und wir verabredeten uns in einem Pub.

»Schön, dass es geklappt hat«, begrüßte ich ihn und nahm ihn kurz in die Arme.

»Ja. Schön, dass du mal wieder Zeit hast. Gib es zu, ich bin einmal mehr dein Lückenbüßer.«

»Du bist mehr als das.« Hastig grinste ich und zuckte die Achseln. »Aber ja, ich habe nicht mehr allzu viel Zeit im Moment.«

»Also läuft es noch immer gut mit deinem Neuen?«

»Durchaus.« Ich griff nach einer Haarsträhne und wickelte sie mir um den Finger.

»Das freut mich. Obwohl ich ein paar neue Ideen hätte.«

»Nicht für mich«, versicherte ich und hörte, dass ich beinahe stolz klang. »Und du? Gibt es bei dir etwas Neues? Eine bezaubernde Lady, die deine Zeit beanspruchen könnte?«

»Keine außer dieser hier.« Er wedelte kurz in meine Richtung.

»Muss ich das verstehen? Du bist so ein netter Kerl.«

»Autsch. Das klingt, als müsse man mich anpreisen. Als wäre ich ein Sonderangebot. Oder ein Restposten.«

»Du bist nichts davon – und du weißt das.«

»Nein, das bin ich nicht. Aber weißt du, was ich bin?«, wechselte er fröhlich das Thema. »Ich bin offiziell ein angehender Clown. Ich habe mich eingeschrieben.« Er breitete die Arme aus, als wolle er Applaus entgegennehmen.

»Echt? Das ist super! Du wirst ein fantastischer Clown werden.«

»Das denke ich auch«, bestätigte er. Ich fand es schön, wie sicher er dabei klang, ohne großspurig oder überheblich zu wirken.

»Und wann geht es los?«

»Nächsten Monat.«

»Dann wirst du reichlich beschäftigt sein.«

Er beugte sich vor und stupste frech meine Nase an. »Für dich werde ich immer Zeit haben. Schließlich gibt es sonst keine Lady, die sie einfordert. Und ich möchte weiter zusehen, wie du im Glück schwelgst. Und jetzt erzähl mir von dem Kerl. Ich will alles wissen. Am liebsten die schmutzigen Details.«

Erzählte man seinen besten männlichen Freunden schmutzige Details? Ich hatte noch nie einen gehabt und kannte mich nicht aus. Andererseits … andererseits war das eine recht gute Gelegenheit, aus Männersicht ein paar Sachen erklärt zu bekommen. Ich schätzte Phil als ziemlich ehrlich ein, und er war mit seinen ganzen Schwestern vermutlich einiges gewohnt.

»Also, er sieht toll aus«, begann ich ein wenig zurückhaltend. Zumindest, was die Themenauswahl anging. »Er sieht aus wie ein Model, und das macht mich zugegebenermaßen total an.« Ich warf einen prüfenden Blick auf meinen Begleiter, ob ich bereits zu offen gewesen war oder er es gar nicht ernst gemeint hatte und nun ein wenig gelangweilt wirken könnte. Aber er sah aus wie immer: interessiert und ein bisschen erheitert. »Und manchmal macht es mir etwas Angst, denn eigentlich sollte der Kerl nie attraktiver sein als du selbst.«

»Und weshalb nicht? Im Tierreich ist das gang und gäbe.«

»Ich bin keine Ente«, wandte ich ein.

»Wen kümmert es, wer der Schönere ist? Du bist eine bildhübsche Frau, du musst dich hinter keinem verstecken.«

»Du kennst meine Schenkel nicht«, rutschte es mir heraus.

»Was ist mit denen?«

Ich beugte mich vor und warf einen Blick nach links und rechts, ehe ich im Flüsterton antwortete. »Cellulitis.«

Phil lachte laut auf. »Und? Hat das nicht jede?«

»Nein! Und vor allem haben Kerle das nicht, was richtig unfair ist.«

»Wir haben auch keine Brüste, was ebenfalls unfair ist. Und wenn wir welche haben, dann ist das auch nicht wirklich gut.«

»Das ist auch so was.« Ich dachte an etwas, was ich hier vermutlich nicht sagen konnte. Aber im Ernst: Wenn man Brüste hat, die etwas größer sind, und die in ihrem Naturzustand belässt, dann sind die eben nicht festbetoniert. Und sie unterliegen dieser fiesen Schwerkraft, die ständig an ihnen zerrt. Dazu kommt noch, was jede Frau vom Joggen kennt – oder wenn man wie ich eher nicht rennt, dann eben von anderen Betätigungen. Aber Tatsache ist halt: Sie hüpfen gerne hektisch. Was man mit einem guten BH in den Griff bekommt. Wenn der einem aber ausgezogen wird und man sich bewegt, aufrecht sitzend, um mal ein beliebiges Beispiel zu nennen, dann passiert das auch. Aber man ignoriert das, weil man sich auf andere Dinge konzentriert. Macht man dann allerdings den Fehler, in einen Spiegel zu blicken und diese hüpfenden Dinger zu sehen … Nein. Nein, das war nichts, was ich hier ansprechen sollte.

»Was genau meinst du mit *auch so was*?«, hakte Phil nach, weil ich immer noch über den einigermaßen verstörenden Spiegel nachdachte.

»Wieso haben wir Brüste bekommen, die dann absacken?«

»Deine sehen doch ganz gut aus«, kommentierte er vorwitzig. »Himmel, Peppy, was ist denn los? Du machst dir Gedanken um völlig normale Vorgänge.«

»Er ist Schönheitschirurg.« Es klang ein wenig, als würde ich ihm gerade die Formel zur Bekämpfung der weltweiten Hungerkrise verraten.

»Und?«

»Er sieht den ganzen Tag perfekte Körper. Oder er sieht nicht ganz so perfekte und überlegt dann, wie er sie optimiert.«

»Hat er das bei dir versucht?« Zum ersten Mal klang Phil beinahe ernst.

»Nein. Nein, überhaupt nicht. Aber …« Ich wickelte die Haarsträhne inzwischen so fest, dass es an meiner Kopfhaut wehtat. »Ich bekomme das bloß nicht aus dem Kopf. Das hemmt mich irgendwie. Vor allem mit dem hellen Licht und den ganzen Spiegeln …« Ups. Jetzt war es mir doch entwischt.

Phils Augen wurden groß und leider auch sehr amüsiert. Er machte eine Geste mit dem Zeigefinger, fast wie meine Mutter, wenn sie früher »Ich warne dich, Fräulein. Treib es nicht zu weit!« gesagt hatte.

»Rühr dich nicht vom Fleck! Dieses Gespräch verlangt nach einem großen Drink und einer noch größeren Portion Fish and Chips.«

Kapitel 41

»Also, diese Spiegel …« Phil steckte sich ein paar Pommes in den Mund und blickte mich herausfordernd an.

Ich griff ebenfalls nach einem Kartoffelstäbchen, biss hinein und schloss genüsslich die Augen. »Lecker.«

»Lenk nicht ab«, warnte er.

»Ich lenke nicht ab, ich genieße. Ich habe in letzter Zeit zu wenig von solchen Sünden bekommen.«

»Das sind keine Sünden, das ist gute alte englische Tradition. Kann er sich das nicht leisten, dich ab und zu dazu einzuladen?«

»Das könnte er. Aber er will nicht. Stattdessen hat er ein Lieferabo für sirtuine Mahlzeiten.« Ich verdrehte die Augen. »Süßkartoffelsuppe mit Grünkohl. Buchweizen mit Brokkoli und Ei. Solche Sachen.«

»Igitt!« Phils Mund verzog sich. »Eindeutig ein Trennungsgrund.«

Ich lachte. »Eine kleinere Herausforderung. Zum Glück schätze ich nicht das Essen, wenn ich in seiner Gesellschaft bin.«

»Was uns wieder zu diesen Spiegeln bringt.«

»Über die ich nicht reden will.«

»Welche dich aber stören.«

Ich seufzte. »Ich muss mich daran gewöhnen. Ich meine, ich bin es. Eigentlich. Ich bin im Geschäft den ganzen Tag davon umgeben. Nur dass ich dort angezogen bin.«

Phil prustete. »Was vermutlich besser ist.«

Ich verdrehte die Augen.

»Im Ernst, dann sag ihm das doch. Er soll sie abhängen.«

»Wir reden hier von einem wandfüllenden Spiegelschrank. Unter anderem«, warf ich ein.

Phils Grinsen wurde breiter. »Der Kerl ist ein wenig eitel, kann das sein?«

Ich zuckte die Achseln. »Nun ja, ganz unter uns, er kann es sich leisten.« Ich starrte auf die Pommes in meiner Hand und seufzte. »Und ich sollte mir das hier abgewöhnen und beim Brokkoli bleiben. Zumindest so lange, bis ich herausbekommen habe, wie man das verdammte Deckenlicht dimmt.«

Phil lachte so heftig, dass er sich beinahe verschluckte, was ihm, unter uns, ganz recht geschehen wäre.

Den restlichen Abend verwehrte ich mich dagegen, weiter über Spiegel oder Viggo zu reden. Stattdessen bat ich ihn, mir ein wenig mehr von diesem Workshop zu berichten, den er gebucht hatte, und von den Plänen, die er bereits geschmiedet hatte. Danach erzählte er sehr begeistert von einem dreitägigen Begleitpraktikum, das er glücklich ergattert und ihn endgültig davon überzeugt hatte, dass dies sein Weg war.

»Diese Kinder sind unglaublich. Wenn du die Freude in ihren Augen sehen könntest, dieser Lebenswille, der darin aufblitzt. Sie kämpfen so sehr um das Leben. Da wird dir einiges klar. Ich meine, was haben wir beide zu jammern? Wir sind gesund, das ist doch die Hauptsache. Komm einfach einmal mit, dann wirst du dir wünschen, dass eine Bindegewebsschwäche deine größte Sorge bleibt.«

Ich nickte zustimmend. Ja, er hatte natürlich recht. Wen kümmerten vor diesem Hintergrund schon ein paar Spiegel oder wer der Schönste war.

Abgesehen von den Spiegeln, die mich in jeder Lebenslage verfolgten, lief es mit Viggo prächtig. Wer weiß, vielleicht musste ich mich auch einfach an den Gedanken gewöhnen, mich bei bestimmten Tätigkeiten selbst zu betrachten. Vielleicht war ich tief in mir immer noch viel zu sehr das kleine Mädchen aus einem Kaff an der Südküste Englands, wo man gewisse Dinge am besten im Stockdunkeln trieb. Außerdem hatte ich entdeckt, dass man, ähnlich wie bei diesen 3-D-Bildern, die eine Zeit lang alle verrückt gemacht hatten, einfach starr durch einen Spiegel hindurchblicken konnte. Dann sah man das Bild nämlich nicht scharf, sondern irgendwie verschwommen und unwirklich. Oder ich würde trotzdem die Augen schließen und behaupten, dass ich einfach so drin war, dass ich das nicht ändern konnte.

Meinen Freundinnen hatte ich nichts von diesem kleinen Problem erzählt. Ruby würde vermutlich rot anlaufen, und Maisie hätte sich zu sehr darauf gestürzt. Ich kam mir blöd vor, dass ich das überhaupt zu einem solchen Thema machte, und ließ es deshalb unter den Tisch fallen.

Dafür saß ich ein paar Tage später stolz wie eine Mutter, die ihr Kind präsentierte, mit meinen Freundinnen, Beau und Viggo im Pub. Heute war es endlich so weit, dass die anderen ihn richtig kennenlernen sollten, und ich freute mich, dass sie sich auf Anhieb so gut verstanden. Mir lag sehr viel an ihrer Einschätzung. Ich wollte unbedingt, dass sie ihn mochten. Er plauderte mit Ruby und Beau über die Cotswolds und gestand, dass er diese Gegend kaum kannte. Er ließ sich Tipps geben, was er sich dringend dort ansehen sollte. Ruby ignorierte meine Fußtritte, bis es zu spät war.

»Was denkst du? Sollten wir nicht auch einmal durch diese grünen Hügel wandern?«

»Unbedingt«, bestätigte ich und trat noch einmal zu. Diesmal zuckte Beau zusammen, Ruby grinste bloß.

Mit Maisie diskutierte er über den Sinn und Unsinn von Schönheitsoperationen. Zum Glück nahm keiner der beiden das Thema zu ernst. Er schäkerte ein wenig mit ihr, genau in dem Maß, dass ich es als höflich abtun konnte und Maisie sich als einziger Single am Tisch nicht zu überflüssig fühlte. Am Ende des Abends lachten wir miteinander, als würden wir uns alle schon ewig kennen.

»Und? Was denkst du? Habe ich bestanden?«, wollte Viggo wissen, kaum, dass wir in seinem Auto saßen.

»Mit einer Eins samt Sternchen«, war ich mir sicher. »Du hast sie alle um den Finger gewickelt.«

»Sie sind nett.«

»Und wie.« Ich ließ mich zufrieden in das Lederpolster sinken. Ich hatte, im Gegensatz zu ihm, ein paar Gläser Wein gehabt und fühlte mich gerade ziemlich entspannt. »Nur das mit dem Wandern nehme ich ihnen übel. Ich bin kein Mädchen, das in Wanderschuhen durch die Gegend stapft.«

»Wie wäre es mit Pilates statt Wandern?«, fragte Viggo am nächsten Morgen beim Frühstück und meinte es völlig ernst. So ernst wie den Chia-Hafermilchpudding mit Heidelbeeren und Bananen, den er mir als Frühstück verkaufte. Und nein, das schmeckte gar nicht schlecht, aber unter uns, das tut ein Croissant auch nicht. Oder zumindest ein Vollkornbrötchen.

»Klingt interessant«, wich ich aus. »Das sollte ich mal ausprobieren.«

»Wir können es gleich testen. Ich kann dir eine Einweisung geben.«

»Sag nur, du hast heute Morgen deine Sit-ups vernachlässigt?« Es sollte ein Witz sein, aber er schüttelte den Kopf.

»Natürlich nicht. Aber Pilates ist gut für die Beweglichkeit. Und es ist eine sanfte Sportart.«

Ich nahm noch einen Löffel Chiapampe und nickte. Was blieb mir auch anderes übrig? Und so lag ich eine Stunde später auf dem Rücken, und zwar auf einer schwarzen Matte, und kam mir absolut bescheuert vor.

»Und die Beine oben lassen, der Bauch bleibt flach«, erklärte Viggo. »Jetzt ein Bein absenken und aufstellen, und dann wieder hoch. Gut. Lass die Schulter locker. Und versuch jetzt einfach zehn Wiederholungen.«

Oha. Nun kam ich mir nicht mehr bescheuert vor, sondern völlig überfordert. Das sah so easy aus, und Maisie und ich hatten im Studio immer ein wenig gewitzelt, dass wir das machen sollten, weil es augenscheinlich nicht anstrengend war. *Das wäre nun auch geklärt,* dachte ich und verkrampfte wieder die Schulterblätter.

»Für den Anfang nicht schlecht«, lobte Viggo und sah zu, wie ich mich aufrappelte. »Bleib dran. Pilates formt den ganzen Körper. Nicht nur dein Powerhouse.«

»Powerhouse?«

»Deine Körpermitte. Im Übrigen auch den Beckenboden, gerade für Frauen ist das sehr wichtig. Nicht nur, weil es den Sex besser macht, sondern weil du sonst irgendwann Probleme bekommen wirst, die du nicht haben willst.«

»Okay. Das klingt nach einem Argument, das mich überzeugen könnte.« Zumindest der erste Teil. Über den zweiten wollte ich nicht nachdenken.

»Darüber hinaus stärkst und formst du aber deinen ganzen Körper. Deine Armmuskulatur wird ebenso definiert wie der Rest. Und es hilft sogar gegen Orangenhaut.«

Kapitel 42

»Orangenhaut?«

»Nun, ja.« Viggos Stimme klang entspannt, im Gegensatz zu meiner. »Du weißt, dass du dazu neigst?«

»Ja«, musste ich bestätigen.

»Wenn Frauen wie du«, er ignorierte mein leises Schnauben, »zu mir kommen und mich um Hilfe bitten, dann empfehle ich ihnen, es erst einmal damit zu versuchen.«

»Frauen wie ich?«

»Die dazu neigen, ja.« Noch immer klang er völlig gelöst.

»Und hilft es auch, die Brustmuskulatur zu stärken?«

»Natürlich.«

»Für Frauen wie mich also perfekt.«

»Pen, ich will dir doch bloß einen Rat geben. Das ist mein Job.«

»Stimmt. Nur dass ich dich nicht darum gebeten habe.«

»Was ist los?« So langsam erkannte er wohl, dass ich gerade in eine etwas unentspannte Stimmung abgedriftet war. »Ich habe dich in keinster Weise kritisiert.«

»Lediglich meine Orangenhaut und meine schwache Brustmuskulatur bemerkt.«

»Auch das ist mein Job.«

»Aber ich bin nicht deine Patientin! Ich bin deine Freundin!«

»Und als solche liegst du mir noch mehr am Herzen als jede Frau, die mich beruflich aufsucht. Was ist daran so schlimm?«

»Was daran schlimm ist?« Das wusste ich selbst gerade nicht. Nur dass es sich irgendwie demütigend anfühlte. Zumal ich, ja, ich weiß, immer über genau diese Makel klagte, aber gerade in diesem Moment feststellte, dass das auch stets ein wenig Koketterie war. Man musste als Frau etwas an sich auszusetzen haben, und man stellte sich stundenlang vor den Spiegel und drückte seine Haut am Oberschenkel zusammen, bis man eine Delle erspähte. Nur, um sich dann schlechtzumachen. Ich war die Königin in diesem Spiel. Aber gerade jetzt, als er, ohne einmal zu kneifen, genau das ansprach, gestand ich mir zum ersten Mal selbst ein, dass ich es eigentlich nie als wirklich dramatisch empfunden hatte. Bis er es zu einem Drama gemacht hatte.

»Das ist mein Spezialgebiet, und ich kann dir Tipps geben. So wie du mir Kleidungstipps gibst.« Er spielte offensichtlich auf den gestrigen Tag an, als er bei mir im Laden gewesen war und sich ein paar neue Klamotten gekauft hatte.

»Aber ich sag dir dabei nicht, was an dir nicht stimmt.«

»Das tue ich auch nicht. Ich sage dir nur, wie du vorbeugend agieren kannst.«

»Und wenn ich das nicht will? Was dann? Und was, wenn ich die ersten Falten bekomme? Die ersten tiefen Falten? Wirst du mich dann straffen?«

»Wenn du das willst.«

Ich atmete tief ein. »Und wenn nicht? Wirst du mich einfach altern lassen?«

»Pen«, sagte er nach einer kurzen Pause ruhig. »Wieso habe ich das Gefühl, dass du aus dieser Sache ein Riesending machst? Was ist das eigentliche Problem?«

»Nichts«, log ich und bemühte mich um ein Lächeln. »Du hast recht. Du wolltest mir einfach einen Tipp geben.«

»Wenn du Pilates nicht magst, ist das in Ordnung. Mir hilft es, und ich dachte, vielleicht liegt es dir.«

»Ich denke, ich bin nicht der Typ dafür.« *Und vor allem bin ich nicht der Typ, um mit dir gemeinsam Pilates zu machen*, fügte ich in Gedanken an.

»Verstanden.« Er zog mich an sich und küsste mich. »Vielleicht ist Yoga für dich geeigneter.«

Es waren definitiv die ersten Wolken am Himmel aufgezogen, und ich brauchte ein wenig Abstand. Ich wollte nicht sauer sein, weil er mir etwas unter die Nase rieb, was doch die Wahrheit war. Aber ich spürte irgendwas tief in mir, was ich gerade ebenfalls nicht wahrhaben wollte. Ich hatte überreagiert, weil ich mich stets ein wenig unsicher fühlte. Ich sollte es einfach locker nehmen, und ich sollte verstehen, dass es wirklich sein Job war und er einfach nicht anders konnte. Ich war doch auch so, dass ich meinen Freundinnen ständig ungefragt Kleidungstipps gab, weil das eben mein Metier war. Wie oft hatte Ruby sich deswegen beklagt, weil ich dauernd versucht hatte, sie ein wenig zu optimieren. Kleidertechnisch, versteht sich. Ich hatte es nie böse gemeint, und Viggo tat das genauso wenig. Schuld war nur meine blöde Unsicherheit – und meine geheime Neigung, mich selbst ständig zu kritisch zu betrachten. Ich war eine Frau, wie die Natur sie vorgesehen hatte, mit kleinen Makeln, aber insgesamt doch ganz gut gelungen. Und überhaupt, Schönheit hatte schließlich immer etwas damit zu tun, dass man mit sich selbst im Reinen war. Und natürlich mit den inneren Werten, von denen ich doch wohl einige vorweisen konnte. Hoffte ich zumindest. Auf alle Fälle nahm ich mir vor, in Zukunft ein wenig gelassener zu sein. Ich hatte doch auch sonst kein Problem damit, zu mir zu stehen und im Zweifelsfall mit einem coolen Spruch zu parieren. Und überhaupt war Viggo, abgesehen von seinem Job und dem fatalen Hang zu Ratschlägen, so nahe dran, der perfekte Traummann zu sein, wie man das nur sein konnte. Und ein paar Kompromisse verlangte das Leben eben immer.

»Wollen wir am Samstag mal wieder etwas gemeinsam unternehmen?«, wollte Maisie zwei Wochen später hoffnungsvoll wissen. »Ruby und Beau hätten Zeit.«

»Sorry, ich kann nicht.« Enttäuschung breitete sich in mir aus, was sie eigentlich nicht sollte. »Wir haben bereits eine Einladung.«

»Oh. Ihr habt eine Einladung!«

Ich seufzte. »Wir sind eingeladen, ja. Viggo hat ein sehr reges gesellschaftliches Leben.«

»Er hat überhaupt ein sehr reges Leben, nein?« Meine Freundin zwinkerte wissend. »Bei ihm scheint alles eine Nummer größer zu sein.«

Ich brummte zustimmend und musste dann doch grinsen. »Nun ja. Ich kann mich nicht beklagen. Außer vielleicht, dass wir kaum Zeit haben für spontane Treffen.« Ich griff nach einer Haarsträhne und zwirbelte sie gedankenverloren um meinen Zeigefinger.

»Und was ist es dieses Wochenende? Eine Dinnerparty auf dem Land? Ein Ärzteball? Eine Wohltätigkeitsveranstaltung?«

»Letzteres, zumindest am Samstag. Am Sonntagnachmittag steht ein Picknick mit ein paar Kollegen an.« Ich zuckte mit den Achseln und unterdrückte ein Seufzen. »Ich meine, ich finde es ja toll, dass Viggo sich so engagiert. Das liegt ihm wirklich am Herzen.«

»Dir nicht?«

»Natürlich. Nur würde mir ein entspannter Abend auch mal wieder am Herzen liegen. Es ist ziemlich anstrengend«, gestand ich zum ersten Mal ein. »Unter Erholung stelle ich mir etwas anders vor. Ich meine, so langsam kenne ich zwar ein paar

Gesichter, weil doch jedes Mal eine ähnliche Gruppe zusammentrifft. Aber die meisten«, ich zwirbelte heftiger, »wären nicht unbedingt die, die ich mir als Freunde aussuchen würde. Oder als Begleitung für ein Wochenende.«

»Und er? Sind das seine Freunde?«

»Ich bin mir nicht ganz sicher. Er mag sie, und mit einigen verbindet er sicher so etwas wie freundschaftliche Gefühle. Und natürlich ist es gut fürs Geschäft, weil die dann so einen feinen kleinen Kreis bilden, der sich gegenseitig supportet. Und es ist Werbung, behauptet er immer. Und er genießt diese Abende. Er fühlt sich dort wohl.«

»Und du?« Maisies Blick wurde fragend. »Fühlst du dich dort wohl?«

»Ich fühle mich nicht unwohl«, wich ich aus, dann gab ich nach. Das war meine beste Freundin, ihr musste ich nichts vormachen. »Weißt du, das ist genau das, wovon ich heimlich immer geträumt habe. Dieses Leben, meine ich. Partys, Galas, und die Klamotten! Es beeindruckt mich, was auf diesen Charity-Aktionen geboten wird, und was die Veranstalter schon alles erreichen konnten. Die tun wirklich Gutes! Und Viggos Engagement geht tiefer, als ich dachte. Er sagt zwar immer, es wäre alles nur wegen der Steuervorteile, aber ich weiß, dass es ihm wirklich am Herzen liegt, etwas zurückzugeben.« Ich überlegte, ob dies ein guter Zeitpunkt wäre, Maisie zu gestehen, dass auch ich in dieser Hinsicht Ambitionen hatte. Dass wir sogar schon davon gesprochen hatten, ob man mehr tun könnte, als ab und an die Kreditkarte zu zücken. Viggo war der Idee nicht abgeneigt, dass wir uns in dieser Hinsicht mehr engagieren könnten, und ich sah meinen Wunschtraum in immer greifbarere Nähe rücken. Und ich wusste, wir beide könnten einiges erreichen. Aber gleichzeitig erkannte ich langsam, dass es wie so oft eine zweischneidige Sache war. »Es ist toll, aber eben durchaus anstrengend. Du musst unentwegt irgendwie repräsentieren und gut drauf sein. Leute umschmeicheln und einen guten Eindruck hinterlassen. Sein reges gesellschaftliches Leben frisst unsere gesamte Freizeit. Uns fehlt die Balance, denke ich. Kleine Zeitfenster, die sich nicht nur nach seinen Terminen richten. Manchmal … da vermisse ich einen unspektakulären Abend im Pub. Mit Bier oder Cocktails und einfach nur Blödsinn reden und lachen.«

»Aber ihr lacht doch auch miteinander, hoffe ich.«

»Klar.« Ich tätschelte ihren Arm. »Er ist super. Ich bin nur gerade ein wenig enttäuscht, weil ich wirklich gerne mal wieder etwas mit euch unternommen hätte. Aber hey! Ich werde uns einen Termin in seinem Kalender buchen.« Ich lachte, als wäre es ein Witz. Insgeheim jedoch dachte ich, dass es vielleicht nicht die schlechteste Idee wäre, das tatsächlich zu tun.

»Viggo, bitte. Ich glaube, ich will das nicht.«

»Und wieso? Das war doch bisher auch kein Problem für dich. Nun sei ein braves Mädchen und tu, was ich dir sage. Du machst Daddy damit sehr glücklich«, fügte er mit einem vielsagenden Unterton hinzu.

»Es war kein Problem, weil ich dachte, es wäre eine einmalige Sache. Aber so langsam«, ich drehte mich zu ihm um, »fühle ich mich ein wenig unbehaglich damit.«

»Pen«, Viggo schaute mich beinahe mitleidig an. »Wo ist das Problem? Wir werden am Samstag auf diese Veranstaltung gehen und …«

»Und ich habe mittlerweile genug Klamotten im Schrank, die ich anziehen könnte. Ich wollte das Jess-Miller-Kleid tragen. Es ist so schön und …«

»Und du hast es erst letztes Wochenende angehabt.«

Ich stemmte die Hände in die Hüften. »Und? Hallo? Sind wir Mitglieder des Königshauses? Man trägt Kleider mehrfach.«

»Nicht bei diesen Anlässen. Und du weißt das. Es ist dein Job, so etwas zu wissen.«

Ich schnaufte. Ja, das wusste ich, und eigentlich hatte ich ja auch nichts dagegen, etwas Neues zu kaufen. Zumal etwas so Schickes wie das, was Viggo in den Händen hielt. Auch wenn der Ausschnitt für meinen Geschmack ein bisschen zu tief war.

»Ich will doch nur, dass mein Mädchen das schönste ist. Und in diesem Kleid«, seine Stimme wurde tiefer, »wirst du das sein.«

»Und ohne dieses Kleid?«, forderte ich ihn heraus.

»Ohne bist du noch schöner. Aber dieser Anblick ist exklusiv für mich, wie ich schwer hoffe. Also solltest du für Samstag dieses Teil in Erwägung ziehen.« Er schwenkte den roten Traum ein wenig hin und her. »Tu es einfach, Pen, bitte. Dieser Termin ist für mich wirklich wichtig, und wir sollten die richtigen Signale setzen.«

»Du bist unmöglich, weißt du das? Gib schon her, wenn es denn sein muss.« Ich seufzte theatralisch. »Ich hätte nie gedacht, dass ich mich mal mit einem Kerl streite, weil er mir zu viele Klamotten kaufen will.«

Kapitel 43

Diesen Samstag waren wir also zum x-ten Mal unterwegs, um Viggos Karriere voranzutreiben. Und so saßen wir wieder an einem edel eingedeckten Tisch und stocherten in den erlesenen Speisen herum, die gereicht wurden. In Mikroportionen und viel zu oft nicht den hohen Ansprüchen gemäß, die mein Freund an Nahrung stellte. Ich war da offener, aber so langsam war es mir verleidet, seine hochgezogenen Augenbrauen zu sehen, wenn ich mich unbekümmert über die Desserts hermachte, die in seinen Augen zu nichts anderem nutze waren, als sich auf den Hüften niederzuschlagen.

»Das siehst du falsch. Sie machen glücklich«, hatte ich versucht zu erklären, als ich bedauernd die Hälfte der fluffigen Schokoladenmousse zurückgehen ließ.

»Ich kann dich ebenfalls glücklich machen. Und dabei verbrennst du sogar noch Kalorien«, hatte er entgegnet und seine Hand wie zufällig auf meinem Oberschenkel platziert, die Fingerspitzen viel zu nahe an meinem Schoß.

»Untersteh dich!« Ich rutschte etwas zur Seite, und er lachte kehlig.

Ich war seiner Art, mich glücklich zu machen, nach wie vor alles andere als abgeneigt, und wenn manche Menschen Schokoholics waren, dann war er … nun, sehr an dieser Sache interessiert. Besonders nach solchen Veranstaltungen, und ich argwöhnte, dass ihm ab und an ein Schokoladendessert vielleicht doch nicht geschadet hätte. Oder eine Kombination aus beidem, was mein Traum gewesen wäre.

»Es würde diesen recht drögen Abend bestimmt spannender machen«, versuchte er sein Glück.

»Wir könnten einen sehr viel amüsanteren Abend haben, wenn wir mit meinen Freunden ausgegangen wären. Im Ernst, ich finde es ja toll, dass du Ehrgeiz hast. Aber muss man wirklich jedes Wochenende an seiner Karriere feilen?«

»Es tut mir leid. Aber ich habe konkrete Pläne, und dabei ist es hilfreich, wenn ich hier Kontakte pflege.«

»Ich habe auch Pläne«, murrte ich leise. »Zum Beispiel, mich zu amüsieren, solange ich jung bin. Meine eigenen Freundschaften zu pflegen. Und Schokolade zu essen.«

»Wir werden uns amüsieren, das verspreche ich dir. Und wir werden mit deinen Freunden ausgehen. Und was die Schokolade angeht …« Er neigte sich ganz dicht an mein Ohr und biss neckisch zu. »Ich habe eine Tafel Edelherb zu Hause. Du kannst sie dir ganz leicht verdienen, meine Schönste.«

»Ich bin nicht nur ein Anzugflittchen, sondern jetzt auch noch ein Schokoladenflittchen«, bekannte ich ein paar Tage später.

Phil, dem ich dieses Geständnis machte, prustete laut. »Will heißen?«

Ich hob abwehrend die Hand. »Ich bin auf Entzug. Schokoladenentzug. Und zwar so hart, dass ich manchmal denke, ich würde alles dafür tun.« Ich verschwieg lieber, dass ich manchmal wirklich alles dafür tat. Herrgott, und das sogar für Zartbitter, was ich eigentlich gar nicht mochte.

»Und weshalb bist du auf Entzug?«

Ich starrte ihn verwundert an. »Echt jetzt? Weil sie dick macht? Weil sie ungesund ist? Weil es unnötige, leere Kalorien sind?«

»Aber sie macht glücklich«, stellte er klar. »Ich könnte das nicht.«

»Es ist eine Frage der Disziplin«, wiederholte ich Viggos Behauptung.

»Nun ja, wenn du dir jeden Tag eine Tafel reinpfeifst, dann mag es sinnvoll sein, sich zu disziplinieren. Aber so ab und an? Das kann nicht falsch sein.«

»Bei meiner Veranlagung leider durchaus.«

»Quatsch, Veranlagung. Sieh dich an! Du bist eine wunderschöne Frau und nichts an dir ist zu viel. Im Gegenteil: Ich behaupte, von dir kann es gar nicht genug geben.« Er wedelte mit einer Tüte Essig-Chips vor meiner Nase.

»Du bist blöd!«, widerstand ich tapfer der Versuchung und wischte seine Hand zur Seite. »Aber trotzdem danke.«

»Nicht dafür. Aber wenn ich das mal fragen darf …« Sein belustigtes Grinsen verlor sich und er zeigte, dass er auch ernst sein konnte. »Geht es dir gut? Ist alles in Ordnung bei dir und deinem Traumkerl de luxe?«

»Klar«, versicherte ich schnell.

»Er hat dir doch nicht diesen Floh ins Ohr gesetzt und lässt dich nichts mehr essen?«, forschte er mit plötzlich aufkeimendem Misstrauen.

»Nein. Ich darf essen«, setzte ich rasch hinzu und verdrehte die Augen. »Aber es kann dir durchaus ein wenig den Appetit verhageln, wenn du nebenbei ständig hörst, was das gerade mit deinen Hüften, deiner Haut und deinen Zellen im Allgemeinen anstellt.«

»Ernsthaft? Das erzählt der dir, anstatt sich daran zu erfreuen, wie *genüsslich* du diese Dinge in dich hineinstopfst?« Er feixte, weil ich nun doch nachgegeben hatte und mir eine

Ladung Chips in den Mund schob, um sie mit einem seligen Gesichtsausdruck zu vernichten. »Man sagt nicht umsonst, dass Essen sinnlich ist. Und bei dir sieht es geradezu unanständig sinnlich aus. Ich an seiner Stelle würde dich vermutlich mästen, nur um immer wieder dieses animierende Stöhnen zu hören und dein Gesicht dabei zu sehen.«

Ich versetzte ihm einen Tritt gegen das Schienbein. »Und genau deshalb bin ich froh, dass du nie er sein wirst. Du wärst mein Ruin.«

Er grinste zufrieden. »Aber du würdest glücklich untergehen. Nein, im Ernst, Peppy, dir geht es doch gut mit ihm? Oder sollte ich schon mal meine neusten Rachepläne herauskramen?« Er betrachtete mich, als wäre ich ein interessantes Kunstwerk. Moderne Malerei, bei der man sich heimlich überlegte, ob das Bild nicht versehentlich verkehrt herum aufgehängt worden war. »Ich hatte eigentlich den Eindruck, dass der Typ dich wirklich liebt.«

»Es ist auch alles gut. Absolut kein Bedarf für Rachepläne.« Ich hatte wieder eine Haarsträhne in der Hand. Nicht nur, weil ich nachdenklicher war, als ich zugab, sondern auch, weil meine Hand auf diese Weise beschäftigt war und nicht in die Chipspackung greifen konnte. »Ich weiß auch nicht, weshalb ich hier jammere. Ich habe überhaupt keinen Grund. Ich meine, er ist wirklich nett«, zählte ich auf. »Er hat keinen Bruder«, ich ignorierte Phils fragende Miene geflissentlich, »und er verwöhnt mich nach Strich und Faden. Er hat mich seiner Familie und seinen Freunden vorgestellt, was bedeutet, dass er nicht irgendwo Frau und Kind versteckt hält oder eigentlich bereits eine Freundin hat, die ältere Rechte anmelden könnte. Er ist erfolgreich und klug und hat eine umwerfende Wohnung, die ihm sogar gehört und nicht nur gemietet ist. Er ist«, endete ich nachdrücklich und ignorierte eisern das Gefühl, nicht nur ihn, sondern seltsamerweise auch mich von diesen Tatsachen überzeugen zu müssen, »er ist perfekt.«

Phil nickte nachdenklich.

»Und ich bin eine dumme Kuh, weil ich mich an solchen Kleinigkeiten aufhänge, anstatt es einfach zu genießen, dass ich auch mal Glück hatte und nicht schon wieder einen Frosch im Bett gefunden habe.«

Phil grunzte erheitert. »Also kann es nur eine Erklärung geben: die Hormone.«

»Was?«

»Na ja, mein Schwager behauptet, dass er zuverlässiger als jeder Test voraussagen konnte, wenn wieder Nachwuchs unterwegs war, weil meine Schwester dann immer so … Au!«

Ich hatte noch einmal ausgeholt und Phils Schienbein mit einem netten kleinen Tritt attackiert. »So weit sind wir noch lange nicht. Und außerdem ist jetzt Schluss mit meinem Beziehungsleben. Du bist dran! Hast du nicht zufällig wieder einmal eine nette junge Dame in der Tube angequatscht? Vielleicht eine, die nicht so anzugfixiert ist wie ich und die deine inneren Werte erkannt hat?«

Ein paar Tage später war ich erneut in so einer seltsamen Stimmung und bemühte mich redlich, dagegen anzugehen. Wir hatten es endlich geschafft, Viggos Terminkalender mit dem meiner Freunde abzustimmen und uns einen Abend im Pub zu gönnen. Die Stimmung war gelöst, und Viggo war wie stets bestens gelaunt und charmant. Ich beobachtete, wie er mit jeder Minute die Herzen meiner Freunde mehr einnahm und wie mich Rubys Blick streifte, in dem ganz eindeutig Erleichterung und die Gewissheit lagen, dass ich es dieses Mal geschafft hatte, nicht auf einen Blender hereinzufallen. Und doch war ich angespannt und ein wenig patzig. Und das nur, weil mich Viggo früher am Abend beiläufig gefragt hatte, was ich anzuziehen gedächte.

»Keine Ahnung. Wir gehen in einen Pub. Ich werde mir eine Hose und ein Shirt schnappen und gut«, hatte ich erwidert und war selbst erstaunt, weil das so gar nicht zu mir passte. Ich schnappte mir nie eine Hose, ohne nicht gründlich darüber nachzudenken – zumindest hatte ich das bis vor Kurzem nicht gemacht. Ich hatte selbst heute darüber nachgegrübelt, wenn ich ehrlich war. Aber anders als früher. Ich hatte an meine schwarze Lieblingshose gedacht, das dünne graue Wickelshirt und in Gedanken genickt, ohne zusätzlich zwei oder drei andere Optionen durchzudenken. Für meine Verhältnisse war das superspontan, zumindest klamottentechnisch.

»Okay.« Das Wort war minimal zu lang, die zweite Silbe einen Hauch zu betont.

»Ist das ein Problem?«

»Gar nicht. Ich dachte bloß«, fügte er wie beiläufig an, »dass du eventuell diesen Jumpsuit tragen könntest. Den grauen. In dem du unbestritten eine Hammerfigur hast.«

»Den, den du mir neulich aufgeschwatzt hast? Viggo, im Ernst, ich habe dir gleich gesagt, dass wir den nicht mitnehmen sollten und dass ich die nicht gerne trage. Die Dinger sind so was von unpraktisch! Du hattest noch nie einen Einteiler an, der auf dem Rücken einen Reißverschluss hat, wenn du dringend aufs Klo musstest, oder?«

»Ich wäre jederzeit bereit …«, begann er grinsend, doch ich wehrte mit einer entschiedenen Geste ab.

»Nein. Klamotten sind mein Job, nicht deiner. Du tust in letzter Zeit so, als würde ich in Lumpen herumlaufen.«

»Das habe ich nie gesagt.« Er seufzte. »Ich will doch nur, dass du die Schönste bist.«

»Und ich will schlicht etwas anziehen, mit dem ich in einem Pub nicht absolut overdressed bin. Und außerdem: Bin ich nicht immer die Schönste?«, gab ich ihm eine Chance, die ganze Sache positiv abzuschließen.

Er lachte leise. »Beinahe. Wenn du dir diese seltsamen Jogginghosen verkneifst.«

Nun, ich hatte mir natürlich jegliche Art von Jogginghosen verkniffen. Ich hatte die lediglich bei einer Gelegenheit getragen, bei der er mich hatte sehen können. Das war, als ich letzten Sonntag mit einem ausklingenden Magen-Darm-Infekt auf dem Sofa lag, der mich seit Mitte der Woche irgendwo zwischen »richtig krank« und »geht so« ins Bett gezwungen hatte. Ich fühlte mich matt und hatte keine Energie, um mich aufzubrezeln oder mir Make-up ins Gesicht zu schmieren. Nachdem ich ihn schon am Samstag hatte versetzen müssen – da hatte mein Bauch noch unheilvoll gegrummelt und ich war wirklich zu erledigt gewesen, um mir einen ganzen Abend auf der Geburtstagsparty eines Menschen um die Ohren zu schlagen, den ich nicht mal kannte –, war er überraschend bei mir aufgetaucht. Das war süß, denn eigentlich hatte er diesen Tag dafür eingeplant, auf irgendeiner weiteren Gartenparty zu sein. Aber er hatte abgesagt und beschlossen, ein wenig meine Hand zu halten und Onkel Doktor zu spielen, was durchaus dafür sorgte, dass ich mich direkt ein bisschen besser fühlte – zumindest nach dem ersten Schrecken, dass er mich in diesem Zustand überrascht hatte.

Bis er eben eine dumme Bemerkung zu meinem Aufzug machte. Ich fragte zurück, ob er sich denn geschniegelt und gestriegelt ins Bett legen würde, wenn er sich unwohl fühlte, woraufhin er nur behauptete, dass er das nie täte. Sich unwohl fühlen. Und dass seine Lebensführung eindeutig bewiese, dass man sein Immunsystem stärken, seine Darmflora im Gleichgewicht und seinen Körper widerstandsfähig halten könne. Sein Blick streifte dabei die Colaflasche, die neben mir stand. Ich nuschelte etwas davon, dass mein alter Kinderarzt bei diesen Beschwerden stets Cola und Salzstangen empfohlen hatte, und er lachte mitleidig und strich mir das unfrisierte Haar aus der Stirn.

»Ich will dich nicht kritisieren, Pen. Ich liebe dich, und deshalb möchte ich natürlich, dass es dir gut geht und du gesund bist. Das ist alles.«

Ich sah ihm an, dass er es ernst meinte, und mein Herz klopfte ein wenig schneller. Ich war einfach zu empfindlich. Und was gab es Schöneres, als einen Menschen, der sich um dich sorgte und dir das zerzauste Haar zärtlich aus der Stirn strich?

Am nächsten Tag war das Unwohlsein so weit zurückgegangen, dass ich zur Arbeit gehen konnte, auch wenn ich nicht in Höchstform war. Und ich hatte mich riesig gefreut, als er in der Mittagspause auftauchte, um zu sehen, wie es um meine Gesundheit stand. Ich wusste, dass er einen straffen Terminplan hatte. Deshalb schätzte ich die Geste, mich zu einem schnellen Lunch auszuführen, wirklich sehr. Ich ließ mir anstandslos eine gesunde Möhrensuppe servieren und trank dazu einen Fencheltee, weil er dafür meine Hand hielt und mich mit sorgenvollem Gesicht betrachtete, als wäre ich eine Kostbarkeit.

»Du siehst müde aus«, kommentierte er meine Erscheinung.

»Ach, halb so schlimm«, wehrte ich ab und genoss seine Aufmerksamkeit. »In zwei, drei Tagen bin ich wieder die Alte, du wirst sehen.«

»Das hoffe ich doch sehr. Mir fehlt das Strahlen in deinen Augen.«

Ich hob seine Hand, die nach wie vor meine umklammerte, und drückte vor Rührung einen Kuss darauf.

»Weißt du was? Ruf doch nachher Tammy an.«

Tammy war seine Empfangsdame in der Praxis und sehr nett. Wenn ich tagsüber etwas mit ihm zu besprechen hatte, landete ich im Regelfall bei ihr. Oder, und das kam weit häufiger vor, wenn ihm eine Sache eingefallen war, die er mich wissen lassen wollte, dann bat er sie, mir das mitzuteilen. Auf alle Fälle hatten wir beide mittlerweile fast schon Freundschaft geschlossen, aber weshalb ich mit ihr telefonieren sollte, erschloss sich mir dennoch nicht.

»Und weshalb?«, wollte ich nachfragen, aber er hatte ebenfalls wieder angesetzt, und ich lachte entschuldigend und deutete mit einer Geste an, dass er weitersprechen sollte.

»Ruf sie an und frag nach, ob sie dich heute Abend für ein Fruchtsäurepeeling einschieben kann. Deine Haut könnte es brauchen, und du würdest morgen wieder strahlend frisch aussehen.«

Ich hatte zwar zustimmend genickt, aber mich nicht darum gekümmert. Meine Haut würde auch so wieder strahlen, und mit einem immer noch etwas wackeligen Magen war es mir schlicht zu anstrengend, mich darum zu kümmern.

Aber heute Abend, im Pub und mit meinen Freunden, fiel es mir unerklärlicherweise wieder ein, und noch unerklärlicher war es, dass ich mich darüber ärgerte. Anstatt mich zu freuen, dass er mir das kostenlos angeboten hatte, wofür andere Unsummen bezahlten und lange auf einen Termin warteten.

Kapitel 44

Am unerklärlichsten war, weshalb ich nach wie vor missgelaunt in dieser Runde hockte. Ich hätte mich doch freuen sollen, weil wir endlich wieder alle zusammen waren. Ich hatte so lange davon geträumt, mit einem Mann wie ihm lässig in den Pub zu schlendern und meinen wartenden Freunden zuzuwinken. Sie zu Zeugen werden zu lassen, wie er mich mit kleinen Liebesbekundungen überhäufte. Ihre bewundernden Blicke zu spüren, weil ich mir einen echten Hauptpreis geangelt hatte. Ihr freches Grinsen zu registrieren, wenn er wieder mal eine seiner zweideutigen Bemerkungen machte, die alle erkennen ließen, dass er den Abend zwar genoss, es aber kaum erwarten konnte, bis er endete und wir beide alleine waren. All das, was ich selbst bei Ruby und Beau mit einem geheimen, sehnsuchtsvollen Blick beobachtet hatte. Und nun hatte ich es und war unzufrieden? Ich musste dringend an mir arbeiten, stellte ich fest und nahm mir vor, nachher besonders nett zu ihm zu sein. Ich küsste ihn, weil das immer half, und schmiegte mich dann in seinen Arm.

»Und ich sage noch, dass es sicher nicht die beste Idee ist, auf diesen rutschigen Steinen herumzuklettern. So schnell konnte ich gar nicht eingreifen, wie Ruby hinterrücks in den Bach gefallen ist«, schilderte Beau gerade Rubys Malheur beim letzten Wanderausflug und verpasste ihr einen kleinen Nasenstüber. »Und da lag sie dann, klatschnass von oben bis unten.«

»Und nicht nur ich, sondern auch alles, was in meinem Rucksack war.« Ruby hatte lachend Beaus Erzählung gelauscht. »Da stand das Wasser drin, weil ich natürlich immer noch keinen habe, der wirklich wasserdicht ist.«

»Selbst wenn du so etwas hättest, wäre es sinnlos, wenn du die Reißverschlüsse nicht richtig schließt«, gab Beau zu bedenken.

»Auf alle Fälle kam ich klitschnass und ziemlich derangiert im Hotel an. Und ich hatte keine andere Wahl, als in seiner«, sie deutete auf ihren Freund, »Ersatzjeans und seinem ebenso großen karierten Hemd in den Speisesaal zu gehen. Da saßen sie, all die sorgfältig zurechtgemachten Frauen, und ich erschien in diesen viel zu weiten Klamotten, die Haare nass und ungeschminkt, weil ich nur die Wahl hatte, die verschmierte Version drauf zu lassen oder aber oben nackt zu gehen.«

Wir lachten.

»Wieso hattest du nichts dabei?«, wollte Maisie wissen. »Du hast doch sonst immer ein Notfall-Set in der Tasche.«

Ruby seufzte. »Normalerweise ja. Aber leider lag das noch im Wagen.«

»Woran du selbst Schuld hattest. Ich habe gleich gesagt, dass es unnötig ist, sich vor dem Wandern die Lippen anzumalen. Nun ja, mich hat es nicht gestört. Ich mag dich nämlich so, wie du bist.« Beau küsste Ruby zärtlich. »Und du warst selbst in meinen Klamotten schöner als jede andere Frau in diesem Raum.«

Ruby errötete bezaubernd, und Maisie seufzte zufrieden. Ich warf einen Seitenblick zu Viggo, der nicht ganz so ergriffen wirkte.

»Sie wollte ernsthaft im Zimmer zu Abend essen, bloß wegen der Kleidung, könnt ihr euch das vorstellen? Was hätten wir in dem Fall verpasst! Dieses Hotel hatte einen ausnehmend schönen Essbereich, mit einem lauschigen Kamin und allem. Nur, weil sie gedacht hat«, wieder küsste er sie, dieses Mal auf die Nasenspitze, »dass es mir peinlich sein könnte oder ihr selbst peinlich sein müsste.«

»Ich hätte damit keine Probleme«, versicherte Maisie. »Diese Leute kennen dich nicht und sehen dich nie wieder. Und selbst wenn, was gibt ihnen das Recht, dich aufgrund deiner Klamotten zu beurteilen?«

»Ich verstehe dich«, sprang ich Ruby zur Seite. »Ich würde mich auch unwohl fühlen, wenn ich in Viggos Klamotten in so einem Hotel zum Essen gehen müsste.«

»Keine Angst, Pen.« Jetzt war es Viggo, der meine Nasenspitze küsste. »Ich hätte dich ganz gewiss nicht dazu überredet. Ich hätte mit dir im Zimmer gegessen, und dabei wären Klamotten ganz und gar überflüssig gewesen.«

Genau diese Art Sprüche hatte ich doch so prickelnd gefunden, als ich diesen Kerl vor ein paar Wochen kennengelernt hatte. Und bei anderen fand ich es nach wie vor aufregend, sexy und cool. Aber in jenem Moment hätte ich mir gewünscht, dass er anders reagierte. Weniger auf dieser körperlichen Schiene, mehr wie Beau, der einfach erklärte, dass Ruby für ihn immer die Schönste sei. Und der das auch so meinte. Ich lauschte nur mit halbem Ohr Maisies Erzählungen, hörte das Gelächter der anderen und lachte automatisch mit, ohne zu bemerken, was so witzig gewesen war.

Irgendwann drang zu mir durch, dass Ruby wieder das Wort übernommen hatte und sich darüber ausschüttete, wie sie am letzten Wochenende einmal mehr bei ihrer Familie zu Besuch gewesen waren. Ruby hatte eine große Familie, vier

Geschwister, und wenn die alle aufeinandertrafen, wurde immer etwas geboten. Beau fiel ihr ins Wort, verzog fröhlich den Mund, als er beschrieb, welche Reparaturen Rubys Mutter dieses Mal für ihn bereitgehalten hatte. Ich mochte Rubys Mum, obwohl ich sie lediglich aus Erzählungen kannte. Sie hatte eine Vorliebe dafür, die Freunde ihrer Töchter mit wackelnden Stuhlbeinen, klemmenden Türen oder einfach nur defekten Glühbirnen zu konfrontieren, wenn ihr gar nichts mehr einfiel. Dann sah sie zufrieden zu, wie die Missstände behoben wurden, und scherte sich nicht darum, dass ihre Töchter sich genierten. Beau schlug sich recht wacker und wurde mittlerweile bloß noch mit kleineren Aufgaben betreut. Ich stellte mir einen Moment vor, wie Viggo bei uns zu Gast war und ihm meine Mutter einen Pinsel in die Hand drückte und ihn bat, den Gartenzaun zu streichen. Hm.

»Pen? Pen!«

Maisies Stimme schreckte mich auf, und ich musste kurz blinzeln. »Was denn?«

»Himmel, Pen. So langsam machst du mir Angst. So ruhig kenne ich dich gar nicht.« Maisie feixte. »Was hast du bloß mit ihr angestellt? Sie kommt ja gar nicht mehr runter von ihrer Wolke sieben. Dieses Mädchen ist komplett ausgeknockt, wenn du in ihrer Nähe bist.« Spielerisch deutete Maisies Finger auf Viggo.

»Es tut mir leid. Ich war in Gedanken.« Ich strich mir verlegen eine Strähne aus dem Gesicht und hoffte, dass niemand genauer wissen wollte, was mich gerade beschäftigte.

»Denk nach, wenn du alleine bist. Unsere gemeinsame Zeit ist viel zu kostbar«, befand Maisie streng.

Da hatte sie recht. Entschlossen befreite ich mich aus Viggos Armen und salutierte. »Jawohl, Ma'm. Also, wie sieht es aus? Wo bleibt der Nachschub? Ich denke, ich bin dran, oder? Dann haut mal eure Bestellungen raus.«

»Du bist betrunken«, erklärte mir Viggo eine Weile später. Er konnte den missbilligenden Unterton nicht völlig verbergen.

»Nein, ich bin eventuell ein ganz klein wenig angeheitert.«

Er begnügte sich mit einem dezenten Geräusch, wie Eltern es machten, wenn sie sich eine Maßregelung verkneifen wollten.

»Na und, wir hatten Spaß. Wir haben so selten Spaß. Ich sehe Maisie und Ruby kaum noch.«

»Du wohnst mit ihnen zusammen. Und wir haben durchaus Spaß.«

»Aber manchmal muss man einfach verrückten Spaß haben. Ich muss das. Ich brauche das.«

»Verrückter Spaß heißt, sich zu betrinken?«

»Ich bin nicht betrunken. Himmel, Viggo, was ist los?«

Ich hatte durchaus bemerkt, dass seine Laune sich in dem Maß verschlechtert hatte, in dem unsere sich hob. Wir hatten ein paar Drinks gehabt, gut. Aber wir waren nicht betrunken, und ich konnte mich nicht erinnern, wann ich zum letzten Mal so quietschfidel gewesen war. Mit ihm jedenfalls nicht, zumindest nicht, weil wir ausgelassen gefeiert hatten. Mit Viggo trank ich höchstens ein, zwei Gläser Rotwein, aber auch das nicht auf jeder Einladung. In letzter Zeit war nämlich nicht Wein, sondern – bitte festhalten – Wasser das Getränk der Stunde. Aber kein Standardwasser. Auf den richtig schicken Partys hatte man die Wahl zwischen Fidschi-Wasser, mit Sauerstoff angereichertem Wasser, basischem Wasser oder Vitaminwasser. Zusätzlich gab es noch eines, das aus einer norwegischen Gletscherquelle stammen sollte. Sie alle verband, dass sie in extrem schicken Flaschen gereicht wurden und alle ein Wahnsinnsgetue deshalb veranstalteten. Und dass sie allesamt wie Wasser schmeckten. Sogar die angereicherten. Ich hatte eine recht fruchtlose Diskussion mit ihm geführt, dass jede einzelne Flasche einen mega Flugweg hinter sich hatte und letztendlich nur Wasser war. Viggo hatte mir bezüglich des Inselwassers recht gegeben, aber felsenfest behauptet, dass es mit dem angereicherten durchaus anders aussähe und diese Varianten großartige Auswirkungen auf mein Erscheinungsbild haben würden, wenn ich es regelmäßig konsumierte. Nun, heute Abend war mir zur Abwechslung nicht nach Wasser gewesen, sehr zu seinem Missfallen, wie ich gerade bemerken musste.

Er seufzte. »Nichts ist los. Ich habe heute nur eine Seite an dir kennengelernt, die ich noch nicht kannte.«

»Das bin aber auch ich.« Ich blieb stehen und schaute ihn an. »Ich bin manchmal eben laut und direkt.«

»Ich weiß. Und ich mag das. Ich mochte es von Anfang an, deine Art, das zu sagen, was du denkst. Ich mag starke Frauen, die sich behaupten.«

»Aber du magst es nicht, wenn sie etwas trinken?«

Er seufzte erneut. »Ich weiß eben, dass es nicht gut ist. Nicht für den Körper. Nicht für deine Haut. Und du brauchst das auch nicht. Ich möchte doch nur das Beste für dich. Weil du mir wichtig bist.«

Nun war es an mir zu seufzen. »Schon klar. Und ich verstehe, was du meinst. Aber nur weil ich ein einziges Mal mit meinen Freundinnen ein wenig eskaliere, wird sich meine Haut wohl nicht direkt in eine graue, pockennarbige Fläche verwandeln.«

»Du hast ja keine Ahnung.« Er sah auf mich hinab, dann wurden seine Züge weich. »Es tut mir leid. Ich möchte einfach, dass du das verstehst. Und dass du dir darüber Gedanken machst. Nicht, weil ich dich kritisieren will. Weil ich dich liebe.«

»Das tue ich auch«, gab ich zurück und ignorierte das seltsame Empfinden, das mich bei diesen Worten überkam. Und den Drang, hinterherzuschieben: *Auch wenn ich das Gefühl habe, dass du mich offensichtlich mehr lieben würdest, wenn du mich erst noch ein wenig zurechtbiegen könntest.* Und ganz besonders den Drang, ihm mitzuteilen, dass mir mit jedem Tag mehr Dinge einfielen, die ich an ihm ebenfalls gerne ändern würde.

Kapitel 45

Ich bemühte mich ernstlich, meine Gefühle in den Griff zu bekommen. Doch wenn man einmal etwas bemerkt hat, fällt es schwer, es zukünftig wieder zu übersehen. Als reichte einem jemand endlich die Brille, die man schon lange benötigt hatte, sah man plötzlich klar und entdeckte Details, die zuvor verschwommen irgendwo im Gesamtbild untergegangen waren.

Ein paar Tage später spazierte ich in der Mittagspause nachdenklich durch einen kleinen Park und kämpfte erfolglos gegen Gedanken an, die ich nicht haben wollte. Sinnierend setzte ich mich auf eine Bank und starrte die Bäume an. Hm. Gestern Abend hatte ich schon wieder einen kleinen Diskurs mit Viggo gehabt. Er hatte beiläufig eine weitere Einladung erwähnt, die er bereits angenommen hatte und zu der wir kommendes Wochenende erscheinen sollten. Ich hatte mich aufgeregt, weil wir eigentlich am Samstag mit meinen Freunden ausgemacht hatten, dass wir an besagtem Abend endlich mal wieder gemeinsam kochen wollten.

»Pen, du weißt, wie wichtig diese Einladungen für meine Zukunft sind.«

»Und mir sind meine Freunde wichtig.«

»Wir haben sie letztes Wochenende getroffen. Wir werden einen neuen Termin finden.«

»Sollte ich ihn offiziell bei Tammy buchen?«, fragte ich spitz.

»Nein«, er seufzte. »Die Einladung kam kurzfristig, ich weiß. Aber sie zu erhalten, ist eine Ehre, die ich nicht ausschlagen kann. Und wir beide sind zusammen, das ist doch die Hauptsache.«

»Aber wir tun nicht das, was wir wollen.«

»Ich will das. Ich dachte, du ebenfalls. Wir bauen unsere gemeinsame Zukunft auf.«

Ich hatte am Ende genickt und mich auf die Worte »gemeinsame Zukunft« fokussiert, um nicht eingehender über dieses »Ich will das« nachdenken zu müssen. Aber wieder einmal hatte ich jenes seltsame Unbehagen verdrängen müssen, das auch in diesem Augenblick in meinem Magen rumorte. Ich betrachtete erneut die Bäume und seufzte. Irgendwie fühlte ich mich ihnen gerade sehr verbunden. Sie schienen ein Sinnbild zu sein für das, was mit Viggo und mir passierte. Die Sonne strahlte zwar noch auf uns herab, aber sie hatte ihre Kraft eingebüßt und konnte uns nicht mehr wirklich wärmen. Diese Bäume besaßen noch ihr Laubkleid, aber es war nicht länger strahlend grün und die ersten Blätter fielen zu Boden. Sie waren ausgelaugt und saftlos. Traurig stellte ich fest, dass dieser Zustand auch auf mich und meine Beziehung zutraf. Ich musste mich entscheiden, wenn ich nicht in den Winterschlaf abrutschen wollte. Ich musste, hm, ein Gewächshaus finden, um den metaphorischen Baum unserer Liebe darin warm und sicher über die sich anbahnende kalte Jahreszeit zu bringen. Daraufhin schüttelte ich energisch den Kopf. Liebe Güte, was für Gedanken in meinem Hirn die Runde machten! Ich war keine Frau, die ihre Beziehung als Baum ansah. Mein Problem, beschloss ich resolut, lag ganz woanders. Und wie jedes Problem musste man es nur erst erkennen, um es danach auch beheben zu können.

Die einzigen Personen, mit denen ich das besprechen konnte, waren meine Freundinnen. Ruby hatte überrascht gewirkt, als ich sie anrief und bat, einen Abend für mich zu reservieren.

»Was ist denn los?«, hatte sie sofort gefragt und leicht alarmiert geklungen.

»Nichts.« Ich seufzte, dann räumte ich ein: »Es gibt da etwas, über das ich gerne reden würde. Aber es ist nichts Schlimmes.«

»Heute Abend?«

»Hast du denn Zeit?«

»Süße, die nehme ich mir. Ich werde unterwegs einkaufen und etwas kochen, wenn das in Ordnung ist?«

»Wenn das in Ordnung ist? Ruby, ich liebe dich! Vielleicht irgendetwas Überbackenes mit reichlich Käse?«

Sie lachte. »Geht klar. Ich habe so das Gefühl, dass du heute eine Lasagne brauchst.«

»Unbedingt. Ich freu mich. Bis später.« Ich legte auf und fühlte mich direkt leichter. Mit den beiden würde ich meine bescheuerten Gefühle in den Griff bekommen. Maisie würde mir den Kopf zurechtrücken, Ruby ein paar Tipps geben, und ich konnte mich entspannt auf den Winter freuen.

»Also, spuck es aus. Was gibt es?«

Die Lasagne war bereits im Ofen und ein appetitanregender Duft zog durch die Küche, während der Käse langsam schmolz. Wir hatten einen Salat zubereitet und den Tisch gedeckt. Nun saßen wir da, jede auf ihrem gewohnten Stuhl, und warteten hungrig, bis die Kruste goldbraun sein würde.

»Ich habe ein Problem«, gestand ich mit fester Stimme und sah in die Runde.

»Mit Viggo?«, wollte Maisie überrascht wissen.

»Ja. Wie kommst du darauf?«

»Weil es im Moment kein anderes Thema in deinem Leben gibt. Nur dass sein Name im Zusammenhang mit dem Wort ›Problem‹ doch ein wenig unerwartet kommt.«

»Weil das auch irgendwie nicht stimmt. Eigentlich steht das Wort eher im Zusammenhang mit mir.« Ich seufzte und schaute zu, wie Maisie den Weißwein entkorkte und eingoss.

»Das musst du genauer erklären.« Sie schob jeder ein Glas hin und lehnte sich zurück. »Ich dachte, dass du vor Glück bald rosarot wirst. Der Typ ist doch alles, was du wolltest.«

»Stimmt. Und doch …« Ich drehte das Glas hin und her. »Irgendwie fühlt es sich nicht mehr rosarot an. Und deshalb brauche ich eure Hilfe.«

»Und wie sollen wir helfen können?« Maisie war zu Recht baff. »Um es in deinem Leben wieder … rosarot zu machen?« Sie grinste anzüglich. »Du kommst hoffentlich nicht mit irgendeiner Idee um die Ecke, die uns sicherlich nicht gefallen wird.«

Ruby verschluckte sich fast an ihrem Wein, während ich grinsen musste.

»Nein! Echt jetzt, du wieder! Nein, im Ernst, ich habe etwas erkannt, und dabei brauche ich eure Hilfe.«

»Dann rück endlich raus damit.«

»Es ist so … Nun, ihr kennt mich. Ich bin immer tough. Diejenige, die mit einem gesunden Blick für die Realität durchs Leben geht.« Ich registrierte, wie beide brav nickten. »Ich versuche, mit meiner Art Humor und, wenn es sein muss, mit ein wenig Zynismus durchzukommen. Ich stelle Anforderungen an das Leben und an die Menschen, aber ich dachte, dass die einigermaßen umsetzbar sind.«

»Himmel, Pen! Du machst mich wahnsinnig!« Maisie hatte ihre entspannte Haltung aufgegeben. »Was ist los?«

»Ich habe in den letzten Tagen erkannt, dass das nicht so ganz stimmt. Ich bin tough und alles, aber leider nicht in dem Maße, in dem ich das gerne wäre.«

Ruby stützte ihr Kinn auf und betrachtete mich nachdenklich. Ich merkte, dass sie überlegte, was sie antworten könnte, und fuhr bestimmt fort.

»Und ich bin viel zu misstrauisch. Ich kann das nicht abstellen, und ich mache das auch nicht mit Absicht. Aber ich lege jedes Wort auf die Goldwaage und seziere es.«

Ruby stand auf und ging hinüber zum Backofen. Sie holte die Lasagne heraus und stellte sie vorsichtig auf dem Tisch ab. »Und Viggo sagt Sachen, die auf eine Goldwaage gehören?«, fragte sie sanft und begann, die Teller zu füllen.

»Keine Ahnung! Ja, ich finde schon, obwohl ich weiß, dass ich einfach zu empfindlich reagiere. Ich meine, er ist perfekt! Er ist nett. Er sagt mir andauernd, dass er mich liebt. Er ist erfolgreich. Er ist großzügig. Und was tue ich? Ich mache das alles kaputt. Ich lauere darauf, dass er einen Fehler macht, damit ich mit dem Finger auf ihn zeigen kann und rufen: ›Ha! Ich habe es doch gewusst!‹«

»Aber ihr beide seid ja inzwischen eine Weile zusammen. Du kennst seine Freunde, seine Familie. Und er ist wirklich nett.« Maisie wedelte mit der Gabel in der Luft. »Er ist all das, was du immer wolltest. Nicht mein Fall, mir wäre der zu ehrgeizig und zu geradlinig, aber das bloß nebenbei. Ihr zwei jedoch, ihr passt zueinander. Ihr habt so viele Gemeinsamkeiten. Huh«, pustete sie hechelnd, nachdem sie sich eine Gabel voll dampfender Lasagne in den Mund geschoben hatte. »Ist das heiß.«

»Was meinst du genau mit Gemeinsamkeiten?«, hakte ich nach.

»Ihr habt beide Ambitionen. Du wusstest bereits als Kind, was du mal erreichen willst. Erinnerst du dich nicht? Du hattest eine Zeit lang immer diese schrägen Zeitschriften deiner Oma in der Schultasche. Diese Countrylife-Adelshäuser-Dinger. In denen hast du dir die Homestorys angesehen und geschwärmt, dass du einmal so enden willst. Nun ja, vielleicht nicht ganz so trutschig wie jene Damen, und vermutlich ein wenig moderner eingerichtet, aber generell war das dein Ding. Und daran hat sich nie etwas geändert. Sei ehrlich, Pen! Es war immer dein Wunsch, in die besseren Kreise aufzusteigen. Und mit Viggo tust du das. Schau dir doch an, wo ihr eure Zeit verbringt, auf welchen Events und Partys ihr abhängt. Und eigentlich dachte ich, dass du das aus ganzem Herzen genießt.« Sie machte eine nachdenkliche Pause. »Ich meine das ernst. Ihr passt zusammen wie heiße Milch und Schokoladencookies. Du bist ebenso geradlinig wie er und verfolgst deine Ziele. Außer vielleicht«, sie machte eine Pause, um keck zu grinsen, »wenn es um das Diäthalten geht. Wobei du selbst da zurzeit erfolgreich bist. Und zu guter Letzt«, sie schob sich einen Bissen in den Mund und kaute genüsslich, während ich sie wartend anstarrte. »Zu guter Letzt bist du wie er ziemlich auf Äußerlichkeiten fixiert.«

»Ich bin oberflächlich?«

»Das habe ich nicht gesagt. Ich habe gesagt, dass dir die Optik wichtig ist. Das kannst du nicht abstreiten. Du hast eine Jogginghose aus Kaschmir«, warf sie in den Ring.

»Ich will es auch gar nicht abstreiten«, bekannte ich nach kurzem Überlegen. »Du hast recht. Und diese Hose ist unsagbar bequem, nur nebenbei bemerkt, und sie sieht schick aus. Fast gar nicht nach bequemem Gammellook.«

»Nun, wo liegt denn dann das Problem?«, mischte sich Ruby endlich ein. »Das klingt schließlich, als wärt ihr wie füreinander gemacht.«

Ich schob nachdenklich das Essen hin und her. Das Gespräch nahm gerade eine Wendung, mit der ich nicht gerechnet hatte. Die, anstatt Antworten zu geben, nur noch mehr Fragen aufwarf.

»Ich will wissen, wie ihr das macht.« Ich beschloss, die neuen Ängste zunächst beiseitezuschieben und erst das zu klären, was ich ursprünglich hatte besprechen wollen. »Du, Maisie, du bist kein Stück misstrauisch. Du glaubst erst einmal an das Gute in jedem Menschen.«

Sie nickte mit vollen Wangen.

»Wie macht man das?«

Sie stutzte, schluckte und öffnete den Mund. Es dauerte ein kleines bisschen, ehe sie antwortete: »Einfach machen.«

»Aber wie schaltest du die Zweifel aus?«

Sie zuckte mit den Achseln. »Keine Ahnung. Ich tue das nicht bewusst. Ich habe es vielleicht so gelernt, oder aber es entspricht meiner Natur.«

»Das ist es.« Ich ließ mich nach hinten sinken. »Ich habe es auch gelernt. Leider das Gegenteil. Ich habe zu viele Mistkerle kennengelernt, um weiterhin einfach zu vertrauen.«

»Ich weiß nicht …«, begann Maisie, aber ich wedelte mit der Hand durch die Luft und unterbrach sie einfach.

»Und du, Ruby? Wie machst du das? Beau ist doch auch ein Alphamann.«

»Und?«

»Und wie kommst du damit klar? Macht dir das nichts aus?«

»Ich fürchte, ich kann dir nicht folgen.« Vorsicht machte sich in ihrem Gesicht breit. »Beau ist ganz sicher kein dominanter Typ, falls du auf so etwas hinauswillst. Er weiß, was er will, aber er weiß auch, was ich möchte, und findet die ideale Balance. Und überhaupt«, ihre Miene wurde weich. »Ich liebe ihn. Alles, was ihn ausmacht. Ich würde ihn gar nicht anders haben wollen. Nun ja, vielleicht würde ich seine Familie ein wenig anders haben wollen.« Sie grinste und ließ den Rest des Satzes im Raum stehen.

»Pen, vielleicht kommst du jetzt mal zum Kern deines Problems. Ich dachte, dass du bis über beide Ohren in Viggo verliebt bist. Ich dachte, ihr zwei ergänzt euch perfekt. Anscheinend habe ich«, Maisie sah zu Ruby, »haben wir uns getäuscht. Was genau versuchst du, uns zu sagen?«

Kapitel 46

»Ich fürchte, ich weiß es selbst nicht mehr«, gab ich zu, entschlossen, nun wirklich die Fakten auf den Tisch zu legen. »Ich dachte, mein Problem wäre, dass ich einfach nicht darauf vertrauen kann, dass Viggo zur Abwechslung mal kein Scheißkerl ist. Und das Schlimme ist, dass ich mir in dieser Hinsicht eigentlich sicher bin. Er ist wirklich nett, und er ist ehrlich. Ich glaube ihm sogar, dass er mich liebt. Und dennoch kann ich nicht aufhören, ständig darauf zu lauern, einen Fehler zu finden.«

»Das hast du bereits gesagt«, warf Ruby sanft ein. »Allerdings scheint das nicht das Einzige zu sein, was dich bedrückt, habe ich recht?«

»Leider. Denn ich wollte, dass ihr mir den Kopf zurechtrückt. Ich wollte, dass ihr mir klarmacht, dass ich einfach daran glauben soll, dass er der Richtige ist. Dass ihr mir bestätigt, dass wir uns ergänzen, das ideale Paar sind. Dass er der ist, den ich immer wollte.«

»Aber genau das habe ich doch eben gesagt.« Maisie klang so verwirrt, wie ich mich fühlte.

»Genau! Und in dem Moment«, ich holte tief Luft, »da habe ich etwas anderes bemerkt.«

»Nämlich?«

»Nämlich, dass ich gar nicht weiß, ob ich so sein will wie er. Ob ich will, dass wir so super zueinanderpassen. Wartet«, ich hob die Hand, als sie etwas äußern wollte. »Ich muss das erst selbst kapieren. In meinem Kopf wirbelt gerade alles wild durcheinander. Viggo ist wie ich, hast du gemeint. Geradlinig und direkt. Und wir verfolgen dieselben Ziele. Aber was, wenn ich plötzlich nicht mehr weiß, ob es die richtigen Ziele sind? Wir sind beide auf das Äußere fixiert, das hast du ebenfalls gesagt. Und du hast recht, mir ist das sehr wichtig. Aber im Vergleich zu ihm bin ich …« Ich suchte nach den richtigen Worten. »Ein Laie. Ein Witz. Zu nahezu jeder Veranstaltung kauft er mir ein neues Outfit. Anfangs fand ich das absolut irre. Okay, ich hatte Bedenken, ob er mich damit kaufen will, aber, unter uns, ich fand es trotzdem toll. Doch mit der Zeit … Ich habe gedacht, er macht es, um zu zeigen, was für ein toller Kerl er ist, was er sich alles leisten kann. Aber ich glaube, darum macht er sich keine Gedanken. Viggos Selbstbewusstsein ist so groß, dass er an so etwas gar nicht denkt. Aber wisst ihr was? Er macht das auch nicht, weil er mich so unglaublich liebt. Er tut es, weil ich ständig perfekt sein muss. Immer die Schönste. Er macht das für sich! Er macht aus mir ein Accessoire, eine perfekte Puppe.«

»Aber …«

»Warte. Lass mich diesen Gedanken zu Ende bringen. Viggo ist besessen davon, perfekt zu sein. Alles in seiner Umgebung ist perfekt. Seine Wohnung, sein Job, er selbst. Und er tut sein Menschenmöglichstes dafür. Er arbeitet hart und er hat sich stets weitergebildet. Er treibt jeden Tag Sport. Jeden! Er ernährt sich nach dieser Diät, er trinkt kaum Alkohol. Er versucht, zeitig ins Bett zu gehen, um seinem Körper ausreichend Zeit zu geben, sich zu regenerieren.«

»Das ist doch alles erst einmal nichts Schlimmes. Ich kenne viele Ärzte, die das tun, weil sie wissen, wie sich Ausschweifungen auf den Körper auswirken«, wollte Maisie mich beruhigen.

»Und sag nicht, dass er jedes Mal nur ins Bett geht, um sich seinen Schönheitsschlaf zu gönnen.«

»Nein. Aber weißt du, dass er selbst beim Sex perfekt ist? Und«, ich musste noch einmal tief Luft holen, »dass er sich sogar dabei im Spiegel bewundert?«

Einen Moment war es still, dann prustete Maisie laut heraus, während Ruby allmählich rot anlief.

»Im Ernst! Der hat überall Spiegel hängen. Und ich habe ihn dabei erwischt. Er sieht sich selbst zu. Und ganz offensichtlich gefällt ihm, was er erblickt. Besser als ich ihm gefalle, denn sonst würde er doch mich dabei ansehen.«

»Oha«, kommentierte Maisie schlicht. »Das ist durchaus etwas strange.«

»Und es muss immer voll abgehen«, führte ich weiter aus und ignorierte Rubys Gesichtsfarbe. Das hier war eher Maisies Gebiet. Ruby würde ich hinterher wieder brauchen. »Weil man dabei so viele Kalorien verbrennen kann, wenn man es richtig macht. Eine kleine zusätzliche Sporteinheit. Ich habe ja nichts dagegen, wenn einer leidenschaftlich ist, aber ganz im Ernst, ich vermisse so langsam wirklich eine gemütliche Runde ohne viel Aufhebens. Er will, dass ich Pilates mache, weil der Körper dabei so geschmeidig und gelenkig wird, und jetzt rate mal, weshalb?«

Maisie lachte ungehemmt los. »So einer ist das?«

»Irgendwie ja. Am Anfang bin ich voll darauf abgefahren. Ein Kerl, der sich nicht bremsen kann. Voller Leidenschaft und ewig bereit. Ich dachte, das ist das ultimative Zeichen, dass er völlig verrückt nach mir ist. Aber manchmal fürchte ich, er ist einfach verrückt nach der Sache an sich.«

»Also, ich weiß nicht, ob ich mich deswegen beschweren würde. Besser als einer, der nie Lust darauf hat.«

»Das stresst mich alles ungemein«, gestand ich und blickte von Maisie zu Ruby. »Es stresst mich, dass ich immerzu perfekt sein muss. Dass ich ständig Angst habe, den Ansprüchen nicht zu genügen. Im Ernst, was tut er, wenn ich krank bin? Macht mir einen Termin für ein Fruchtsäurepeeling, damit meine Haut nicht so fahl aussieht. Und ich weiß, dass er sogar das gut meint, aber es fühlt sich nicht so an.«

»Dann rede mit ihm«, forderte mich Maisie auf. »Sag ihm, dass es dich stresst. Wenn er dich liebt, dann wird er …«

»Und wenn nicht?«

»Wenn nicht, dann hättest du deine Bestätigung, nach der du angeblich die ganze Zeit suchst. Ich verstehe immer noch nicht, was genau …« Maisie brach ab, als Rubys Hand sich auf ihren Arm legte.

»Pen«, fragte Ruby langsam und schaute mir fest in die Augen. »Kann es sein, dass du Ausflüchte suchst und eigentlich gar nicht nach diesem ominösen Fehler Ausschau hältst? Kann es sein, dass du einfach bemerkt hast, dass du ihn nicht liebst?«

Einen Moment schien die Zeit in unserer Küche stillzustehen. Zwei Augenpaare musterten mich und warteten stumm, dass ich das dementierte. Als ich dazu ansetzte, klang meine Stimme dünn und kindlich.

»Nein! Ich muss ihn doch lieben. Er ist alles, was ich je wollte. Der erste anständige Kerl seit Jahren. Und er liebt mich. Wie könnte ich einen Mann wie ihn nicht lieben?« Ich fühlte mich mittlerweile ernsthaft verzweifelt. Ich hatte so gehofft, dass ich heute Abend davon überzeugt wurde, dass ich mit Viggo das Richtige tat. Und stattdessen hatte ich mich unaufhörlich in eine Erkenntnis manövriert, die bereits eine ganze Weile tief in meinem Gehirn gelauert hatte. Und die Ruby eben einfach so ausgesprochen hatte.

»Nur weil man geliebt wird, empfindet man nicht unbedingt dasselbe.«

»Aber ich …«, versuchte ich, dagegen anzugehen. »Ich habe Gefühle für ihn.«

Ruby tätschelte meine Hand. »Bestimmt. Weißt du, eine Beziehung ist auch Arbeit. Man verändert sich, man muss sich auf einen Menschen einlassen. Man muss lernen, auch einmal zurückzustecken. Man muss eine Basis finden, auf der beide gut und sicher stehen. Das ist nicht immer leicht. Vielleicht bist du einfach nur ein wenig überfordert im Moment. Du bekommst eine Erkältung oder so.«

»Ich bekomme keine Erkältung. Weißt du was?« Ich richtete mich auf und sah ihr in die Augen. »Ich habe da einen Freund. Phil, ich hab euch doch von ihm erzählt. Und als wir uns kennenlernten, da meinte er, ich wäre ein Anzugflittchen. Ich habe darüber gelacht, aber irgendwo hat er recht. Und ich merke mit jedem Tag deutlicher, dass ich es eben doch nicht zum Lachen finde. Ich finde es sogar reichlich erbärmlich, wenn ich genauer darüber nachdenke. Ich bin oberflächlich und viel zu sehr an äußeren Werten interessiert. Es ist, als ob mir Viggo einen Spiegel vor das Gesicht hält, und ich will mit jedem Tag weniger sehen, was darin ist. Ich meine, ich bin doch nicht besser! Wie oft habe ich dich gedrängt, deinen Klamottenstil zu ändern?« Ich drehte mich zu Ruby um. »Und jetzt merke ich, wie unangenehm das ist. Ich habe es nie böse gemeint, ich wollte dir lediglich helfen. Aber Viggo zeigt mir, dass es auch eine andere Seite hat. Dass es ganz anders ankommen kann.«

»Ich habe das jedes Mal als freundschaftlichen Rat empfunden«, beruhigte mich Ruby.

»Aber gestört hat es dich dennoch, das verstehe ich inzwischen. Einen Rat gibt man einmal. Wenn man ihn ständig wiederholt, dann ist es Einmischung. Beeinflussung. Beschissen.« Noch einmal erschien Phil vor meinem inneren Auge. *Himmel, ein Anzugflittchen*, rief er und lachte. Aber nicht nett und mit einem Augenzwinkern, wie er es damals getan hatte, sondern mit spöttisch verzogenen Lippen. Dann öffnete er wieder seinen Mund, und ich spürte, wie sich alles in mir zusammenzog.

Eine neue Erklärung, weshalb ich gerade so konfus war, poppte auf.

»Shit«, stieß ich tonlos und mit bangem Herzen hervor. »Phil hat noch etwas gesagt.«

»Spuck es aus!«, drängte Maisie und war offensichtlich in höchster Alarmbereitschaft ob meines Gesichtsausdrucks.

»Er meinte, dass ich mich vielleicht von meinen Hormonen verrückt machen lassen würde. Dass seine Schwester ähnlich drauf war, jedes Mal, wenn sie …« Ich konnte den Satz nicht zu Ende bringen.

»Pen?« Ruby klang seltsam ruhig, als sie endlich das Schweigen durchbrach, welches meinen Worten gefolgt war. »Du wirst uns doch nicht mitteilen, dass du schwanger bist?«

»Ich weiß es nicht.« Ich zog hektisch mein Handy heraus und rief den Kalender auf. »Aber ich fürchte, ich bin überfällig.«

Die Stille, die nun folgte, sprach Bände. Ich saß da und starrte auf den Kalender. Maisie starrte mich an, und Ruby uns beide abwechselnd.

»Habt ihr nicht verhütet?«

»Doch, klar. Aber ich hatte diese Magen-Darm-Grippe …«

Wieder verstummten wir.

»Wenn du sagst, dass du gestresst bist«, ergriff Maisie nach einem Räuspern endlich das Wort, »dann kann das ein Grund sein, weshalb du überfällig bist. Das kommt vor.«

Ich nickte.

»Fünf Tage? Das heißt gar nichts.«

Ich nickte erneut, obwohl mir übel war. Ich war nie überfällig gewesen. Ich hatte noch nie diese bangen Momente erlebt, in denen man sich schreckerfüllt fragte, ob man vom letzten Typen mehr zurückbehalten hatte als die Erinnerung an eine mehr oder weniger nette Nacht.

»Aber falls es etwas heißt«, fuhr Maisie fort. »Was dann?«

»Ich weiß es nicht«, log ich leise. Wenn ich mir bisher selbst etwas hatte vormachen können, dann war ich damit nun am Ende. Sofern ich schwanger wäre, erkannte ich mit schmerzhafter Gewissheit, dann wäre das Kind nicht mein Hauptproblem. Denn gerade eben, als mir schlagartig in den Sinn gekommen war, dass ich eigentlich meine Tage haben sollte, war mein erster Gedanke nicht: *Scheiße! Ich bin schwanger*, gewesen, sondern: *Scheiße! Jetzt bin ich an Viggo gefesselt.*

Maisie sprang auf. »Ich hole einen Test«, verkündete sie und stemmte die Hände in die Hüften. »Ich flitze eben in den Drogeriemarkt, der hat noch offen, und dann klären wir das sofort. Und du«, sie stieß Ruby an, die kaum merklich nickte, »du kümmerst dich unterdessen um Pen.«

»Was soll ich denn jetzt machen?«, fragte ich meine Freundin leise, als wir alleine waren.

»Warte erst einmal ab. Vielleicht bist du ja gar nicht …«

Ich nickte und dann saßen wir stumm da und starrten einander an. Die Zeiger der Uhr schienen festgefroren zu sein, genauso wie mein Herz. Ruby stand auf, schenkte Wein nach, schob mir das Glas hin, stutzte plötzlich und machte ein verlegenes Gesicht. Ich griff trotzig danach, führte es an meine Lippen. Nur, um es sofort wieder abzusetzen. Himmel, ich hatte noch nie so tief in der Misere gesteckt wie in diesem Moment.

Kapitel 47

Kinder waren immer ein Teil meines Lebensplans gewesen. Ein wenig diffus zwar und als eine Entwicklung, die irgendwann passieren würde, wenn ich meine wilden Jahre hinter mir und den perfekten Mann und Vater an meiner Seite hatte. Wenn ich mich erwachsen genug fühlte und bereit, diese Verantwortung zu übernehmen, mein Leben in einen anderen Modus zu schalten. Wenn ich, nun ja, milder und weiser geworden war. Doch dann, das hatte ich in einem Winkel meines Herzens immer gewusst, dann wollte ich eine Familie haben. Dann wollte ich dieses Ziehen im Bauch spüren, wenn ich registrierte, dass meine Tage ausblieben. Dieses Flattern, wenn man das Stäbchen auspackte, tief einatmete, es nachdenklich betrachtete und sich vorstellte, was es gleich anzeigen würde. Ich hatte mir das stets aufregend und spannend vorgestellt – und nicht, dass ich das abends und voller Panik erleben würde. Und schon gar nicht, dass meine Freundinnen vor der Klotür lauerten und unbedingt einen Blick auf dieses Plastikteil werfen wollten.

Ich verbot es mir, darauf zu sehen, ehe die Zeit abgelaufen war. Nur zwei Minuten, hatte Maisie gesagt, und absolut zuverlässig. Diese Marke wurde auch im Krankenhaus eingesetzt und war einfach und sicher. Ich ging zur Tür und machte sie auf. Die beiden standen mit aufgeregten Gesichtern da, und ich holte tief Luft. Nervös senkte ich den Blick.

»Scheiße!«

»Zeig her!« Maisie griff nach meiner Hand.

»Zwei Linien. Da sind zwei Linien«, flüsterte ich und fürchtete, in Ohnmacht zu fallen.

»Zeig!« Maisie wurde laut und griff jetzt energischer nach meiner Hand. »Zwei Linien«, stieß sie aus und klang erleichtert. »Wenn du schwanger wärst, müsste die hintere Linie ein Kreuz sein.«

»Bist du sicher? Ich dachte, Linien …«

»Bei diesem Test bildet sich ein Kreuz. Glückwunsch, Pen. Du bist nicht schwanger.«

Erleichterung durchflutete mich. Leider nur kurzzeitig. »Aber ich sitze immer noch in der Tinte.«

»Was hast du vor? Denkst du nicht, dass du im Moment emotional ein wenig überlastet bist? Dass du eventuell erst mal nichts machen und dir Zeit nehmen solltest?«

»Brauche ich das? Im Ernst, Maisie, wenn mich der Gedanke, mit Viggo ein Kind zu bekommen, mehr schreckt als der Gedanke, grundsätzlich schwanger zu sein, brauche ich dann Zeit?«

»Eher nicht«, räumte sie ein.

»Das Schlimme ist, dass ich ihn wirklich mag. Aber ich will nicht mit ihm zusammen sein.«

»Und wenn du noch einmal mit ihm sprichst? Vielleicht versteht er es? Er könnte sich ändern.«

»Wenn ein Mensch sich erst ändern muss, dann ist er nicht der Richtige, das weißt du so gut wie ich. Keiner verdient es, dass er sich ändern muss, um geliebt zu werden. Ich nicht, und er auch nicht.«

»Also wirst du Schluss machen?«

Ich konnte nicht einmal nicken. Ja, ich würde mit dem perfekten Mann Schluss machen. Mit dem, auf den ich immer gewartet hatte. Mit dem einen, der mir alles geboten hatte, was ich wollte. Was ich dachte zu wollen. Ehe ich wusste, was das wirklich war.

Plötzlich wünschte ich mir fast, dass er mich nicht lieben würde. Meine Ankündigung erwischte Viggo aus heiterem Himmel, und er war offensichtlich entsetzt.

»Weshalb?«

»Weil ich dich nicht genug liebe«, gestand ich.

»Das hast du bisher aber gut verborgen«, wurde er ein wenig bitter. Zu Recht, wie ich fand.

»Ich werde dir natürlich alles zurückgeben, was du für mich gekauft hast.«

»Darum geht es mir doch nicht, Pen. Ich will nichts davon zurück. Ich habe dir diese Dinge geschenkt, weil ich dir eine Freude machen wollte.«

»Und weil du dir eine Freude machen wolltest. Weil du sichergehen wolltest, dass ich bestmöglich aussehe neben dir. Dass ich dich nicht blamiere.«

»Ich wollte doch nur, dass du hübsch bist.«

»Ich bin hübsch! Auch ohne neue Klamotten jeden Tag!« Es klang ein wenig verzweifelt, und Viggo seufzte leise.

»Natürlich.«

»Du klingst, als würdest du mit einem bockigen Kind reden. Viggo, das macht mich echt fertig. Du vermittelst mir ständig den Eindruck, dass ich nur dann«, ich suchte nach den passenden Worten, »würdig bin, deine Begleitung zu sein, wenn ich mich maximal anstrenge. Und immer gibt es noch mehr, was ich tun könnte. Sport. Gesichtsbehandlungen. Ständig findest du Stellen an mir, die ich optimieren sollte.«

»Pen, ich kenne mich mit diesen Dingen aus. Ich habe jeden Tag Frauen in der Praxis, die meine Hilfe suchen. Und ja, es ist mein Job, den ich gerne mache und mit dem ich gutes Geld verdiene. Aber ich weiß auch, dass viele von ihnen meine Hilfe nicht brauchen würden, oder zumindest erst in ein paar Jahren, wenn sie sich besser behandelt hätten. Wenn sie sorgsamer mit sich umgegangen wären.«

»Vielleicht bräuchten sie deine Hilfe auch dann nicht, wenn sie nicht immer wieder gesagt bekämen, dass sie nicht genügen. Wenn man nicht ständig darauf hingewiesen werden würde, dass man noch Luft nach oben hat. Wenn wir nicht ständig miteinander verglichen werden würden und dauernd die Schönste sein müssten.«

»Tust du das nicht auch?« Seine Stimme klang sanft, aber es schwang definitiv ein wenig Spott mit und das Wissen, das er recht hatte. »Erzähl mir nicht, dass du das nicht tust! Dass du einem attraktiven Mann nicht hinterherschaust? Dass du nicht ebenfalls einen Partner willst, der gut aussieht? Ich habe wahrgenommen, was der Anblick eines schönen Körpers mit dir macht. Du kritisierst mich dafür, aber selbst bist du nicht besser. Ich habe beobachtet, wie du dich im Spiegel prüfend betrachtest. Und wie du dich ansiehst, wenn du ein perfektes Kleid trägst. Wie sich deine Haltung ändert, dein Lachen. Du bist nicht anders als ich. Deshalb dachte ich, dass du mich verstehst. Dass du mir dankbar bist, wenn ich dir Tipps gebe. Und dir ganz nebenbei Möglichkeiten biete, für die andere eine Menge bezahlen.«

Ich schluckte. Leider konnte ich das nicht völlig von der Hand weisen, was er da behauptete. Und es gefiel mir überhaupt nicht, das einzugestehen. Es machte mich zu einer oberflächlichen Person.

»Wo du gerade die Spiegel ansprichst … Denkst du nicht, dass du in dieser Hinsicht ein kleines Problem hast?«, griff ich ihn an, um mich nicht länger mit meinen eigenen Unzulänglichkeiten auseinandersetzen zu müssen.

»Inwiefern?«

»Hast du die mal gezählt? Ich habe es getan. Du hast dreizehn Spiegel in dieser Wohnung. Dreizehn! Und du weißt selbst, wie wenige Wände du zur Verfügung hast. Sogar in deinem Abstellraum hängt einer. Es gibt keine Stelle, an dem einem sein eigenes Konterfei nicht begegnet.«

»Ich mag keine Bilder an den Wänden, aber kahl sieht es auch nicht wohnlich aus. Also haben wir zu Spiegeln gegriffen, zu auffälligen Stücken mit kunstvollen Rahmen, um eine Alternative zu haben.«

»Du weißt, dass das nicht der Grund ist. Du liebst es hineinzusehen. Du bist besessen davon. Es törnt dich an, dich selbst zu betrachten. Mehr, als mich anzuschauen«, fügte ich leiser hinzu.

»Wie kommst du darauf?«

»Das entgeht einem nur unschwer. Diese Spiegel in deinem Schlafzimmer sind doch dafür da, dass du dich selbst bewundern kannst, während du …« Ich schnaubte.

»Während ich es mit einer Frau treibe?« Kurzzeitig klang er spöttisch und fast fremd, doch dann seufzte er kaum hörbar und seine Stimme wurde weicher. »Ja, ich sehe mir dabei gerne zu. Ich sehe auch ihr gerne zu. Und es gefällt mir, wenn sich beide dabei zusehen. Das ist äußerst intim und gleichzeitig heiß. Es ist selbstbewusst und ehrlich. Und es macht mich an, ja.«

Mir fiel etwas ein. Oha. »Du hast doch hoffentlich keine Videokameras, die ich nicht bemerkt habe?«

»Nein. So etwas wäre ein Übergriff in die Privatsphäre. Und außerdem will ich es live sehen.«

»Wenigstens das«, stieß ich erleichtert aus. »Und trotzdem ist das nicht normal. Und es ist nicht das, was mich antörnt.«

»Wenn du rundum mit dir zufrieden bist, weshalb willst du dich dann nicht betrachten?«

»Tu ich ja. Aber nicht rund um die Uhr. Und schon gar nicht in gewissen Situationen. Damit ich dann, was weiß ich, meinen Rücken mehr durchstrecke und meinen Bauch anspannen muss? Wenn ich mit einem Mann schlafe, will ich das genießen, und mich nicht auch noch dabei optimieren. Oder mich von dir zurechtrücken lassen, während ich auf dir sitze, damit du eine bessere Aussicht hast«, konnte ich mir nicht verkneifen hinzuzufügen. Im Ernst, das war eine recht ernüchternde Erfahrung gewesen, als ich irgendwann kapiert hatte, dass er deshalb auf gewissen exotischen Stellungen bestanden hatte, weil er dabei am besten in den Spiegel sehen konnte. Und nicht, wie ich anfangs dachte, weil das die waren, bei denen die meisten Frauen am ehesten auf ihre Kosten kamen. Obwohl ich das dennoch tat, selbst, als ich begriffen hatte, dass er noch einen zweiten, ganz besonderen Kick in ihnen fand. Egal, was ich zu meckern hatte, er hatte trotz aller Selbstverliebtheit und Spiegelbesessenheit jedes Mal eine sehr überzeugende Performance abgeliefert.

»Sag nicht, dass dir nicht gefallen hat, was ich mit dir anstellte.«

»Nein. Doch, ja, es hat mir gefallen. Aber das ist gerade nicht der Punkt. Es geht nicht darum, sondern um die Tatsache, dass du mich sogar im Bett perfektionieren wolltest.«

»Was du nicht nötig hast.« Seine Augen bekamen dieses Eisblau, welches mich seit der ersten Begegnung auf eine sehr private Art angesprochen hatte. »Du hattest deinen Spaß, und du hast es jedes Mal genossen. Ebenso wie ich.«

»Das habe ich nie bestritten. Und noch einmal, es geht darum, dass du mich immerzu und in jeder Situation verbessern willst.«

»Tust du das nicht ebenfalls? Wenn du deine Kundinnen berätst, dann doch auch dahingehend, sie bestmöglich zu optimieren.«

»Ja, natürlich. Aber sie kommen zu mir, um diese Dienstleistung in Anspruch zu nehmen. Sie wollen das. Ich wollte es nicht von dir. Nicht so beständig. Nicht zu jedem Anlass.«

»Dann werde ich es mir in Zukunft verkneifen.«

Ich lachte bitter. »Du wirst es dir vielleicht manchmal verkneifen können, etwas zu sagen. Aber ich werde wissen, was du denkst.«

»Weißt du das wirklich? Ich denke zum Beispiel, dass du nicht ganz aufrichtig bist. Du bist nicht mit dir zufrieden, sonst wäre all dies kein so großes Thema. Ich denke, dass ich dir helfen könnte, zufriedener zu sein. Dir auf so vielen Gebieten zeigen, wie schön du bist. Und ja, dich auch dabei zu unterstützen, mit exquisiten Kleidern, mit der richtigen Lebensweise und mit ein paar kosmetischen Behandlungen. Nichts daran ist verwerflich. Es gibt keinen Grund, sich deshalb aufzuregen.« Er ließ eine kurze Pause entstehen, in der ich ihn recht fassungslos anstarrte. Er begriff es einfach nicht. Er verstand nicht, um was es mir ging.

»Ich denke aber auch«, fuhr er schließlich mit sanfterer Stimme fort, »dass du die Richtige für mich sein könntest. Die Frau, die an meiner Seite steht, mich unterstützt, mit mir gemeinsam etwas erreicht. Die mir den Rücken freihält und mit der ich eine Familie gründen könnte. Du könntest in die Charity-Arbeit einsteigen und damit einen gewissen Bekanntheitsgrad erreichen, wie du dir das erträumst. Du bewunderst sie, diese Frauen, die all diese Events organisieren, und es wäre dein Ding, es ihnen gleichzutun. Pen, wir beide, wir könnten genau so ein Leben haben. Ich weiß, dass du das willst. Du passt in diese Welt hinein, und du passt an meine Seite. Ich wusste schon sehr früh, dass wir gleich ticken.«

»Das dachte ich auch. Aber das war eine falsche Einschätzung.«

»Wirklich? Vielleicht bist du im Moment schlicht zu angespannt. Lass uns nichts überstürzen. Nimm dir etwas Zeit, um alles in Ruhe zu überdenken. Wir hatten doch eine großartige Zeit.« Viggo änderte seine Taktik. Seine Stimme bekam diesen Unterton, der gefährlich und heiß und aufregend war. In seinen Augen tauchte dieses Funkeln auf, bei dem man wusste, dass er etwas im Schilde führte. Seine Hände strichen über meine Haut und ich erschrak, weil sie nach wie vor brennende Spuren hinterlassen konnten. Die körperliche Anziehung war weiterhin da, und er wusste es. Ich hätte mich auf der Stelle mit ihm auf ein paar sehr intime Momente einlassen können und sie bestimmt genossen, rein physisch. Wenn mein Kopf nicht gewesen wäre, der mir versicherte, dass er sich gerade ziemlich von meiner unzuverlässigen Libido distanzierte.

»Viggo«, sagte ich bedächtig und löste mich aus seinen Armen. »Du bist ein netter Kerl, wirklich, und ich mag dich sehr. Du bist sogar viel netter, als ich anfangs dachte, und ich bin dir dankbar für jede Minute, die wir miteinander hatten. Aber es reicht mir einfach nicht. Wir beide, wir verwechseln etwas: Lust und Liebe. Aber es müsste doch beides sein. Wenn man an einem Menschen so viele Punkte entdeckt, die man erst ändern muss, um ihn wirklich zu lieben, dann ist er nicht der richtige. Wenn man sich bei einem Menschen stets unzulänglich fühlt, dann kann man sich doch niemals ganz hingeben, ganz vertrauen, ganz einfach man selbst sein. Ja, ich strebe ebenfalls nach Perfektion, und ich stelle Ansprüche. An die anderen – und genauso an mich. Ich zumindest möchte beides haben. Ich will nicht nur tollen Sex und körperliche Faszination. Ich wünsche mir einen Mann, der mich so liebt, wie ich bin. Und den ich uneingeschränkt lieben kann, wie er ist. Es tut mir leid.«

Kapitel 48

Die Trennung von Viggo fiel mir schwerer, als ich erwartet hatte. Ich wusste, dass ich das Richtige getan hatte, aber dennoch kamen mir manchmal Zweifel. Vielleicht hätte ich es noch einmal versuchen sollen. Ich ging schließlich langsam auf die dreißig zu, nur gut zwei Jahre bis zu diesem erschreckenden Ereignis. Und ich hätte ein schönes Leben gehabt, wenn ich nicht so empfindlich reagiert hätte. Viggo hätte mich anständig behandelt, mir alle finanziellen Wünsche erfüllt – und mir zum runden Geburtstag vermutlich meine erste Fettabsaugung geschenkt, weil er spätestens da kapiert hätte, dass ich und Sport nicht wirklich Freunde wurden und ich selbst mit Sport keine Chance gegen manche Dinge hatte.

Obwohl ich unaufhörlich bei der Erkenntnis landete, dass ich nicht anders hätte handeln können, wenn ich mir selbst im Spiegel in die Augen blicken wollte – ja, ich weiß, schwieriges Thema, aber dieser kleine Seitenhieb musste erlaubt sein –, fühlte ich mich dennoch miserabel. Denn Viggo versuchte weiterhin, mich zu überzeugen, es noch einmal zu probieren. Zum ersten Mal hatte ich das Gefühl, dass es ihm dabei wirklich um mich ging, nicht darum, eine passende, attraktive Begleitung zu haben. Eine, die sich, wie er stets betont hatte, angemessen auf dem gesellschaftlichen Parkett bewegen konnte, die Menschen mit ihrer Schlagfertigkeit überraschte, eloquent agierte und die er nebenbei auch gerne in sein Bett mitnahm. Und die recht leicht durch eine andere ausgetauscht werden konnte, die dieselben Anforderungen erfüllte.

Ich sprach über diesen Punkt viel mit Maisie und Ruby. Beide versicherten mir, dass ich mich da täuschte und Viggo durchaus echtes Interesse gezeigt habe. Die Gespräche waren nicht eben förderlich, was mein schlechtes Gewissen betraf, halfen mir ansonsten aber, meine Entscheidung nicht zu kippen. Gerade Ruby bestärkte mich unentwegt darin, dass ich auf mein Herz hören musste.

»Du bist viel zu schade für einen Kerl, den du nicht wahrhaftig liebst«, versicherte sie mir jeden Tag. »Wenn der Richtige kommt, wirst du das merken.«

»Aber so lange hätte sie sich doch mit dem anderen vergnügen können«, warf Maisie frech ein. »Ich meine, im Ernst! Er war unterhaltsam, großzügig und du bist voll auf deine Kosten gekommen. Du hättest das noch eine Weile genießen können.«

Ich schüttelte den Kopf. »Auch wenn er einige Eigenschaften hat, die ich nicht mag, hätte er das nicht verdient. In dem Fall wäre ich doch nicht besser als all die Kerle, die mich genau nach diesem Prinzip gedatet haben.«

»Nicht, wenn beide Bescheid wissen. Einfach eine Win-win-Situation.«

»Ich will aber keine Win-win-Situation«, gestand ich traurig. »Ich will mehr. Ich will endlich einmal alles.«

»Das ist unsere Pen, wie wir sie kennen.« Maisies Stimmlage war ein deutlicher Widerspruch zu ihren Worten. Sie nahm mich in den Arm und drückte mich fest. »Nie mit dem Zweitbesten zufriedengeben. Recht hast du. Du hast es verdient.«

Verdient haben und bekommen sind leider zwei ganz verschiedene Paar Schuhe. Und zudem musste ich feststellen, dass mir momentan der Sinn nicht danach stand, direkt munter weiterzusuchen, wie Maisie mir das angeraten hatte. Ich befand mich in einer seltsamen Gemütsverfassung, spürte, dass sich in mir etwas zurechtrückte. Oder zumindest versuchte, das zu tun. Ich wusste nicht, was ich wirklich wollte, und verordnete mir selbst eine Pause.

Ich hatte in dem Zuge auch überlegt, dass ich mich eine Weile nicht mit Phil treffen wollte. Wir hatten in letzter Zeit regen Kontakt gehabt, und generell hätte ich gesagt, wenn mir im Moment jemand guttun würde, abgesehen von meinen wunderbaren Freundinnen, dann er. Aber neuerdings war da ein unangenehmes Gefühl, wenn ich an ihn dachte. An seine spöttisch-liebevollen Bemerkungen bezüglich meines Hangs zu den falschen Männern, zu Anzügen und meiner Oberflächlichkeit. Je mehr ich diese Gedanken zuließ, desto mehr fürchtete ich, dass er mich besser kannte, besser einschätzte als ich selbst. Was hatte ich dieses Jahr denn vorzuweisen? Ich hatte Alec kennengelernt und mich Knall auf Fall in ihn verliebt. Ich hatte mich blenden lassen von seinem Auftreten und seinen Schmeicheleien und erst hinterher gemerkt, dass ich nicht wirklich ernsthaft verliebt gewesen war – zumindest nicht in ihn. Ich hatte früh entdeckt, dass mir manches an unserer Beziehung nicht gefiel, dass wir unterschiedliche Vorstellungen bezüglich der Freizeitgestaltung hatten oder dass er für meinen Geschmack ein wenig leidenschaftslos agierte. Aber ich hatte mir eingeredet, dass ich mich daran gewöhnen und ihn eventuell ein wenig umerziehen könnte. Ich lachte kurz auf. Als wäre er ein Hund, den ich mir ins Haus geholt hatte. Ich hatte kurz darauf mit Viggo angebandelt und mir wiederum vorgemacht, ich wäre total vernarrt in ihn. Ich hatte Liebe mit Lust verwechselt, körperliche Anziehung mit echter Zuneigung. Wenn ich völlig ehrlich war, musste ich doch zugeben, dass ich von Beginn an immer dieses undefinierbare Ziehen in der Magengegend gehabt hatte. Ich hatte gespürt, dass da etwas war, was nicht da sein sollte. Ich hatte es darauf geschoben, dass ich ihm nicht vertraute, dass ich ständig wartete, dass er mich endlich enttäuschte, mir seine Fehler offenbarte. Aber hatte ich nicht auch deshalb gezögert, weil ich schon damals gefühlt hatte, dass ich ihn nicht liebte? Hatte ich deshalb so vehement auf diesen drei Dates bestanden, das Prickeln so lange wie möglich ausnutzen wollen, ohne verbindlich zu werden? Wie oft hatte ich mit Viggo darüber gesprochen, was mir wichtig war, was ich mir für die Zukunft erhoffte, wovon ich träumte? Kaum. Und nur dann, wenn es zu seinen Zielen passte. Es war immer nur darum gegangen, wie wir seinen Erfolg ausbauen könnten und welche Rolle mir dabei zufiel. Und wie ich dem Schrecken des Alters entgegentreten konnte. Aber es gab doch noch so viele andere Wünsche und Visionen. Allerdings war mir das selbst nicht so ganz klar gewesen. Hatte ich Viggo gebraucht, um für mich erkennen zu können, dass ich auf der verkehrten Spur war? Um endlich zu merken, dass auch ich die falschen Prioritäten im Leben setzte und blauäugig irgendwelchen Wünschen hinterherlief? Ich konnte es zumindest nicht länger ganz ausschließen. Und ich musste damit erst einmal klarkommen, ehe ich mich wieder Phils Spott stellen wollte.

Allerdings konnte ich ihm das schlecht erklären, und er war recht hartnäckig. Eine Zeit lang gelang es mir, mich mit anderen Terminen herauszureden, ehe er misstrauisch wurde.

»Sind wir keine Freunde mehr?«, wollte er wissen, als wir wieder einmal telefonierten.

»Doch, klar.«

»Hm. Seltsam. In meiner Definition von Freundschaft spricht man miteinander. Man geht sich nicht aus dem Weg.«

»Ich gehe dir nicht aus dem Weg«, log ich. »Ich hatte nur echt viel um die Ohren und …«

»Was ist los?«, unterbrach er mich sanft. »Habe ich etwas getan, um dich zu verärgern?«

»Nein!«

»Okay, wenigstens das. Ich hatte schon befürchtet, du willst nichts mehr mit mir zu tun haben, weil ich jetzt ernsthaft ein Clown werde.«

Ich lachte. »Du Spinner. Als ob.«

»Nun, bei dir weiß man nie. Melde dich, wenn du Zeit hast. Ich habe mich an dich gewöhnt und nun vermisse ich dich, du oberflächliche, unzuverlässige Person.«

»Oh. Herzlichen Dank.« Dieses Mal fiel mein Lachen ein wenig bemüht aus.

»Im Ernst, Peppy. Gib dir einen Ruck und triff dich mit mir. Du kannst dem guten alten Phil vertrauen, dass er keine Fragen stellen wird, die du nicht hören willst. Ich werde einfach nur dasitzen und glücklich sein, mein Lieblingsflittchen wieder einmal zu sehen.«

»Was ist los mit dir?« Natürlich stellte er doch Fragen, und natürlich gleich die, welche ich nicht beantworten wollte.

»Nichts. Alles gut«, wiegelte ich ab und versuchte ein Grinsen.

»Quatsch. Weißt du, was ich in meinem Clownkurs auch lerne? Gesichter zu studieren. Darauf zu achten, wie die Menschen reagieren. Gerade bei Kindern ist das wichtig, wenn sie von Therapieclowns besucht werden.«

»Echt? Das ist interessant. Erzähl mir mehr davon. Du hast also jetzt richtig Unterricht und lernst, komisch zu sein?«

»Das muss ich nicht lernen«, gab er mit geschwellter Brust zurück und strich sich wie ein übertreibender Hollywoodstar die Haare aus dem Gesicht. »Das bin ich.« Gleich darauf grinste er und zog sich das rechte Unterlid herab, um zu betonen, dass es nicht ganz ernst gemeint gewesen war. »Aber ich bin auch ein schlauer Clown und weiß, dass du versuchst, mich abzulenken.«

»Gar nicht. Das interessiert mich wirklich.«

»Ich werde dir davon berichten. Später. Wenn du mir erzählt hast, was dich bedrückt.«

Ich seufzte. Er würde es sowieso irgendwann erfahren. »Mit Viggo ist Schluss.«

»Das tut mir leid.« Er wartete auf eine Reaktion. Ich beschränkte mich auf ein unverbindliches Achselzucken.

»Tut es mir leid?«, forschte er vorsichtig. »Ich meine, sollte es mir leidtun?«

Wieder hob ich nur unentschlossen die Hände. »Keine Ahnung, ob es dir leidtun sollte.«

»Was ist passiert?« Inzwischen war aller Übermut verschwunden. Phil stützte die Ellenbogen auf dem Tisch auf, legte die Handflächen zusammen und bettete sein Kinn darauf. »Sollte ich den Käse vorbereiten?«

»Wenn, dann musst du ihn mir in den Briefkasten stecken.«

»Oh.« Er wirkte überrascht. »Ich hätte vermutet, dass *er* die Sache beendet hat.«

»Ach ja? Und warum? Weil man es auf Dauer nicht mit einer oberflächlichen Person wie mir aushalten kann?«

»Nein.« Seine Hand legte sich auf meine, die hysterisch durch die Luft wedeln wollte, und seltsamerweise beruhigte mich das sofort. Vor allem machte er damit irgendwie verständlich, dass er mich nicht angreifen wollte und wirklich ernsthaft bei der Sache war. Nun gut, es waren auch seine Stimme und sein Blick, aber so als Gesamtpaket wirkte es hervorragend heilsam. »Ich dachte, so traurig, wie du aussiehst, müsste er es sein, der dich verlassen hat. Das ist alles.«

»Ich bin auch traurig. Er war nett.« Wie oft hatte ich das in den letzten Tagen mittlerweile betont.

»Und weshalb hast du es dann beendet?«

»Wir haben einfach nicht zueinandergepasst.«

»Dabei hattest du gerade begonnen, dich mit diesen ganzen Spiegeln zu arrangieren«, warf er ein, und ich überlegte, ob er einfach nicht anders konnte, als alles zu einem Spaß zu verdrehen. Da merkte ich, dass sich ohne mein Wollen ein Lächeln auf meinem Gesicht ausbreitete.

»Nie im Leben hätte ich mich wirklich damit abgefunden. Vielleicht mal ab und an, wenn es ein wenig ausgefallener sein darf.« Ich dachte an den Tag, als Viggo mich gedrängt hatte, in den Spiegel zu sehen, während er mich streichelte und mir diesen ganz speziellen Glanz in das Gesicht trieb. »Aber nicht jeden Tag und ganz sicher nicht, wenn ich eigentlich einfach schlafen will.«

Phil prustete los. »Mitleidssex? Himmel, wart ihr bereits so weit?«

»Natürlich nicht!« Ich verpasste ihm einen kleinen Stupser. »Und überhaupt geht dich das alles nichts an.«

»Auf alle Fälle kann es nicht so spektakulär gewesen sein, wenn du ihn abgesägt hast.«

»Der Sex war leider das Beste an der ganzen Sache.« Ich verzog den Mund. »Ja, auch oberflächliche Flittchen können mehr Ansprüche an eine Beziehung stellen als guten Sex und ein paar exzessive Shoppingtrips.«

Seine Hand legte sich ein weiteres Mal auf meine. Doch nun blieb sie nicht liegen, sondern umschloss meine Finger und drückte sie sanft und irgendwie verständnisvoll.

»Peppy, du bist kein oberflächliches Flittchen. Vielleicht würdest du das manchmal gerne sein, aber du bist es nicht. Sonst wäre ich nicht hier. Wenn du willst, dann erzähl mir, woran es gescheitert ist. Und wenn du nicht darüber reden willst, ist das ebenfalls in Ordnung.«

Kapitel 49

Natürlich wollte ich nicht reden, darüber musste ich mir keine Sekunde Gedanken machen. Und dennoch hörte ich mich fragen: »Was, wenn du doch recht hast? Dass ich eine oberflächliche Ziege bin?«

Phil schwieg einen Moment. »Dann würdest du diese Frage jetzt nicht stellen.«

»Vielleicht doch. Vielleicht, wenn ich eine gerissene oberflächliche …«

»Was willst du, Peppy? Wenn du darüber sprechen willst, dann können wir das tun. Möchtest du aber auf diese Tour weitermachen, würde ich lieber das Thema wechseln.«

Ich schluckte. Das war eine klare Ansage. »Was stimmt nicht mit mir? Weshalb springe ich jedes Mal auf die falschen Kerle an?« Diese Frage trieb mir seit Tagen im Gehirn herum, und natürlich konnte sie mir niemand beantworten. Ich nicht, Maisie nicht, und selbst Ruby nicht, unsere Fachfrau in dieser Hinsicht.

»Das weiß ich nicht«, bestätigte auch Phil prompt.

»Weißt du, was mir Angst macht? Dass ich nicht mehr weiß, ob ich jemals wirklich verliebt war oder es mir nur eingebildet habe. Jedes Mal denke ich, dass ich es bin, und dann kommt ein Punkt, an dem ich merke, dass ich es doch nicht war. Meistens ist der natürlich davon überlagert, dass ich gerade abserviert wurde und sowieso nicht besonders gut auf den Kerl zu sprechen bin, aber ich vermute mal, selbst dann müsste man eine andere Art Schmerz fühlen.«

»Du weißt nicht, ob du jemals wirklich verliebt warst?« Zum ersten Mal hatte ich es geschafft, Phil ernsthaft zu schockieren.

»Vielleicht kann ich das gar nicht. Ich meine, richtig lieben«, fuhr ich fort und starrte ihn erschrocken an. »Vielleicht gibt es diese Funktion bei mir nicht.«

»Jetzt mach aber einen Punkt!« Phil riss sich offensichtlich zusammen. »Wie kommst du denn auf so etwas?«

»Weil ich mich blenden lasse und dann unbedingt will, dass ich verliebt bin. Ich warte immer schön ab, bis ich merke, dass der andere auch Interesse hat«, begann ich an den Fingern abzuzählen. »Ich lasse mich jedes Mal von den Umständen beeindrucken. Immer muss es einer aus der Oberklasse sein, sonst springt mein System nicht an. Und ich nehme mir nie genug Zeit, um sie kennenzulernen. Ich stürze mich sofort direkt hinein.« Ich hielt drei Finger anklagend in die Luft. »Ich dachte, ich bekomme es mit dieser Drei-Dates-Regel in den Griff, aber offensichtlich war das ein Irrtum. Vermutlich müsste ich auf dreißig erhöhen. Dreihundert.« Ich stieß die Luft aus. »Oder es ganz bleiben lassen.«

»Oder du solltest einfach ein bisschen besser auf dein Herz hören.« Er grinste. »Und weniger auf deinen Unterleib.«

»Kann man das trennen? Sind die beiden nicht miteinander gekoppelt? Hey, ich meine das ernst! Kannst du bitte aufhören zu lachen?«

»Ich mag deinen Humor.«

»Leider war das nicht witzig gemeint. Wie machst du das? Vielleicht kann ich ja von dir etwas lernen.«

»Ich fürchte, ich bin in dieser Hinsicht kein besonders guter Lehrmeister. Ich gehöre ebenfalls in die Kategorie hoffnungsloser Fall.«

»Und warum? Nein, wehr jetzt nicht ab, das interessiert mich. Du bist nett und witzig. Und warmherzig. Weshalb hast du keine Freundin, die mir die Augen auskratzen will, wenn ich mit dir auf ein Bier ausgehe?«

»Keine Ahnung. Ich fürchte, ich bin eher das Gegenteil von dir. Ich verliebe mich nur schwer, und wenn, dann brauche ich ewig Zeit, um diese Gefühle zuzulassen. Meistens dauert es den entsprechenden Kandidatinnen irgendwann zu lange, oder sie werfen mir vor, dass ich mich nicht auf sie einlassen kann. Und je älter man wird, desto schneller kommen die Worte *Heirat* und *Kinder* ins Gespräch, was es kein bisschen besser macht.«

»Willst du das nicht?«

»Doch, klar. Aber eben nur mit der richtigen Partnerin. Vorschnell zu heiraten ist ein großer Fehler.«

»Oha. Du klingst persönlich betroffen.«

»Nicht wirklich. Ich konnte im letzten Moment entkommen. Es war unschön.« Er seufzte. »Ich wusste bereits länger, dass es nicht richtig war, und habe mich dennoch hineinziehen lassen. Die Einladungskarten waren gedruckt, und irgendwo in Kensington hängt vermutlich immer noch ein zerfetztes Brautkleid mit meinem Foto daneben. Mit einem Messer durch die Brust.« Er erschauderte übertrieben.

»In Kensington? Wie überaus nobel! Dann hättest du vermutlich eine gute Partie gemacht, wärst du nicht geflohen.«

Einen Moment verdüsterten sich seine Augen. »Vielleicht«, erwiderte er schließlich knapp.

»Weshalb hast du dich hineinziehen lassen?«

Er machte eine hilflose Geste mit seinen Händen. »Ich habe sie geliebt. Ich dachte, es wäre an der Zeit. Ich mochte den Gedanken, verheiratet zu sein. Ich hatte es satt, alleine zu bleiben. Ich war sehr gut darin, gewisse Zeichen nicht zu sehen. Ich war einfach dumm. Such dir etwas aus.«

»Und was sagt dein Unterleib dazu? Ich meine, komm schon! Sich verlieben ist eines, aber ab und zu einfach mal Nähe spüren zu wollen etwas ganz anderes.«

»Im Moment müssen sowohl Herz als auch Unterleib darben«, bekannte er, und endlich zeigte sich wieder etwas von seiner Lausbubenart auf seinem Antlitz.

»Du bist doch nicht etwa ein Heiliger?«

»Nein, bloß ein gebranntes Kind. Der letzte Versuch, den *Unterleib* zu Wort kommen zu lassen, war ebenfalls unschön.«

»Ach ja?« Ich spürte, wie meine Augen zu blitzen begannen. »Was ist passiert? Komm schon, ich habe dir von den Spiegeln erzählt.«

Zu meiner Verwunderung ging er nicht auf den leichten Ton ein. »Ich wünschte, es wären Spiegel gewesen. Sorry, Peppy, aber das ist etwas, worüber ich nicht sprechen will.«

Gott sei Dank war Phil nie lange nachdenklich oder gar eingeschnappt, und zum Glück wollte er über anderes durchaus reden. Wir verließen das schwierige und deprimierende Thema Beziehungen und wandten uns dafür seiner Karriere als Spaßmacher und Aufmunterer zu. Phil berichtete begeistert von seinem Kurs und davon, wie toll er es fand, sich dort zum Affen zu machen. Er ließ mich teilhaben an seinen Ideen, welche Art Clown er werden wollte.

»Auf alle Fälle mit einer roten Nase. Das steht fest. Aber ich denke, ich will keinen bunten Anzug tragen. Ich glaube, zu mir passt eher ein Shirt mit einem coolen Spruch. Zum Beispiel: ›Lachen ist die beste Medizin – wenn du nicht gerade Durchfall hast.‹« Er stutzte. »Oder vielleicht: ›Gott lässt genesen – der Arzt kassiert die Spesen‹?« Er strich sich durch die Haare. »Nun, ich arbeite daran, aber so etwas könnte ich mir vorstellen.

Zusammen mit einer leuchtend roten Hose, die sogar schon in meinem Schrank hängt.« Stolz zeigte sich auf seinem Gesicht.

»Eine rote Hose?«

»Ja. Über die habe ich lange nachgedacht. Ich bin nicht der Typ für einen bunt karierten Anzug, da bin ich mir bereits sicher. Aber ich brauche einen Look, bei dem die Patienten sofort wissen, wer ich bin, und im Idealfall lächeln, wenn ich auftauche. Das ist doch eigentlich dein Fachgebiet.« Seine Augen verengten sich kurz. »Was würdest du mir empfehlen, wenn ich in deinem Laden erscheinen würde?«

Ich lachte auf. »Keine Ahnung. Bisher war noch kein professioneller Clown unter meinen Kunden. Nur ein paar unfreiwillige.« Ich verdrehte die Augen.

»Na los, ich brauche Hilfe! Was mache ich zum Beispiel mit meinen Haaren?« Er fuhr sich durch das Gestrüpp, das er Frisur nannte.

»Du könntest dir einen Zopf machen«, schlug ich mäßig begeistert vor. »Aber besser fände ich einen anständigen Schnitt. Wenn du schon sagst, dass du ein nicht-klassischer Clown sein willst, weshalb dann nicht einer mit einer coolen Frisur? Und natürlich mit einem Hut. Oder noch besser: mit einem Schwesternhäubchen. So ein altmodisches Ding mit einem roten Kreuz drauf, das fände ich cool. Und mit einem Arztkittel, aber einem, der ein wenig aufgepeppt wurde. Mit Applikationen, oder nein, mit Strasssteinen! Dann funkelst du mit den Augen um die Wette.«

»Ich sehe schon, ich sollte dich engagieren.«

»Das darfst du gerne machen. Obwohl ich keine Ahnung habe, wo man so exotische Sachen bekommen kann. Oder wie der offizielle Dresscode in euren Kreisen lautet.«

»Genau das ist ja das Schöne: In unseren Kreisen ist alles erlaubt, was gefällt. Die einzige Voraussetzung ist, dass es zu dir passt. Aber ansonsten bist du geradewegs dazu aufgefordert, dich abzugrenzen, dich nicht an die Normen zu halten und dich lächerlich zu machen.«

»Ich bewundere deinen Mut.« Ich musste das endlich einmal aussprechen. »Ich glaube, ich könnte das nicht.«

»Dich vor aller Augen lächerlich machen? Nun, ich werde es immerhin mit Absicht tun. Das ist mehr, als viele andere von sich sagen können.«

»Nein. Ich meine, da jeden Tag hinzugehen und gute Laune zu verbreiten, obwohl Not und Elend auf dich warten. Dich ganz bewusst auf diese Krankheiten einzulassen, auf Tod und Schmerz.«

»Beides gibt es, ob ich mich darauf einlasse oder nicht. Nur ist beides ohne mich vielleicht eine zu schwere Last. Sofern ich auch nur ein wenig davon mittragen kann, wie sollte ich das nicht tun? Wenn ich für ein paar Minuten diese Zukunft ausblenden kann, lohnt es sich dann nicht?«

Ich nickte, weil ich nichts entgegnen konnte. Und begriff in diesem Moment, dass Stärke und Macht nicht immer auf Anhieb zu erkennen waren. Ich hatte stets gedacht, dass starke, mächtige Männer zwangsläufig auch erfolgreich sein müssten. Mein Beuteschema eben, mit teuren Anzügen und auf Hochglanz polierten Schuhen. Aber Phil musste sich hinter keinem verstecken. Auch in ihm steckte eine ungeheure Stärke, und dazu mehr Mut, als die meisten meiner Ex-Freunde zusammen aufbringen würden.

Jetzt war ich es, die nach seiner Hand griff und sie drückte. »Und das wirst du schaffen. Du wirst für viele Menschen ein echter Segen sein. Eine Sonne in einer Zeit, in der der Himmel beständig schwarz ist.«

Kapitel 50

»Du darfst nicht den Mut verlieren. Bleib dran! Immerhin hast du schon mal den Beweis, dass es nicht nur Mistkerle da draußen gibt und du auch einen bekommen kannst, der nett ist.« Maisie nickte mir zu, aufmunternd, wie sie sicher dachte.

»Nein. Lass dir jetzt Zeit. Ein Herz braucht Zeit, um zu heilen.« Ruby schüttelte sanft den Kopf und warf unserer Mitbewohnerin einen warnenden Blick zu.

»Ihr Herz muss nicht heilen! Sie hat Schluss gemacht. Sie war nicht in ihn verliebt, das hat sie doch gesagt. Nein, sie muss dranbleiben. Es ist wie beim Stiefelkauf. Man muss eben einige Modelle anprobieren, ehe man die richtigen findet.«

»Männer sind keine Stiefel! Und außerdem ist es viel besser, wenn man weiß, was man will, anstatt wahllos jeden anzuziehen, der herumsteht. Das ist nämlich nicht nur anstrengend, sondern auch frustrierend.«

»Aber vielleicht entdeckt man dabei, dass einem ein Modell ganz gut gefällt, welches man sonst gar nicht erst probiert hätte. Und erzähl mir nicht, dass du es nicht genießt, einen ganzen Tag auf der Jagd nach dem perfekten Schuh zu sein. Ich weiß es, ich war oft genug dabei«, triumphierte Maisie.

»Und oft genug war ich am Abend deprimiert, weil ich nichts gefunden habe. Und das, obwohl ich zu dem Zeitpunkt gar keine Stiefel gebraucht hätte. Ich dachte lediglich, dass ich sie genau jetzt will. Hätte ich mir Zeit gelassen, dann wäre ich eines Tages einfach am perfekten Modell vorbeigelaufen.«

»Und so lange gehst du barfuß?«, kicherte Maisie. Ruby verdrehte die Augen. »Nein, es ist wie mit den Pferden. Wenn du herunterfällst, musst du sofort wieder aufsteigen.«

»Maisie! Man wird doch mal ein paar Tage ohne …«, Rubys Wangen färbten sich rosa, »ohne *Pferde* auskommen!«

»Oder ein paar Jahre, so wie du? Nein, Pen nicht. Pen und ich, wir sind Pferdenärrinnen.« Sie betonte das Wort so, dass Rubys Wangen sich noch ein wenig mehr verfärbten. »Komm schon, Pen. Wir ziehen am Wochenende los und machen eine Hengstschau. Nach dem Kerl ist vor dem Kerl!«

Ich saß mit den beiden in unserer Küche und kam mir ein wenig vor wie in einer schrägen Talkshow, in der schlechte Laienschauspieler die krudesten Theorien mit mehr oder weniger Überzeugungskraft vertraten. Wobei diese beiden hier über Nacht zu Stars geworden wären, denn ihre Performance war großartig. In dem Augenblick starrten sie mich an, und ich räusperte mich.

»Ihr habt beide irgendwie recht. Ich sehe durchaus die Stiefel-Problematik«, ich verdrehte meine Augen bei diesen Worten nach oben, »aber ich stimme auch Ruby zu, dass man nicht auf jedem Gaul durch die Gegend traben will.«

Maisie johlte.

»Und deshalb werde ich in der nächsten Zeit durchaus weiter Ausschau halten nach dem perfekten Schuhwerk, aber mich dabei auf Schaufensterbummel beschränken und darauf vertrauen, dass ich eines Tages genau am richtigen vorbeikomme. Und da werde ich dann zugreifen, und all die anderen, bei denen ich eigentlich schon beim ersten Betrachten weiß, dass mir ein Detail nicht gefällt, lasse ich unbeirrt stehen.«

»Das ist ein super Plan!«, bestärkte mich Ruby. »Stark, tough und konsequent. Genau wie du!«

»Aber er hat einen gravierenden Fehler: Was, wenn du erst in ein paar Jahren an dem Schaufenster vorbeikommst, in dem dein Traumschuh steht? Ich kenne dich, Süße. Du kannst weder ohne neue Schuhe noch ohne Kerl so lange überleben.«

»Dann werde ich das eben lernen. Ruby hat das ja auch hinbekommen.«

»Ruby ist in dieser Hinsicht sicherlich nicht besonders repräsentativ.«

»Hey! Ich sitze hier und höre alles, was du sagst!«

»Ist doch nicht böse gemeint. Im Gegenteil, du verdienst Bewunderung für deine … Standhaftigkeit.«

Wir starrten Maisie einen Moment an, ehe wir in ein gemeinsames Prusten verfielen. Als wir uns wieder beruhigt hatten, lehnte ich mich zurück und verschränkte die Arme vor der Brust.

»So oder so, ich muss mein Dating-Verhalten überarbeiten. Und vor allem muss ich erst einmal herausfinden, was ich genau will. Um ganz ehrlich zu sein, habe ich im Moment den Eindruck, dass ich seit Jahren hinter dem perfekten Stiefel herrenne, nur um in dem Augenblick, in dem ich ihn gefunden habe, zu entdecken, dass ich eigentlich die ganze Zeit nach einem Ankle Boot gesucht habe.«

In den kommenden Wochen ließ ich es tatsächlich etwas langsamer angehen. Ich ging wie früher an den Wochenenden mit meinen Freundinnen aus und genoss es zu tanzen, zu lachen oder einfach nur albern kichernd in einem Pub zu sitzen. Manchmal kicherten wir auch nicht, sondern besprachen Dinge, die uns beschäftigten, erzählten von den kleinen Dramen und den ebenso kleinen Erfolgserlebnissen. Und manchmal flirtete ich dabei sogar ein wenig. Ja, ich weiß, aber egal, wie dramatisch oder cool es klingt zu beschließen, dies komplett zur Seite zu schieben, man musste doch zumindest in Übung bleiben. Und bei allen guten Vorsätzen immer mal wieder einen zweiten Blick in ein erfolgversprechendes Schaufenster werfen. Dass ich dabei stets feststellte, dass der besagte Schuh leider nicht passte, war zwar unschön, aber momentan zu verkraften. Ich konzentrierte mich auf meinen Job und versuchte, jeder Kundin und jedem Kunden zu seinem perfekten Schuh zu verhelfen. Metaphorisch betrachtet natürlich. Ich ließ mich auch hier ab und zu auf einen kleinen Flirt ein, wenn ich in der Männerabteilung bediente, doch auch dabei trat ich stets auf die Bremse, ehe es zu gefährlich werden konnte. Der Laden war nicht das beste Jagdrevier. Ich wusste, dass es für viele einfach zu verlockend war, zum neuen Schlips auch schnell die Verkäuferin einzutüten – und wie bei den Krawatten hatten sie im Regelfall bereits das eine oder andere Modell zu Hause und suchten nur etwas für besondere Gelegenheiten oder zum Abwechseln.

»Ich trage eigentlich ausschließlich unifarbene Modelle«, erklärte mir zum Beispiel ein smarter Enddreißiger, der leider nur zu gut in mein Herzflatterschema passte. »Sie liegen mir und sie sind das, was man im Job erwartet. Seriös, nicht zu aufdringlich, und natürlich ein bisschen langweilig. Aber manchmal steht mir der Sinn einfach nach etwas Wilderem«, bekannte er und streichelte die seidige, mit einem farbenfrohen Glencheck-Muster überzogene Krawatte. Sein Blick verharrte dabei allerdings auf mir, genauer gesagt erst einmal auf meinem Busen, ehe er ihn träge nach oben wandern ließ und dann vielsagend die Mundwinkel hob.

»Und Sie sagten, Sie brauchen diese Krawatte, um damit zu einer Feier bei Ihren Schwiegereltern zu gehen? Wenn Sie mich so fragen, würde ich Ihnen in diesem Fall wohl eher zu Ihrer üblichen Wahl raten«, antwortete ich und tat, als hätte ich all die provokanten Zwischentöne nicht vernommen.

»Vermutlich haben Sie recht. Meine Frau ist nicht besonders wild oder experimentierfreudig in solchen Dingen.« Wieder strich er über die schimmernde Seide. »Allerdings könnte ich dieses Modell ja auch zu Anlässen tragen, zu denen ich sie nicht mitnehmen würde.«

»Das könnten Sie. In diesem Fall gehe ich davon aus, dass Sie noch etwas für den offiziellen Anlass benötigen.« Ich hielt ihm lächelnd eine dunkelgraue Designer-Krawatte aus einem hochwertigen Seidenjacquard hin. Die unterschiedlichen Grautöne waren geschickt zu einem Muster an Glanzpunkten verwoben, dezent und kaum wahrnehmbar, dennoch so, dass das Auge darauf verharrte. Unterhalb des Knotens war in einem minimal helleren Farbton das Logo des Designers eingewoben, derart raffiniert, als handle es sich um einen Farbdruck im Shabby-Chic-Look. Mittlerweile fanden auch immer mehr Männer daran Gefallen, offen zu zeigen, was sie trugen, und wollten dieses Privileg nicht nur alleine ihren Frauen mit den großen Logos auf den ebenso großen Designerhandtaschen überlassen.

Ich registrierte an seinem zustimmenden Nicken, dass er ebenfalls zu dieser Kategorie gehörte und angebissen hatte. Zufrieden trug ich beide Krawatten zur Kasse und genoss sein leichtes Zucken, als der Endpreis angezeigt wurde.

»Dann darf ich Sie heute Abend abholen?«, fragte er lässig, als er die Tüte entgegennahm. »Schließlich möchte meine neue Krawatte unbedingt bewundert werden.«

Ich schaute ihn gespielt überrascht an. »Da müssen Sie mich verwechseln, Sir«, sagte ich und blickte ihm fest in die Augen. »Ich bin ein Basicteil. Nichts für besondere Anlässe und schon gar nichts, was man die meiste Zeit in seinem Kleiderschrank versteckt.«

Ich verbrachte meine freie Zeit nicht nur mit meinen Freundinnen, sondern mittlerweile auch regelmäßig mit Phil. Ich lauschte fasziniert seinen Berichten über seinen aktuellen Kurs, in dem er die Grundzüge der Pflege und jede Menge anderes medizinisches Grundwissen vermittelt bekam. Er hängte sich richtig rein, wie er betonte, und gestand, dass er vor diesem Teil am meisten Respekt gehabt hatte.

»Ich bin nicht unbedingt der schlauste Mensch unter der Sonne«, bekannte er unbefangen und grinste unbekümmert auf die inzwischen gewohnte Weise. »Und auch nicht der fleißigste. Aber das hier will ich wirklich.«

»Dann wirst du das auch schaffen.«

»Ich gebe mein Bestes. Weißt du, ich habe schon einiges angefangen und manches sogar beendet. Aber noch nie mit solcher Entschlusskraft. Das fühlt sich super an!«

»Du erinnerst mich gerade an meine Mitbewohnerin. Sie hat vor ein paar Jahren ihren Schulabschluss nachgeholt und dann ein Abendstudium durchgezogen. Sie war ähnlich verbissen wie du.«

»Und? Hat sie es geschafft?«

»Aber hallo! Mit Glanz und Gloria.« Ich lachte. »Du solltest sie einmal kennenlernen. Ihr könntet jede Menge Tipps austauschen.«

»Das wäre nett.«

»Auf die Idee hätten wir schon früher kommen können. Du musst sie sogar unbedingt kennenlernen. Sie sind meine Freundinnen, meine Verbündeten und meine Stützen. Und manchmal meine größten Kritiker.«

»Also die perfekten Wegbegleiter.«

»Ganz genau. Maisie ist übrigens Krankenschwester, mit ihr hättest du also ebenfalls jede Menge Gesprächsstoff, vermute ich mal. Und sie ist ein großer Fan deines Berufs. Sie wird dich sofort in ihr Herz schließen.«

»Maisie«, wiederholte er.

»Ganz genau. Und sie würde deinen Humor lieben. Maisie ist meine älteste Freundin, wir sind schon miteinander in den Kindergarten gegangen und nach dem Schulabschluss gemeinsam nach London gezogen. Sie kennt mich vermutlich besser als ich selbst. Sie hat alle meine Höhen und Tiefen miterlebt.« Ich verzog den Mund. »Wobei es deutlich mehr Tiefen waren. Besonders, was die Männer anbelangt. Ich vertraue ihr blind. Ich weiß, dass sie mich nie anlügen würde. Und das ist das größte Kompliment, das ich ihr machen kann. Nichts zerstört eine Freundschaft schneller und nachhaltiger als Lügen, oder?«

Phil nickte nachdenklich. »Da hast du vermutlich recht.«

»Nicht nur vermutlich. Und außerdem habe ich gelernt, dass man mit Lügen immer an die Wand fährt. Es kommt doch irgendwann eh alles heraus. Mal ganz davon abgesehen, dass es mir zu anstrengend wäre, dauerhaft eine zu leben. Nein, ich bin dafür, zu sich und seinen Entscheidungen zu stehen. Alles andere ist schwach.«

Wieder nickte Phil nur. Nach einer Weile räusperte er sich. »Und die zweite? Sagtest du nicht, dass du zwei Mitbewohnerinnen hast?«

»Doch. Sie kenne ich erst, seit sie zu uns in die WG gezogen ist. Das ist jetzt fast sechs Jahre her. Aber sie ist inzwischen längst viel mehr als eine Freundin. Ruby ist zwar nicht ganz so verrückt wie Maisie oder ich, aber sie ist einer der warmherzigsten und fürsorglichsten Menschen, die ich kenne.«

»Ruby«, wiederholte Phil.

»Ganz genau. Maisie und Ruby. Weshalb habe ich sie dir nicht schon längst vorgestellt? Wie sieht es aus, komm doch einfach am Samstagabend mit! Wir könnten in den Pub gehen und etwas trinken, dann kannst du sie kennenlernen. Oh, und Beau natürlich auch, Rubys Freund.«

»Beau.«

»Du musst ihre Namen nicht auswendig lernen«, konnte ich mir nicht verkneifen und zwinkerte ihm zu. »Das wird kein Treffen, bei dem du Eindruck schinden musst. Kein Einstandsbesuch, bei dem du um meine Hand anhalten willst.« Ich lachte über meinen eigenen Witz. Phil schien ihn nicht besonders amüsant zu finden, denn sein Grinsen wirkte etwas angestrengt.

»So schlecht war der nun auch nicht«, beschied ich ihn und leerte mein Glas. »Also ist das fest. Samstagabend. Ich gebe dir rechtzeitig Bescheid, wohin wir gehen.«

»Es war abgemacht! Ich habe ihnen in den höchsten Tönen von dir vorgeschwärmt. Du kannst jetzt nicht absagen.« Meine Stimme klang empört, als ich Phils überaus kurzfristige Abfuhr verdaute.

»Es tut mir leid, Peppy. Wir haben am Montag einen Test eingeschoben bekommen.«

»Maisie kann dich abhören.«

Er lachte. »Das wäre dann auch ein amüsanter Abend. Es tut mir leid, du weißt, wie wichtig mir das ist.«

»Verstehe ich ja.« Ich war bereits wieder dabei, mir eine Haarsträhne um den Finger zu wickeln. »Aber ich wollte heute doch mit dir angeben. Damit prahlen, was für einen tollen Kumpel ich da gefunden habe. Und ihnen großzügig anbieten, dass sie ein wenig von dir abhaben können.«

»Du nun wieder.« Seine Laune hatte sich schlagartig gebessert. »Ich muss hoffentlich keine Angst haben, dass ich bei dir an eine unmoralische Geschäftsfrau geraten bin und du mich erst hörig machst, um mich dann an deine Freundinnen zu verleihen?«

»Dazu bin ich viel zu egoistisch, wie du weißt. Ich würde nur unter Aufsicht zulassen, dass sie sich dir nähern. Und Ruby ist sowieso bestens versorgt. Maisie hingegen«, ich überlegte,

»Maisie könnte durchaus eine Gefahr sein. Ich glaube, dass sie recht beeindruckt von dir sein könnte und eventuell in Gefahr gerät, dir das zu zeigen.«

»Dann sollte ich mir vielleicht doch Zeit nehmen? Was ich bisher von ihr weiß, wäre mitunter sogar eine Überlegung wert.«

»Untersteh dich«, entfuhr es mir. »Erstens bist du *mein* Freund. Und wenn es vielleicht etwas gibt, was noch schlimmer ist, als seine Freundin zu belügen, dann, ihr den Freund auszuspannen. Und zweitens hast du selbst gesagt, dass du eine gewisse Anlaufzeit brauchst, um dich zu verlieben. Und Maisie ist in dieser Hinsicht eher spontan und ungebremst.«

»Ich bin dein Freund, Peppy, und das bleibe ich. Aber wir sind nicht diese Art Freunde«, erinnerte mich Phil.

»Ich hatte aber noch nie einen Freund in der Art, wie du das bist. Und es gefällt mir außerordentlich gut. Ich will das nicht gleich wieder verlieren.«

»Das würdest du nicht.«

»Natürlich würde ich das. Phil, es ist doch naiv zu glauben, dass du es mit der einen Freundin treibst und mit der anderen deine Geheimnisse teilst. Erstere würde auch Letzteres wollen. Ich zumindest würde das.«

»Das Erste oder das Letzte?«, fragte er herausfordernd.

»Deine Geheimnisse, du unmöglicher Kerl. Also, wenn das möglich ist, behalte deine Triebe noch lange unter Kontrolle. Du würdest mich sonst sehr unglücklich machen.«

Kapitel 51

Phil schien mich nicht unglücklich machen zu wollen, das war die gute Nachricht. Er verwandelte sich aber langsam in einen Streber, was die schlechte war. Aus dem geplanten Zusammentreffen mit meinen Freunden wurde nichts, weil er seine Lernerei einem Abend in ihrer Gesellschaft vorzog. Ich kannte das noch aus der Zeit, als Ruby ihren Abschluss gemacht hatte, und konnte es nicht nur verstehen, sondern freute mich sogar darüber. Phil schien endlich wieder etwas gefunden zu haben, was ihm Antrieb verlieh. Ich mochte das, wenn Menschen zielstrebig waren und vor allem ihr Ding durchzogen. Mit Wischiwaschi konnte ich nicht gut umgehen, und es hatte mich auch bei Phil stets ein wenig gestört, auch wenn ich das lieber für mich behielt.

Ich versuchte, etwas mehr über seine berufliche Vergangenheit in Erfahrung zu bringen, doch in dieser Hinsicht war er nach wie vor recht verschlossen.

»Du hattest eine eigene Firma, oder?«, knallte ich ihm einfach an den Kopf.

Seine Augen verengten sich leicht. »Wie kommst du darauf?«

»Weil …« Ich hob einen Zeigefinger und wedelte damit ein bisschen durch die Luft. »Weil ich mir ziemlich sicher bin, dass du einmal, nun ja, finanziell bessergestellt warst. Das fiel mir direkt auf, dass deine Klamotten teuer gewesen waren, allerdings mittlerweile ein paar Jahre auf dem Buckel haben. Schau mich nicht so an, das zu sehen ist mein Job! Und ich habe das öfters bei unseren Kunden – oder mittlerweile ehemaligen Kunden – erlebt. Es ist doch keine Schande, wenn etwas schiefgeht.«

Phil sagte nichts.

»Ich kann auch verstehen, wenn man hinterher eine Weile aus der Bahn geworfen ist. Und ich finde es gut, dass du nun so motiviert bist und etwas ganz Neues beginnst.«

»Danke.«

»Was genau …«, wollte ich wissen, aber Phil schüttelte sachte sein Haupt.

»Bitte, frag nicht. Ich möchte nicht darüber reden und du willst nicht angelogen werden.«

»Weshalb willst du nicht darüber reden?«

»Das«, sagte er und klang bestimmt, »ist eine der wenigen Sachen, die du einfach an mir akzeptieren musst.«

»Das«, antwortete ich und streckte meine Nase in die Luft, »und die Tatsache, dass du immer noch jeden Rat in den Wind schlägst, den ich dir gebe.«

»Die da wären?«

»Zum Beispiel, dir endlich einmal einen Haarschnitt zu gönnen. Oder vielleicht doch mal das eine oder andere neue Kleidungsstück.«

»Und weshalb sollte ich das tun?«

»Um ein wenig«, ich suchte nach den richtigen Worten, »attraktiver auszusehen. Also nicht, dass du das nicht bist«, fügte ich hastig hinzu und betrachtete ihn genauer. »Du bist nicht unattraktiv. Aber du könntest mehr aus dir machen. Das wollte ich dir schon lange erzählen: Als ich mit Viggo auf einer dieser Charity-Veranstaltungen war, da habe ich einen Mann gesehen. Im ersten Moment dachte ich, dass du das bist.« Ich lachte. »Aber dann kam mir natürlich in den Sinn, dass du nicht unbedingt die Zielgruppe bist, die man auf solchen Events antrifft.«

»Nein, das sollte man nicht annehmen«, gab er zu.

»Aber dieser Typ, das ist fast unheimlich, wie ähnlich der dir sah. Ich weiß, man sagt, dass jeder irgendwo auf der Welt einen Zwilling hat, aber ich dachte immer, der pflanzt dann in Timbuktu Reis an oder so.«

»Wohl eher Mais oder Baumwolle. Timbuktu liegt in der Sahelzone.«

»Ist ja auch egal. Deiner lebt auf alle Fälle in London. Und der trägt zwar auch längere Haare, aber ein bisschen besser frisiert, und hat, was Anzüge angeht, einen durchaus ansprechenden Geschmack.«

»Wie schön für ihn.«

»Ich will doch damit nur sagen, dass du mit minimalen Veränderungen …«

»Jetzt dachte ich eine Weile wirklich, du hättest deine oberflächlichen Ansichten abgelegt. Ist das denn tatsächlich so wichtig für dich?«

»Nun ja.« Ich sah in seine Augen und schüttelte dann den Kopf. »Nein, eigentlich nicht. Du hast recht, du hast genügend Attribute, mit denen du punkten kannst, du brauchst keine Anzüge. Und wenn du zu unwiderstehlich wirst«, ich holte einmal Luft und wechselte zurück in den heiteren Ton, den wir im Allgemeinen anschlugen, »dann wird die Gefahr zu groß, dass mir eine meinen besten Freund wegschnappt.«

»Aber ist es nicht genau das, was du willst? Dass ich geschnappt werde und mein Glück finde?«

Ich musste kurz über diesen Satz nachdenken. »Doch, vermutlich. Selbst, wenn ich dich gerne noch eine Weile ganz exklusiv für mich hätte. Aber wenn ich mich entscheiden müsste, dann würde ich dich für dein Glück ziehen lassen.« Auch wenn dieser Tag, fuhr es mir durch den Kopf, bitte noch eine Weile auf sich warten lassen durfte.

»Wir sollten uns so langsam Gedanken machen, wie wir Silvester feiern«, warf Maisie in die Runde und musterte uns auffordernd. »Die Karten für die besten Partys werden sicherlich langsam knapp.«

»Himmel, ich versuche, nicht daran zu denken, dass es bald schon wieder so weit ist.« Ich seufzte. »Dieses Jahr war so schnell vorbei.«

»Du hattest ja auch genug Abwechslung«, feixte sie.

»Hm. Aber auch große Pläne. Und leider habe ich total dabei versagt, sie umzusetzen.«

»Quatsch. Und ein paar Wochen hast du sogar noch. Also, wer hat einen Vorschlag, wo wir hingehen könnten? Und wie viele Karten brauchen wir?«

Wir einigten uns, es noch einmal mit der Party im House 69 zu versuchen. Schließlich war die im letzten Jahr erstklassig gewesen und wir waren dort generell gerne unterwegs. Ruby wollte ihre Freundin Charlotte samt deren Freund Humphrey mitbringen, was auf allgemeine Zustimmung stieß. Die beiden waren öfters mit uns unterwegs und wir mochten sie. Spontan bat ich darum, auch für mich eine weitere Karte zu reservieren.

»Wen willst du mitbringen? Oder bist du einfach nur optimistisch?«, fragte Maisie interessiert.

»Nun, ich dachte, Phil hat vielleicht noch nichts vor.«

»Dein geheimnisvoller Kumpel, den niemand kennt? Das wäre ja ein Jahresabschluss, wenn wir den endlich mal zu Gesicht bekommen würden. Weshalb versteckst du ihn so konsequent?«

»Ich verstecke ihn nicht, er hat einfach nur keine Zeit. Weil er doch seine Ausbildung als Klinikclown macht.«

»Was ich ja ziemlich cool finde.« Maisie starrte einen Moment vor sich hin, dann straffte sie sich und musterte mich forsch. »Was geht genau zwischen euch beiden?«

»Gar nichts«, beteuerte ich rasch. »Er ist einfach ein Freund.«

»Gut. Ich wollte es bloß wissen. Alles, was du bisher über diesen Kerl erzählt hast, klingt nämlich überaus interessant. Ich könnte mir gut vorstellen, dass er genau mein Typ ist, und wollte einfach sichergehen, dass ich nicht in deinen Gewässern fische.«

Kurzzeitig verschlug es mir die Sprache. »Okay. Klar.«

»Wo wir gerade vom Jahreswechsel reden«, mischte sich Ruby ein. Ihre Stimme klang so gewollt heiter, dass ich Maisies mögliche Ambitionen bezüglich Phil verdrängte und besorgt den Kopf wandte. Um ehrlich zu sein, kam mir die Ablenkung gerade recht, denn sonst hätte ich darüber nachdenken müssen, ob es wirklich so okay war, wenn sie meinen Freund tatsächlich interessant finden würde. Was in ihrem Fall nämlich nur eines bedeuten konnte. Und der Gedanke, dass Maisie mit Phil in die Kiste hüpfen könnte, sorgte bei mir spontan nicht gerade für gute Laune.

»Wir haben euch etwas zu sagen.« Ruby griff nach Beaus Hand. An ihrem Finger blitzte es kurz auf.

»Nein!« Maisie schlug sich die Hand vor den Mund.

»Doch. Wir denken, es hat keinen Sinn, länger zu warten. Wir sind alt genug, und deine Mutter«, sie grinste Beau an, »wird nie genug Zeit gehabt haben, um sich an den Gedanken zu gewöhnen. Also machen wir es kurz und schmerzlos und werden nächstes Jahr heiraten.«

»Das ist ja toll! Herzlichen Glückwunsch!« Ich sprang auf und umarmte sie fest. Auch Maisie war aufgesprungen und eine Weile herrschte in unserer Ecke lautes Lachen und wildes Umarmen.

Als wir wieder alle saßen und jeder ein neues Glas vor sich hatte, um auf das freudige Ereignis anzustoßen, hüstelte Beau, und Rubys Gesicht wurde ernst.

»Und da ist noch etwas. Nun, da wir verlobt sind … Ihr könnt es euch sicher denken. Das ganze Jahr schiebe ich diese Entscheidung bereits vor mir her. Aber nun muss ich endlich einen Schlussstrich ziehen. Ich werde also«, sie holte tief Luft, »mein Zimmer zum Jahresende kündigen. Natürlich zahle ich weiterhin meinen Mietanteil, bis ihr eine Nachfolgerin habt. Ihr solltet euch damit Zeit lassen. Ihr müsst sie gut aussuchen! Auf gar keinen Fall dürft ihr aus finanziellen Gründen die Erstbeste nehmen, versprecht mir das, ja?« Ihre Augen wurden feucht, und ich hatte plötzlich einen dicken Kloß im Hals. Ich hörte Maisie neben mir, wie sie bewusst einatmete, und nickte folgsam. »Sie wird hoffentlich wissen, was für ein Glück sie hat, eure Mitbewohnerin zu werden. Ich weiß nicht, ob ich ohne euch beide durchgehalten hätte. Ihr ahnt nicht, wie sehr ihr mein Leben geprägt habt, und auch, wenn ich ausziehe, werdet ihr mich ganz sicher nicht los.«

»Das wäre ja auch noch schöner.« Ich sprang ein weiteres Mal auf und schloss meine Arme um Ruby. Maisie kam von der anderen Seite und wir bildeten ein wild schniefendes Knäuel. »Du wirst immer bei uns willkommen sein. Und wir werden nie jemanden finden, der dich ersetzen kann.«

»Danke. Ihr seid die Besten. Ich hätte euch nie verlassen, wenn ich nicht müsste. Ich bin so glücklich, Beau zu heiraten«, behauptete sie und brach endgültig in Tränen aus.

Beau trug Rubys Ausbruch mit Fassung. Nachdem wir uns voneinander gelöst hatten, legte er seinen Arm um sie und zog sie an seine Brust.

»Ist ja gut«, wiederholte er ein ums andere Mal und verdrückte sich ein Grinsen. »Du hast es gehört, du bleibst ein Teil der WG. Und unser Zuhause steht euch jederzeit offen.« Er sah uns an. »Alles bleibt gleich. Es wird nur ein wenig anders.«

Kapitel 52

An diesem Abend tat ich mich schwer damit, in den Schlaf zu finden. Obwohl es abzusehen gewesen war, dass Ruby endgültig aus unserer Wohnung auszog, und wir bereits mehrfach dieses Thema gestreift hatten, war der Stich, den mir ihre Worte versetzt hatten, unerwartet heftig gewesen. Ich konnte mir nicht vorstellen, dass bald eine fremde Frau in unserer Küche sitzen würde. Ich wollte es mir nicht vorstellen. *Ich will, dass alles so bleibt, wie es war*, dachte ich trotzig wie ein kleines Kind. Es gab gerade schon genug, was sich in meinem Leben änderte. Vor allem ich selbst, auch wenn ich mir das nicht eingestehen wollte. Beaus Worte hatten mich nicht beruhigt, sondern zusammenzucken lassen. Ich wollte das nicht. Ich wollte weder, dass Ruby auszog, noch, dass ich blieb, wie ich gewesen war. Ich wusste aber auch nicht, wie ich wirklich sein wollte, was mich ebenfalls erschreckte und verunsicherte. Und vor allem wollte ich nicht daran denken, was ich empfunden hatte, als Maisie so lapidar abcheckte, ob sie Phil anbaggern durfte, wenn ihr das passte. Ich hatte noch nie solche Gefühle gehabt. Es war durchaus manchmal vorgekommen, dass wir uns für denselben Kerl interessiert hatten, aber irgendwie war das immer zu handeln gewesen. Schließlich war die oberste Regel, dass nie ein Kerl zwischen uns stehen würde. Und in diesem Fall waren unsere

Interessen ja auch noch völlig verschieden. Weshalb also sollte es ein Problem sein, wenn Maisie sich Phil schnappte? *Weil ich es nicht will*, dachte ich halsstarrig. Dann drehte ich mich stöhnend auf den Bauch und zog mir das Kissen über den Kopf. Ich sollte weniger Sekt trinken, das tat mir nicht gut. Und ich sollte vielleicht doch wieder anfangen, das Flirten zielgerichteter zu betreiben. Ich geriet offensichtlich langsam in eine Verfassung, in der ich stutenbissig wurde und meinen Freundinnen keinen Spaß mehr gönnte.

»Hast du an Silvester schon was vor?«, erkundigte ich mich ein paar Tage später bei Phil. »Wir haben Karten für das House 69 ergattert und glücklicherweise auch eine für dich.«

»Ich habe mir noch keine Gedanken gemacht. Ich bin bei einem Freund eingeladen, habe mich aber noch nicht entschieden.«

»Sag ab. Es wird wirklich Zeit, dass du meine Freundinnen kennenlernst. Und es wäre seltsam, dieses Jahr ohne dich zu beschließen. Von allen Kerlen, die ich in den letzten zwölf Monaten kennengelernt habe, bist du nicht nur der einzige, der jetzt noch in meinem Leben ist, sondern auch der netteste. Es würde sich zumindest wie ein kleiner Erfolg anfühlen. Dass ich nicht alles falsch gemacht habe und so.«

»Na, vielen Dank auch. Dein Charme ist wie immer umwerfend.«

»Ich weiß.« Ich fiel in sein Lachen ein. »Aber dennoch meine ich es ernst. Sag Ja.«

»Ich denke darüber nach.«

»Die einzige Entschuldigung, die ich akzeptieren könnte, wäre, wenn dir bis dahin deine wahre Liebe über den Weg läuft.« Ich wunderte mich selbst, dass ich einen Moment den Atem anhielt. Bis er antwortete und ich wieder Luft holen konnte.

»Diese Chancen stehen eher schlecht.«

»Schade«, bedauerte ich und meinte es nur bedingt so.

»Wobei«, er sah nachdenklich an mir vorbei, »es da eine Frau gibt in meinem Kurs … Sie hat bereits ihr komplettes Kostüm, und ihre Figur ist bis in das kleinste Detail ausgearbeitet. Sie hat einen tollen Humor, trocken und bissig, aber immer mit dem richtigen Gespür für die Situation.«

»Oh.« Ich schluckte und konnte meine Überraschung nicht ganz verbergen. »Na, das klingt doch vielversprechend. Auch wenn es ein wenig plötzlich kommt. Aber klar, wenn du dann lieber mit ihr feierst …«

»So weit sind wir noch lange nicht. Ich weiß ja nicht einmal, ob ich so weit sein will. Ich habe nur gesagt, dass es sie gibt und dass ich vielleicht darüber nachdenken sollte, ob ich ihr eine Chance …«, er seufzte. »Ich weiß auch nicht. Sie ist nett, und sie versteht mich. Das ist doch immerhin ein Anfang, oder? Manchmal frage ich mich, ob ich für den Rest meines Lebens alleine bleiben werde. Und dann stelle ich fest, dass ich das nicht will.«

»Keiner will das.«

»Vermutlich nicht.«

Wir seufzten ein bisschen im Duett, und das brachte uns wieder zum Lachen.

»Na los, Peps! Wir haben keinen Grund, Trübsal zu blasen. Und bis Silvester ist noch ein wenig Zeit. Danke, dass du an mich gedacht hast. Ich werd es mir überlegen. Und wer weiß: Vielleicht hast du bis dahin einen kennengelernt, den du lieber mitnehmen willst als mich alten Zottel.«

Je näher wir dem Dezember rückten, desto mehr schwanden meine Hoffnungen, auf die Schnelle noch einen anderen zu finden, den ich anstelle von Phil auf diese Party mitnehmen wollen würde. Ich half Ruby tapfer dabei, ihre letzten Habseligkeiten in Kartons zu verpacken. Ganz schlimm wurde es, als wir die Küchensachen durchgingen.

»Das Waffeleisen gehört dir«, sagte ich und hielt es ihr hin.

Sie schüttelte den Kopf. »Ich lasse es hier, wenn ihr wollt. Und auch die Teller und das ganze andere Zeug. Wir sind bestens ausgestattet. Das Einzige, was ich aus der Küche will, ist das.« Sie öffnete den linken Oberschrank und griff nach einer Tasse. Ich hatte sie ihr vor zwei Jahren zu Weihnachten geschenkt. Genauer gesagt jeder von uns eine. Meine war blassblau, ihre zartrosa und Maisies vanillegelb. Auf der einen Seite waren die Rückenansichten dreier Frauen abgebildet, die sich an den Händen hielten, während sie in den Sesseln eines Kettenkarussells durch die Luft gewirbelt wurden. Auf meiner saß ich in der Mitte, oder zumindest eine Frauenzeichnung, die mir ähnelte, auf ihrer sie mit dem viel zu blonden Haar, und auf der dritten die Zeichnung einer Frau mit Maisies kurzen Locken. Ich hatte eine Menge Webshops abgegrast, ehe ich eine Version fand, die nicht kitschig, sondern einfach schön war. Auf der Rückseite stand »I'll be there for you«, und zwar mit den typischen bunten Punkten dazwischen wie im Schriftzug der Sitcom »Friends«, die wir zu der Zeit gesuchtet hatten.

Sie hielt die Tasse einen Moment in den Händen, dann stellte sie sie ab und schlang ihre Arme um mich.

»Ich freue mich so für dich, dass du Beau gefunden hast. Jedem hätte ich es nicht verziehen, dass er dich uns wegnimmt.« Ich knuffte sie in den Arm.

»Und ich wünsche dir, dass du bald auch so jemanden findest.«

»Lieber nicht. Dann wäre Maisie ganz alleine. Und wir wollen nicht wissen, was sie dann anstellen würde. Ich denke, ich werde besser noch eine Weile bei ihr bleiben.«

Ruby lachte und küsste mich auf die Wange.

»Egal, was ihr anstellt: Vergesst nicht, mich anzurufen.«

»Ruby!« Sie war schon an der Tür, als ich sie zurückrief. »Wann hast du gewusst, dass du Beau liebst?«

»Was?« Verwundert kam sie zurück an den Küchentisch.

»Wann hast du gewusst, dass er derjenige ist?«

Nachdenklich nahm sie Platz und stellte die Tasse sorgsam ab. »Hm«, machte sie und betrachtete mich aufmerksam. »Das ist im Nachhinein gar nicht so einfach.«

»Also nicht auf den ersten Blick?«

Sie lachte. »Nein. Aber unsere erste Begegnung war auch nicht dazu gedacht, sich zu verlieben. Da hat er sich bestens verstellt, um nicht sympathisch zu wirken.«

»Aber nachdem er sich nicht mehr verstellt hat?«

»Da fand ich ihn nett. Und anziehend.«

»Du warst scharf auf ihn«, erinnerte ich sie. »Aber wusstest du da sofort, dass er etwas Besonderes ist?«

»Nein«, gab sie zu und drehte die Tasse doch in den Händen. »Zumindest habe ich es mir nicht eingestanden. Aber eigentlich fand ich ihn die ganze Zeit toll. Und ich fand ihn auch vom ersten Moment an körperlich anziehend. Er hat meine Gefühle ganz schön durcheinandergewirbelt.« Sie wirkte beinahe ein wenig verlegen, und wir grinsten uns an wie zwei verliebte Schulmädchen. »Er war ständig in meinen Gedanken. Ich habe mich darauf gefreut, mit ihm zusammen zu sein. Ich habe mir eingeredet, dass ich ihn schätze und mag, als Kollegen und Mentor, aber ich habe dabei sorgsam missachtet, wie mein Herz jedes Mal aus der Reihe tanzte, wenn ich ihn sah.«

»Tanzende Herzen«, wiederholte ich und wickelte mir mein Haar um den Finger. »Bei mir sind es meist andere Körperregionen, die sich melden.«

Ruby schüttelte grinsend den Kopf. »Die waren ebenfalls unruhig, aber sag das Maisie nicht. Doch wie du weißt, können diese bewussten Regionen auch mal Falschmeldungen verursachen. Herzen tun das im Regelfall nicht.« Sie nahm ihre

Hände von der Tasse und lehnte sich zurück. »Weshalb fragst du danach? Was ist los?«

»Nichts«, log ich und griff meinerseits nach der Tasse, um beschäftigt zu sein und etwas anstarren zu können, das mich nicht seinerseits mit einem durchdringenden Blick musterte.

»Es ist nie nichts, würde Beau in diesem Moment sagen. Und auch wenn er mich mit diesem Spruch oft genug in Verlegenheit gebracht hat, traf er jedes Mal zu. Also, was ist los?«

»Ich weiß es wirklich nicht, Ruby. Ich habe manchmal so komische Gedanken, die ich nicht haben sollte und die nicht zu mir passen. Und dann wieder fürchte ich, dass ich zu«, ich wedelte mit meinen Händen, weil ich nicht die richtigen Worte für das fand, was mich umtrieb, »zu hart bin. Zu emotionslos.«

Ruby lachte überrascht auf. »Emotionslos? Du? Das wärst du vielleicht gerne, und manchmal tust du so, als ob, aber ich denke, dass dies völlig unberechtigte Zweifel sind.«

»Wenn du aufrichtig bist, dann war es bei dir auch so etwas wie Liebe auf den ersten Blick. Wenn man genau hinsieht, ist es das doch immer. Selbst Viggo behauptet, dass es das war.«

»Viggo?« Nun war sie wirklich überrascht. »Hast du ihn wieder einmal getroffen?«

»Ja.« Ich ließ die Tasse schneller kreisen. »Er war im Laden. Er hat bei mir eingekauft.«

»Und? Wie war das für dich?«

»In Ordnung«, gestand ich vorsichtig. »Ich meine, ich mag ihn. Das habe ich immer gesagt.«

»Und magst du ihn vielleicht ein bisschen mehr, als du dachtest?«

»Nein. Und er mag mich, denke ich, nicht so sehr, wie er dachte. Er sagte, wir könnten Freunde sein. Die Hälfte seiner Freunde besteht in Wahrheit aus Ex-Freundinnen.«

»Und das klappt?«

»Anscheinend. Aber es stellt mich wieder vor dieses Problem: Wenn es Liebe war, wie kann sie so schnell verschwinden? Und wenn es keine war, dann scheint es öfter als gedacht zu Fehleinschätzungen zu kommen.«

»Machst du das Ganze nicht unnötig kompliziert? Du musst einfach nur darauf hören, was dein Herz dir sagt.«

»Und wenn es ständig nur das Falsche sagt? Wenn es dauernd falschen Alarm auslöst? Wenn es hyperaktiv ist und Liebe mit etwas anderem verwechselt?« Ich drehte die Tasse mittlerweile so heftig hin und her, dass Ruby sie mir sanft entwand und in sicherem Abstand wieder abstellte. »Ich fürchte, dass ich dieses ganze Prinzip mit der Liebe all die Jahre nicht kapiert habe. Vielleicht bin ich zu blöd dafür, oder ich bin einfach ungeeignet.«

»Niemand ist zu blöd, um sich zu verlieben. Das passiert einfach.«

»Und wenn es passiert ist und du das gar nicht willst?«

»In dem Fall hast du ein Problem. Liebe lässt sich nicht abstellen. Glaub mir, ich habe es versucht, damals …« Sie biss sich auf die Unterlippe und beugte sich zu mir vor. »Ich hätte alles dafür gegeben, sie abstellen zu können. Aber dann hätte ich auch nie erlebt, dass es sich am Ende lohnt. Und dass man nicht weglaufen sollte, sondern um sie kämpfen. Wenn sie dich am Wickel hat, entkommst du nicht, Pen. Und glaub mir, du willst es auch gar nicht, wenn du ehrlich bist.«

Kapitel 53

Konnte man wirklich zu blöd sein, um sich zu verlieben? So richtig verlieben, meine ich, und dachte dabei nicht an *richtig* im Sinne von nachgebenden Knien, sondern von *in den Richtigen.* Nein, beschloss ich trotzig und reckte in Gedanken mein Kinn in die Luft. Das schafften schließlich auch andere. Ich musste nur den Prozess ein wenig überarbeiten. Ich musste mir beibringen, genauer hinzusehen, genauer hinzuhören und mich vor allem nicht von vorschnellen Gelüsten leiten zu lassen und der verführerischen Vision, wie diese Liebe mir stehen würde. Das klingt vielleicht seltsam, aber für mich war das eine sehr logische Umschreibung. Ich meine, es war doch wie mit den Klamotten. Man sah etwas und dachte: *Wow! Was für ein Hammerteil! Und so neu und aufregend und außergewöhnlich!* Aber man vergaß zu bedenken, wie dieses Hammerteil am eigenen Körper aussah. Okay, diesen Teil jetzt bitte nicht allzu wörtlich nehmen.

Was ich sagen will: Man lässt sich zu gerne davon verführen, wie cool etwas ist, wie cool es an einem anderen aussieht, zum Beispiel an einem hochgewachsenen, wunderschönen, biegsamen und sehr schlanken Model. Das noch dazu alles tragen könnte und sogar in den abgefahrensten Kleidern einfach umwerfend aussieht. Während man selbst darin eher einem halb blinden Huhn gleicht, das besser einmal einen Blick in den Spiegel geworfen hätte, ehe es das Haus verlässt.

Okay, Spiegel waren momentan auch nicht gerade das beste Thema, wenn es um Liebe ging, aber der Sachverhalt war doch verständlich: Es gab eine Menge Klamotten, die man toll fand, die aber nicht zu einem passten. Und Herrgott, in dieser Hinsicht war ich unschlagbar! Ich hatte mir in all den Jahren, in denen ich diesen Job machte, antrainiert, dafür einen scharfen Blick und vor allem die benötigte Willenskraft zu haben. Auch ich entdeckte immer wieder Teile, die gerade sehr hip waren und die ich an anderen schwer bewunderte, von denen ich aber realistisch wusste, dass sie mich nicht kleideten. Ohne anzugeben, war ich eine der wenigen Frauen, die keine Kleiderleichen im Schrank hatte, weil ich konsequent nach diesem Motto verfuhr. Wenn ich etwas anprobierte und erst überlegen musste, dann wurde es zurückgehängt. Sofern man nicht sofort sicher war, dass es perfekt war, dann war es das nicht. Wenn ich erst noch ein passendes Oberteil zu dem entsprechenden Rock suchen musste, obwohl ich zig Shirts und Blusen und Pullis im Schrank hatte, dann lag es nicht an den Oberteilen, sondern am Rock.

Weshalb ließ ich mich dann unentwegt auf Typen ein, bei denen ich eigentlich spürte, dass es nicht ganz passte? Ich hatte mir eingeredet, dass ich nur ein wenig entspannter sein müsste, um mit ihnen glücklich zu sein, nicht so empfindlich, wenn sie etwas an mir entdeckten, was ihnen nicht ganz zusagte, oder aber lernen, mich ein wenig mehr für Kultur zu begeistern und für gesunde Lebensweisen. Nein, nicht ich musste mich ändern, denn wie bei den Klamotten war ich eigentlich gut so, wie ich war. Ich mochte mich sogar, wie ich endlich zugeben durfte, mit meinen kleinen Makeln, den paar Extrapfunden, die mich von einem dürren Supermodell abhoben, und den ausladenden Kurven, die aufregend und weiblich waren. Und den Dellen, die man nur sah, wenn man quetschte wie eine Irre. Und wenn jemand meine Oberschenkel diesem Test unterzog, bevor er mich liebte, dann war er wie eine Hose, für die man erst abnehmen musste. Ernsthaft, nahm wirklich jemand nur für diese eine Hose ab? Oder hatte man nicht andere, die ebenso toll aussahen, aber passten? Und die nicht mehr passen würden, wenn man sich nur für diese eine andere veränderte?

Ich krempelte entschlossen meine gedanklichen Ärmel hoch und beschloss, mich vor allem nicht verrückt machen zu lassen. Ich war einen guten Schritt weitergekommen. Ich hatte gelernt, woran es immer wieder hakte. Und nun würde ich mein Konsumverhalten anpassen. Männertechnisch. *Man scheitert nicht, man lernt*, sagte ich mir und schmiedete schon wieder neue Pläne.

Bald würde ein neues Jahr beginnen, und damit wäre der ideale Zeitpunkt, eine neue Challenge auszurufen. Ich würde lernen, besser auf meine erste Eingebung zu hören. Ich meine, prinzipiell wusste ich ja, was ich wollte und was zu mir passte. Ich hatte nur andauernd die Details missachtet, nicht darauf geachtet, dass das entsprechende Modell beinahe das war, was ich suchte, aber der Schnitt, der Stoff oder dieser seltsame Abnäher im Brustbereich auf Dauer einfach nicht wegzudiskutieren waren.

Zufrieden rieb ich mir die Hände. Jetzt, wo ich endlich in Worte fassen konnte, was mein Problem war, schien ich der Lösung ein großes Stück näher zu sein. Diese Liebessache war wie eine unlösbare Mathematikaufgabe gewesen, die ich nie kapiert hatte. Aber durch den Vergleich mit dem, was ich beherrschte – und das ist in meinem Fall leider die Mode und sonst nichts –, konnte ich es endlich meistern, da war ich mir sicher. Und ich hatte auch ansonsten einiges dazugelernt. Zum Beispiel, dass es sehr entspannend war, gelegentlich lässige Freizeitmode zu tragen, und wie gut sich das anfühlte.

Ich würde es Phil nie verraten dürfen, dass ich ihn manchmal mit einer bequemen Jogginghose verglich, aber so war es. Er war jemand, mit dem ich mich rundum wohlfühlte, entspannt und zufrieden. Und angenommen, so, wie ich war. Eine Jogginghose kneift dich nicht in den Bauch, wenn du mal zwei Kilo zugenommen hast, so wie das deine Lieblingshose macht. Sie ist weiterhin bequem und sie gibt dir trotzdem ein positives Gefühl. Und so war es mit ihm. Ich wusste zwar, dass ich eigentlich nicht der Jogginghosen-Typ war und mich auch gar nicht dauerhaft auf eine solche einlassen wollte, denn ab und zu ist es einfach nötig, dass dich der Hosenbund kneift und dich warnt, mal wieder ein wenig auf die Bremse zu treten, aber ich wollte auch nicht mehr jeden Abend in einem engen Bleistiftrock auf dem Sofa sitzen. Metaphorisch gesprochen. Oder, um es kurz zu machen: Ich wollte meine Freundschaft mit Phil noch ein wenig ausbauen. Und momentan, wo wir beide Singles waren und irgendwie nicht bereit, etwas Neues anzufangen, war das doch perfekt.

Ich erzählte Phil dennoch von dem Jogginghosen-Vergleich, weil ich Phil alles erzählen konnte, und ich wusste, dass er sich darüber amüsieren würde.

»Reizend. Eine Jogginghose«, kommentierte er mit einem Augenzwinkern. »Das heißt, ich schaffe es auf alle Fälle schon mal mit dir auf die Couch.«

»Ganz genau. Und zwar ungeschminkt. Das ist so eine Art Ehre.«

»Echt jetzt? Ich meine, mal im Ernst: Deine Kerle bekommen dich nicht ungeschminkt zu sehen?«

»Eher selten«, räumte ich ein. »Nach einer Weile schon. Nur dauert es meist gar nicht so lange an, bevor es bereits wieder vorbei ist.«

»Das stelle ich mir extrem ermüdend vor.«

»Nun ja. Es gibt kleine Tricks. Dauerhafte Wimpernfärbung hilft. Und eine leichte, getönte Tagescreme bringt bereits eine ganze Menge. Aber ja, ich werde eigentlich nie von einem plötzlichen Besuch überrascht und bin dann nicht vorzeigbar.«

»Das wäre mir definitiv zu anstrengend. Wenn mich jemand nicht mag, wie ich bin, dann kann mich der gernhaben.«

»Tja, du bist eben anders als ich. Du bist ehrlicher«, räumte ich ein. »Und das mag ich. Du bist eigentlich ziemlich perfekt.«

»Wenn ich mich ein wenig mehr zurechtmachen würde und etwas erfolgreicher wäre.«

»Okay«, ich musste lachen, »manchmal bist du zu ehrlich.«

»Das bin ich nicht«, widersprach er zu meinem Erstaunen und wirkte plötzlich ernster als sonst. »Und leider auch bei Weitem nicht so fehlerfrei, wie du immer denkst.«

Meine Abende mit Phil, ob einander gegenüber in einer Kneipe, mit einem Telefonat oder ein paar Nachrichten, entwickelten sich zu echten Highlights. Und zu einem einwandfreien Ersatz bis zu dem Zeitpunkt, an dem ich endlich wieder mit einem Kerl ausgehen würde, der mich auf einer anderen Ebene glücklich machen würde. Bis dahin begnügte ich mich nur allzu gerne mit den kleinen Zuwendungen, die ich von ihm bekam. Ich genoss es, wenn er mich den Arm nahm, ehe wir uns trennten, und dachte: *Na bitte! Du hast einen männlichen Freund, und du kannst das. Du wirst es auch hinbekommen, einen richtigen Freund zu finden. Der ebenso perfekt ist, bloß eben anders.* Bei dem ich all das bekam, was ich von Phil erhielt, die Zuneigung, den Zuspruch, etwas zum Lachen und dieses Gefühl, dass ich genau am richtigen Ort war. Und obendrauf auch noch körperliche Zuwendung, die nicht mit einer Umarmung und einem harmlosen Wangenkuss endete.

»Hm. Mach das noch mal«, forderte ich ihn auf, als ich ihn an diesem Tag traf. »Hast du ein neues Parfum? Du riechst toll!« Ich hielt ihm meine Wange hin, damit er sie noch einmal küssen konnte.

»Nein«, lachte er. »Das ist Rasierseife. Sandelholz.« Er küsste mich aber folgsam ein zweites Mal, und ich seufzte zufrieden.

»Das riecht super. Ich würde dich am liebsten ablecken«, gestand ich verzückt. Dann betrachtete ich ihn genauer. »Hey, du hast sie ja benutzt.«

»Dazu hat man sie.«

»Klar. Ich meine, du hast dich rasiert.« Ich musterte ihn genauer. »Das steht dir. Ich habe dich noch nie so«, ich überlegte kurz, »so herausgeputzt gesehen. Du warst doch nicht etwa auch beim Friseur?«

»Eventuell. Ich muss mich langsam an meine Figur herantasten und dachte, ein kleines Make-over könnte helfen.«

»Klar«, zog ich ihn auf. »Aber ganz egal, weshalb du das gemacht hast, es steht dir.« Da fiel mir etwas ein, und ich kniff ein Auge zusammen und rammte ihm den Zeigefinger in die Brust. »Das hat doch nichts mit dieser Kurskollegin zu tun?«

»Nein«, antwortete er und sah mir dabei nicht in die Augen. »Ich war vielleicht einfach ein wenig zu oft mit dir beisammen und werde langsam ebenfalls eitel und oberflächlich.«

»Auf alle Fälle«, ich musterte ihn ein letztes Mal, »siehst du damit wirklich toll aus. Und du musst dabeibleiben, dich zu rasieren. Alleine schon, weil es so gut riecht. Und weil man endlich sehen kann, was für ein schönes Kinn du hast. Herrje, wenn du dir nun noch einen Anzug anziehst, dann bringst du mich ernsthaft in Gefahr.« Ich lachte ein wenig zu laut, um das seltsame Gefühl zu überspielen, das mich bei diesen Worten überkam. Ich hatte schon oft genug Ähnliches zu ihm gesagt und er war das gewohnt. Es hatte sich nur noch nie so angefühlt wie heute, und das verwirrte mich etwas. Ich sollte Gas geben und endlich wieder in den Dating-Ring steigen. Ich hatte wohl zu lange gewartet und wurde langsam notleidend. Okay, das würde ich angehen. Nach den Feiertagen, denn die standen unmittelbar ins Haus. Schon nächste Woche würde ich für ein paar Tage nach Hause fahren und erst pünktlich zu Silvester wieder in der Hauptstadt sein. Was mich auf einen letzten Gedanken brachte.

»Du hast mir immer noch nicht zugesagt. Wegen der Silvesterparty.«

Phil druckste ein wenig herum, und ich setzte eine strenge Miene auf.

»O nein, keine Chance, mein Lieber. Ich bin nicht bereit, auf dich zu verzichten. Dieses Jahr war in vielerlei Hinsicht bescheiden genug und auch wirklich deprimierend. Ich habe einiges vergeigt und viel zu viel falsch gemacht. Das Einzige, was ich wirklich gut hinbekommen habe, bist du. Also, dass ich dich gefunden habe. Und deshalb wirst du mit mir und meinen Freunden feiern. Sie wollen dich schon lange kennenlernen und du wirst sie lieben. Und vor allem wirst du mich glücklich machen, und das ist es doch, was du willst, oder?«

Kapitel 54

»Peppy, ich schaff es heute nicht.«

»Nein! Phil, das wäre unser letztes Treffen vor Weihnachten gewesen!«

»Ich weiß!« Er seufzte. »Aber hier hat sich etwas geändert. Ich habe die Chance bekommen, morgen noch einmal bei einem anderen Team zu hospitieren. Du weißt, dass ich nach Exeter gefahren bin, um praktische Einblicke in die Arbeit zu nehmen. Und jetzt wurde mir das angeboten, und ich würde wirklich gerne diese Chance nutzen.«

Ich musste nicht lange überlegen. »Dann mach das. Du hast recht, nutze diese Chance. Wir sehen uns dann einfach nach Weihnachten.«

»Vielleicht könnten wir uns morgen Abend treffen? Du fährst doch erst übermorgen zu deinen Eltern?«

»Hm. Eigentlich bin ich morgen Abend mit Maisie und Ruby verabredet. Wir wollen unsere traditionelle vorweihnachtliche Punschvernichtung starten. Das haben wir jedes Jahr gemacht, seit wir zusammenwohnen.«

»Dann geht es natürlich nicht. Schade.« Er klang so enttäuscht, wie ich mich plötzlich fühlte.

»Ich könnte einfach etwas früher hingehen«, überlegte ich spontan. »Und die beiden bitten, dass wir unser Treffen um eine

Stunde verschieben. Für Maisie ist es sowieso knapp bemessen, weil sie Spätschicht hat, und Ruby hat sicher auch nichts dagegen. Wir beide treffen uns einfach vorher. Ich würde dich gerne noch einmal sehen«, gestand ich. »In letzter Zeit bist du fast so beschäftigt wie ein Topmanager.«

Er lachte. »Fast. Wäre dir das nicht zu viel? Dann würde ich mich freuen und dein Angebot annehmen. Peps, ich muss los, wir wollen essen gehen.«

»Ich freue mich auch. Und viel Spaß heute Abend.« Mit wem auch immer. Ich hatte lieber nicht nachfragen wollen, wer da auf ihn wartete und mit wem er gleich essen gehen würde. Ich wusste, dass er mit zwei weiteren Kursteilnehmern nach Exeter gefahren war, um dort ein paar Klinikclowns bei der Arbeit zu beobachten, und ich hatte noch im Ohr, wie er beiläufig erwähnt hatte, dass diese Frau ebenfalls mitkam. Ich sollte ihm Glück wünschen, wenn er sie wirklich so nett fand. Leider fiel mir das jedoch nicht ganz so leicht, wie es das sollte. Weil es zu früh war, um meinen besten Freund ziehen zu lassen. Ich brauchte ihn noch eine Weile, bis ich selbst wieder festen Boden unter den Füßen hatte.

Ich hatte Ruby angerufen und sie gebeten, später zu kommen. Es kam ihr recht gelegen, wie sie zugab, da sie morgen Nachmittag einen geschäftlichen Termin hatte, der länger dauern könnte. Maisie wollte ich im Laufe des Abends unterrichten, doch ich lag schon schlafend im Bett, als sie endlich nach Hause kam. Am nächsten Morgen vergaß ich, ihr eine Nachricht auf den Küchentisch zu legen, wie mir erst gegen Mittag siedend heiß einfiel. Als ich sie in meiner Pause anrief, war das Handy bereits ausgeschaltet, vermutlich war sie inzwischen wieder auf Station. Ich hinterließ ihr eine Nachricht, dass sie sich nicht beeilen müsse und wir uns später treffen würden. Sie würde es rechtzeitig mitbekommen, weil sie wie ich in den Pausen immer als

Erstes das Handy checkte. *So sind wir eben*, dachte ich grinsend. Moderne Frauen, die ohne ihr Telefon nicht leben können. Obwohl es uns meist nicht die Nachrichten überbrachte, auf die wir so sehnlichst warteten.

Aus Gründen der Einfachheit hatte ich mich mit Phil im Drunken Horse verabredet, dem Pub, in dem ich für unseren Mädelsabend einen Tisch reserviert hatte. Es war nicht schwierig gewesen, diese Reservierung nach vorne auszudehnen. Es würde erst später am Abend eng werden, einen Tisch zu bekommen.

Als ich ankam, stand Phil bereits an der Theke und hatte ein Glas in der Hand, welches nur noch eine kleine Restmenge aufwies. Whisky, stellte ich erstaunt fest. Phil hielt sich normalerweise mit härteren Drinks zurück. Er leerte das Glas, während ich ihn beobachtete, und gab dem Barmann ein knappes Zeichen, dass er ein weiteres wolle. Ich überlegte, ob das einen Grund haben könnte, entschied, dass dem nicht so war, und machte mich auf den Weg zu ihm.

»Hm. Deine Rasiercreme kombiniert mit diesem Whisky lässt dich riechen wie ein alter Landadeliger. Also ein junger, aber aus dem alten Adel. Oder zumindest so, wie ich mir vorstelle, dass die riechen müssen.« Ich küsste ihn auf die Wange und schloss einen Moment die Augen, um seinen Duft zu genießen.

»Das ist eine Rasierseife, keine Creme«, korrigierte er mich gespielt hochnäsig. »Damit wird der Schaum viel feinporiger. Wir wissen schließlich, was wir uns schuldig sind.«

Ich winkte ab. »Auf alle Fälle macht sie einen guten Job. Deine Haut fühlt sich richtig weich an ohne diese blöden Stoppeln. Ich habe einen Tisch reserviert, komm mit.«

Er folgte mir in die Ecke, die mir der Barmann gezeigt hatte. Ich registrierte, dass er zuvor das Glas entschieden ansetzte, kippte und leerte. Und sich noch eins mitnahm, während ich erst einmal nur ein Wasser in den Händen hielt.

»Also, erzähl. Wie war dein Praktikum?«

»Toll.« Er drehte sein Glas hin und her. »Die sind schon cool. Wir waren auf einer Kinderkrebsstation und in einem Altersheim, in dem demenzkranke Senioren leben. Das sind ganz unterschiedliche Herausforderungen.«

»Und keine davon dürfte leicht sein.«

»Aber du bekommst so viel zurück! Das ist unglaublich.«

»Bestimmt. Und dennoch stelle ich es mir schwer vor, das alles nicht in dein Privatleben mitzunehmen. Es auszuhalten und es mit der roten Nase abzulegen.«

»Genau darum geht es! Das musst du lernen, und deshalb ist es auch so wichtig, sich ein verrücktes Kostüm zuzulegen, mit dem du diese Herausforderung bewusst angehst. Und außerdem, und das haben mir alle bestätigt, die bereits in diesem Job sind, brauchst du ein gutes Privatleben, das dich erfüllt. Wenn du abends heimkommst und da wartet jemand auf dich, dann hilft das ungemein.«

Ich horchte auf. Bisher wartete niemand auf ihn. »Und das ist jetzt eure Hausaufgabe? Euch ein Privatleben anzuschaffen?«, versuchte ich einen Witz.

»Vielleicht. Es wäre eine Aufgabe, der ich ziemlich offen gegenüberstehe. Neuerdings zumindest.« Er hob das Glas und nahm einen großen Schluck.

»Ich verstehe.« Ich dachte an seine Kollegin und bemühte mich redlich, ihn anzugrinsen. »Na dann, ran an den Speck! Es sollte doch nicht so kompliziert sein, sie zu überzeugen.«

Er wiegte nachdenklich den Kopf. »Ich fürchte, ich habe es mir selbst schwieriger gemacht, als ich wollte. Was würdest du sagen«, fragte er plötzlich, »wenn du erfahren würdest, dass ich nicht ganz ehrlich zu dir war? Also, ich hätte dich nicht angelogen, aber ich hätte nicht alles erzählt.«

Sein plötzlicher Umschwung verwirrte mich. »Ich als Freundin? Ich würde sagen, das ist in Ordnung. Etwas nicht zu erzählen, heißt nicht, dass man lügt. Ich habe dir auch nicht alles verraten.« Ich zwinkerte ihm aufmunternd zu.

»Also wäre das nichts, was du mir krummnehmen würdest?«

»Solange du mir nicht verschweigst, dass du ein gesuchter Schwerverbrecher bist? Nein. Wenn ich jedoch nicht deine Freundin wäre, sondern vielleicht deine *zukünftige* Freundin, dann vermutlich noch die Tatsache, dass du irgendwo Frau und Kind hast.«

»Das ist es nicht.«

»Na, dann sollte es doch kein Grund sein.«

»Es geht eher um meinen Job.« Er nippte gedankenverloren an seinem Glas, setzte es danach ab und betrachtete es, als ob er überlegte, wo es herkam und was er damit anstellen sollte. Seine Augen bekamen bereits einen etwas verwaschenen Glanz und ich Angst, dass er sich die Lichter ausschoss, ehe er gesagt hatte, was so wichtig sein sollte. Ich legte meine Hand auf seine, um ihn daran zu hindern, es übereilt zu kippen.

»Wie wäre es, wenn du es einfach mal mir erzählst. So als Übung?«

»Dir?« Er entzog mir seine Hand, griff blitzschnell nach dem Glas und hatte es bereits angesetzt, ehe ich es verhindern konnte. »Von meinem Job?«

»Darüber wolltest du doch reden?«

»Nein. Ja.« Seine Finger begannen, an seinen Lederarmbändern herumzuspielen.

»Ich vermute mal, dass es nicht dein Clownjob ist, oder? Ich vermute mal«, ich überlegte kurz, ob ich es ganz direkt aussprechen sollte, dass ich wusste, über wen wir redeten. Ich beschloss, bei den vagen Andeutungen zu bleiben. Aus irgendeinem Grund schien ihm das wichtig. »Dass sie davon weiß.«

»Sie?« Auch das dritte Glas war leer und offensichtlich bekam meinem Freund der Alkohol nicht wirklich. Sonst hätte er mich jetzt nicht so verwirrt angesehen.

»Phil«, erklärte ich sanfter, als ich mich fühlte. »Es geht doch darum, dieser Frau zu sagen, was du ihr bisher noch nicht gesagt hast. Und wenn ich richtig liege …« Ich lächelte aufmunternd, auch wenn ich lieber meinen Mund verzogen hätte. Wenn ich richtig lag, dann hatte Phil in Exeter erkannt, dass diese Clownfrau mehr für ihn war als eine Kollegin. Wenn ich richtig lag, dann sah er mit ihr diese traute Zukunft, die ihm eine Stütze sein würde. »Wenn ich richtig liege, geht es darum, was du vor dieser Ausbildung gemacht hast«, beendete ich den Satz rasch, um nicht tiefergehend über seine Gefühle nachdenken zu müssen.

Phil schloss kurz die Augen. »Stimmt. Es dreht sich um den Job, den ich davor hatte. Davor-davor. Vor dem Museum.« Er stutzte und runzelte angestrengt die Stirn. »Und vor dem Plattenladen. Hat mir nicht zugesagt, der Plattenladen. Und vor dem …«

»Himmel, Phil!« Ich war einfach nicht geschaffen für diese Nachsicht. »Welcher Job denn nun?«

»Der erste. Der, der alles verändert hat.«

»Okay. Und was war das für ein Job?«

Er schaute in sein Glas, ob es sich vielleicht wie durch Zauberhand wieder aufgefüllt hatte. Ich seufzte und beugte mich zu ihm vor.

»Lass mich raten. Der, in dem du eine Insolvenz erlitten hast?«

Er hob so überrascht den Kopf, dass ich ein wenig zurückwich.

»Öhm«, machte er.

»Das passiert vielen.« Ich konnte mich nicht bremsen und legte ihm eine Hand auf die Wange. »Und ganz unter uns, ich vermute das schon lange.«

»Ganz so war es nicht.« Er versuchte offensichtlich, nachzudenken. »Es war eher anders.«

Ehrlich, ich war in diesem Moment nahe dran, seinen Kopf zu packen und ihn ein ganz klein wenig zu schütteln, bis er endlich mit der Sprache herausrückte. Oder ihm eine zu scheuern. Oder mir ein Beispiel an ihm nehmen und ebenfalls einen Schnaps zu kippen. Ich meine, ich musste gerade damit klarkommen, dass ich meinen besten Freund, der eine viel zu kurze Zeit mein bester Freund gewesen war, an eine Frau verlieren würde, die für ihn mehr war als ich. Die seinen Job viel besser verstand als ich. Das tat überraschend weh. Und weil ich das nicht zugeben oder zeigen wollte, suchte ich mein Heil in dem, was ich in solchen Momenten immer tat: einen dummen Spruch raushauen.

»Jetzt red doch endlich! Ich will es dir mal so erklären: Die Uhr tickt, mein Freund. Mit uns beiden ist es aktuell ein wenig wie mit dem Freier und den leichten Mädchen. Du hast nur ein begrenztes Zeitfenster gebucht und aufgrund der hohen Nachfrage leider auch keine Möglichkeit zu verlängern. Also komm endlich zur Sache und vergiss alle dummen Sprüche bezüglich eines Vorspiels, die du je gehört hast. Manchmal ist ein Quickie die bessere Alternative.«

»Ernsthaft? Du stehst auf Quickies?« Phils Augen blitzten auf. »Ich dachte wirklich, unter einer halben Stunde Aufwärmzeit läuft nichts.«

»Wenn du mir von einem Job erzählen willst, verzichte ich gerne auf jedes Vorgeplänkel. Wenn es um das andere geht … Nun, es geht dich zwar nichts an, aber ja, manchmal ist gegen einen heißen Quickie nichts einzuwenden.«

Ich hatte mich vorgebeugt und frech die Augenbrauen angehoben, als ich das verkündete. Ich hatte erwartet, dass Phil lachte oder etwas erwiderte, aber er starrte mich nur an, und je länger sich seine Augen in meine versenkten, desto schwerer fiel es mir, nicht wegzusehen. Oder zu schlucken. Oder nicht noch einmal zu bestätigen, dass ein Quickie eine sehr gute Idee sein könnte. Und dass diese Idee meist am besten ist, wenn man ihr ganz spontan nachgibt.

»Ich bin zu spät, entschuldige«, wurde ich von einer atemlosen Stimme aus diesen verstörenden Gedanken gerissen. »Ich habe mich echt beeilt, aber wie ich sehe, hast du die Zeit auch ohne mich gut rumbekommen. Ist Ruby auch zu spät?«

Wir fuhren auseinander wie zwei Teenager. Ich brauchte einen Moment, um mich zu Maisie umdrehen zu können, die sich bereits in ihrer unbekümmerten Art neben mir niederließ, ohne eine Antwort abzuwarten. Oder mich eines weiteren Blickes zu würdigen, denn sie musterte Phil.

»Hallo«, sagte sie und klang erfreut. »Und du bist wer?«

»Ähm, das ist Phil. Maisie, hast du meine Nachricht nicht abgehört? Wir haben das Treffen nach hinten verlegt.«

»Nein! Du weißt doch, dass ich in dieser Hinsicht nicht immer zuverlässig bin. Ich dachte, du wolltest mich nur daran erinnern, es nicht zu vergessen.« Sie warf mir einen Blick zu. »Weshalb bist du schon hier, wenn wir uns erst später treffen?«

Meine Augen huschten zu meiner Begleitung, und Maisie schlug sich mit der Hand an die Stirn. »Ach so! *Der* Phil bist du? Na, da freue ich mich aber, dich endlich kennenzulernen. Sie macht solch ein Geheimnis aus dir.«

»Das mache ich gar nicht. Es hat sich bisher nur nicht ergeben.«

»Umso besser, dass es jetzt klappt. Wobei heute Abend nur für Mädels ist, Beau muss auch zu Hause bleiben. Leider«, fügte sie hinzu und lächelte meinen Freund an. »Aber bis Ruby auftaucht, haben wir ja wohl noch Zeit. Pen hat so viel von dir erzählt, und nur Gutes. Allerdings hast du unterschlagen, wie fantastisch er aussieht«, fügte sie an mich gewandt hinzu.

»Du hast Glück, ihn heute in einem überaus repräsentablen Zustand zu sehen«, parierte ich und versuchte, lässiger zu klingen, als ich mich fühlte. Es klappte nicht ganz, denn Maisie fixierte mich plötzlich nachdenklich.

»Oh. Ich störe doch nicht? Wenn das so ist, kann ich natürlich …« Sie deutete mit der Hand Richtung Theke.

»Nein, bleib.« Phil schenkte ihr ein herzliches Lächeln. »Ich muss sowieso gleich los.«

»O nein! Du wirst dich jetzt nicht einfach verdrücken, wenn ich dich einmal in den Fingern habe.« Maisie lehnte sich zurück und schenkte Phil ihr bezauberndes Feenlächeln. »Ich will alles wissen, was meine Freundin hier«, sie deutete auf mich, ohne den Blick von ihm zu nehmen, »mir bisher verschwiegen hat.«

Kapitel 55

Ohne Probleme verwickelte Maisie meinen Freund in eine lebhafte Diskussion. Das hatte ich früher schon erlebt und ich wusste, dass ich sie nun nicht mehr stoppen konnte. Er konnte es ebenso wenig, und bald erzählte er begeistert von seiner Ausbildung. Natürlich rannte er bei ihr damit offene Türen ein. Phil vergaß, dass er gehen wollte, und offensichtlich auch, dass er bis eben noch angespannt und seltsam gewesen war und unbedingt über diesen anderen Job hatte reden wollen, der ihm neuerdings auf der Seele brannte. Er berichtete immer mehr Details, lauschte begeistert ihren Berichten, wie wohltuend die Arbeit der Klinikclowns ihren Erfahrungen nach war, und nickte enthusiastisch.

»Es ist nachgewiesen, dass durch die Besuche der Clowns Schmerzen weniger stark empfunden und Heilungsprozesse gefördert werden. Wir erleben das ganz klar, wie sehr es hilft. Leider haben wir noch kein festes Team bei uns.« Sie legte in ihrem Eifer eine Hand auf seine. »Aber wir versuchen, eines in unserem Budget unterzubekommen. Und wer weiß, wenn es so weit ist, vielleicht gehörst du dann ja dazu. Ich kann mir vorstellen, dass du ein ganz herausragender Rote-Nase-Doktor sein wirst.« Sie blickte ihn mit funkelnden Augen an. »Und wir wären so etwas wie Kollegen. Das würde mir gefallen.«

»Noch jemand etwas zu trinken?« Ich sprang auf und schwenkte mein leeres Wasserglas.

»Punsch!«, rief Maisie begeistert. »Deshalb sind wir doch hier.«

Von der Bar aus beobachtete ich unseren Tisch. Wie oft hatte ich Maisie bereits so erlebt? Ich kannte dieses Funkeln und diese Stimme. Sie hatte Gefallen an Phil gefunden. Und er schien ebenfalls ganz zufrieden mit der Situation. Seltsamerweise war ich es nicht, obwohl ich doch die ganze Zeit gewollt hatte, dass sich meine Freunde endlich kennenlernten. Und es war weit weniger ärgerlich, dass ich nun nicht erfahren sollte, was er mir hatte anvertrauen wollen, als Maisies lautes Lachen zu vernehmen, das mir gerade ziemlich auf den Geist ging. Und ihre Penetranz. O mein Gott, und dieses Antatschen! Ich schnappte mir die Getränke und rauschte zurück an unseren Platz.

»Hattest du nicht gesagt, dass du noch etwas vorhast?«, fragte ich Phil herausfordernd. »Du solltest dich nicht verspäten.«

»Pen, du bist charmant wie stets.« Maisie nahm mir ihr Glas ab. »Immer direkt, so lieben wir sie.«

»Ich meinte ja nur«, grummelte ich und ließ mich nieder.

»Sie hat recht, ich sollte los.« Unschlüssig griff er nach dem Glas und betrachtete den Inhalt. »Wobei es wirklich schade wäre, das hier stehen zu lassen.«

»Wenn du tatsächlich gehen musst«, Maisie warf mir einen seltsamen Blick zu, »dann können wir ja vielleicht ein anderes Mal weiterquatschen. Sie hat meine Nummer«, sie zeigte wieder auf mich. »Oder ich schreibe sie dir auf. Ich kann dir gerne bei allen Fragen helfen, die die medizinische

Seite deiner Ausbildung betreffen. Das würde ich sogar sehr gerne machen.«

»Das wäre super.«

Und da saß ich, plötzlich Luft für meine Gefährten, und mit ausreichend Zeit, darüber nachzudenken, wie Maisie das nur anstellte. Und weshalb sie immer damit durchkam. Und wie unfair das eigentlich war und warum es mich nicht bereits viel früher geärgert hatte. Maisie musste nur lachen und ein wenig Verständnis heucheln, schwups lagen ihr alle Kerle zu Füßen.

»Hier, verlier sie nicht.« Mittlerweile wurde die Telefonnummer weitergegeben. »Ich warte auf deinen Anruf.«

Ich nahm einen großen Schluck Punsch. *Der ist letztes Jahr auch besser gewesen*, dachte ich unzufrieden. Überhaupt war es alles besser gewesen. Krampfhaft riss ich mich zusammen. Herrgott, das war doch Maisie, wie ich sie kannte und eigentlich liebte. Ich hatte es bereits oft genug miterlebt. Und es war noch nie solch ein Problem gewesen. Wir hatten durchaus schon Schnittmengen gehabt, was Kerle betraf. Es kam vor, dass wir ausgingen und denselben Typen toll fanden. Aber wir hatten einen Deal. Wenn es einer von uns wirklich ernst war, dann nahm die andere sich zurück. Ich müsste ihr nur ein Zeichen geben …

»Ruby!«

Ich drehte den Kopf, um Maisies Blickrichtung zu folgen, und bemerkte eben noch aus dem Augenwinkel, wie Phil aufsprang.

»Das ist unsere Freundin Ruby, aber sicher kennst du sie bereits – zumindest aus Erzählungen.«

Ruby wirkte erstaunlich baff, einen Mann bei uns am Tisch zu sehen.

»Ruby, das ist Pens Freund Phil. Du weißt doch«, stellte Maisie ihn vor und ärgerte mich damit erneut, weil es mein

Freund war und es mein Job hätte sein sollen, die beiden bekannt zu machen.

»Ruby! Es freut mich, dich kennenzulernen«, rief Phil viel zu laut und enthusiastisch.

Die Angesprochene nickte und schien nun ernsthaft verwirrt.

»Mich auch«, erwiderte sie seltsam steif und schüttelte die dargebotene Hand. Dann warf sie mir einen Blick zu. Ich zuckte die Achseln.

»Das war nicht geplant und er geht jetzt auch.«

»Das macht er.« Phil griff sich seine Jacke und wirkte endgültig fahrig. *Definitiv ein Glas zu viel*, dachte ich. *Oder eine Überdosis Maisie*, hetzte etwas in mir.

»Ich melde mich. Schöne Feiertage«, wünschte er mir und zog mich in eine Umarmung, die viel zu kurz war.

»Halt. Wir … du wolltest mir doch noch etwas erzählen.«

»Das hat Zeit. Ich muss wirklich los. Hat mich gefreut, euch kennenzulernen.« Er winkte Maisie und Ruby zu. Letztere winkte zurück. Erstere scherte sich nicht darum und umarmte ihn einfach.

»Ruf mich an! Bis bald«, gurrte sie mit ihrer Ich-wäre-verfügbar-Stimme. Seltsam, dass mir das noch nie aufgefallen war, wie sie sich den Typen manchmal an den Hals warf. Sie blickte ihm nach, wie er sich aus dem vollen Pub schlängelte, dann ließ sie sich mit einem theatralischen Seufzen und einem breiten Grinsen auf ihrem Stuhl nieder.

»Der ist nicht ohne, dein Phil. Ich glaube, mit dem würde ich gerne mal die eine oder andere Behandlungsmethode nachspielen.«

»Was nicht zu übersehen war«, entfuhr es mir scharf.

Überrascht richtete sie sich auf.

»Du hast definitiv keinen Zweifel daran gelassen. Manchmal kannst du wirklich peinlich sein.«

»Pen!« Entsetzen breitete sich auf ihrem Gesicht aus.

»Pen!«, äffte ich sie nach. Ich hätte mich wirklich besser im Griff haben sollen, aber gerade war das nicht möglich. »Ruf mich an!«, wiederholte ich ihren letzten Satz und legte so viel Schmachten hinein, dass sie sich noch ein wenig mehr versteifte. »Echt jetzt, das war kein x-beliebiger Kerl. Das ist mein Freund, und du weißt das.«

»Das wusste ich nicht«, flüsterte sie erschrocken. »Also, dass es so ist. Wir hatten doch darüber gesprochen. Wir haben ganz oft darüber gesprochen, und du hast jedes Mal betont, dass er nur *ein* Freund ist.«

»Und? Deshalb musst du dich dennoch nicht so an ihn heranmachen. Und dann dieser Spruch! *Mit dem würde ich gerne mal die eine oder andere Behandlungsmethode nachspielen!*« Ich schnaufte verächtlich.

Ruby saß wie erstarrt da, aber ich konnte mich gerade nicht um sie kümmern.

»Das war absolut daneben«, schloss ich endlich und atmete schwer.

»Aber«, stotterte Maisie, »das machen wir immer. Ich meine, solche Sprüche ablassen. Das tust du auch.«

»Aber nie, wenn es um einen deiner Freunde geht. Und überhaupt«, ich holte noch einmal tief Luft, »kommst du zu spät. So, wie es aussieht, hat er sich nämlich in eine Kollegin verliebt. Er wollte gerade darüber reden, als du aufgetaucht bist.«

Rubys Hand legte sich auf meine. »Pen«, sagte sie leise und so sanft, dass mir Tränen in die Augen stiegen. Zornestränen, wie ich bitter feststellen musste. Wegen Maisie. Und überhaupt.

»Süße, das tut mir so leid!« Auch Maisies Stimme war verheerend weich. »Ich hatte ja keine Ahnung, dass du in ihn verliebt bist.«

Ich konnte sie einen Moment nur anstarren. »Ich bin nicht in ihn verliebt.«

»Natürlich bist du das.«

»Natürlich nicht. Und ich muss nicht in ihn verliebt sein, um es nicht zu mögen, wie du dich an ihn heranmachst. Er ist mein Freund! Zum ersten Mal habe ich einen Freund, und ich mag ihn. Er mag mich! Das ist etwas ganz Besonderes. Bei ihm darf ich sein, wie ich bin. Ich muss nicht schöner sein, kulturbesessener oder besser, als ich bin. Ich hätte mir gewünscht, dass du das respektierst und nicht direkt mit ihm spielst wie eine Katze mit der Maus oder eine läufige Hündin.«

Maisie wirkte aufrichtig zerknirscht. »Das hätte ich nicht tun sollen, da hast du recht. Es tut mir echt leid. Aber ich fand ihn wirklich anziehend. Und ich bin keine«, bei diesen Worten wurden ihre Augen schmal und ihre Stimme energisch, »läufige Hündin.«

»Nein, das bist du nicht.« Mein Zorn begann sich zu lichten, und ich begriff langsam, wie unangemessen meine Eskalation eben gewesen war. »Das hätte ich nicht sagen sollen. Es tut mir leid.«

»Geht in Ordnung. Offensichtlich habe ich damit etwas ausgelöst, und das ist doch gut.« Wie stets war Maisie viel zu nett, viel zu entspannt, viel zu verständig. Und leider auf einer völlig falschen Spur. »Du magst ihn, sagst du. Nun, ich denke, dass du den Tatsachen ins Auge sehen solltest: Du empfindest viel mehr als das.«

»Nein! Ich meine, ich empfinde eine Menge für ihn, aber nicht das. Das ist Phil! Er entspricht überhaupt nicht dem, auf das ich anspringe. Er ist viel zu«, ich wedelte mit den Händen, suchte nach den richtigen Worten. Und fand keine. »Viel zu sehr Phil«, schloss ich deshalb lahm.

»An seinem Aussehen kann es nicht liegen«, behauptete Maisie. »Ich habe etwas ganz anderes erwartet. Der sieht doch total süß aus.«

»Süß, ja? Ist es das, was man von einem Mann möchte? Süß, das klingt nett und ein wenig nach einem kleinen Kind. Was er in gewisser Weise auch ist. Er nimmt das Leben nicht ernst.«

»Den Eindruck hatte ich aber gar nicht. Im Gegenteil, hast du ihm einmal zugehört, wenn er von seiner Arbeit spricht? Er brennt dafür, und er wird großartig sein. Da ist so viel Empathie zu spüren, so viel Leidenschaft. Dieser dringende Wunsch zu helfen und anderen das Leben ein wenig leichter zu machen.«

»Als Clown, ja.«

»Und das«, wollte Maisie wissen und hob ihr Kinn, »ist für dich ein Problem? Weil du sagen müsstest: ›Das ist mein Freund, er ist ein Klinikclown‹? Anstatt zu sagen: ›Oh, mein Freund? Der ist Schönheitschirurg und überaus erfolgreich.‹ Oder wahlweise ›Anwalt‹ oder ›PR-Berater‹ oder was auch immer?«

Ich blieb stumm.

»Und weil er nicht im Anzug im Pub sitzt, oder zumindest in einem einhundertfünfzig Pfund teuren Seidenpulli? Dein Ernst? Du kannst doch nicht wirklich so oberflächlich sein.«

»Darum geht es nicht«, widersprach ich steif.

»Und worum geht es dann? Dieser Kerl ist tatsächlich nett und zur Abwechslung einmal völlig normal. Er sieht gut aus, und ja, lange Haare sind bei einem Mann mittlerweile absolut salonfähig. Und er ist witzig.«

Ich wusste nach wie vor nicht, was ich entgegnen konnte, und hielt eisern ihrem Blick stand, zog nur ein wenig die Augenbrauen hoch, um überhaupt eine Reaktion zu zeigen.

»Aber er kann dir keine Designerkleider kaufen, klar. Er wird dich nicht auf edle Events mitnehmen oder mit alten Adelsfamilien bekannt machen.«

»Als ob!«, zischte ich und klang selbst für meine Ohren viel zu hochnäsig.

»Eben. Als ob das wichtig wäre. Du brauchst das alles doch gar nicht! Du bist eine so wunderbare Frau, klug und unabhängig. Du verdienst dein eigenes Geld, und du kannst vielleicht keine großen Sprünge machen, aber musst du das denn unbedingt? Hast du nicht erlebt, dass es schmerzhaft sein kann, wenn man dann wieder den Boden berührt? Hast du nicht langsam gelernt, dass Geld und Macht alleine nicht glücklich machen? Dass es andere Dinge sind, die in einer Beziehung zählen sollten? Und von diesen anderen Dingen würdest du jede Menge bekommen, da bin ich mir sicher.«

»Nun, es steht aber nicht zur Debatte. Weil ich es nicht will und er ebenso wenig. Wir sind Freunde.«

»Wie du uns mittlerweile ausreichend versichert hast. Das ist es, nicht wahr? Dass er dir heute Abend gestanden hat, dass er sich in eine andere verliebt hat?« Den letzten Teil hatte sie so leise gesagt, dass ich es kaum verstehen konnte. Und mit ihrer ganz speziellen Maisie-Stimme, die Stahl schmelzen konnte und leider auch meine Abwehr.

»Er wollte es mir beichten. Er hat ständig drumherum geredet, wollte etwas über seinen alten Job erzählen. Den, den er wohl an die Wand gefahren hat. Vermutlich knabbert er nach wie vor an den Schulden und überlegt sich, wie er ihr das beibringen soll.«

»Hat er das gesagt?« Zum ersten Mal mischte sich Ruby ein. Sie hatte bisher still zugehört und sich darauf beschränkt, meine Hand zu halten, sie am Zittern zu hindern.

»Nein. Er hat gar nichts davon erzählt. Ich bin aber nicht dumm, ich kann es mir denken. Ich habe schon einige Kunden gehabt, bei denen es genau nach diesem Schema ablief. Bei manchen glimpflicher, andere sind da nie mehr rausgekommen.«

»Er hat aber nicht den Anschein erweckt, als hätte er Existenzsorgen«, wandte Ruby bedächtig ein. »Auf mich wirkte er nicht so. Vielleicht bist du da ja auf einer völlig falschen Spur? Und dann könnte es doch sein, dass du auch in dieser Sache mit der anderen Frau daneben…«

»Das ist ja auch egal! So oder so, es ist nicht meine Angelegenheit. Und nun sollten wir endlich anfangen, uns dem Punsch zuzuwenden. Ich könnte einen oder zwei davon wirklich vertragen.«

Kapitel 56

Den restlichen Abend taten wir so, als wäre nichts gewesen. Nun ja, wir versuchten es zumindest, aber ich muss zugeben, dass wir nur mäßig erfolgreich waren. Ich sprach dem Punsch in einem Maße zu, das nur als übertrieben bezeichnet werden konnte, das wusste ich selbst. Ich riss mich am Riemen und versuchte krampfhaft, locker und beschwingt zu sein, war aber im Endeffekt vermutlich eher peinlich und überdreht. Maisie zog mit, erzählte eine Story nach der anderen, tat alles, um mir zu zeigen, dass sie nach meinen völlig überzogenen Anschuldigungen keinen Groll hegte. Dabei hielt sie sich aber mit dem Trinken zurück und bemühte sich, die anstehende nächste Runde ein wenig hinauszuzögern, was ich jedoch nicht zuließ. Ruby saß ungewohnt still dabei und wollte mehrfach ansetzen, etwas zu äußern, rieb sich dann aber immer nur das Ohr oder die Nase und sagte doch nichts. Ich war dankbar, denn ich wusste, was sie sonst angesprochen hätte. Das andere Thema, über das ich nicht reden wollte. Und schon gar nicht heute. Ich war gerade zu angegriffen, zu sehr neben der Spur, um nun auch noch darüber zu sprechen, dass ihr Auszug unmittelbar bevorstand und wir uns endlich darum kümmern sollten, das Zimmer neu zu vergeben.

Wir hatten es bereits inseriert, oder genauer hatte Ruby, diese treulose Tomate, das getan. Und wir hatten sogar mittlerweile Gespräche geführt. Es gab ausreichend Interessenten, und viele davon wären auch infrage gekommen. Wenn es nicht Ruby gewesen wäre, die zu ersetzen war. Natürlich war mir klar, dass wir es tun mussten und ich viel zu sentimental an diese Sache heranging. Aber es erschien mir unmöglich, mich für eine zu entscheiden. Egal, wie nett die Neue war, sie würde immer die andere bleiben, fürchtete ich. Das, was wir drei miteinander gehabt hatten, konnte keine auffangen. Und es wäre doch auch irgendwie unfair, fand ich, eine neue Mitbewohnerin zu nehmen, die von Anfang an eine Außenseiterrolle innegehabt hätte. Wären wir nur Frauen gewesen, die sich eine Wohnung teilten und sich gut verstanden, dann wäre das alles leichter gewesen. Aber wir hatten so viel miteinander erlebt, uns so perfekt ergänzt, dass ich den Gedanken mit jedem Tag unerträglicher fand, eine fremde Person in diesen Kreis eindringen zu lassen. *Vielleicht*, dachte ich wehmütig, *sind wir einfach auch zu alt dafür*. Vielleicht wäre es der richtige Moment, um zu sagen, wir trennen uns ganz. Aber das stand noch weniger zur Debatte. Stattdessen überlegte ich, rechnete ich, ob wir das Zimmer nicht einfach übernehmen sollten. Wir könnten uns das leisten. Ich könnte es einfach zusätzlich anmieten und mir ein Büro einrichten. Obwohl ich keines brauchte. Oder ein Ankleidezimmer, das wäre ja mein Traum. Oder … Oder aber ich überwand meine seltsame Abneigung und erfand nicht länger bei jeder Kandidatin eine neue Ausrede. Es war Ruby gegenüber nicht fair, weil sie sich verpflichtet fühlte, das Zimmer weiter zu bezahlen, was wir rigoros ablehnten. Sie wollte in den nächsten Tagen die verbliebenen Kisten abtransportieren. Und danach würden wir gemeinsam die Wände streichen und die letzten Reste ihrer wohltuenden, rosaroten Anwesenheit aus unserer Wohnung tilgen. Beim Gedanken daran schossen mir einmal mehr Tränen in die Augen.

»Ach du Scheiße, Pen! Ich wusste, dass Alkohol nicht guttut in deiner Situation! Komm schon, das wird. Ich glaube, dass Phil ebenfalls …«

»Ich heule nicht seinetwegen. Sondern wegen ihr«, schniefte ich und deutete auf Ruby.

»Oh«, machte Maisie und sah hilflos zu unserer Freundin. »Aber sie hat ihn doch gar nicht angemacht.«

»Es ist wegen des Zimmers. Es ist überhaupt …« Nachdem ich einmal angefangen hatte zu weinen, konnte ich nicht mehr aufhören. »Es ist alles. Alles scheint gerade zusammenzustürzen. Ich hätte ja die Kerle verwinden können, aber das Drumherum! Ich wünschte, es würde sich nicht ändern. Ich wünschte, Ruby würde bleiben und wir nie alt werden und Phil einfach Phil sein und ich vor allem ich bleiben. Ich meine, seht euch das an! Ich sitze hier und heule! Ich heule nie. Ich habe immer alles im Griff. Und wenn nicht, dann tue ich einfach so lange so, als ob – bis ich es wieder im Griff habe.«

»Ist ja gut«, flüsterte Maisie und legte einen Arm um mich. »Alles wird gut. Wir bringen dich jetzt erst mal nach Hause. Morgen sieht die Welt wieder anders aus. Das letzte Glas war einfach zu viel.« Sie verzichtete darauf zu sagen, dass auch das vorletzte und das vorvorletzte bereits zu viel gewesen waren, und half mir auf die Beine. »Kopf hoch. Wir sind doch da. Und wir bleiben da. Zusammen bekommt uns nichts klein.«

»Wie viele Gläser waren es gestern?« Mit einem entsetzlichen Brummschädel hatte ich mich in die Küche geschleppt, wo meine Freundinnen grinsend auf mich warteten, starken schwarzen Kaffee und eine Blisterpackung Kopfschmerztabletten im Anschlag.

»Hm. Eventuell eines zu viel. Mehr willst du gar nicht wissen. Und diese Kopfschmerzen sind heilsam für dich, damit du in Zukunft ein wenig vorsichtiger bist.« Maisie zog mir einen Stuhl zurecht und schaute grinsend zu, wie ich mich langsam darauf sinken ließ. »Schwester, wir brauchen Kaffee!«, rief sie Ruby zu und füllte gleichzeitig ein Glas mit Wasser. »Und definitiv auch ein Aspirin. Dir ist schon klar, dass wir heute nach Hause fahren? Du solltest also möglichst bald wieder einigermaßen reisetauglich sein.«

Ich stöhnte. »Natürlich weiß ich das. Weshalb habt ihr mich nicht aufgehalten?«

Die beiden wechselten einen Blick. »Nun, du bist alt genug. Und du hattest es nötig, zumindest hast du das behauptet.«

Ich nahm einen Schluck Kaffee und schloss die Augen. Die Küche war viel zu hell und zu laut. Maisie ließ eine Tablette in das Wasserglas fallen und ich hörte zu, wie es sprudelte und zischte und schließlich still wurde. Ich griff danach und trank es mit einem angewiderten Gesichtsausdruck leer.

»Frühstück? Ich kann dir ein Rührei …«

Ich winkte dankend ab. »Sag es lieber gar nicht. Im Moment fühle ich mich nichts gewachsen, außer hier zu sitzen und abzuwarten, ob mein Kopf explodiert oder nicht.«

Das herauszubekommen, dauerte eine Weile, in der wir einfach stumm dahockten. Die einzigen Geräusche waren ein gelegentliches Seufzen oder Kaffee, der nachgegossen wurde. Als Ruby sich zum zweiten Mal die Tasse füllte und ich feststellte, dass es sich so anhörte, wie es das sollte, öffnete ich meine Augen und atmete durch.

»Ich beginne langsam, mich wieder wie ein Mensch zu fühlen.«

»Wie wäre es dann mit einer Scheibe Toast?«

Ich nickte vorsichtig. »Ich kann mich gar nicht mehr daran erinnern, wie ich nach Hause gekommen bin«, gestand ich, während Ruby eine Scheibe Weißbrot in den Toaster steckte.

»Ich ganz genau«, verkündete Maisie munter. »Du hast ganz nett geschwankt.«

»Erspar mir nähere Details«, bat ich dumpf.

»Ist der komplette Abend weg?«, erkundigte sich Maisie wie beiläufig.

Ich war schwer in Versuchung, einfach zu nicken. Aber ich schüttelte den Kopf. »Nein.«

»Okay. Und willst du darüber reden?«

Ich versuchte ein heftigeres Kopfschütteln, was allerdings noch nicht wirklich ratsam war. Meine Hände pressten sich an die Schläfen. »Es tut mir leid, was ich gesagt habe.«

»Das meinte ich nicht«, versicherte Maisie weich.

»Aber trotzdem will ich das noch einmal klarstellen. Ich war ungeheuer gemein – und völlig ohne Grund.«

»Wirklich ohne Grund?«

»Ja«, beteuerte ich fest. »Und mehr möchte ich nicht mehr sagen, sondern diesen Abend einfach vergessen, wenn es recht ist.«

»Wenn du nicht darüber reden willst«, Maisie sah zu Ruby und dann wieder zu mir, »dann hätte ich da etwas anderes zu besprechen.«

»Okay.«

»Es ist wegen des Zimmers«, begann sie.

Ich hob die Hand. »Ich weiß, dass wir uns darum kümmern müssen. Aber bitte nicht heute. Ich bin absolut nicht in der Lage, eine Entscheidung zu treffen.«

»Vielleicht musst du das auch nicht. Zumindest keine weitreichende.«

»Das käme mir gerade sehr gelegen.« Ich hob den Kopf und sah sie mit wachsendem Interesse an.

»Es gäbe da eine Möglichkeit«, hob Maisie wieder an. »Nun ja, Möglichkeit ist vielleicht zu viel gesagt. Einen Vorschlag. Schau mal, ich habe gesehen, wie schwer du dich damit tust, das Zimmer neu zu vermieten, und mir geht es genauso. Es fühlt sich falsch an, und es wäre unfair, jemanden zu nehmen und dann wieder zu sagen, dass es doch nicht passt. Irgendwie ist es zu früh, oder? Und andererseits steht das Zimmer bereits viel zu lange leer. Wohnraum ist knapp in London und teuer, und so gesehen sind wir doch reichlich egoistisch, es nicht wieder auf den Markt zu werfen.«

»Dann sind wir eben egoistisch.«

»Oder aber«, Maisies Stimme wurde einlullend, was mich wachsam aufblicken ließ. »Oder aber wir vollbringen eine gute Tat und helfen jemandem aus der Patsche.«

»Spuck es schon aus«, befahl ich müde. Ich war noch immer nicht in der Lage, ihr ernsthaft Paroli zu bieten, und sie war offensichtlich entschlossen genug, das Thema in diesem Moment zu diskutieren.

»Es ist so: Ein Kollege von mir, Gareth, wurde sozusagen aus seiner Wohnung geworfen. Eigenbedarfskündigung, er muss bis Ende Januar ausziehen. Und er versucht seit Längerem, etwas Passendes zu finden …«

»Ein Kerl?«, fiel ich ihr ins Wort und starrte sie an. »Du willst das Zimmer einem Kerl geben? Wir waren uns einig …«

»Ich weiß!« Sie hob beide Hände. »Und es wäre auch nicht auf Dauer. Langfristig will er wieder eine eigene Wohnung. Aber im Moment ist der Wohnungsmarkt wie leer gefegt, und bei uns auf Station ist viel los! Er hat kaum Gelegenheit, zu den Besichtigungsterminen zu gehen. Er ist wirklich nett und unkompliziert. Und er kann hervorragend kochen.«

»Kein Kerl, das war von Anfang an ausgemacht! Ich will auch weiterhin nur im Handtuch aus der Dusche in die Küche marschieren können oder in Unterwäsche den Kühlschrank plündern.«

»Oh, da hätte er bestimmt nichts dagegen.«

»Sehr witzig.« Ich merkte, wie sie ihren Hundeblick aufsetzte. Den, den sie sonst für Männer reservierte und den sie gestern Abend … Ich schluckte und zwang mich, nicht daran zu denken. In dem Maße, wie die Tablette wirkte, kehrten nämlich auch die Erinnerungen zurück, die vorher fein säuberlich unter den hämmernden Kopfschmerzen verborgen gewesen waren. Also konzentrierte ich mich lieber auf sie. »Maisie, ich verstehe dich ja. Und es ist nett von dir, ihm helfen zu wollen, aber ich glaube nicht, dass ich das will.«

»Du musst das nicht sofort entscheiden. Denk in den nächsten Tagen einfach darüber nach, ja? Und vielleicht möchtest du ihn ja unverbindlich kennenlernen. Und wer weiß, womöglich findet er bis dahin etwas, und die Idee überlebt sich von alleine.«

»Das glaubst du doch selbst nicht.« Ich wollte in dieser Sache hart bleiben, weil es wirklich wichtig war. Und trotzdem nickte ich langsam, als ich Maisies Gesicht sah. »Ich denke darüber nach. Aber das heißt noch lange nicht, dass ich Ja sagen werde.«

»Natürlich. Du bist die Beste, Pen. Selbst wenn du kolossal verkatert bist.«

Kapitel 57

Seit wir in London lebten, fuhren Maisie und ich immer gemeinsam an Weihnachten nach Hause. Wir kommen beide aus Everton, das ist ein winziger Ort ganz im Süden Englands, beinahe an der Küste. »In Spuckweite zur Isle of Wight«, pflegte mein Dad zu sagen. Das war etwas übertrieben, aber da sonst niemand eine Ahnung hatte, wo der Ort lag, vermittelte es zumindest eine grobe Vorstellung. Auch ansonsten gab es nicht viel darüber zu erzählen: ein einziger Pub, ein Dorfladen, eine Kirche. Und jede Menge neugierige Nachbarn, die aus Ermanglung sonstiger Dinge begierig auf jede Regung ihrer Mitmenschen achteten. Und dennoch war es schön, dorthin zurückzukehren – zumindest mit dem beruhigenden Wissen, dass es nur für wenige Tage war.

Normalerweise vertrieben wir uns die drei Stunden im Zug damit, über ehemalige Klassenkameradinnen zu plaudern, die immer noch dort wohnten, und Vermutungen darüber anzustellen, wer sein Häuschen im letzten Jahr neu gestrichen haben könnte. Und natürlich redeten wir über Stella, die damals mit uns nach London gegangen war und zu der wir nach wie vor Kontakt hielten. Wir würden auch dieses Jahr mit ihr in The Crown, dem Dorfpub, sitzen und berichten, wie es uns in den letzten Monaten ergangen war.

Aber dieses Mal war ich nicht so ganz bei der Sache wie sonst. Ich schob den Kater vor, doch leider war der bereits so weit abgeklungen, dass ich in Wahrheit wieder an andere Sachen denken konnte. Den Vorschlag, einen Mitbewohner aufzunehmen zum Beispiel. Und an Phil, den ich nur zu gerne unter den anhaltenden Kopfschmerzen vergraben hätte. Ich versuchte, etwas mehr Enthusiasmus für Stellas aktuelle Schwangerschaft aufzubringen und alle anderen Gedanken abzuschütteln. Sie würden früh genug wieder über mich hereinbrechen, wenn ich heute Abend in meinem alten Kinderzimmer lag und mich vergeblich nach dem Lärm der nächtlichen Hauptstadt sehnte.

Ich tat mein Bestes, um mich in den kommenden vier Tagen so gut wie möglich abzulenken. Meine Eltern freuten sich wie verrückt, mich bei sich zu haben. Sie hatten den Weihnachtsbaum zwar aufgestellt, aber noch nicht geschmückt, und gemeinsam machten wir uns ans Werk. Meine Mum erzählte mir dabei sämtlichen Tratsch aus dem Ort, strahlte stolz, weil ihre Tochter wieder da war, und überlegte, wo sie mit mir am besten angeben konnte. Wir gingen zum Essen aus, natürlich in den Dorfpub, und später machten sie sich alleine auf den Heimweg. Ich wechselte den Tisch und setzte mich zu alten Bekannten, um ihren Geschichten zu lauschen.

Wir besuchten den Weihnachtsgottesdienst und aßen viel zu viel. Wir lümmelten uns in den bequemen Sesseln am fröhlich flackernden Kamin und tranken Tee und selbst gemachten Eggnog. Ich erzählte von London, von meinem Job und von Ruby und Maisie. Es waren entspannte, behagliche Tage. Auf die allerdings immer die Nachtstunden folgten, und in denen lag ich dann da und dachte nach. Und zwar weit weniger über Maisies Vorschlag denn über Phil. Er hatte mich gestern angerufen, um mir frohe Weihnachten zu wünschen, und dabei so entspannt und gut gelaunt wie stets geklungen.

»Sehen wir uns an Silvester?«, wollte ich wissen. »Ich habe immer noch deine Eintrittskarte.«

»Ich weiß noch nicht, was ich machen werde.«

»Hast du etwa was Besseres vor?«

Er lachte. »Gibt es etwas Besseres, als mit dir zu feiern?«

»Sag du es mir.« Ich hielt den Atem an.

»Ich denke darüber nach. Schick mir die Karte doch einfach. Es ist ein digitaler Code, hast du gesagt. Dann habe ich ihn, wenn ich ihn brauche.«

Das war nicht das, was ich hatte hören wollen, aber besser als ein klares Nein, dachte ich trotzig. Wir plauderten eine Weile, erzählten uns, wie wir die Feiertage verbracht hatten. Ich lag dabei auf meinem schmalen Bett, starrte an die Decke, an der noch die phosphoreszierenden Sterne klebten, die ich dort vor so vielen Jahren mit Dads Hilfe angebracht hatte, und war einfach nur glücklich, seine Stimme zu hören. Ich versuchte herauszuhören, ob er sich mit seiner Bekannten getroffen hatte, und war froh, dass ich keinen Hinweis darauf entdeckte. Gleich danach fühlte ich mich schlecht, denn ich sollte ihm wünschen, dass er es getan hatte und dass er glücklich wurde. Das führte dazu, dass ich mir um mich Sorgen machte, weil ich darüber nachdachte, ob er sich mit ihr getroffen hatte. Ich versicherte mir wie jedes Mal, wenn meine Gedanken an diesem Punkt angelangt waren, dass es keinen Grund gäbe, sich diesbezüglich aufzuregen. Ich zwang mich dann, über die Tatsache zu sinnieren, ob ich mit einem wildfremden Kerl namens Gareth zusammenleben wollte. Ich erzählte sogar Phil von diesem Dilemma, weil er mir auf den Kopf zusagte, dass ich seltsam wäre und mit meinen Gedanken offensichtlich nicht ganz bei der Sache.

»Und? Wäre das so schlimm?«, wollte er wissen.

»Natürlich. Wir waren ein reines Haus voller Mädels. Und wenn da plötzlich ein Typ wohnt …«

Phil stöhnte. »Peppy! Jetzt werde ich die ganze Nacht darüber nachdenken, was ihr so alles treibt, dass euch ein Mann dabei stören würde. Sag mir nicht, dass ihr nach der Dusche nackt frühstückt und nur in knappen Höschen vor dem Fernseher liegt.«

»Nun, manchmal«, log ich und versuchte, geheimnisvoll zu klingen.

»Ich hätte doch mal zu Besuch kommen sollen.«

»Das kannst du immer noch. Dieser Gareth würde erst Ende Januar einziehen. Und Maisie würde sich sicherlich freuen«, konnte ich mir nicht verkneifen.

»Sie ist sehr nett«, bekannte Phil.

»Ja.«

»Aber das war keine Überraschung, schließlich ist sie deine beste Freundin.«

»Das ist sie.« Ich suchte nach einem Weg, das Thema noch ein wenig zu vertiefen. Nun gut, ich suchte nach einem Weg, ihm zu entlocken, dass er sie nett fand. Und mich netter. Autsch, gar nicht gut.

»Tja dann, Peps«, sagte er schließlich, als die Pause zu lang wurde und mir immer noch nichts eingefallen war. »Dann sollten wir mal Schluss machen.«

»Oha. Den Satz habe ich dieses Jahr zu oft gehört.«

»Wenn ich mich richtig entsinne, dann warst es jedes Mal du, die ihn ausgesprochen hat, oder nicht? Also hast du von mir in dieser Hinsicht nichts zu befürchten. Und ich hoffentlich auch nicht von dir?«

Ich musste grinsen und genoss das warme Kribbeln, das gerade in mir aufstieg. »Nein, das hast du nicht.«

»Wir sehen uns bald. Du kommst am Donnerstag zurück, stimmt's?«

»Ganz genau. Einen Tag vor Silvester. Gerade rechtzeitig, um mit den Vorbereitungen zu beginnen. Du weißt schon, überflüssige Körperbehaarung entfernen, zum Friseur gehen und …«

»Und nichts davon hast du nötig. Pass auf dich auf und bis bald.«

Und nichts davon hast du nötig, dachte ich später glücklich. Himmel, wie sehr man seine Prioritäten herunterschrauben konnte, wenn man lange genug ohne Mann war. Ich hatte weiß Gott schon deutlich enthusiastischere Komplimente erhalten, und es gab Zeiten, da hätte ich bei solch einem schwachen Versuch nur mitleidig gelächelt und den Kerl direkt zur Seite gewischt. Vermutlich lag genau da auch das Problem, beschloss ich in diesem Moment. Dass ich inzwischen wieder zu lange Single war und mich deshalb so seltsam auf Phil zu fixieren begann. Erleichtert atmete ich auf. Dass ich das nicht früher erkannt hatte! Das war das Problem und nichts anderes. Wie könnte es auch anders sein. Phil war immer noch nett, sah, ja, da musste ich Maisie recht geben, ganz gut aus, auf seine etwas jungenhafte Art sogar ziemlich gut, um ehrlich zu sein. Vor allem, wenn er sich die Mühe machte, sich zu rasieren und sein Haar ein wenig zu bändigen. Ich sollte froh sein, dass er es nicht schneiden ließ, denn dann könnte es sogar sein, dass er mehr als *ziemlich gut* aussehen würde, was nun auch nicht gerade förderlich wäre. Aber er war doch immer auch noch dieser Kerl, der irgendwann damit zufrieden sein würde, mit einer roten Nase durch ein Krankenhaus zu laufen, anstatt mit einem weißen Kittel, wie ich das bisher bei Männern geschätzt hatte. Er war nach wie vor nicht mein Beuteschema, und auch wenn ich eingesehen hatte, dass ich auch das überarbeiten musste, dann doch nicht gleich so krass, oder? Und überhaupt, vielleicht war es sowieso eine dumme Idee, das zu tun. Ich hatte bisher einfach nur das Pech gehabt, die falschen Kerle zu treffen.

Ich redete mir überzeugend ein, dass es so war. Und dass ich genau aus diesem Grund am Durchdrehen war, weil es mir Angst machte, dass ich meinen bevorzugten Typ Mann nicht mehr daten sollte. Schließlich hatte ich das Drumherum jedes Mal geliebt, bloß den Kerl an sich eben nicht so wirklich. Also war es vielleicht doch nicht so falsch, mich wieder auf diese Kreise zu konzentrieren? Ja, ich tat an diesen Abenden alles, um jeden Entschluss, den ich gefasst hatte, auf den Kopf zu stellen, einfach um mir zu beweisen, dass ich das konnte und auch gar nichts anderes wollte. Und am Ende hatte ich mich selbst so gründlich davon überzeugt, dass ich am liebsten aufgesprungen wäre und das Fenster aufgerissen hätte, um freudig hinauszuschreien: »Seht her! Ich bin immer noch ein Anzugflittchen!«

Ich verkniff es mir, lag aber strahlend im Bett und gratulierte mir selbst dazu, wieder oberflächlich zu sein. Und beschloss im gleichen Atemzug, mir an Silvester endlich mal wieder einen Kerl zu gönnen. Nur um meinen Hormonhaushalt zu beruhigen und so. Und um mir und allen anderen zu beweisen, dass ich mich nicht in meinen besten Freund verliebt hatte.

Kapitel 58

Ich ging die Vorbereitung für die Party mit dem angemessenen Ernst an. Ich hatte am Morgen einen Friseurtermin, der bereits seit Wochen stand, und schrubbte und peelte und rasierte mit dem festen Vorsatz, dass es nicht umsonst sein würde. Ja, ich weiß, drei Dates und so, aber gerade konnte ich darauf keine Rücksicht nehmen. Und außerdem war Silvester ja sozusagen eine Art Grauzone. Man sagte dazu nicht umsonst *zwischen den Jahren*, und damit war der Ermessensspielraum meiner Meinung nach flexibel auslegbar. Ab morgen würde ich es dann disziplinierter angehen, wenn meine Hormone wieder im Lot waren und meine Haut nicht mehr so kribbelte. Oder aber ich würde es lassen, denn was hatte es mir gebracht?

Schlagartig erlosch das Kribbeln, als ich Phil anschrieb und fragte, ob wir uns denn nun heute Abend sehen würden. Er wisse es immer noch nicht, schrieb er zurück. Ich musste mich kurz hinsetzen. Hallo? *Immer noch nicht?* Es waren gerade noch ein paar Stunden bis dahin. Ich war bereits mitten in meinen Vorbereitungen, und er wusste es immer noch nicht?

Ruckartig stand ich auf und lachte grimmig. Vielleicht sogar besser! Dann würde mich nichts ablenken, wenn ich mich auf die Suche nach Erlösung begab.

»Alter Schwede! Was hast du denn vor?« Maisie fächelte sich theatralisch Luft zu, als ich endlich fertig war und auf meinen Mörderabsätzen elegant in das Wohnzimmer trat. Diese Schuhe würde ich noch vor Mitternacht bereuen, aber manche Opfer musste man eben bringen, um seine Beine bestmöglich zu präsentieren. Und mit diesem Schuhwerk gewann ich deutlich, nicht nur an Länge, sondern auch in einer negativen Breite. Will heißen, sie machten meine Beine dünner, optisch betrachtet, und sorgten für einen sehr ansehnlichen Gang. Deshalb durfte das Kleid heute auch ein wenig kürzer sein als üblich, und nicht unterhalb, sondern eine Handbreit über meinen Knien enden. Es war ein Hammerkleid, ganz nebenbei gesagt. Eines von denen, die Viggo mir gekauft hatte und welches ich nur ein einziges Mal getragen hatte, als wir zur Abwechslung einmal auf keinem gesellschaftlichen Event der Wohltätigkeit gewesen waren, sondern eingeladen auf einer wilden Party, die von einem einflussreichen und nebenbei bemerkt recht schmierigen Kerl geschmissen wurde. Es war diese Art Party gewesen, auf der Frauen in einem Kleid wie meinem immer noch als recht prüde gekleidet gegolten hatten, was dann ja auch alles sagte. Die meisten Damen waren jünger als ich und dünner gewesen. Viele sogar so dünn, dass es sich gar nicht wirklich gelohnt hatte, in die verlockend tiefen Ausschnitte zu blicken. Ich hatte eine Frau beobachtet, deren Kleid so knapp unter dem Hintern endete, dass man unschwer feststellen konnte, dass Unterwäsche auf ihrer Prioritätenliste nicht wirklich oben rangierte – oder wenn, dann in Form eines winzigen Dreiecks und ein paar Schnüren. Als sie wie ein aufgedrehtes Äffchen zu tanzen begonnen hatte und der Ausschnitt des Kleides – v-förmig, weit schwingend, bis zum Bauchnabel und nirgends dezent mit Dekolleté-Tape befestigt, wie ich es meinen Kundinnen bei solchen Modellen nachdrücklich ans Herz legte – also, als sie getanzt hatte und das

Kleid immer mehr verrutscht war, da hatte wirklich jeder sehen können, dass es bei ihr nicht viel zu bedecken gab.

Ich hatte Viggo gefragt, wie wir denn in diese Veranstaltung geraten waren. Normalerweise waren die Lustbarkeiten, zu denen er geladen wurde, doch ein wenig seriöser. Er hatte nur mit der Schulter gezuckt und gemeint, dass der Veranstalter ein guter Kunde wäre – oder eher seine jeweilige Ehefrau, die mit schöner Regelmäßigkeit ausgetauscht wurde. Vermutlich würde er demnächst dem Äffchen etwas mehr zum Begaffen verschaffen müssen. Das hatte er nicht ausgesprochen, aber ich war mir dessen sicher, denn so wie der Kerl sie den ganzen Abend geküsst und angetatscht hatte, war sie definitiv die aussichtsreichste Kandidatin für den Job. Wobei, *den ganzen Abend* hatte nicht gestimmt, denn es hatte da dieses kleine Zeitfenster gegeben, als der Typ mich alleine erwischt hatte, während Viggo uns einen neuen Drink organisierte. Von jenem Zusammentreffen wusste ich auch, dass der Typ nicht wirklich auf diese androgyne Brustform ansprang, die das Mädel präsentiert hatte, sondern durchaus eher auf volle, gerundete Modelle stand. So wie meine, welche er ungeniert begafft hatte, während er mit mir gesprochen hatte. Wobei ich, das möchte ich betonen, meinen ebenfalls recht gewagten Ausschnitt mit dem oben erwähnten Tape sehr gründlich fixiert hatte.

Ich schloss kurz die Augen, um diese unschöne Erinnerung zu verbannen, und prüfte noch einmal meine Erscheinung. Ungewohnt, aber durchaus ansprechend, befand ich. Ich hatte eigentlich gedacht, dass ich diesen Fummel nie mehr aus dem Schrank holen würde, weil es nicht mein Stil war und mit dem aufreizenden Ausschnitt und der knappen Länge bei den meisten Kerlen zu einer Systemüberlastung führte. Aber für die heutige Silvesterparty erschien es mir ideal. Es war ein Kleid, das dafür sorgen würde, dass ich am Ende der Nacht nicht alleine dastand – und genau das wollte ich bezwecken.

Auch Maisie hatte natürlich bemerkt, dass ich klamottentechnisch ein wenig übertrieb. Ich antwortete auf ihren Ausruf mit einem geheimnisvollen Lächeln und strich mir ein letztes Mal über die sorgfältig geföhnten Haare.

»Brauchst du noch lange?«

Im Gegensatz zu mir hüpfte sie noch in Unterwäsche herum, auf der Suche nach einer Strumpfhose, wie sie mir verriet, die sie gestern erst gekauft und irgendwo hingelegt habe.

»Nimm doch die«, empfahl ich und fischte die Verpackung aus dem Korb mit den Zeitschriften. Das war in der Regel ein erfolgversprechender Ort, um ihre vermissten Sachen zu finden, auch wenn sie immer erst alle anderen Ecken absuchte.

»Danke! Ich bin in fünf Minuten startklar.«

Ich ließ mich auf das Sofa sinken und griff mir die neuste Vogue. Tatsächlich war ich noch nicht weit über das Editorial hinausgekommen, als meine Freundin strahlend wieder auftauchte.

»Fertig! Tadaa!« Sie drehte sich mit ausgebreiteten Armen im Kreis.

»Du siehst hammermäßig aus«, musste ich neidlos anerkennen. »Wie machst du das nur? Ich brezele mich seit Stunden auf, und du siehst in fünf Minuten«, ich machte eine Geste in ihre Richtung, ließ meine Hand einmal an ihr hoch- und wieder hinabgleiten, »*so* aus.«

Maisie lachte erfreut. »Danke. Obwohl du so gut wie ich weißt, dass ich auch schon eine halbe Stunde im Bad zugange war und meinen bezaubernden Kopf in jeder erdenklichen Weise bearbeitet habe.«

»Es hat sich gelohnt, du wirst heute Abend wieder jede Menge Herzen brechen.« Ich war bereits auf den Beinen und auf dem Weg zur Tür und verpasste ihr dabei einen kleinen Klaps auf ihren Hintern, der sie zufrieden quietschen ließ. »Na dann los. Beenden wir dieses Jahr, wie es das verdient hat.«

Ob das ablaufende Jahr wirklich diese Mengen an Alkohol verdient hatte, wie ich sie vernichtete, sei dahingestellt, aber ich war nun mal entschlossen zu feiern, und irgendwie schien es mir der passende Weg zu sein. Besonders, nachdem sich Maisie suchend umgeblickt hatte, den leeren Platz an unserem Tischchen immer wieder anvisierte und schließlich wie beiläufig gefragt hatte, wann Phil denn endlich auftauchen würde.

»Gar nicht«, hatte ich lässig verkündet und beschlossen, dass die diesjährigen Cocktails des Abends wirklich zu gut waren, um mich zurückzuhalten. Zumal wir mit dem horrenden Eintrittspreis auch die Option erhalten hatten, davon so viele zu trinken, wie in uns hineinpassten. »Der hat wohl was Besseres vor.«

»Oh«, hatte sie das kommentiert. Und dann, nach einer kleinen Pause, gemeint: »Ich dachte, dass du dich für ihn so zurechtgemacht hast.«

Ich lachte viel zu laut. »Natürlich nicht. Es ist an der Zeit, wieder loszulegen. Und ich denke, dieser Kerl da an der Bar«, ich hob mein Glas grüßend in seine Richtung, »weiß mein Kleid auch viel besser zu schätzen als Phil.«

»Süße«, begann Maisie, doch ich tat, als hörte ich sie nicht und wäre außerdem zu sehr damit beschäftigt, seine Blicke zu erwidern. Also die des Mannes an der Bar, von dem ich bis vor Kurzem noch gesagt hätte, dass er zum Anbeißen war. Was vermutlich zutraf, aber irgendwie kam das rechte Prickeln nicht auf, was mich wieder zu den Drinks führte. Er ließ mir auch prompt ein neues Glas an den Tisch bringen, mit so eindeutigen Gesten in unsere Richtung, dass es mir nicht entgehen konnte, wer es bestellt hatte. Allerdings war es einer der im Eintrittspreis inbegriffenen Cocktails, was ich ein wenig geizig fand. Ich nickte knapp und beschloss, dass ich mich erst noch weiter umsehen sollte.

Der nächste Drink stammte von einem Kerl, der anbiss, als ich mich auf der Tanzfläche mit Maisie austobte. Ich registrierte zufrieden, wie seine Augen meinen eventuell etwas zu aufreizenden Bewegungen folgten und dass er sowie sein Kumpel unentwegt herübersahen. Als wir an unseren Platz zurückkehrten, durstig und erhitzt und albern kichernd, wurden uns zwei Gläser Champagner serviert, mit dem Hinweis, dass die Herren an der Theke hofften, uns dazu einladen zu dürfen.

Maisie musterte die beiden ungeniert, lachte ihr entzückendes Lachen, nickte und wies den Kellner an, ihnen auszurichten, dass man durchaus dürfe. Keine Minute später standen sie an unserem Tisch.

Weitere zehn Minuten später verdrückte ich mich aufs Klo, weil ich bereits zweimal eine Hand von meinem Knie hatte schieben müssen und mich ernsthaft fragte, ob ich so billig aussah, dass ein lumpiges Glas Sekt – denn ich war mir nach einem Schluck sicher, dass es die günstige Prickelbrause war – es erlaubte, mich derart plump anzufassen. Zumal diese Kerle zwar interessant aussahen, aber absolut uninteressant waren. Sie hatten nach unseren Namen gefragt und danach nur noch davon erzählt, wie toll sie waren. Okay, ich bin manchmal auch recht schnell dabei, einen Typen gut zu finden, aber selbst ich bin der Meinung, dass man erst mal ein paar Minuten reden kann, ehe man damit anfängt, Körperkontakt herzustellen. Und mit *reden* meine ich einen Dialog, keinen Vortrag über die eigene Göttlichkeit.

Ich stand vor dem Spiegel, musterte mich und fragte mich ernsthaft, ob ich nicht einfach verschwinden sollte. So langsam dämmerte mir nämlich, dass ich irgendwie nicht in Stimmung kam und dass ich spätestens seit Maisie Phil erwähnt hatte, auch jeden Spaß an einem Flirt verloren hatte, egal, wie sehr ich mich anstrengte. Energisch richtete ich mich auf und starrte mir im

Spiegel herausfordernd in die Augen. Aufgeben gehörte nicht zu meinen Fehlern, und der Abend war noch jung.

Als ich zurückkam, waren die Kerle immer noch da. Ich rutschte neben Ruby, die den ganzen Abend schon sehr zurückhaltend gewesen war und mit Beau, Charlotte und Humphrey plauderte.

»Und? Bei dir alles klar?«

Sie nickte. »Bei mir schon. Aber was ist mit dir los?«

»Nichts.« Ich zwirbelte ein wenig an einer Haarsträhne herum. »Bin irgendwie nicht so in Stimmung.«

»Echt nicht? Dafür gibst du ja ganz nett Gas.«

»Du hast gut reden.« Ich knuffte sie in die Seite. »Du hast bereits einen wunderbaren Mann, der pünktlich um zwölf seine Arme um dich schließen und dich küssen wird. Für mich wird es langsam knapp.«

»Und deshalb willst du das jetzt irgendeinen tun lassen? Dafür bist du doch zu schade.«

»Das habe ich bisher auch gedacht«, gab ich spontan zu und schaute mich nach einem Kellner um. Ich würde das nächste Glas Sekt ausschlagen und mir wieder selbst etwas organisieren. »Dass ich für vieles zu schade bin. Aber irgendwie scheine ich im Gegenzug nicht gut genug für das, was meinen Ansprüchen genügen würde.«

»Sag jetzt nicht, dass der da drüben«, sie nickte mit dem Kopf in Richtung des Sekt-Spendierers, »deinen Ansprüchen genügt. Der sieht gut aus, aber das ist auch schon alles. Weißt du, dass der tatsächlich versucht hat, mit seinem Bein zwischen meine zu kommen? Während ich hier mit Beau sitze?«

»Wieso überrascht mich das nicht? Und, was hast du getan? Beau hat ihm auf alle Fälle kein blaues Auge verpasst.«

»Er hat es zum Glück nicht mitbekommen. Und ich trage heute leider diese Stiefeletten mit den spitzen Absätzen.

Da kann es schon mal zu kleineren Zwischenfällen kommen, gerade wenn es unter dem Tisch so eng zugeht.«

Ich lachte. »Gut gemacht.«

»Du solltest nichts erzwingen, Pen. Es gibt ihn, den, der dich verdient hat und den du verdienst.«

»Dein Wort in Gottes Ohr. Aber wie es aussieht, trödelt der irgendwo herum. Wenn mein Leben ein Film wäre«, ich seufzte und stützte mein Kinn ab, »dann käme er heute Nacht. Eine Minute vor Mitternacht. Wie in ›Harry und Sally‹«, beendeten wir beide lachend den Satz.

»Glaub daran«, riet mir Ruby. »Und vielleicht sorgst du dafür, dass du dann auch frei bist und nicht in den Armen des Falschen liegst.«

Kapitel 59

Vielleicht sollte ich auch dafür sorgen, dass derjenige, in dessen Armen ich am liebsten das neue Jahr begrüßen wollte, das auch wusste und endlich seinen unentschlossenen Hintern hierher bewegte. Vor ein paar Wochen hätte ich das ohne Umstände gemacht, aber heute starrte ich auf mein Handy und steckte es schließlich wieder in meine Tasche zurück. Und erkannte, dass ich damals einfach in seinen Armen hätte sein wollen, ohne darüber nachzudenken, ob er mich mit einem harmlosen Wangenkuss abspeisen oder die Gelegenheit ergreifen würde, um mich wirklich zu küssen. Denn wenn er das wollte, dann sollte er doch auch ohne erneute Aufforderung hier auftauchen. Aber vermutlich wollte er das nicht. Vermutlich war er bei dieser Frau, die es geschafft hatte, sein Herz zu bezaubern. Die Frau, die Phil heute um Mitternacht küssen würde. Und kurz nach Mitternacht. Und einen Tag nach Mitternacht.

Das war der Moment, in dem ich wirklich und ohne Ausreden erkannte, wie tief ich in der Tinte steckte. Nichts mehr mit Ausflüchten und Nur-Freunde-Gerede. In diesem Augenblick, als ich darüber nachdachte, ob Phil mich zum Jahreswechsel küssen würde, und ein Poltern in meiner Brust einsetzte, wie ich es noch nie gehabt hatte, wusste ich, dass ich mir nicht länger etwas vormachen konnte. Ich hatte diese

Freundschaftssache mächtig vergeigt und mich ebenso mächtig verliebt. Und zwar nicht auf einen ersten, oberflächlichen Blick, sondern so langsam und schleichend, dass es mir bisher entgangen war oder ich bis eben zumindest so tun hatte können. Doch je länger es dauerte, je mehr ich mich darauf freute, ihn zu sehen, und je ernster die Gefahr wurde, dass er sich plötzlich anderweitig binden oder auch nur andere Interessen entwickeln würde, desto stärker waren meine Gefühle hervorgebrochen. Und es war mir egal, ob er einen Anzug oder eine rote Nase tragen würde, solange ich nur an seiner Seite war. Es war mir auch egal, ob er mir Designerkleider kaufen konnte oder mich auf schicke Partys entführte, wo ich es dann toll fand, dass er einem schmierigen Kerl deutlich machte, dass ich nicht zur Verfügung stand. Ernsthaft, ich hatte Viggo dafür angehimmelt, dass er diesem Kerl klarmachte, dass ich *die Seine* wäre und nicht in den Dienstleistungen, die er zur Verfügung stellte, inbegriffen war. Als ob das etwas Besonderes wäre. *Nun ja, nach Alec vielleicht tatsächlich*, dachte ich und lachte überhaupt nicht erfreut. Man wurde ja dankbar für die kleinsten Dinge. Aber dieser ganze Zirkus war doch, wenn man es mal realistisch betrachtete, eine jämmerliche Sache gewesen. Viggo hatte so wenig Bock auf diesen Kerl gehabt wie ich, aber seine Lebenszeit an ihn verschwendet, um noch ein bisschen reicher, eine Kleinigkeit erfolgreicher zu werden. Wollte ich das? Wollte ich für den Rest meines Lebens immer wieder solche Opfer bringen müssen? Oder einfach nur glücklich sein und meine Zeit mit den Menschen verbringen, die ich mochte und die mir guttaten? Wollte ich leben und genießen oder mich für alle Ewigkeiten sirtuin ernähren und mir Sorgen machen, ob ich am Morgen eine Falte mehr in meinem Gesicht fand, der man umgehend zu Leibe rücken musste? Oder wollte ich jemanden, der sagte: *Das hast du doch gar nicht nötig!* Und der dabei so sanft und weich klang, dass ich das Grinsen tagelang nicht mehr aus dem Gesicht bekam?

Plötzlich war ich in einer Stimmung, wie ich sie noch nie erlebt hatte. Ich war so aufgeregt, dass ich dachte, einen Herzanfall erleiden zu müssen. Ich war megaglücklich, weil ich hoffte, dass wie in einem Märchen mein Prinz pünktlich zum Glockenschlag hier auftauchen würde. Und ich war unruhig, weil ich wusste, dass der Glockenschlag unmittelbar bevorstand und er sich bitte schön beeilen musste. Ich wünschte mir, dass ich irgendwann zu rauchen angefangen hätte, damit ich nun draußen in der Kälte stehen könnte und meine Nerven dadurch beruhigen, dass ich hektisch an einer Zigarette zog. Dann fiel mir ein, dass er mich dort gar nicht finden würde und dass es doch gut war, dass ich diesem Laster nicht frönte.

Stattdessen ließ ich mir einen weiteren Drink bringen und weigerte mich zu tanzen, weil ich ja auch auf der Tanzfläche verloren gehen könnte, wenn Phil gleich atemlos in den Raum hetzte und sich suchend umsah. Ich ließ meine Augen zwischen der großen Uhr, die in der Mitte des Raumes von der Decke baumelte, und der Tür hin- und herhuschen, immer schneller und mit immer panischer klopfenderem Herzen. Ich lachte mechanisch mit, wenn jemand etwas sagte, und zwirbelte so heftig an meinem Haar, dass es wehtat. Und dann sprang der Zeiger um und alle am Tisch auf. Ich erhob mich automatisch wie eine Puppe ebenfalls und wurde endlich in die Arme genommen und geküsst. Von Maisie, und zum Glück nicht auf den Mund. Darauf folgten Ruby und Beau und Charlotte samt Humphrey. Und dann war Schluss. Gut, der Kerl mit dem billigen Sekt versuchte, ebenfalls zum Zug zu kommen, was ich vehement verhinderte. Aber viel wichtiger war: Der andere, auf den ich so sehr gewartet hatte, war nicht gekommen. Einmal hatte ich auf eine kindische, naive, rosarote Wendung gehofft und ganz fest daran geglaubt, dass es heute Nacht ein Happy

End geben würde. In meinem Leben, falls sich jemand mit Ironie auskennt. Aber wie nicht anders zu erwarten, hielten sich die Ereignisse dieser Nacht an das übliche Skript: Ich saß hier und hatte einen Typen an der Backe, den ich mir in meiner Dummheit selbst dorthin verfrachtet hatte, und der, den ich haben wollte, hatte nun vermutlich ebenfalls eine andere im Arm. Eine, die nicht so bescheuert gewesen war, ihm pausenlos zu sagen, dass er nicht genügte. Eine, die in diesem Moment geküsst wurde. Und eine, die sicherlich nicht so dämlich war, ihn jemals wieder loszulassen.

Die restliche Party würde ich gerne unter einem gnädigen Deckmantel verschwinden lassen und einfach so tun, als hätte es sie nie gegeben. Ich möchte weder die Drinks erwähnen, die ich unter den besorgten Blicken meiner Freunde kippte, noch deren Versuche, mich davon abzuhalten. Ich würde auch unerwähnt lassen wollen, dass ich tanzte wie eine Irre und meine Begleiter echten Mut bewiesen, als sie sich um mich herum gruppierten, um zu verhindern, dass ich in meinen Mörderschuhen dabei umfiel, anstatt so zu tun, als würden sie mich nicht kennen. Ich würde nicht verraten wollen, dass ich daraufhin noch mehr trank und jedem Kerl, der mir zu nahe kam, recht bildhaft klarmachte, dass ich ihn für, hm, geistig eher mäßig ausgestattet hielt, dass ich ihm anraten würde, sich selbst körperliche Erleichterung zu verschaffen, dass ich darüber hinaus die Möglichkeit in Betracht zog, dass er damit durchaus vertraut war und ich bei seinem Anblick eventuell Assoziationen zu bestimmten Körperöffnungen herstellte. Ich wartete nicht einmal ab, bis sie mich allzu offensiv anmachten, um ihnen mitzuteilen, dass ich ihrem Geschlecht zurzeit vielleicht etwas skeptisch gegenüberstand und ihnen dringend empfehlen musste, mich in Ruhe zu lassen. Ich versicherte ihnen ungefragt, dass ich leider auch dann ablehnen müsste, wenn sie das letzte Exemplar ihrer Gattung wären, und dass ich die Option erwog, sie freudig durch eine Wurzelbehandlung beim Zahnarzt zu ersetzen. Kurz und gut, ich rastete so richtig aus und geriet selbst für meine Verhältnisse in einen Zustand, den man nie, und vor allem nicht in der Öffentlichkeit, erreichen sollte.

Am nächsten Morgen erwog ich ernsthaft, dieses Jahr die Drei-Jahre-Regel anstatt der Drei-Dates-Regel einzuführen: Drei Jahre nicht mehr aus meinem Zimmer gehen. Ich wusste selbst in meinem Zustand, dass ich mich letzte Nacht wirklich unentschuldbar benommen hatte. Was ich leider nicht wusste, war, wie ich meinen Freunden unter die Augen treten sollte. Ich fühlte mich gedemütigt und bloßgestellt, und das Schlimme daran war, dass ich mich selbst vorgeführt hatte. Und dabei schmerzte mein Herz so sehr, wie es das noch nie getan hatte, wenn mich ein Mann einmal mehr betrogen oder verraten hatte. Ruby hatte einst gemeint, dass der Schmerz, als sie Beau verlassen hatte, gut gewesen wäre, weil sie wusste, dass sie das Richtige getan hatte. Ruby hatte überhaupt viel über die Liebe gesagt und dabei immer so getan, als wüsste sie, wovon sie sprach. Ich hatte ihr zugesehen, wie sie litt, und mir gewünscht, ihr helfen zu können. Aber so richtig begriffen hatte ich sie nie. Erst jetzt wusste ich, was sie durchgemacht hatte. Allerdings hatte sie die Situation mit deutlich mehr Würde gemeistert. Ich seufzte schwer, dann beschloss ich, mich tapfer den Folgen meiner Dummheit zu stellen. Ich würde mir meine letzten ausstehenden Demütigungen abholen und dann irgendwann entscheiden, wie ich den Rest meines Lebens angehen sollte.

»Es tut mir leid. Ich weiß, was ich getan habe, und ich werde nicht sagen, dass es die Schuld dieser dämlichen Drinks ist, denn es ist allein meine. Aber es tut mir wirklich leid, und ich entschuldige mich in aller Form für das, was ihr gestern mit mir erlebt habt.« Ich fand, es war das Beste, das direkt an der

Tür auszusprechen, und erst dann wieder zu atmen, wenn ich es hinter mir hatte.

»Pen!« Maisie und Ruby hatten am Küchentisch gesessen und sprangen sofort auf, als ich sie so unvermittelt von hinten ansprach. Sie eilten auf mich zu und zogen mich erst einmal in ihre Arme.

»Du musst dich nicht entschuldigen. Nicht bei uns. Vielleicht hätte es dieser Typ mit dem schauderhaften Billigsekt gerne, wenn du Abbitte leistest, aber unter uns, ich glaube nicht, dass du etwas gesagt hast, was er nicht verdient hätte. Nicht, falls er ähnlich taub war wie sein Freund, wenn es darum ging, dass er seine Hände ein wenig kontrollieren sollte. Aber der andere hätte vielleicht eine verdient. Der, der dich nur auffangen wollte, als du gestolpert bist, und dem du zum Dank an den Kopf geworfen hast, dass er sich verziehen soll und du lieber auf dem Boden landen würdest, als dich von einem Kerl anfassen zu lassen.«

Ich stöhnte. »Genau, Maisie. Immer schön das Messer in der Wunde drehen.«

Meine Freundin klopfte mir mitfühlend auf die Schulter. »Das heilt rasch, keine Sorge. Ich kenne mich aus mit so was, glaub mir.«

»Mit Wunden vielleicht. Aber mit gebrochenen Herzen?«

Sie wurde ernst. »Ist es das denn?«

Ich holte ein letztes Mal tief Luft. »Ich fürchte, ja.«

»Phil«, sagte sie nur, und ich seufzte noch einmal.

»Also hatte ich recht. Du bist in ihn verliebt.«

»Was mache ich denn bloß?«, fragte ich, denn eine Antwort auf ihre Frage erschien mir überflüssig.

»Das, was man normalerweise unter diesen Umständen macht: mit ihm reden«, schlug Ruby sanft vor.

»Als ob! Als ob du zu Beau marschiert wärst und gesagt hättest: ›Übrigens, wir müssen reden. Ich habe mich nämlich in dich verliebt.‹«

Sie errötete immerhin. »Ich habe ihn eingeladen, in meinem Zimmer zu übernachten. Glaub mir, das war für mich mindestens ebenso schwer, auch wenn wir beide wussten, dass es keine andere Option gab.«

»Die Situation ist klar: Er ist nicht gekommen, weil er etwas Besseres vorhatte. Ich habe ihn so oft gefragt, ob er zur Party kommt. Ich habe ihn regelrecht angebettelt! Er hat sich entschieden.« Ich spürte, wie sich in meinen Augen die Tränen bereit machten.

»Wie kannst du dir so sicher sein? Wenn er nun andere Gründe hatte?« Mit einem Mal klang Rubys Stimme resolut. So, stellte ich mir vor, musste sie auftreten, wenn sie in einer ihrer Filialen auf Schwierigkeiten traf. »Weißt du, was eines der ersten Dinge war, die Beau mir beigebracht hat? Urteile nie vorschnell! Verschaffe dir einen Überblick! Hör dir immer beide Seiten an. Es ist oft genug nicht so, wie es scheint.«

»Herzlichen Dank. Aber ich habe absolut keine Lust, mir anzuhören, dass er sich für eine andere entschieden hat. Du verstehst das, oder? Dass man sich das nicht anhören will?«

Ruby zuckte zusammen, als hätte ich ihr eine Ohrfeige verpasst. »Ja, das verstehe ich. Und ich weiß sehr genau, wie du dich fühlst. Aber ich weiß genauso gut, dass es nicht besser wird, wenn du hier sitzt und leidest.« Sie atmete tief ein. Dann hockte sie sich vor mich, das Gesicht ganz nah an meinem. »Süße, vertrau mir! Phil ist kein schlechter Kerl, das kann ich spüren. Und er mag dich. Er würde dich nie absichtlich verletzen.«

»Aber er hat sich für eine andere entschieden. O Gott, ich hätte vielleicht eine Chance gehabt, aber ich war wie immer zu dumm und hab es vermasselt.«

»Ruf ihn an!«, befahl Ruby ein zweites Mal.

Ich schüttelte den Kopf. »Nein«, flüsterte ich und gab den Kampf gegen die Tränen auf. »Irgendwann, aber nicht heute. Ich kann nicht. Ich müsste mich für ihn freuen, weil er endlich sein Glück gefunden hat, aber das kann ich nicht. Ich will ihn einfach eine Weile nicht mehr sehen.«

Kapitel 60

Maisie redete mir ebenfalls zu, dass ich ihn anrufen solle, aber ich blieb bei meinem Kopfschütteln. Heimlich hoffte ich darauf, dass Phil sich melden würde, schwer krank und ans Bett gefesselt, wo er seit gestern Abend überraschend lag und vor sich hin litt. Ich trug das Handy den ganzen Tag mit mir herum, doch es blieb beharrlich stumm. Erst, als es bereits dunkel wurde, schickte er eine kurze Nachricht.

> Ein frohes neues Jahr, Peps! Sorry, aber es ging gestern nicht. Ich hoffe, du hast es gut begonnen und hattest Spaß?

Ich starrte die Worte an und spürte, wie mein Herz sich erneut krampfhaft zusammenzog. *Nein, du Arsch*, wollten meine Finger tippen. Ein Teil von mir schrie danach, etwas von meinem Schmerz auf ihn abzuwälzen, um mich zu schlagen, damit ich nicht die Einzige war, der es mies ging. Dann fiel mein Blick auf sein Profilbild, sein Gesicht, das mir so vertraut war, sein Lächeln, mit dem er mich so oft aufgeheitert hatte, seine Augen, die derart offen und liebevoll blickten, selbst auf diesem Schnappschuss. Ich glaube, das war der Moment, in dem ich es wirklich begriff. Dass ich diesen Kerl liebte, mit einer

Macht, wie ich das noch nie erlebt hatte. Dass ich enttäuscht war, wütend und mich einmal mehr vom Leben mies behandelt fühlte – und dass ich diese Worte dennoch nicht schreiben konnte. Weil ein Teil von mir sich wünschte, dass es ihm gut ginge, dass er einfach glücklich war. Allerdings würde ich es nicht überleben, wenn er mir in aller Ausführlichkeit darlegen würde, wie sein Glück genau aussah. Irgendwann. Irgendwann würde ich das tun können. Aber nicht heute. Fürs Erste wäre es das Beste, wenn ich ihn auf Abstand hielt. Und dann schrieb ich ihm endlich zurück.

> Selber frohes neues Jahr! Und ja, ich hatte Spaß!!! Um genau zu sein, habe ich immer noch Spaß, und ich denke, dass das ein Dauerzustand werden könnte.

Ich hängte sicherheitshalber noch ein Zwinkersmiley an und eines, das genüsslich seine Zunge heraushängen ließ. Phil würde das richtig deuten, schließlich hatte ich ihm lange genug ungehemmt von meinen Männergeschichten erzählt. Er würde wissen, dass ich nun wieder eine Weile untertauchen und mich ganz dieser Affäre hingeben würde. Er hatte damit Gelegenheit, dasselbe zu tun und sich ebenfalls ungestört seiner neuen Liebe zu widmen. Mit dieser Nachricht würde unsere Freundschaft enden. Ich würde dafür sorgen, dass sie einschlief – und hoffen, dass ich irgendwann darüber hinwegkommen würde, gleichzeitig meinen Freund und den Mann, den ich liebte, verloren zu haben.

Wie lange es wohl dauern mochte, bis ein Herz aufhörte, so zu schmerzen? Selbst ich wusste natürlich, dass ein paar Tage nicht ausreichten, auch wenn sie mir wie Jahre vorgekommen waren. Jahre, in denen ich eine völlig andere Person geworden war. Nachdenklich, traurig und antriebslos. Und Ruby musste das ebenfalls wissen. Doch entgegen ihrer sonstigen Art schien sie gerade nicht gewillt, darauf Rücksicht zu nehmen.

»Sorry, aber ich werde nicht mitkommen.«

Meine Freundin war zwar nur am Telefon, aber ich konnte förmlich sehen, wie sie sich aufrichtete. »O doch, Pen! Das wirst du.«

»Nein. Ich habe keine Lust …«

»Du hast es versprochen! Du kannst mich jetzt nicht hängen lassen. Du weißt, wie wichtig mir das ist.«

Ich seufzte. »Das weiß ich durchaus. Aber mir steht der Sinn nicht nach Ausgehen.«

»Wir gehen nicht aus. Wir gehen zu dieser ›Protector of Hearts‹-Veranstaltung. Es ist das erste Mal, dass *Jola* sich da in dieser Weise engagiert, und Beau ist mächtig aufgeregt. Er wird den halben Abend zu tun haben, und du hast mir versprochen, dass du mich begleitest und mich nicht alleine herumsitzen lässt.«

Das hatte ich in der Tat. Allerdings zu einem Zeitpunkt, als ich noch eine Frau gewesen war, die gerne auf solche Veranstaltungen ging. Als ich es noch genossen hatte, unter fröhlich feiernden Menschen zu sein. Als ich selbst noch davon geträumt hatte, einmal in der Welt der Wohltätigkeitsveranstaltungen tätig zu sein.

Ich hätte beinahe gelacht. Nichts schien mehr zu sein wie früher; und meine ganzen naiven Wünsche … ein toller Mann, ein dickes Bankkonto – und ich als bewunderte Charity-Lady. Und nun? Nun war das Einzige, was ich wollte, meine Ruhe und unser altes Sofa. Nein, das stimmte nicht. Alles, was ich wollte, war ein Mann, der mit einer roten Nase im Gesicht den Menschen das Lachen brachte.

»Nimm Maisie mit. Sie wäre sicherlich die bessere Option.«

»Maisie hat Dienst. Und du wirst dich jetzt anziehen und deinen hübschen Kopf frisieren. Pen, ich verstehe, dass es dir nicht gut geht. Aber ich brauche dich heute Abend wirklich. Lass mich bitte nicht im Stich. Wir holen dich wie besprochen um halb sieben ab.«

»Protector of Hearts«, kurz *PROH* genannt, war eine Veranstaltung, die von einem Fernsehsender organisiert wurde und eine richtig große Sache war. Der Sender gab hier in London eine lokale Party, auf der man Prominente, Geschäftsleute und andere wichtige Menschen versammelte. Einige davon – die öffentlichen Personen, wie man das nannte – würden sich für jeweils eine Stunde in eine Telefonbox setzen und persönlich Spendenanrufe entgegennehmen. Das kam gut an, denn die Veranstaltung wurde live im Fernsehen übertragen und man konnte die Promis in ihren Plexiglaskästen sehen, mit dem Telefonhörer in der Hand und einem freundlichen Lächeln auf den Lippen.

Andere – hauptsächlich die Geschäftsleute – hatten bereits im Vorfeld größere Summen zugesagt und sollten heute in kurzen Einspielfilmen vorgestellt werden. Im Anschluss daran war eine symbolische Scheckübergabe geplant, bei der die betreffende Firma auf der Bühne einen dieser Riesenpappdinger an die Veranstalter überreichte. Ich war mittlerweile vertraut genug mit dem Ganzen, um zu wissen, dass das natürlich eine Bombenwerbung war und deshalb auch so großzügig gespendet wurde. Auch *Jola* hatte sich bereit erklärt, eine großzügige Summe zur Verfügung zu stellen, und Beau kam die Ehre zu, auf der Bühne zu stehen. Darüber hinaus sollte dieser Abend im Falle von Beaus Parfümeriekette auch den Auftakt zu einer längerfristigen Zusammenarbeit einläuten. Seine Firma würde nicht nur spenden, sondern sich dauerhaft in den Dienst der guten Sache stellen, hatte Beau verkündet. Es waren Kooperationen geplant, die man unterstützen wollte. Er hatte zudem sein Netzwerk aktiviert und Geschäftspartner sowie

Bekannte für die gute Sache gewinnen können. Auch diese dauerhafte Zusammenarbeit sollte heute Abend groß verkündet werden, um mögliche Gleichgesinnte zu animieren, sich ebenfalls als langfristige Partner zu verdingen. Beau würde also des Öfteren präsent sein müssen, und Ruby hatte mich deshalb bereits vor Monaten gebeten, sie zu begleiten.

Als ich ihr zugesagt hatte, war ich voller Begeisterung gewesen. Ich hatte mir vorgestellt, dass ich meine wunderschöne nudefarbene Robe tragen und unter all diesen berühmten und reichen Leuten mächtig Eindruck schinden würde. Doch jetzt holte ich ein etwas weniger auffälliges Kleid heraus. Auswahl hatte ich dank Viggo ja genug. Und heute stand mir der Sinn eher nach etwas Schwarzem und Schlichtem.

Als ich endlich fertig war und vor den Spiegel trat, huschte zum ersten Mal seit Tagen wieder ein Lächeln über mein Gesicht. Es war die richtige Wahl. Das Kleid saß perfekt und umschmeichelte meine Kurven. Der rote Lippenstift sah zu dieser Robe großartig aus. Und auch wenn mein Haar nicht ganz so glänzte wie sonst, weil ich es leider verpasst hatte, einen Friseurtermin zu vereinbaren, umspielte es mein Gesicht in sanften Wellen. Es heilt kein Herz, wenn man sich aufbrezelt, aber man fühlt sich nicht mehr ganz so mies, stellte ich fest. Und ich konnte nun mal nicht aus meiner Haut – wenn ich schon mitging, dann wollte ich wenigstens gut aussehen. Das hatte auch etwas mit Stolz zu tun – Stolz in dem Sinne, dass man sein Krönchen richtete und weiterzumachen versuchte. Wie es in mir drin aussah, ging schließlich niemanden etwas an.

Als wir bei der Location ankamen, einer eher schlichten Mehrzweckhalle, war ich bereits deutlich heiterer gestimmt. Ruby und Beau hatten den ganzen Weg ohne Pause geplaudert, gelacht und mich zu guter Letzt mit ihrer Vorfreude und Nervosität angesteckt. Vermutlich halfen auch ihre

Komplimente ein wenig. Auf alle Fälle nahm ich mir vor, den Abend bestmöglich zu genießen. Es gab sogar einen roten Teppich, der zum Eingang führte. Und auch wenn sich niemand der hier Wartenden für uns interessierte, war es cool, ihn abzuschreiten. Nachher, wenn die Prominenz ankam, würde entlang der roten Samtkordeln, die als Absperrung dienten, wilder Jubel herrschen. Bis dahin, hatte Beau mit einem Grinsen erklärt, mussten all die nicht so interessanten Gäste bereits im Gebäude sein.

Im Foyer stand eine riesige Stellwand mit dem *PROH*-Logo bereit. Beau wurde von einer netten Frau mit einer Profikamera gestoppt und gebeten, vor der Stellwand für ein Foto zu posieren. Wir sahen zu, wie er sich lässig in Position stellte, die Hände in den Hosentaschen, ein gewinnendes Lächeln im Gesicht. Dann sprach er kurz mit der Fotografin und winkte Ruby zu sich.

»Ein Bild mit meiner zukünftigen Frau«, verkündete er und ließ damit Rubys Gesicht vor Stolz aufstrahlen.

Er führte uns galant zu unseren Plätzen und entschuldigte sich dann. Man warte auf ihn und er würde so bald wie möglich wieder zurückkommen, beschied er uns und verschwand, nachdem er meine Freundin ein letztes Mal geküsst hatte.

Wir vertrieben uns die Zeit, bis die Veranstaltung losgehen sollte, damit, die anderen Gäste zu betrachten. Essen gab es keines, wir saßen auch nicht an netten kleinen Tischen wie bei den Galas, die ich mit Viggo besucht hatte. Die Stühle standen wie im Theater in Reihen, allesamt mit Blick auf die Bühne. Sie waren in vier Blöcken ausgerichtet. Zwischen diesen Blöcken waren breite Gänge ausgespart, durch die die Gäste jetzt schlenderten, um zu ihren Plätzen zu kommen. Es waren ein paar Gesichter darunter, die ich zumindest vom Sehen kannte. Einige schienen sich an meine Zeit mit Viggo zu erinnern und nickten höflich, als sie meinen

Blick auffingen. Ich flüsterte Ruby zu, wer diese Leute waren, und unterhielt sie mit ein paar kleinen Anekdoten, die sie zum Lachen brachten. Wir kommentierten die Kleider, die Frisuren und die Mienen der anderen Gäste, die stetig eintrafen. Kurz: Wir taten das, was Mädels in solch einer Situation eben tun.

Langsam füllte sich der Saal, und die ersten Prominenten trafen ein. Wir hatten einen ausgezeichneten Blick auf die Tür und stießen uns jedes Mal gegenseitig an, wenn jemand hereinkam, den wir aus dem Fernsehen kannten. Ich musste zugeben, dass Beau uns gute Plätze organisiert hatte. In der ersten Reihe des zweiten Blocks, mit viel Beinfreiheit und perfektem Ausblick auf die Menschen, die immer noch durch den Saal eilten. Der erste Block war offensichtlich für die ganz Wichtigen reserviert. Ich sah interessiert zu, wie er sich langsam füllte, von hinten nach vorne. Es musste bald losgehen, denn diejenigen, die schließlich in der ersten Reihe Platz nehmen würden, gehörten sicherlich zu der Gruppe Menschen, die man dann nicht mehr ewig auf den Beginn warten ließ. Während ich mich endlich entspannte und auf den Abend zu freuen begann, rutschte Ruby nervös neben mir hin und her und ließ ihren Blick immer wieder durch den Raum schweifen.

»Wartest du auf jemanden?«

»Was?«

»Du suchst doch den Saal ab.«

»Nein.« Sie schüttelte den Kopf. »Ich bin nur so nervös. Für Beau«, vertraute sie mir an.

»Er wird das großartig machen. Er macht doch alles großartig. Als er da draußen stand und sich fotografieren ließ … wie ein Filmstar! Absolut cool. Und er wird auch auf der Bühne alle umhauen.«

Sie nickte mit glühenden Wangen. »Danke, dass du mitgekommen bist, Pen.«

»Danke, dass du mich mitgenommen hast«, antwortete ich. »Du hattest recht. Es tut gut rauszukommen. Das wird sicherlich ein toller Abend, den wir beide nie vergessen werden.« Beruhigend legte ich meine Hand auf die ihre und lächelte ihr zu.

Sie nickte heftig. Vermutlich, weil sie bereits ahnte, wie unvergesslich er werden würde.

Kapitel 61

Ich jedoch hatte zu diesem Zeitpunkt noch keine Ahnung, dass irgendein Gott, eine höhere Macht oder das Schicksal mich heute Abend auserkoren hatte, die Unterhaltung des Tages zu sein. Woher auch? Und der erste Teil des Abends war auch exakt so, wie ich mir das vorgestellt hatte. Es war mächtig beeindruckend, als die ersten Promis auf der Bühne standen und sich großzügig für ein Abendessen verlosen ließen, ein persönliches Stück in die Kameras hielten, das sie signiert hatten und nun spendeten, oder aber einen Besuch an ihrem nächsten Filmset in Aussicht stellten. Sie wiederholten laut und deutlich die Telefonnummern, unter denen man für die entsprechende Auktion mitbieten konnte, und baten um eine rege Teilnahme.

Dazwischen gab es immer wieder eines dieser Firmenporträts, die Beau erwähnt hatte. Anders als bei den Events, die ich mit Viggo besucht hatte, war das Publikum im Saal bei diesem ein wenig außen vor. Diejenigen vor Ort, die zum Beispiel die attraktive Schauspielerin ersteigern wollten, die eine gemeinsame Fitnesseinheit anbot, mussten das wie die Fernsehzuschauer über das Handy tun. Später, so wusste ich, würde es dann noch Champagner und Fingerfood geben – und natürlich Gelegenheit, um ein wenig zu networken.

Aber solange die Fernsehkameras an waren, blieb der Saal im Dunkeln, nur die Personen auf der Bühne waren wichtig.

Nach etwa einer halben Stunde zwickte mich Ruby derart heftig in den Arm, dass ich einen kleinen Aufschrei nicht unterdrücken konnte.

»Jetzt ist Beaus Rede dran«, zischte sie mir ins Ohr.

Ich setzte mich ein wenig aufrechter hin. Beaus Rede war brillant formuliert und gespickt mit kleinen witzigen Stellen, an denen das Publikum dankbar lachte. Dann wiederum kamen ein paar sehr emotionale Momente, die sicherlich für den einen oder anderen Scheck sorgen würden. Ich klatschte beinahe so stolz wie Ruby, als er geendet hatte.

»Das hat er gut gemacht, oder?«, fragte sie atemlos.

»Und wie! Du hattest doch keine Zweifel daran, oder?«

Sie schüttelte so heftig ihren Kopf, dass die blonden Locken nur so flogen. »Quatsch. Aber weißt du … Wenn man jemanden liebt, dann ist man dennoch aufgeregt. Vermutlich stärker als er selbst.«

Ich betrachtete nachdenklich ihr Gesicht. Ja, wahrscheinlich war das so. Weil es plötzlich einen Menschen gab, der wichtiger war als man selbst. Einen, für den man selbst in jedes Fettnäpfchen getreten wäre, lediglich, um ihn davor zu bewahren.

Danach war ich nicht mehr ganz so konzentriert. Erstens einmal wurde es doch ein wenig langweilig, fand ich, hier im Dunkeln zu sitzen und nichts zu tun zu haben. Zweitens hatten mich Rubys Worte nachhaltig berührt. Und drittens fielen die anderen Reden gegen Beaus doch ziemlich ab. Erst als ein wirklich berühmter Filmstar auf der Bühne erschien, war meine Aufmerksamkeit wieder da. Ich schielte auf die Uhr und stellte fest, dass wir uns langsam dem Ende des ersten Teils näherten. Sie brachten jetzt die Attraktionen in Stellung, diejenigen, deretwegen die Zuschauer tapfer vor dem Fernseher ausgeharrt hatten. Die Anzeigen der jeweiligen Auktionen schnellten nun deutlich fixer nach oben. Ich starrte fasziniert auf den Balken, der das bisher erreichte Spendenziel zeigte. Damit konnte man so einige Herzenswünsche erfüllen. Darum ging es nämlich unter anderem bei *PROH*, dass man schwer kranken Kindern Träume erfüllte. Einiges wurde außerdem in Projekte investiert, die dauerhaft sozial Benachteiligte unterstützten, und ein fester Betrag wurde dafür verwendet, Schulessen zu finanzieren oder Jugendtreffs zu entlasten, die jeden Tag einen Ort boten, an dem Kinder sich willkommen fühlten.

Beau war mittlerweile wieder auf der Bühne und hielt ein mitreißendes Plädoyer dafür, dass Kinder unsere Zukunft seien und dass jeder noch so kleine Betrag helfen könne. Und dann, wir waren bereits auf der Zielgeraden und die Leute um uns herum begannen, unruhig auf ihren Stühlen hin- und herzurutschen, dann bekam ich einen ersten kurzen Vorgeschmack auf das, was dieser Abend noch bereithalten sollte.

Als das große Finale auf der Bühne bereits durch war, wurden wir noch einmal um einen Moment unserer Aufmerksamkeit gebeten. Unter uns befänden sich nämlich ein paar großzügige Spender, denen man nun noch zu danken gedächte. Da die gespendeten Summen nicht ausgereicht hatten, um damit in die Sendezeit zu kommen – Beau hatte uns verraten, dass dafür mindestens die Gegenleistung der Werbekosten zur Primetime fällig war –, oder weil diese Spender nicht öffentlich genannt werden wollten, hatte man diesen Teil also halb offiziell gemacht und gewartet, bis die Kameras aus waren. Nun jedoch sollten sie auch ihren Teil des Ruhmes ernten. Der knackige Fernsehmoderator, der durch den Abend geführt hatte, stand noch einmal an seinem Mikrofon und verlas langsam die Namen. Ein Spot wurde dann auf die betreffende Person gerichtet, man sah kurz ein wahlweise charmantes, zufriedenes, selbstgefälliges oder auch verlegenes Lächeln. Ein paar der Herrschaften erkannte ich erneut aus der Zeit mit Viggo. Hm. *Viggo, das hier wäre doch genau sein Ding*, dachte ich just in dem Moment, als sein Name fiel und der Spot seine Gestalt erfasste. Sein Lächeln war etwas verschämt, was recht sympathisch wirkte. Ehe ich mir darüber klar werden konnte, ob ich mich darüber freute, ihn hier zu sehen, oder wieder ein schlechtes Gewissen haben sollte, weil ich ihm den Laufpass gegeben hatte, wurde das nächste Gesicht angestrahlt. Genauer gesagt waren es zwei Gesichter, auch wenn sie exakt gleich aussahen. Ich hatte mich kurzzeitig ablenken lassen und nicht auf die Namen gehört, mein Blick war jedoch automatisch dem hellen Licht gefolgt.

»Shit«, entfuhr es mir. »Einer der beiden ist Alec!«

»Himmel, sein Bruder sieht ja wirklich genauso aus wie er.«

»Habe ich das nicht gesagt? Was machen die denn hier?«

»Keine Ahnung. Ist das Emmetts Freundin neben ihnen?«, wisperte Ruby.

Der Spot wanderte weiter, neue Namen wurden aufgerufen.

»Keine Ahnung. Möglich. Oder es ist Alecs Neue. Oder sie gehört beiden, wer kann das schon auseinanderhalten? Es ist mir auch egal.«

Das war es, und dennoch wäre es mir lieber gewesen, wenn er nicht aufgetaucht wäre. Viggo wiederzutreffen, damit kam ich klar. Auf Alec hatte ich allerdings keine Lust.

Trotzdem lenkte mich dieses Wissen genug ab, um den letzten Namen verpasst zu haben. Ich hätte vielleicht nicht einmal hingesehen, wenn der Mann nicht so günstig platziert gewesen wäre, nicht weit von Alec entfernt. Ich konnte gar nicht anders, als ihn wahrzunehmen. Einen Moment verschlug es mir den Atem. Zeitgleich durchzuckte mich ein Glücksgefühl, das direkt von einem Stich ins Herz abgelöst wurde. Bis endlich mein Gehirn einsetzte.

»Das ist nicht Phil«, sagte es. »Das ist sein Doppelgänger. Schon vergessen? Den hast du bereits einmal gesehen.«

Mein Herz krampfte erneut. Jetzt vor Enttäuschung. Und dann holperte es los. Der Mann hatte seine Hand gehoben und in einer verlegenen Geste sein langes Haar nach hinten gestrichen. Er schien sich nicht wohlzufühlen in diesem Rampenlicht, aber das war es nicht, was meine Aufmerksamkeit fesselte. Als er sich ins Haar griff, rutschten der Hemdsärmel und das Sakko ein Stück zurück. Und ich erhaschte einen Blick auf eine Reihe Lederarmbänder.

»So was kann man an jeder Ecke kaufen«, beruhigte mich mein Gehirn.

»Aber kaum einer würde sie zum Anzug tragen«, hielt mein Herz entgegen.

»Hast du den gesehen?«, stieß ich aus und krallte nun meine Finger in Rubys Arm. »Das ist Phil!«

»Dein Phil?« Rubys Lachen klang ein wenig ungläubig. »Hier?«

»Nun ja.« Ich verstand ihre Skepsis, aber mein Herz beharrte darauf, dass er es war. »Ja«, bekräftigte ich deshalb. »Ich muss gehen.«

»Nein!« Jetzt klang meine Freundin alarmiert. »Du kannst nicht gehen. Beau wartet auf uns.«

»Er wartet auf dich«, korrigierte ich. »Ich verschwinde. Hier sind zu viele Typen, die ich nicht sehen will.«

Ich sprang auf, als gerade im Saal das Licht wieder anging. Einen Moment musste ich geblendet die Augen schließen. Auch Ruby war bereits auf den Beinen. Sie packte meinen Oberarm und hielt mich energisch zurück.

»Atme einmal tief ein! Und dann komm runter. Und wenn du das gemacht hast, dann erinnere dich daran, dass du mir versprochen hast …«

»Was könnte Phil hier bloß machen, um Himmels willen?«, unterbrach ich sie. Ich spürte, dass ich langsam zu zweifeln begann.

»Eben? Was sollte er hier machen? Also, reiß dich zusammen. Das Buffet wird endlich eröffnet, und ich habe verdammten Hunger. Und dir könnte ein Glas Champagner auch nicht schaden.«

Sie hatte meinen Arm weiterhin resolut im Griff und zerrte mich einfach neben sich her in Richtung Nebenraum, wo nun Teil zwei der Veranstaltung auf uns wartete. Ich versuchte, mich ihr zu entwinden, aber Ruby hatte nicht nur einen eisernen Willen, was ihre Karriere anging, wie ich jetzt feststellte. *Sie muss heimlich im Fitnessstudio gewesen sein*, dachte ich fast beeindruckt. Unaufhaltsam schoben wir uns weiter durch die Menge und ich ließ meinen Blick erneut über die Versammelten huschen. Vielleicht würde ich Doppelgänger-Phil erspähen und mein nach wie vor aufgeregtes Herz beruhigen können. Ich hätte besser auf meine direkte Umgebung geachtet, denn Ruby war so in Fahrt, dass sie das nicht tat und ich nicht nur einmal einen Mitmenschen anrempelte, während sie mich immer weiterzog. Und da krachte ich wieder in einen hinein, murmelte automatisch eine Entschuldigung und erstarrte.

»Penelope!«

»Alec.« Meine Stimme klang weit weniger erfreut.

»So hat es damals begonnen. Du hast mich angerempelt und …«

»Ich kenne die Geschichte.« Ich holte tief Luft. »Na dann …«

»Warte!« Er setzte ein Lächeln auf, das wohl entschuldigend sein sollte. Neben ihm erspähte ich Emmett, der mir tatsächlich zuzwinkerte.

»Hallo«, grüßte er, als hätten wir uns damals in aller Freundschaft verabschiedet.

Ich registrierte, dass seine Hand besitzergreifend auf dem Rücken der Frau lag, die in seiner Begleitung war. Eine hübsche

Frau, und viel zu jung für die beiden. Sie schenkte mir einen interessierten Blick.

»Du«, raunzte ich wenig charmant.

»Aber du hast mich erkannt und heute nicht mit meinem Bruder verwechselt«, gab Emmett mit einem Schulterzucken zurück. »Was das wohl bedeutet?«

»Was das bedeutet? Willst du wissen, woran ich das erkannt habe? Weil er hier«, ich deutete auf Alec, »zumindest den Anflug eines schlechten Gewissens hatte.«

»Ach ja? Und wenn du dich täuschst? Wenn ich er bin und er ich ist?«

»Bitte«, grätschte Vermutlich-Alec dazwischen. »Das muss doch nicht sein. Es ist vielleicht nicht der richtige Zeitpunkt für alte Geschichten.« Er warf einen raschen Blick auf ihre Begleiterin. »Unwichtige alte Kamellen«, behauptete er zu seinem Pech. Denn ich war da immer noch anderer Meinung.

Kapitel 62

Ich hatte ja schon seit dem Moment, als innerhalb kürzester Zeit alle drei Männer, die mein Herz in jüngster Zeit berührt hatten, nacheinander von diesem Spot beleuchtet wurden, den Verdacht, dass sich irgendwer heute Abend köstlich über mich zu amüsieren gedachte. Ich sah kurz das Bild einer fidelen Altherrentruppe aufblitzen. Alle trugen längeres Haar, einige gelocktes, andere eher schütteres, aber alle weißes. In den meisten Fällen war es mit einem Lorbeerkranz gekrönt. Teilweise war die Hauptesmitte kahl und die Locken begannen erst kurz über den Ohren zu sprießen. Gekleidet waren sie ausnahmslos in weiße, lange Togen, die mehr oder weniger trainierte Oberkörper hervorblitzen ließen. Einige hielten neckisch eine Harfe in der Hand. Manche lümmelten sich auf diesen Sofas mit nur einer Lehne, saftige Weintrauben in den Händen. Andere lagen bäuchlings auf weißen Fellen und ließen sich von großen Fächern Luft zuwedeln. Alle aber hatten erwartungsfroh die Augen auf mich gerichtet und ein ganz besonders Vorwitziger schrie: »Jetzt geht es los! Mehr Popcorn, Jungs!«

»Unwichtige Kamellen?« Ich richtete mich zu meiner vollen Größe auf. »Hm. Ich muss sagen, nun bin ich mir doch nicht mehr sicher, welcher von euch Alec ist.« Ich wartete genau so lange, bis ich sah, dass er antworten wollte. Rasch wandte ich mich der Frau zu und strahlte sie an. »Hey, ich bin Penelope. Schön, Sie kennenzulernen.« Ich streckte ihr die Hand hin, die sie mit einem überraschten Lächeln ergriff.

»Susan«, stellte sie sich vor.

»Susan! Sie können mir sicher sagen, welcher der beiden Mistkerle Alec ist?«

Ihre Hand zuckte aus meiner. Alec griff vorsorglich danach. Eine Antwort blieb sie mir allerdings schuldig.

»Welcher von beiden ist Ihr Freund?«, fragte ich mit einem zuckersüßen Unterton.

»Alec«, stammelte sie sichtlich überfordert. Er rückte etwas näher zu ihr und drückte ihr einen Kuss auf die Schläfe. Emmetts Hand lag nach wie vor um ihre Mitte. In mir stieg Übelkeit hoch, die jedoch schnell in Verachtung ertränkt wurde.

»Alec!«, rief ich. »Er ist toll, oder? Und er kennt so fantastische Geschichten! Hat er Ihnen schon von seinem Spielzeug erzählt?«

Ihre Gesichtszüge wurden wachsam. Auch Alec bemerkte es und schaltete sich ein.

»Penelope, bitte!«

»Oder davon, dass er Emmett nie etwas abschlagen würde? Bestimmt hat er das. Und wissen Sie was? Das meint er ernst.« Ich betonte jedes Wort des letzten Satzes und konnte mir nur mit Mühe verkneifen, auch noch unterstützend mit dem Finger zu wedeln.

»Das reicht.« Alec zog seine Freundin nun aus Emmetts Arm und dicht an sich heran. Ich hatte den Eindruck, dass sie sich in seinen Armen schon wohler gefühlt hatte als in diesem Moment. »Hör nicht auf sie. Sie hat die Trennung nicht gut verkraftet.«

»Ich habe es nicht gut verkraftet, dass dein Bruder meine Titten begrapscht hat, während du zugesehen hast. Aber du hast recht, das sind alte Geschichten.« Ich wandte meinen Blick von Alec ab und lächelte seine Begleiterin an. »Und ich bin vermutlich einfach zu prüde für diese beiden. Ich wünsche Ihnen alles Gute, Susan.« Damit packte ich zur Abwechslung Rubys Arm, drehte mich um und bahnte mir nun meinerseits den Weg durch die Menge, eine fassungslos dreinblickende Freundin hinter mir herziehend.

»Du warst unglaublich!« Ruby schwankte noch immer zwischen Bestürzung und Erheiterung. »Aber er hat es verdient.«

»Hast du sie gesehen? Sie ist höchstens fünfundzwanzig! Und sie hat nicht den Eindruck vermittelt, dass sie umfassend in seine Vorlieben eingeweiht wäre.«

»Und es war einfach zu verlockend, gib es zu.«

»Stimmt. Bin ich ein schlechter Mensch, weil ich meine kleine Rache wollte?«

Ruby hob übermütig ihren Champagnerkelch in die Höhe. »Nein. Du bist ganz und gar kein schlechter Mensch.«

»Dem würde ich zustimmen«, ertönte es hinter uns.

Ich wirbelte herum. »Viggo!«

»Schön, dich zu sehen.« Er neigte sich herab und küsste meine Wange. Da erst registrierte ich seine Begleitung.

»Olli?«

»Pen!« Sie fiel mir umstandslos um den Hals und küsste mich ebenfalls links und rechts. »Wie geht es dir?«

»Gut.« Ich war ein wenig perplex, sie hier zu treffen. Aber es fühlte sich deutlich besser an als die Begegnung mit Alec eben. *Nichts mehr mit Popcorn*, dachte ich herausfordernd. *Mit dieser Situation komme ich klar.*

»Das freut mich. Ich sollte ja jetzt eigentlich sagen, dass es superschade ist, dass es mit euch beiden nicht geklappt hat.« Olli zwinkerte mir vielsagend zu. Überrascht ließ ich meinen

Blick zwischen den beiden hin- und hergleiten. Vielleicht wurde das hier doch nicht ganz so easy.

»Warte. Ihr seid doch nicht etwa …«

Ollis freches Lachen erlöste mich davon, den Satz zu Ende bringen zu müssen.

»Nein. Ich tröste ihn aktuell nur ein wenig darüber hinweg, dass er immer noch keine passende Nachfolgerin für dich gefunden hat.«

»Ernsthaft?« Meine Mundwinkel verzogen sich zu einem überraschten Lächeln. Ollis Art war einfach zu wunderbar. Sie tat nicht lässig, sie war es.

»Was? Dass er keine mehr findet oder dass ich ihn tröste?«

»Ich glaube, beides kommt unerwartet«, gestand ich wahrheitsgemäß.

»Echt? Weißt du, ich glaube, er hat sich verändert. Du musst etwas mit ihm angestellt haben.«

Ungläubig sah ich zu Viggo. »Ich? Sag ihr, dass sie sich täuscht.«

»Nun«, er räusperte sich. »Olli findet, dass ich nicht mehr ganz so oberflächlich bin wie früher.«

»Ich würde nicht behaupten, dass du oberflächlich warst«, wandte ich vorsichtig ein. »Eher …«

»Eher *an Oberflächen* interessiert«, schaltete sich Olli unbekümmert ein. »Aber was ich tatsächlich meinte, war, dass ich das Gefühl habe, dass er nicht mehr ganz so stark auf Äußerlichkeiten fixiert ist. Er schafft es manchmal sogar schon ein paar Stunden lang, nicht in einen Spiegel zu schauen.« Sie küsste ihn einfach mitten auf den Mund.

»Sag bloß, die sind weg?«, rutschte es mir heraus.

»Hallo? Das war das Erste, was ich verlangt habe.«

Bewunderung keimte in mir auf. »Und das sirtuine Essen?«

»Das stört mich nicht. Es gibt schließlich ausreichend Pizzalieferdienste in der Stadt.«

Sie zwinkerte, und ich grinste vermutlich so breit wie ein Honigkuchenpferd. Wenn es sich jemand traute, in dieser Bude eine fette Pizza Salami mit extra Käse zu verputzen, dann Olli.

»Aber dafür hat er mich für Pilates begeistern können. Ich weiß gar nicht, wie ich so lange ohne ausgekommen bin. Und ganz unter uns«, sie beugte sich vertraulich zu mir vor, »diese Fruchtsäurepeelings sind der Wahnsinn. Ich bin total begeistert von denen.«

»Obwohl deine Haut auch zuvor schon gestrahlt hat«, warf Viggo nonchalant ein. »Aber wie ich nicht oft genug sagen kann: Vorsorge ist das Wichtigste überhaupt.«

Die beiden lachten. Ich beobachtete dabei Ollis Gesicht. Es war vollkommen entspannt, und in ihren Augen blitzte etwas auf, als Viggo sie in diesem Moment in seine Arme nahm und an sich drückte.

»Du solltest dich vielleicht ein wenig ins Zeug legen.« Ich beugte mich näher zu ihm und deutete auf Olli, während ich ihm ins Ohr flüsterte. »Ich glaube, sie wäre perfekt für dich. Wenn es eine Frau gibt, die deinem Ego gewachsen ist, dann sie.«

Überraschenderweise nickte er, ohne das zu kommentieren. Einen Moment musterte er mich, als wolle er sich jeden Zug einprägen. Dann erschienen winzige Fältchen um seine blauen Augen, als er mich anlächelte.

»Es war eine schöne Zeit mit dir. Ich werde sie nie vergessen und immer in guter Erinnerung behalten.«

»Das werde ich auch«, rutschte es mir spontan heraus. Ich hatte mich bisher darüber gewundert, wie er es schaffte, mit so vielen Ex-Geliebten befreundet zu bleiben. Nun bekam ich eine Ahnung.

»Da hinten ist Mia Toddler. Sie hat uns gesehen, wir gehen besser mal hin. Sorry, Pen. Wir sollten uns unbedingt mal in aller Ruhe treffen. Ich melde mich, er hat ja deine Nummer.«

Olli schmiegte sich noch etwas enger in Viggos Arme und schenkte ihm ein bezauberndes Lächeln. »Dann werden wir ihn ein wenig damit in Verlegenheit bringen, indem wir uns ausführlich über seine diversen männlichen Qualitäten auslassen.« Sie zwinkerte mir zu, dann beugte sie sich zu mir und verpasste mir einen Kuss mitten auf den Mund.

»Okay. Aber ich sag es dir gleich, falls ihr jemanden für einen Dreier sucht, bin ich raus.«

»Das war eher so eine Art Abschied. Es könnte sein, dass ich mich entschieden habe. Aber ich werde mich hüten, das bereits jetzt laut zuzugeben.« Ein letztes Mal erklang ihr vergnügtes Lachen. Dann winkte sie und verschwand mit ihm in der Menge.

Himmel, was für ein wunderbar durchgeknalltes Mädchen, dachte ich und nahm einen großen Schluck aus meinem Champagnerkelch. Und was für ein verrückter Abend! Ich bekam beinahe nicht mit, dass Beau uns zwischenzeitlich aufgespürt hatte. In seinem Schlepptau war ein Herr aus der *PROH*-Familie, und Beau war, wie es schien, noch nicht ganz aus seinen Pflichten entlassen. Man plauderte über die letzten Stunden und schmiedete bereits Pläne für weitere Veranstaltungen. Wenigstens wurde der Abend jetzt wieder langweiliger und nicht noch närrischer, überlegte ich naiv. Ehe ich begriff, dass man alte Herren mit Popcorn nie unterschätzen sollte, selbst wenn sie nur in deinem Kopf existierten.

Kapitel 63

»Ah, und hier ist der Mann, den ich Ihnen unbedingt vorstellen wollte. Er gehört schon des Längeren zu unseren Unterstützern, und wir denken aktuell über eine intensivere Zusammenarbeit nach.« Beaus Begleiter, Mr Blenkinsop, klang so erfreut, dass ich aus meinen Gedanken zurückkehrte. Und sah, wie er einen Mann in die Runde zog. Einen attraktiven Mann in einem gut sitzenden modernen Anzug. Er hatte ein entspanntes Lächeln auf seinem wunderschönen Gesicht, das just in dem Moment verblasste, als sein Blick, den er durch die Runde schweifen ließ, an mir hängen blieb. Dem Moment, als die neue Runde Popcorn geliefert wurde. Und in dem mein Herz beschloss, seine Schlagzahl drastisch zu erhöhen, und mein Mund dafür seine Speichelproduktion einstellte.

»Mr Rutherford, das ist Mr Phil Donovan.«

Phil hielt sich besser als ich. Er schüttelte Beaus Hand und schaffte es, sich auf ein kurzes Gespräch mit ihm einzulassen. Ich hingegen stand einfach nur da und versuchte, meine Gedanken zu ordnen. Rubys Hand hatte meine ergriffen und hielt sie eisern fest. Ihr Blick war auf meinem Gesicht festgenagelt. Vermutlich versuchte sie, rechtzeitig zu erkennen, wann ich ausrasten würde. Was eine ziemlich gute Idee war. Wenn es einen Zeitpunkt gab, zu dem man ein wenig durchdrehen durfte, dann vermutlich der, wenn dein bester Freund, der sich immer den Anschein gegeben hatte, mittellos zu sein, plötzlich als großer Spender und Gönner vorgestellt wurde. Wenn du noch dazu unsterblich in diesen Freund verliebt warst sowieso. O ja, ich hatte jedes Recht, gepflegt zu eskalieren, fand ich. Und ich musste diese Gelegenheit ergreifen, denn dann konnte ich verständlicherweise sauer sein, weil er mich angelogen hatte, und unter diesem Deckmantel den Schmerz verstecken, weil er eine andere liebte, und die Freude, weil ich einfach nur in einem Raum mit ihm war.

»Entschuldigen Sie bitte«, mischte ich mich kurz entschlossen in das Gespräch ein und schaffte es dieses Mal auf Anhieb, Rubys Hand abzustreifen. »Aber ich muss Ihnen Mr Donovan für einen Moment entführen. Wir haben etwas zu besprechen.«

»Natürlich«, stammelte Mr Blenkinsop überrascht. »So lange Sie ihn uns nicht abwerben wollen«, versuchte er, einen Scherz hinterherzuschicken.

»Keine Sorge! Ich war noch nie an seinem Bankkonto interessiert.« Ich sah Phil bei diesen Worten an, nicht Mr Blenkinsop.

»Vor der Tür bitte«, sagte ich dann zu Phil und hörte, dass meine Stimme nicht ganz so fest klang, wie ich das gehofft hatte. Deshalb stemmte ich meine Hände in die Hüften und ruckte zusätzlich mit dem Kopf in Richtung Eingang. Ich wartete nicht auf seine Zustimmung, sondern marschierte los. Ich brauchte einen Moment für mich, um mir zu überlegen, was ich eigentlich sagen sollte.

»Peps …«

Okay, er hatte sich als Erster getraut, aber ich unterbrach ihn schnell.

»Was geht hier ab?«

»Ich wollte es dir schon länger erzählen …«

»Aber?«

»Aber ich wusste nicht, wie.« Seine Miene war angespannt, ohne Frage. Und doch war da auch etwas anderes. Etwas, was mein dummes Herz dazu brachte, sich einschalten zu wollen. Was ich auf gar keinen Fall zulassen durfte.

»Du wusstest nicht, wie? Wie wäre es zum Beispiel damit gewesen: ›Mach dir keine Sorgen, ich habe genug Kohle, um mir eine Ausbildung zu leisten, selbst wenn sie hundert Jahre dauert‹?« Ich schnaufte. »Oder: ›Jetzt, wo wir uns besser kennen, möchte ich dich nicht länger belügen‹? Oder …«, ich holte noch einmal tief Luft, »oder damit, dass du mir sagst, dass du offensichtlich kein Vertrauen zu mir hast?«

»Das habe ich. Peppy, ich wollte es dir wirklich sagen. Damals, im Pub. Kurz vor Weihnachten.«

»Oh! Damals, als du dich von Maisies Charme hast ablenken lassen? Wie dumm! Und wie unpassend, wo du dich doch nur ein paar Tage später anderweitig entschieden hast.«

»Ich glaube, wir beide haben deutlich mehr Redebedarf als gedacht.« Unpassenderweise klang Phils Stimme weicher als erwartet.

»Mein Redebedarf ist schnell gedeckt. Eigentlich ist er schon vorbei. Ich habe alle Informationen und ich habe verstanden.«

»Du hast eine ganze Menge nicht verstanden, Peps.« Phil trat einen Schritt näher, unbeeindruckt von meinem Schnauben. »Mein Redebedarf wächst gerade eklatant an. Was mich übrigens sehr freut.«

»Schön für dich«, versuchte ich, schnippisch zu bleiben. Seine Nähe tat mir nicht gut. Sie sorgte dafür, dass ich immer noch nicht reden wollte, dafür aber auch nicht mehr einfach abhauen. Stattdessen wollte ich mich diesem Blick hingeben und dass er noch näher kam und noch näher … »Aber ich denke nicht, dass ich weitere Lügen hören möchte, Phil.« Ich hatte mich entschieden. Ich wollte zwar nach wie vor wissen, was hier vor sich ging, aber es war zu gefährlich.

»Wie wäre es dann mit der Wahrheit? Und nebenbei, ich habe dich nie belogen. Ich habe dir nicht alles erzählt, aber das hatte seine Gründe.«

»Ach ja? Und welche?«

»Nun, zum Beispiel, dass du zu Beginn unserer Bekanntschaft auf finanzstarke Kerle fokussiert warst.«

»Dann bin ich jetzt auch noch schuld?«, fragte ich hochnäsig, obwohl ich diesen Punkt durchaus verstand.

»Oder weil es mir schließlich mit jedem Tag wichtiger wurde, dass du mich siehst, und nicht mein Bankkonto.«

»Das habe ich. Das habe ich getan!«

»Ich weiß.« Er seufzte. »Und ich habe den Moment verpasst, an dem ich dir die ganze Wahrheit erzählen konnte. Ich wollte unbedingt abwarten, bis …«

»Bis was?« Meine Stimme klang weit angriffslustiger, als ich mich fühlte. Weil seine so ruhig und samtig geworden war.

»Bis ich mir sicher sein konnte, dass du mich so magst, wie du mich kennst. Mich, nicht das, was ich habe. Bis ich hoffen konnte, dass du mich auf dieselbe Art in dein Herz gelassen hast, auf die du in meinem bist.« Er trat noch ein wenig näher und legte seine Hand unter mein Kinn. »Bis du dir eingestehen kannst, dass du dich in einen armen Schlucker verliebt hast.«

»Und wie kommst du darauf, dass ich das getan haben könnte?«

»Hast du es denn nicht?«, flüsterte er eindringlich. »Peps, ich habe es getan. Ich bin dir verfallen, spürst du das nicht?«

»Wie sollte ich das spüren? Du hast mich an Silvester versetzt. Du meldest dich nicht mehr …«

»Du hast dafür gesorgt, dass ich das nicht mehr getan habe.« Er lachte leise auf. »Verdammt, du schickst mir eine Nachricht, dass du einen anderen Kerl im Bett hast.«

»Das habe ich nicht gesagt, das hast du herausgelesen.« Was ich hatte erreichen wollen, aber das konnte ich irgendwann später gestehen. »Und selbst wenn … was ist mit deiner Kollegin?«

»Was?«

»Na der, von der du ständig erzählst. Die, mit der *du* den Jahreswechsel lieber feiern wolltest?« Ich zog das »du« anklagend in die Länge.

»Mir scheint, wir haben zwar dauernd miteinander geredet, aber nie wirklich miteinander gesprochen. Lizzy, also diese Kollegin, ist eben das. Eine Kollegin. Und nur das. Sie ist nett, ja, und ich hoffe, dass ich mit ihr ein Team bilden kann. Ganz unter uns: Ich hatte das Gefühl, dass du mich streckenweise gerne mit ihr verkuppelt hättest. Was nicht besonders hilfreich war. Ich gebe zu, ich habe sogar darüber nachgedacht, es zu versuchen. Als ob die Liebe so funktionieren würde! Aber«, er sah mir fest in die Augen, »ich habe nie gesagt, dass ich in sie verliebt wäre.«

Hm. Wenn ich jetzt so nachdachte, konnte das stimmen. Er hatte zwar viel von ihr erzählt, aber es war immer nur darum gegangen, wie er sie als angehender Kollege bewunderte. Es war möglich, dass mein eifersüchtiges Herz das ein wenig überinterpretiert hatte.

»Und weshalb warst du dann an Silvester nicht da?«

»Weil ich mir nicht sicher war, ob es eine gute Idee ist. Weil ich erst die Karten auf den Tisch legen wollte. Weil ich befürchtet habe, nicht länger so tun zu können, als wärst du nichts weiter als eine Freundin. Weil ich nicht dabei sein wollte, wenn du womöglich den nächsten Kandidaten kennenlernst. Es gab viele Gründe, aber im Wesentlichen läuft alles auf eines hinaus: Ich hatte einfach Angst, Peps.«

»Seit wann bist du so feige?«, fragte ich und hörte selbst, dass meine vorgetäuschte Kälte endgültig dahinschmolz.

Er lachte leise. »Das habe ich mich auch gefragt. Und deshalb werde ich nun all meinen Mut zusammennehmen.« Seine

Hand, die noch immer unter meinem Kinn lag und mich zwang, ihm in die Augen zu schauen, wanderte nach oben. Er legte sie auf meine Wange, hob auch die andere und umfasste dann sanft mein Gesicht. Ich konnte den Blick nicht von seinen Augen lösen. Wie oft hatte ich sie betrachtet. Heiter, amüsiert, ernst. Und immer, selbst wenn Spott darin aufgeblitzt war, voller Zuneigung. Nun aber sah ich darin noch etwas anderes, etwas, das mein Herz aus dem Takt brachte und alles andere in Vergessenheit geraten ließ. In dem Moment küsste er mich, und ich schloss meine Augen. Weil ich jetzt auf meinen Lippen spüren durfte, was ich eben in seinem Blick gelesen hatte.

Kapitel 64

Wir hatten zumindest noch den Anstand, uns zu verabschieden. Beau und Ruby standen nach wie vor mit Mr Blenkinsop in der Nähe der Bar und schienen sich auch alleine bestens zu unterhalten. Phil entschuldigte sich bei den Herren, erklärte, dass er sich zurückziehen müsse, und versicherte, dass das keine Auswirkung auf die geplante gemeinsame Zusammenarbeit haben würde. Ich stand dämlich grinsend daneben und ließ Phils Hand nur kurz los, um Ruby fest zu umarmen.

»Endlich!«, zwitscherte sie mir ins Ohr und wirkte überraschend unaufgeregt ob der aufregenden Nachricht, dass dieser Mann mich liebte. »Na los, verschwindet, ihr beiden!«

Diesen Rat beherzigten wir nur zu gerne. Wir schnappten uns ein Taxi und wieder einmal war ich einer dieser Fahrgäste, die auf der Rückbank ihre Hände nicht von ihrer Begleitung lassen konnten. Ich hatte in diesen Minuten tatsächlich absolut keinen Redebedarf. Ich meine, natürlich gab es noch einiges zu besprechen, aber das hatte Zeit. Ich wusste alles, was ich wissen musste. Phil liebte mich, und darauf kam es an. Sein Geld, seine Geschichte, das konnte warten. Wer nicht warten konnte, war dagegen ich. Meine Lippen, meine Haut, die darauf brannten, dass er sie berührte, wieder und wieder. Und meine Ohren, die jedes einzelne »Ich liebe dich« begierig aufsaugten.

Am nächsten Morgen hatten meine Ohren zwar immer noch nicht genug davon, seine Liebesschwüre zu hören, aber ich fand dennoch, dass nun ein paar weitere Erklärungen angebracht wären. Auch meine Haut war für den Moment zufrieden, glühte noch nach von seinen Berührungen und seiner Wärme. Mein ganzes Ich war höchst zufrieden mit der Gesamtsituation, besonders mit der Tatsache, dass Phil hier neben mir lag und gar nicht genug davon bekommen konnte, mich zu küssen.

»Du wolltest mir noch erzählen, weshalb du plötzlich in einem schicken Anzug auf solch einer Veranstaltung wie gestern auftauchst und nur so mit dem Geld um dich werfen kannst.« Glücklich reckte ich mich und kehrte dann schnell in seine Arme zurück. »Es wäre gerade ein guter Zeitpunkt, denn im Moment bin ich im siebten Himmel und bereit, dir nahezu alles zu verzeihen. Sogar, dass du mich wieder in ein Anzugflittchen verwandelt hast, just in dem Moment, als ich erkannte, dass ich das gar nicht mehr sein will. Ich würde es dir krummnehmen, aber selbst das kann ich nicht in meinem momentanen Zustand. Ich glaube, ich habe mich noch nie so …«, ich grinste anzüglich, »zufrieden gefühlt wie in diesem Moment.«

»Dann sollte ich die Gelegenheit wohl nutzen. Oder sollte ich dich erst so weit zufriedenstellen, dass du mir wirklich alles nachsiehst?«

»Ich fürchte, selbst Flittchen wie ich haben moralische Grenzen, wenn auch nur sehr begrenzte. Ich würde mir daher gerne einen Rest Kritikfähigkeit bewahren. Nimm also deine Finger da weg und buddle deine Leichen aus.«

Ein leises Lachen entwich seinem Mund. »Du bist kein Flittchen, daran solltest du dich gewöhnen.«

»Du hast mich zu einem Nicht-Flittchen gemacht«, wurde ich kurzzeitig ernst. »Aber was bist du? Was hast du mir bisher verheimlicht?«

Phil seufzte. »Nicht wirklich viel. Nur die Tatsache, dass ich über gewisse Mittel verfüge.«

»Gewisse Mittel? Du wurdest gestern von einem Spot beleuchtet. Du planst eine längerfristige Zusammenarbeit. Du hast Kohle ohne Ende, oder?«

»Es ist eine ganze Menge, ja.«

»Und woher? Ich meine, du hast immer nur so seltsame Andeutungen gemacht. Ich dachte eigentlich, dass du mal eine Firma hattest und in Konkurs gehen musstest, aber die Theorie hat sich ja überholt.«

»Ich hatte eine Firma, das stimmt. Vor ein paar Jahren habe ich sie verkauft. Zu einem äußerst günstigen Zeitpunkt. Ich hatte lukrative Angebote und vor allem genug davon. Seit Jahren hatte ich jede Minute in das Unternehmen gesteckt.«

»Was genau war das für eine Firma?«

»Ich hatte eine App entwickelt. Es war eigentlich gar nicht geplant, ein Geschäft daraus zu machen. Doch plötzlich wollten die alle haben. Anfangs war es unfassbar. Ich musste schnellstens Mitarbeiter einstellen, und aus dem Nichts war ich der Chef eines äußerst lukrativen Unternehmens. Ich gestehe, dass ich das cool fand. Ich war plötzlich jemand, und ich powerte Tag und Nacht. Bis ich bemerkte, wie der Spaß auf der Strecke blieb und wie ich mich veränderte. Nicht nur, dass ich dauerhaft gestresst war und alle Anzeichen eines drohenden Burnouts aufwies. Ich begann, mich auch sonst zu verändern. All die Kohle, die Speichellecker, das hat mir nicht gutgetan. Nur dass ich das zu dem Zeitpunkt noch nicht erkannt hatte. Stattdessen wurde ich zu einem von ihnen.«

»Was für eine App war das? Kenne ich sie vielleicht?«

»Ich darf nicht über Details reden, das wurde so im Kaufvertrag geregelt. Es geht im Wesentlichen darum, einfach und schnell riesige Datenmengen von verschiedenen Endgeräten auf andere zu übertragen. Ohne den Umweg über eine Cloud, sicher und bequem. Ich hatte sie entwickelt, weil es mich störte, dass es jedes Mal einen Wahnsinnsaufwand darstellte, wenn ich meine Fotodateien sichern wollte. Ich war damals noch Student und hatte ausreichend Zeit, jede Menge Bilder zu schießen. Ich hatte nicht damit gerechnet, dass diese Anwendung jemals so erfolgreich werden würde.«

»Cool«, gestand ich beeindruckt, auch wenn ich, wie es schien, zu den wenigen gehörte, die so etwas nicht brauchten. »Und was ist dann passiert?«

»Ich habe die Firma verkauft. Es gab keinen Plan, wie es weitergehen sollte. Ich hatte genug Geld, um tun und lassen zu können, was ich wollte. Die erste Zeit war das einfach nur Party machen und feiern, als gäbe es kein Morgen.« Er zuckte mit der Schulter. »Ich war gerade mal Ende zwanzig und hatte in den letzten Jahren einiges verpasst. Ich drehte also auf und genoss das Leben. Mit allem, was dazugehörte. Autos, Partys …«

»… Frauen«, fiel ich ihm ins Wort.

»Frauen«, bestätigte er. »Auch davon hatte ich zu wenig gehabt in den vorangegangenen Jahren. Und es war verboten leicht. Ich war ein begehrter Fang, der sich nicht festlegen musste.«

»Das glaube ich dir sofort.«

»Nur musste ich feststellen, dass es gar nicht so toll ist, ein begehrter Fang zu sein. Und dass dieses Leben bei Weitem nicht so erfüllend ist, wie man sich das vorstellt. Nicht für mich. Ich trieb einfach dahin und vergeudete meine Zeit. Ich war genauso unzufrieden wie zuvor, nur hatte ich nichts mehr, um mich abzulenken.«

»Außer Partys und Frauen«, konnte ich mir nicht verkneifen.

»Weißt du, wie seltsam es ist, wenn du auf eben einer dieser Partys sitzt und plötzlich merkst, dass du das gar nicht magst? Oder neben einer Frau aufwachst und dich fragst, wie du sie elegant aus deiner Wohnung komplimentierst? So wollte ich nicht sein. Also dachte ich, dass ich wieder eine Aufgabe brauche. Ich überlegte, ob mich die Arbeit am Ende so gestresst hatte, weil ich eigentlich keine Ahnung davon hatte, was ich tat. Nicht, was das Entwickeln anging, darin war ich unschlagbar. Aber der Rest, die Leitung einer Firma, die wirtschaftlichen Hintergründe … Deshalb habe ich mich eingeschrieben und meinen Master in Wirtschaftswissenschaften gemacht.«

»Um dann was zu tun?«

»Nichts.« Er lachte. »Ich dachte, dass ich dann wieder etwas Neues starten könnte. Ich hatte immer noch nicht erkannt, dass ich das nie mehr wollte. Dass ich eine ganz andere Richtung einschlagen muss, um glücklich zu werden. Aber es war dennoch ein wichtiger Schritt. Ich hatte endlich wieder so etwas wie eine Struktur. Eine Aufgabe. Und ich begann, mir auch andere Pflichten zu suchen.«

»Museumswärter und, was war es noch gleich? Ein Plattenladen?«, rief ich überrascht.

»Der Plattenladen gehört einem alten Schulfreund, der schwer erkrankte. Ich habe ihn eine Weile geführt, bis Glen wieder auf den Beinen war.«

»Und das Museum? Gehört das auch einem alten Freund?«

»Nein.« Er lachte. »Ich habe doch gesagt, dass ich gerne fotografiere. Am liebsten die Natur. Nun, da gibt es eine großartige Wanderausstellung, die beeindruckende Bilder zeigt. Ein Appell, unsere Umwelt mehr zu schätzen und zu schützen. Nichts, was das British Museum besonders lukrativ fand. Also bot ich an, die Ausstellung finanziell zu unterstützen. Und im Gegenzug verlangte ich, dass ich die Zeit über als eine Art Wächter arbeiten durfte. Sie konnten es nicht ablehnen, dafür hat mein Scheck gesorgt. Und ich war jeden Tag von diesen großartigen Bildern umgeben. Und jeder Menge rotzfrecher Schulklassen, aber das war es wert.«

»Und dann kam die Idee mit den Clowns«, überlegte ich.

»Die war bereits vorher da. Als Glen im Krankenhaus lag, geschwächt von der Chemo. Sie brauchte nur Zeit, um sich Gehör zu verschaffen.«

»Und weshalb hast du mir das nie erzählt? Da ist nichts dabei, für das du dich schämen müsstest, im Gegenteil.«

Phil ließ sich einen Moment Zeit. »In meiner wilden Phase habe ich sehr deutlich erlebt, dass du als Mensch nicht wirklich zählst, wenn du Geld hast. Nicht bei Frauen. Es scheint deine Persönlichkeit zu fressen. Anfangs dachte ich immer: *Bingo! Diese Frau will dich!* Aber wollte sie das? Oder das, was ich zu bieten hatte?« Wieder ließ er eine kleine Pause entstehen. »Ich habe dir erzählt, dass ich verlobt war. Ich dachte wirklich, dass sie mich liebt. Nun, sie tat es, solange ich mit dem Geld nur so um mich schmiss. Als ich aber Zweifel anmeldete, ob wir wirklich ein fünfhundert Quadratmeter großes Loft bräuchten oder sie eine weitere überteuerte Designerhandtasche ...« Er zuckte hilflos mit den Achseln. »Sie hat es nicht gut verbergen können, dass sie mein Bankkonto mehr liebt als mich. Und spätestens seit«, zum ersten Mal wurde sein Gesichtsausdruck hart, »seit mir einige Zeit später eine Vaterschaftsklage ins Haus flatterte, wusste ich, was Sache ist. Ich war es übrigens nicht, also der Erzeuger, aber ich sollte die goldene Kuh sein. Das war, nachdem ich meine Verlobung gelöst hatte und in meiner Dummheit versuchte, Trost im Alkohol zu finden. Es hätte zeitlich hinhauen können, und ich wurde äußerst unschön missbraucht. Abgefüllt, abgeschleppt, und dann hätte ich für eine unüberlegte Stunde mein ganzes Leben lang bezahlt. Da beschloss ich, dass ich künftig meinen finanziellen Hintergrund für mich behalten würde. Es fiel mir nicht weiter schwer, weil ich schon eine Weile immer weniger Intentionen hatte, damit zu prahlen oder mich entsprechend zu präsentieren. Ich wollte stattdessen herausfinden, ob die Menschen auch dann an mir Interesse hätten, wenn ich einfach bloß ein witziger Kerl ohne

Kohle wäre. Ich habe es dir damals gesagt: Nicht nur ihr Mädels habt ein Vorrecht auf Partner, die euch ausnutzen oder mies behandeln.«

»Und dann kam ich mit meinem Gerede von reichen Kerlen und erfolgreichen Anzugträgern.«

»Ja«, lachte er laut. »Gott, du warst der Inbegriff der Glücksjägerin. Allerdings lediglich vordergründig. Ich habe schnell vermutet, dass du dir etwas vormachst. Und vor allem mochte ich dich vom ersten Moment an. Dein Gesichtsausdruck an jenem Morgen, als ich dich angesprochen habe, den habe ich nie vergessen. Der war so bezaubernd und echt, wie du das selten zulässt. Und je mehr Blicke du mir auf die echte Penelope gestattet hast, je besser ich dich kennenlernen durfte, desto lieber wurdest du mir. Und desto wichtiger war es mir, dass du erkennst, wer ich wirklich bin. Ich, nicht mein Geld. Und dass du mich so akzeptierst und magst.«

»Was ich definitiv getan habe.«

»Ich weiß. Aber dann, Peps, hat es sich verändert. Es war plötzlich mehr als Freundschaft. Ich wollte es dir sagen, aber ich wollte auch, dass du dich für den Mann entscheidest, den du kennst. Du kannst dir nicht vorstellen, wie wichtig mir das auf einmal war. Ich wollte dich sehen und mit dir ins neue Jahr feiern, aber ich hatte das Gefühl, dich zu belügen. Du hattest dich verändert, und ich konnte nicht einschätzen, weshalb. Ich hoffte, dass es dieselben Gründe hatte wie bei mir, und dennoch überkam mich manchmal das Gefühl, dass du hin und her gerissen warst. Es war verzwickt. Ich hatte Angst, dass ich dir alles zu früh enthülle, und mir dann nie ganz sicher sein könnte, was bei dir letztendlich den Ausschlag gegeben hat. Wie du siehst, bist du nicht die Einzige, die mit ihrem Misstrauen ringt, egal, ob man das will oder nicht.«

»Hm«, machte ich und richtete mich etwas auf, damit ich auf ihn hinabschauen konnte. Wie er da in meinem Bett lag, so selbstverständlich, als gehöre er dahin. Was er unwiderruflich tat. »Das ist jetzt natürlich hart. Ich dachte, ich hätte mich in einen armen Schlucker verliebt, und nun kommst du mit einem Haufen Kohle um die Ecke? Gerade, wo ich gelernt habe, dass es nicht das ist, was zählt? Hast du ein Glück, dass ich dich trotzdem liebe.« Ich nahm mir die Zeit, ihn genüsslich zu küssen. »Du hast dich in den letzten Monaten ganz heimlich und nachdrücklich in mein Herz geschlichen. Und weißt du was? Es ist mir egal, was du trägst oder welchen Job du machst. Weil ich dich will, nicht das, was du hast oder bist. Himmel, merkst du nicht, was du mit mir anstellst? Noch nie im Leben habe ich einen Menschen so sehr geliebt wie dich!«

»Du ahnst nicht, wie ich mich nach diesen Worten gesehnt habe«, gestand Phil mit leiser Stimme. »Oder wie oft ich dir schon gestehen wollte, dass es mir ebenso geht. Ich liebe dich, Peps. Alles an dir. Jedes Gramm, jede Delle, die du haben könntest. Dein Bindegewebe, egal, wie straff es ist. Deinen Humor und dass du immer ehrlich bist. Ich liebe dein Lachen und auch deinen Zorn. Ich liebe dich, wenn du deine Kurven in diesen heißen Röcken präsentierst. Und ich liebe dich, wenn du wie in diesem Augenblick einfach nur bezaubernd aussiehst mit diesen verstrubbelten Haaren. Sag es noch mal!«

»Was denn?«

»Wie sehr du mich liebst.«

»Ich liebe dich, Phil«, wiederholte ich gehorsam. »Glaubst du mir das oder soll ich es dir mit etwas mehr Einsatz beweisen?«

»Ich bitte darum.« Seine Augen begannen zu funkeln. »Ich bitte nachdrücklich darum.«

Kapitel 65

Meine Mitbewohnerinnen, von denen das nur noch eine wirklich war, hatten natürlich spitzgekriegt, dass ich nicht alleine war, und gierten danach, uns endlich in die Finger zu bekommen und ein wenig zu foppen. Als wir völlig ausgehungert in die Küche gestürmt kamen, lag diese verwaist da. Das Klappern der Teller lockte die Mädels jedoch schnell an.

Maisie spähte mit geschlossenen Augen um den Türrahmen. »Seid ihr angezogen?«

»Natürlich«, antwortete ich und tat ein wenig empört.

»Gut. Und seit wann?«

»Das geht dich nichts an. Kommt endlich rein.« Ich winkte auffordernd.

Ruby kam ebenfalls um die Ecke. »Phil«, sagte sie mit einem Unterton, der mir neu war. Glücklich, stolz und ein wenig wie der einer Mutter, die eben erfährt, dass der Nachwuchs einen tollen Preis ergattert hat. Was ja stimmte, auch wenn Ruby das vielleicht nicht ganz so emotional betrachtete wie ich. Voller Überschwang breitete sie die Arme aus, und mein Freund stürzte sich zu meiner Überraschung freudig hinein.

»Danke«, sagte er und küsste Rubys Wange. »Dass du so geistesgegenwärtig warst mitzuspielen. Und dass du mich angerufen hast. Und überhaupt für alles.«

»Wobei hat sie denn mitgespielt? Und woher hast du seine Nummer?«, wunderte ich mich. »Und überhaupt: Ich dachte, du hast komplett blankgezogen. Was deine Geheimnisse angeht, meine ich«, fügte ich mit einem Seitenblick auf die prustende Maisie hinzu.

»Sonst nicht? Enttäusch mich nicht«, gab sie kichernd zurück.

»Also«, ignorierte ich sie, »Phil. Wann war Ruby denn geistesgegenwärtig?«

»Als wir uns in diesem Pub getroffen haben. Und nicht nur dort. Ich bin das im Übrigen meistens«, klärte sie mich auf.

»Jaja«, stimmte ich zu und wedelte mit der Hand. »Weiter.«

»Weißt du, dass ich Phil kenne? Erinnerst du dich nicht? Mein Lernbuddy während des Studiums? Ich habe dir zugehört, als du von ihm erzählt hast, aber ich hatte keine Ahnung, dass er mein Phil ist.«

»Er ist *mein* Phil, das mal zuallererst. Von mir aus kannst du einen Teil von ihm haben. Hm, sagen wir, den wirtschaftswissenschaftlichen Teil. Ich denke, darauf könnte ich verzichten. Aber der Rest gehört seit heute mir. Und ich werde alles tun, damit es so bleibt.«

»Oha, den wirtschaftswissenschaftlichen Teil. Dann hast du nicht viel, ich war eine Niete und hätte ohne dich niemals meinen Abschluss geschafft.« Phil legte einen Arm um Ruby und zog sie kurz an sich, eher er sich wieder neben mir niederließ und nach meiner Hand griff. Einfach, um sie ein wenig zu halten. Hach.

»Und weshalb sollte ich das nicht wissen? Es ist doch nicht schlimm, dass ihr euch kennt. Oder lief da mehr als Wirtschaftswissenschaft?«

»Nein.« Ruby wurde schon wieder rot.

»Aber sie hätte gewusst, dass ich nicht der arme Schlucker bin, den du in mir siehst. Sie hätte es zu früh verraten können.«

»Stimmt! Ich erinnere mich.« Ich blickte zu Ruby hinüber. »*Der* Phil bist du? Der, der ein Studium durchzog, um damit Frauen zu beeindrucken und abzuschleppen?«

»Das«, erwiderte Ruby und wurde noch röter, »war eine Vermutung. Die sich nicht als wahr erwiesen hat.«

»Bei mir hätte es nicht geklappt«, behauptete ich und ließ das Lachen der anderen stoisch über mich ergehen.

»Das war auch der Grund, weshalb ich nicht mit euch ausgehen wollte. Eines Tages, als du wieder von ihnen erzählt hast, hat es plötzlich klick gemacht. Ich registrierte, dass ich all diese Namen kannte, dass da ein unglaublicher Zufall im Spiel sein musste. Ich habe überlegt«, sein Blick wanderte zu Ruby, »es dir zu sagen und dich zu bitten dichtzuhalten.« Er löste seinen Blick von ihr und sah mich an. »Wir halten sporadisch Kontakt und haben öfters telefoniert, seit ich dich kenne. Ich habe ihr sogar von dir erzählt. Aber keiner von uns ist auf die Idee gekommen, dass ihr euch kennt.«

»Wie auch! Du hast immer nur von einer Peps erzählt. Und sie hat zwar auch von dir gesprochen, aber Phils gibt es wie Sand am Meer. Nichts hätte mich darauf gebracht, dass sie dich meint.«

»Tja, und dann kam es doch heraus. Und du hast mitgespielt, wofür ich dir ewig danken werde.«

»Aber gemocht habe ich es nicht«, gestand Ruby. »Ich fühlte mich ziemlich schlecht, weil ich Dinge wusste, die ich nicht preisgeben durfte. Doch irgendwann wurde mir klar, dass unsere Pen hier so richtig in dich verknallt ist. Und dass du ebenfalls auf sie stehst, erschien mir logisch, sonst hättest du nicht solch ein Geheimnis um deine wahren Hintergründe gemacht. Und nach der verunglückten Silvesterparty …« Sie wandte sich mir zu und biss sich auf die Unterlippe. »Ich konnte es nicht mehr mitansehen, wie du leidest. Also habe ich ihn angerufen. Und ein wenig nachgespürt, wie es ihm geht. Und nachdem er mir glaubhaft versichert hat, dass er Silvester ohne jegliche Kollegin oder andere Begleitung alleine in seiner Bude gefeiert hat, war für mich alles klar. Ich habe versucht, ihn zu überreden, dass er sich mit dir ausspricht. Aber er hatte die fixe Idee im Kopf, dass das nichts bringen würde. Anscheinend hat ihm jemand zugeflüstert, dass du jenen Abend nicht alleine verbracht hast.«

»Nun ja, vielleicht habe ich diese Möglichkeit angedeutet. Ich dachte, es wäre die beste Lösung, einen endgültigen Schlussstrich zu ziehen«, gestand ich errötend.

»Super Idee! Und leider hat er deiner blöden Nachricht mehr geglaubt als mir. Ich musste mir also etwas anderes einfallen lassen.«

»Moment! Sag jetzt nicht, dass du wusstest, dass Phil auf dieser Veranstaltung sein würde.«

»Natürlich wusste ich das. Beau war teilweise in die Planungen involviert. Du hast sogar mit ihm deswegen telefoniert«, richtete sie das Wort nun wieder an meinen Freund.

Zum zweiten Mal wurde ich rot wie eine Weihnachtsbaumkugel. »Du hast das geplant? Deshalb warst du den ganzen Abend so nervös! Nicht wegen Beau! Dir war klar, dass er seinen Teil mit Bravour meistert.«

»Natürlich. Aber als dann diese anderen Typen auftauchten … Das war nicht Teil meines Planes. Ich habe ganz schön geschwitzt, dass du nicht zu früh verschwindest.«

»Und wie hast du ihn überzeugt, dass du die Wahrheit gesagt hast und meine blöde Nachricht gelogen war? Mal ehrlich«, ich tippte gegen Phils Brust, »ich hatte gestern Abend nicht den Eindruck, dass du Zweifel daran hast, was ich für dich empfinde.«

»Sie musste es mir nicht noch einmal sagen. Ich habe es in deinen Augen gesehen. Bevor du dich wieder im Griff hattest und so tun konntest, als wäre ich dir egal.«

»Und dann wurdest du mutig«, stellte ich zufrieden fest.

»Das bin ich eigentlich immer. Du weißt doch«, er zwinkerte mir zu, ehe er sich zu mir beugte und mir einen wunderbaren Kuss schenkte, »ich bin der Kerl, der es wagt, eine Firma zu verkaufen, um dann als Klinikclown durchzustarten.«

Ich begriff schnell, dass diese Klinikclown-Sache keinen Mut brauchte. Also, Phil brauchte den schon, denn er war es, der sich jeden Tag der Aufgabe stellen würde, kranke, angsterfüllte und auf das Schicksal zornige Patienten zu besuchen und einen Teil ihrer Emotionen und Geschichten mitzutragen. Wie hatte ich nur jemals denken können, dass es irgendeine Rolle spielte, welchen Job mein Freund machte? Es war überhaupt nicht peinlich zu erzählen, dass mein Freund ein Klinikclown war – oder zumindest in absehbarer Zeit einer sein würde. Es war im Gegenteil ein großartiges Gefühl, bei dem mich warmer Stolz durchflutete, weil ich einen so wunderbaren Mann für mich hatte gewinnen können. Meine Augen leuchteten glücklich, wenn ich auch nur seinen Namen dachte. Mein Bauch fühlte sich nicht mehr wie eine Gefahr an, weil er seinen Umfang ausweiten könnte, sondern warm und kribbelig, wenn er mich musterte und zärtlich seine Hand darübergleiten ließ. Meine Schenkel waren nicht länger eine Bedrohung, die irgendwann einem schwachen Bindegewebe nachgeben könnten. Und wenn? Dann würde die Welt nicht untergehen. Nicht, wenn man endlich begriffen hatte, dass es wichtigere Dinge gab als das Aussehen.

Zu Beginn unserer Bekanntschaft hatte ich mir oft vorgestellt, wie ich Phil umstylen würde, wenn er das zuließe. Seine Haare, seine Garderobe, ich hatte ausreichend Ideen gehabt. Jetzt merkte ich, dass ich keine davon umsetzen wollte. Okay, nur ganz wenige. Ich konnte ihn überzeugen, dass es netter aussah, wenn man regelmäßig die Spitzen kürzte, einfach, weil das Haar dann gesünder wirkte. Aber ich verzichtete darauf, ihm zu einem der Yuppie-Schnitte zu raten, die mir einmal durch den Kopf gegeistert waren. Und ebenso, dass er es ansonsten andersherum konsequent verfolgen und sich einen dieser modernen Man-Buns zulegen sollte. Er blieb bei dieser Zwischenlänge, band sich manchmal einen Pferdeschwanz, der diesen Namen nicht wirklich verdiente, und trug sie ansonsten offen. Ich musste zugeben, dass mir dieser Look mit jedem Tag mehr gefiel. Er hielt an seinen altgedienten, immer noch tragbaren Klamotten fest. Aber er versprach mir, wenn er etwas Neues brauchen würde, dann dürfte ich ihm beratend zur Seite stehen – solange ich nicht auf irgendetwas bestand, was zu modisch war und damit nicht seiner Vorstellung von nachhaltiger Kleidung entsprach.

Beim Bart war ich weniger kompromissbereit. Nicht nur, weil ich es optisch nicht mochte, aber abgesehen davon, dass ich es schon immer lieber gehabt hatte, einen glatt rasierten Mann zu küssen – und ich hatte wahrlich genug Studien angestellt, mit Bart oder ohne –, war ich schlichtweg verrückt nach ihm, wenn er nach dieser Rasierseife roch. Dieser Punkt, den ich ihm sehr deutlich und mit vollem Körpereinsatz darlegte, überzeugte ihn völlig.

Ich dachte anfangs auch, dass ich zukünftig dagegen ankämpfen müsste, Kleidern generell einen so hohen Stellenwert einzuräumen, jetzt, da ich endlich begriffen hatte, dass Äußerlichkeiten nicht das Wichtigste sind. Aber auch das war eine Fehleinschätzung. Ich muss mich nicht komplett ändern. Ich darf weiterhin Freude an meinem Job haben, mich für Mode begeistern und mich aufbrezeln, um mich schön zu fühlen. Das Entscheidende ist, dass ich mich bei Phil auch dann schön fühle, wenn ich ungeschminkt aus dem Bett krabble. Oder in bequemen Klamotten auf dem Sofa liege. Weil er mir beigebracht hat, dass man mit dem Herzen anders sieht. Weil ich erkennen durfte, dass Schönheit ganz viel damit zu tun hat, ob man jemanden mag. Denn wenn wir etwas oder jemanden lieben, dann ist er für uns schön, oder nicht? Und wir sind es für diese Menschen ebenso. So einfach ist das letztendlich.

»Pen«, begann Maisie zögerlich, als wir ein paar Tage später in der WG am Küchentisch saßen. Ruby und Beau waren da, Phil und ich, und wir hatten gemeinsam gekocht. Ich freute mich, dass Phil sich bereits so gut in meinen Freundeskreis eingefügt hatte, als gehörte er schon ewig dazu. Was er ja irgendwie tat, denn ich hatte ihnen viel mehr von ihm erzählt, als ich geahnt hatte, wie mir Ruby versicherte. Ich hatte ständig seinen Namen erwähnt, was bei ihr sofort die romantischen Alarmglocken hatte läuten lassen. Und auf der anderen Seite hatte ich meinem Freund ständig von meinen Lieblingsmenschen vorgeschwärmt. Aber selbst ohne diese Vorkenntnisse hätten sie ihn geliebt, weil er einfach er war und man gar nicht anders konnte, als das zu tun.

»Pen, ich muss noch mal wegen des leer stehenden Zimmers mit dir reden.«

»Klar. Du hast recht, wir müssen das langsam ernsthaft angehen. Ich hatte einfach Angst davor. In der letzten Zeit hat sich so vieles verändert. Vor allem ich. Aber inzwischen weiß ich, dass Veränderungen dazugehören. Und manche sind sogar richtig toll.« Ich grinste Phil an und küsste ihn selig.

Maisie verdrehte lachend die Augen. »Das haben wir durchaus mitbekommen. Aber ich bin froh, dass du Neuerungen so offen gegenüberstehst. Es ist nämlich so«, sie holte tief Luft, »dass Gareth in ein paar Tagen auf der Straße stehen wird. Er hat sich bemüht, und er hatte ein Zimmer«, fügte sie mit erhobenem Zeigefinger an. »Ich habe sogar die Bilder gesehen. Aber plötzlich hat der Vermieter einen Rückzieher gemacht.«

Ich blies die Wangen auf. An den hatte ich ja gar keinen Gedanken mehr verschwendet.

»Er ist nett, wirklich! Du könntest ihn dir wenigstens mal ansehen. Und außerdem«, jetzt klang sie streng, »wirst du bereits wie Ruby. Nicht nur, was das Rumknutschen angeht. Du warst die letzten Tage nicht oft hier.«

»Hey, ich sitze mit am Tisch! ›Du wirst wie Ruby?‹ Ernsthaft?« Unsere Ex-Mitbewohnerin zog die Brauen hoch, konnte aber ein amüsiertes Grinsen nicht ganz verstecken.

Ich wurde auch darin wie Ruby, dass ich neuerdings ständig errötete. »Das meinen wir liebevoll«, beruhigte ich sie. »Und ich war ein paar Mal bei Phil, ja.«

»Ach, komm schon! Seit du seine schicke kleine Luxuswohnung in Notting Hill entdeckt hast, bist du völlig aus dem Häuschen.«

Tja, da hatte sie nicht ganz unrecht. Ich wusste mittlerweile, weshalb er dauernd eine Ausrede gehabt hatte, wenn ich bei ihm hatte vorbeikommen wollen. Diese Wohnung hätte seine Behauptung, ein einfacher Museumswärter zu sein, auf dem schnellsten Weg ad absurdum geführt.

Es war ihm tatsächlich ein wenig peinlich, als ich sie zum ersten Mal betrat. Als ob es eine Schande wäre, dass er sie nicht aufgegeben hatte, nachdem er beschlossen hatte, dass ihn Geld allein nicht glücklich machte. Er hatte sie gekauft, als diese App anfing, durch die Decke zu gehen, und sie war einfach wunderschön.

Sie ließ mich einen Moment schlucken, denn sie zeugte davon, dass es eine nicht unerhebliche Summe gewesen sein musste, die er damals für diesen Deal kassiert hatte. Wie viel genau, wusste ich nicht, und ich wollte es auch gar nicht wissen.

Als ich nach und nach mitbekam, dass er öfters als vermutet auf irgendwelchen Wohltätigkeitsveranstaltungen war und dort großzügig spendete, schluckte ich erneut und erkannte, dass meine Vorstellungskraft offensichtlich nicht ausreichte, um mir auszumalen, was man für so eine App bezahlt bekam. Phil hatte nur mit den Schultern gezuckt und versichert, dass wir uns für den Rest unseres Lebens keine Sorgen machen müssten und er mich auch als Clown immer versorgen könnte. Sogar dann, wenn er, wie er das plante, seiner Berufung unabhängig und ohne Bezahlung nachgehen würde. Weil er das konnte und keinem, der nicht in dieser glücklichen Lage war, einen Job wegnehmen wollte.

»Es kann gar nicht genügend Menschen geben, die sich dieser Aufgabe stellen. Wir werden trotzdem genug haben, selbst wenn ich weiterhin kein Geld verdiene und karitative Projekte unterstütze. Und ich habe da auch noch ein paar andere Ideen. Du weißt, dass ich mit *PROH* über eine Kooperation gesprochen habe. Das werde ich auf alle Fälle durchziehen. Meine Ideen gefallen ihnen. Mir schwebt vor, dass ich in Zusammenarbeit mit der Organisation die Aufgaben der Klinikclowns präsenter mache, Gelder sammle, um ihre Arbeit zu unterstützen, Stipendien vergebe, um anderen die Ausbildung zu finanzieren. Meine Vorschläge wurden mit offenen Armen aufgenommen, es passt hervorragend zu deren Portfolio. Ich würde sogar die Leitung über diesen Unterbereich übernehmen. Ich habe nur das Problem, dass ich es alleine nicht schaffen werde. In vielen Bereichen fehlt mir zudem einfach das Wissen. An dieser Stelle habe ich angedeutet, dass du mich unterstützen könntest. Du kennst dich aus, wie man etwas verkauft. Du kennst die Regeln der Reichen, weißt, was man ihnen zu essen vorsetzt. Wenn du Lust hast, dann würde ich dich gerne ins Boot holen.«

»Wenn ich Lust habe?« Ich quietschte beinahe, so sehr freute mich sein Vorschlag. »Und wie ich das habe! Ich wünsche mir schon lange, dass ich so etwas machen kann.«

»Auch wenn wir eher im Hintergrund arbeiten?«

»Mit dir würde ich überall arbeiten. Ich hab's begriffen, Phil! Ich weiß mittlerweile, dass ich die Anerkennung und das Rampenlicht nicht brauche. Nun ja, zumindest nicht ständig«, gab ich zu. »Aber ab und an eine schicke Party und ein neues Kleid werden mein Herz vermutlich immer begeistern, auch wenn du damit recht hast, dass ich eigentlich genug Klamotten im Schrank habe.«

Er hatte zudem in den Raum geworfen, die Wohnung zu verkaufen und nach etwas Größerem zu suchen, falls ich, was er schwer hoffte, in Zukunft öfters bei ihm sein würde. Auch dieses Angebot schlug ich aus. Sie war zwar nicht übermäßig groß, nicht nach den neusten Trends eingerichtet und hatte keinen Palmengarten im Bad. Aber sie war heimelig und mit erfreulich wenig Spiegeln ausgestattet. Sie war vollkommen ausreichend, denn wir wollten doch beieinander sein und uns nicht auf tausend Quadratmetern oder so aus dem Weg gehen. Wir wollten einfach nur das machen, was man nach drei Dates so tut. Oder nach gefühlten dreihundert, wie das in unserem speziellen Fall eher zutraf. Im Ernst, drei Dates! Nachdem ich endlich erkannt hatte, was ich für Phil empfand, hätte ich keine Sekunde länger warten können. Aber ich hätte auch auf kein einziges unserer vorangegangenen verzichten wollen. Und vor allem: Es war absolut egal, wie viele Dates die richtige Anzahl waren, weil ich nie wieder eines haben würde. Nur noch Verabredungen mit meinem Freund.

Meine Freundin hüstelte und ich kehrte zu unserer Besprechung am Küchentisch zurück.

»Auch wenn ich manchmal bei Phil sein werde, offiziell wohne ich hier, und das wird sich nicht so schnell ändern, liebste Maisie.«

»Das will ich auch gar nicht! Ich muss immer noch Rubys Auszug verkraften, und dich«, sie neigte sich vor und küsste meine Wange, »werde ich ganz sicher nicht so bald gehen lassen. Ich bin bereit, mit Ohrstöpseln zu schlafen«, sie zwinkerte Phil zu, »und ich komme auch mit Typen klar, die nur ein Handtuch um die Hüften tragen, während sie in der Küche einen Kaffee trinken.

Mit Männern, die das tun, ohne in meinem Bett übernachtet zu haben. Wobei ich, was das Handtuch betrifft, nicht kompromissbereit bin.« Sie ließ ihr bezauberndes Feenlächeln aufblitzen. »Aber ihr könnt nicht leugnen, dass es sich wieder einmal ändert. An manchen Tagen bin ich mittlerweile ganz alleine hier.«

Ich sah sie an, und ihre Augen wurden ernst. »Ich mag Gareth wirklich. Er ist ein großartiger Kollege und ein guter Kerl. Und nein, ich bin nicht hinter ihm her. Aber er ist in einer echten Klemme, und ich würde ihm gerne helfen. Er wäre in ein paar Wochen vermutlich wieder weg.«

»Vielleicht«, begann ich nach einer kleinen Pause nachdenklich, »vielleicht hast du recht. Aber ich will ihn erst kennenlernen, ehe ich mich endgültig entscheide.«

»Klar. Aber du wirst ihn mögen. Weil ich ihn mag. Und weil wir Phil mögen und Beau.«

»Und dich«, musste ich grinsend zugeben.

»Super! Dann schreib ich ihm gleich und nehme ihm ein paar gewaltige Steine vom Herzen. Und vielleicht kannst du ihn morgen Abend kennenlernen.«

»Du verlierst keine Zeit.«

»Weil er keine mehr hat. Nicht alle können auf der Suche nach dem Glück ein ganzes Jahr vertrödeln.« Sie knuffte mich in die Seite.

»Hey, ich habe auch nicht einfach nach einer Wohnung gesucht, sondern nach einem Mann. Nein, nach dem richtigen Mann. Und glaub mir, den zu finden ist in dieser Stadt schwieriger als bezahlbaren Wohnraum. Irgendwann wirst du wissen, was ich meine.«

Maisie lachte. »Eher nicht.«

»Warte nur ab. Irgendwann«, ich sah zu Ruby und musste grinsen, »da erwischt es dich, ob du willst oder nicht. Und dann werde ich da sein. Ich werde dich an meinem reichen Erfahrungsschatz teilhaben lassen, der im letzten Jahr um ein paar sehr interessante Einsichten erweitert wurde. Ich werde mit dir lachen und weinen, hoffen und bangen. Und wenn er gemein zu dir ist, dann wird mein Freund«, ich zwinkerte frech, »einen Stinkkäse in seinem Auto verstecken.«

»Vielleicht brauche ich das alles gar nicht. Vielleicht will ich mich überhaupt nicht verlieben. Oder aber ich tue es einfach und erspare mir die ganzen Dramen, die ihr beiden erlebt habt.«

Einen Moment schauten wir uns an, dann brachen wir in wildes Lachen aus.

»Glaub daran, Maisie, dass es so sein könnte. Und dann lerne, dass es immer anders kommt, als man denkt. Aber eines ist sicher: Am Ende lohnt es sich. Jede Erfahrung, jede Verletzung, jedes falsche Date. Denn all das macht uns zu dem, was wir heute sind. All das kann uns zeigen, worauf es wirklich ankommt.« Ich drehte meinen Kopf zu Phil. Einen Moment lang sah ich ihm stumm in die Augen, ließ mich hineintreiben in die Liebe, die ich darin las, und das Glück, als er nach meiner Hand griff. Und genoss das sichere Wissen, dass ich endlich meinen Platz im Leben gefunden hatte. Ich musste keinem mehr beweisen, wer ich war oder was ich war – und am allerwenigsten mir selbst. Ich war Pen, und ich war auch Penelope und Peppy und Peps. Ich war die Toughe, die Schlagfertige, die Verliebte, die Modebesessene, die Verrückte, die Mitfühlende, die Misstrauische, die Zweifelnde und die mit dem seltsamen Herzen, das sich neuerdings wegen roter Nasen aufführte wie ein außer Rand und Band geratener Teenager auf einem Boygroup-Konzert. Und vor allem war ich die, die geliebt wurde, mit all ihren Fehlern und Stärken. Ich war die, die ein Mann mit diesem speziellen Blick ansah, auf den ich so lange gehofft hatte. Ich war einfach ich, und noch nie im Leben hatte sich das so richtig angefühlt.